NORTE

LOUIS-FERDINAND CÉLINE

NORTE

Trilogía del Norte II

Traducción de Carlos Manzano

edhasa

Consulte nuestra página web: https://www.edhasa.es
En ella encontrará el catálogo completo de Edhasa comentado.

Título original: *Nord*

Diseño de la cubierta: Edhasa
Diseño de la colección: Jordi Salvany

Imagen cubierta: istockphoto

Primera edición: octubre de 2025

© Éditions Gallimard, 1960 y 1964
© de la traducción: Carlos Manzano, 2024
© de la presente edición: Edhasa, 2025
Diputación, 262, 2.°1.ª
08007 Barcelona
Tel. 93 494 97 20
España
E-mail: info@edhasa.es

ISBN: 978-84-350-2219-4

Impreso en Barcelona por CPI Black Print

Dep.Leg.: B 16019-2025

Impreso en España

Oh, sí, me digo, pronto todo habrá terminado... ¡uf!... *ya hemos visto bastante...* a los sesenta y cinco años y pico, ¿qué leche puede importarte la peor archibomba H?... ¿Z?... ¿Y?... ¡céfiros!... ¡nimiedades! sólo que es horrible esta sensación de haber perdido tanto el tiempo y qué miriatoneladas de esfuerzos para esa horrible y maldita horda de lacayos sarasas y alcoholizados... ¡qué miseria, señora!... «¡venda usted sus rencores y cállese!»... ¡vaya, lo acepto!... estoy dispuesto, pero, ¿a quién?... al parecer, los compradores me hacen ascos... sólo aprecian y compran a los autores que son casi como ellos, con la única diferencia de la orlita de color... jefe de cocineros, jefe de lameculos, indiscreciones, pilas de agua bendita, paredones, bidés, cuchillas, sobres... que el lector se oriente, se sienta un semejante, un hermano, muy comprensivo, dispuesto a todo...

«¡Cállese!... si hasta en las galeras tenían ya a un diez por ciento de "voluntarios", ¡usted es uno de ellos!»

★ ★ ★

Se puede perfectamente no votar nunca y, aun así, tener una opinión propia... e incluso varias... privilegio de la edad... llega un momento en que dejas de leer los artículos... sólo la publicidad... ésta te dice todo... y la «sección necrológica»... sabes lo que desea la gente... y sabes que se ha muerto... ¡con eso basta!... todo lo demás: blablablá... ¡izquierda, centro o derecha!... «Agencias toleradas», como en otro tiempo las «casas»... para todos los gustos... las manías insignificantes y las graves...

Los ves extender el cuenco para los pobres refugiados es-
mirnotas, búlgaro-bastavos, afropolacos, todos muy lastimosos,
pero, leche, ¿y tú? ¡tú ya no existes!... ¿aún no te has dado cuenta?... eclipsado...

★ ★ ★

La quinta del 12 es cosa del pasado, desde luego... pero os voy
a decir algo bueno: ¡habría que ser de un siglo antes de J.C.!...
¡todo lo que contamos aburre!... las obras de teatro, ¡los mismos bostezos! y los programas de cine y televisión... ¡una calamidad! lo que quieren el populacho y los selectos: ¡el Circo!...
¡ejecuciones chorreantes!... ¡auténticos estertores, torturas, el
coso lleno de tripas!... no más medias de seda, chucháis falsos,
suspiros y bigotes, Romeos, Camelias, Cornudos... ¡no!... ¡Sta-
lingrados!... ¡carretadas de cabezas cortadas! los héroes, ¡con la
verga en la boca! que cada cual vuelva con su carretilla de ojos
de los grandes festivales... ¡no más programillas de lomo dorado! espectáculos serios, sanguinolentos... no más pancracios de
farsa y «ensayados», ¡no!... el Circo provocará el cierre de todos
los teatros... la moda olvidada despertará entusiasmo... ¡el siglo
III antes de Cristo! «¡por fin! ¡por fin!» la novela, ¡ni pensarlo!
¡voy a darme prisa!... ¿es obligatorio el traje de etiqueta? ¡no!
¡claro que no! «¡la vivisección de los heridos!»... ¡eso es! ¡tanto
arte, siglos de supuestas obras maestras para nada! ¡estafas! ¡crímenes!

★ ★ ★

«En resumidas cuentas, ¿se considera usted un cronista?
    —¡Ni más ni menos!
    —¿Y se queda tan fresco?...
    —¡No me desafíe!
    Todavía oigo a la señora Von Seckt...

—Se lo aseguro, señor Céline, si mi marido* hubiera vivido, nunca habríamos tenido a un Hitler... ¡esa catástrofe de hombre!... la inteligencia sin voluntad no llega a nada, ¿verdad?... pero, ¿y la voluntad sin inteligencia?... ¡una catástrofe!... ¡ahí tiene a Hitler!... ¿está usted de acuerdo, señor Céline?...

—¡Desde luego, señora, desde luego!...»

¡Sólo Dios sabe lo que eran! ¡si gaullistas, antihitlerianos fervientes los huéspedes del «Brenner», Baden-Baden!... ¡si estaban maduros para los Aliados!... cruz de Lorena en el corazón, en los ojos, en la lengua... y no eran ningunos pobres desgraciados, ni tenderos hoscos y enloquecidos... ¡no!... habituados todos al lujo más alto, a la supercategoría, dos, tres, doncellas en cada piso, balcón de cura soleado que daba a la *Lichtenthal-allée*... las orillas del *Oos,* arroyuelo de chapoteos tan distinguidos, bordeado de toda clase de árboles raros... el paraje del refinamiento perfecto... sauces llorones con cabelleras de plata, acariciadas por la corriente, a lo largo de veinte... treinta metros... jardinería esmerada durante tres siglos... el «Brenner» sólo admitía como clientes a las familias más encumbradas, antiguos príncipes reinantes o magnates del Ruhr... dueños de acerías con cien... doscientos mil obreros... en la época de que os hablo, julio del 44, todavía muy bien abastecidos y con toda puntualidad... ellos y los suyos... mantequilla, huevos, caviar, mermelada, salmón, coñac, Mumm especial... mediante remesas lanzadas con paracaídas sobre Viena, Austria... directamente, de Rostov, de Túnez, de Épernay, de Londres... las guerras que causan estragos en siete frentes y en todos los mares no cortan el paso al caviar... el superdestripe, bomba Z, tira-

---

* Hans von Seckt (1866-1936), comandante en jefe del ejército alemán de 1920 a 1926, tras haber desempeñado un papel importante durante la guerra. Se retiró cuando fue elegido presidente Hindenburg, su rival. Varios historiadores comparten la opinión de que, si Von Seckt hubiera permanecido en su puesto, tal vez no habría sido posible la toma del poder por Hitler. En 1931 Von Seckt fue (cf. pág. 17) consejero militar, no de Mao Tse-Tung, sino de Chiang Kai-chek contra Mao (André Malraux lo evoca en las *Antimemorias).*

chinas o matamoscas, siempre respetará los *delikatessen* de las mesas de alcurnia... Si queréis ver a Jrujrutehov alimentarse de conservas, ¡podéis esperar sentados! Nixon con tallarines y sin salsa, Millamac con zanahorias crudas... las mesas de alcurnia son «Razón de Estado»... ¡El «Brenner» lo era con todo lo necesario!... asesinos en todos los pisos vestidos de pinches de cocina, paseando la compota de marrasquino... en cuanto al dinero, ya podéis imaginar que aquella gente no tenía preocupaciones... que la «Bolsa del marco» por diez, quince millones, a la vez, a una carta, divertía a clientes y a machacas... ¡la prisa por deshacerse de aquella moneda de farsa!... ¡comprar cualquier cosa! pero, ¿de dónde venía la mercancía? ¡de al lado!... de Suiza... y, por allí, de Oriente, de Marruecos... ¡y a qué precios!... en marcos, ¡a carretadas!... muy bien... muy bien... pero, ¡todavía faltaba un zoco!... habilitaron toda una planta del «Brenner»... ¡con sus mercaderes auténticos!... de pelo rizado, engominado, cautelosos *ad hoc*... amabilidades de jaguar, sonrisas que enseñaban los piños, primos de Nasser, Laval, Mendès, Yussef... «¡vamos! ¡vamos! ¡amados clientes!» ¡tendríais que haber visto las carretadas de divisas que traían los magnates!... ¡el zoco Brenner en pleno negocio!... ¡lo que se dice chachi lerendi! una alfombra de Bujara cinco kilos de «Schlacht* Bank», ¡pesado!... ¡despachado!... mañana veréis a los mismos, reunidos en zocos en el Kremlin, Rusia, en la Casa Blanca, U.S.A., ¡otra guerra con avaricia!... diez, veinte Hiroshimas al día, podréis estar seguros de que la cosa pita, ruidos terribles, ¡nada más!... benignidades, melindres, antagonismos atroces... pero, ¡todo con tal de que Mercurio salga ganando!... ¡lo esencial!... ya sea en los presidios rusos, en Buchenwald o en los «peores asilos forzados», o bajo las cenizas atómicas, ¡allí está Mercurio!... ¿su templete?... ¡tú tranquilo!... la vida sigue... ¡Nasser también y su canal!... ¡y mermeladas!... ¡y los auténticos esturiones de

---

* Juego de palabras en alemán a partir de *Schlacht* («batalla») y del financiero Hjalmar Schacht, director del Banco de Alemania de 1933 a 1938 y más adelante ministro de Economía.

Rostov!... por favor, que el último paracaídas que quede no vaya a divertirse soltando otra cosa que una caja verdaderamente fuerte de Chianti, además de copas y espejos biselados, «auténticos de Venecia» ¡y tan ricamente!... conjuntos de nilón para andar por casa, «estilo Valenciennes»... ¡todo sobre la mesa de las damas «Kommissar»!... con mando en plaza, ídolos perfumados, hastiadas de las torturas, bostezando ante las horcas... no olvidéis las blusas «ratafianilón», ¡último paracaídas!... ¡que no haya que repetíroslo! ¡no siempre a vueltas con cacharros fastidiosos para pulverizar cinco provincias! lanzar neutrones tan fuertes, ¡que desaparece del mapa la estación de Saint-Lazare!... ¡y hasta la última tuerca de locomotora!... ¡dejaos ya de extravagancias!

Os aseguro que en Baden-Baden, «Brenner Hotel», ¡había lo necesario para subyugar!... no sólo la gente de los *Koncern* de Ruhr y los bancos Centroeuropa-Balcanes, también los generales heridos, de casi todos los frentes, sobre todo a la mesa del ministro Schulze, representante de la Cancillería... os juro que toda aquella basca no se privaba de nada... alimentos finos, ¡y no veas qué complots, tramas y horarios!... ¡os lo juro! me diréis que invento... ¡de ningún modo!... ¡cronista fiel!... había que estar allí, naturalmente... ¡las circunstancias! no todo el mundo... el final de las comidas congestionado de piernas de cordero, secretos de peso y Borgoña... ¡menús irresistibles!... exquisiteces del principio al fin, entremeses con fresas y nata batida... melba... ¿almíbar?... ¿más?... ¿menos?... ¿una pizquita?... y todos aquellos camareros, muy solícitos, a la escucha y anotando sin falta, vacilaciones, *ja* y suspiros... en la auténtica flor y nata de las «redes» rojeras, *fifis,** *geheimdienst,*** Wilhelmstrasse, *tutti frutti*... ¡sirviendo a Dios y al diablo!... tan hábiles y dispuestos para servir cuatro «micros» de una vez como para presentar faisanes, langostas dos salsas y apio,

---

* *Fifis*: miembros de las «Fuerzas francesas del interior» de la Resistencia.
** El *Sicherheitsdienst* era el servicio de seguridad de las SS. El Geheime Staatspolizei, abreviado en Gestapo, era la policía del Estado, que estaba en manos de la SS.

¡con la misma mano! ¡en el mismo momento! a doce comensales... ¡soltura, silencio, precisión!... muchos habían servido a Pétain y en el Ritz de París a Goering... ¡y no sólo a Hermann! a todos los altos dignatarios nazis y a la baronesa de Rothschild... para los pobres colgados, fracasados, ¡cuentos racistas!... los elegidos son los elegidos de cualquier modo, ¡en cualquier parte!... para los otros, ¡los mítines y la mierda! mociones, berridos, puños alzados, puños bajos, pulgares del revés, de rodillas, acostados, ¡la morralla a la mierda!... un camarero de la Casa Blanca, Kremlin, Vichy o del «Brenner» tiene una forma de pasar los platos inconfundible... el «truhán de la base», ya sea lombarda o coliflor, *bortch* o cocido, siempre tendrá el pedo común, triste... ¡aun con *beaujolais* o vodka!... digestiones del todo diferentes: ¡Windsor, el Kremlin, el Elíseo!... ¿qué pide la Huma,[*] la «*intelligenzia*» de los parias?... ¿su felicidad, su fervor?... ¡tirarse los mismos pedos que Jrujrutchov o Picasso!... ¡ser parias semejantes!... ¡no es tan fácil!... ¡estilo, tradiciones, espesas moquetas, platos silenciosos!... ¡alto, palurdos!

«¿Quiere usted, hágame el favor, este consomé con puntas de espárragos?... ¡más consistente!...

—¡Mil gracias, Alteza!»

¡Ahí tenéis!... ¡lo mismo con el rodaballo!... ¡no hacía falta decirlo dos veces!...

Naturalmente, la Bibici,[**] Brazzaville y la Chaux-de-Fonds[***] estaban informadas antes que nosotros de las menores variaciones de humor, de los mínimos gluglús de los bidés... podías oír a cada hora por todos los altavoces de los pasillos todas las emisoras del mundo y todas las noticias del «Brenner»... por Trebisonda te enterabas de lo que pasaba en la habitación contigua... los recién

---

[*] *Huma:* el periódico del Partido Comunista francés *L'Humanité*.
[**] *Bibici:* transcripción de la pronunciación inglesa de la emisora de radio BBC.
[***] La BBC y Radio-Brazzaville transmitían las emisiones de la Francia libre. Las diferentes emisoras de la Suiza de habla francesa comunicaban el punto de vista y los llamamientos de los Aliados.

llegados y los que se marchaban... ¡Hostia puta! ¡aquello no molestaba a nadie!... aquel tremendo farsante, tan acicalado, «plenos poderes» *Legationsrat* Hans Schulze no pensaba sino en en darse el piro él solito... todos sus pensamientos, ¡seguridad!... bienes y familia en Baviera-Este... y para nosotros, naturalmente, ¡el matadero!... ¡seguro como estaba de tener su «red»!... de que todos los lacayos, cocinas, pasillos y jefes de comedor iban a decirle absolutamente todo... a cada hora... todo lo que pasaba en las quelis, bacarrá, orgías, cocaína... para las enfermedades estaba yo... ¡un informe también todas las mañanas!... está demostrado, nadie se atreverá a afirmar que había algo oculto en el «Brenner Hotel»... ya os lo dije, en el libro anterior a propósito de Sigmaringen, en un momento dado, con tal de que las «informaciones» lleguen, se traben bien, hagan masa... ¡todo marcha!... ¡puede seguir igual durante siglos! ejemplo, Roma, Nínive, Bizancio, Babilonia... y, más cerca de nosotros, los soviets... vais a ver cómo podemos durar dos... tres milenios, soviets y nosotros, de «procesos por infiltraciones» a «ballets rosas»,* de corridas inter-policía a purgas de sangre... ¡y venga discursos y votaciones! ¡Hurra! ¡cómo disfruta con ganas la pitecantropía!... ¡para algo salió de las cavernas!... ¡palabrerías, espionajes, microfilms y buena vida! ¡refinamientos de braguetas y ágapes!... el nuestro, *Legationsrat* Schulze no pedía otra cosa... ¡informaciones y vida de príncipe!... yo les asistí a él y a su familia, ocupaba con sus despachos, las ayas y sus hijos, todo «el ala del sol» del hotel... ¡ nada mejor podía desear!... pues, ¡sí!... ¡en cuanto a la cocina!... ¡nada contento! ¡no le hacían bien sus *bouillabaisses*!... y, sin embargo, se esmeraban... pero... pero, ¡lo hacían a propósito! ¡como lo oís! Schulze, el fino entendido, ¡diez años de cónsul en Marsella! ¡subirle aquellos ranchos! ¡sabotaje!

---

* *Ballets rosas:* se refiere a un escándalo que se hizo público a finales de 1958. En una casa de campo lujosa de las cercanías de París, propiedad del Senado francés, un grupo de muchachas de quince a diecisiete años ejecutaban «ballets» a los que asistían personalidades políticas, entre ellas André le Troquer, entonces presidente del Senado. Las actuaciones acababan en orgías.

«¡Doctor! ¡Doctor! ¡hágame el favor de probar este bodrio!... ¡rancho para el Ejército de Salvación!»

¡Él, diez años de cónsul en Marsella! mandaba subir al jefe de cocina... ¡también de Marsella, el jefe de cocina! y armaba una buena, ¡y con acento! todo el ejército alemán se retiraba, podemos decir que perdía Europa, abandonaba veinte ejércitos, pero la *bouillabaisse* de Schulze fue siempre la máxima preocupación del «Brenner Hotel»... ¡y por suministro «urgente»! rezcaza, ajo, azafrán y pescaditos de la Costa de los Moros, veinte especies, lanzados a las cocinas a la hora exacta, por avión... que no se pudiera afirmar, después, con guerra o sin ella, que había habido abandono en el «Brenner Hotel»... y, sin embargo, aquella *bouillabaisse* provocaba algo más que comentarios... ¡sospechas!...

Reconozco que quizás en las cocinas, en el subsuelo, se vieran un poco agitados... había *Marauders*, mal educados, que fingían apuntar al hotel... ¡así parecía!... ¡pero que no!... ¡*looping* y pirueta y saludo!... ¡se largaban a bombardear el campo!... pero en el sótano, en las cocinas, podían creer que ya estaba... la tierra temblaba... y las ollas... y el queso rallado de la *bouillabaisse*... en fin, de todos modos, Schulze y el jefe de cocina no estaban convencidos de que no fuera un pinche...

¡Y no os he hablado del Casino!... ¡olvido culpable!... Casino «cita de Europa», todas las minorías selectas... nobleza, embajadas, teatros... mucho antes de que las masas «viajaran» y América viniese en tres horas... imaginaos aquellas salas de juego, barroco «estilo Transilvania», tapizadas de terciopelo frambuesa y oro... esperabas encontrarte con des Grieux...* Manon estaba «ensayando»... ¡diez Manon!... ¡sin el menor arrepentimiento!... peor aún, ¡juguetonas!... el rojo y la negra... cejas, chucháis, caderas... ¡y aquel sostén que se escapaba!

Los coroneles congestionados, los consejeros hepáticos, y las puríes fallecidas, cardíacas pálidas... pálidas... sin un céntimo... ni

---

* *Des Grieux*. el amante de Manon en la novela *Manon Lescaut* del Abbé Prévost (1731).

fuerza para levantarse... marcharse... era la guerra, faltaba la orquesta... ¡siempre el mismo ruido *rrrr*!... de la ruleta... y la voz de cantor taciturno... «¡no va más!»... Los clientes tagarotes del «Brenner» venían a dar una vuelta... bastante despreciativos, como Dios manda... pero los *collabos*[*] «refugiados», sobre todo las damas, se pegaban en grupos de tres... cuatro... a las sillas... anhelantes ante la suerte...

La pastelería del Casino absolutamente siempre abarrotada de viudas de guerra *boches*...[**] en plena cura de convalecencia por conmociones emotivas... ¡y venga «borrachos con ron»!... ¡pastelillos de crema y ensaimadas así de grandes!... rebanadas de pan con arándanos y bandejas de canutillos... ¡daba gusto verlas!... debo deciros que nos aprovechábamos un poco... ¡lo que tuvimos que sufrir después!... ¡ya os lo he contado! los falsos pasteles de Sigmaringen, más yeso que harina... no os enfadéis, si os lo cuento todo en desorden... ¡el fin antes del principio!... ¡bonita historia! lo que importa es la verdad! ¡yo me oriento bien!... un poco de buena voluntad, ¡con eso basta!... cuando miráis un cuadro moderno, ¡os esforzáis un poco más!... tampoco es exorbitante que imaginéis a las viudas de guerra en plena cura, sobrealimentación con tartas, pastas, hojaldres con fresas... cafeteras de chocolate cremoso... ¡no es tan difícil!... todas las bocas llenas, chorreando... ¡lo difícil era para salir! ¡las puertas giratorias!... tenían que empujarlas los camareros... a todas aquellas damas un poco adormecidas... que fueran a parar aquí... allá... en el parque... un banco... el otro... eructando... soñadoras... muchas horas más, digiriendo...

Por su parte, los *croupiers* no se divertían... ¡no tenían tiempo de echar mano a las pastas!... ¡forzados de las fichas!... «¡por aquí el cambio!... *el cinco*»... además, formaban a sus alumnos, uno cada uno... el taburete a su lado, mutilado escogido, sin piernas y de uniforme... ¡no había tiempo que perder! ¡reeducación del

---

[*] *Collabos:* franceses que colaboraron con los alemanes.
[**] *Boches:* apelación despectiva aplicada a los alemanes.

veterano mutilado!... que aprendiera pronto, a lanzar la bola... ¡y a rastrillar!... ¡cinco! ¡tres! ¡cuatro! «no va más» ¡la destreza de la fortuna!... el armonioso impulso, la continuidad, el cambio... ¡el anuncio impecable!... ¡la tradición Baden Casino no data de ayer!... Berlioz jugó en él y Liszt... y todos los príncipes Romanoff... los Naritzkin y los Saboya... Borbones y Braganza... nosotros aparecíamos por fuerza como intrusos, nosotros rechazados por todas las costas de Europa... en fin, era una ópera, del género cómico... de espectador eres todopoderoso... la Historia pasa, juega, delante de ti... yo os lo cuento...

Los mismos *croupiers* que en Montecarlo, exactamente... todos presuntos «deportados»... los mechones con fijador, los mismos... narices aguileñas, las mismas... *smokings*, con los bolsillos cosidos... como en Ostende, Zopott, Enghien... voces de cuchilla suaves... «hagan juego»... en resumen, una sola novedad, reeducación de lisiados sin piernas por especialistas monegascos... el Gran Reich pensaba en todo... ¡ahora le encuentran defectos! ¡hay que ver!... lo que cuentan ahora de los galos, de Luis XIV, ¡incluso de Félix Faure!... ¡todos los vencidos son basura!... yo lo sé... muy bien...

★ ★ ★

En las crónicas muy antiguas las guerras reciben otro nombre: viajes de los pueblos... término todavía muy exacto; así, tomemos junio del 40, el pueblo y los ejércitos franceses no hicieron sino un viaje de Berg-op-Zoom a los Pirineos... con los traseros llenos de caca, pueblo y ejércitos... en los Pirineos se juntaron, ¡todos!... ¡Fritz y François!... no combatieron, bebieron, jugaron a «achupé, achupé, sentadito me quedé», se durmieron... ¡viaje terminado!... ¡y yo os vuelvo a llevar a Baden-Baden!... ¡desorden, baratillo de las ideas!... ¿por qué haber abandonado Montmartre una vez más? el tremendo canguelo a ser acuchillado en la avenida Junot cuatro años después... ¡oh, qué confesiones tan poco gloriosas! todos los amigos y parientes esperaban que me despellejasen, todos de acuerdo, todos listos para saltar, vaciar todos mis muebles, repartirse mis sábanas, vender el resto... cosa que hicieron muy bien, ¡qué caramba! nada que objetar, yo les había dado pie... ¡me había puesto en cruz por ellos!... ¡Jesús no deja de morir todos los días diez mil años después!... ¡lección que por lo menos algunos han aprendido! la prueba: basta con que miréis la cantidad de fulanos motorizados que circulan por las carreteras, cargados de caviar, diamantes, vacaciones... ¡no se prestan al sacrificio por un pedo!

El ejército francés, ya que hablamos de él, fue en el 40 cuando hizo su diarrea gran galope Berg-op-Zoom, Bayona... nosotros, Lili, Bébert, La Vigue y yo,* en el 44... Rue Girardon, Baden-Baden... ¡cada cual su epopeya de cagueta! el pequeño Tintín,** condenado a muerte, para salvar el honor y la piel saltó en el avión para Lourdes... no voy a obsequiaros con «Vidas paralelas»... Tintín es una cosa y yo otra... además, ¡su crónica vale miles de millones!... la mía, ni pensarlo, algunos centenares de francos como mucho... Tintín, sus estatuas por doquier; a mí sobre la piedra de mi tumba no se atreverán a grabar mi nombre... ya a mi madre en el «Père-Lachaise» le han depurado la tumba, le han borrado nuestro nombre... ya veis lo que es no salvarse, llegado el momento, en el lugar debido... ¡imaginaos que en La Rochelle tuve que resistir al ejército francés, ¡que quería a toda costa comprarme la ambulancia! ¡no era mía!... a mí, la honradez en persona, ¡no se me puede comprar nada! la ambulancia de mi dispensario, Sartrouville... ¡ni hablar!... lo vol-

---

* *La Vigue:* Robert Coquillaud, cuyo nombre de actor era Robert Le Vigan *(Pépé-le-Moko, Le Quai des Brumes, Goupi-Main rouges).* Amigo de Céline y colaborador bajo la Ocupación. Tras la liberación, pasó varios años en la cárcel; en 1950 se trasladó a España y en 1951 a Argentina, donde murió.

** *Tintín:* probablemente Charles de Gaulle, quien, tras la derrota en 1940, montó a última hora en un avión con destino a Londres. Lourdes, el famoso lugar de peregrinación, es casi un anagrama de Londres, donde De Gaulle fue a buscar la «salvación» Según cuenta André Malraux en *Les grands chênes qu'on abat* (1971), De Gaulle se comparaba a sí mismo con Tintín.

ví a llevar al lugar de donde venía, ¡el maldito tequï! y a las dos abuelas pasajeras, sus botellas de tinto, y a tres recién nacidos... ¡en perfecto estado toda aquella basca! ¿quién me lo ha agradecido lo más mínimo? ¡nadie, qué hostia! ¡no podéis ni imaginar la de infamias! ¡a mí! ¡a mí! ¡como para llenar un presidio! ¡veinte Landrú, Petiot* y Fualdès!...** si hubiera vendido la ambulancia, por el precio que me ofrecían, y a los recién nacidos, las enfermeras y las viejas, sería actual: héroe de la Resistencia, ¡tendría una estatua así de grande! al toque del clarín, ¡palabra!... ¡ni un solo crimen que no hayas cometido! no ofreces lo suficiente la garganta, ¡para que te corten la carótida!... ¡cobarde!... ¡millones en las gradas te lo gritan!... todo aquello por orgullo pretencioso, volver a llevar el tequi a su lugar, ¡no me pertenecía en absoluto!... ¡era propiedad de Sartrouville! ¡vanidad!... si se lo hubiera dejado a los *fritz,*** a los franchutes, a *los fifis,* a cualquiera, a la casa de baños, todos querían comprar, ¡con abuelas, enfermeras y recién nacidos! sería el muy honorable, rentista feliz, no el viejo vagabundo en la mierda...

Un pequeño consuelo, quizá, cada mañana en *Le Fígaro,* en la crónica necrológica, los que se van... «que en su castillo de Aulnoy-les-Topines, el gran Comendador Pies-para-qué-os-quiero se ha ido para el otro barrio... que toda su familia desconsolada, antes de ir a ver al notario, os agradece... vuestro más sentido pésame... etcétera...».

La subscripción a *Le Fígaro* tiene sus motivos, «Correo de las Parcas»... a cuántos que habían prometido comerme el interior del cráneo he visto desaparecer así... ¡a los gusanos, cornudos

---

* El Dr. Pétiot (1893-1946). Entre 1942 y 1944 asesinó a 27 personas, la mayoría judíos, a quienes engañaba con promesas de pasarlos a la zona no ocupada de Francia. Fue juzgado y ejecutado en 1946.
** Fualdès (1751-1817). Magistrado francés asesinado en 1817. Un cómplice de los asesinos tocaba el organillo a la puerta del hotel para que no se oyeran sus gritos. Aquel incidente fue el tema de una canción popular.
*** *Fritz:* «alemán».

altivos!... ¡saludos a la familia desconsolada!... tan desolada de Aulnoy-les-Topines... bosques y castillo... ¡a por el notario!

★ ★ ★

En efecto, es muy posible que todo ese valle del Oos no sea otra
cosa que un reguero de átomos de aquí a un año... ¿dos?... por eso,
¡vale la pena hablar de él!... ¿que no hay el menor orden en mi
relato?... ¡ya os orientaréis!... ¿ni pies ni cabeza?... ¡maldita sea!...
os dejé en el hotel Lowen, sin haberos dado la llave... no tuve tiempo... apenas unas palabras de las mujeres embarazadas... ¡mala suerte!... el libro entero está en Gallimard, ¡y qué poco les importa
también a ésos!... ¡recuerdos y memorias!... ¡sólo las vacaciones los
despiertan! ya volveremos a lo de las mujeres embarazadas... en
fin, eso espero... nuestra primera etapa desde París fue precisamente Baden-Baden... ¡y no os lo he contado!... ¡casi parezco aver-
gonzarme!... y, sin embargo, ¡es tan confesable como *Marble Arch*
o *Time Square*!... el Medway* o las orillas del Oos... *Lichtenthal-
allée*!... lugar de paseo predilecto de los más refinados de Europa...
¡por lo menos los mismos que en Evian o Bath!... de acuerdo, ¡la
suerte está echada! gira la rueda, ¡no va más!... ¿que la suerte no
te sonríe?... ¡la vergüenza del Universo! ¿que ganas?... ¡todo te está
permitido!... ¡las avenidas más hermosas con tu nombre!... todas
las Cancillerías a tu culo, ¡a ver cuál lame mejor!... el Casino «Todo
en juego» de la Historia tiene una ruleta que no bromea, ¡a la que
le importa un bledo que tengas mil veces razón!... conque, ¡jué-
gate una ficha falsa!... ¡la tienes! ¡qué importa!... si sale, ¡te adora-
rán!... a nosotros nuestra ficha nos parecía bien falsa... le preguntaba yo a la señora Von Seckt, mientras paseábamos por la avenida
Lichtenthal... a lo largo del Oos... ese riachuelo que susurra, que
hace gluglú, jaspeado con todos los colores... por qué nos habrían

---

* El Medway es el río inglés en cuya desembocadura se encuentra la ciudad de Roches-
ter. Céline había pasado en ella una temporada de niño, que evoca en *Muerte a crédito*.

colocado allí, a nosotros... indignos de ser exhibidos, reconocidos, en aquel lugar... y en aquel hotel...

«¡Oh, no tema, señor Céline! ¡ellos saben lo que hacen!... ya verá como esta gran catástrofe va a desarrollarse conforme a un plan... ¡los ejércitos del Reich abandonando Rusia de acuerdo con un plan!... diez mil muertos por kilómetro... de Francia no puedo decirle... todavía no... pero seguramente también, tantos por kilómetro... el príncipe Metternich me decía ayer que en París, ya las represalias... desconfíe, señor Céline, nuestros locos son extraordinariamente hipócritas, caballerescos y metódicos... una mezcla muy barroca, ¿verdad?... ¡ya verá!... el barroco es un arte alemán... típico, ¿no es así?... ¡típico!... se lo toman con calma, ya lo verá, ya lo verá todo, señor Céline... fíjese en mi caso, mi propia casa de Potsdam, ¡estoy absolutamente segura de que ha sido bombardeada por la Luftwaffe! ¡no por la R.A.F.!... una orden del loco, ¡hacerme desaparecer, con mi casa y los papeles de mi marido!... llegaron justo al mediodía, a la hora de comer... yo estaba en casa de mi hija en Grünwald... ¡oh, mi casa ya no existe!... ¡una cuadrilla de la Cancillería vino a registrar los escombros! no encontraron nada... desde luego, debo la vida al príncipe Metternich, vino a buscarme a las once... ahora, verdad, ¡Baden-Baden!... y pensar que en vida de mi marido queríamos comprar algo aquí... una quinta... ¡mire lo que es el destino!... yo también me pregunto por qué nos han colocado aquí, a todos juntos, o, mejor dicho, no me lo pregunto... seguro que habrá notado usted... esas bombas que caen... no demasiado lejos del hotel... y a la hora de comer... tan a menudo, verdad, que ya nadie tiene miedo... el mundo se acostumbra... ¡el mundo ya no se lo cree!... si puede abandonar el Brenner, ¡váyase, señor Céline!... ¡el hotel Brenner está dormido y sus huéspedes también!... ¡encantado!... ¡sólo una bomba puede hacer que todo vuelva en sí!... hablo en broma, señor Céline... en realidad, bien lo sabe usted, este valle es paradisíaco... en ningún lugar del mundo verá usted semejantes especies, semejantes bosquecillos... semejantes encantos... ¿tal vez en Tzarskoie Selo?...* simplemente los sauces, ¿verdad?... no hojas, sino lágrimas de oro y plata, a lo largo del Oos... ¡un hechizo evidente! ¡y tantos pájaros!...

−¡Una maravilla, señora Von Seckt!...

−En tiempos de Max de Bade,** tal vez tuviéramos más nidos... para los pájaros de *Lichtenthal* existía una sociedad... tenían un cercado propio, todo plantado, álsine y cañamón... también para las aves de paso un cercado de rocalla... entonces se cuidaba todo...»

Yo no quería indicarle que, si los pájaros piaban tanto y lejos por delante, era a causa de Bébert que no se separaba de nosotros, ¡minino fiel!... nos seguía pegado a los talones... él pensaba en los paros, las currucas, los petirrojos... él y los pájaros se entendían, en cierto modo...

Os hablo mucho de la señora Von Seckt, pero no os la he descrito... una persona de edad, menuda, vestida enteramente de raso violeta... medio luto... oh, pero, ¡triste, no! siempre dispuesta a reír... nada abatida por los acontecimientos, divertida con ellos... «joyas que no me había puesto desde mi luto»... las llevaba todas encima... tres collares largos, sortijas y pulseras muy bellas... «¡un relicario, señor Céline, un relicario!... ¡todo lo que he recuperado de mi casa!... estoy ridícula, ¿verdad?... ¿no le parece?... la mujer joven es presumida para gustar, la vieja para parecer rica, ¡hay que ser rica o desaparecer!... fíjese, mis sobrinas venían a verme a Potsdam... pronto iban a casarse... mi casa era demasiado espaciosa, demasiado importante, cuatro plantas, mi marido tenía sus despachos, demasiado grande para mí... yo pensaba venir a acabar mis días... yo les habría dado mi casa... Hitler ha dispuesto todo, ¿verdad?... ¿no es gracioso?... ¿dónde estarán

* Tzarkoie Selo es una ciudad de verano que se encuentra cerca de San Petersburgo (Leningrado).
** Max de Bade (1867-1929), estadista alemán, tuvo importancia en 1918 en la época de la abdicación de Guillermo.

mis sobrinas?... seguramente no las volveré a ver... y yo, ¿dónde cree usted que acabaré?... ¿en el Hotel Brenner?... ¿también bajo una bomba? ¡oh, desde luego no en el Oos!... ¡nadie ha podido ahogarse nunca en él!... ¡ningún jugador! ¡ni el más desafortunado!... ¡en Montecarlo todo el mundo puede ahogarse! allí está el mar... ¡aquí el Oos está hecho a propósito para el Casino!... chapotea, susurra, pero no ahoga a nadie, ¡nunca!... ¡nunca!... ¿lo oye usted?... detalle chistoso, señor Céline, su susurro es regulable, variable según la hora, el tiempo que haga... lo regula una señorita encargada de eso en la fuente, una empleada del Casino, el Oos no debe ni salpicar ni importunar ni ahogar... ¡lo que debe hacer es agradar!... las autoridades del Valle piensan en todo... todo debe ser aquí como en un sueño... usted ha podido verlo...»

No era nuestro caso precisamente... yo no nos veía en absoluto en el sueño... ¡en la verdad bien fea!... como hoy en el 59... qué esfuerzo hace la burguesía para creerse todavía en 1900... ¡mascarada ridícula!... desde luego, no hace falta decirlo, algunos atractivos, gran lujo anticuado, muy acolchado, tranquilizador... serenatas zíngaras por siglos y siglos de estupros... pero para nosotros, ¡menudo! bestias marcadas, ¡burlas! raras veces se ve a las bestias divertirse delante del matadero... aun así, ¡un monumento bonito! que valía la pena incluso para nosotros, animales acosados: la iglesia rusa... cinco cúpulas, enormes cebollas de oro, sobre el cielo azul... un efecto, como se suele decir: ¡eso es! ¡oh, qué brillante plegaria!... el pope estaba allí, esperando... esperando el regreso de los zares... o por lo menos de algún archiduque... dos le habían vuelto desde el 17... ni uno ni otro donadores... prestatarios de iconos... para mostrarlos en Roma... el pope no los había vuelto a ver... aquel pope vivía en el «Brenner», también, ¡en las cocinas!... formaba parte también del Valle, en espera de tiempos mejores las autoridades lo habían colocado en el hotel... de vez en cuando enseñaba su iglesia a las visitas... Lili, yo, Bébert y la señora Von Seckt le tiramos un poco de la lengua... antes de ir un poco más allá al «cercado de las rosas»... el paseo acababa allí... desde los romanos... las primeras Termas, acaba allí... debéis tomaros un descanso... ¡«el cercado de las rosas» no quiere truhanes! ¡ni criados que se despisten!... ¡ni meriendas campestres!... el cercado de las rosas sólo se ofrece a los paseantes de buen tono... las flores están allí desde Tiberio...

★ ★ ★

Bosquecillos... macizos... rosas... pasteles muy cálidos... increíbles... estábamos allí en un banco de mármol, mientras la señora Von Seckt nos contaba una vez más sus estancias en China, con su marido, general, genial reorganizador del ejército Mao... ¡y que el funesto payasito no habría resistido ni dos meses!... ¡ah, señor Céline, créame!... ¡si hubiera estado allí su marido!

«Mire, señor Céline, el triunfo del Diablo se debe sobre todo a que las personas que lo conocían bien ya han desaparecido... ¡imagínese cómo disfruta este Adolf! ¡no teme a nadie!... ¡otro diablo solo!...»

Yo pensaba, en efecto, que las cosas empeoraban cada vez más... aquella señora Von Seckt desatinaba, pero creo que con bastante razón... sin noticias de mi madre... ni de nadie... un poquito por las radios... la construcción de barricadas en París... todo el personal del «Brenner» comunicaba por Lausanne... por lo demás, toda la ciudad... *croupiers*, manicuras, comerciantes y el propio *Legationsrat*, nuestro *führer*... todos de la opinión de que «Radío-Sottens»* era mucho más seria que «Tele-Göbbels»... Schulze, nuestro *führer*, no se declaraba francamente a favor de los aliados, pero, a cada derrota de verdad importante, mandaba decir una misa solemne en la iglesia de las Termas, él y su familia comulgaban... ¡nada que objetar!... nosotros estábamos reflexionando allí, en aquel lugar de encantamiento, la señora Von Seckt nos mostraba, entre las rosas, todavía quedaban algunos ladrillos,

---

* Radio Sottens: la emisora de radio más importante de la Suiza de habla francesa.

el lugar en que se elevaba el «Pabellón de los Filósofos»... donde Grimm, Mme. de Staël, Constant, se reunían todas las mañanas... La señora Von Seckt iba allí de muy pequeña, conocía todos los matorrales, todos los senderos, todos los laberintos, ¡la desesperación de las ayas!...

«Conozco también un poco de China... Italia... y España... y Montecarlo... he de decir, señor Céline, que me mimaron... ¡como ya no se ve!... ¡ni siquiera una reina! lo digo sin pudor, se ha acabado... hasta una reina de derecho divino debe tener en cuenta la opinión de su gente... la multimillonaria más mimada tiene su «ficha al día»... de que se encarga cuidadosamente su doncella... las locuras más insignificantes de su señora, grandes cenas, amantes, abortos, con pelos y señales... ¡otros tiempos! ¡más frágiles que María Estuardo! más acechadas que María Antonieta... el caso es, señor Céline, que ignorante soy y moriré... ¡estupidez!... una suma de más de cuatro cifras la dejo para los otros, ¡me pierdo!...»

He de decir que a Lili, bailarina, le parecía también muy natural que yo hiciese las sumas...

¡Era de risa!... ¡nos divertíamos!... ¡y qué buen tiempo hacía!... cálido y, sin embargo, aireado... un tiempo de Paraíso...

Yo, que siempre estoy inquieto, que nunca disfruto del instante, al no ver a nadie por allí ni bajo los arcos ni en los céspedes, me preguntaba el porqué de aquel silencio... sobre todo a las once de la mañana, el momento de las familias... ¡con semejante tiempo!... nuestro cercado de rosas, tan perfumado, ¡irresistible!... que Lili, a pesar de su discreción, preguntó a la señora Von Seckt si no podríamos pasearnos hacia la otra orilla... hacia los plátanos, la sombra... la señora Von Seckt nos contaba que, de recién casada, en el «Brenner», su marido, entonces capitán, había retado a duelo al embajador del Brasil por una rosa... ¡sí!... ¡sí! una rosa púrpura y negra... caída de arriba... a su balcón... ¡de las ventanas del embajador!... ¡a propósito!... lo acusaba su marido... ¡no! protestaba Su Excelencia... el asunto se había resuelto... ¡gracias al príncipe!...

«El príncipe Metternich...»

La señora Von Seckt tenía todavía recuerdos... muchos otros... *Achtung!...Achtung!...* bramó una sirena... ¡atención! ¡atención! ¡y enseguida una de aquellas marchas militares!... ¿el anuncio de otra victoria?... ¡imposible! desde hacía al menos dos años lo único que había era retiradas... ¿una paz por separado con Rusia?... ¡podía ser!... el altavoz estaba bastante lejos... entre el hotel y la rosaleda... escuché... escuchamos... ¡no se trataba de una victoria!... *Achtung! Achtung!...* ¡sino de un atentado contra Hitler!... ¡el colmo!

«¡No nos dicen si ha muerto!...»

Observó la señora Von Seckt... y añadió:

«Si no ha muerto, la que se va a armar...»

No debes sorprenderte, lector... en el momento de aquel atentado los hechos, incidentes, malentendidos se entremezclaron y todavía ahora te encuentras con frecuencia en desacuerdos paralelos... conjuras contradictorias... creo que lo mejor es imaginar un tapiz, arriba, abajo, a lo ancho, todos los temas a la vez y todos los colores... ¡todos los motivos!... ¡todo patas arriba!... pretender presentároslos a lo ancho, de pie o tendidos, sería mentir... la verdad: ni el menor orden en nada a partir de aquel atentado...

Si lo hubieran matado, si lo hubiesen conseguido, ¡era un orden! al haber escapado, ¡fijaos dónde estábamos! ¡en pleno desorden para siempre!... así, que debéis considerar bastante natural que os cuente lo del hotel Brenner, Baden-Baden, después del «Löwen», Sigmaringen... ¡pese a que lo de éste vino mucho después!... ¡haced lo posible por orientaros!... ¡el tiempo! ¡el espacio! Cuento la crónica, ¡como puedo!... ¡ya digo!... pintores, músicos, ¡hacen lo que quieren!... tanto más les aplauden, los colman de millones y de honores... ¡cines, juegos de bolos!... a mí, cronista que soy, ¿no se me va a permitir coser todo de través?... ¿fulminado, entonces?... ¡abusos!... ¡tremenda vergüenza!... ¡escapo hecho jirones!... ¡la jauría en los talones!... ¡la horca sería poco!... los saludo, señoras y señores... ¿no va más? ¡mala suerte!... ¡déjenlo!...

¡oriéntense!... ¿que renquea la ruleta?... ¡buena cara!... ¿que falla la bola?... ¡contrición!... ¡disparate!... ¡culpa de aquel atentado muy flojo!...

Ah, señoras y señores, ¡con razón no divisaba a nadie en aquel «cercado del Paraíso»!... ¡ni en los bancos ni entre las enramadas!... ¡es que se habían apalancado de lo más bien! desde los primeros *achtung! achtung!* en el fondo de los sótanos del «Brenner»... ¡para que no los oyeran ni los viesen!... pero allí, en la piscina, al instante, muy cerca, ¡arreciaban las broncas! ¡un pitote! no sólo de los altavoces, ¡también del público!... todo el «Brenner», el personal y los clientes... a todos los traía sin cuidado Adolf y el atentado... que lo hubieran despedazado o no... «en tu culo, ¡so zorra! ¡anda y que te den por culo! ¡a la pañí, puta!...»

¿Contra qué culo podían estar?... ¿culazo?... ¿de quién?...

«¡El *führer* ha muerto!

¡Tú qué sabes, guarra! ¡al agua!... ¡mamona! *unverschämt!*... ¡desvergonzada!... *raus! raus!* ¡fuera!...»

Aquello se ponía feo... y enseguida otros gritos...

«¡Tiene derecho! ¡cacho boches alemanes! ¡jodíos por culo! ¡estáis insultando a una muchacha!

¿Una muchacha? ¡al retrete!...»

¡Se enzarzaron! ¡*blang*!... ¡*plaff*!

«¡Pajillera!»

Desde la rosaleda oíamos todo... se estaba convirtiendo en una auténtica batalla... ¡unos a favor y otros en contra!... pero el culo, ¿de quién?...

«¡Lárgate! ¡pirátelas, desgraciada!...»

El eco resonaba en todo el valle...

«¡Sal de aquí, golfa!»

Una mujer escapó de la piscina... salió corriendo... vino hacia nosotros...

«¡Señora Von Seckt!... ¡señora Von Seckt!...»

¡La conocíamos!... ¡la señorita de Chamarande!... ¡por ella, por sus atractivos, gritaba y se batía toda la piscina!... ¡y la cosa

seguía!... ¡*blauf*!... ¡*brum*!... ¡qué castañas!... ¡un *bruf* más fuerte!...
¡desde el trampolín!... ¡y otro!... ¡se estaban tirando al agua!... y
seguían en la pañí... estaba allí la señorita de Chamarande... se
sentó junto a nosotros... sin aliento... con el bañador hecho jirones... tomó la mano de la señora Von Seckt... estaba llorando...
«¡Señora! ¡Señora! ¡por Dios!... ¡me han pegado!... ¡están locos!... ¡quieren matarme porque su *führer* ha muerto!... ¡van a venir, señora Von Seckt!... ¡los van a matar a todos ustedes!... ¡me lo
han dicho!

—¡Qué va, hija!... ¡el *führer* no ha muerto! ¡está curado de espanto!... ¡sólo un pequeño atentado! no está usted bastante tapada, ¡eso es todo!... ¡esos bañistas ven más de la cuenta!... ¡un plan
estupendo! ¡lleva usted un bañador demasiado ligero! ¡tápese y
quédese aquí! ¡tenga! ¡mi pañuelo!... ¡séquese las lágrimas! ¡que
no le van a quedar ojos!...

—Pero, señora Von Seckt, ¡mi albornoz!... ¡es el segundo que
me han quitado!... ¡amarillo y rojo! ¡no han querido devolvér-
melo!

—Pues claro. ¡voy a ir a buscarlo!... ¡me lo devolverán!

—Señora Von Seckt, ¡están furiosos! ¡locos furiosos!

—Conmigo, no, bella amiga, la vejez aplaca a los más locos...
¡espéreme! ¡Van a devolverme su albornoz con mucho gusto!
¿amarillo y rojo dice usted?»

Allí nos quedamos los cuatro... ¡exacto!... ¡se fue!... la avenida de arena hasta la piscina... paso a pasito... y volvió casi al instante con el albornoz rojo y amarillo.

«¿No le han dicho nada?

—¡Pues claro que no!... ¡nada de nada, amiga mía! ¡ahora, tápese!... ¡vamos a regresar al hotel!... ¡todos juntos!»

Efectivamente... pasamos los cuatro por entre el grupo de camareros... un instante antes estaban pegándose... ahora muy tranquilos... ni un murmullo... la señora Von Seckt los miró, se detuvo...

«De todos modos, ¡ya ve usted! ¡no toda la culpa es de ellos,
querida amiga!»

En realidad, nuestra señorita había hecho todo lo posible desde su llegada, tres semanas, para que todos los hombres de la piscina se volvieran insoportables... un bañador nuevo todos los días, cada vez más provocativo... oh, un culo espléndido, lo reconozco... pero, ¡y lo que podía hacer con él!... con aquellos contoneos... ¡incitando desde el trampolín!... y después al nadar... un estilo de *crawl* que parecían diez grupas juntas... azotando la espuma... sobre el agua, bajo el agua... como para agitar, pero bien, la piscina... quiero decir, a los clientes... peluqueros, *croupiers*, socorristas... y a los desocupados de nuestro hotel... oficiales convalecientes... claro, claro, los nervios de punta... aquel atentado contra Adolf había hecho subir la temperatura... pero, además, ella allí, ¡su trasero! si no hubiese sido por la señora Von Seckt, la habrían linchado... con una palabra volvió la calma... volvimos a pasar ante aquella horda, masajistas, socorristas, cocineros, pandilla muy hipócrita, ¡zalemas por doquier! La señorita de Chamarande, salvo su deplorable manía de realzar su trasero, era una persona muy amable, muy simpática incluso, instruida... farmacéutica en Barcy-sur-Aude... «colaboradora» por casualidad, un abogado de la Milicia* se había enamorado de ella y ella le había correspondido... iban a casarse... su idilio se había interrumpido de repente, dos días antes del Desembarco los *fifís* lo mataron, al novio, en plena sala de audiencias... ella escapó, su casa estaba ardiendo, su farmacia, todo, y su abuela... ¡la encontró un tanque SS entre la alfalfa! todo un *maquis* la buscaba... ¡había escapado por los pelos!... ¡boca abajo entre las balas!... ¡ah, señorita de Chamarande!... ¡las emociones!... ¡podía ser un poquito rara!... al escapar, se había reunido con todas las familias milicianas en Gérardmer... ¡y ahí no acababa la cosa!... al bañarse, había conquistado a toda la embajada de Alemania en etapa de repliegue

---

* Milicia: fuerza de policía francesa, fundada por Darnand en enero de 1942 y colaboradora de los alemanes; fue responsable de muchos crímenes. Cuando se retiró a Alemania con el ejército alemán, se hizo con un «tesoro» requisando fondos bancarios. En agosto de 1944 fue desautorizada por Pétain.

hacia Fráncfort... así como a los *croupiers* de Montecarlo que iban a abrir en Stuttgart otra escuela, filial de la de allí... como ya no tenía laboratorio ni casa ni abuela, sino sólo granujas a su alrededor y por doquier que la perseguían para raparla,[*] la señorita, que no era tonta, había sido más que amable con los señores de ambos lados, *croupiers* gaullistas, nazis de embajadas... no obstante, quizá demasiada grupa para gente joven y nerviosa... ¡sobre todo desde el trampolín!... la prueba, ya habéis oído esa vulgar batalla entre los camareros de Vichy «resistentes ocultos» en el «Brenner» y los habitantes de Baden-Baden, *boches* mutilados, jorobados, pirados, de los hospitales, que también acudían a la piscina, a ofrecerse un *striptease*... lógicamente exasperados, totalmente dispuestos a cepillársenos, todos estaban ya preparando los adoquines con que iban a rompernos la crisma... si no hubiera sido por la señora Von Seckt, lo habrían hecho... aprovechamos... el momento de calma, volvimos a recorrer la orilla del Oos, alguien acudió delante de nosotros... ¡*Fräulein* Fischer!... otra que también nos apreciaba... y que se jactaba de ser muy mala... los americanos la habían azotado... ¡nos metía a todos en el mismo saco!... era fea de una forma tan Quasimodo que tenía por fuerza que haberle sentado bien... en Argel la habían azotado... en el Consulado... ahora estaba allí, en casa de Schulze, su secretaria... la naturaleza había sido generosa con ella, toda su mejilla izquierda, un antojo, los cabellos rojos, tupidos, cola de vaca, los ojos, uno gris, el otro azul... y bizca... ¡también causaba impresión!... ¡se jactaba de ello!... que era de Hartz, del macizo, país de las brujas... en primer lugar, cuidaba su decorado, su habitación llena de pinturas y muñecas de brujería... en la pared, en figurillas, en platos... colgando del techo... otras tantas brujas cabalgando sobre escobas... «miren»... nos avisaba... «¡vamos todas al *sabbat* aquelarre!» Aquella dichosa leyenda significaba mu-

---

[*] Inmediatamente después de la Liberación, en 1944, los vecinos de mujeres que hubieran tenido amantes alemanes las rapaban, las pintaban con esvásticas y las echaban medio desnudas a la calle.

cho para ella... se veía removiendo la olla, con nosotros y los americanos dentro, cociendo bien, desollados... Argel, cuando el desembarco, los americanos la habían emplumado... ¡nosotros, los responsables! ¡una de gente! entonces tan presurosa para llegar ante nosotros... ¿qué buena noticia?...

«¡Doctor! ¡Doctor!...»

Era para mí...

«El señor *Legationsrat* quisiera hablar con el doctor... ¡es urgente!... ¡si no tiene usted inconveniente!

—Señorita Fischer, ¡a sus órdenes!... ¡la sigo!...»

Dos minutos... ya estaba con Schulze...

«Doctor, ¿sabe lo que ha ocurrido?

—Oh, más o menos, señor ministro... más o menos...

—¡Oh, no, doctor, no lo sabe usted!... ¡va a enterarse!... ¡usted conoce este hotel!... ¿lo ha recorrido usted de cabo a rabo?...

—Sí, más o menos... creo que sí...

—Entonces, por favor... si no tiene inconveniente... voy a hacer que lo acompañe uno de mis hombres... llevará una llave especial... una llave "maestra"... ¡ya sabe usted! no hace falta llamar a las puertas... abrirá usted y encontrará a enfermos... si es usted tan amable, coja todo lo necesario, ya sabe, ¡su maletín!... ¡sobre todo éstas!... ¡le doy los números!...»

Escribió...

«113... 117... 82... ¡entre sin llamar!... podría ser que no abrieran... no les diga que es de mi parte...

—¡Oh, ni una palabra, señor ministro!

—Después, cuando los haya usted reconocido... ¡vuelva a verme!... no hablará usted con nadie de lo que haya observado... ¡nunca!... ¡jamás!...

—¡Como una tumba! ¡Como una tumba, señor ministro!

—Entonces, ¡muchas gracias, doctor!... después nos veremos otra vez... después...»

Eran habitaciones que yo conocía... 117... 113 sobre todo... ¡no hacía falta ser una lumbrera!... aquello venía de hacía meses, bastaba con mirarlos un poco... a toda aquella gente, los peces gordos del «Brenner», las habitaciones más grandes, sobre todo la 117, habían participado en el complot, ¡claro!... los magnates con carretillas de marcos... ¿se habrían suicidado?... eso era lo que Schulze me enviaba a ver... no me hacía ni pizca de gracia... o estaban muertos o borrachos... en cuanto se celebra algo, bueno o malo, los humanos se emborrachan, se dan un atracón, al máximo... cogí mi jeringa, mi maletín, mis ampollas... ¡a ver si se han colgado! me dije, muy cerca de allí, ¡la 113!... ¡en primer lugar!... ¡a ver!... ¡toc! ¡toc! no respondieron... el camarero con la «maestra» abrió... una mujer se destacó de la obscuridad, una bella morena... descamisada, desmelenada...

«¡Ah, es usted!, ¡ah, es usted, querido doctor!... ¡entre, vamos, entre!»

Creo que, más que un complot, lo que había era como una orgía... ¿cuántos eran?... cinco, seis formas se movían... allí, al fondo... ¡no era asunto mío!... aquélla solía ser bastante reservada... apenas una sonrisa por equivocación... allí, con el albornoz abierto, la vi más amable... de repente, ¡me besó!... ¿querría tal vez que me uniera a ellos? ¡ni hablar! ¡en modo alguno había acudido para eso!... ¡había ido para marcharme!... ¿cuántos eran?... no distinguía bien... ¡una mezcolanza!... reconocí a un camarero de piso y a un comandante... y a una manicura... ésta en pelotas... y cinco... seis parejas... todo aquello en la obscuridad... habían cerrado todo, sólo tenían una vela, sólo una... ¿qué hacían, además de magrearse?... ¿hechizos?... olía a incienso... empecé a distinguir mejor, iba acostumbrándome, como en los rayos X... la bella desmelenada dejó de besarme, se separó de mí, se desplomó, al poco empezó a roncar... ¡ah! vi en la pared una gran foto, la de Hitler, colgada del revés... con un crespón a lo ancho... a través del marco... debían de estar celebrando su muerte... lo que Schulze me había encargado no contar a nadie, ¡claro!... ¡que su bomba había fallado!... estaban buenos allí, magreándose, ¡como si hubiera salido bien! ¡no la había palmado el Adolf!... ¡ni mucho menos!... el coronel calvo y el chaval ascensorista en plena alfombra... ¡borrachos también los dos!... con hipo... a punto de vomitar... los demás también... ¡qué poca gracia hacían!... el Hitler al revés sí que tenía gracia, adornado con aquel crespón... dije al de la llave: «¡Vale!... ¡ahora a la 117!...» vi también que habían puesto mesas... tres... cuatro... ¡con todo lo necesario! pollos enteros trinchados... enormes compoteras de todas clases... fruta escarchada... merengues... ni siquiera habían podido tocar nada, pues estaban ya, que echaban las tripas... las cajas de champán... tenían por lo menos para sus buenos ocho días... mi morena tan acogedora roncaba... no podía advertir que me iba... las otras habitaciones debían de estar también libertinas... 214... 182... quizá no todos en misa negra... entonces tocando el piano... pasando el rato... en actitudes edificantes... en las circunstancias trágicas siempre hay dos clanes, los que van a ver cortar cabezas, los que van a pescar con caña... abajo, en el salón, estaban tocando el piano, yo lo oía... bastaba con bajar tres pisos... dije al de la llave: ¡vamos! no me había equivocado... ¡no sólo en un salón!... en dos... en tres salones... grandes reuniones de las familias... oh, pero, ¡muy decentes! industriales y generales convalecientes... y franceses colaboradores... padres, madres, los hijos y los perritos... seguro que sabían lo del atentado... pero ni la menor señal de preocupación... ¡absortos en la música!... escuché... *Heder*... romanzas... precisamente estaba cantando nuestro Constantini...[*] tenía voz, no se podía negar... la señora Von Seckt lo acompañaba, muy bien, sin partitura... todo el repertorio... lo que le gustaba... todas las óperas...

Si vous croyez que je vais dire!
qui j'ose aimer![**]

[*] Pierre Constantini: político y periodista colaboracionista y director del movimiento Liga Francesa de Voluntarios contra el Bolchevismo. Se refugió en Sigmaringen e intentó pasar a Suiza, pero fue detenido por la guardia alemana. Tras la Liberación, fue juzgado y considerado mentalmente irresponsable.

[**] La canción cuyas primeras palabras da aquí Céline procede de una opereta de A. Willemetz cuyo libreto, que evoca la historia de Alain Gerbault, estaba sacado de una obra teatral de Sacha Guitry.

¡el aria favorita de la señora Von Seckt!... anticuada tal vez, pero agradable... sobre todo en aquellos salones de época, brocados, terciopelos, cordones, borlas, lámparas de pie, pantallas inmensas...

Si vous croyez...

¡ahora Amery!...* el hijo del ministro inglés... todo lo que nuestro Constantini tenía de hercúleo, lo tenía Amery de endeble... *gentleman... dandy...* oh, pero, ¡nada afectado!... todo iba bien... ya que cantaban, adelante... ¡y se acompañaba a sí mismo!...

Mademoiselle d'Armentières, parlez-vous?
Mademoiselle d'Armentières!

tenía voz bastante grave... sería «bajo»...

Mademoiselle d'Armentières...
*hasn't been kissed for forty years!***

¡La *Mademoiselle d'Armentières* no cogió desprevenida a la señora Von Seckt!... atacó, ¡menudos acordes ejecutó!... ¡en el otro piano!... ¡para animar a las familias!... ¡a que cantaran también, las familias!... ¡el estribillo!... ¡en francés!... ¡y en inglés!... para que veáis hasta dónde puede llegar la armonía...

Pero vi allí, completamente al fondo, a alguien que me hacía señas... desde el vestíbulo... ese alguien era Schulze... oh, no iba a decirle nada de nada... siempre se habla demasiado... fui para allá... me guió... un pasillo... otro... hacia la otra ala del hotel, los

---

* Amery: inglés de clase alta famoso durante la última guerra mundial por su propaganda radiofónica en inglés. Aunque sus charlas carecían del menor valor, eran muy divertidas y seguidas por muchos oyentes.
** La canción *Mademoiselle from Armentières* fue escrita en 1952 y cantada por Line Renaud.

«salones de la correspondencia»... adonde nadie se dirigía nunca... otro salón «*Privado*»... se sentó... yo también... le tocaba hablar a él...

«Doctor, ¡todo esto se va a acabar! estará usted al corriente sin lugar a dudas...

—¡De nada, señor ministro!... ¡no he visto nada! ¡no he oído nada!

—¡Tiene usted respuestas para todo, doctor! ¡supongamos que así sea! ¡supongámoslo!... pero lo que debo decirle, por mi parte, es que todas las habitaciones de este hotel deben quedar evacuadas esta noche... ¡esta misma noche!... vacías mañana por la mañana: ¡digamos que a mediodía!... ¡Orden del Ministerio!... y ni una sola de esas personas debe permanecer en Baden-Baden... ¿tiene usted muchos enfermos?... quiero decir: ¿enfermos en cama?...

—Dos... quizás...

—Irán al hospital... la señora Von Seckt también se va...

—¿Al hospital?

—¡Donde quiera!... o al manicomio... está loca... vendrán a buscarla esta noche... ¡no le diga nada!...

—¡Bien, señor Schulze!...

—Usted, doctor, mis instrucciones... va usted destinado en Berlín a la *Reichsartzkammer*... el profesor Harras se encargará de usted allí... cogerá usted el tren mañana al amanecer, un tren de tropa... yo lo acompañaré a la estación... ¡en persona!... no diga nada... ¡a nadie!...

—¡Oh, puede usted estar tranquilo, señor Schulze!... de todos modos, ¿podré llevar a mi mujer... y mi gato... y a Le Vigan?

—¡Desde luego, desde luego! Pero no visite a nadie más, por favor... y no se despida de nadie... daré orden de que le lleven esta noche a su habitación la cena para los tres... y una merienda para el viaje... y mañana al amanecer, ¡estén preparados!... ¡pongamos a las cinco!...

—¡Desde luego, señor ministro!»

Los de la otra ala no sospechaban lo que les esperaba... seguían cantando... se los oía... ¡vaya si se los oía!... estaban escuchando a otro artista... esta vez, un alemán... una voz muy bella...

Vater!... o Vater!

Schumann... no he vuelto a ver a ninguno de aquellos refugiados de Baden-Baden... no hace mucho me enteré de que a Amery lo habían colgado en Londres... Londres está hecho, como quien dice, para eso... y el acordeón... el hacha también... un salmo entre medias...

★ ★ ★

He de decir que, desde que abandonamos nuestra Rue Girardon, perseguidos por los «pequeños ataúdes»,[*] no hicimos otra cosa que ir de mal en peor... veo a montones de personas inconsecuentes, atracadas de alcohol, cigarrillos y bulas de gacetas, ¡no hacer caso de semejantes presagios!... ¡tan serios!... ¡y más aún! ¡con más frufrúes que en tiempos de Loubet![**] ¡atiborradas por los «Correos del corazón»!... el «Arte doméstico»... el «Arte de curar»... ¡gibones de choque mecanizados!... ¡pitecántropos bachilleres!... ¡un momento, amigo! ¿el hilo de la Historia?... ¡sea! con vuestros pantalones de homínidos completamente empapados, no tendríais tantos cólicos, si ayunarais un poco... ¡ay!... ¡el hilo de la Historia por el ojo del culo!...[***] los detalles son algo cómicos... ¡riamos de los choques y contrachoques!... como en la feria, ¡tronchémonos!... ¡atómicos de lo lindo, año tras año, mediante mutaciones y mitos!

---

[*] Durante la ocupación alemana, muchos colaboracionistas conocidos recibían paquetes que contenían ataúdes en miniatura, acompañados de amenazas. En muchos casos, si el receptor no desistía de sus actividades, se cumplían las amenazas.
[**] Émile Loubet (1838-1929), presidente de la República Francesa de 1899 a 1906.
[***] Cf. más adelante, pág. 214: «Puedo decir sin jactancia que la cuerda de la Historia me pasa de parte a parte, de arriba abajo, desde las nubes a la cabeza, al culo...».

de Venus a Marte y a la Luna... ¿hasta dónde no iremos? ¡a vuestra salud!... ¡espectros!... ¡viaje a mil años-luz!... creedme, si os digo... yo tomé un poco de carrerilla, en ataúd derechito, vertical, de zinc, hasta la Policía de Copenhague... si salí un poco del Tiempo... tengo mis razones... vosotros mismos podéis... a ver, ¡cometed un pequeño robo! en la primera tienda que se presente... ¡también os harán probar su «cabina especial»!... ¡venga! ¡venga! ¡en movimiento!... ¡vulgares turistas! ¡habréis visto el país!... ¡contaréis vuestras aventuras!... ¡pintorescas!... vividas... mi Achille,[*] por ejemplo, está ávido, mi filántropo que ya no aparenta su edad...

«¿Todavía no ha acabado usted? Céline, ¡me debe usted millones!... ¡no lo olvide!»

¡El mes pasado se celebró precisamente su «no aparentar la edad que tiene»!... que estuviera bizco y sordo, en fin casi, las enfermedades, los abusos, ya nadie se fijaba, hacía tanto tiempo que se lo veía chocar contra los muebles, hacerse repetir las preguntas, que ya nadie se daba cuenta... pero, aun así, su «no aparenta su edad» fue un momento emocionante... delegaciones de los empleados y redactores, jefes de escuelas, encabezados por orfeones, seguidos de tres, cuatro ataúdes de nilón, adornados con sostenes y medias negras, engalanados y todo con coronas de siemprevivas y grandes cintas «a nuestro Achille tan querido»... uno de los ataúdes lleno de sonajeros... el otro lleno de francos nuevos... el otro de gafas... desde luego, un mes de vacaciones para quienes no las hubieran tomado ya...

Yo veía que su «no aparentar la edad que tiene» le había salido bien, en resumidas cuentas... en el número especial de la *Revue Compacte...*[**] «Ya no aparenta su edad, ¡vivirá aún mucho tiempo!» le había sentado muy bien, una inyección muy fuerte de mala leche...

---

[*] Achille: pseudónimo de un conocido editor francés.
[**] *Revue Compacte:* probablemente la *Nouvelle Revue Française,* revista literaria mensual fundada en 1909 por un grupo de escritores, entre ellos André Gide.

«¿Todavía no ha acabado usted?

—¡No, señor Achille, todavía no!

—Sobre todo, ¡nada de filosofía! ¡nada de observaciones inteligentes! ¡cuidado! ¡tengo sótanos llenos!... ¡las tiro al Sena!... ¡almacenes llenos, trenes de barcazas, miriatoneladas de "finas observaciones"! ¡sobre todo lo habido y por haber! en manuscritos e impresas, ¡inteligentísimas! ¡sádicas incluso, fustigadoras, sangrantes! ¡guindillas rancias, Céline!... lo de mi "no aparentar la edad" me ha agradado, pero, ¡mis "invendidos"! ¿se da usted cuenta?... Sísifo a la hora de remontar esa mercancía barata, de hacer que pase la cresta feroz, ruede cuesta abajo, aplaste a los lectores, monstruos que eructan, ¡que no me vuelva a caer siempre sobre la nuca! ¡comprenda, Céline!... ¡inténtelo!... ¡recuerde que me debe sumas astronómicas!... huya, huya de la inteligencia, ¡como el pequeño gobio del gavilán!... ¡no se acerque tanto a los abismos!... ¡alto, diantre! ¡ya no aparento ninguna edad! ¡ya no aparento ninguna edad!... ¡Desde luego!»

Así, pues, comprenderéis que ponga término a los comentarios... Achille, a pesar de su «no aparentar su edad» y de su *Revue Compacte,* está en gran peligro... ¡enseguida os vuelvo a llevar a Baden-Baden! ¡olvidad todo lo anterior! ¡comentarios ociosos! jeremiadas, ¡adiós! volvemos a estar en el «Brenner»... ¿recordáis?... pues, bien, ¡una sorpresa!... acabábamos de subir de nuevo a nuestra habitación... cuando, *¡toc! ¡toc!,* llamaron a la puerta... ¡la señora Von Seckt!... todo estaba a obscuras... muy difícil encontrarnos... descansillos y recovecos... nos había buscado, número a número... llevaba una vela en la mano...

★ ★ ★

La señora Von Seckt sabía ya que nos marchábamos al amanecer...

«Me he tomado la libertad de venir a llamar a su puerta...

—¡Oh, señora!... ¡señora!... por ciertos indicios yo creía...

—¡No crea!... ¡no crea, querido doctor! ¡ya nada tiene pies ni cabeza!... estamos todos a las órdenes de un loco... ¡usted también, doctor! ¡y usted, señora!... ¡ese Schulze ya no sabe lo que dice!... a quién debe traicionar... ¡ya no sabe!... ¿no es gracioso, doctor? ¡es de risa! ¡de risa!»

Yo también pensaba en Schulze... teníamos motivos para temerlo... pero ¡también! ¡también! una llamada de teléfono desde Berlín y el señor Schulze *Legationsrat*, tratado a cuerpo de rey, ¡dejaba de existir!... cosa muy posible, en un momento en que depuraban a los altos mandos, más o menos pringados en el complot... Schulze debía de saber algo...

Rogué a la señora Von Seckt que entrara...

«No... no, doctor, ¡perdóneme!... solamente quiero despedirme... de los dos... he escapado de mi habitación, pero, ¡ya sabe usted lo que son los pasillos!... ¡por lo menos un ojo en cada cerradura!... ¿no es gracioso?... ¡seguro que me han visto salir!... ¿sabe usted que...?»

Me citó nombres... una amiga... otra... que ya se habían marchado...

«Señora Céline, señora, ya no me queda gran cosa... ¿sabe?... pero, de todos modos, hágame el favor de aceptar este pequeño recuerdo...»

Vi un abanico...

«Sin pretensiones artísticas, verdad... pintado por mí... ¡en aquella época todas las muchachas pintaban!... pronto no quedarán colores... ¡y toda clase de venturas!... ¡mañana nos marchamos también nosotros!... ¡todos!

—¿Se va usted?

—Sí, después que ustedes, ¡al mediodía!... yo, con las locas... el príncipe, al hospital... su método, ¡unos por aquí... otros por allá!... ¡Doctor! ¡Doctor, separémonos!... ¡estamos conspirando!...»

Se fue... no temía a los ojos de las cerraduras... la vimos lejos con su vela, allá... aquel pasillo era inmenso... ancho... largo... ¡nos dijo adiós por señas!... ¡adiós! su habitación estaba al final del piso...

★ ★ ★

Sí, lo reconozco, ¡nada de orden!... ya os orientaréis, ¡eso espero!
os he mostrado Sigmaringen, Pétain, de Brinon,* Restif...** ¡distracciones!... ¡diantre! ¡primero Baden-Baden!... hasta después,
mucho después, no nos reunimos con el Mariscal y la Milicia y
los «hombres de choque» de la «Europa Nueva», que están todavía, más o menos, en la Naturaleza o en las fosas... ¡la «Europa
Nueva» se hará sin ellos! pues, ¡claro! ¡y con la bomba! ¡y atómica!... ¡os creo como dos y dos son cuatro!... y con los chinos, además... ¡por supuesto!... no encontraréis nada que os informe en
vuestro periódico habitual... ni en la «crónica teatral»...

Volviendo a mi historia... la señora Von Seckt se despedía de
nosotros... su pequeño recuerdo, el abanico... ¡eso es!... a la mañana
siguiente, como estaba previsto, al amanecer, Schulze llamó a la
puerta... el hotel dormía... pero nosotros estábamos listos, Bébert
en su bolso... nuestras dos maletas, ¡y adelante!... la estación... el *Legationsrat* nos acompañó hasta el tren... ¡en marcha!... pitó el tren...
iban a hacer falta todavía seis meses para que aquello se convirtie-
ra de verdad en el follón, el tráfico quedaba interrumpido, un día,
dos días, no más... remiendo, ¡y en marcha!... con tal que no os
perdáis, con mi manía de adelantarme... no recordar... todo en desorden... ¡otros avatares olvidados! ¡*plaf!* esa vacilación en las horas,
las personas, los años... en realidad, me parece, ese batiburrillo, la
consecuencia de las galopadas y malos tratos... demasiadas conmociones... sin parar... una persona, bastante favorable, me para y me

---

* Fernand de Brinon, periodista francés. En 1933 publicó la primera entrevista con Hitler que apareció en Francia. Presidente del Comité Francia-Alemania. En diciembre de
1940, Laval lo nombró delegado general del gobierno francés en los territorios ocupa-
dos, con el título de «embajador de Francia». Fundó una «Comisión gubernamental en
pro de los intereses de los súbditos franceses en Alemania», que Pétain y Laval desauto-
rizaron. Tras la Liberación, fue condenado y ejecutado.

** Restif: personaje no identificado de *De un castillo a otro*, dirigente de una banda de
asesinos profesionales que se entrenaban para las actividades de guerrilla después de la
victoria de los Aliados. Entretanto, vivían del saqueo y la extorsión.

dice... «Doctor, sé que no es verdad, pero por la forma como anda usted parece como si hubiera bebido...» sí, en efecto... pero todos los viejos andan poco más o menos... ¡mirad las salidas de los viejos de Nanterre!...* una de mis clientas, de mi edad, gira con fuerza y se bambolea, y no oculta que lo suyo es la botella... me la esgrime a la altura de la frente, su botella... y una palabra más, ¡y me la estrella!... ¡como lo oís! yo no soy tan brutal ni mucho menos... ¡Hostias! ahora os olvidaba en el andén de la estación... Baden-Baden... aún me mantenía de pie perfectamente, hasta Berlín, veinticuatro horas después, no advertí que me pasaba algo raro... empecé a zigzaguear... como con el oleaje... no es frecuente que los enfermos, cerebro, cerebelo, puedan decirte el momento exacto en que empezaron a chochear... yo en «Berlin-Anhalt»... ¡a la salida!... después del andén... ¡oh! no solté la barandilla... pero no he vuelto a andar derecho nunca más... una preocupación: ¿iría a durar? ¡menudo si duró!... ¡ya lo creo!... no me cuidé demasiado bien... pero, ¡aun así!... podría haberme adaptado un poco... mirad las «salidas» de los viejos de Nanterre... hay pequeños «tirones», tristeza, pero llegan lejos, hasta dentro de París, hasta Nation... ¡seamos serios!... desembarco en «Berlin-Anhalt»... ya me veía caer del andén, morir bajo el rengue... ¡por muy poquito! le dije a Lili: «¡Necesitaría un bastón!...» ¡evidentemente!... ¡y nos pusimos a buscarlo!... pero, ¿dónde encontrarlo?... así, que preguntamos... «¡vayan por ahí!... ¡vayan por allá!... ¡no tiene pérdida!...» ¡gracias! ¡en marcha! Lili me dio el brazo... ni una tienda abierta ni de bastones ni de otras cosas... ¡íbamos a ver mundo!... volvimos a preguntar... «¡vayan ahí!... ¡vayan allá!» lo que veíamos sobre todo eran escaparates rotos... y otros combados... ¡papillotes!... ¿que no tenía pérdida? ¡ya estábamos en la puerta de Brandeburgo!... una avenida: ¡bajo los *Linden*!... ¡ni un tilo!... hacía siglos que intentaban hacerlos crecer... ¡más

---

* Se refiere al asilo de ancianos de Nanterre, ciudad de los suburbios de París, originalmente «depósito de mendigos» ancianos. Se les permitía salir, pero en uniforme y con la prohibición de mendigar.

allá!... ¡más allá!... otra avenida ancha... en resumen, casi todo en ruinas en Berlín capital... yo no veía muchas tiendas... salvo los telones metálicos y, además, cada dos, tres, escaparates enormes pilas de ladrillos, canalones y tejas... ¡montones!... mujeres muy viejas recogían todo, en fin lo intentaban, hacían montones perfectos, algo así como pequeñas fortalezas en plena acera... la limpieza doméstica de los escombros... juguetes de niños, arena, hoyos, ladrillos, para abuelas maniáticas... ¡y yo seguía sin ver los bastones!... en fin, ¡más adelante! ¡eso habían dicho! seguimos, una esquina más... otra... ¡caramba!... pues, ¡sí!... pues, ¡sí! ¡allí estaba!...

¡Un edificio imponente, la verdad!... sus buenos ocho pisos... pero, ¡en qué estado! pisos enteros se iban por las ventanas... colgaban... en chatarra... baratijas, cristalería... cascadas... a pedazos... juguetes del viento... ¡yo no veía qué podían tener para vender! aprovechamos el polvo... una ráfaga... ¡y nos lanzamos al interior!... ¡las bombas habían dejado todo hecho cisco! ya no se veían las estanterías... ni escaleras... vitrinas… ascensores... todo en un revoltillo desordenado hacia el sótano... ¡ah, aún había personal!... viejos carcamales, los señores dependientes... ¡oh! muy amables... sonrientes... dos, tres, por sección... secciones de nada... bajo los carteles... «Sedas»... «Porcelana»... «Trajes de caballero»... pero, ¿y los bastones?... ¿muletas?...

«¡Oh, desde luego!... pues, ¡claro!... ¡en el tercero!»

¡A la escalada!... ya no había escalera... escabeles y pequeñas escalas... pasamos por delante de la «Pasamanería»...

«Leider! leider! ¡pronto tendremos! bald!»

Los viejos sin dejar de sonreír nos echaban... los bastones estaban en el «cuarto»... algunos escabeles más... ¡allí sí que había!... ¡ya lo creo! ¡su única sección surtida! ¡todos los bastones posibles! ¡y un gentío!... ¡la única sección animada! Militares y civiles... y chavales... allí los vendedores no eran viejos, pero, ¡todos mutilados!... lisiados... patituertos... hasta sin piernas... y tan heridos como los clientes... la sección de los pupas, «¡Corte de los milagros!...»

No vacilé, escogí dos bastones, dos juncos, ligeros, con punta de goma, ¡perfectos!... ¡me despacharon!... ¡y a la caja!... ¡veinte marcos!... ¡lo que se dice un placer!... para los vértigos... ¡frivolidad!... todos los comienzos son divertidos, ¡hasta con una pata chula!... ¡emoción y alegría! por haber encontrado la única sección con vendedores y bastones variados en aquel almacén tan enorme, tan vacío...

¿Dónde estará ahora?... ¿en qué zona?... ¿qué habrá sido de él?... ¿aquel almacén sin escaleras?... he preguntado un poco... aquí... allá... la gente me mira... les parezco raro... no saben...

★ ★ ★

Yo, mis bastones, Lili, Bébert, allí nos teníais de turistas... ¡a buscar un hotel! aquella ciudad ya había sufrido lo suyo... ¡cuántos hoyos y calzadas levantadas!... qué extraño, no se oían aviones... ¿no les interesaba ya Berlín?... yo no comprendía, pero poco a poco fui entendiendo... era una ciudad de decorados solamente... calles enteras de fachadas, todos los interiores derrumbados, hundidos en los hoyos... no todo, pero casi... al parecer, en Hiroshima todo quedó más limpio, nítido, pelado... la limpieza de los bombardeos es también una ciencia, aún no estaba a punto... allí los dos lados de la calle engañaban todavía... postigos cerrados... lo que también era bastante curioso era que en todos los alares todos los escombros, vigas, tejas, chimeneas, estaban amontonados, impecables, nada de un montón de cualquier manera, todas las casas tenían sus restos delante de la puerta, a la altura de uno, dos pisos... ¡y ruinas numeradas!... que mañana la guerra fuese a acabar, súbito... no necesitarían ocho días para volver a colocar todo en su lugar... en Hiroshima ya no podrían, el progreso tiene sus inconvenientes... allí en Berlín, ocho días, ¡y volvían a poner todo en su sitio!... las vigas, los canalones, cada ladrillo, ya marcados con números, pintados en amarillo y rojo... en eso se ve si un pueblo es ordenado por naturaleza... la casa muerta y bien muerta, un simple cráter, todas sus tripas, tubos fuera, la piel, el corazón, los huesos, pero eso no quita para que todas sus entrañas estuviesen en orden, bien dispuestas, en la acera... como un animal en el matadero, un toque de varita, ¡aúpa!... ¡y recuperarían todas sus visceras... ¡y volvería a galopar! Si París hubiera quedado destruido, ¡ibais a ver los equipos de reconstrucción!... ¡lo que harían con los ladrillos, vigas, canalones!... ¿dos, tres barricadas tal vez?... ¡y quizá ni eso!... allí, en aquel triste Berlín, yo veía purós y purís, por el estilo que yo viejos y viejas, de mi edad, e incluso purilis mayores, de unos setenta y ochenta... y hasta ciegos... enteramente manos a la obra... llevando todo con cuidado a la acera, apilándolo delante de cada fachada, numerándolo... los ladrillos, ¡aquí!... tejas amarillas, ¡allá!... cascos de vidrio en un hoyo, ¡todo!... ¡ni el menor abandono!... con lluvia, sol o nieve Berlín nunca causó risa, ¡a nadie! un cielo que nada puede alegrar, nunca... a partir de Nancy, ya no hay nada que esperar... sino cada vez más zozobras graves, enormes congojas y tristezas, guerras de siete años... mil años... ¡siempre!... ¡miradles la cara!... ¡incluso las aguas!... su Spree... esa Estigia de los teutones... cómo pasa, inexorable, lento... tan cenagoso, negro... que sólo de mirarlo te dejaría sin habla, quitaría las ganas de reír, a varios pueblos... estábamos mirándolo desde el pretil, nosotros, allí, Lili, Bébert y yo... una señora, una alemana, se nos acercó... quería hablarnos... era una amiga de los animales... quería acariciar a Bébert... éste había sacado la cabeza del bolso... miraba con nosotros el Spree... aquella señora nos preguntó de dónde veníamos... ¡de París!... éramos «refugiados»... se trataba de una mujer con corazón, comprendía que tuviésemos pena...

«¡Oh, van a tener ustedes muchas dificultades con su gato!»

No lo sabía, por ella me enteré, que los animales domésticos, gatos, perros, que no fueran «de raza» ni «reproductores» estaban considerados «inútiles»... que las ordenanzas del Reich obligaban a entregarlos cuanto antes a la «Sociedad Protectora».

«¡Tengan cuidado en los hoteles! con cualquier pretexto pasa su delegado... para una "supuesta visita veterinaria"... ¡y no vuelven a ver su gato!... los SS se entrenan con ellos, les sacan los ojos...»

Ya estábamos avisados... le di las gracias... ¡desconfiaríamos de los hoteles!... Bébert no era ni reproductor ni «de raza»... y, sin embargo, yo tenía un pasaporte para él... lo había llevado al reconocimiento en el hotel «Crillon»... por un coronel-veterinario del ejército alemán... «el gato llamado "Bébert", propiedad del doctor Destouches, 4 Rue Girardon, no nos parece que padezca ninguna afección contagiosa (foto de Bébert)...» el coronel-veterinario no había dicho nada de la raza... ¡ya veríamos en la policía!... muy bonito soñar despierto, charlar, pero, ¿y nuestro visado?... ¡oh, recordé!... no nos iban a recibir en ninguna parte sin pasaportes en regla... Schulze nos había avisado... «¡preséntense de inmediato a la policía!»

«¡Vamos, pequeño! ¡en marcha!»

Habíamos callejeado un poquito... pregunté al primer *schuppo*... al otro lado del puente... «¿la oficina de los visados?»... ¡estaba cerca!... me mostró dos... tres barracas entre el Museo y el tranvía... ¡bien!... nos acercamos... un cartel... algo así como «personas desplazadas»... de más cerca vimos, oímos todas las jerigonzas imaginables posibles... niños, abuelos, muchachas... habría de ser un barullo, pero, aun así, dentro de un orden, por carteles... como los ladrillos... los «Balcanes» aquí... los «Rusia» allí... «Italia» un poco más allá... nosotros, los *Franzosen* al final... fuimos... llamamos a una puerta... había una pequeña cola... *herein!*... ¡ya estábamos!... lo único que había que hacer era conseguir la atención del hombre de la máquina de escribir... éramos unos veinte encima de él... respondiendo a las preguntas de los otros... sin egoísmos, respuestas para todo... para los casos de toda la cola... los de Noirmoutier... Gargan... Marly... Villetaneuse... ¡no sabían hablar alemán!... ¡si no, habríamos contestado por ellos!... no le dejábamos tiempo para preguntar, al hombre de la máquina de escribir... le hacíamos preguntas a él... y respondíamos todos a la vez... unos por otros... lo que queríamos, que firmara, ¡y el sello!

¡él farfullaba lo que deseaba!... ¡documentos! ¡nuestros documentos!... ¡eso! ¡eso! ¡estábamos llenos de documentos! ¡para dar y tomar! ¡con las bolsas y los pantalones llenos de ellos!... ¿qué cojones quería hacer con ellos, aquel chorra? miré la carga de «documentos», certificados, cartillas que llevaba conmigo... pasada cierta edad, ¡es horrible! como para asquearte de la vida... todo lo que has acumulado en punto a fes de bautismo, fotocopias, contribuciones... ¡por triplicado, por duplicado!... apareció otro chupatintas... aquél para pedirnos nuestras fotos... ¡teníamos!... ¡sobre todo La Vigue!... las mejores de su última película... el burócrata nos miró detenidamente... comparó nuestras jetas... ¡nada contento! ¡no!... ¿ésos, ustedes?... ¡nunca!... ¡ni yo, ni Lili, ni La Vigue!... ¡no nos parecíamos!... ¡bien sabíamos que éramos nosotros! ¡qué leche! ¡y no otros!

«*Ach!... nein!... nein!...*»

¡Mira que tenía rostro el chupatintas ese!... ¡tampoco habíamos cambiado tanto!... ¡estaba cegato! ¡un momento! ¡se estaba burlando de nosotros! ¿por quién nos tomaba?... miré, comparé... desde luego, teníamos aspecto cansado... habíamos adelgazado bastante, pero, ¡nada más! ¿cómo nos veía? ¿paracaidistas?... ¿saboteadores?... ¡no hablaban de otra cosa en sus periódicos!... en cualquier caso, una cosa: ¡quería otros retratos!... eso de otras fotos quería decir allí enfrente... la barraca del otro lado del Spree... «Fotomatón»... vimos la casucha amarilla y roja...

«¡Qué raro! ¿No?!»

Seguramente era compinche de aquella barraca... en todo caso, tenía la manía de no encontrar parecido a nadie... la prueba: ¡aquel matrimonio!... un señor de buena presencia, con perilla, y su mujer, hecha un mar de lágrimas... habían ido a Berlín para ver a su hijo en el hospital... «¡La Charité!»...* herido en el este... el maníaco de los lentes tampoco les encontraba parecido... venían de Carcasona... se explicaban... nos preguntaron nuestra opinión...

---

* La Charité: hospital de Berlín fundado en 1710 por hugonotes franceses emigrados.

«Quizás hayamos cambiado algo, pero no tanto, ¿verdad, señora?... ¿la pena?... ¿el viaje?...»

Miramos y comparamos... evidentemente, algo, un poquito, pero, ¡tanto como para no reconocerlos!... Aquel funcionario de los lentes era un maniático o un bribón... o en cualquier caso un bromista peligroso... decidió, nos colocó castigados en el rincón de la barraca para tener tiempo de copiar nuestra documentación... a mano, primero... y después, a máquina... el señor de la perilla, de Carcasona, pero, ¡bueno! ¡se hartó!... ¿por quién lo tomaban?... ¡vaya una broma! ¡oh, La Vigue estaba de acuerdo!... ¡se estaban burlando de nosotros!... ¡ni más ni menos!... ¡aquel burócrata estaba pasándose de la raya!

«¡Imagínese, señor! ¡irreconocible, yo!... ¡yo!... ¡mi foto en todas las paredes! ¡toda Europa tiene mi foto! ¡ay! ¡ay!... ¡y América! ¡y este idiota no me reconoce! ¿de dónde sale, este cretino? me pregunto... ¡mire usted qué policía tienen!... ¡menuda pandilla de pelmazos enchufados!... ¡debería haber estado en el tren, en nuestro tren!... el último tren de la Gare de L'Est... ¡mire mi maleta!»

Se dirigió hasta la banqueta de enfrente... sacó su maleta de debajo... ¡la blandió en alto!... la abrió... salió toda una bola de ropa interior, hecha jirones... sus camisas... pañuelos... calzoncillos...

«¡Ya ve usted!... pasado Épernay, ¡fuimos un simple blanco de tiro!... ¡el tren blanco de tiro!... ¡desde los dos terraplenes!... ¡de parte a parte! ¡tap! ¡tap! ¡rrrrrt! ¡y no sólo en mis maletas!... ¿cuántos muertos?... ¡nunca se sabrá! ¡yo llevaba además tres bolsos!... ¡los dejé! ¡el *maquis* es dueño de Francia!... yo lo he visto... ¡lo sé!... ¡hombre! ¿en París?... ¡hasta en París! ¡no lo sabe usted?... ¡yo lo he visto!...»

Allí, de pie, volvía a ver...

«¡No puede usted hacerse idea! ¡los "ratones grises"»,* las telefonistas!... ¡las lenguas arrancadas, atadas de dos en dos en el Sena!... ¡desde el puente de la Concordia!»

---

* Apodo dado a las mujeres auxiliares del ejército alemán a causa de sus uniformes grises. *Souris* («ratón») significa «mujer» en argot francés.

El matrimonio, el de la perilla y su llorona, parecían como dudar... ¡ah, no me diga!

«¿No me cree usted, amigo?... pase ahora mismo por cualquier puente de París, ¡verá usted lo que es bueno!...»

¡Aquellos escépticos lo exasperaban! ¿que sus maletas estaban agujereadas? ¡bonita prueba! ¡tres... cuatro balas!

«¡Ven, Ferdine! ¡no puedo soportar más!»

Salió, me llevó... enseguida hasta el cartel, la otra puerta, *Abort...* W-C... entramos.

«¡Ésos son de la bofia! ¿no has visto? ¡esos que dicen venir de Carcasona!... ¡venga, hombre! ¡lo que quieren es tirarnos de la lengua!...

—¿Tú crees?

—Pues, ¡claro!... ¡la tira de micrófonos por todos lados, la que li llena!...»

De acuerdo... reflexioné...

«Ferdine, si no salimos de aquí, no dentro de una hora... sino ahora mismo... pero, ¡ahora mismo!... ¡no saldremos nunca!»

De acuerdo.

«Ve a buscar a Lili... diremos al tipo del escritorio que vamos a comer ahí enfrente, ¡y que volvemos enseguida!... ¡que le dejamos nuestra documentación! ¡que volvemos con las fotos!... ¡a que acepta una propina! ¡te lo digo yo!

—¡Tienes razón!»

Hice señas a Lili... ¡un salto al despacho!... en fin, ¡un salto como pude!... nuestro burócrata ya no estaba allí, había ido a comer... ¡joder! ¡había otro! ¡aquel otro me escuchó!... le parecía bien lo de «que vamos a volver, etcétera.» pero me avisó de que no nos darían nada de comer, ¡si no presentábamos nuestros pasaportes!

«Puedo darles un "permiso"... ¡es lo único que puedo hacer!... ¡el *hausgericht*!... comida frugal...»

¡Sí! ¡sí! ¡de acuerdo!... lo principal era que nos dejara salir, ¡que no nos dejase allí dentro! aquel matrimonio de Perpiñán

podía ser perfectamente inofensivo, ¡que no tuviesen nada de polis!... lo terrible era que no hubiesen reconocido a La Vigue... ¡ni
del teatro, ni de la película!... ¡menuda gente debían de ser!... ¡parecía mentira!... ¡capaces de cualquier cosa!...

«¡Vamos, Ferdine! ¡date prisa! ¡a ver si va a volver el otro poli!»
Nos metía prisa...

«Oye, ¡lo primero jalar!... bueno, no, ¡ahora mismo al "Fotomatón"! ¡no te he contado todo, Ferdine!... ¡nuestro tren de
recreo! ¡el último rengue de la Gare de l'Est!... ¡cuatro veces ame-
trallado, chico!... Épernay... Mézières... ¡y luego en Bélgica!... ¡los
dos terraplenes llenos de *maquis*¡ ¡tú fíjate!»

¡Volvía a empezar!

«¡Mira mi maleta!»

Volvió a abrirla... se derramó... ¡toda la acera cubierta de sus
camisas!... ¡para que los de la cola se diesen cuenta de lo que había sido el último tren!... ¡y de que esos dos llorones de Carcasona no habían visto nada!

«¡Así está Francia ahora!»

¡Oh, ya estaba! ¡alguien lo había reconocido!... ¡uno!... ¡diez!...
«¡Le Vigan!... ¡Le Vigan!... ¡es él!»

Dio las gracias... una vez... dos veces... se inclinó... y volvió
a guardar sus bártulos... todos sus andrajos... ¡rápido!...

«Ahora, chico, ¡en marcha!»

En marcha, no era lejos... al otro lado de la avenida, el «Thüringer Hof»... al final, habíamos decidido que a las fotos iríamos
después... Lili llevaba a Bébert en su bolso...

«¿Ya no puedes andar sin bastones?»

Me preguntó.

«¡Sí! poder puedo, pero, ¡voy mejor con ellos!

—¡Te estás haciendo viejo!»

Su terror, ¡envejecer! ¡envejecer!...

«Pero, oye, chico, ¡si tienes diez años menos! ¡ya verás dentro
de diez castañas!...»

Era lógico que yo titubeara, él derecho como una vela...

Nos presentamos en el «Thüringer Hof»... hotel de gran lujo... oh, muy desportillado... entre dos inmuebles absolutamente en ruinas... en hueco, diría yo... el «Thüringer» se mantenía en pie todavía, sólo colgaba un balcón... entramos... la «Recepción»... en medio de un gran vestíbulo, todo dorado... saqué nuestro primer permiso: «una comida»...

«*Stimmt*... ¡Vale!... ¿quieren comer?

—¡Sí!... ¡sí!... ¡sí!»

Respondió Le Vigan...

«¿Quieren una habitación?

—¡Dos habitaciones!... ¡una para mí y mi mujer!... ¡y otra para aquí, nuestro amigo!...»

Aquel conserje era de la gran época, la levita más que ancha, con pasamanerías como fideos, gorra de superalmirante... pero, ¡de pronto vio a Bébert!... ¡su cabeza!... también Bébert lo miró fijamente...

«¿Llevan ustedes un gato?»

¡Atiza! ¡lo vio!... ¡clac!... ¡volvió a cerrar el registro!... ¡no quiso saber nada más de nosotros!

«¡No admitimos animales!

—Entonces, ¿qué?

—¿Qué de qué?»

Podíamos responderle en los mismos términos: criado, *boche,* ¡que se fuera a tomar...! con eso no íbamos a adelantar mucho...

«¡Enseña tu maleta, gilipollas!»

Dije a La Vigue... me obedeció, mostró los agujeros... su fárrago de andrajos... yo le enseñé mis bastones... que no me sostenía de pie...

«¡Heridos! ¡heridos! *verwundet!* ¡mi mujer también!...

—Entonces, ¡diríjanse a éste!... en éste admiten animales...»

Nos escribió el nombre en una tarjeta... «Zenith Hotel»... Schinkelstrasse...

Yo no quería que Le Vigan volviera a decir gilipolleces, tomé el mando...

«Muchas gracias, señor conserje, vamos a ir ahora mismo de su parte... ¿tendría usted la bondad de avisar al "Zenith Hotel"?... ¿de telefonear?»

¡Encantado de librarse de nosotros!

«*Ja!... ja!... ja!...*»

Plegué para él un billete de cien marcos en cuatro... en ocho... se lo puse en la palma de la mano... y le apreté muy fuerte las dos manos... al instante estaba al habla con el «Zenith»... escuché el agradable diálogo... «¡Vale!... *stimmt*! ¡vayan!» ¡que podían admitirnos! que éramos serios en punto a propinas...

Preparé otro billete de cien marcos, para tener todo lo necesario a la llegada... ¡y no presentarnos como unos pelanas!...

«Ahora, La Vigue, ¡adelante!»

¡Se acabó la diversión!... si en el «Zenith Hotel» nos ponían de patitas en la calle, no tendríamos adónde ir... les repetí, a Lili y a nuestro amigo ilustre artista... ¡que me preguntaran antes de hablar!... ¡que no metiesen la pata!...

En primer lugar, ¡había que encontrar aquella Schinkelstrasse!... el almirante-portero se dignó salir... nos indicó... ¿la cuarta?... ¿tercera?... ¿a la izquierda?... ¡no tenía pérdida!... ¡podía ser!... pero yo me conocía el decorado de las fachadas, te creías que existía una calle y había dejado de existir... todo su interior, vigas, ladrillos, escaleras, le colgaba por las ventanas... se encontraba amontonado delante de las puertas... si veías de lejos, cierta altura de ladrillos, ése era el único recuerdo del edificio... te acostumbrabas... el alar no era ya sino un pasillito justo para el paso de una persona... entre el muro de las basuras y las presuntas casas... desde el «Thüringer» hasta aquella calle Schinkel, al cabo de dos minutos no había otra cosa que trozos de escaparates que navegaban, se deshilachaban... y persianas... ¡daba risa! a cada borrasca, sopla mucho viento en una ciudad que ya no tiene inmuebles... ¡en Hiroshima debió de ser horrible! *¡ptaf!*... ¡te caía encima una ventana!... podías perfectamente resultar muerto... con bastones... sin bastones... ah, vi aquella Schinkelstrasse... el

15... el montón de escombros no sobrepasaba el primer balcón... «Hotel Zenith»... sólo quedaba un trozo de placa: *nith*... ¡inconfundible!... ¡el timbre ya no sonaba! ¡qué le íbamos a hacer!... ¡adelante!... ¡nadie salió a recibirnos! no podía hacer otra cosa que mirar lo que quedaba del «Zenith Hotel»... y, en primer lugar, encontrar a alguien... vi al fondo de un como patio pequeño... también allí montones de basuras, de ladrillos y de todo... pero no en orden, en pilas... ¡no!... como en las antiguas chabolas de París... y, además, excrementos... ¡bueno!... ¡no dejaba de ser un estilo!... y casi obscuro, allá, todo el fondo... obscuro y mohoso... por un lado era planta baja... sin ventana ni puerta... había cortinas... me pregunté: ¿estará habitado aquel antro?... llamé: ¡eh! ¡eh!... alguien salió de aquella cochambre... ¡un *mujik*!... como lo oís: ¡un *mujik* auténtico!... barba, botas, camisa ahuecada... y la ancha sonrisa... en fin, ¡un hombre amable!... me habló en alemán... no bien, pero suficiente... yo también le respondí en alemán chapurreado... nos entendíamos... él era el gerente del «Zenith», me explicó, procedía de Siberia... ¿prisionero?... ¿deportado?... ¿Vlasoff?...* no le pregunté... pero, ¡era entusiasta!... ¡me cogió por banda!... dos palabras... ¡las alabanzas de Siberia!... ¿a qué esperábamos? ¡ah, las riquezas de Siberia! ¡en caza, en vegetación! ¡acogedora! ¡no podía hacerme idea!... ¡menudos valles! ¡qué pastos!... ¡unos bosquecillos!... ¡qué gardenias! ¡no podía figurarme!... me hizo una de esas propagandas intensivas, ¡que podíamos irnos allí enseguida!... ¡vivir en Siberia!... pero, ¡yo objeté! ¡conforme! ¡sin lugar a dudas! pero Berlín no quería soltarnos... ¿sería agente del *Inturis*? ya se lo preguntaría... la que nos miraba debía de ser su mujer, había levantado un poco la cortina... una auténtica

---

* Andrei Vlasov, general soviético (1900-1946), consejero militar de Chiang Kai-chek de 1938 a 1940. Defendió Kiev en 1941 y luchó en la batalla de Moscú. Fue hecho prisionero por los alemanes en 1942 y se unió a ellos. En 1942 publicó un manifiesto proalemán en Smolensk y organizó un «Ejército ruso de liberación», que fue enviado a Francia y Bélgica. En 1945 fue capturado por los americanos en Praga, entregado a los rusos y ahorcado.

baba, ojos rasgados, pañuelo a la cabeza... no era habladora... yo quería ayudar... La Vigue intervino... cien marcos bien plegados... vio que teníamos buenos modales, indicó a su *mujik* que éramos aceptables... que podía admitirnos...

«¿La habitación?»

¡Ah, claro, la habitación! ¡enseguida!... ¡dos habitaciones! pues, ¡claro!... ¡donde quieran! ¿segundo piso?... ya teníamos algo ganado... no íbamos a tener que dormir en la calle... ¿y la manduca?... ¿iría a pedirnos cupones?... no, iba a ser rancho, de su propio rancho, tres escudillas, pan negro, y cerveza... aquel hotel de tan mal aspecto tenía por lo menos una virtud: ¡nos admitía!... ¡la ocupación rusa tenía su lado bueno!, conque, ¡a la habitación!... ¡la escalera!... no tenía escalones... no se podía subir más arriba... el «tercero» ya no existía... a cielo abierto... ¡al «segundo» a la fuerza! ¿qué números?... ¡qué más daba!... «¡tiren! ¡empujen!» ¡qué gracioso!... ¡las puertas no abrían!... ¡atrancadas, combadas!... ¡lo intentamos todos juntos!... ¡las paredes, los tabiques cedían a la más mínima!... ¡oh, muy bien!... ¡toda una pared se nos cayó encima!... el otro tabique se desprendió... se veía el interior de aquella habitación, se podía entrar incluso... entramos... con mucho yeso, papeles pintados, ladrillos... ¡oh, dos camas plegables!... Lili, Bébert... La Vigue y yo, ¿dónde? ¡la habitación contigua! ¡atiza! ¡por la puerta, no!... ¡ya sabíamos! de insistir, de arrancarla, ¡cedería todo el pasillo!... ¡todo el «Zenith» tal vez! las paredes estaban deseosas de abrirse... pero, ¡con un poco de maña! La Vigue era diestro con su navaja, arrancó un ladrillo, otro... muy sutilmente... ¡lo importante era no tocar las puertas!... ¡lo consiguió!... su habitación, como la nuestra, pero sin mesilla de noche... ni jarro ni jofaina... un espejo pequeño... roto, pero, ¡menos es nada!...

«Oye, Ferdinand, ¡tengo muy mala cara!...

–¡Oh, no! un poco cansado, ¡es comprensible!»

Ponía fácilmente cara de estar agotado por todas las desgracias del mundo... Cristo en los Olivos... desde su película *La*

Pasión...[*] y ahora desde la Gare de l'Est, el ataque a su tren, sus camisas deshilachadas y el estado de Francia, podía estar un poco abrumado... lo del propio Cristo no había sido cosa de poco... con una sola vez que hayan hecho el papel de Cristo, ya lo he visto bastantes veces, los actores y hasta los directores, ya es para toda la vida... a la menor ocasión son Cristo... preguntad siempre a un artista si ha hecho de Cristo, en caso de que sí, ya lo veréis... a una mujer, si ha hecho de Virgen, a los cien años seguirá haciéndolo... yo no quería que le diera por ahí en aquel momento a La Vigue, que se pusiese en cruz sobre la cama plegable... ya era bastante el drama en que estábamos metidos... ¡rápido! ¡rápido!... le hablé de nuestra manduca, del *mujik* y de nuestros ranchos... que sería muy amable, si fuera a ver... no nos fuesen a olvidar... ya sabía dónde, al fondo del patio... ¡justo en aquel momento venía alguien!... se oían pasos... ¡era el barbudo!... cambié de conversación... le pregunté: ¿la última alarma?

«¡Oh, todas las noches! pero, ¡ya no hay bombardeos! ¡se acabaron las bombas!»

Podía ser, pero aquellos aviones me parecían lunáticos y estaba convencido de que volverían a empezar sencillamente... de hecho, volvieron, por supuesto, pero meses después y entonces fue un gran circo... por el momento, disfrutábamos de una tregua... se ocupaban de las fronteras, de las incursiones sobre Londres, no de Berlín... nosotros, por el momento, teníamos un rinconcito, no muy sólido, pero en fin... ¡todo era frágil!... si hubiéramos estado en París, habrían sido nuestras bonitas carnes... ¡lo que habrían abierto y zarandeado!... conque, ¡no teníamos motivos para quejarnos! ¡mejor el «Zenith» que el matadero!...

Nos sentamos en nuestras camas plegables, nos pusimos a pensar... había mucho en que pensar... Bébert salió a explorar el terreno... así son los gatos, en cuanto llegan a un sitio, incluso ante

* En realidad, se trata de la película *Golgotha,* de Julien Duvivier, en la que Le Vigan desempeñaba el papel de Cristo.

un gran peligro, tienen que reconocer el terreno y los alrededores... su espacio vital... por eso es tan delicado llevarlos al campo... su instinto, escapan y acaban en la olla... allí, el «espacio vital» en el «Zenith» era la longitud del pasillo... al instante Bébert ya lo había recorrido hasta el extremo... Lili lo llamó... no volvía... fue a ver... una cortina... yo también fui, estuvimos mirando los tres, Lili, Bébert... y yo, ¡nada! el vacío... ¡oh! un vacío de nada menos que siete pisos, un hoyo de bomba muy potente, lo bastante extenso para varios inmuebles... ¡el «Zenith» podía decir que se había librado por un pelo!... ¡como la lotería, los bombardeos!... ¿sepultado?... ¡no se habla más de ti!... si eres tú el de la potra, ¡los otros son los que desaparecen! podéis jugar desde hoy, ya que os marcháis de vacaciones, ¿quién desaparecería? ¿él? ¿ella? ¿yo?... bien mirado, en el «Zenith» estábamos tan ricamente... Le Vigan volvió a subir con los ranchos... ¡muy decentes! lombarda con nata, el *mujik* le seguía con botellines de cerveza y el agua mineral... ¡el rancho perfecto!... ¡ah! y también barritas... pan negro... ¡aquel *mujik* nos mimaba! no pedía cupones... nos echamos, nos lo merecíamos, habíamos corrido un poco... ya no quedaban ventanas... quiero decir que casi no quedaban, sólo los vanos... y dos, tres cristales a medias... aquel ruso era en verdad simpático, nos trajo dos grandes tapices para colgarlos a modo de cortinas... los colgamos... listo... ahora podíamos esperar de verdad la intimidad, si podemos decirlo así... ¡cada cual en su casa!... es un decir... para pasar a casa de Le Vigan bastaba con arrancar dos cuadriláteros de yeso... pero para ir al pasillo sólo desde su casa y haciendo girar cuatro ladrillos... ¡no por la puerta!... ¡eso sobre todo.... ¡provocaría el desplome de todo el piso! Bébert pasaba por donde quería... grietas... ratoneras, pantallas de chimenea... por algunas grietas algo más amplias pasó Lili... iba al pasillo, al otro extremo... me llamó... yo no quería ir...

«¡Que sí! ¡que sí! ¡ven!

—¿Qué ves?

—¡Otro hoyo!»

¡Bueno!... hice el esfuerzo... a cuatro patas... demolí un poco el pie de la pared... La Vigue vino también, a gatas... ya estábamos en el otro extremo del piso... otro abismo «cortado a pico» también encima de un cráter, ¡otro!... un gran tapiz colgaba a modo de tabique... tras el tapiz el vacío, el otro hoyo... como para enterrar tres inmuebles enteros... ¡tal vez lo estuvieran ya!... seguro incluso... el «Zenith Hotel» había tenido potra, podía perfectamente saltar por los dos lados... lo había pagado caro, puesto que ya sólo existían dos pisos... existían ligeramente, diría yo... a propósito, tenía que preguntarle al *mujik* dónde estaban los demás viajeros... «sight-seeing»?... new Berlin?... bromeaba yo... pero, ¡por cierto! ¡nuestras fotos!...

«¡La Vigue! ¡nuestros fotomatones!»

El poli de los pasaportes debía de preguntarse qué había sido de nosotros, debía de haber vuelto de comer... ¡no convenía que creyera que nos burlábamos de él! primero, ¡a descansar! ¡un poco! ¡qué leche!... sobre todo después de la lombarda... no dije nada, pero era pesada... conque volvimos a andar a cuatro patas, a prospectar hacia otra hendidura más amplia, más fácil... Bébert nos encontró una muy abierta, no la había visto yo... ¡hecho!... ¡lo conseguimos! pero cubiertos de yeso, tierra, cenizas... ¡a lavarnos!... llamé.

«¡Ivan! ¡Ivan!»

No me había dicho cómo se llamaba, pero Iván no podía molestarlo... ¿tendría un cepillo? estábamos tan cubiertos de cascotes... y de toda clase de mugre, que habría hecho falta una almohaza...

«¡Ivan! ¡Ivan!»

Nadie vino... podíamos echarnos... La Vigue roncaba casi al instante... yo también me habría abandonado al sueño... Lili dormitaba... Bébert estaba entre nosotros dos...

Era casi de noche cuando comenzaron las sirenas... primero una... ¡después cien!... si no hubiera sido por ellas, todavía seguiríamos durmiendo...

«¡La Vigue!... ¡La Vigue!

—¡No te preocupes! ¡el ruso ha dicho que ya no bombardean! ¡pasan de largo!»

Ivan en el pasillo, lo oí... ¿para qué cojones vendría?

«Pero, oye, ¡los cráteres no son de la Luna!»

Objeté...

«Deja, deja, ¡te digo que van a otra parte!»

La Vigue tenía fe.

¡Ah, ahí estaba Ivan! ¡venía!... otros tres ranchos, patatas y remolachas, ¡y el agua mineral! ¿de dónde sacaría todo aquello?...

«Iván, ¿tienes un poco de carne?... ¡no para nosotros!... ¿para nuestro gato? ¡éste!

—*Da! da! da! Ich will!*»

Aquel Ivan era providencial, me parecía... tenía derecho a otros cien marcos... ¡me iba a arruinar por Ivan!

«¡La Vigue!... ¡La Vigue!... ¡a la mesa!»

Pasó por su hendidura, llegaba bostezando...

«Oye, ¿es así en Rusia?»

Quería enterarme...

«*Ach! viel besser!* ¡mucho mejor!

—¿Y en Siberia?

—*Noch viel besser!*... ¡mucho mejor aún!

—¡Ves lo que nos falta por hacer!...

—¡Sin vacilar!»

Todo un programa... Ivan seguía allí mirándome... ¿nos gustaban de verdad sus ranchos?

«*Merkwürdig!* ¡Ivan! ¡maravilloso!»

Pensé que lo de Siberia, ¡ya lo cavilaríamos!

«Pero, oye, ¿y el poli?»

¡Se preguntaba La Vigue!

«¡No cuenta con que volvamos!

—Pero, ¿y las fotos?»

Yo estaba más animoso, ¡me parecía necesario! Ivan regresó, volvió a subir con el trocito de carne... yo me conozco el percal... aquella carne no olía... pero estaba pálida... no quiero causaros sensación, pero en fin las cosas... el lugar... «sólo se ve lo que se mira y sólo se mira lo que se tiene ya en la mente»... Bébert olfateó un poco aquel trozo de carne pálida... mordió, no la rechazó... sin comentarios... buena cosa, ¡tenía algo de comer!... La Vigue regresó a su somier, al instante ya estaba roncando otra vez... nosotros también, creo... no había modo de hablar... sólo se oían las sirenas... por lo menos una hora bramando... dos horas daban la alarma para nada... ni una bomba... Ivan lo había dicho... ¡simple «acompañamiento sonoro»! conque a dormir, si podíamos... a descansar, ¡eso!... ya iba a ver llegar... la aurora podía permanecer así durante horas, estaba acostumbrado... presentía que Ivan no debía de andar lejos... debía de observar lo que andábamos haciendo... un agujero de granuja, una hendidura suya...

«*Komm,* Ivan! *Komm!* ¡ven!»

¡No quería que se molestara!... quería hablar un poquito con él... me ponía nervioso que merodease... ¡allí estaba!...

«¡Iván! ¿y los otros viajeros?

—*All weg!* ¡se han marchado todos!»

¡No me extrañaba que hubiéramos encontrado habitaciones!

«¿Y el café?»

Su mujer debía de tener abajo... volví a largarle un «cien marcos»... como siguiera así, iba a hacerse rico... ¡no tenía inconveniente, Ivan!... bajó, volvió a subir con una bandeja, tres tazones, una cafetera, leche en polvo y la tira de pan negro... chuscos y rebanadas...

«¡Azúcar, Ivan!»

El azúcar lo llevaba en el bolsillo... al instante... grandes terrones, ¡dos a cada uno!... ¡no podíamos quejarnos!...

«¡Ivan!... *Künstler!*... ¡cómo te espabilas! ¿no habrás robado? ¡que te repatrian! ¡a Siberia!... ¡te montarás un *Palace* allí!... *nach Siberia!*

—*Ach! ach! ach!...*»

¡A reír, pues!... ¡no estábamos allí para llorar!... una moral tremenda, ¡«Zenith Hotel»! ¡la prueba!... bebimos todo su café y su pan negro, de pan tenía poco, la verdad, a medias serrín... y su azúcar... ¡sacarina pura!... en fin, ¡café tibio!...

«Oye, Ferdine, ¡mira!»

Fui a mirar a su habitación, por su ventana, alcé el visillo... la Schinkelstrasse se despertaba... iba y venía gente... vi que se trataba sobre todo de equipos de recogida, apilado de piedras, escombros, tejas... ¡y seguían cayendo!... cuadrillas de hombres y mujeres, viejos... en orden... pronto no iban a quedar aceras, demasiados montones, demasiado altos, demasiado anchos, pirámides... ya os lo he dicho, las fachadas que quedaban se arrugaban, fluctuaban, se debilitaban, se desconchaban con el viento... los forzados de la recogida salían de los agujeros al amanecer... ratas diurnas... no se daban prisa en la recogida, no eran animosos, pero sí ordenados... manos muy viejas, seres muy viejos, muy reumáticos, macilentos, contrahechos... ¿dónde jalarían? ¿serían rusos?... ¿bálticos?... ¿vagabundos de allí?... todos llevaban pantalones... en fin, casi todos... vi... los que llevaban faldas me parecían con más aspecto de hombres... todos fumaban, al parecer... pero, ¿qué fumaban?... pronto no iba a quedar nada de las casas... sólo polvo y cráteres... el «Zenith» podía esperar quedar reducido a un montón... ya tenía dos pisos delante de la puerta... ¡aquellas cuadrillas de viejos sepultureros trabajaban para el futuro! Hamlet no era sino un pequeño J3...* dialéctico mimado, debería haber atacado el Castillo, haberlo demolido piedra a piedra... ¡le habría venido pero que muy bien! ¡habría lanzado menos suspiros! Yo veía a aquellos viejos trabajar, fantasmas, por decirlo así, no deprisa, desde luego, pero muy pulcramente, apilar las tejas, que no quedara ninguna rezagada... incluso buscar enfrente en los otros montones, lo que era del «Zenith», lo que pertenecía a nuestra ruina...

---

* En el período de restricciones de la guerra y los primeros años de la posguerra, la sigla J3 designaba a los adolescentes de trece a veintiún años.

muy concienzudos... no guarros que trabajaran de cualquier manera... cuando todo sea cenizas y el planeta un simple basurero de neutrones, habrá cuadrillas que hagan montones con esas químicas, tres, cuatro montones, digamos, para una capital... cinco montones para Brooklyn-Manhattan... ¡oh, estoy bromeando... ¡todo viene al pelo! allí estábamos en Schinkelstrasse... ¡dos montones para París!... ¡donde ya no estábamos! ¡a lo que iba!... miramos la calle... el orden que ponía aquella gente... no sólo los ladrillos... caía de todo... chimeneas... canalones, bañeras... pero nosotros, pensé entonces, ¿y nuestros fotomatones?

«¿Recuerdas tú dónde era?

—¡Sí!... ¡sí!...»

¡Mejor!... justo al lado del «Thüringer»... ¡donde nos habían puesto de patitas en la calle!... ¡aúpa! ¡de un salto! ¡no nos fuese a buscar la policía! rápido, ¡a nuestras imágenes! ¡aunque fueran irreconocibles! ¡llamé a Ivan! ¡allí lo teníamos!... le pedí que no tocara nada, que íbamos a presentarnos a la «Policía»... ¡que no íbamos a tardar ni cinco minutos!... ¡que no íbamos a quedarnos embobados ante los escaparates!... allí, en la calle, comprendí de verdad que necesitaba bastones, me encogía a cada tres pasos... era como las casas... ondulaba... pasamos otra vez por calles... seguramente las mismas... tan llenas de viejos como la nuestra... que recogían, apilaban... también fumaban, cualquier cosa... iban vestidos igual, andrajos y bramantes, medias faldas y pedazos de pantalones... se habla de las miserias de Shanghai, en todas partes hay siempre lo que hace falta... ¡ah, ahí estaba nuestro fotomatón!... ¡nos habíamos orientado perfectamente!... oh, pero, ¡qué gentío!... ¡yo tenía derecho a dos prioridades!... inválido de guerra y médico... ¡un brazalete!... «Defensa pasiva de Bezons»... me lo puse en el brazo... no hice caso de la gente, entré derecho en la barraca, y Lili, La Vigue y Bébert... ¡hubo murmullos!... les mostré mi «cruz roja»... vieron... y anuncié en alto y fuerte... «¡Asuntos Exteriores!»... ¡les habría dicho cualquier cosa!... que éramos Belcebú y su corte... para llegar hasta la señorita y que no nos echaran al final por ser tarde... la señorita no nos preguntó detalles y nos hizo sentar... cada uno delante de un gran ojo de vidrio... La Vigue quería que le dejasen pensar... un segundo... el tiempo de arreglarse un poco... ¡ni hablar!... ¡tac! ¡tac! ¡tac!... ¡ya estábamos tomados!... ¡la técnico no podía esperar!... ¡nos mostró a toda la gente fuera!... al instante, ¡otros ocuparon nuestros taburetes!... y a nosotros nos echaron, ¡en pie!... se revelaban en el cuchitril... ¡dos minutos! ¡ahí estaban!... pagué... ¡afuera nuestras jetas!... teníamos tiempo... nos miramos... y volvimos a mirar... Lili, yo, La Vigue, ¡habíamos cambiado de jerós!... el guripa de la *Polizei* tenía razón... yo no presto demasiada atención a mi rostro, pero, ¡en aquella ocasión había motivos para divertirse! unos ojos saltones, casi de «Basedow» ¡y es que ya no nos quedaban mejillas! bocas lacias, como de ahogados... ¡los tres!... nos habíamos vuelto horribles, la verdad... tres monstruos... ¡no se podía negar!... ¿cómo había sido?... como con los bastones, de repente... yo titubeaba desde Baden–Baden... debió de ser también en el «Brenner» donde empezamos a tener aquellas jetas de payasos estupefactos y criminales... ¿el pasmo?... ¡estábamos monines!... sobre todo Le Vigan daba risa, él, el célebre encantador, tan hechizador en la ciudad como en película o en la escena, ¡qué locas las traía a todas! parecía tan incongruente como nosotros en «Fotomatón»... acosado, despavorido... Lili también, a pesar de ser bonita, facciones regulares, de criminal nada, mira por dónde era una madrastra asesina, los cabellos en tornado y *Sabbat*, bruja aviejada, ella que no tenía veinte años...

«Alemania no nos sienta...»

¡Era como para temerlo!...

«¡El poli va a decir que no somos nosotros!...»

¡Podíamos estar seguros!... yo preveía las complicaciones... ¡mejor no ir!... ¡que fuera lo que Dios quisiese!...

«¡Volvamos al hotel!»

¿Callejear?... ¡no demasiado recomendable!... no estaba todavía acostumbrado a ser idéntico y yo mismo y, sin embargo, irreconocible... después me hice a ello, muy bien, pasear un doble, una especie de muerto, un muerto con bastones y preocupaciones... un malvado que te matara no haría sino devolverte al cementerio de donde no deberías haber salido... yo desde el 14... ¡no desde el 44!... no voy a votar y sé por qué, me están esperando... los conservadores de cementerios saben quién es quién... todavía más o menos formas y colores y recuerdos... pero, ¿cuales? raciocinar no arregla nada... ¡te identifican!... ¡a la fosa! en nuestro caso, nuestras fotos, no se trataba de una broma... ¡la policía no las aceptaría nunca!... no eran presentables... propuse... volvíamos a estar en el «Zenith»...

«¡Podemos probar con Ivan!...»

No arriesgábamos nada... lo llamé... estaba detrás de la pared... le pregunté qué le parecían nuestras fotos... las cogió, les dio la vuelta, anverso y reverso... cabeza abajo, no encontraba nada... nos habíamos convertido en Picassos... nuestro caso era de verdad grave... sólo en los Tribunales de Justicia y para la cárcel te reconocen... y para robarte sin falta los muebles... para eso no se equivocan... Berlín, todavía estábamos en el principio, yo no sabía todo lo que se puede hacer con las personas fuera de la ley... ¡que fuese lo que Dios quisiera!... volví a pedir tres ranchos y el tentempié para Bébert... cuando se tienen fotos como las nuestras, hay que mostrarse generoso... ¡le di otros dos billetes de «cien marcos»!... no sabía cómo pensaba en política, Ivan... pero una cosa: podría decir que yo era amable... seguramente nosotros tres éramos ya los únicos en lo que quedaba del «Zenith Hotel»... ¡sólo nuestras dos habitaciones ocupadas!... y, sin embargo, todavía había un teléfono... yo lo oía tintinear... con bastante frecuencia incluso... ¿dónde podía estar aquel aparato?... ¿en el patio, en la planta baja? ¿o en el fondo de uno de los cráteres? pero, ¿quién telefonearía?... Le Vigan se hacía la misma pregunta... ¡no íbamos a ponernos a preguntarle esto y lo otro!... ¡a cavilar de nuevo!... ya sabíamos muy bien pasar a casa de La Vigue... por los ladrillos... volvimos a ver la calle, la *Schinkel,* el ir y venir de los viejos, cómo raspaban, deshilachaban, apilaban... harían otra calle, tejas y ladrillos, con sólo que la guerra durase diez años... ahí teníamos de vuelta a Ivan con la lombarda y nata y la carne pálida para Bébert... Lili me hizo observar una cosa... un piso, en una casa de enfrente, como colgado entre las columnas del inmueble... en forma de hamaca... los pisos de encima y de debajo ya no existían... ¡volados!... además, aquel piso tenía un escaparate... escaparate de florista... florista, tienda colgante... rosas, hortensias, clemátides... colgada entre las columnas en hamaca... de aquella casa ya sólo quedaba aquel entresuelo aéreo y la gran escalera... él único piso habitado, creo, de toda la Schinkelstrasse... ah, y nuestras habitaciones, con cuadros de yeso, «Zenith Hotel»... pregunté...

«¡Oye, Ivan!...»

Le indiqué el otro lado de la calle... ¿esa tienda en hamaca? *«Da? da? blumen? geschäft?... ¿florista?*

—Nein!... nein! doktor Pretorius!»

Conque, ¡Pretorius!... comentamos, que quizá fuera aquel entresuelo para los matrimonios y los entierros... ¿ramilletes y coronas? todavía no habíamos visto... pero debían de existir seguramente... las condiciones se presentaban... nosotros nos compraríamos muchas flores... ¡un detalle elegante para nuestras habitaciones!... ¡en jarrones!... ¡la pincelada de refinamiento para nuestro hogar!... geranios... Lili quería las clemátides... hablábamos amigablemente... de pisos, de flores... y de hierba para Bébert... ¡debía de tener de eso, Pretorius! ¡aquel Pretorius!... ¡primero acabar nuestros ranchos!... también sobre eso nos hacíamos preguntas... ¿lombarda con nata?... ¿de dónde sacaría aquella nata, el Ivan barbudo?... con su aspecto rústico, ¡era un espabilado increíble!... ¿incluso la lombarda?... ¡ya digo!... ahora que habíamos acabado los ranchos, ¿podíamos dar un salto hasta allí enfrente? ¿qué arriesgábamos?... en primer lugar, ver si era verdad lo de aquel Pretorius... ¡no era una invención! entonces comprarle dos geranios... Doctor Pretorius... si existiría... la acera de enfrente abarrotada de recogedores... ¿por dónde se subiría a casa de aquel

Lustucru?...* ¡ya veríamos!... ¡en marcha!... bajamos, cruzamos la calle... pasamos entre dos trincheras de ladrillos... preguntamos por la escalera... ¡por allí!... vi tres pisos en escalones de cuerdas... ¡y después volver a bajar hasta el entresuelo! ¡menudo lío!... con mis bastones bajo los brazos, era trabajo... debía de pasárselo bomba el amigo allí arriba viendo a sus clientes tirarse de cabeza... ¡debía de ocurrir!... ah, ahí lo teníamos.... «Doktor Pretorius»... así se llamaba de verdad... grabado en cobre... la placa colgaba de un alambre... en Alemania todos son *doktor... ¿doktor* florista?... ¡era él!... nos había visto llegar... nos preguntó enseguida, en francés...

«¿A quién tengo el honor?

—¡Mi mujer!... ¡el Sr. Coquillaud! ¡y yo mismo!»

No dije más... era suficiente... un hombre a primera vista ni vulgar ni bruto, bastante grueso... de unos cincuenta años... y con gafas...

«¡Por aquí, por favor!»

Nos precedió... cojeaba un poco...

«Ustedes me perdonarán... he oído lo que decían... ¡este inmueble vacío resuena!... ¡no soy florista en absoluto!... ¡lo lamento!... ¡lo siento, señora! soy doctor en efecto, es exacto... pero en Derecho... y abogado...

—¡Oh, perdónenos, señor letrado!... ¡qué estupidez la nuestra!... ¡Ivan, ahí enfrente, debería habernos explicado!...

—¡Ese a quien ustedes llaman Ivan no sabe nada de nada!... se llama Petroff... es estúpido como todos esos rusos... estúpido, borracho y mentiroso... toda esa gente del Este... aquí, verdad, nuestros finos modales los desconciertan... no saben lo que ven, lo que oyen, ¡ya no saben lo que son!... allí los azotan todos los días... en cuanto dejas de zurrarlos, ¡deliran!... el caso de ese Petroff, el que ustedes llaman Ivan... ¡me ve florista!... desde luego, tengo flores... pero para adornar mi local, ¡no para vender!... viene a verme con frecuencia... a venderme su nata... le he dicho

---

* Lustucru: personaje de la canción «Le Grand Lustucru».

mil veces: "Soy abogado, Petroff"... ¡tendría que pegarle hasta hacerle sangre para que se acordara!... ¡la costumbre!

—¡Oh, desde luego, querido señor letrado! ¡así es!... ¡así es!

—Me gustan mucho las flores, en Breslau tenía un auténtico jardín de flores tropicales... en dos invernaderos...

—¡Ah! ¿estaba usted en Breslau?

—Sí, señor, y pienso, creo, poder decir que mi bufete era el más importante desde Alta Silesia... ¡hasta Viena!... ¡en lo criminal!... ¡y en lo civil!...

—Naturalmente, ¿ha pasado usted largas temporadas en Francia, querido señor letrado?

—¡Oh, sí!... incluso presenté en Toulouse una tesis en francés sobre Cujas...

—Querido señor letrado, ¡sólo de oírlo! ¡a las primeras palabras!

—¿Le parece entonces que hablo francés bastante bien?

—¿Bien?... ¿bien?... pero, ¡si no puede hablarlo mejor, querido señor letrado!... como ya no se habla... salvo algunos escritores muy grandes... Duhamel, Delly, Mauriac... y quizás...

—¡Ah! ¿de verdad? ¿usted cree?... ¡se lo agradezco!... ¡pónganse cómodos! ¡siéntense, se lo ruego! ¡ahí, señora!... ¡creo que ese diván es más agradable que los sillones! ¡todos "de ocasión", como se figurarán!... ¡no conseguí salvar nada de Breslau!... ¡ni un fichero!... ¿y ustedes?... ¡me tomo la libertad!... ¿están ustedes haciendo turismo en Berlín?... ¿conocen ustedes un poco la ciudad?...

—Oh, muy poco... muy poco...

—Entonces, ya que se alojan ustedes enfrente, vengan a buscarme y tendré el gusto de mostrarles los rincones algo pintorescos... esta ciudad es un poco secreta, como Lyon en su país... se la ha criticado mucho, se la ha denigrado, diría yo... ¡ciudad muy siniestra!... ¡ciudad de pederastas, de monstruos!... lo habrán oído ustedes seguramente...

—¡Oh, la envidia, señor letrado! ¡nada serio!

—¡Ya verán!... ¡ya verán ustedes mismos!... entretanto, ¡mi piso está a su disposición! ¡para lo que gusten! ¡y todas las flores!... ¡escojan para su habitación! ¡el "Zenith" tiene mal aspecto!... ¡lo sé!... ¡las habitaciones están en un estado lamentable!... ese hotel ha sufrido mucho con los últimos bombardeos... ¡toda la calle, por lo demás!... de esta calle sólo quedan las fachadas, apenas algunas viviendas aquí y allá... algunos cráteres están habitados... me han dicho... por mi parte, he reconstruido, como pueden ver... ¡con los medios posibles!... ¡un entresuelo! ¡y colgante! el techo, los tabiques, son de otros inmuebles... enfrente... al lado... los muebles de otros barrios destruidos... sobre todo de *Alt Köln*... amigos de aquí y de allá me han ayudado... en esta casa todos los inquilinos murieron... en sus pisos... todos los cuerpos identificados... la ley me da derecho... en vista de que reconstruyo, ocupo el local, para fines no comerciales, y pago los impuestos, estoy en mi casa... ley de 1700, ¡en modo alguno abrogada!...»

¡Se animaba!... ¡defendía su causa!... los lentes tembleaban... ¡ah, que a nadie se le ocurriera impugnarlo!... ¡su derecho! ¡y que ocupaba para fines no comerciales!... ¡no tenía nada de florista!... ¡una invención de este Petroff, bestia inmunda, canalla que sólo merecía latigazos, cerdo eslavo y envidioso!

«¡Espero, verdad, a que todo se arregle!... ¿regresar a Breslau? ¡no!... ¡me inscribo aquí!... ¡abro mi bufete, aquí mismo!

—¡Desde luego, desde luego, señor letrado!

—¡Situado, como ven, en pleno centro!... ¡a dos pasos de la Cancillería!»

Se dio una palmada en la frente...

«¿Cómo? ¿cómo? ¿no lo saben?»

Se levantó, ¡increíble, la verdad!... miró la hora... el Canciller... la Cancillería, allí, ¡tan cerca!... era el momento, ¡iban a dar las cuatro! ¡dos pasos!... ¿queríamos?...

«¡Oh, desde luego!... ¡encantados!... ¡lo más acertado! ¡qué potra!»

Bébert, el gato, en su bolso, ¡y en marcha!... No era lejos, tenía razón... un minuto...

Conque, ¿era ésa su Cancillería?... gran rectángulo en piedras tipo granito... pero mucho más triste que el granito, más fúnebre... ¡no era de extrañar lo que había ocurrido dentro!... en comparación, el Panteón, los Inválidos, resultan agradables... todo ello en una placita de ciudad de provincias muy triste... las puertas de la Cancillería sí que eran colosales... blindadas seguro... pues bien, ¡no acababa ahí la cosa! ¿y el Adolf?... ¡para eso habíamos venido!... ¿estaría allí dentro? ¿encerrado?... ¿iría a salir?... pregunté a La Vigue... no sabía... ¡qué leche!... pregunté al susodicho Pretorius «¡chsss!... ¡chsss!» me respondió... «¡ahí están! ¿oyen ustedes la marcha?...» ¡yo no oía nada, la verdad!... ¡en aquella placita no había nadie más que nosotros!... nosotros tres, nosotros cuatro, Lili, yo, La Vigue y él... ¡nadie más!... de pie, esperábamos... verdaderamente aquella «plaza de la Cancillería» estaba poco frecuentada... ni un centinela ni un soldado ni un *schuppo*... empezaba a no hacerme ni pizca de gracia, ¿por qué nos había llevado allí?... ya la habíamos visto su Cancillería... ¡se lo dije!...

«¡Ya está bien!... ¡vamos para arriba!

—¡Chsss!... ¡chsss!»

¡Él oía algo!... me miró...

¡Ahí están!...»

Yo no veía nada... no oía nada.

«¿Ves tú algo?»

Pregunté a Lili... y a La Vigue... ¡no!... ¡nada!... aquel tipo era inquietante... yo sospechaba algo... pero con aquello, ¡estaba claro!... no veíamos, ni oíamos nada... él, al contrario, ¡no cabía en sí!... ¡gritaba! ¡daba alaridos!... ¡de puntillas!... *heil! heil!* aquello le dio allí, a nuestro lado... ¡el sombrero en alto!... *heil!... heil!...* ¡estaba animado!... ¿veía algo?... no había nada... nada puedo asegurarlo: ¡nada!... ¿estaría burlándose de nosotros? ¿lo haría a propósito?... la plaza absolutamente vacía... todas las tiendas de alrededor cerradas... ¡él veía a Hitler!

«¿Ven ustedes? ¡ya entra!... ¡se abren las puertas!... ¡magnífico! ¡magnífico! *heil!*»

Y gritó otros tres *heil*... ¿querría que nosotros también?...
volvió a ponerse el sombrero... había acabado...

«¡Volvamos arriba!»

No iba a preguntarle yo si era verdad... nos callamos... nos
fuimos... lo escuchamos... él era quien contaba las cosas... que si
Hitler tenía buen aspecto... ¡que si la multitud estaba tan feliz!...
nosotros asentíamos, decíamos lo mismo que él... así hasta su casa
Schinkelstrasse... columnas y escombros... la acrobacia... primero
por escabeles hasta el rellano del «tercero» y después vuelta a bajar por la larga escala hasta su entresuelo-hamaca... ¡toda una
prueba! sobre todo para mí, con mi vértigo... ya estábamos de
vuelta... ¿dónde habría encontrado todos aquellos muebles?... me
explicó, muy razonable, nada energúmeno... tenía relaciones en
todas las afueras de Berlín... compraba los muebles de personas
escondidas, bombardeadas, difuntas... ¡oh, no todo!... ¡sólo los
ejemplares buenos! ya se veía, era verdad, no decía tonterías...
¡muy bien!... cómodas, mesas, sillones, ¡no eran feos ni mucho
menos! le pregunté...

«Entonces, ¿eso también es legal?

—¡Absolutamente!... ¡párrafo 4! ¡la misma ley de 1700!... ¡reconstrucción! ¡yo reconstruyo!... ¡habito!... ¡pago los impuestos!...
¡correcto!... ¡correcto!»

¡Nada chalado!...

«¡Ordenanza del 13 de diciembre Potsdam 1700...»

¡Con precisión!...

Yo lo escuchaba y pensaba que con nosotros, Rue Girardon,
debía de pasar lo mismo, en aquel preciso momento, debían de
utilizar... debían de tener Ordenanzas, ¡tan ricamente! ¡que nunca recuperaríamos nada!... por un lado, por otro, *boches* o nuestros
hermanos, ¡podíamos estar tranquilos! ¡la banda, liquidadores,
mangantes, vampiros de los desastres!... los uniformes no tienen
nada que ver ni las banderas... ¡ladrones, asesinos que son todos!
allende el Rhin, Transcáucaso, Touraine, Arabidjan, Connecticut,
no busquéis, ¡homínidos por doquier!... Baja Provenza o Alta Si-

lesia, destripadores, falsos chalados, especialistas en revolver códigos, ¡se abalanzan!... ¡cargan con todo!... ¿reputados réprobos? ¡dignos de la horca!: ¡firmes!... ¡ahí está el artículo!... 75... 113... 117... ¡horcas a un paso!... ¡por doquier!... ¡pasad las cuerdas! ¡cuic! nuestro hombre se daba a ello, me parecía, de forma muy arriesgada... de un momento a otro podía caerle todo sobre la jeta, figuritas raras, plantas exóticas, escaparates colgantes, ¡lo embargarían!... ¡como la RAF volviera a ocuparse de Berlín!... ¡seguro que se trataba de un entreacto!... ¿de qué le servirían los artículos y los párrafos? ¿incluso los de Federico? ¿dónde iría él, y su Hitler imaginario?

¡Ah, el entresuelo!... ¡ah, Cancillería!... de acuerdo, por el momento, en el entreacto, le iba mejor que a nosotros... su como hamaca florida era bastante alegre... ¿que tenía visiones?... ¡podía ser!... ¿los nervios, el efecto de los bombardeos?... ¿en Breslau?... le pregunté...

«¿Lo perdió todo usted, querido letrado?... ¿bombardeado?... en Breslau?...»

Conozco un poco ese Breslau, región bien negra, cielo y tierra, más negra que Prusia y más fría...

«¡Sí, todo!... ¡absolutamente todo! ¡pérdidas materiales!... ach!... ach!»

Entonces un gesto, ¡que eso contaba poco! ¡poco, la verdad!... ¡pero!... ¡pero!...

«Pero, ¡mi esposa, mi querida esposa Anna!... y mi hijo más pequeño, Horst, seis años... ¡ya ven!»

Aquello nos entristeció, naturalmente... pero ahí no acababa la cosa:

«¡Otros dos hijos!... en Rusia... desde hace dieciséis meses sin noticias... ¡mi hermano y mi sobrino en Francia!... ¡sin noticias!»

Lanzamos otros ¡ah!... ¡ah!... simplemente... de todos modos, él todo el mundo estaba fuera y sin noticias, se arregló un piso, y un bufete de abogado... más adelante vi, en la avenida Junot, otros exactamente igual, nos lo robaron todo y lo recuperaron para fines no comerciales... la Depuración es cosa de un instante, te degüellan y te roban todo... ¡en un santiamén! te vuelves, ¡se acabó!... tu sucesor lee su periódico, fuma su pipa, la señora se ocupa de su sostén, cose, se tira un pedo y discute sobre dónde irán... ¿vacaciones? ¿vacaciones? la hijita toca el piano, desafina... tú, ¡tú ya no pintas nada allí!... ¡sigue tu camino! ¡jódete sin rechistar!... En cambio, Pretorius tenía confianza... instalado en su hamaca, con sus muebles, más o menos suyos, se veía todo un porvenir... pagando sus impuestos... ¡nada que temer!... aun así, todo su tinglado se tambaleaba, no habría hecho falta mucho para que su baratillo se desplomara sobre los adoquines... una bombita, ¡en picado salta! ¡y adiós!... me lo imaginaba perfectamente con su revoltijo en la Rue de Provence o Palais Royal y en una auténtica tienda... tenía de todo, aves disecadas, colecciones de insectos... todos sus papeles de las paredes ornamentados... que hubiera perdido a su esposa Anna y a su hijo Horts y seguramente a muchos otros y a su hermano, no le impedía en modo alguno pensar que la tragedia acabaría y que, instalado para fines no comerciales, pagando sus impuestos, tenía el porvenir asegurado, sobre todo situado como estaba, a unos pasos de la Cancillería... le bastaba con esperar... ¡ésa era también mi opinión!... ¡lo aprobaba totalmente!... La Vigue, Lili lo felicitaban por su buen gusto, sus figuritas curiosas y divertidas, sus flores tan bonitas, su francés perfecto...

«¿Ustedes creen, de verdad?

—¡Claro, claro que sí!»

Y repetían de nuevo y más encarecidamente.

Precisamente yo me levantaba para mirar mejor... una menudencia... otra... ¡vaya! ¡vaya!... ¡puse mala cara!... no me equivocaba... ¿aquel abanico?... lo conocía... ¡eso es!... no dije nada, me guardé el secreto... era precisamente el de la señora Von Seckt... imposible equivocarse... no había otros... ya se lo contaría en el hotel... en semejantes circunstancias una palabra de más te pierde... lo sé, por experiencia, ¡no me lo invento!... volví la cabeza, le elogié de nuevo sus flores, sus jarrones, mexicanos... le hablé de nuevo de la buena idea que había tenido de hacerse con aquellas opciones sobre todas las ruinas de los alrededores... e incluso sobre el «Zenith», ¡enfrente!... tres marcos la tonelada de escombros, diez marcos el metro cuadrado de terraza... ¡qué inversión! yo hablaba de todo, ¡menos del abanico! tuvo que leernos otra vez todos los textos que certificaban sus derechos... también Lili hubo de coger flores, dos, ¡diez! ¡todas las que quisiera!... la técnica para volver a casa consistía en bajar primero por la escalera hacia la acera... allí abajo nos enviaría una cesta, ¡en el extremo de una cuerda!... ¿estábamos de acuerdo? ¡todo lo que gustara!...

«Mañana, ¿a la misma hora? me harán el honor... ¡iremos a Charlottenburg! ¿les parece bien?

–¡Oh, desde luego, señor letrado, desde luego!»

¡Ah, en la acera! ¡por fin!... ahí bajaba la cesta... ¡rápido! ¡rápido! ¡nuestro mayor agradecimiento! ¡adiós! ¡adiós!

«¡Gracias, señor letrado!... ¡gracias!»

¡Rápido ahí enfrente!... ¡a casita! cruzamos los escombros... ¡que no nos sepultaran los viejos!... no nos hacían caso... rápido, ¡nuestra escalera!... ¡todavía existía!... nuestras habitaciones también...

«Ahora, ¡escuchadme, vosotros dos!... ¿no habéis visto nada?»

Les susurré...

¡No!... ¡sus flores!

–¿No habéis visto a Hitler?

–¡No!

–¿Quién creéis que es Pretorius?»

La Vigue no vaciló...

Ferdine, ¡es un poli!

–¿Qué quería?

–¡Que despotricáramos!

–Entonces, ¡se ha llevado una plancha! pero, desde luego, ¡va a volver a las andadas! una cosa que no habéis visto... ¡en su casa!... ¡colgada de la cortina del fondo!

–¿Qué?

—¡Entonces no habéis visto nada!

—¡Muy fácil de comprobar, si digo tonterías! Lili, ¿dónde has puesto el abanico de la señora Von Seckt?»

En nuestro caso, no era difícil: llevábamos todo en una sola maleta, enseguida nos dábamos cuenta... Lili la buscó, la abrió sobre la cama plegable, ¡nada!... ¡ni rastro del abanico!...

«¡No habéis visto nada!... ¡está ahí enfrente, en casa de Pretorius!...

—Entonces, ¿qué?

—Pues, ¡que nos largamos y ahora mismo!

—¡Pretorius no ha venido aquí!

—¿Y Yvan?

—¡Son compinches! ¿tú crees?

—¡Inocente! te digo, ¡si no nos las piramos! pero, ¡ahora mismo! ¡lo vamos a pasar mal!... ¡el robo nos da igual! pero el tejemaneje, ¡ya lo creo!...»

No era capaz él de pensar con sentido práctico y rápido... Lili tampoco... ¡menos mal que era yo quien decidía!

«Si nos quedamos aquí, ¡estamos perdidos!

—Entonces, ¿adónde?

—¡Tengo una dirección!»

No quería utilizar aquella dirección, pero, ¡en aquel momento había que dejarse de melindres!... ¡mala suerte! la «policía de extranjeros» con nuestras fotos «antinosotros», ¡ya no valía la pena! sólo me quedaba el recurso supremo: Harras... a decir verdad, ¡un amigo muy comprometedor! ¡Súper SS! ¡mala suerte! *alea jacta!* César no se había lanzado por placer, ¡por lo menos Harras era cosa seria! nada de medio nazi... ni la cuarta parte... *Professor* Harras, presidente de la Orden de Médicos del Reich... muy comprometedor, seguro, indudablemente, pero al haber abandonado nuestra patria, lo que era nuestro primer crimen fatal... ¡el primer paso es el que cuenta siempre!... en los cheques falsos, la rotura de las huchas, el robo de los escaparates, la traición, ¡todo!... ¡el primer paso!... ¡el tobogán del deshonor!... comienzas una vuelta... dos vueltas... ¡ya nadie puede detenerte!... Lili, La Vigue me comprendían bien...

«¡Oh, sí! ¡tienes razón!...»

Estaban de acuerdo... pero, ¡qué aprieto!... ¡desde Montmartre la suerte estaba echada!... el propio La Vigue, antes de marcharse, se había construido como un fortín en su propia cocina, con todas sus camas, mesas, sillas, lavadora... pero, ¡al final habrían podido con él!... como pudieron con Bonnot, Liabeuf y el fuerte Chabrol...* Hablando del fuerte Chabrol, recuerdo de chaval, yo vi aquel asedio... y la rendición... a propósito también, posteriormente leí sobre lo sospechoso que era aquel Guérin... poli o no, yo vi cómo lo embarcaban en Ablon los pontoneros de la 1.ª Compañía de Ingenieros, muerto y bien muerto, en el muelle de l'Écluse... durante la gran inundación, 1910... los recuerdos de chaval son siempre como si fuera ayer...

La Vigue no había querido resistir tras su barricada para que no incendiaran el inmueble... su portera, una mujer de gran corazón, le había suplicado:

«¡Váyase, señor Le Vigan! ¡ya sabe que todo el mundo lo quiere!... ¡ya volverá!...»

---

* Céline cita aquí tres sucesos que tuvieron en común la intervención de la policía en un combate contra sus adversarios y que marcaron cada uno de ellos un momento de aquellos años, que fueron los de su infancia y adolescencia. El asalto espectacular a la villa de Choisy-le-Roi en la que se había encerrado Bonnot data del 28 de abril de 1912. El asedio del «fuerte Chabrol», es decir, del inmueble de la Rue Chabrol, de París, en que se había atrincherado Jules Guérin, dirigente antimasón y antisemita, presidente del Gran Occidente de Francia, duró del 13 de agosto al 20 de septiembre de 1899. Guérin acabó rindiéndose y fue condenado a diez años de reclusión, transformados el año siguiente en pena de destierro.

Liabeuf, el «Matapolis», atacó el 8 de enero de 1910 a un grupo de agentes, mató a uno e hirió gravemente a otro. Acababa de pasar tres meses en la prisión de Fresnes, acusado, injustamente según él, de proxenetismo. Declaró haber querido vengarse con su ataque de aquella falsa acusación. Su proceso, en el mes de mayo, tuvo una gran repercusión en París. El antimilitarista Gustave Hervé se hizo cargo de su defensa. Los socialistas organizaron un mitin en su favor y, el día de la ejecución (1 de julio de 1910), una manifestación ante la prisión de la Santé.

Yo también había pensado volarlo todo en Rue Girardon...
no habría tenido derecho a los honores como el ácrata a sueldo
Guérin... me habrían ofrecido la Villa Saïd... el Instituto Odontológico...* allí me habrían enviado Cousteau...** y Je suis partout... no necesito otros rencorosos, ¡con los de mi clan tengo
bastante!... habría dado gusto vernos, yo, Lili, La Vigue... ¡cortejo
de amigos alrededor, flautas y panderetas!

Era muy divertido pensarlo, pero en aquel momento había
que marcharse, ¡enseguida! aun así, que los de la recogida se re-
uniesen para el rancho, bajo el «26»... más allá... que no nos vieran salir pitando... entonces, a escape al Untergrundbahn... yo me
había fijado en la estación, al final de nuestra calle... no preguntaríamos a nadie, mejor equivocarse que darse a conocer... yo tenía el plano de aquel Untergrundbahn... lo había comprado en
París, en el 39, había pensado: ¡un día!... se tienen presentimientos... pero, ¡nunca, nunca bastante claros, imperativos!... ¡todo debería haberlo presentido yo! ¡terrible! ¡no más o menos!... mi vi-
dencia no había llegado más lejos: el plano de su metro... podía
prever mientras estaba allí... ¡vidente fracasado! dije a La Vigue:
«Ahora, ya sabes, ¡es Grünwald!

* La Villa Saïd y el Instituto Odontológico, citados con frecuencia por Céline en este
libro, fueron en París en 1944 prisiones y sedes de los tribunales clandestinos de depuración.
** Paul-Antoine Cousteau (1906-1958), periodista de derechas, redactor de Je suis partout, del que llegó a ser redactor jefe en 1943, tras la salida de Rogert Brasillach. El director era entonces Charles Lesca, y el semanario estaba próximo a la Propagandastaffel
alemana. En 1944 Cousteau siguió hasta Alemania a los partidarios de Doriot. Fue detenido en la primavera de 1945, juzgado y condenado a muerte en noviembre de 1946
e indultado en 1947. En la época en que Céline escribía Norte fue liberado y formó
parte de la redacción de Rivarol. En junio y julio de 1957, atacó violentamente en ese
periódico a Céline, a quien acusaba de chaquetero. Posteriormente, escribió en Lectures
françaises un último artículo titulado «Fantôme à vendre» («Fantasma en venta»), en el
que acusaba a Céline de haberse dejado comprar. Esta acusación es la que explica que
Cousteau aparezca en De un castillo a otro, Norte y Rigodon asociado con frecuencia con
Sartre, quien, desde el bando político opuesto, había acusado igualmente a Céline de haber recibido dinero.

—Grünwald, ¿qué?

—¡Imbécil! pues, ¡Harras! ¡Harras, nuestro hombre! ¡recuerda el nombre!»

Le había hecho cavilar demasiado, allí, sobre la cama, miraba fijamente, sin mover los ojos... su papel volvía a apoderarse de él... con frecuencia volvía a aquel papel... «hombre de ninguna parte»*...

«¡Harras, venga! ¡ya te he dicho bastante!... despierta... ¡en Grünwald!... ¡siete estaciones en el plano! ¡la Cámara Alta de los médicos del Reich!... *Professor Harras!...* ¡allí vamos!... pero, ¡cuidado!... ¡como nazi!... ¡no veas!... *ober! ober Alles!...* ¡no queda más remedio, chico!... ¡no hay que vacilar!... ¡o él o el trullo! ¿oyes?

—Sí, chico, tienes razón...»

Lo saqué de su sueño... reaccionó...

«¿Dónde dices que es?

—¡Grünwald! como si dijéramos el *Bois de Boulogne...* ¡mira!... ¡siete!... ¡ocho estaciones!»

Se lo enseñé... le avisé...

«Lo tomamos al final de Schinkelstrasse... ¡no! ¡ésa no!... lo cogemos en *Unterdenlinden...* ¡la siguiente!...

—De acuerdo... pero, ¿Iván?

—¡Que volvemos enseguida! que vamos a la *Polizei* a enseñar nuestra maleta, que nos lo han pedido.

—¡Como quieras!

—Lili, ¿has entendido?»

Respecto de ella estaba bastante tranquilo, prácticamente no hablaba, salvo a Bébert en su bolso, palabritas, una conversación privada... ya estábamos en la escalera... y en la acera... no habíamos encontrado a nadie... ¡ni a Ivan!...

«Oye, La Vigue, ¿no has mirado?

—¿Qué?

---

* En *Le Quai des Brumes* (1938), película dirigida por Marcel Carné, Le Vigan desempeñaba el papel de un pintor que se llamaba a sí mismo «hombre de ninguna parte».

—¡Bajo las camas!...

—¡Sí!... ¡no había nada!... además, ¡oye! ¡podían escuchar fácilmente!

—¡Tienes razón!... pero ahora, ¡cuidado!»

En la taquilla pedí tres «Grünwalds»... su metro era como el de París... pasillos, escaleras... otra... en cuanto a la basca, era como todo Berlín, gente que ya no sabía por qué había de ir por esta calle... por aquélla... ¿aquel pasillo del fondo? ¿aquel otro?... ¡tropezaban!... ¡se chocaban!... *bitte! bitte!* ¡perdón!... ¡todas las lenguas!... Lili pidió perdón... y La Vigue... yo no iba a parar a uno de aquellos despistados para preguntarle dónde estaba *Grünwald*... ¿qué empalme?... ¿nuestro transbordo? ¿aquel andén era «para»?... ¿veríamos llegar el rengue?... en primer lugar, ¡debía de estar escrito!... ¡oh, un cartel!... ¡e inmenso!... ¡por lo menos cien estaciones! ¡en rojo y neón!... todo el tropel debajo, buscando, leyendo torpemente... ¡encontraban! ¡encontraban!... ¡no encontraban!... *bitte!* ¡perdón! *versegoul! Teufel!* ¡cómo se pisaban en las alpargatas! ¡purís, chavales, puretas!... *bitte!* seguro que muchos casi no sabían leer, disimulaban... pedían que les leyeran, que habían perdido las gafas... subhebraicos, semiletones, triestinos, africano-checos, que habían sabido, que ya no sabían leer, ¿qué lengua?... tantas veces habían desaprendido a leer cuantas había quedado todo patas arriba a su alrededor, cambios de presidentes, de río-frontera, y de montaña límite, desde lo de Sarajevo, ¡figuraos!... ¡canales, pasillos y petróleos!... ¡bámbula!... ¡y encima aquellos nombres!... ¿cómo es exactamente? ¡ya se habían equivocado diez veces!... habían pasado noches, días, sobre los bancos de por lo menos veinte estaciones... ¡no se estaba peor que en otros sitios!... ¡mejor que fuera!... «*Kraft! donnerwetter! ach!* ¡mierda!» había apátridas de Asnières que sólo sabían cuatro palabras de *fritz*, pero unas carretadas de insultos de Extrema Mongolia, que soltaban el caló escandinavo y la gergojerigonza de los *lager*... ¿de dónde salían?... labranzas y fábricas, ¡aquí y allá!... muchos rapados al cero, por el ejército Vlasoff... ¡ante aquéllos no se podía afirmar que no existiera Europa!... hartos de *ach! bitte!* ¿qué andén tomaban?... ¡primero tenían que encontrar sus alpargatas!... ¿el andén 5?... ¿el 6?... nosotros, *Grünwald!* yo soy muy paciente, pero, aun así, había dicho que no hablaría... vi a una empleada con gorra color frambuesa...

«*Bitte!* ¡perdón!... *Grünwald!*

—*Hier!* ¡aquí!...»

No sabía si me había entendido... podía ser... de todos modos, ¡un fragor! ¡desde el túnel! ¡ráfaga de guijarros!

«¡Adelante!»

¡Se detuvo!... no fuimos los únicos en lanzarnos, todos los que estaban bajo el gran cartel... ¡el ataque al tren! no insistían para comprender... se coagulaban... se lanzaban... recordaba a Nueva York, de cinco a seis... ¡entrar a la fuerza!... ¡veinte veces los seres, las cosas, que cabían!... ¡con la pasión que ponían, se podría haber hecho entrar a todo Berlín!., y encima enormes petates... ¡y el Ayuntamiento!... ¡y las escuelas!... ¡con su violencia sobre un solo vagón!..; a encogerse, a aglutinarse... ¡ooooh!... ¡con la fuerza pneumática de las puertas!... peor que en París la estación de République... que la de Lilas... una vez dentro, ¡nada de preguntas!... ¡formar bloque... y se acabó! ¡con todas las personas, pies, cabezas!... pero no asfixiarse con los pequeños choques... ¡*ptim!*... ¡*din!*... sacudidas bruscas de las ruedas! ¡recuperar el aliento en el *ting!* ¡no en el *ptang!*.... nuestro gato Bébert iba bien laminado en su bolso por las quinientas personas del vagón... ¡a cada bache!... sobre todo en las estaciones, el tapón de las «entradas, salidas»... ¡ah, *Tiergarten!* pregunté... ¡era final de línea, Tiergarten!.., ¡tendría que haber preguntado!... todos salían... lentamente... volví a preguntar a una señorita con gorra frambuesa... era el otro andén, ¡nuestro rengue para *Grünwald!*... ¡que lo supiéramos esa vez!... ¡nuestra dirección! ¡tendríamos que haber hecho transbordo dos veces!... le hice repetir, para comprender bien... la acaparé, a la única encargada de la plataforma... ¡lógicamente había gruñidos por todos lados! ¡y con mala leche! ¡caramba, una injuria curiosa! «*fallschirm*!»... ¡paracaídas!... ¡era por nosotros!... yo ya había oído... el efecto de nuestras cazadoras «canadienses»... los chavales nos habían identificado... no tardaron en ser diez... ¡veinte!... infinidad de dedos apuntándonos, ¡que éramos paracaidistas!... la señorita de la gorra frambuesa no hacía caso... muy fácil... todos aquellos chavales eran *Hitlerjugend,* llevaban el brazalete «cruz gamada», «Juventudes Hitlerianas»... Juventudes de Atila, Pétain, Thiers, De Gaulle, mañana Jrujrú, Ramsés, Belcebú, ¡basta con que les deis la insignia! ¡se sentirán transportados! ¡os entregarán carretadas de cabelleras!

Las «Juventudes Hitlerianas» eran famosas por su caza al paracaidista... por lo demás, toda Germania estaba obsesionada en aquel momento con los *«fallschirmjäger»,* ¡saboteadores paracaidistas!... todos los periódicos, páginas enteras, ¡condecoración de los chavales héroes por Hitler en persona! ¡cruz de hierro con diamantes!... chiquillos, chiquillas, besados por el Canciller... les veníamos al pelo, nosotros, ¡nuestras «canadienses»! mañana veréis a Astrabuth abrazar a los chavales que nos habrán cortado la cabeza, no conocéis a Astrabuth, a los chavales tampoco, pero de eso ya podéis estar seguros, han nacido ya en el Imperio, se hurgan las braguetas... con nosotros la caza a los paracaidistas estaba en pleno *boom...* los chavales no tenían sólo cruces de hierro, tenían también la prima: 100.000 marcos y el diploma de «Siegfried de choque»... en aquel momento la cosa se ponía fea para nosotros, yo veía que nos tenían de lo más rodeados... la gente que ya había salido volvía a bajar desde la calle para vernos... ¡nuestra captura por «Hitlerjugend»!... ¡no era cosa de broma! la muchedumbre coreaba... y no sólo *boches,* ¡extranjeros! ¡todas las lenguas! oh, pero también había unos calurosos: «*da! da!*» ¡que estaban de nuestra parte!... *da! da!* ¡que nos abrazaban y besaban!... ¡qué contentos estaban!... *parachutt!* ¡otros creyentes!... ¡que caíamos del cielo a propósito para ellos!... eran una, dos familias... llevaban la estrella «OST»... *da! da!* eran como Ivan, de los que había traído consigo del Este el ejército alemán para la agricultura, para desactivar las bombas en las carreteras, ordenar un poco las calles, los ladrillos... ¡ya se veían liberados! ¡que llevábamos «canadienses»!... ¡sólo veían eso! ¡sólo podíamos ser americanos y saboteadores!... y, sin embargo, bien de París que eran nuestros abrigos, comprados a la modista de Lili, la señorita Brancion, Rue Monge... les grité: *von Paris! von Paris!* ¡a hacer puñetas! ¡querían que fuésemos canadienses!... ¡todo el andén! todo el tropel de los andenes... ¡tres metros! ¡no había manera! ¡que miraran nuestras cazadoras!... ¡la etiqueta en el cuello!... ¡no de Nueva York!... ¡Rue Monge!... «¡vienen a quemar las cosechas! ¡a hacer saltar las vías!...» ¡no había manera de convencerlos de que no!... así era , ¡y nada más!... para unos: ¡hurra!... para los otros: ¡al paredón!... yo veía, sobre todo por la forma como estaban sobreexcitándose, chavales y adultos, que iban a desollarnos vivos... ni pensar en largarse, en pasar inadvertido... seguían llegando otros, ¡hordas tras hordas!... si por lo menos hubiera sido la policía, tal vez habríamos podido explicarnos... pero, ¡ni un *schuppo*! ¿habría ido a buscar ayuda, la joven de la gorra frambuesa? en cualquier caso, aquello se ponía feo de verdad... más apretados que en los vagones... unos por la alegría de que fuéramos *parachutt*... los otros, que estábamos a su merced «monstruos, descarriladores de trenes, incendiarios»... ¡ya me habían sacado una manga!... ¡a La Vigue también!... ¿irían a jamarnos por las mangas?... yo veía que dentro de muy poco íbamos a estar en pelotas... en la ebullición del andén... ¡Providencia!... pasó un hombrecillo y reconoció a Le Vigan...

«Pero, ¡es usted! ¿de verdad es usted Le Vigan?»

El francés con gorrita, de unos treinta años y con colilla...

«¿Vienes aquí a trabajar?

—¡Sí! ¡sí! ¡sí!... ¡S.T.O!*

---

* S.T.O.: Service du Travail Obligatoire («Servicio de Trabajo Obligatorio»). De acuerdo con un decreto promulgado en 1942 por el gobierno de Vichy, todos los hombres de dieciocho a cincuenta años y las mujeres solteras de veintiuno a treinta y cinco años estaban sujetos a la movilización para trabajar en Alemania.

–¡Yo también, obligatorio! ¡mira que tienen delito!... pero, ¡no les va durar mucho a estos cabrones! ¿eres de una red?

–¡Todavía no!... pero, ¡vamos a meternos!

–¿Los tres?

–¡Sí, los tres!...»

La Vigue tuvo presencia de ánimo... el hombre de la gorra nos dijo todo... entre los gritos...

«Me llamo Picpus, oye, ¡tutéame!... ¡les estamos dando por culo bien! ¡ya he trabajado en siete fábricas! ¡una fontanería, la última!... Picpus, de Boulogne, ¿te acordarás?... me echan, ¡y me presento en otra a pedir trabajo!... voy a Magdeburgo, a una fábrica de tejas, oye, ¡necesitan gente! ¡seremos cuatro del mismo grupo! ¡vas a ver tú cómo les damos para el pelo! ¡pide que te envíen allí!... ¡a él también!... ¡a tu mujer también!... voy a escribirte el nombre de la *firma*... necesitan obreros, ¡ya no les queda nadie!... mira, ¡a mí me buscan sus polis! pero, ¡me doy el piro! ¡he sido Lacosse en Hannover! ¡les dimos una buena! ¡puedes creerme!... ¡yo andaba por medio!... ¡he sido Anatole en Erfurt! ahora: ¡Picpus!... ¿te acordarás?»

La gente había dejado de berrear, estaban escuchándonos... a Picpus no le importaba...

«Oye, ¿papelas falsas?... ¡las que quieras!... ¡fíjate! ¡con bigote!... ¡sin bigote!...»

¡Era verdad que tenía!... ¡colección! ¡los bolsillos llenos!... en fin, un bolsillo... fotos...

«He salido bien, ¿eh?»

Veía que sus faroles me impresionaban... y que todo el mundo nos estaba mirando...

«¡Los alemanes me la chupan! si no te impones, ¡estás jodido!

–¡Sí!... ¡sí!... ¡claro, claro!»

¡Estábamos de acuerdo!

«¡Nosotros... Norvins... Étienne!»

¡Anunció La Vigue! ¡en alto! ¡que resonara! ¡toda la bóveda! ¡por los dos andenes! ¡nuestros dos nombres de guerra!... ¡que se enterasen bien!... ¡con la misma moneda!... ¡entonces nos miraron!... dejaron de tirarnos de la punta de las mangas, ¡escuchaban a La Vigue que gritaba más alto que Picpus! ¡la autoridad!

«¡Claro que voy a cambiar de nombre! ¡soy Norvins Étienne!...

—¡Bien!... ¡entendido!,., ¡tendrás tu carnet!... ¡estamos bastante organizados! ¿tienes fotos?»

¡Que si teníamos!... ¡las «irreconocibles»! ¡doce cada uno!

Le dimos tres...

«¡Y, entonces, los nombres de vosotros dos!... ¡mejor que sean diferentes!

—¡Labarraque Jean!... ¡y Émilie!»

Yo ya lo tenía previsto... con la misma moneda...

«¡Perfecto!... ¡O.K.!... ¡Magdeburgo! mejor no escribirlo... ¿os acordáis?... *¡Firma Yasma!* ¡tejas! ¡la encontraréis!

—¡Ya lo creo que la encontraremos!»

Pero, mira por dónde, acudieron otros chavales... ¡otra jauría de *Hitlerjugend*! muy malintencionada aquella horda... ¡excitada! eran por lo menos un centenar...

«¡Sois gilipollas por hacerles caso! ¡hostias a la cara!»

Picpus entró en acción... *flag,* ¡adelante! ¡duro ahí! ¡y aún más! *¡beng!* ¡danzando! ¡que berrearan los *Hitlerjugend*!... ¡cómo dominaba todo aquello Picpus!... ¡todo el andén!... ¡cómo se lanzaba!... ¡y a hostias!... ¡patadas en el culo!... los llamaba «mariquitas»... ¡arengas, encima!... ¡los desafiaba!

«¿No habéis visto que es La Vigue?... ¿el artista de la resistencia? ¡maricones caguetas!»

¡Que se enteraran un poquito de con quién se metían! ¡mocosos! se puede decir que se arriesgaba a que le saliera el tiro por la culata... a que los dos andenes se hartasen de que los injuriara... ¡qué leche! ¡todavía gritaba más fuerte!

«¡Le Vigan, miradlo bien! ¡el héroe y el artista!... ¡él también!... ¡ella también!...»

¡Nosotros dos!... ¡yo, Lili!... sólo nos faltaba saludar a los dos andenes.

«¡Escuchad bien!... ¡escuchad bien, todos!... ¿acaso vienen a descarrilar trenes?... ¡gilipollas rematados!... ¡vienen por vuestra liberación!... ¡brutos ciegos!

—¡Bravo! ¡bravo!»

Respondieron bien... los dos andenes...

Picpus había cambiado la opinión... de aquella muchedumbre de los dos andenes dispuesta a hacernos trizas gracias a Picpus, ¡ya nos veían como tres héroes del aire!... ¡le debíamos la vida a Picpus!... ¡había dominado la sublevación!... aun así quedaba un problemilla, los chavales *Hitlerjugend,* a pesar de haberles zurrado, machacado, con un ojo a la funerala, querían más... sobre todo las chicas, ¡qué obcecación y mala leche!... aun así, ¡no nos dejaban en paz!... *fallschirm! fallschirm!* afluían desde la calle... otros, ¡desde las escaleras!... ya no eran cien... ¡por lo menos doscientos!... ¡con los de las otras bóvedas serían mil! Picpus había dominado a éstos... pero, ¡ésos! ¡no podía!... ¡nunca nos dejarían salir!... ¡se negaban en redondo a soltarnos! oh, pero, ¡un momento! ¡la dirección!... ¿la dirección de Harras? Picpus, a fuerza de golpear en el montón, ¡ya no podía más!... constantemente llegaban otros... ¡los brazos le colgaban!... estaba viendo que en cualquier momento lo iban a tirar bajo el rengue... ¡a nuestro Picpus!... ¡solo contra mil!... pero, ¿y nuestra «dirección»?... no la llevaba en el bolsillo, me la había hecho coser a los fondillos del pantalón... no la había enseñado a nadie, me había dicho: para un caso extremo... ahora, ¡se trataba ya de un caso un poquito extremo!... para que veáis cómo soy... agarrarme a un clavo ardiendo... allí mismo me bajé los pantalones, brutalmente... me miraban todos... ¿qué hacía?... arranqué los fondillos... ¡allí estaba el trozo de papel! ¡y la dirección!... lo desplegué, se lo enseñé... *Reichsgesundheitskammer! Professor Harras, Grünwald, Flieger Allee 16...* los chavales no me soltaron... siguieron aferrados... pero uno sabía leer... leyó en alto...

«*Wollen sie uns nicht führen?*» pregunté «¿no queréis llevarnos hasta allí?» ¡sí!... ¡sí!...; *ja!... ja!...* ¡con mucho gusto!... debía de parecerles divertido... *ja! ja! ja!* ¡los chavales sabían por dónde era!... el pasillo, la ventanilla, qué andén... ¡bastaba con seguirlos! Picpus nos dijo que teníamos razón... él ya no podía menear el brazo... tampoco podía hablar, había gritado demasiado, susurró...

«Entonces, ¿es para matarlo, al tipo ése?... ¿cómo decís que se llama?

—¡Harras!...

—¡No lo conozco!... pero, ¿es un SS?

—¡Oh, terrible! ¡médico de los SS!

—¿Lleváis revólver?

—Nos lo han quitado en la aduana...

—¡Ten, una granada!... ¡inglesa!»

Del fondo del bolsillo... me la pasó... me la metió con disimulo en la cazadora... no me dio tiempo de verlo ni de decir nada, ya la tenía... la sentía, era pesada...

«¿Sabes usarla?

—¡No!...

—Es sencillo... ¡tiras del pasador y la lanzas!... ¡tienes cinco segundos!... escapas... ¡es de las superiores! ¡el andova revienta! ¡el trullo! ¡todo! en el momento en que la lances... ¡tres! ¡cuatro! ¡cinco!... ¡te largas! ¡no tienes más! ¡tírate al suelo! si estás de pie, ¡es tu jeró! ¿has entendido?...

—¡Oh, sí!»

¡Que si entendía!... no se quedó, vino con nosotros y los chavales... pero aquella vez sí que sí, ¡la bóveda verdadera! volvimos a pasar por las estaciones, las mismas.,. y despúes hicimos transbordo, una vez... dos veces, comprimidos, prensados, pero no tanto... ¡ah, ya estábamos en *Grünwald*! ¡todo el mundo fuera!... Picpus, nosotros, los chavales... subimos a la luz... aquélla era en efecto... *Fliegerallee* un letrero... muchos pabellones, a ambos lados, entre los árboles... pero, ¡habían recibido de lo lindo!... todos aquellos pabellones tenían ventanas que colgaban, semiventanas, canalones... techos vueltos del revés... nosotros, nuestra dirección era el 16... la acera de la derecha... éramos casi una multitud con nuestras juventudes hitlerianas...

«¿No la habrás perdido?»

¡Picpus no tenía demasiada confianza! ¡me veía capaz de dejarla en el metro!...

«Pero, bueno, ¡toca, nervioso!»

Tocó, la sintió...

«¿Has comprendido, de verdad? ¿el pasador?... ¡la tiras! ¡y te echas al suelo! ¡al mismo tiempo!»

Yo sólo pensaba en una cosa, ¡en que nos explotara antes de llegar!... ¡en las napias!... ¿27? debía de ser enfrente... la puerta con dos funcionarios... la otra acera... el letrero rojo: *«Reichsgesundt»*... ¡sí!

«Oye, Picpus, ¡lárgate!... ¿ves el cartel?...»

Lo vio... también los chavales lo vieron... y la cruz gamada amarilla y oro, otro rótulo, ¡allí era, en efecto!...

«Sehen sie?... ¿veis?»

Les dije... veían sobre todo a los funcionarios que nos decían por señas que nos abriéramoss... oh, pero, ¡un momento!... ¡mi papel!... ¡lo agité!... me dejaron acercarme, pero, ¡solo!

«¿El profesor Harras?»

¡Deseaba verlo!... un oficial salió de un bosquecillo... me presenté...

«Ich bin ein Artz von Paris! ¡Soy un médico de París!...

−Gut!... gut!... wer sind die da?»

Se refería a los chavales que nos seguían... y a Lili, y a La Vigne...

«Mi mujer Lili... ¡y mi amigo Le Vigan!...»

No quería que nos separara...

«Gut! gut!»

¿Y los chavales? preguntó...

¡Unos curiosos!

Entonces, ¡basta! *weg! weg!...* ¡les dijo!... salieron pitando todos... ¡Picpus con ellos!... ¡no quedó nadie!... era mágico su *weg! weg!...* ahora ya sólo quedábamos nosotros tres... ¿qué iría a decirnos?...

«¡Tengan la bondad! ¡estoy al corriente! ¡ustedes estaban en el "Zenith Hotel"!»

Vi que hablaba francés cuando quería... y, en resumidas cuentas, que estaba esperándonos... en los países con dictadura, aun en ruinas, antes de que vayas a algún sitio, ya saben quién eres... conque no había necesidad de hablar... ¡tanto mejor!... lo seguimos... al principio era un jardín muy grande, casi un parque... lleno de escombros, por aquí y por allá... ¿otros chalets seguramente?... ¡los restos! y trozos de estelas y estatuas... y cubierto de espinos y alambradas... ah, un invernadero muy alto, pero no quedaba ni un solo cristal... pasamos adentro... el oficial avanzó despacio... ¿estaría minado?... ya le preguntaría... pero, ¿qué grado era de las SS?... ¿*Sturmführer* no sé cuántos? no era muy hablador... me habría gustado tirar un objeto... pero, ¿dónde? ¡sin que estallara!... ¿podía decírselo al SS?... debía de saber que lo llevaba en el bolsillo... tras escombros y pilas de ladrillos llegamos ante un túnel... debían de vivir en el fondo... vi lo limpio, lustroso e impecable que iba aquel SS... debía de ser una gruta confortable... vi muchas en Alemania, muy habitables... no dije nada, pero estaba seguro, ya veríamos... me dijo: *Vorsicht!* ¡cuidado! *minen!* habían puesto minas para el caso de que hubiera un ataque... debían de poder hacer saltar todo, ¡el túnel y lo demás!... ¡menos mal que aquel *Sturmführer* no nos había mirado en los bolsillos!... ¡de repente quise que viese a Bébert! pero era necesario que apareciese, que se asomara... así lo hizo... pensé, no sólo llevaba la granada... ¡muchos otros chismes!... un pequeño Mauser, una maquinilla de afeitar, dos brochas de jabón, tres cajas de cerillas, una loncha de tocino... ¡y seguro que otras cosas!... es extraordinario lo que se lleva uno, cuando lo echan de casa... es extraordinario también todo lo que se necesita para vivir, aun muy humildemente... Mattey, ministro de Agricultura, nos aleccionaba más adelante, en Sigmaringen... le hablé de pasar a Suiza... «¡tenga mucho cuidado, doctor! ¡no se puede escapar por los bosques sin llevar consigo lo esencial!... ¡un cuchillo y cerillas! ¡con lo que cortar las astillas y encenderse un flueguecito! en último caso, ¡el estómago puede esperar!... pero a la primera noche fría sin fuego pillas la muerte con toda seguridad...» ¡Mattey tenía más razón que un santo!... el fuego es el animador de la vida, incluso un fuego exiguo, tres ramitas... igual que en las carreras de bicis, sin rueda delantera ante ti, debajo de tus narices, ¡adiós Vuelta a Francia!... el cuchillo, ¡de acuerdo!... y las cerillas, pero, ¡la granada y su pasador sobraban!... ¡veía enteramente mi bolsillo, granada y pasador, enviándonos por encima de los árboles! ¿Sospecharía, el SS?... él, que ponía tanta atención para que no nos apartáramos del caminito... claro, tenía miedo de las minas... pero, ¿y mi bolsillo? ¡a ver!... aquel parque era inmenso, grutescos, oquedales... casi todos los árboles podados... yo miraba, a derecha e izquierda, buscando un lugar con agua... ¡donde poder lanzar mi botín!... había visto varias charcas pequeñas, muy cenagosas, herbosas, fangosas... pero, ¡demasiado lejos de aquel sendero! ¡no deseaba despedazar a nadie!... ¿y si le estallaba en las narices al SS?... ¡yo volaría también!... que nos llevase por fin ante Harras, ¡eso era lo que le pedíamos!... Harras, aun siendo un supernazi, era un hombre comprensivo, filósofo y acomodaticio, no el tipo de cortas luces al que todo extraña, el bruto de Partido... el gorila con brazalete... comprendería nuestro estado... esperaba yo... si no, estábamos perdidos... con los polis en los talones, ¡y andando!... ¡habíamos llamado demasiado la atención! ¡para empezar, el Pretorius!... de puntillas, ¡y *heil*! y el ladrón de Ivan... ¡habíamos hecho más de lo necesario!... ¡y las fotos! ¡y el Picpus!... ¡ya lo creo! llega un momento en que, después de dos, tres toques de acoso, resulta que todo dios es de la bofia... Harras era nuestra última oportunidad... ¡otro senderito!... ¡aquel parque no acababa nunca!... ¿adónde nos conducía?... ¡ah, vi un cráter!... y agua en el fondo... mucha agua en verdad, había gente bañándose en ella... y la tira de hombres desnudos...

«¡Una piscina para los finlandeses!...»

¿Todos aquellos eran finlandeses?... al lado una gran isba, su baño de vapor... entraban dentro, se escaldaban, volvían a salir de prisa y se tiraban de cabeza... no paraban... ¡otro!... ¡otro!... mientras el SS nos explicaba lo tónicos que eran esos baños, que él mismo los tomaba, etc., etc., saqué como pude mi dichosa granada y la coloqué en el borde del agujero, para que se deslizara en vertical... la empujé... muy despacio... *¡vlof!* ¡se hundió! ¡si estallaba, lo haría en el agua!... ¡esperaba que fuese falsa!... ¡que pasara lo que pase!... ¿de qué no me han denunciado? ¿incluso ahora, en el 60?... ¡en todos los clubs, terrazas, partidos, letrinas!... ¡futilidades!... tomemos un ejemplo: ¡la Convención! a pesar de haber derramado sangre, cabezas pendientes de un hilo, salvas de amenazas, no representa nada ahora... ¡cosa de niños!... nosotros allí, en el parque, existíamos todavía un poco... en fin, eso creíamos... *Reichsgesundheitskammer* Grünwald... creo que nadie había podido verme deshaciéndome del chisme... quizá fuese una simple imitación... ¡lo esencial era que ya no la llevaba encima!... pero, ¿y el SS?... lo busqué, ¡había desaparecido!... volví a mirar... ¡como para quitarle a uno el hipo! ¡desaparecido!... oh, pero un hombre grueso venía hacia nosotros... un hombre muy, muy grueso en bata... ¡no lo reconocía!... ¡era él!... ¡sí, era él! ¡salía de la isba!...

«¡Ah, mi querido Céline!...»

Muy caluroso...

«¡Mis respetos, señora!»

¡No lo había reconocido!... ¡Harras en persona!... a mi vez, hice las presentaciones...

«¡El señor Le Vigan, el célebre actor!»

Le Vigan se inclinó... ¡menuda alegría nos daba volver a vernos!... oh, ahora, comprometidos hasta el fondo, nazificados hasta la glotis... bueno, ¿y qué?... ¡por lo menos no era un personaje ambiguo! Presidente del *Reichsgesund*... ¡debía de ser por lo menos coronel!... yo lo vi de uniforme, ¡sólo coronel!... no estaba demasiado calvo para un «professor» de su edad... era el tipo simpático, dinámico y de sentido común sutil, una clase de talante que no abunda entre nosotros... la profundidad divertida... la sa-

biduría completamente irrefutable con salidas de clown... ¿qué era lo que mandaba Harras allí?... ¿una cueva bajo las zarzas? ¡un túnel?... creo que *führer* de todos los facultativos del Reich, *Gross Reich,* y protectorados... ¡todo!... milagreros, homeópatas e incluso los *felchers,* agentes de la Sanidad, detectores de las epidemias...*
con eso os hacéis idea del poder que tenía, ¡el sonriente y opulento Harras! Claro que podía hacer algo... encontrarnos un empleíllo, lejos, yo pensaba en los *felchers...* detectores de ratas muertas, en el fondo de los valles moravos... me parecía que haríamos muy bien de «felchers» o buscadores de «piojos sospechosos» en Herzegovina... ¡muchos chollos para nosotros! ¡duraría lo que durase!... con Harras yo no me andaba con muchos miramientos... justo entonces desde un agujero, del túnel, creo, nos llegó el sonido de una marcha militar...

«Mi querido Harras, ¡otras veinticinco ciudades tomadas! ¡Rostov tiene dueño por fin!... ¡más Sebastopol! borrada del mapa!

–¿Y usted, mi querido Céline?

–¡Nosotros ya no existimos, querido profesor!... ¡vuestra policía no nos reconoce! ¡irreconocibles!... ¡nuestras fotos falsas!... usted sí que nos reconoce, ¿verdad?

–¡Oh, tonterías!... ¡yo me encargo de eso!»

Lo felicité por su buen aspecto... ¡que parecía en muy buena forma, él!

«Usted, Céline, ¡pasa necesidades porque quiere!»

¡Y se echó a reír a carcajadas!...

«Está usted en Berlín... ¡y no viene a verme!»

Yo no le veía la gracia, en fin, por el momento, viéndolo jovial como lo veía, ¡nuestros infortunios habían acabado! pensándolo bien, ¡no es que nos hubiéramos defendido mal!... salvo su risa, que estaba un poco fuera de lugar... para nosotros, muy difícil reír desde nuestra salida de Montmartre... ¡sin ganas de cachondeo!... ¡él, Harras, gracioso como él sólo!... en fin, por lo

---

* *Feldscher* o *Feldscherer* significa en alemán «cirujano de campaña».

menos con aquel tipo jovial no nos faltaría manduca ni dónde dormir y él se encargaría de lo de la policía... no pensaba yo sólo en mí, Lili, La Vigue, Bébert...

«¡Ya lo oyes! ¡Vamos a tener el papeo asegurado y él va a ocuparse de lo de nuestras fotos!...»

Zarandeé a La Vigue, estaba soñando despierto, ¡que se diera cuenta!

«¡Sí, ninchi! ¡Tienes razón!

—¡Mírale la bata!»

Le hice tocar... ¡de felpa superior! ¡seguro que de Londres o de América! ¿de dónde la había sacado?... no se andaba con secretos...

«¡En Lisboa!... ¡todo lo que desee! ¡tengo abajo, en las casamatas, todo lo que desee!»

¡Con el corazón en la mano, Harras! ¡comprendí que íbamos a aprovecharnos! ¡no era lujo!... era nazi, ¡de acuerdo! Pero, cuando considero, años después, cuántos hay que se aprovecharon, que se hicieron multimillonarios con los judíos y los nazis, y, aun así, les siguen yendo las cosas cojonudamente, comprendo que nosotros éramos unos simples y pobres infelices... esperad a Juanovici, cuando haya salido de cuarentena,[*] ¡ya veréis la de co-

---

[*] Joseph Joanovici, conocido por «Monsieur Joseph». Judío rumano que llegó a Francia en 1925. Fundó su propia industria de metal. En 1939, Joanovici Hermanos era una empresa próspera. Tras la derrota francesa, transfirió la propiedad nominal de sus negocios, pero en realidad siguieron a su cargo, y suministró metal a la WIFO, empresa de Berlín. Consiguió documentos falsos que demostraban su origen ario. Trabajó en el mercado negro y compró metal para los alemanes. Posteriormente confesó haber hecho 25 millones de francos bajo la Ocupación. Fue miembro del grupo de policía Bonny-Laffont, que trabajaba para los alemanes. Al mismo tiempo, trabajó para la Resistencia, ayudó a judíos, ocultó a paracaidistas americanos y trabajó para Honneur et Police, el grupo resistente de la policía francesa.

Posteriormente, resistentes conocidos testificaron en su favor. Fue responsable de la detención de Bonny y Laffont tras la liberación. También él fue detenido, pero pronto salió en libertad. Las autoridades decidieron de nuevo detenerlo. Huyó a la zona americana de Alemania, pero se entregó en 1947. Fue juzgado en 1949 y condenado a cinco años de cárcel, a pagar una multa de 600 000 francos y a la confiscación de sus propie-

sas divertidas que os contará!... no hay más que ver a la Duquesa, por haber derribado un trono con el trasero, cómo cobra cerca de trescientos millones por contar su bonita historia...* así, que imaginaos, el señor Joseph, ¡él, el leal y valiente!

¡Eh! ¡eh! ¡que se me va el santo al Cielo! ¡voy a haceros perder el hilo! ¡un gilipollas tan incoherente como tal!... ¡o cual!... ¡borracho de palabras!... ¿por dónde iba, vamos a ver? me decís... con el *Professor* Harras en aquel gran parque *Reichskammer...* ¡no lo hubiera creído!... ¡lo vi! otra especie de palacio, medio desplomado, despanzurrado... totalmente cubierto de viña loca... ¡y alambradas!... El Parque Monceau ya es un desorden, pues allí, entonces, ¡no veas qué desbarajuste! lleno de cabezas de estatuas en montoncitos, como si acabaran de jugárselas a los bolos... en el yeso y la arena... todo aquello debía de ser intencionado, camuflaje de ruinas... pregunté a Harras...

«¿Quiere mandar que nos liquiden?

—¡Para el 14 de julio, Céline!

—¡El 14 de julio ya ha pasado!

—Entonces, ¡para el santo de Adolf!»

¡Nada de discreción con él!... ¡al contrario!... nos veía como éramos, muy derrotistas... con tal que le habláramos en francés, ¡podía pasar!... estábamos destinados a ser absurdos, ¡no era culpa nuestra! muchos alemanes como él, sin la más mínima fuerza, chochos, idos, enamorados de todo lo de Francia... nuestros comportamientos insensatos, nuestras invectivas incendiarias, ¡sin la menor importancia! ¡pamplinas! ¡chiquilladas!... ¿nuestras picardías malintencionadas? ¡tradición traviesa!... ¡nuestro prodigioso

dades por un valor de 50 millones de francos. Fue liberado en 1951 y mantenido en arresto domiciliario en Mende, de donde se escapó a Israel.

Después de que el gobierno francés lo procesara en 1957 por fraude fiscal, Israel le denegó la condición de emigrante, y en diciembre de 1958 fue expulsado. Fue encarcelado en Marsella y juzgado y absuelto de la acusación de fraude fiscal. En 1961 fue condenado a dos sentencias de un año de cárcel por entregar cheques sin fondos.

* La traducción francesa de las memorias de la duquesa de Windsor se publicó en 1956.

«historicismo» compensaba todo!... *ach, was nun?*... ¡nosotros, los últimos poseedores del «placer de vivir»!... podíamos soltar por la boca lo que quisiésemos... el teutón era el último cliente del planeta que nos pasaba por alto cualquier cosa... su ejército, seguramente el único, el último, dispuesto a morir por nosotros... ¡en eso demostramos nuestro carácter! me diréis: ¡el futuro no nos concierne! ¡el futuro es de los jóvenes!... ¡se lo deseo!... Harras, *boche,* nazi cien por cien, ¡no nos veía hitlerianos! ¡en absoluto!... lo único que pedía, ¡que le habláramos en francés!... que fuéramos un poquito judíos, un poquito negratas, algo españoles, ¡oh, huy, huy! ¡pues claro! ¡los Estados Unidos enteros también! ¿y qué?... no era un bobo con anteojeras, Harras, la prueba, me decía *¡chsss!* en el parque, que escuchara pasar los aviones...

«¡No son alemanes! ¡no tienen nada de alemanes!... Céline, ¡escuche!»

Escuchábamos.

«Musik!»

¡Runrúns agradables para el oído!... ¡muy diferentes a sus *Heinkel*¡ ¡quincallas lamentables!...[*] ¡podíamos damos cuenta perfectamente! desde luego, yo podía preguntarle, en definitiva, qué era lo que hacía él.

«¡Viajar, querido colega! ¡viajar!... dos veces al mes a Lisboa, para ver un poco a los de enfrente, lo que cuentan... cambio de impresiones... ¿que si ven tifus?... ¿que si tenemos algo en el Este?... ¡no!... ¡nunca!... ¡toda la carne está vacunada!... ¡en su bando!... ¡en el nuestro! *¡jajajá!*»

¡Volvía a hacerle gracia!

«¿Cómo cree usted, querido colega, que pueden acabar las guerras ahora?

—¡Un nuevo virus!

—¡No me lo imagino!... ¡ellos tampoco! *¡jajajá!*»

Vi que no se tomaba las cosas a mal...

[*] Heinkel: nombre de una fábrica alemana de aviones militares.

¿De qué conocía yo a aquel Harras?... ¡hay que confesarlo todo!... ¡de una sesión de cine en los Champs-Elysées!... una película estrictamente técnica sobre el tifus en Polonia... mi modesta especialidad, el tifus... pero, ¡me habían visto en aquel tifus!... desde entonces, ¡no he recibido ataúdes ni nada!... en aquella ocasión el error fatal, ¡mostrar cosas un poco serias a la gente común!... ¡culos, sí! ¡chucháis cada vez más enormes!... ¡ya lo creo! ¡festines formidables! ¡superautomóviles! superpancracios... ¡el ideal!... ¡lo serio es lo que te pierde!

Lo que yo veía bien en aquel Harras era que los otros no eran sino simples guripas, por lo menos él era importante... ya que estábamos en su «Comando», ¡que nos enseñara todo!... ¡no sólo su cráter baño finlandés! ¡y su bolera de cabezas de estatuas!... ¿estaría bajo tierra el resto?... ¡sí!... ¡sí!... ¡sí!... ¡todo lo que yo deseara!

Así, pues, seguimos... un túnel... bajo los escombros... ah, una escuela por completo diferente de la hamaca-piso Pretorius... nada que ver ni mucho menos, exterior... seguimos a Harras... una gruta... un poco de luz... otra... y escritorios contra las paredes... una sala inmensa acondicionada como en Nueva York, pero por lo menos a veinte metros bajo tierra... mecanógrafas también, señoritas como en América, muy amables y con pantalones...

«¿Qué le parece, Céline?

—¡La Europa nueva enteramente!»

Además, ¡tenía otros despachos! dos pisos más abajo... se oía la ventilación... más mecanógrafas sonrientes... pasaba por todo aquello como un pachá, Harras, respondía con pequeños *heil!*... siempre su bata espesa, limón y azul cielo... otra escalerita... ¡la biblioteca!... una planta entera de registros... al lado, toda una bóveda, una gruta, las fichas... me dije que aquello debía de ser igual a la Cancillería... veinticinco metros bajo tierra... por eso no habíamos visto nada... debía de estar todavía más profundo, Adolf... por cierto, algo más grave, ¿y el poli de los «visados»?

«¡Harras, colega! ¡una cosa!... ¡un segundo! ¿quiere usted mirar nuestras fotos?»

Se las pasé...

«¿Nos reconoce?»

Las miró... nos miró...

«¡Desde luego que no!... yo los reconozco... pero a un extraño, sobre todo a un *polizei,* le costaría mucho...

—Entonces, ¿nuestros permisos de residencia?

—¡Ah, maldito Céline! ¡siempre inquieto!... pero, ¡si eso no es nada! ¡nada en absoluto!... telefonearé... ¡después del té!... ¡se los traerán!

—¿A mí también?»

La Vigue se lo creía menos aún que yo... ya no se parecía lo más mínimo, él, el hombre de «ninguna parte».

«Pues, ¡claro, mi querido Le Vigan!... ¡a usted también!»

Aun así, nos vio incrédulos...

«¡Miren! ¡voy a telefonear!»

Una señorita... *telefon! Polizei!* llamó... un número... *heil Hitler!... y* empezó... en voz baja y sorda... ¡lo que debía decir! y después nuestros nombres... La Vigue, Lili, y yo...

«Bueno, ¡ya está!... ¡arreglado!»

Colgó...

«¡Dentro de un cuarto de hora los tendrán!»

El recurso a la autoridad es muy agradable en ciertos momentos... ¡venga ya! ¡traición! cuando llevas las hienas en los talones, saltar a la boca del lobo no deja de ser una revanchita... mejor que dejarse despedazar por las ratas, los parientes, amigos... amantes... en aquella *Reichsgesundt* bajo tierra, por lo menos una cosa, podíamos reflexionar un poco, en la Rue Lepic no habíamos podido... ¡oh, no es que yo pensara que fuese a durar!... ¡una semana o dos!... ahora, enseguida, ¡a dormir! pero Harras quería que comiéramos primero... tenía con qué... envió a dos muchachas sonrientes a buscarnos de todo... ¡vi volver a las jóvenes sonrientes con una de bandejas de bocadillos!... ¡no de pan negro precisamente!... pan blanco y mantequilla... ¡de todo!... ¡de todo!... los vi... bocadillos... bocadillos... y después nada más...

★ ★ ★

Hablando de dormir, ¡menudo si nos despertaron!... «¡atención!... ¡atención! *achtung!...*» todos los altavoces de aquellos sótanos, despachos, pasillos... una resonancia como para hacer trizas todo, los tímpanos y la bóveda... ¿atención a qué?... La Vigue estaba empezando a quedarse dormido en el fondo de su sillón... ¡no había durado mucho nuestra «seguridad»!... ¡su confort!...

«¡Ferdine, esto se pone feo!»

Desde arriba, desde la superficie, nos llegaban los *huluuu* de los ecos de las sirenas... ah, y los *¡rrrr!... ¡rrrr!* precisos de peque-ñas salvas... debían de estar disparando... ¿contra quién?

«¡La Vigue!... ¿y Lili?... ¿la has visto?»

Se había ido del otro sillón...

«¡Ha salido con Bébert!»

¡La madre de Dios! ¡la había dejado irse!

«¿No la has detenido?

—¿Y tú?»

Era cierto, con fatiga o sin ella, no debería haberme fiado, por la manía de Lili de saltarse a la torera las prohibiciones, de salir a toda costa... fogosa en un sentido... me lo había hecho en Sartrouville, paseó a Bébert a las once de la noche a la orilla del Sena... los alemanes estaban enfrente, de reconocimiento, en la otra orilla... inevitablemente, habían visto a ella y su linterna... *¡ptaf! ¡ptaf!...* el día siguiente nos íbamos, con la ambulancia, los niños de pecho, la bomba contra incendios y los archivos muni-cipales... siete camiones... Sartrouville... Saint-Jean-d'Angély... aquel incidente de los disparos alemanes... en la orilla de enfren-te... la había divertido mucho... yo le había dicho lo que pensa-ba... ¡al diablo lo que yo pensaba!... estaba seguro de que esta vez había salido precisamente porque estaba prohibido y con Bébert... cogí mis bastones... La Vigue me siguió... una escalera... el pasi-llo... subimos... el túnel... ¡ah, me lo figuraba!... ¡menuda se había armado! ¡un estrépito de mil demonios! ¡sirenas atronando!

¡uuuuu! ¿sería un bombardeo?... no se oían bombas... sino *¡ptaf!* y *¡rrrr!* ¿una batalla en la calle? quizá fueran paracaidistas, los de verdad, no de broma como nosotros... debían de estar disparando con fusil... muy cerca... llamé...

«¡Lili!... ¡Lili!...

—¡Ah, ahí está!...»

¡Ah, estaba con vida!

«¿Estás herida?

—¡Qué va!... pero, ¡Bébert no quiere salir!»

Volví a gritar:

«¿De dónde no quiere salir?

—¡De ahí! ¡de ahí! ¡de ese agujero!»

Me dirigí cojeando hacia aquel sitio... oh, pero Lili tenía su *torch*... ¡encendida!... ¡casi un reflector! estaba iluminando todas las malezas... había atraído a gente... eran por lo menos diez a su alrededor... mirando también el agujero, entre los ladrillos, bajo las zarzas... diez *landsturm* barbudos... Lili no hacía caso... llamaba a Bébert... éste debía de estar en el hueco bajo las zarzas... ¡Harras!... ¡ahí venía!... ¡menos mal!... ¡y de muy buen humor!... y con otra bata, naranja y violeta... ¡hacía colección de batas!... ¡no se había traído cosas ni nada de Lisboa!... ¡podía montarse un almacén! en todo caso, ¡le hacía reír con ganas! ¡me mostró en las nubes los haces de luz! ¡cómo se agitaban! ¡surcaban el cielo! ¡la alarma general! ¡y que Lili y la *Volksturm* fueran quienes hubiesen desencadenado todo aquello! ¡ah, qué gracioso!... ¡y muy francés!

«¡Ah, querida señora! ¡ah, querido Céline!... ¡la señora ha dado la alerta a toda la *flach* de Berlín con su linternita!... ¡jojojó!... ¡jojojó!... ¡van a disparar con cañones! ¡ya verán!... ¡jojojó!... ¡jojojó!...»

No me quedaba más remedio que reír con él...

«¡Los *Volksturm* del parque han creído también que la señora era paracaidista! ¿los han oído ustedes?... ¡han disparado a la maleza! ¡dos de ellos se han herido!... ¡jojojó!... *ach!*... ¡completamente idiotas nuestras milicias!... ¡pues no han tenido miedo de la señora!... ¡y del gato!... ¡ellos son los que han alertado a *la flach!*...»

De hecho, en las nubes, por lo menos cien haces luminosos, en aquel momento... Norte... Sur... Este... buscaban la escuadrilla...

«¡Idiota de remate también nuestra *flach*! ¡colega!... ¡tan estúpida como los *Volksturm*!... ¡deberían iluminar los agujeros!... ¡por aquí!... ¡por aquí!... ¡no está en el cielo Bébert!... ¿verdad?... ¡está bajo los ladrillos!... voy a telefonearlos, a los de la *flach*... ¡no están lejos!... ¡Potsdam! ¡ellos sí que pueden!... ¡tienen una torre!... y un faro... ¡para las patrullas!... ¿lo conoce usted?... ¿SansSouci?

—*Telefon, Otto!... telefon!*»

El oficial de antes, Otto... vi que traía al hombro una gran bobina... vino... desenrolló... Harras tomó la trompetilla...

«*Hier!... Hier Harras!*»

Harras habló... debía de ser divertido... de nosotros hablaba... a alguien de allí, de la *flach*... ¡era demasiado gracioso!... ach!... ach! ¡jajajá!... el oficial SS volvió a coger la trompetilla y el hilo... al instante los haces luminosos volvieron a bajar... desde las nubes hacia nosotros... ¡sobre nosotros!... transversalmente... primero uno... luego, ¡tres!... después, ¡todos!... ¡podíamos decir que veíamos claro!... ¡más claro que en pleno día! incluso a través de los bosquecillos... claridad pálida... hasta los militares estaban pálidos y las pilas de ladrillos y Harras... con su bata parecía un enorme hombre de nieve, blanco deslumbrante... sólo los labios negros... le pregunté:

«Ahora, ¿van a disparar contra nosotros?

—¡Todavía no, colega! ¡todavía no!»

Estábamos en plena chirigota...

Bébert le interesaba... ¿dónde podía estar? ¡dichoso minino! pero, ¡al instante reapareció! ¡detrás de un árbol!... ¡no se apuraba!... Lili lo llevaba de la correa, un salto y ya se había marchado... otro salto a través de las zarzas... nos miró... llevaba algo... ¡una rata!... la rata estaba todavía caliente... la había atrapado por la nuca... Harras miró, dio la vuelta a la rata...

«¡Ésa no ha muerto de la peste!...»

Propuso:

«¿Condecoramos a Bébert?»

Bébert, ¡el aseo ante todo!... ¡nos dejó la rata!... empezó por la punta del rabo... ¡lame que te lame!... ¡y después una pata!... y luego la otra...

¡Estúpidos de *Volksturm* que habían alertado a toda la *flach*!... de acuerdo, ¡Lili era también responsable con su *torch* encendida! ahora Bébert los tenía boquiabiertos con su aseo tan minucioso... en la nariz, en la oreja... bajo los haces del cielo, faros y *flach,* enfocados hacia él y su rata...

«¡Va a pasársela por la oreja!»

Anunció uno...

«Si se la pasa, ¡es que va a llover!...»

¡Ésa era la cuestión!... ¡lo importante! todos los *Volksturm* eran de la misma opinión... de hecho, ¡se la pasó!... ¡y volvió a pasársela!... ¡e incluso una vez más!... ¡dos veces!... ¡no había duda! ¡ya estaba!

«Leutnant Otto! telefon!»

Otto volvió con la bobina... Harras estaba en plena chirigota... les anunció a los de allí, de la *flach,* que iba a llover, que Bébert se había vuelto la oreja, que ya bastaba de reflectores, ¡que apagaran todo! ¡obedecieron!... ya sólo quedaba la pequeña *torch*... volvimos a bajar a nuestras cavernas... y a nuestros bocadillos y sillones... cada cual una gran bata preparada... de la misma «felpa» gruesa que la de Harras... también como la suya, roja y amarilla, con flores... nos quitamos las canadienses... ¡uf! y tuvimos tiempo justo para un bocadillo, dos... habríamos podido dormir un poco... incluso Bébert...

Olvidaba decir: nuestra documentación estaba allí, sobre cada sillón, firmada, sellada...

★ ★ ★

Dormir... dormir... pues, ¡claro!... ya estás somnoliento... muy bien... pero entonces una pequeña preocupación... la otra... una reflexión…

«La Vigue... La Vigue...»

Susurré...

¿Te ha dicho algo?

—No... pero ya dirá...

—¿Por qué?... ¿tú crees?

—¡Me lo ha dicho un pajarito!...»

Mientras tanto, no estábamos nada mal en aquel *Reichsgesund* del subsuelo... en resumidas cuentas, en cavernas y cavernas, salas de duchas, aire acondicionado, iluminación por neón... tocante a papeo, todo lo necesario, bocadillos, bocadillos, ensalada de remolacha y *porridge*... de bebida sólo agua y jugos de frutas... cerveza, no... ¡oh, podía pasar perfectamente!... en vista de lo que éramos, de lo que nos amenazaba, yo habría firmado de buena gana por veinte años... la vida subterránea es como la vida submarina, hay que pasar bajo el polo, ¡nada más!... ¡y no salir mal!... yo no nos veía salir bien... no tenía confianza... no hacía preguntas a Harras... nos había instalado en despachos «reservados», más profundos que los otros... sin camas, pero con enormes sofás, que debían de proceder también de Lisboa... no nos pedía nada, sólo que habláramos francés y le corrigiésemos sus faltas... no hablaba mal, la verdad, pero quería la perfección, como Federico...

«Soy demasiado viejo, queridos amigos, y esta guerra dura ya demasiado... ¡me gusta tanto Versalles! allí es donde me habría gustado acabar...»

Hacia mediodía, subíamos a tomar el aire, volvíamos a subir al exterior, no mucho rato, con el teniente Otto... Bébert nos acompañaba... un paseíto, zig-zag, entre los rollos de alambradas... un vistazo a los baños finlandeses, a los colegas en pelotas, que nos hacían señas amistosas... no estaban resentidos conmigo por lo de la granada... ¿sospecharían?... tomábamos el sendero de regreso tras los pasos del teniente Otto... éste nos avisaba solícito: ¡minas por todas partes!... ¡las delicias del parque!... ¡en aquella ocasión no sería la *flach),* ¡seríamos nosotros el pataplún, las llamas!... ¡y todo lo demás! acabado aquel paseo zig-zag y de vuelta en el sub-suelo, había charlas amables, con señoritas secretarias... pero, ¡ni una palabra nunca sobre los frentes, ni los aviones ni la política!... sino sobre Bébert, sus monerías, si había atrapado otras ratas... aquellas señoritas nos hablaban también de las gentes que vivían allí, encima, en otro tiempo, antes de la guerra... desaparecidos... de las grandes familias de Grünwald... los bombardeos, los escom-bros... para aparentar estar un poco ocupado, de todos modos, me interesaba por los telegramas... a Harras le parecía bien... otro só-tano... el teletipo no paraba... dos tifus hacia Tzara-Plovo... ¡una sola «biliar» en Salamina!... nada, por decirlo así... ¡en comparación con los accesos del 17!... ¡lo mismo, me decía Harras, del lado ene-migo, enfrente!... ¡y, sin embargo, ellos tenían las Indias y todo el Oriente Próximo!... ellos se tiraban de los pelos, ¡igual!... ¡ellos que tenían los valles del Éufrates!... a pesar de que, en éstos, antes de Moisés incluso, en cuanto se organizaba un ejército, ¡todas las peo-res pestes se abatían sobre él! ahora, allí, bastaba con mirar «teleti-po: ¡cero!»... antes del 18, las peores cohortes místicas feroces, tres, cuatro salvas, ¡la paz firmada! en parte también por la sed... ¡tres cantimploras de agua!... volvías a mirar, ¡y ya estaban purulentas!... entonces, ¡ya nada!... ¡los chacales se batían entre sí!... ejército, mi-llones de hombres en el desierto, ¡frescos como una rosa! ¡ni si-quiera en los oasis infectos, ¡ni un solo caso! con eso os hacéis idea de la triste filosofía de las «Altas Autoridades» de Lisboa... ruso-ricanos-anglo-*boches...* «hemos abusado de las vacunas, esta guerra no va a acabar nunca»... desgraciadamente, ¡todos de acuerdo! para que veáis si había tenido tiempo Harras en cada viaje de comprar-se de todo, una de sofás, cojines, mantas, ¡y una de batas, tan espe-sas! y una de vituallas, jamones, embutidos, pollos en gelatina, con las que se podía resistir cien años en los sótanos de la *Gesundt...* no tenía inconveniente en hablar de cuestiones «técnicas»... desde nuestro punto de vista epidémico... ¡ya no quedaba la menor virulencia!... ¡la pura verdad! la guerra por matanzas es una cosa, hace ruido, pero, ¡no resuelve nada!... ¿que se desinteresan los microbios? ¡lástima de los pobres batallones! conflictos infinitos, agua de borrajas... ni siquiera «la atómica», os lo garantizo, acabará nunca sin microbios... el virus, desde el fondo del silencio, te ataca al terrible ejército, no te deja ni a un andova en pie, dos, tres semanas, todos echando las tripas, ¡segados! ¡almas, entrañas, pidiendo a gritos la Paz! ¡eso sí que es decisivo, serio! eso es lo que esperaban en Lisboa... ¿cómo acabaría aquel cacao?... nápalm, gas, azufre, ¡fruslerías inútiles! la peste, lo que se dice la peste de verdad, ¡ya no cuajaba! ¿cómo iba a acabar nuestra puta guerra de guerras, 44?... ¡todos los virus milenarios se escabullían! los mariscales pueden hacer muchas cosas, desencadenar rayos y cataclismos, pero no despertar a un microbio... los grandes emperadores pueden entenderse, regalarse mutuamente tantas toneladas de carnes, chorchis, tantas ciudades y provincias, cunas, hospitales, personas desplazadas, osarios, que es la novedad total, nuevas jetas, nuevas carnicerías, pero, ¡no por ello cesa la guerra! microbios gandules, ¡guerra continua! millones y millones en armas, dispuestos a todo... ¡miles de millones de pulgas inútiles! ¡dos tifoideas en Zagreb!... ¡una varicela en Chicago!... ¡como para desanimar a muchos valientes! incluso en el valle del Vardar, a pesar de que desde hacía dos siglos ningún conquistador había resistido en él, ahora impecable, ¡ni una rata muerta!... ni un *comitadji*[*] con fiebre... la Humanidad en un apuro... no los mariscales, ni los diplomáticos, quienes dictan la paz, las pulgas y las ratas... ahora, ¡cero!... nosotros allí, de todos modos, Lili, yo, Bébert, La Vigue, teníamos una cosita más, ¡con toda seguridad requisitorias en el bul! no sólo de París, ¡también de Berlín!... nuestro Harras podía decir misa, quería hablarme, yo lo veía... algo lo retenía... al cabo de tres días en aque-

---

[*] *Komitadji:* nacionalistas macedonios que lucharon contra la dominación turca a comienzos del siglo XIX. En época más reciente se ha aplicado a diferentes grupos de guerrilleros de los Balcanes.

llos subsuelos se sentía uno revivir un poco, de todos modos, ¡a tomar por culo el teletipo! bocadillos a pedir de boca, agua mineral y todo el confort, sofás profundos y tres batas de felpa cada uno y, hay que reconocerlo, la calma perfecta... pero aquello no podía durar mucho... durante el minuto de altavoz, marcha militar y «noticias», Harras aprovechó, me susurró...

«Mañana, Céline, iremos a ver un pueblo no lejos de aquí...»

No iba yo a preguntarle por qué... volvimos a bajar a nuestro habitáculo... conté a Lili y a LaVigue que el día siguiente íbamos de excursión... nos esperábamos cualquier cosa... comentamos lo que podría querer... ¿deshacerse de nosotros?...

El día siguiente, a las siete de la mañana, estábamos listos... había dicho a las siete... iba a llevarnos él... habríamos preferido seguir durmiendo... no nos entusiasmaba demasiado aquel paseo...

A las siete en punto, allí lo teníamos a Harras en uniforme de gala, daga, condecoraciones, cordones, botas...

«Estoy ridículo, ¿verdad, colega?... ¡es necesario para el sitio donde vamos! ¡jajajá!»

¡Como para troncharse!

«¿Va usted a mandarnos fusilar?

—¡No! ¡no!... ¡todavía no!»

¡Bien estaba! ¡la vida seguía!... un coche enorme... no un gasógeno... ¡de gasolina!... se puso al volante... era septiembre... hacía bueno... allí el campo en septiembre se vuelve rojo, las hojas... ya hacía más que fresco... no corría mucho... atravesamos todo Grünwald, avenidas de quintas en ruinas... y después otro parque... y luego praderas... y después extensiones de tierras grises... donde seguro que no crecía nada... como ceniza... ¡no era un paisaje agradable precisamente!... dos... tres árboles... una alquería a lo lejos... más cerca un campesino binando, me pareció... Harras redujo la velocidad, se detuvo, iba a hablarnos...

«Amigos, van a ver ustedes un antiguo pueblo hugonote... ¡*Felixruhe*! esa carretera, a la izquierda... ¿no estarán cansados?... ¡cinco kilómetros! ¡no más!...

—¡No!... ¡no!... ¡no!...»

¡Estábamos muy animados!... ¡adelante! ¡a ver ese Felixruhe!... ¡una carretera muy estrecha!... su Mercedes pasaba, pero, ¡por los pelos!... al cabo de muy poco habíamos llegado... imaginad una aldea normanda, un Marcouville cualquiera, pero, eso sí, completamente arruinada, las paredes y los techos agujeros y nada más... todo lleno de zarzas y musgos colándose por las ventanas y las puertas... jirones de paja...

«¡Ahí tienen la aldea hugonote!»

No se podía pasar al otro lado, un arroyo separaba... el puente no era para coches, demasiado carcomido... nos detuvimos... al instante acudió un tropel de gente... salían de todos los agujeros, los techos y las chozas de los campos... viejos y viejas sobre todo y un tropel de chavales... los demás debían de estar en la labranza o movilizados... todos iban descalzos... ¡y menudo cotorreo!... se acercaron... tocaban el coche... los cristales... a Harras no le gustaba... ¡pfui! ¡pfui! ¡que se largaran!... soltó el volante... ya estábamos sobre el empedrado... ¿qué habíamos venido a hacer?... ¿turismo?...

«¿Saben? ¡ya no quedan hugonotes!... ¡todos polacos!... ¡ya los han oído!... ¡la invasión eslava! como en el caso de ustedes, ¡los bereberes en Marsella!... ¡lógico!... ¡todo Berlín para los polacos! ¡lógico!... ¡viaje de los pueblos!... ¡por ahí! ¡por ahí!»

¡Nos mostró el Este, el Oeste!

«¡Ustedes así!... ¡Sur!... ¡Norte!...»

Palabras que no habría pronunciado en Grünwald... ni siquiera en broma... allí se lo veía de muy buen humor... como libre de una preocupación... ¿cuál?...

«Ahora, querido amigo y usted, señora, si no tienen inconveniente, van a esperarnos un poco... voy a decirle unas palabras a su marido... todos esos polacos son ladrones, pero miedosos también, ¡por fortuna!... ustedes se quedan ahí, si no les importa, en el coche, no se acercarán... decir dos palabras a su marido, ¡cinco minutos!...»

No me quedaba más remedio que seguirlo... lo que los chifla a todos esos políticos: decirte dos palabras... ¡dar un paseo!... vuelves o no vuelves... yo siempre les pregunto...

«¡Y ahora, ¿qué?»

Vi su enorme Mauser... de acuerdo, aquel revólver formaba parte de su uniforme...

«¡No! ¡no! ¡todavía no, Céline! *¡jajajá!*... ¡sólo hablar con usted!... en Grünwald, ¡imposible! ¡unos chivatos todos, en Grünwald! quizá se haya dado cuenta usted...

—¿Las señoritas?

—¡Claro está! ¡y los micrófonos! ¿no ha encontrado?

—No he buscado...

—¡Micrófonos por todas partes! ¡bajo las mesas!... ¡todas las mesas!... ¡bajo todos los sillones!»

Nosotros no nos habíamos dicho nada escabroso, yo, Lili, La Vigue... ¡habían podido oírlo perfectamente!... para empezar, ¿qué podíamos decirnos?... ¡nada! salvo preguntarnos qué iban a hacer con nosotros... ¡muy lógico! muy lógico... ¡metidos en un lío muy extraño!... ¿adónde me llevaba, entretanto?... aquella carretera tan estrecha iba ensanchándose... casi una avenida... no se parecía en nada a nuestras aldeas... ¡grandiosa!... las mismas casuchas de adobes a ambos lados, completamente ruinosas, pútridas... ventanas, chimeneas llenas de ortigas... seguro que ya nadie vivía allí... pregunté a Harras...

«¿Falta mucho?»

Desde luego, estaba grueso, pero ágil... más joven que yo...

«¿En qué año nació usted, Harras?

—¿1906?

—¡Ya veo!... ¡ya veo!... ¡buenas piernas!

—¡Ya hemos llegado! ¡ahí!... ¡ahí!...»

Me mostró... la iglesia... tan carcomida, agrietada, cuarteada de punta a punta como las casas de alrededor, no debían de usarla con frecuencia...

«¡Mire, Céline!»

Miré por encima del pórtico... una fecha grabada... grabada en un mármol cuadrado negro... 1695...

«Los hugonotes, verdad, ¡ahora pronto los rusos aquí! .para empezar, ¡los polacos! ¡y después los chinos! ¡viaje de los pueblos! ¡jajajá!...

—¿No habrá micrófonos?»

Me inquieté...

«¡No!... ¡no hay micrófonos! ¡todavía no!»

¡Estaba gracioso, haciendo turismo, Harras! si hubiera vivido un poco antes, habría sido un Perrichon...

«Mire esta iglesia, Céline, el interior, aquí predicaban en francés hace tan sólo cincuenta años...»

Tenía la llave... no hacía falta llave... empujé el batiente... miramos el interior... tenía claraboyas, la iglesia... más grietas que ladrillos...

«La última vez que estuve aquí la campana estaba todavía en su sitio, arriba, ahora...»

Yo la veía, la campana, había caído en medio de los bancos... ¡no había sido un bombardeo!... habían sido la lluvia y el tiempo... no había nada que ver... sólo algunas placas, en negro y azul... palabras de salmos...

> *Más cerca de nuestro Señor...*
> *Por su Pasión vivimos...*

multitud de viñas locas y bejucos subían por doquier, en torno a la campana, al púlpito...

«¡Bueno!... ¡ya está visto!... ¿y qué más?»

Pregunté a Harras...

«¡Ahí en el cementerio!... ¡estaremos más tranquilos!...»

Vi que el cementerio no estaba mejor conservado que la iglesia... no había ni una flor, sólo enormes matorrales de zarzas... se podían leer nombres, muchas lápidas... pero se iban borrando... el musgo los limpiaba como una esponja... Harras ya había bus-

cado... ¡ah, uno!... «Anselme Preneste»... «Nicolas Pardon»... al
otro extremo de las ortigas... «Elvire Roche Derrien» y, por ahí,
¡ése era!... «¡Felix Robespiau!»

«¡Él fue quien fundó el pueblo! ¡y la iglesia!..."Felix Robespiau"... ¡eran demasiados en Berlín!... ¡ya había crisis de la vivienda!... ¡¡jajajá!... ¡por ahí hay otros pueblos hugonotes!... ¡más arriba! ¡también desplomados!»

Me mostró... hacia el Norte...

«¡No vamos a ir!»

Por aquellos pueblos al Norte... ya no había carreteras... sólo
marismas... y zarzas...

Nos sentamos... esperaba que ahora iría a hablar... el lugar
era tranquilo... la verdad…

«¡Usted dirá!

—Desde luego, Céline, ha adivinado usted... tengo que encontrar una situación... no sólo para usted, para su amigo, y para
la señora...

—¡Claro, claro!

—Ya sabe usted, ¿verdad? lo ha leído, que en nuestro *Reich*
todo el mundo debe estar ocupado... ¡en el frente!... ¡en la retaguardia!... ya sabe, ¡los comentarios!... quizá haya un medio por
un tiempo... usted está enfermo, mutilado, está descansando...
¡bien!... su amigo Le Vigan está loco, enfermo también, usted lo
cuida... ¡bien!... es actor, ¡dará el pego!... su mujer lo cuida a usted... ¿no le parece?

—Pues, ¡claro, mi querido Harras! pero, entonces, ¿al hospital?

—¡No!... ¡no! ¡de ningún modo! irán de convalecencia... ¡los
tres!... a una de nuestras *Dienstelle*... ya sabe usted, una oficina
"anexa", no lejos de aquí, cien kilómetros... ya sabe, los bombardeos... ¡por si acaso!... ¡al Norte!... me parece que estarán muy
bien, los tres... cien kilómetros al norte de aquí... en Zornhof...
en un pequeño castillo... ¡se divertirán!.., ¡el barón-conde *Rittmeister* von Leiden!... ¡prusiano puro!... ¡más puro que yo! ¡más chocho
que yo!... ¡Setenta y cuatro años! ¡tiene derecho! absolutamente

degenerado... ¡y parapléjico! tendrán ustedes a su hija* María Teresa... ¡pianista! los dos hablan francés, ¡mejor que yo!

—¡Oh, no! ¡oh, no, querido Harras!

—¡Ya verá! ¡y polacos por todos lados! ¡peor que aquí! ¡ya verá!... ¡las tierras llenas!... ¡espere y verá!... ¡su hijo! la granja de enfrente, ¡sin piernas y epiléptico!... ¡jajajá!... y la nuera, Isis, y la nieta, Cillie... el lisiado no habla francés... y no sólo polacos, ¡ya verá!... rusos también, ¡hasta entre las remolachas!... mujeres, hombres... prisioneros... voluntarios... rusos que dicen ser desertores... y "Vlasoff", ¡todos bolcheviques! ¡espías comunistas!... oh, pero los más lindos, ya verá, nuestros *bibelforscher,*** ¿sabe?... nuestros "objetores de conciencia"... ¡ya verá todo eso!... y las prostitutas de Berlín, demasiado peligrosas, "terciarias" incurables... ya las verá, trabajan, en los servicios de limpieza, ¡no en Zornhof!... en Moorsburg, al lado... ¡centenares!... ¡comunistas también!... y, además, trabajadores franceses... esos "antinazis" feroces... no les va a gustar usted... ¡y son astutos! cuando sepan quién es usted... ¡mucho ojo!... tampoco deberá fiarse del jefe de nuestra *Dienstelle...* Kretzer y su mujer... ésos no sé qué se traen entre manos... algún día lo sabré... estarán ustedes muy cerca de Moorsburg... ¡a visitar Moorsburg! ¡tendrán tiempo!... ¡todavía no ha sido bombardeada! allí también un farmacéutico que se trae algo entre manos, no sé qué... ¡la ciudad de Federico II, donde dirigía las maniobras de sus hombres!... ¡con la batuta! ¡jajajá! su ciudad propia, construida a propósito... con plazas para las maniobras, ¡que dan la impresión de ser como cinco, seis plazas de Vendôme!... pero, ¡sin Ritz y sin Rue de la Paix!... ¡jajajá! mandaba que los azotasen allí mismo, en el centro de la plaza, ¡a sus patanes! si era grave, ¡latigazos hasta que muriesen!... ¡la disciplina!... después de eso, tocaba la flauta y escribía a Voltaire, en verso... ripioso, pero en fin... ¡no se aburrirán ustedes allí arriba! en

---

* Más adelante, María Teresa pasará a ser la hermana de Von Leiden.
** *Bibelforschers:* secta pacifista radical semejante a los Testigos de Jehová. Literalmente, «estudiantes de la Biblia».

convalecencia... un pequeño museo en Moorsburg... la señora Von Leiden los llevará de paseo, la mujer del hijo, el lisiado... les pedirá que le den clases de francés, seguro... ¡oh, no es nada fea!... ni está impedida como su marido... ¡ya verá!... no pueden ustedes quedarse aquí, quiero decir en Grünwald, ¡imposible!... van a seguir bombardeándonos en Grünwald, ¡los restos!... y yo iré a verlos con frecuencia, allí arriba, a su quinta... ¡si no he muerto!... *¡jajajá!*... tendrá usted de todo para trabajar... quizá también para ejercer... dentro de unos meses... les buscaremos una fábrica... dentro de unos meses... ¿Le Vigan de enfermero tal vez?

—¡Sí... sí... desde luego!»

No podía yo decir otra cosa... pero no nos imaginaba en Zornhof...

«No avisará usted a nadie, ¿de acuerdo?... ni a su mujer... ni a su amigo... los llevaré yo mismo, pasado mañana... el miércoles al mediodía... ¡por la carretera!

—¡De acuerdo, Harras! ¡entendido!»

¡Qué precauciones!... tal vez no fuera a Zornhof donde nos llevaba... volví a mirar aquel cementerio, todos aquellos zarzales... ¿por qué me había llevado allí?... ¿por gusto?... quizá... sólo por eso... el indudable gusto fúnebre... todos esos *boches...* no lo reconocen, pero se sienten condenados, atraídos... intenté de nuevo leer los nombres, bajo las zarzas...

«Habrá notado usted seguramente, Harras, ¡sobre todo mujeres!...»

Harras lo había notado igual que yo...

«¡El parto en aquella época! ¿verdad?... el mismo fenómeno en los Estados Unidos, la misma época... ¡un estudio precioso de Eichel!... ¿conoció usted a Eichel?»

¡Vaya si lo había conocido!... especialista en estadística del Estado de Nueva York, gran balzaciano en sus ratos perdidos...

«Una memoria muy interesante sobre la mortalidad de las mujeres en el Estado de Nueva York, a finales del XVIII... ¡Eichel!... ¿lo conoce usted?

—¡Desde luego!... ¡desde luego, Harras!

—Aproximadamente tres mujeres por cada hombre... normal para la época... los hombres se volvían a casar tres... cuatro veces... ¡normal para la época!... Nueva York o Berlín... ésos, los polacos de *Felix,* no son enterrados aquí, tienen un cementerio propio, allí abajo...»

Hacía el gesto.

«¡En el Este!... ¡lejos!... ¡no vamos a ir!»

Me mostró allí, un grupo de árboles, al final de la llanura... es curioso cómo el infinito de los seres está fácilmente en la punta de los dedos... un gesto... entre cielo y tierra...

Concretó...

«Entonces, de acuerdo, mi querido Céline, entendido... ¡el miércoles al mediodía!... y ni una palabra... ¡a nadie!... ¡ni una palabra!

—¡Como una tumba, Harras! ¡como una tumba!»

Yo no comprendía el porqué de todo aquel secreto, pero él debía de saber... desde el momento en que te echan de tus cuatro paredes, te conviertes en un juguete... todo el mundo se divierte metiéndote miedo, mirándote la jeta... todo son enigmas... en aquella ocasión no estaba yo seguro de Harras... aquel extraño garbeo, ¿*Felixruhe?* ¿qué cojones habíamos ido a hacer allí?... ¡nada claro!... ¿una forma de pasearnos?... ¿admirar aquellas ruinas de iglesia?... ¿el cementerio hugonote?... ¿para eso se había puesto el uniforme de gala, de punta en blanco, entorchados, cordones, tres cruces gamadas?... ¿para notificarme el qué?... Zornhof... ¿que nos mudábamos?... ¡sin duda alguna otro pueblucho de mala muerte!... gente todavía más «antinosotros» que aquí... y, además, me había avisado, prisioneros «resistentes»... ¡la que nos esperaba!...

«No la ves, pero, ¡está ahí! ¡cuidado!... ¡te metes! ¡y está todo resbaladizo!...»

Lo que pensaba, yo no lo decía, no decía nada... escuchaba a Harras... él hablaba...

«¡Ya está! hemos visto Felixruhe... vamos a cerrar otra vez la iglesia... tal vez no valga la pena.»

Estaba abierta por todas partes... ¡exactamente! las ortigas y las viñas locas habían invadido el interior, todos los bancos cubiertos, la campana...

«¡Convertirán en cines las antiguas iglesias! ¡las repararán! *¡propaganda! ¡propaganda! ¡jajajá!*

–¿Quiénes?

–¡Los que vengan! ¡siempre lugares de·propaganda! ¡iglesias! ahora, ¡para materialistas! ¡ateos!... eso es lo que nos falta: ¡ateos serios!

–¡No le faltarán, Harras! ¡no le faltarán!

–¡Me gustaría ver a los rusos educar a los chinos! ¡hacerles subir de nuevo la campana, ahí arriba!...

–¡Ya lo verá, Harras! ¡ya lo verá! ¡verá de todo!...»

¡Yo era el alentador, el optimista!... volví a probar la llave... giraba en el vacío... ¡ya no servía, aquella llave! la iglesia tampoco... tan agrietada de punta a punta... ¡no hacían falta bombas!

«¡Se la lleva el viento, Harras!»

Entonces habíamos llegado en verdad al final... me había dicho lo que debía decirme... que nos mudábamos el miércoles... ¡bonita historia!... ¿secreto?... ¿por qué?... ya no hablaba... íbamos por otro sendero... no tomó el mismo... ¿por qué?... recuperar su tequi... era bastante mastodonte, ¡nadie se lo llevaría!... ah, estaba al final del sendero... ¡no! no él, no el propio coche, sino un gentío alrededor y encima, un enorme enjambre de piernas y traseros, unos sobre los otros... ¡y sobre el techo del tequi!... ¡todo Felixruhe estaba sobre el auto! ¡iban a jalárselo!... ¡ahora me tocaba reír a mí! se había puesto de punta en blanco a propósito, botas, cordones, el Coco en oro y plata, ¡para que se mantuvieran a distancia! ¡la autoridad! ¡a la orden!... ¡menuda aglomeración!... por todo el techo, el capó y las ruedas llenos... Lili allí abajo y Le Vigan y Bébert... grité... dos veces...

«¡Lili!... ¡Lili!...»

Me respondió... entre carcajadas... ¡chavales por todos lados!... querían ver a Bébert... lo exigían...

«¡Pépert!... ¡Pépert.»

No podíamos acercarnos... de repente, ¡se acabó!... Harras miró, ni una palabra, sacó su revólver... su enorme Mauser... ¡y ptaf! ¡ptaf!... ¡tiros y más tiros al aire! ¡todo el cargador! ah, entonces, ¡despejaron!... ¡menudo cómo escapaban! ¡los pequeños! ¡los grandes! Harras no dijo nada... ¡otro cargador!... ¡también al aire!... ¡ptaf!... Harras no quería que lo molestaran... ¡ni siquiera los gorriones!... carretera libre, vacía, nadie a la vista... hasta el horizonte... ¡hasta los árboles!... pregunté a Lili, La Vigue, qué había pasado... si les habían robado algo...

«¡No!... ¡querían que habláramos polaco y que sacásemos a Bébert!... *protche frani! protche frani!*»

¡La Vigue, además, estaba casi seguro de una cosa!... ¡que lo habían reconocido!

«Enseguida me han reconocido, oye, a mí: *franzuski! franzuski!*»

En resumidas cuentas, habían estado bastante amables... entusiastas incluso... por el estupendo Mercedes, por Bébert y los *franzuski*... ¿tal vez por La Vigue sobre todo?... su bella expresión «Cristo en la cruz»... ¿tal vez?... en cualquier caso, podíamos marcharnos... ¡no quedaba nadie ante nosotros!... ¡oh, sí!... ¡dos muchachas!... dos muchachas muy jóvenes... yo que estaba mirando a lo lejos no las había visto, ahí enseguida, delante de nuestro capó, de rodillas... e implorantes...

«*Mit! mit! mit! bitte!*»

¡Deshechas en lágrimas! ¡que las lleváramos! ¡Harras no vaciló!... ¡renegó! ¡oh, sólo faltaba eso!

«¡Cuidado!... ¡cuidado!... *vorsicht!*... ¡los que hablan alemán los más terribles!»

Les dejó hablar... una cosa, no habían tenido miedo... ni del Mercedes ni de Harras ni de su revólver... entre sollozos nos contaron... que sus padres y madres habían muerto, que estaban solas en Felixruhe, que todos los hombres querían violarlas... que los hombres iban a volver de los campos, que estaban en lo de las remolachas... que las habían echado de su casa... que les habían robado sus jergones... que ya no tenían nada... que querían venir con nosotros... trabajar para nosotros... ¡todo!... ¡lo que quisiéramos!... ¡en los campos!... ¡en las cocinas! ¡en lo que fuese!... pero, ¡que las lleváramos! o que las matásemos al instante allí mismo en la carretera, si no queríamos llevarlas! ¡que no lo dudáramos! tocaron el Mauser de Harras... se descubrieron el pecho, allí de rodillas, nos mostraron dónde podíamos matarlas, ahí, ¡en el corazón!... ¡su enorme revólver!... ¡que no lo dudara! pero, ¡que no las dejásemos allí vivas!... ¡en el corazón!... ¡en el corazón!... Harras debía de estar acostumbrado a esa clase de súplicas... ¡ni siquiera parecía sorprendido!

«Mire, colega, ¡todo eso son mentiras!... ¡mentiras y nada más que mentiras!... ¡ni pizca de verdad!»

Reflexionó...

«Una cosa, ahora que pienso... ¡una sola cosa seria! la semana pasada nos quitaron tres mujeres allí, en Grünwald... ¡no sé dónde fueron!... polacas también...»

Lo dejé reflexionar...

«¡Sí!... ¡sí! ¡ya sé!... ¡lavanderas! ¡las cogieron para el frente del Este!... ¡ya sé!...»

¡Estaba contento!... ¡ahora a aquéllas!...

«*Nun!... ernst!* ¡ahora en serio!... *waschen! wollen sie waschen!*... ¿queréis lavar?...

—*Ja!... ja!... ja!...*»

¡Lo que deseáramos!... ahí... se decidió la cosa, las llevábamos...

«*Komm!*... si está usted de acuerdo, colega, las llevaremos con nosotros... pero, ¡voy a registrarlas primero!... ¡no hay que creer nada de lo que digan!...»

Se pusieron de pie otra vez, ya no lloraban... las palpó... sus andrajos... los pliegues... y después el pelo... las entrepiernas... no tenían inconveniente... no tenían el menor inconveniente... no encontró nada... salvo piojos... me enseñó...

«¡Allí no tendrán!»

Ahora se dirigía a ellas, que dijesen que de veras querían... ah, ¡ya lo creo!

«¡Ja!... ja!... ja!...»

¡Encantadas!... ¡más lágrimas! ¡felices! ¡felices!...

¡Venga, deprisa!... ¡todo el mundo al coche!... Lili, yo, La Vigue, Bébert y nuestras dos chiquillas lavanderas... tenían un pelo precioso, noté... ondulado, rubio trigo... ahora podíamos verles los ojos, grandes, azules, con cierta palidez... eslava, diríamos nosotros... el encanto eslavo... el encanto eslavo, el encanto cuchilla bajo el cual se arrojan todos los burgueses de cabeza, ¡y los obreretes también!... ¡por fin de acuerdo!... ¡titubeantes como borrachos! ¡oh, no así Harras! ¡menudo si las veía puercas y taimadas, nuestros dos hallazgos! ¡más que dispuestas a todo!... ¡nada de ilusiones!... ¡cero para el encanto eslavo! pero había un hecho exacto, en Grünwald faltaban lavanderas, conque, ¡aquellas chicas u otras!

«¡Sobre todo, vigílenlas, verdad! ¡que no hagan gestos por las ventanillas! ¡pónganlas entre ustedes!»

Era lo que La Vigue estaba deseando... ya se estaban sonriendo... nada de lágrimas ni de órdenes de matarlas... Harras volvió a mirar la carretera... ¡nada!... y la aldea... ¡ya no se veía a nadie!... volvió a empuñar su enorme Mauser, ¡y *ptaf*! ¡todo un cargador! ¡al aire!... ¡y otro!... ¡en dirección de la iglesia!... que no viniera nadie a ver cómo nos marchábamos... entonces, ¡listo! tomó el volante... ¡en marcha!... quizá doscientos metros, frenó... bajó... esa vez sacó de su asiento una hermosa metralleta... y accesorios, soporte, pie, cartuchos... se plantó en medio de la carretera, y disparó... ¡*vrrrrre*! una vez... dos veces... sobre Felixruhe...

«Mire, querido colega, esa gente parece tener miedo... pero, ¡no lo tienen!... si olvidas disparar... ¡disparan ellos!... no parecen tener armas... pero, ¡las tienen!...»

Ahora ya era otra cosa... volvió a subir y a tomar el volante ¡y arrancamos! no era el modelo «debilucho a gasógeno», su Mercedes, el verdadero a gasolina... dentro del coche nadie decía nada... La Vigue, a pesar de su galantería, volvió a enfrascarse en sus reflexiones... pensaba... ¿en la idea de que volvíamos a Grünwald?... y, sin embargo, no le había dicho yo nada de lo que se preparaba... yo sí que podía estar un poquito pensativo, tenía motivos... ¡ya vería!... no había mucho que mirar fuera... el paisaje... gente binando, descalza, mujeres sobre todo, polacas, rusas... la tierra de Brandeburgo, gris y *beige*... de surcos para patatas... al final, cierta grandeza, entre cielo y tierra... una inmensidad de ellos... nuestras inmensidades no son siniestras, las suyas sí... ¿no sería en eso en lo que pensaba La Vigue... tal vez?... en todo caso, ¡menudo traqueteo!... ¡la carretera no estaba pensativa!... requeteempedrada, parecía, a propósito... ¡que diéramos buenos tumbos! ¡que nos rompiésemos la crisma! *¡beng!*... *¡bum!* ¡sentados! ¡otro hoyo!... *¡prang!* ¡nuestras cabezas al techo! ¡y *requeteprangl*... ¡las lavanderas se divertían!... ¡la juventud enseguida encuentra motivos para reírse a carcajadas!... ¡a cada porrazo!

«¿Habéis estado ya allí?»

Les pregunté yo en alemán chapurreado.

«Nein! nein!»

No eran chavalas aburridas...

«¿Habéis estado en Berlín?

—*Nein! nein!»*

Menos mal que Harras tenía brazos fuertes, para resistir la carretera, buena falta hacían... ¡cada vez más baches!... ¡menudos bandazos! ¡de uno a otro! ¡le hacía volar, a aquel cochazo! ¡a todo gas por encima de las grietas! ¡menos deprisa, a la ida!... a la vuelta, podemos decir, ¡cargábamos! iba canturreando...

> *Vater! o Vater!*
> ¡Padre! ¡oh, Padre!

¡El Rey de los Alisos!

«¡Es necesario, querido Céline! ¡es necesario!... ¡no me estoy divirtiendo!»

Se divirtiera o no, ¡íbamos a chocar!... ¡a remover los surcos!... pero, ¡ya faltaba poco!... una larga bajada... ya no se veían campos... ruinas... a derecha e izquierda... y adoquines... reconocí... Grünwald... el tipo de quintas despanzurradas, con los balcones colgando... ¡ya estábamos!... ¡en casa! *Reichsgesundt!*... ¡ahora no había que tener distracciones!... ¡no se fueran a largar nuestras señoritas!... Harras era grueso, pesado, pero rápido... saltó de su asiento... ¡otro brinco!... abrió la portezuela...

«¡Quédense ahí todos! ¡esperen!»

Dio orden al teniente Otto de ir a buscar a alguien... *¿Frau?...* un nombre que yo no conocía... llegó... aquella *frau...* nunca la había yo visto, entrecana, bastante rechoncha, de uniforme azul... una cara de muy pocos amigos... por lo que decían comprendí que mandaba algo... Harras le presentó a nuestras señoritas... ah, apenas la vieron nuestras señoritas, se arrojaron de rodillas, ¡otra vez de rodillas! e imploraron... la misma escena que habíamos visto allí arriba, en Felixruhe... pero aquella mujer vestida de azul, tal vez la lavandera en jefe, les habló en su lengua, enseguida, en polaco... ellas le respondieron entre sollozos, ¡se habían acabado los ataques de risa!... y todavía de rodillas... ¡y por allí! ¡y por allí!... que se lo querían enseñar a ella... ¡no! ¡no!... ¡algo detrás! ¡más aún!... ¡más!... ¿en el maletero?... ¿qué?... ¡no llevaban nada!... no las habíamos visto meter nada en el maletero... fuimos todos a ver... toda la guardia y el teniente Otto y todos los *Volksturm,* la *frau* X y nosotros... ¡que no aprovecharan las señoritas para largarse! ¡era un lío abrir aquel maletero!... primero seis pernos... y después tres neumáticos... descargamos todo... ¿qué podían haber escondido?... ¿en el fondo del maletero?... ¡ah, ya estaba! ¡un paquete! ¡uno grande! ¡andrajos!... ¡y dentro un nene arropado!... ¡y dormido!... ¡un niño!... lo habían colocado sin que las viéramos... ¡había recibido una buena!... no

se quejaba... estaba envuelto, atado con muchos trozos de tela...
se echó a reír al vernos...

«¿Qué edad tiene?»

Las señoritas no sabían... pero yo pensaba: tres años... tres
años y medio...

«¿De quién es?

—¡Es mi hermano!»

Harras zanjó...

«¡Mienten! ¡siempre! ¡todas!... ¡para todo, querido colega!...
¡todo el tiempo!

—¿Cómo se llama?

—¡Thomas!»

Thomas nos miraba... lo palpamos, le dimos la vuelta, lo aus-
cultamos... nada en el corazón, no tenía ganglios ni raquitismo, un
nene fuerte... le hacía reír con ganas que lo toquetearan... le miramos la garganta, ¡nada!... la *frau* le habló en polaco, en voz baja...
seguía riendo... no era un niño difícil... ¡a nosotros también!... nos
mostró... ¡quería recuperar!... ¿qué? ¿qué?... ¡fuimos!... en el fondo
de su agujero... en el fondo del maletero... ¡un brazo de muñeca!...
¡era eso! ¡lo quería!... se lo llevó con él... no andaba mal para su edad,
tres años, tres años y medio... no tenía inconveniente en ir adonde
lo conducían, obedeció... un poco vacilante.., ¡había viajado!... se
puso a andar descalzo entre las piedras, nos tendió el brazo de su
muñeca... a la mayordoma también y después a Harras y luego a los
Volksturm... ¡que jugáramos también nosotros! de todos modos, por
la forma como le habíamos hecho rebotar, ¡debía de haberse hecho
chichones!... volvimos a cogerlo, a palparlo... dos, tres cardenales pequeños, ¡nada!... ¡un nene fuerte!... a Harras le parecía que ya bastaba, que las señoritas habían llorado bastante, que se levantaran y
se llevasen a su nene, ¡y que todo el mundo desapareciera!

«*Frau. Schwartz! bitte!*»

Ah, ahora, ya sabía yo... Schwartz... se llamaba Schwartz...
¡que se llevara todo!

«¡Adiós, Thomas!»

No había sido en vano nuestro viaje a Felixruhe... habíamos traído personal...

«He venido muy rápido a la vuelta, ¿verdad?

—¡Sí, bastante rápido!

—Sí, pero ya se acabó... ¡era necesario!»

Había que reconocerlo, no habíamos tenido un accidente... ni ninguna otra cosa...

«¡Otto, por favor!... *butterbrötschen!*... bocadillos... ¡bandejas de todo!

—¡Tenga la bondad, señora!»

Yo veía que Le Vigan quería hablarme...

«¡Después!... ¡después!...»

★ ★ ★

De acuerdo, todo el mundo puede reconocer una fiebre, una tos, un cólico, síntomas de bulto para el gran público... pero sólo los signos pequeños interesan al clínico... estoy llegando a la edad en que, sin por ello ser moralista lo más mínimo, el recuerdo de las putaditas una y mil veces, análogas y contradictorias, todavía puede hacerme reflexionar... a ese respecto, me han reprochado con bastante frecuencia que me extiendo demasiado sobre mis desgracias, que las utilizo... «¡Bah! ¡ni que hubiera sido el único en haber tenido ciertas dificultades, el muy fatuo!...» ¡caray! ¡sí y no!... ¿cuántas cartas de insultos recibo al día? siete u ocho... ¿y cartas de admiración inmensa?... casi otras tantas... ¿acaso he pedido algo? ¡de ningún modo! ¡nunca!... anarquista soy, he sido, sigo siendo, ¡y me traen sin cuidado las opiniones!... ¡claro que no soy el único con «ciertas dificultades»! pero, los otros, ¿qué han hecho con sus «ciertas dificultades»? las han usado para mancillarme, ¡por lo menos tanto como los de enfrente! expuesto, ofrecido estaba yo..; una oportunidad para toda clase de iniquidades, ¡ya podéis imaginar que se las permitieron!.;, ¡los de este lado y los de enfrente!... enemigos aparentemente... ¡de juerga!

«¡Se lamenta!»... ¡vive Dios! os digo, ¡no ha acabado ahí la cosa! ¡el muro de las lamentaciones está más sólido que nunca! ¡dos mil años!... ¡admirad!... ¡la muralla de China mucho más antigua!... y el día en que se desplome estaréis todos debajo, polvo de ladrillos...

Pero, ¡no voy a haceros perder el hilo otra vez!... estábamos en Grünwald... zumos de frutas, bocadillos, agua mineral... caviar... mermelada... pollo... ¡de qué modo nos obsequiaban!... ¿qué había detrás de aquello?... pero aquellos divanes estaban demasiado mullidos, llenos de cojines, como para que incluso alguien como yo, que padezco mucho de la cabeza, no cediera al sueño...

Debió de ser dos, tres horas después, cuando apareció Harras...

«Colega, perdóneme que lo despierte, ¡no hay más remedio!... ¡me perdonará usted! ¡su título!... ¡lo necesito! ¡se me olvidaba! ¡su doctorado!... ¡una copia!... ¡una fotocopia para el Ministerio! ¡para su "permiso de ejercer"!... ¡voy a hacerle una fotocopia! ¡yo mismo! ¡enseguida!... ¡la necesitamos para mañana!

—¡Perfecto!... ¡perfecto, Harras!»

Llevaba una bata muy espesa, verde y roja... ¡di un salto!... me había hablado en voz baja... vi que La Vigue había desaparecido debía de haber ido a acostarse... Lili estaba allí, dormía... busqué en el bolso donde llevaba nuestros documentos... ¡tenía unos poquitos!... ¡ah, allí estaba!... ¡un título!... ¡1924!... en el reverso, todos los sellos de las Comisarías... ¡cuántos lugares diversos! «¡canto rodado!»... sólo había atesorado dificultades... no hago amigos fácilmente...

«¡Vamos al laboratorio!

—¿Dónde?

—Más abajo... ¡dos plantas más abajo!... ¡sin hacer ruido!...»

Él no quería despertar a Lili... no conocía yo aquel laboratorio... ¿adónde iría a llevarme aún?... presentimientos... llegado un momento, desconfías tanto, que no te moverías del sitio...

«¡Bien, Harras! ¡vamos!

–Lili, ahora vuelvo, voy con el señor Harras dos plantas más abajo... a tomar fotos... vuelvo enseguida...

–¡No reina la confianza! observó Harras...

–Mi querido colega, ¡ni la más mínima confianza!»

¡Jajajá!... volví a hacerle reír a carcajadas...

«¡Abajo podrá hablar! ¡no hay micros abajo!... ¡ni uno solo!... ¡condenado Céline!»

No había modo de ofenderlo, al condenado Harras... sólo podía hacerle gracia... me llevó por un pasillo estrecho... y un ascensor... dos rellanos más abajo... una gran sala llena de aparatos tipo «radio»...

«¡Es usted como Alí Babá, Harras!... cavernas profundas, ¡tesoros por doquier! ¿otros más, Harras? ¡quiero conocerlo todo!

–¡Desde luego, Céline! ¡desde luego! pero, ante todo, ¡su título! ¡permítame!»

Estábamos ante el instrumento... ¡toc!... ¡en menos que canta un gallo!... *¡tac! ¡tac! ¡tac!...* ¡tres veces mi diploma! y los visados de los comisarios...

«¡Aquí tiene, Céline, amigo desconfiado! ¡ya ve, ¡que se lo devuelvo!... ¡hago las cosas rápido!

–¡Gracias!... ¡gracias!...»

Volví a plegarlo en cuatro... en ocho... lo metí en uno de mis talegos... llevaba cuatro en bandolera... que no soltaba nunca, dormía con ellos... ya sabéis, en las desbandadas, verdad, todo el mundo birla los documentos a todo el mundo... dejas tu partida de nacimiento en una mesa, una silla, ¡no vuelves a encontrarla!... es otro andova en algún lugar el que existe por ti, que se ha vuelto tú... desde donde os escribo, aquí, desde mi local, Bellevue, en perspectiva, veo perfectamente por lo menos cien mil casas, un millón de ventanas... ¿cuántas personas dentro, hipócritas, tienen documentos que no son los suyos?... ¿no son los que se cree?... ¿que han tomado otras vidas, otros lugares de nacimiento?... ¿que no serán ellos al morir? imaginemos otras cuatro, cinco desbandadas, y una verdaderamente linda, atómica, todo el mundo se habrá birlado los documentos, ya nadie será quien es... tendréis quince... veinticinco Destouches, doctores en medicina... amarillos... rojos... francoconteses... bereberes... las auténticas y serias transmigraciones, decisivas, íntimas, se producen mediante el soplo de documentos, y, de ser posible, transferencia perfecta, el robo seguido de asesinato, que no quede nada del individuo, ¡descuartizamiento del «auténtico»!... ¡silencio!... ¿cuántos silencios en todos esos pisos?... ¡ejércitos de papelas falsas!... hasta el Sacré-Coeur, toda la perspectiva... podrías ir: ¡toc! ¡toc!... a mil puertas...

«¿Es usted de verdad usted mismo?»

Como si fueras al Louvre a señalar los «falsos»... ¡travesura!...

¡Seamos serios!... os estaba contando lo de la fotocopia... que me había devuelto mi título...

«Céline, habrá notado que la administración del *Reich* es totalmente meticulosa... elevo una instancia al "Interior"... sobre su "permiso de ejercer"... el ministro tiene que emitir su dictamen ... ahora bien, todos, ¿me entiende usted bien, Céline? ¡todos los burócratas del Ministerio del Interior son antinazis!... ¡el propio ministro! ¡y todos los ordenanzas! ¡absolutamente! ¡como todos los actores son anti la obra que representan!... ¡la misma rabia!... ¡anti! ¡ya sabe usted todo eso!

—¿Y entonces?

Van a hacer todo lo posible para que su expediente se pierda... ¡y su "permiso para ejercer"!... un mes... dos meses... un año...

—Ya que nadie nos escucha... ¡me lo ha dicho usted, Harras!... ¿Seguro?... ¿nadie?

—¡No!... ¡no!... ¡siga!... ¡lo necesita usted!... ¡diga!... ¡aquí, ningún micrófono!... ¡no instalados!... ¡todavía no!... pero, ¡pronto!...

—Pues bien, Harras, ya que me lo pregunta, me encantaría saber cómo es que su Reich se mantiene todavía...

—¡El caso de todos los Estados fuertes, Céline!... ¡la guerra por todas partes!... ¡complots por doquier!... ¡este Reich se mantiene gracias exclusivamente a los odios!... ¡odios entre mariscales!... ¡y la aviación contra los tanques!... ¡Hitler no ha inventado nada!... ¡la Marina contra los nazis!... el Interior contra los Asuntos Exteriores... otras cien camarillas contra otras cien... Atenas, Roma, Napoleón, ¿acaso se mantuvieron de otro modo?... ¡es sabido todo eso, Céline!

—¡Desde luego, Harras!... pero, aun así, en algún momento hacen falta algunos fanáticos...

—¡En el *Signal* del señor Goebbels,* los fanáticos!... muy pocos en la calle...

—¿En los ejércitos?

—Los ejércitos, verdad, son el Ruedo... en el Ruedo hay que morir... ¿no?

—¡Evidentemente!

—Pues, bien, escúcheme, Céline, yo he servido en el frente dos inviernos... en el de Polonia... después en Ucrania… comandante médico y luego coronel... he visto morir a muchos soldados, de heridas, frío, enfermedades... ¿que morían felices? tal vez... ¡de que era el fin!... ¡nada más!... ¡necesitaríamos otros soldados, otros hombres!... ¡eso es!... ¡ustedes también!... sus últimos soldados murieron en el 17, ¡los nuestros también!... los rusos, fíjese, están todavía en el 14... esa clase de soldados sonámbulos... que se dejan matar sin saberlo... pero eso no va a durar... ya los verá usted en otra guerra... ¡ya sabrán!... nuestros soldados se abalanzaban en el 14, ¡franceses contra alemanes!... ahora quieren mirar... en el Circo, sí, pero en las gradas... ¡*voyeurs*, todos!... ¡viciosos!

—A propósito de eso, mi querido Harras, ya Montluc...**»
¡*Toc*!... ¡*toc*!... ¡*toc*!... *la puerta...*

La superintendente de cabellos grises... quería hablarle... él acudió... cuchichearon... ella parecía muy disgustada... ¡él, en absoluto!... ¡*chss*! ¡*chss*! ¡*chss*! le dijo... la calmó...

* *Signal* fue durante la guerra una publicación bimensual en francés de los servicios de propaganda alemana, dirigidos por Goebbels.
** Fort-Montluc: prisión cercana a Lyon, donde fueron encarcelados muchos resistentes.

«¡Iré a ver! ¡iré a ver!»

Me contó...

«¡Esa mujer está escandalizada!... ¡la Especie, verdad, querido colega, la *Especie*!... ¡es una solterona!...»

Renuncié a lo de Montluc... ¡a ver ese escándalo!... ¿dónde? ¿quién?... ¿qué?... yo sospechaba un poco... volvimos a pasar por el estrechísimo pasillo... y dos ascensores... enseguida el despacho de La Vigue, su *garçonnière*...

«¡Señor Le Vigan! ¿está usted ahí?

—¡Ya lo creo que estoy aquí! ¡y acompañado!»

¡La respuesta muy firme!...

«¡Magnífico!»

Harras sabía... parecía encantado...

«¿Puedo entrar?

—¡Tómese la molestia!... ¡empuje fuerte!...»

Harras empujó... y vi... vimos... a nuestro Le Vigan, con pijama rosa, tendido cuan largo era, sonriente... y nuestras dos chiquillas polacas, de rodillas rezando bajo un crucifijo, en la pared de enfrente... ¡habían encontrado un crucifijo!...

«¡Ya ven, señores! ¡la fe es la fe!... ¡algunos bárbaros no descansan hasta haber ultrajado los altares! ¡saqueado los lugares santos! ¡otros hombres son de otra raza, *Professor* Harras! ¡reúnen a las ovejas! ¡salvan! míreme, profesor Harras, ¡yo salvo! ¡yo soy uno de ellos!»

Lo miramos... con pijama rosa... se había erguido, muy derecho, de pie sobre su sofá... hablar lo exaltaba...

«Profesor, ¿qué encuentra usted en esta fosa húmeda?... ¡un santuario!... ¡estas niñitas huérfanas están rezando! ¡que acaben derrotas, victorias, diluvios! Este triste lugar, ¡guardería de todos los inocentes!... ¡Jesús!»

Perorata...

De hecho, su Thomas, bien envuelto en muchas mantas, dormía allí, en un sillón... ¡nada de aquello molestó a Harras!... una cosa observó...

«¿Ve usted, Céline? ¡el gracioso! ¡le estaba hablando de la naturaleza!... ese pijama rosa es mío, no me atrevería a ponérmelo, ¡la superintendente se lo ha dado!... ¡le queda bien!»

Le Vigan nos miraba, él que estaba sorprendido de que encontráramos natural todo aquello... ¿entonces? ¡el resto!... ¡todo el acto! ¡los brazos en cruz! y la expresión, ¡el rostro de Cristo!

Harras concluyó:

«¡Ha seducido a la superintendente!»

Yo no respondí nada... se podía esperar de él que sedujese a todo el mundo y mucho más, si se tomaba la molestia... y, sin embargo, era una persona muy arisca aquella superintendente... ¿fanática nazi?... ¿o polaca?... pregunté a Harras...

«Sólo sé una cosa: que procede de Brno, Moravia, *Gross Deutschland*... ¿no conoce usted Brno?... ¡todo, Brno! ¡nazi! ¡sudete! ¡austríaco! ¡ruso!... ¡y antitodo! ¡y polaco!... ahora está con nosotros... es muy eficaz en el lavadero, lo dirige con mucha seriedad... y le gustan las batas rosas... ¿fanática?... tal vez... ¡ya veremos!... ¡a ver, Le Vigan!

—Señor Le Vigan, ¡usted debe de fumar!

—¡Claro que sí!

—¡Un artista como usted! ¡yo no paro de fumar! ¡quiero olvidar mis preocupaciones!... ¡es usted un Cristo admirable!...»

La Vigue saltó de su asiento, abandonó la pose... ya lo teníamos con el cigarrillo, piernas cruzadas, mundano... las dos polacas en oración... dejaron de rezar... se alzaron también... vinieron a sentarse junto a La Vigue... ¡querían fumar!... Harras les ofreció una cajetilla... dos cajetillas de «Lucky»... ¡las señoritas bien contentas enseguida!... ¡ataques de risa!... sus cabellos estaban lavados, verdaderamente ondulados por naturaleza, largos, muy largos... y habían arreglado sus andrajos con mucha coquetería, ¡no parecían ni mucho menos fregonas sucias!... ¡divertidas!... ¡Esmeraldas!... los consejos de La Vigue... no me sorprenderían lo más mínimo en la plaza de Tertre... Harras reflexionó...

«Querido colega, vamos a hablar... una pequeña modificación... ustedes, amigos, ¡no fumen demasiado! pero en fin, ¡un poco!... ¡háganse muchos bocadillos!»

Estrechó la mano a Le Vigan... besó a las dos muchachas... y también a Thomas, en el fondo del sillón, que estaba despertándose... me llevó al piso de arriba... otro despacho vacío... cerró bien la puerta...

«Céline, saldremos mañana por la mañana... es decir, mañana al mediodía... me comprende usted, ¿verdad?

—¡Desde luego, Harras!

—¡No estoy seguro de esa solterona... pervierte al pobre Le Vigan, se van a enterar en la Cancillería... ¡no es grave, desde luego! pero, ¡no vale la pena!... ¡basta de escándalos!... las chiquillas, todavía pase, pero, ¡esa vieja loca! todo en la Cancillería, mis pijamas rosados, sobre todo, ¡y que nunca me pongo! verdad, ¡con comentarios!... ¿me ve usted explicándoselo?... ¡y el crucifijo!...

—¡Imposible, Harras, imposible!»

★ ★ ★

El día siguiente, al mediodía, efectivamente... el gran Mercedes... nueva escena de despedida, todo el mundo se besó... las polaquitas y Le Vigan lloraban... estábamos de un sentimentalismo subido... la superintendente también, lloraba... los *Volksturm* también... ya se habían acostumbrado a nosotros... allí estaban las señoritas mecanógrafas cargadas de ramos, crisantemos, hiedras... margaritas, casi en coronas... llenamos el Mercedes... en el momento de partir nos abrazamos apenados... Harras arrancó... ¡en marcha!... no por el mismo camino que para Felixruhe... dirección Nordeste... un indicador, Moorsburg, cien kilómetros, no tenía pérdida, a la derecha, Nordeste... una carretera que debía de haber sido buena, pero muy agrietada... peligrosa incluso... por suerte, Harras no iba muy deprisa, pasamos un arrabal... dos arrabales... los campos... remolachas... alfalfa... no era un campo ondulado...

casi plano... ¡a veinte por hora no romperíamos nada!... oíamos un poco las sirenas... lejos... alarmas... fin de las alarmas... bombas también... el cogollo de la guerra, ¡bombas!... *¡booom! ¡uuuuuu!*

«Dentro de quince días va a ser grave... ¡ustedes no lo verán!...»

Yo no había dicho nada... pensaba en su Moorsburg, ¡debía de ser estupendo y nos harían un buen recibimiento! ¡con grandes ramos incluso!... no me gusta el campo, tengo mis razones... en todas partes te reciben como a un sospechoso, entonces, ¿a nosotros?... ¿y en Prusia?... habría sido mucho peor en Francia, ¡de acuerdo!... ¿Moorsburg?... la muy alta protección de Harras no nos serviría de gran cosa... para que nos aborrecieran más, seguro... ¿se haría ilusiones Harras? no lo creo... se nos quitaba de encima... no le quedaba más remedio... el lugar donde íbamos, ¡un pueblucho!... me enseñó en el mapa: Zornhof... un nombre que había que recordar: Zornhof... estábamos en la tragedia, ¡con mapa o sin él!... no estaría mal que fuéramos comparsas, sólo comparsas... dentro de quince días volverían a bombardear con rabia, era seguro... yo no veía por qué... ¡nuestro caso era un poco más grave!

Aun yendo despacio se llega ... vi una ciudad a lo lejos...

«¿Es Moorsburg?»

¡Sí!... habíamos tardado tres horas... me había avisado respecto del lugar, del pintoresquismo... ¡exacto!... tres, cuatro plazas Vendôme, imaginadlo en una ciudad de provincias, lo que Federico necesitaba para hacer maniobrar a su chusma... ¡y también las ejecuciones!... desde todas las ventanas se podía ver la maniobra, con batuta, y también actuar al verdugo... atormentar... ¡menudo espectáculo!... mil veces más gozoso que nuestros pobres meneos en salas obscuras... ¡pueblo feliz!... ¡chorchis al paso! todos los autores os lo dirán, que les cuesta trabajo lograr que la multitud acuda... ¡que los aplaudan tres filas de butacas!... y después, ¡qué alborotos! ¿verdad?... ¡orgías, carteles a toda plana, *striptease* de acomodadoras, pancracios de botones!... ¡nada!... sólo

consigues hacerles venir con sangre, tripas fuera... ¡con la verdad!...
¡vivisección!... ¡el tablado lleno de tripas!... la agonía, ¡eso es! ¡el
que no es gladiador, aburre! ¡y gladiador destripado!... ¡en espasmos!... yo nos veía ya un poquito jadeantes en el gran tequi...
perfectamente marcados en el hombro, con nuestro artículo 75...

«¡Lo veo muy pensativo, Céline!...»

Yo no decía nada... no había dicho nada desde Grünwald...
los otros dos tampoco...

«No está mal, Moorsburg...»

¡Quería ser amable!

«¡Oh, volverán ustedes con frecuencia aquí! ¡muy cerca de
Zornhof!... siete kilómetros... ¡un paseo! pero primero aquí, debo
presentarles al *Landrat*...»

Detuvo el coche...

«Ahora, debo avisarles, el conde Otto von Simmer no es joven precisamente... ni muy complaciente... es un *Landrat* de "reserva", ¡por decirlo así!... de la aristocracia prusiana, su padre fue
gobernador del gran ducado Norte y Schleswig... él fue coronel
durante la otra guerra, estuvo en Verdún, ulano a pie, herido en
Douaumont, cojea, ya verán, no le gustan ni pizca los franceses
ni los rusos ni los nazis ni los polacos ni nadie... de todos modos,
creo que le gusta bastante la baronesa Von Leiden... ya lo verán
allí, en Zornhof... se divertirán ustedes... naturalmente, no dirán
nada... a mí me odia, primero por ser más joven, después por ser
médico, luego por ser SS y, además, porque visito a la baronesa...
aun así, voy a presentárselo, ¡es necesario!»

¡Adelante, pues!... ¡otra gran plaza!... ¡y otra más!... ¡allí era!...
dos viejos centinelas de paisano... mosquetones, brazaletes... El
palacete del *Landrat*...

«¡Espérenme!... subo a hablar con él... vendrá a verlos... ¡si
quiere!...»

Los centinelas, ¡firmes! Harras pasó, subió... a los diez minutos bajó con el *Landrat*... un carcamal de sus buenos setenta años,
muy mal afeitado, de mal humor, gruñón... venía a enterarse...

¿quiénes éramos?... en primer lugar yo y despés los otros dos...
un corto saludo y *b'jour!... b'jour!* en francés... vi la cara ahí, muy
cerca, arrugas y pelos... aun así, fina, diría yo, cierta belleza... casi
femenina, de mujer vieja... los ojos grises, absolutamente grises...
oh, miró de frente, nada de viejo...

«¿Van a casa de los Von Leiden?

—¡Sí, los llevo yo!

—*Gut!... gut!*»

Apretón de manos a cada uno... ¡se acabó!... ¡saludo militar!...
para Lili, se inclinó... ¡y media vuelta!... volvió a subir a su casa...
los peldaños... eso le costaba... cojeaba más que yo... me pareció
una fractura de la cadera... desapareció... no os he hablado de su
atuendo... dolmán con trencillas, coronel... botas con galones de
oro, espuelas de oro también, bigotes a lo Guillermo II, pero pobres, dos mechones... .

«¡No haría mal papel en un ballet!

—¿Qué ballet?

—¡Ballets rusos, 1912, Châtelet!

—¿Le parece a usted?... ¡ya verá el de Zornhof! ¡más propio
todavía para su ballet!... ¡y aún más viejo!... ¡éste no es nada!»

¡La cosa empezaba bien!... ¡en marcha! aquel Moorsburg era
una ciudad muy pequeña aparte de aquellas como plazas Vendôme... la cuarta parte de Chartres, en una llanura muy plana, are-
nas y arcilla... casi sin ganado, ni praderas... sólo estanques, cañas...
pero, ¡cuántas ocas, patos, capones!... incluso en Moorsburg, las
calles llenas...

«¡No son para comer! *verboten!*... ¡en modo alguno!... ¡más
adelante!... ¡más adelante! ¡pasada Navidad!...

—¡Ya lo creo, Harras! en primer lugar, ¡nosotros comemos
muy poco!... ¡no las tocaremos!... ¡ni siquiera pasada Navidad!

—¡No son peligrosas las ocas, Céline! pero, ¡tenga cuidado
con ese viejo pájaro!

—¿Simmer?

—No se lo he enseñado porque sí...»

¡Ah, ya habíamos llegado!... ¡a aquel Zornhof! ¡cuántas ocas, otra vez! ¡cuántas ocas!... desde todos los hoyos con agua, salían volando... algunas vacas... un parque muy grande... allí, en el extremo, una pequeña quinta con torres circulares... ¡habíamos llegado!

«¡Este parque trazado por Mansard!... ¡antes de la Revocación!... ¡aquí no son hugonotes!... ¡luteranos, los Von Leiden!... ¡familia con quinta, armas y palomar!»

Mansard, no había duda, había sacado el mejor partido a aquel trozo de llanura, todo cieno amarillo y cenizas... ¡qué árboles espléndidos!... tenías la impresión enteramente, en aquel decorado de robles tan altos, por aquella alameda de lentas curvas, de entrar en un lugar apacible... Harras con sus bastos modales teutones lo había comprendido muy bien...

«¡Por aquí, Versalles, Céline! ¡por este lado, quinta!... ¡por el otro lado, la estepa!... ¡Rusia!... ¡el Este!»

Nos hizo dar la vuelta a los macizos, al pequeño estanque... efectivamente, Versalles, por un lado, si se quiere... la semiescalinata de mármol... con dos leones de bronce... por el otro lado, la llanura... la estepa, como él decía... verdaderamente la llanura hasta el infinito...

¡Hasta los Urales!»

Algunas hileras de robles muy altos... y estanques... pero enseguida allí, bajo las ventanas, por el lado de la llanura, por la parte de los Urales, vimos perfectamente, una charquita de cieno y de hierbas... debían de haber trabajado allí...

«¡Ahora veamos el interior!... ¡lo que han preparado para nosotros! y en primer lugar, verdad, ¡la visita al *Rittmeister!* ¿no le parece, querido colega?

—¡Desde luego! ¡desde luego, Harras!

—¡*Rittmeister*, conde Von Leiden!»

Anunció... no lo vi... pero vi dos... tres chiquillas, ¡a las que nuestra llegada divertía mucho! ¡ataques de risa!... también ellas estaban vestidas, casi con andrajos y descalzas... pero, ¡en modo alguno tristes! descalzas y cabellos largos... debían de tener diez... doce años... polacas o rusas, pregunté...

«¡Pequeñas ucranianas!... son sus doncellas, ¡tiene cinco!... ¡lo divierten! ¡les da azotes! ¡en broma! ¡ellas le dan latigazos! ¡en broma!... ¡se entienden muy bien! ¡en modo alguno es el clásico hidalgo déspota, como el que acaban de ver!... ¡salvo con su perro Yago!... ¡ya verán a Yago!...»

Las chiquillas nos abrieron las puertas... cinco de ellas... ¡y qué gracia les hacía todavía! ¡qué risas! ¡de par en par las puertas! ¡monumentos! ¡todo era de risa!... y nosotros allí, ¡sobre todo!... ¡ah, ahí estaba, en su despacho, él, el Rittmeister!...

«Bitte! bitte! Kindern! ¡niñas!»

¡Que se calmaran! ¡sí, sí! ¡estaba listo!... ¡ahora a nosotros! nos tiraban de los bolsos, de los talegos... sobre todo del bolso de Bébert... Harras zanjó...

«Ruhe!... ¡silencio!»

El viejo en su despacho imploró... ¡que no maltratáramos a sus niñas!... ¡eran insoportables, sus niñas! pellizcaban, vociferaban, a ver cuál de ellas acariciaba a Bébert... ya estaban ocupadas, ¡eso!... ahora, ¡a presentarnos al barón Von Leiden!... ¡oh, mucho más gracioso que el *Landrat*!... hablaba francés, había estado en la Sorbona, antes de la guerra del 70... se levantó, para mejor hablarnos de París... ¡oh, cómo se había divertido allí! se quitó el gorro, totalmente calvo, se balanceaba, estaba contento, era patizambo... altivo también, como el *Landrat* de Moorsburg, ulano también, ¡así era París! ¡nos mostró! ¡así! ¡así!... ¡él era campeón del vals!... ¡aún sabía!... ¡y del Palacio de Cristal!... ¡nos enseñó cómo bailaba el vals y patinaba!... con las piernas cruzadas, en diagonal, ¡por todo el inmenso despacho!... y tarareaba, ¡imitaba a la orquesta!... ¡menudo si reían las niñas! ¡hasta reventar! ¡ah, muy distinto del *Landrat*!... resbaló, se agarró a una silla... ¡nos hacía reír también a nosotros!... las cinco chiquillas se tronchaban, se hacían pipí, ¡qué gracioso era cuando hacía el loco! chocaba contra los muebles... ¡bogaba de un sillón a otro! ¡qué divertido era!... de repente, se acabó, se detuvo, ¡estaban riendo demasiado! patizambo pero firme, se plantó, reflexionó... ¡ah, iba a mostrarnos nuestras habitaciones!... ¡se habían acabado las bromas! nosotros dos, Lili y yo, ¡en la torre! ¡fuimos a ver!... ¡adelante!... ¡oh, le costaba!... ¡había bailado demasiado!... lo vi entonces tan doblado como el *Landrat,* pero en absoluto crispado, huraño, al contrario, un anfitrión encantador... sólo era duro con su perro, Harras me había avisado... ahora, ¡a nuestras habitaciones!... todos subimos... él también con mucha dificultad... enormes peldaños de piedra... ¡allí era!... una celda completamente circular, sombría, una cama plegable, una jofaina, un jarro, nada más... mucho menos que en Grünwald, entre monasterio y prisión...

«Mire, Céline, es sólo de momento, ¡mientras esperamos!...
−¡Oh, claro, Harras!»

No iba yo a poner mala cara, ¡y Lili tampoco! ahora La Vigue, ¿dónde?... había que volver a bajar... la escalera de piedra... y otra... ¡fuimos!... el cuchitril de La Vigue, estaba cerca de las cocinas... en el sótano... vimos... también una cama plegable, un jergón y un jarrito... peor que nosotros, en resumidas cuentas pero él daba a la llanura, más que nada a la charca con algas, nosotros dábamos al parque, los fresnos... pero por una aspillera nada alegre... él, La Vigue, tenía barrotes... ¿entonces?... ¡bien! ¡nada más!... cuando has entrado en las «desgracias de la guerra», no queda más remedio que pasar la página... ¡a otra desgracia!... ¡muchas otras!... no lanzar suspiros... estás un poquito preparado, me imagino, no esperas que te mezan, que te acunen, que te mimen con delicadezas, has entrado, ¡no debías haberlo hecho!... pensad en el gladiador romano, si no ofrecía toda su garganta, ¡cómo lo trataban, lo abucheaban!... y entonces, ¿tú?... criminal de todo, ¡para siempre!... ¿carantoñas?... ¡vista tu causa para sentencia!...

Aquella vez Harras nos la había dado un poquito con queso, me pareció... él también tenía jefes, invisibles *superOber...* que observaban un poco sus movimientos... la prueba, los micros de Grünwald, las paredes llenas, y bajo los sillones... ¿la Cancillería?... ¿o

Conti, el ministro?... ¿haría quizá todo lo que podía?... por el momento era un respiro... en espera de decidirse... ¿a qué, Dios mío?... ¿había otra opción?... Le Vigan, la propaganda, estilo Ferdonnet...*
yo, médico de fábrica, no estábamos muy impacientes, ¡ni uno ni otro!... en nuestro lugar, ¿qué habríais hecho vosotros?... «¡no había que haberse ido de París!... ¿qué se os había perdido en Berlín?...» ¡muy exacto!... ¡nada se nos había perdido precisamente allí! sobre todo yo, desde septiembre del 14, ¡estoy informado! no en los libros, por la experiencia... las mejores lecciones, en las escuelas más caras, no sirven para nada, ¡la prueba!... en cuanto vi Zornhof, de lejos, me dije, ¡ya está! ¡has estado en el Este, has ganado!... ¡más idiota, grotesco, imbécil, que los cuarenta millones de franceses! ¡éstos por lo menos saben cambiar de chaqueta! retroceder, escaparse, con los pantalones llenos de caca, ¡y verse cubiertos de gloria! ¡modelos de honor! ¡admirad! hinchados con pensiones maravillosas, prebendas révisables con el aumento del coste de la vida, hereditarias, ¡como para quitar el hipo a todos los Gothas!... «Ferdine, al pagar el pato por todo el mundo, ¡no has acabado!... ¡puedes burlarte de los demás!... ¡pasar las páginas!... ¡y muchas páginas! ¡nunca verás otra cosa!... lúcido o no, ¡bien servido!»

No iba yo a entristecer a Lili, ni a La Vigue, son cosas que uno guarda para sí... conque aquel chorra Von Leiden, *Rittmeister,* parecía, de todos modos, más persona que el *Landrat* de Moorsburg... ¡ya veríamos!... pero primero, ¡las presentaciones!... la familia, la finca de enfrente, las granjas, al otro lado del parque... ¡muy bien!... ¡adelante! ¡listos!... agricultura de verdad en gran escala... establos... establos... ¡una de mugidos!... charcas de purín... que era una prueba para la nariz, distinguir el más acre, ¿el procedente de los cerdos?... ¿de las vacas? ¿o de los silos?... hoyos, arroyos por todos lados... estanque de orina y de estiércol en el

---

* Paul Ferdonnet era un fascista francés instalado en Alemania, empleado por los servicios de propaganda. Hablaba todas las noches en francés por las ondas de Radio Stuttgart. Fue fusilado en agosto de 1945.

medio del patio... yo, que conozco la cosa un poquito, por fuerza, que he manejado carretadas, con la mano, estiércol y orina, de todos los escuadrones del 12.°, debo decir que allí era intenso... sobre todo el jugo de las remolachas...

Noté que dos hombres, bajo un portal, se preguntaban qué cojones hacíamos, no eran polacos ni rusos ni *fritz*... ¡hay desaliñados y desaliñados!... aquéllos eran franceses, sencillamente... oh, ni comunicativos ni coleguillas... nos observaban de lejos... llegó otro procedente del fondo del establo... de todos modos, uno nos habló, nos hizo señas de que nos acercáramos... «¿de dónde sois?» uno era de Saint-Germain... el otro de Var... el otro de Haute-Marne...* ¡se les iban los ojos tras lo que fumaba La Vigue!... ¡bueno, hombre!... les pasé dos cajetillas... el cigarrillo está por encima de todo, del papeo, de la mantequilla, del alcohol... nada resiste al cigarrillo... justo entonces Harras atravesó el patio, iba a ver al hijo, a la cuñada, para anunciarles nuestra visita... en el momento en que los tres nos preguntaron...

«¿Sois deportados?

—¡No, somos *collabos*!»

Aunque no se lo dijera, se enterarían...

«Pues bien, nosotros, podéis estar seguros, ¡los conocemos!... ¡no hay tíos más tragones, hipócritas, asesinos, que esos andovas!... cuanto más *von* son, ¡peores son!... el lisiado, Isis, y el carcamal patizambo, ¡no veas! ¡más el *Landrat*! ¡ya veréis!...»

Nos hicieron señas:

«Sus bolsillos, ¡llenos!... ¡enormes!... ¡así!... ¡basta con que miréis!... ¡los establos llenos!... ¡las granjas llenas! a nosotros, ¡nos matan de hambre!... ¡cargados de pasta!... ¡no nos darían ni una zanahoria! ¡veréis el sistema!... ¡cómo van a mimaros!... ¡para eso venís! ¿no?... ¡no sois los primeros en venir!... no se van gordos, os lo aseguro, ¡en los huesos! ¡vosotros también! ¡nunca los veréis

* Al principio del párrafo y más adelante, hasta el final de la novela, los franceses de Zornhof sólo son dos.

comer!... ¡sólo se dan atracones en sus cuartos! en la mesa: ¡cero!... *mahlzeit* sólo de agua, ¡nada dentro!... *heil!* para vosotros, ¡nada dentro! ¡no sois los primeros que pasáis!... el gordo de Harras, ¿sabéis a qué viene?

–¡No!...

–¡A tirarse a Isis y a buscarse mantequilla y de todo!...

–¡Cómo se cuida!...

–¡Ya lo creo, el muy cerdo!... ¡más canalla que el de Moorsburg! Simmer, ¿lo conocéis?

–¡Sí! ¡sí!...

–Ése sólo piensa en una cosa, ¡en mandarnos fusilar!... ¡ayer, tres!... ¡escapados del campo, dice él!... ¡no se anda con chiquitas!... ¡también se tira a la baronesa Leiden!... ¡él y Harras cómplices!... ¡también él viene a por pollos, mantequilla, huevos! ¡ya veréis!

–¡Qué divertido!

–Allí, donde estáis vosotros, es otra cosa, ¡la diversión del viejo son las niñas!... ¡les da azotes!... y después se quita los pantalones, ¡y ellas le dan latigazos!... sus criaditas, ¿las habéis visto? ¡su castigo! ¡*ptaf!* ¡*ptaf!* ¡que sangre! ¡su vicio! pero él más que nada hace gracia... ¡el *Landrat,* no!»

En aquel momento, Harras volvió a bajar de la granja por la escalerita, debo decir que iba abrochándose la bragueta...

¡Vuestro andova!...»

Se metieron a la sombra del establo...

¡Birladle otra cajetilla!

–¡De acuerdo!

–¡Pasad por aquí esta noche, después del *mahlzeit*!»

Harras había llegado allí, venía a buscarnos...

«Señora y ustedes, amigos, ¡voy a presentarlos!... el hijo Von Leiden, ya verán, un inválido, y siempre de mal humor, pero ella se alegrará de verlos... los invitará a comer...»

Lo seguimos... un sendero de cemento... entre dos charcas... purín... muchas aves de corral... pavos... gallinas... ocas sobre todo... oímos gruñidos... un establo, al otro lado de los silos... cerdos que salían... los conducía el hombre de Haute-Marne... subimos la escalerita... enseguida el salón de la granja... la señora Isis von Leiden y el marido... ¡saludos!... él, vi, lisiado, hundido en el fondo de un sillón, apenas si nos miró... el hostil... ella hizo algo de esfuerzo... ella, muy bien conservada... unos cuarenta años, entrada en carnes, cierto encanto... sonriente, pero distante... ¿para quien quisiera acercarse?... ¿tal vez?... era el momento de que nuestro Le Vigan se hiciese valer, nuestro seductor n.° 1...

¡Oh, en absoluto!... ¡pensativo, por cierto!...

«¿Y usted, señor?

—¡Bien, gracias, señora!»

Abandonaba... desesperante... él, el pimpante apuesto en jefe, todo fuego... ¡flojeras!... ¡frigo total! ¿el efecto de Zornhof?... veía que nos había stocado la china, el lisiado, el *Landrat*, La Vigue... yo el único, ¡la amabilidad!... Lili no hablaba alemán salvo *«komm mit»* para que Bébert la siguiera... él obedecía... atravesó toda Alemania dos veces, Constanza, Flensburg, ¡bajo unas ráfagas de metralletas, bombas! entre cinco ejércitos en pleno pancracio, *finish!*... fósforo, trenes blindados... no perdió a Lili, ¡ni un solo instante! él que no obedecía a nadie... *komm mit!* nada más... la única palabra alemana que le gustaba, la única que aprendió Lili... allí, delante del lisiado y de su mujer, yo me esforzaba... hablaba de la belleza de aquel campo, de aquellos horizontes admirables... no respondían... de hecho, desde los vanos de su comedor se podían ver los colinabos, las coles, inmensos rebaños de ocas... ¡y más ocas!... algunos corderos... y a lo lejos, muy lejos, como un ribete de árboles, el gran bosque de las secuoyas... algunas personas también... por las botas, rusos, me pareció... y las mujeres, rusas también, por la forma de anudarse el cinturón por encima de los senos... multitud de chavales alrededor, dándose tortazos, tirándose por entre los grandes, riendo con ganas... cuando ha dejado de ser chaval, la Humanidad se vuelve fúnebre, el cine no cambia nada... al contrario, ¿por qué había de estar alegre?... hay que ser alcohólico perdido para considerar que la ruta es divertida... ¡todas!... allí, en las extensiones de Zornhof, entre patatas, se divertía de lo lindo aquella chiquillería descalza... ¡a golpes de nabos! ¡de zanahorias! ¡chicas contra chicos!... más adelante, cuando se tienen zapatos, se tiene miedo a destrozarlos... en la juventud no se mira nada, *¡plac!* ¡un mamporro y otro!... Lili quería juntarse con ellos, divertirse con los críos... no se divertía con nosotros... nosotros, el lisiado, la nuera, Harras... Le Vigan cada vez más pensativo, ¡la que nos esperaba!...

«Estarán ustedes bien con los Kretzer, se ocuparán de ustedes...»

Isis nos volvía a pasar a aquellos Kretzer... Harras ya me había avisado... muy poco dispuestos, ni uno ni otro, él, «el director de las escrituras» de la *Dienstelle*... agencia rural del *Reichsgesundt*... para en caso de destrucción total, de que no quedase nada de Grünwald, ni siquiera las cavernas... ¡oh, había motivos para esperarlo!...

Por fin Isis, ella se llamaba Isis, me habló un poquito de la granja... de las dificultades del momento... ¡que no podía hacerme idea!... que no se habrían quedado en la granja, si no hubiera sido por la falta de gasolina y los bombardeos de Berlín... que aquel corral era infecto... las charcas, y el olor de los silos... ¿habíamos notado? y encima lo más grave: no llovía bastante, ¡no crecía nada!... ¡aquella sequía desde la guerra!... ya estaba, ya podía yo preguntar...

«Tienen ustedes dos franceses, me parece...

—¡Sí, dos!... ¡uno para los cerdos, Joseph!... ¡otro para los huertos, Léonard!»

Yo no le veía la gracia, se echó a reír...

«¡Personas que no nos aprecian!»

El lisiado interrumpió...

«Pero, ¡bueno! ¡si ésos nos detestan! ¡estás loca, Isis!... ¿crees tú que puede haber franceses que nos quieran?... ¿por qué no los polacos? ¿los rusos?... ¿los chinos?... toda esa gente enemiga quiere matarnos, ¿verdad, Harras?... ¿por qué han subido aquí, éstos?

—¡No, hombre, no!... ¡colérico Von Leiden! ¡lo que pasa es que no ha dormido usted bien!»

Isis consideró que había ido demasiado lejos, que podía habernos sorprendido...

«Mi marido está de mal humor... ¡muy malo!... ya lo conoce usted, Harras, ¡no ha pegado ojo en toda la noche!... ¡discúlpenlo!... ¡humor detestable!»

¡Él negó el humor detestable!... lo confirmó...

«¡No!... ¡no!... ¡sé lo que me digo!... ¡toda esa gente son espías!... ¡vienen a sabotear! ¡estás loca!

—¡Vamos! ¡vamos! ¡tranquilízate! ¡te estás portando como un grosero!... ¡voy a acompañar a estos señores! Harras, ¡tenga la bondad!...»

A nosotros:

«Sobre todo, verdad, ¡lo disculparán! los ve a ustedes, ¡y se pone celoso! ¡no puedo ponerle inyecciones a cada momento!

—¡Oh, desde luego que no!»

¡Vaya si comprendía yo!... Harras comprendía muy bien también... salimos... cuando pasamos por delante de los establos, los dos franceses, Joseph, Léonard, me hicieron señas de que querían fumar más... «¡de acuerdo! ¡de acuerdo!» vi que había alguna posibilidad de que aquéllos nos toleraran... yo estaba de acuerdo... ¿«Camel»?... ¿«Navy Cut»?... ¡muy bien!... salimos de la granja, justo entonces los Kretzer venían a buscarnos... ¡y muy amables! la reverencia a Isis Von Leiden... a nosotros calurosos apretones de manos... él era gracioso como de antes del 14, lentes y mangas de lustrina... su mujer, un ama de casa nerviosa, semblante nada idiota, bastante vivo incluso, pero mala leche... ella era la que mandaba... ¡bueno!... la práctica para nosotros, que íbamos a depender de ella, ¡que nos tolerara por la manduca!... a él de nada le servía su brazalete ni la «esvástica» en el ojal, no tenía nada que decir... era ella la que hablaba y decidía... volvieron a mostrarnos nuestro cuchitril, ya lo conocíamos, la torreta, con cama plegable, jarro, jofaina... ah, y un «cromo» de Federico... ¡no lo había visto yo!... por doquier, lo que se dice doquier, «Federicos»... ¡más que Hitlers!... abajo, en casa de los viejos, ¡por lo menos cinco!... había olvidado decíroslo... insistían en que miráramos por nuestra aspillera, el bello parque, la alameda trazada por Mansard... las hojas que caían tan bonitas, los inmensos fresnos... el otoño... muchos paros... ya hacía fresco... no habíamos acudido para divertirnos... estábamos allí en convalecencia... yo pensaba en los cigarrillos... en Léonard y Joseph...

«¿Vendrá usted con frecuencia, Harras?

—Con frecuencia... ¡mientras dispongamos de gasolina!»

Añadió...

«De todos modos, me gustaría que pensara usted en algo, querido colega, ¡no le va a faltar tiempo!... ¡para mí! médico e histórico... volveré a hablarle de eso después de la comida... médico e histórico... voy a comer en casa de los Von Leiden, el Sr. y la Sra. Kretzer ahí enfrente, en la granja... ustedes comerán abajo con las señoritas de la *Dienstelle*... así se conocerán... ¡ah, y también Kracht! recuerde su nombre, ¡Kracht!... ¡mi hombre de confianza aquí!... los otros no, ¡los otros ni hablar!... él me telefonea cada día... si tienen ustedes quejas, ¡a él! ¡sólo a él!...»

¡Bueno era saberlo!... desde el momento en que te ves acosado, la menor información, la ramita, puede perfectamente salvarte la baza... aquel Kracht no me decía gran cosa... pero los Kretzer, ¡menudas jetas de pocos amigos!... ¡ya veríamos cuando se hubiera marchado Harras!... ¿y el trabajo?... ¿historia y ciencia?... ¿qué cojones tenía que ver eso?... una forma de fatigarnos... la fatiga es un gran lujo, que merece castigo a todas luces, al galeote que se duerme el remo le entra en el vientre, le saca todas las tripas... ¡bien hecho!... puesto que millones de destripadores te odian, te buscan a toda costa, sólo te queda un recurso: ¡no dormir nunca más!

¡Nuestro caso era demasiado grave! ¡yo lo había leído en todas partes!...

Pero, ¡al grano!... ¡al grano!... ¿dónde estábamos? ¡Zornhof! ¡vuelvo a orientaros! nuestra primera comida en aquella mesa de la *Dienstelle...* el comedor de la quinta, nada alegre... casi no nos veíamos... ¡por la sombra de los grandes árboles!... dos velas en los dos extremos de la mesa... aquellas señoritas secretarias eran bastante risueñas, amables, pero menos que en Grünwald... sólo una intentó hablarnos, una jorobadita... ¡ah, ahí teníamos a aquel Kracht!... el contable nos presentó... era un SS de uniforme... farmacéutico en la vida civil... desde que lo movilizaron, era el jefe SS de Zornhof... había estado en el frente del Este, ahora descansaba... no era un tipo antipático... pero tampoco muy comunicativo... daba la impresión de que le iba el rollo... sería el primer nazi que se pareciera a lo que debían ser, tercos, bien gilipollas... ¿feroz seguramente? no muy mayor, unos treinta años... divertido, ¡un Homais nazi!... ¡ah, habló!... lo escuchamos... yo traducía para Lili y La Vigue... los acontecimientos, el comunicado...

«Oye, ¡a ver!... ¿el complot?... ¡pregúntale!»

Le Vigan quería enterarse... no era una pregunta apropiada, en mi opinión... pero aquel Kracht lo había oído...

«¡Hay traidores! ¡sí!... ¡recibirán su castigo!»

¡Ahí tenéis, sencillo!... y repitió en alemán para que toda la mesa comprendiera... toda la mesa dijo *«ja! ja! sicher!* ¡desde luego!»... y el señor y la señora Kretzer... Kratch debía de informar de las «opiniones en la mesa»... los otros lo sabían... tocante a comida, yo no veía gran cosa... la Kretzer nos pidió nuestros cupones... Lili se los dio... y ahora, ¿qué íbamos a comer?... una señorita trajo una sopera... tuvimos derecho a tres cucharones de un líquido insípido, tibio... no vi a las señoritas probarlo, ni a los Kretzer, ni a Kracht... me pareció que se burlaban de nosotros... a esperar el segundo plato... ¡no había segundo plato!... la señora Kretzer dijo: *mahlzeit!* ¡en voz alta! y se levantó... todo el mundo se levantó... saludo a Hitler, *heil!...* ¡se acabó!... volvieron a colocar las sillas en su sitio y se fueron... ¿adonde? ¿al despacho?... ¿a sus habitaciones?... pedimos para Bébert algunas sobras... ¿sobras de qué?... ¡ahí teníamos algunas sobras!... media patata en una salsa... no hice comentarios... La Vigue, sí, en alto...

«¿Para eso le has dado nuestras cartillas, Lili?... ¡me muero de hambre!... ¿vosotros no?

—¡Sí!... ¡se lo diremos a Harras!

—¡Le importa un bledo, a ése! ¡no has visto su panza?... ¡pues no estará zampando ahora ni nada! ¡estás soñando, Ferdine!... ¡no falta de nada en la granja! ¡ya habéis visto las ocas!... no son para nuestras bocas... los que no pintamos nada... ¡en Grünwald había bocadillos!... ¡por eso nos han largado! ¡para que nos muramos de hambre aquí!»

Hablaba en alto...

«¡Salta a la vista, Ferdine! ¿dónde tienes los ojos? ¡todos son compinches! ¡el cornudo, Harras, la zorra, el *Landrat*!... ¡acuerdo perfecto!... ¡te voy a decir una cosa!... cuando nos fuimos de Baden-Baden, ¡no era para dejarnos dar gato por liebre!... ¡no vamos al Norte! ¡ni al Este! ¡ni al Sur! ¡volvemos a Francia!

—¡La Vigue, tú deliras! ¡en Francia te arrancarían la piel! ¡sí! ¡a tiras!»

Reflexionó...

«Ferdinand, ¡de acuerdo! ¡exacto!... ¡lo veo! ¡tienes razón!... ¡por eso nos tratan así!... ¡lo saben!

—Bueno, oye, ¿y tu habitación?

—¡Ya te puedes imaginar! ¡fetén! ¡ven!...»

Lo seguí... al subsuelo... la escalerita... un largo pasillo... más que una habitación era una celda, con barrotes... después de la cocina, a la izquierda... ¿cocina? en fin, es un decir, nunca vimos a nadie en ella...

«El dogo, ¿ves?

—Sí, ya veo, no gruñe...

—De todos modos, no parece amigable...»

Un perro enorme, pero muy delgado... tendido en el enlosado, no debían de alimentarlo demasiado, bajo todos los regímenes hay seres para la austeridad, la virtud... los débiles y los animales... al pasar a su lado, gruñó un poco... ¿iría a jalársenos?... además de hacerle ayunar, en prueba de virtud, el viejo Von Leiden, comandante de ulanos, lo sacaba todos los días, lo llevaba a dar la vuelta a la hacienda, él en bici, el dogo atado a la correa... para que toda la aldea se diese cuenta de que el enorme Yago se moría de hambre, de que la vida en la morada no era cosa de broma... yo nos veía también a nosotros algún día uncidos a algo, los tres, trabajadores muy demostrativos... por la forma como habíamos comido, sopa tibia y *heil,* no había gran cosa que esperar... las señoritas no estaban flacas, bastante llenitas incluso, ¡seguro que no engordaban con la sopa!... debían de desquitarse en sus habitaciones, a puerta cerrada, a base de *choucroute* y grandes salchichas... las sopas transparentes, ¡para nosotros!... en primer lugar, había un olorcillo demasiado bueno, por todo el balcón delante de sus habitaciones, seguro que se cocían buenos estofados, ¡venga guisar todas! por todas partes había un olorcillo... apetitoso... salvo en el comedor... hombre, ¡incluso en aquel pasillo del subsuelo había un olorcillo!... al principio no se notaba... dije a La Vigue... «¡vamos!» había que empujar una gran puerta... ¡dos puertas!... ¡había algo sobre un fuego de leña!... un sótano como cuatro veces nuestra rodaja de torre, ¡y nosotros que creíamos vacía aquella habitación! al contrario, llena de fuegos, tres hornos, ¡y menudas marmitas!... dos mujeres descalzas y dos chiquillas estaban atando con cordones piernas de cordero... ¡mechando!... no les molestó nuestra presencia, les hacíamos reír... ¡habíamos encontrado una cocina!... más adelante me enteré... me enteré de todo... aquellas chiquillas formaban parte del grupo que divertía al viejo, eran toda una banda allí arriba, rusas y polacas... él, el viejo, tenía ochenta años, y todavía el año anterior montaba a caballo... ahora era un deporte muy distinto, eran las chiquillas las que lo montaban a él, lo hacían avanzar a cuatro patas... «arre, caballito!» ¡le daban latigazos con su fusta!... ¡hasta hacerle sangre! ¡a él le encantaba!... ¡la vuelta completa al despacho! ¡más deprisa!... más deprisa!... *los!...* hasta su habitación, al lado... les gritaba: «¡brujas! ¡brujas!»... ¡sus viejas nalgas al aire!...

Tenía muchos libros abajo... y también arriba, en la otra torre... en casa de su hermana María Teresa... ya os hablaré de eso... el torreón del otro lado de la finca... Paul de Kock... Dumas padre e hijo... Murger... ya sólo le interesaba Paul de Kock... me enteré de todo eso por Isis... después de sus sesiones a gatas, se desplomaba, se pasaba horas enteras así, rendido, con las nalgas bien rojas, la lengua colgando... le gustaba sufrir, al viejo cerdo, pero privarse de comer bien, ¡no!... la cocina de abajo, la del pasillo de La Vigue, sólo trabajaba para él, no quería comer nada de la granja, temía que le pusieran algo en el estofado...

En cualquier caso, la Frau Kretzer había cogido todas nuestras cartillas, no tenían muchos cupones, ¡es cierto! pero, aun así, un poco de margarina... y doscientos gramos de *leberwurst*... dije a Lili:

«¡Pídele que te las devuelva! ¡iremos nosotros mismos!... deben de tener una tienda de ultramarinos... ¡o en Moorsburg! pídeselas con delicadeza»... con Lili estaba tranquilo, nunca ofendería a nadie... y nadie le correspondería nunca... si no las obtuviera, lo intentaría La Vigue... entretanto, ¡teníamos una gusa!... ¡que volviera Harras!... que hubiese terminado su comilona con el lisiado, Isis, el ulano... me iba a oír lo que pensaba de los hospitales del Reich... aquel *Landrat* ulano estaba jalando enfrente... hablaba francés, al parecer... ¡no lo habíamos oído demasiado, nosotros!... no se había dignado... ¡ah, venía gente!... voces... fuimos a ver... ¡sí, todos!... ¡el lisiado iba con ellos! llevado por un prisionero ruso, uno robusto, el lisiado iba cogido a su cuello, con los dos muñones en torno a su cintura... aquel lisiado, encaramado como iba, nos miró de arriba a abajo... nos preguntó en alemán:

«¡Eh, franceses! ¿qué tal?»

Respondí al instante...

«Mejor, ¡imposible!»

No quería que Le Vigan hablara el primero, estaban algo congestionados, todos... el *Landrat,* más que ninguno... por primera vez nos habló... y en francés...

«Conque, ¿van ustedes de paseo?

—¡Así es, señor *Landrat!* si da usted su permiso...

—¡Concedido!... ¡concedido!

—¿No conocen ustedes Zornhof?

—¡No, señor *Landrat!*

—¡La baronesa se lo enseñará!...»

Al instante surgió el proyecto de una excursión... ¡ella nos iba a llevar!... ¡íbamos a ir a ver los parajes soberbios!... las bellezas de Prusia... y, sobre todo, el gran bosque, ¡único en Europa!... ¡el único bosque de secuoyas!... árboles gigantescos... ¡tres mil hectáreas!... dos aserraderos... ¡podíamos ver aquellos árboles a lo lejos!...

Efectivamente, los veíamos un poco, muy a lo lejos... aquellos Leiden no tenían motivos para quejarse, me parecía a mí, eran ricos... auténticos señores, con dominios inmensos... ¡mayor razón para pensar que los *mahlzeit* de agua tibia eran intencionados, a propósito! ¡bastaba con verles las panzas! hasta el lisiado estaba tripudo... yo no quería excitar a La Vigue, que se encolerizara, sería peor que en Baden-Baden, ¡nos largarían! pero entonces, ¿adonde?

«¡Encantado, mi querido Harras! ¿verdad, Lili? ¿verdad, La Vigue? ¡prodigiosos árboles, las secuoyas! ¡sesenta metros! ya había visto yo bosques semejantes en California pero, ¡no sabía que en Europa…!.

—¡Ya verá!... ¡ya verá, Céline!... ¡la baronesa tendrá mucho gusto!...»

Noté que Simmer iba empolvado, con carmín en los labios y las uñas arregladas por manicura... ¿sería un poco pederasta?... desde luego, eso no le impediría, naturalmente, hacer lo que convenía a la *baronin*... muy raros son los invertidos estrictos, la mayoría tienen familia numerosa, padres y abuelos ejemplares... aquella vez, él, Simmer, llevaba sortijas, incluso un gran cabuchón y un sello con sus armas y una amatista y en el meñique un gran camafeo... además de sus tres cruces de hierro... era creyente, le vi un largo collar de oro y un Espíritu Santo en el extremo... más adelante me enteré... todos estaban podridos de dinero... no se entenderían mal, creo yo, con refugiados como ellos, bien provistos, los Carbuccia,* por ejemplo, los Gallimard, los Laval, pero nosotros, allí, macilentos y sucios, ¿por qué no nos habían colgado? el auténtico telón de acero es el que hay entre los ricos y los miserables... las cuestiones de ideas son minucias entre fortunas iguales... el nazi opulento, un habitante del Kremlin, el administrador de Gnome et Rhône, son uña y carne, mirándolos de cerca, se intercambian las esposas, pimplan los mismos *Scotch,* recorren los mismos *golfs,* comercian con los mismos helicópteros, abren la caza juntos, ¡desayunos Honolulu, cenas Saint-Moritz!... ¡y mierda para el resto!... ¡fruslerías! golfos, vagabundos, quinquis, colilleros, reivindicadores, ¡a la perrera! ¡lo que pensaban de nosotros en aquel momento, ¡seguro!... los cuatro y el inválido a hombros del gigante... sólo de mirarnos ya esbozaban una mueca... pregunté cómo se llamaba el Hércules...

«¡Nikolas!»

Harras me contó de dónde procedía, del lejano Este, prisionero herido, lo había llevado él mismo, para el servicio de la granja y de la *Dienstelle...* y no hacía otra cosa que cargar al lisiado.

Ah, como habían venido a vernos... querían mostrarnos los establos... volvimos a atravesar el parque con ellos... muy consolador, puedes observar por ti mismo cómo se las arreglan algunas personas, sacan partido de las revoluciones se lo montan de lo mejor para su conveniencia, en todas las guerras y seísmos... ¿que todo se desploma?... y entonces, ¿qué?... ¡fatal!... ¡pasa la vida!... ¡un mes!... un año... ¡hala!... ¡ahí los tenemos de nuevo! con otro chollo mil veces más pistonudo... ¡ya veréis después de la «atómica»!... ¡hormigas, termitas, las peores cenizas! volveréis a encontrarlos, cómodamente instalados, en esas galerías con aire acon-

---

* Horace de Carbuccia, periodista francés nacido en 1891. Fundador de *Gringoire* (1928-1944), semanario de tendencia fascista.

dicionado, subsuelo del Kilimanjaro... *private!* allí veía yo al coloso
Nikolas, procedente del extremo Caspio, herido, prisionero, ¡para
pasear por todas partes a aquel lisiado! ¡a los Von Leiden no debía
de faltarles nada! ¡a Nikolas tampoco!... no estaba destinado a la
virtud... ¡nosotros, sí, y Yago!... debía de tener ración doble, ¡mozo
enfermero!... yo esperaba a que saliésemos de los establos para hablar con Harras, a solas... ¡anda y que te zurzan!... ¡él era el que tenía algo que decirme!... ¡urgente!... me condujo hasta otro salón...
no lo conocía yo... vi... Luis XV... no estaba nada mal... seis ventanas que daban a la llanura... abajo, enfrente, el estanque, el que se
veía desde la habitación de La Vigue... y además ocas... y más ocas...
y otro estanque, lleno de cañas...

«¡Esta llanura hasta los Urales, Céline! ¿verdad?»

Eso ya me lo había dicho...

«Sí, hasta los Urales... pero, ¡primero, Berlín!... ya verá los
bombardeos... ¡ya lo verá en llamas!...

—¿Pronto?

—¡Oh, ocho... diez días!... aquí, verdad, ¡no corren ustedes
ningún peligro!

—¿Usted cree?

—¡No van a ocuparse de Zornhof!... en los tiempos que corren lo importante es ser bastante pequeño, ¡no valer la pena de
un bombardeo!

—¿Nosotros no lo valemos?

—¡No!... ni Von Leiden ni la señora ni su padre... ni los Kretzer...

—¿Tiene una hermana el viejo?

—Sí, en la otra torre... no se la ve, salvo el domingo, en la
iglesia, en el órgano... en fin, ahora no sé, las costumbres cambian,
ya verá usted, quizá se haya vuelto voluble... una cosa que no
cambiará nunca: no ama a su hermano... ¡el *Rittmeister*! ¡ni al lisiado! ¡ni a Isis!

—Bien, Harras, de acuerdo, no nos va a matar una bomba,
pero lo que nos dan para jalar, ¡con toda seguridad!

—¡Exacto, Céline!... ¡muy exacto!... pero, ¡están ustedes mejor que en París!... ¡no lo olvide!... ¡nunca lo olvide! que toda esa gente, Kretzer, el *Landrat,* Von Leiden padre, el hijo, la hermana, las señoritas de la oficina, toda la pandilla, no son dignos ni de la horca, ¡ni hablar! pues, ¡claro! pero ustedes, ustedes mejor que en Berlín, ¡lo esencial! ¡pronto Berlín no será sino un incendio!

—¡No vaya a creer, Harras, que nos quejamos!... mil calorías podrían bastar, pero la sopa no debe de llegar ni a las trescientas...

—Ya sé, la Kretzer ha cogido sus cartillas...

—¡Todas, Harras!

—Me va a oír y después hablaré con Isis, ¡se arreglará!

—No tengo mucha confianza en la señora Von Leiden, quizá sea peor que el hijo, ni en el padre... ni en los prisioneros... a ésos los hemos visto, se detestan, pero están maravillosamente de acuerdo en que somos la peor especie de gentuza y en que es horrible que estemos aquí, ¡y no colgados!

—¿Usted cree, Céline?... ¿se lo han dicho?

—Harras, si esperara a que me lo dijesen, hace tiempo que estaríamos muertos...

—Tiene usted razón, querido amigo, pero, ¿ahora? tienen ustedes un techo, ¡en Francia no tendrían la más mínima posibilidad!... ¡aquí comerán! si quieren... ¿cree usted que no hay problemas entre nosotros? ¿incluso entre el *Landrat* y los Von Leiden?...

—¡A matar!... ¡no me cabe duda!... ¡se lo concedo!... pero usted, ¡usted no se priva de nada, en espera de que todo se desplome!... ¡ya es algo!...

—¡Tiene usted razón! pero con mucho desagrado, ¡créame, querido colega!... ¡toda esa gente denuncia, conspira!... ¡delira!... ¡no sólo los prisioneros! la gente de la aldea, ¡todos!... ¡los *bibelforscher* también!... ¡creo que hasta las ocas!... ¡y las vacas!...

—¡Ya lo creo! pero denuncian, ¿qué? ¿y a quién?

—¡Todo!... ¡a Adolf Hitler! ¡a la Cancillería!... lo que no existe, ¡lo inventan! ¿acaso no se inventaron las Cruzadas? ese

Landrat manda detener a muchos... ¡no hay bastantes árboles para colgar a todos los que haría falta!... ¡si los conejos pudiesen hablar! los prisioneros son grandes cazadores... dos fusilados, la semana pasada... ya se lo he dicho, el *Landrat* no es bueno, bueno o malo sería igual, sabe lo que le espera, no es tonto, se venga de antemano... cuando se paseen ustedes por Zornhof, no entren en las casas, aunque los inviten... ¡sobre todo si los invitan!... son todos alemanes, eso dicen, familias alemanas... los hombres están en el frente, se baten... pero en realidad son todos eslavos, dos generaciones aquí, pero siguen siendo eslavos... y nos detestan, polacos o rusos... también los moros mueren por ustedes, pero los detestan... desde luego, ¡los gladiadores romanos detestaban a Roma!... aquí, por ejemplo, los lasquenetes detestaban a sus capitanes... no cesaban de guerrear por tal o cual religión, ¡no creían en nada!... y guerreaban con otros lasquenetes, tan ladrones, tan granujas como ellos, ¡de otras aldeas!... ¡muchas veces de las mismas!... el valor, la muerte, no prueban nada... los psicólogos son ridículos, los moralistas se equivocan en todo... sólo existen los hechos y no por mucho tiempo... por el momento una cosa es segura, los rusos van hasta Berlín y un poco más allá... aquí están en su casa, ¡nosotros, no!... el pastor de aquí es alemán, Rieder, ya lo verá, ¡si reaparece! tan antinazi como los rusos... ya no tenemos bastante policía... en todo caso, ya les he avisado, los más peligrosos para ustedes serán los prisioneros franceses...

—Harras, estamos acostumbrados... el odio familiar...

—En cualquier caso, ¡aquí no pueden hacer nada!... ¡Kracht está ahí!...

—Sí, pero, ¡qué fragilidad!...

—¡Tres pájaros, Harras!... ¿el alpiste? ¡veo que es imposible!

—¡No, hombre, no! ¡venga por aquí!... ¡todo lo que desee, Céline!»

Me llevó al fondo del salón... una alacena con dos puertas... Luis XV, rosa y gris perla, la abrió de par en par, me pasó las lla-

ves... tres llaves... tres cerraduras... vi... otras cerraduras más... *¡clac!*
¡clac!... tenía razón... no nos iba a faltar de nada...

«Hay de todo, ¿verdad?»

Hasta el techo de conservas... por el otro lado, botellas y puros... cajas de «Navy Cut» y «Camel»...

«¡Para un regimiento, Céline! cojan todo lo que quieran, pero, ¡no digan nada! ¡a nadie!... ¡como ellos! ¡hagan como ellos!

—Harras, ya han debido de venir... no tienen las llaves... pero han debido de servirse, a pesar de todo...

—No mucho, Céline, no mucho, yo veo... saben que estoy enterado... todo esto procede de Portugal... no cuezan nada... coman sólo jamón, salchichas, mantequilla... sardinas... y todo en su habitación... ¡como ellos! vayan a tirar las latas vacías muy lejos... ¡paseos!

—¿A los Urales?

—¡No!... no precisamente, sino a los estanques... ellos buscarán... los acechan a ustedes... ya sabe... y sobre todo, ¡compórtense bien en la mesa!... pidan repetir de la sopa, como si tuvieran siempre hambre... ¡como si les gustase! ¡cada vez más hambre! ¡el aire! ¡el aire también!... ¡los grandes paseos!»

¡Toc! ¡toc! era Lili... le abrí... se disculpó... había ido a ver a los Kretzer, tenían todo un piso para ellos... la otra escalera...

«¿Y qué?

—Le he vuelto a pedir nuestras cartillas, que nos gustaría que nos las devolvieran, que iríamos a Moorsburg a comprarnos *leberwurst*... ¡personalmente!

¿Se ha negado?

—¡Sí!... ha dicho que no valía la pena, que su marido iría... ¡y le ha dado un ataque! ¡que si no teníamos confianza en ella! ¡que si la tomábamos por una ladrona! ¡que si era una madre mártir!... ¡que si le habían matado a sus dos hijos! ¡los franceses!... he llorado con ella, todo lo que he podido... no me ha dejado marcharme... estaba furiosa...

"¡No me cree usted!"

"¡Sí! ¡sí!... ¡le creo!"

¡Ha tenido que mostrarme las dos túnicas de sus hijos!... una con alamares, la otra una guerrera con orla... las dos completamente desgarradas, acribilladas... llenas de coágulos secos...»

«¿Son de sus hijos de verdad?»

Pregunté a Harras.

«¡Sí! ¡sí! ¡exacto!... ¡sus dos hijos!... ¡lo que no quita para que sea mala con avaricia!... creo que incluso un poco latosa... ¡oh, no es la única!...»

Eso de «no es la única» me hizo pensar en otras palabras que había oído yo... retazos de conversaciones entre él y Kracht... no iba a pedirle que me concretara... pero curiosas... Lili tenía que mostrarnos las fotos, nos las enseñó, lo había prometido... efectivamente, vimos a los dos hijos, veinte, veinticinco años, artilleros, los dos... se parecían a su madre... habían muerto el mismo día, hacía cuatro años... delante de Péronne... Harras había conocido a los dos hijos...

Ahora, ¿Bébert?... estaba pensando en él... no le gustaba tanto el jamón ni las sardinas... lo que él quería era pescado fresco, pescado vivo... por fortuna teníamos a la jorobada... aquélla era muy amable, de verdad... su padre vivía en Berlín, en un gran *bunker*... era pescador del Spree... venía al pelo... cada lunes su hija nos traería una botella llena de pececitos... entendido... Bébert se deleitaría… duraría lo que durase... dondequiera que sea, hay corazones buenos, no se puede decir que todo sea crimen...

Harras no era malvado, para ser alemán, pero, ¡ya veríamos!...

«Harras, colega, ¿cuándo se marcha usted?

—¡Mañana por la mañana!, pero, si le parece, Céline, voy a pedirle un pequeño consejo... y a encargarle un trabajito... ¡si no tiene inconveniente!... hablaremos de nuevo, si no tiene inconveniente... ¡un proyecto! ¡esta noche! estaremos tranquilos, ¿después de la cena?... ¿le parece bien?...

—¡Desde luego, Harras! ¡desde luego!... pero no demasiado tarde...

—¡A las nueve!... ¿está bien a las nueve?

—Sí... sí, estaré aquí... Lili también... y La Vigue... y Bébert.

—¡Desde luego!»

★ ★ ★

Yo conocía a Harras, lo confieso, desde hacía años, nunca tuve la impresión de que nos tomara muy en serio, ni tampoco de que se burlase de nosotros... éramos franceses y listo... sencillamente... más adelante, junto con tantos y tantos otros, tuve la certidumbre bien clara de que éramos payasos... y aún todos los días en Francia... y creo que para siempre... para toda la vida... a propósito, la peor especie de cabronadas, la más terrible: los bienhechores, los más sádicos... cómo se divierten con tus contorsiones... ¡qué secta!... el público de las corridas y de todos los circos... desde el momento en que ya no puedes «presentar una denuncia», te conviertes en el «juguete», la única cuestión es hacerte dar más o menos alaridos... tienes razones para temer cualquier cosa, en primer lugar, del comisario, tus huellas en la «lista de busca y captura»... y tu retrato... cara capullo... ¡la auténtica diversión de las familias!... «¡Ah! mirad a ése, que ya no tiene derecho a "presentar una denuncia", ¡menuda la que le vamos a dar!» primero quemarle la cama, la mesa, y las sillas... y hacerle pasar de nuevo ante los tribunales bajo una de acusaciones, que se le saldrán solas las tripas de la panza, que dará la vuelta a la Tierra a paso ligero por los senderos regados de cascos de botellas y por una pista de planchas de clavos... no temía yo a Harras por esa clase de distracciones, pero lo de él eran sus «ausencias»... podías verlo, un momento, ¡toc!... dejaba de estar contigo, de ser razonable, ¡y de pronto!... ¡otro tipo!... cierta exaltación... la mirada... las palabras... más adelante... mucho después... volviendo a pensar en él... y también en otros alemanes, médicos y enfermos, lo que me fastidiaba era verlos perderse en esa clase de «ensimismamientos», más adelante, mucho después, comprendí que ésa era su forma inspirada, su trance místico... pobre Harras, ¡fatal que acabara tan mal!... mucho peor aún que yo...

¡Oh, perdonad!... ¡voy a orientaros de nuevo! teníamos un punto en común Harras, yo... ¡exactos! ¡militares!... ¡a las nueve!... bajé al salón... lo encontré en la puerta... entramos... volvió a cerrar la puerta... lo miré a la cara, había comido y bebido bien... lo escuché...

«Mi querido Céline, ha llegado el momento, me parece, para nosotros, para la Europa nueva, de dar a conocer perfectamente, no sólo al mundo científico, sino también al gran público, la antigüedad de la colaboración de nuestras dos naciones en todos los terrenos, filosófico, literario, científico, ¡y médico! ¡médico! ¡el nuestro, querido Céline!... desde hace ocho siglos, ¿cuántos profesores alemanes han enseñado en las escuelas de ustedes?... ¿qué cree usted?... ¿Montpellier?... ¿París?... ¿Sorbona?...»

El momento de parecer convencido... de estar enteramente de acuerdo...

«¡Encontrará usted todo eso aquí!... ¡en estos ficheros!»

Un cofre que yo no había abierto... algunos pedazos de terciopelo... ¡y ficheros! ¡ah, ficheros!

«Todo eso procede de los Archivos... del Museo de Ciencias...»

¡Una forma, me pareció entender, de que tuviéramos una ocupación como Dios manda!... ¡oficial!... ¡un legajo!... ¡otro! varios manuscritos en gótico... gótico verde y rojo... ¡y los retratos de los profesores!... grabados en madera...

«¿Me hará usted este favor, Céline? ¿me comprende?»

Entendí lo que pedía...

«¡Desde luego, desde luego, Harras!»

Una redacción que yo iría alargando un mes... dos meses... los otros no pondrían objeciones... ¡no seríamos parásitos ociosos!... ¡nosotros! ¡sino propagandistas históricos!... *prima! prima!* ¡excelente! *¡jajajá!*... ¡volvía a reírse! ¡la farsa perfecta!... oh, pero encontramos otro grabado... *Los cuatro jinetes* de Durero...

«Éste para nuestro prefacio, ¿verdad?

–¡Buena idea!...

–Pero, ¡cuidado! ¡cuidado, Céline! ¡gran revolución! ¿verdad? la Peste ha quedado reducida a proporciones insignificantes... el Hambre también... ¡muy poca!... la Muerte, la Guerra, ¡enormes!... ¡ya no son las proporciones de Durero!... ¡todo ha cambiado!... ¿es usted de esa opinión?»

¡Vaya si lo era!

«¡Oh, el Apocalipsis, desde luego! ¡pero la Peste y el Hambre han desaparecido!

–El hambre aún no del todo...»

Objeté...

«¡Tiene usted el armario, Céline! *¡jajajá!...*»

¡Para troncharse!

«La calamidad, Céline, ya se lo he dicho, en Berlín, ya vio usted los telegramas, las epidemias ya no cuajan... ni en Mongolia... ¡ni en las Indias!... ¡esta guerra en tiempos de Durero habría terminado hace dos años!... ésta no puede acabar nunca... ¡lo dirá usted en su prefacio!... ¡dos jinetes en lugar de cuatro!... ¡qué pobreza!

–¡A sus órdenes, Harras! ¡todo quedará escrito!

–¿El Apocalipsis vacunado? ¡imposible!

–¡Comprendo!... ¡comprendo, Harras!»

Estaba animado él... yo pensaba en Lili, debía de estar un poco preocupada... tenía a Bébert con ella... La Vigue en su sótano-celda tampoco debía de estar tranquilo... me haría gustado que se callara, que me dejase volver arriba... pero estaba acostumbrado a las conferencias internacionales... conozco esa atmósfera, ¡he dado la vuelta al mundo varias veces con muchos científicos como él!...* en esos casos, ya podéis decir que la razón ha dejado

---

* Céline fue desde principios de 1925 hasta diciembre de 1927 miembro de la sección de Higiene de la Sociedad de Naciones, en la que fue colaborador del doctor Rajchman, secretario de la sección. Realizó misiones principales: en 1925 en América del Norte y en América Latina, en 1926 en África.

de existir... ¡a poco que prestéis oído!... no son sólo los políticos los que dicen gilipolleces, los sabios, ¡menudo! ¡ansiosos como nadie de subir a la tribuna! ¡soliloquios!... ¡coloquios! más tonterías en las memorias de los institutos técnicos superiores que en las actas de la Cámara... en vuestro periódico habitual... y no sólo aquí, sería demasiado bonito, allí, en todas partes, astronomía, histología, en todos los meridianos posibles... ¡no hay colores de piel, telones de acero, sectas, razas que valgan! ¡el que más gilipolleces dice es el que gana!... ¡fanatizados, fascinados!... ¡los doctos y los ignorantes! ¡de rodillas! tonterías que sobrepasan la Luna, ya no sabe uno hasta dónde llegarán, ¡de una galaxia a otra!... ¡mil años!... ¡mil años!... yo veía a nuestro Harras bastante piripi... de una cosa estaba yo bastante seguro, poco a poco, me estaba durmiendo con su charla sobre archivos... ¡y sobre aquel prefacio!... ¡sobre sus *Cuatro jinetes*!... sobre el Hambre y la Peste reducidos... ¡me veía pasando meses con el Apocalipsis!...

En la SDN, donde estuve, ¡lo que pude oír!... los cerebros más potentes de la época, ¡genios a la enésima potencia! él, Harras, a pesar de ser un técnico de primera, no estaba a la altura... ¡en absoluto! ¡en absoluto!... quiero decir en comparación con las marcas de los Bertram* Russel, Curie, Luchaire...** aquéllos ya es que eran titanes en el arte de no decir nada... Harras, su Apocalipsis, ¡bah!... ¡bah!... ¡nada!... podría sacarle quizá dos... tres meses... ¡más no! se lo advertí...

«¡*Jajajá!* ¡también tenemos el arma secreta!»

También quería explicarme eso...

«Harras, si no le importa, ¿mañana?

—¡Sí! ¡sí! ¡entendido! ¡mañana por la noche! *heil! heil!*»

★ ★ ★

* Bertrand Russell.
** Julien Luchaire, inspector general de la enseñanza, director del Instituto Internacional de Cooperación de la SDN.

Lili debía de estar harta allí arriba, en nuestra rodaja de torre...
apenas la altura para estar de pie... Harras insistía... desarrollaba
su tesis: la medicina francoalemana a través de los siglos... ¡las
pruebas! ¡tal archivo!... ¡tal otro!... ¡para cada retrato una anécdo-
ta!... ¡que recordara! tal profesor *fritz* en París, en Montpellier...
ya en el siglo XI... XII... XV... ¡sus controversias!... ¡oh, no eran simples matasanos! ¡científicos, ya entonces!... apreciados en la corte
o perseguidos... de todo...

Vi que se movía la puerta... me lo suponía... Harras no veía...
Lili haciéndome señas... ¡de acuerdo!... me levanté muy despacio...
Harras tenía cuerda todavía para dos horas... por lo menos... era hombre capaz de pasar noches enteras con un detallito estadístico, con
un «Resumen de conclusiones»... que después encontrarás en el fondo de un jardín, mecanografiado... de una cabaña... empapado, ya
ilegible... que ya nadie sabe qué cojones es... Harras era de los que
se pasan noches enteras puntualizando lo que había que pensar verdaderamente de aquel sarampión en las islas Feroe... siglo XVII... por
el momento su pasión eran los *fritz* en Montpellier, siglos XII... XV...

Habíamos salido del salón sin que se diese cuenta... se estaba dando una conferencia... para él solo... se lo oía por la escalera… pero allí, en el jergón, yo no me dormía... pensaba: ¡seguro
que se va a dar cuenta!... ¡se va a ofender!... no había sólo el eco
de sus palabras, también el eco de los *brum* a lo lejos... eso no le
molestaba... habló sin parar durante hora y media sobre los profesores del siglo XII... nosotros descansábamos un poco... estaba
quedándome casi dormido... ¡qué le íbamos a hacer!... ¡toc! ¡toc!
¡no me sorprendió!... ¡él!... ¡la puerta!

«¡Colega! ¡colega! ¡discúlpeme! ¡tengo que marcharme!» Me
levanté... fui a hablarle... lo vi en un escalón... iba en uniforme
de campaña completo... triple gabán... granadas con mango, lo vi
muy bien, daba una impresión cinematográfica con su enorme
torch, sobre el fondo obscuro de la escalera...

«Me marcho ahora mismo, Céline, ¡no hay más remedio!
−¿Algo no va bien?

—Oh, han bombardeado un poco... ¿no ha oído?

—¡Sí!... pero, ¡lejos!...

—Más vale viajar de noche... ¡sólo se ocupan de las carreteras de día!...

—¡Buena suerte, querido Harras!...

—¿Tendrá usted eso listo?

—Listo, ¿el qué?

—¡El resumen del cofre, hombre!

—Pues, ¡claro que sí, querido Harras!... ¡ocho días y lo acabo!

—¡Despacio, Céline! ¡despacio!... ¡tómeselo con calma!

—¡A sus órdenes, Harras! ¡a sus órdenes!

—¡Espere un momento!... ¿puedo entrar? ¡dos palabras!... ¿querrá usted disculparme, señora?»

Le hice pasar...

«¡Hombre! ¿cómo no, Harras?»

Volví a cerrar la puerta tras él... nunca lo habíamos visto de verdad en uniforme de campaña completo... él, que ya era enorme, parecía un monstruo... sobre todo en nuestra rodaja de torre... era demasiado alto, bajó la cabeza...

«¡Miren, amigos, atención! ¡no sé cuándo podré volver! Kracht me telefoneará... puede que vuelva al frente ruso... tal vez... o que salga de nuevo para Lisboa... dependerá... ustedes, aquí, ya saben... no se muevan... de la gente, ¡ya les he dicho!... en primer lugar, el *Landrat* ya lo conocen... si lo ven, evítenlo, es un viejo absurdo y malvado... los de la casa y de la granja, ya han visto ustedes qué clase de gente son... el otro viejo, el *Rittmeister* y sus criaditas no es peligroso... manías y nada más... ¡vejestorio!... el hijo Von Leiden, el inválido y su mujer, la granja de enfrente, tienen una hija pequeña, Gillie... ésta vendrá a verlos, ya hemos quedado, les traerá leche, para ustedes y para Bébert... ¿qué más?... ¿qué más?»

Reflexionó...

«La mujer del hijo, Isis, tiene un carácter difícil... no está menopáusica, pero le falta poco... una mujer bella e incomprendida, ¿entiende usted?

—Sí... sí... desde luego...

—¡Espere!... ¡la complicación!... él, el lisiado, se droga... lo drogamos... está inválido desde hace cuatro años... más o menos... las dos piernas... ¿esclerosis multiple? ¿siringomielia? lo han examinado diez... veinte veces... ¿Paget? la evolución dirá, ¿verdad?

—¡Claro!... ¡claro!...

—Tiene ataques del tipo de la tabes... pero que no son tabes... la evolución dirá, ¿verdad?... muy dolorosos... es también algo psicótico, no hay duda, entonces es peligroso... cóleras... no era un hombre malo cuando estaba normal, ahora lo es... con su mujer, con su hijita, con todos, con ustedes, como los vea demasiado... le he dado los calmantes habituales... y además inyecciones... por último, opio... en jarabe... también le falla el corazón… le pedirá a usted que lo ausculte... su mujer, Isis, hace todo lo que puede... yo le digo: ¡no demasiadas medicinas!... en esos casos nunca se sabe, ¿verdad?... Kracht le dirá... ah, otra cosa, ¡se me olvidaba!... ¡no la han visto ustedes!... ¡en la otra torre por ahí arriba!... María Teresa von Leiden, hermana del viejo... en la otra torre de la quinta... ¡*baronin* María Teresa!... no ve ni a su hermano ni a su sobrino de enfrente, sólo va a buscar lo que necesita a Moorsburg, personalmente, cocina en su habitación, sus comiditas, teme que la envenenen... sale los jueves, para Moorsburg... y el domingo para tocar el órgano... quizá vayan ustedes a la iglesia... ¡pastor Rieder!... ¡antinazi!... ella toca bastante bien... podrán oírla al piano, en su habitación, los invitará, es muy amable, cuando quiere... habla francés, se educó en Suiza... ¡todas las hijas de buena familia, en aquella época!...»

Resumió:

«¡Ya está! ahora lo saben todo... desconfíen de los Kretzer... si se muestran hostiles, Kracht me telefoneará...

—Bien, mi querido Harras, ¡entendido!

—Y mi trabajito, ¿verdad?...

—¡Magnífico!... ¡condenado Céline!»

Un ¡*jajajá!* ¡qué graciosos éramos!... ¡nos dimos la mano! ¡apretones!

«¡Mil perdones, señora Céline! ¡discúlpeme!... ¡discúlpeme!»

Bajé con él... quería verlo marcharse... no tuvo inconveniente... Kracht estaba al pie de la escalinata con sus dos grandes maletas, repletas.

«¡No se llevará usted los documentos, Harras!

—¡Oh, no tema! ¡todo eso son vituallas! ¡pollos!... ¡mantequilla!... ¡jamones! ¡no le oculto nada!

—¡Harras, es usted un amigo!»

Subimos sus enormes maletas... puso en marcha... ¿el motor!... ¡arrancó!... ¡saludos hitlerianos!

«¿Se acordará usted, Céline?

—¡De todo!... ¡y buen viaje!»

Kracht me estrechó la mano, la primera vez que me la estrechaba... no era comunicativo... volvió a subir a su habitación... yo, a mi torre... el auto a lo lejos... lo oíamos...

Y también más lejos... mucho más lejos... muchos ¡*ptaf!* ¡*ptaf!* sordos... los estallidos de su «Pasiva»... allí no habíamos tenido alarmas... allí se encargaba de la alarma el corneta... me habían contado... el guarda jurado, Hjalmar, hacía la ronda a la aldea... era más viejo que el viejo Von Leiden... en caso de emergencia, tocaba el tambor... sólo ocurrió una vez y por error... era un avión alemán del campo contiguo que había caído en Platzdorf... Platzdorf, a medio camino entre Moorsburg y nosotros...

★ ★ ★

La Vigue había subido a nuestra habitación... no nos llegaba la camisa al cuerpo, después de lo que habíamos sabido sobre aquel Zornhof, sobre la finca y sobre la granja y sobre aquellos Von Leiden... y sobre aquel Kracht, el SS, farmacéutico, guripa de servicio... y sobre el personal de la *Dienstelle...* Harras se nos había quitado de encima... pura y simplemente... estábamos mejor en

Grünwald... pero, después de todo, tal vez no... ¿estaríamos tal vez mejor situados en Zornhof?... desde el momento en que ya no tienes nada que decir, sino obedecer, no te queda más remedio que esperar, eres animal...

¡Oh, eso es exactamente lo que ocurre con el mundo actual! ¡todo el mundo desesperado por el *sputnik* que va a venir! cualquier filón en el fondo de una mina, con el grisú, ¡todo! están dispuestos a aceptarlo todo, pero, ¡el *sputnik*, no!... ¡«voluntarios» para las vagonetas! ¡caramba! ¡y que si cada cual a su turno!... no poco habían fanfarroneado ésos desde el 44... ¡se acabó la fiesta!... ¡gángsteres al vestuario!... nosotros allí, ya en Zornhof, sabíamos muy bien a qué atenernos... a la merced de todos y nada más... toda aquella gente que nos rodeaba, prisioneros, *fritz* de la aldea, o rusos o polacos, no pensaban sino en hacernos daño... ¡la que nos esperaba!... idéntico en Francia, donde todos nuestros hermanos nos aguardaban, Bretaña y Montmartre, para hacernos picadillo... o sea, ¡como para troncharse! la pequeña Esther tenía el mundo entero a favor, nosotros el mundo entero en contra... la pequeña Esther Loyola[*] preparaba su película en los desvanes de Autredam... a nosotros nadie nos filmó... ¡chirona y silencio!... ¿propaganda a favor? impostura, el otro bando: ruina, vergüenza...

En torno al «Mirras»[**] comentamos un poco lo que había que hacer... lo que no había que hacer en modo alguno... casi todo... lo que unos y otros habíamos visto... impresiones... ¡no muy buenas!... ya veríamos mañana lo que pasaba... entretanto, algunas sobras... Lili se había guardado de la mesa dos rebanadas de pan negro y yo también... La Vigue, apio y miga... lo compartimos... las arañas venían a mirar... se deslizaban desde el techo, miraban... ¡y *zzz*! volvían a enrollarse... eran muy curiosas... vi-

[*] Esther Loyola: probablemente Anna Frank. «Frank» y «loyal» son conceptos emparentados. El nombre Loyola sugiere también la hipocresía tradicionalmente atribuida a los jesuitas.
[**] *Mirras*: estufa de leña corriente en aquella época en Francia.

víamos en su casa, exacto... La Vigue quería ir a ver abajo, en su celda, pero, ¡que yo lo acompañara!... ¡bien!... entonces, ¡los tres! dejamos a Bébert... cogimos una vela... íbamos a pasar delante de las habitaciones donde se alojaban todas las secretarias de la *Dienstelle*... no se veía nada, salvo pequeños rayos de luz bajo las puertas... había algunos cuchicheos... y también voces de radio... sin corriente, ya no había corriente... radios de pilas... las señoritas de la *Dienstelle* debían de correrse sus fiestecitas, entre ellas exclusivamente... momentos para todo, momentos para ser discretos... conque bajamos los grandes escalones... llamamos desde arriba a Yago, para que supiera... ¡arreglado! gruñó pero no fuerte... sólo para indicar que nos había oído... nos dejó pasar... ¡a ver aquella celda!...

Tantas arañas como en la nuestra... y de nuevo pasamos por delante de Yago... y volvíamos a estar sobre nuestro jergón... nos habría gustado mandar todo a hacer puñetas, dormir... ¡al contrario, el momento de las preocupaciones! el mundo de los griegos, el mundo trágico, preocupados todos los días y todas las noches... exactamente igual que las personas fuera de la ley... el mundo nuevo, comunoburgués, sermoneador, tartufo infinito, automovilista, alcohólico y tragón, canceroso, sólo conoce dos angustias: «¿su culo? ¿su cuenta?» el resto, ¡menudo si se la refanfinfla! ¡proletarios y Plutos reunidos! ¡perfectamente de acuerdo!... nosotros, allí, mendigos acosados, ¡no era cosa de dormir!... teníamos que pensar en las meteduras de pata... lo que deberíamos, lo que no deberíamos haber dicho... exámenes de conciencia... una metedura de pata, por pequeña que sea, puede perfectamente hundirte... La Vigue abajo, en su celda, debía de reflexionar también lo suyo... el único que no pensaba en nada era Bébert, a nosotros nos tocaba ser astutos... animal por animal, él era más feliz que nosotros... dejé de hablar, me quedé inmóvil... me gustaría que Lili durmiera un poco... yo puedo pasar horas, tumbado, sin dormir... estoy acostumbrado, escucho el estruendo en mis oídos... sé esperar el día... la aspillera de allí arriba se iba volviendo gris... después pálida... no había que esperar mucha más luz, estábamos en septiembre... debían de ser las seis, más o menos... no quería despertar a Lili... me fui a ver a La Vigue... pero el café, ¿cómo? le preguntaría a él... ¿qué café?... ¿en la granja?... quizá supiera... bajé descalzo... volví a pasar por delante de Yago... Yago dormía sobre la piedra... me gruñó un poco... me dejó pasar...

La Vigue estaba despierto también... le pregunté si había pensado en el café... ¡vaya si había pensado!... ¡incluso íbamos a ir a ver!... no en la granja, allí en el pasillo, había una cocina, secreta en cierto modo, estaba seguro, segunda, tercera puerta... llamamos... él las había visto, eran cuatro, tres rusas y una de las chiquillas del viejo... nadie respondió... Yago gruñó porque llamábamos... los otros debían de hacérselo llevar a sus habitaciones... ¡qué de tapujos tenían aquellas zorras! sólo pensaban en ellas y a los demás, ¡que los partiera un rayo!... y el otro, el viejo, ¡su cocina en el sótano!... ¡seguro que todos tenían sus panecillos!... pero, él, La Vigue, ¿cómo se había alumbrado? ¡con cerillas!... me las enseñó y me ofreció una caja... a él con tres cerillas le había bastado para acostarse... nosotros también con la vela, pero, ¡era peligroso!... sería cosa de suerte que no ardiéramos... íbamos a ir por los panecillos... una idea... si no había allí al lado, ¡a la granja!... La Vigue se vistió... en fin, se puso los calcos... hacía mucho que habíamos dejado de quitarnos la ropa... al poco, estábamos fuera, hacía fresco en el parque... a la primera vuelta de la alameda tropezamos con unos forzados... parecían forzados... una docena, que estaban ajustando troncos de abetos unos sobre otros... ¿qué cojones pintaban allí? ¿quiénes eran?... fui a preguntarles... pero no tuve tiempo, un soldado me cortó la palabra, uno auténtico, un SS bastante viejo, salió del bosquecillo... me preguntó qué quería... y quiénes éramos... nada amable... le expliqué que vivíamos en la torre de la quinta, allí... refugiados franceses y que íbamos a la granja a ver si tenían algo caliente... se ablandó... con gusto nos habría dado un poco de café, pero ellos lo habían tomado a las cuatro, él y sus forzados... ¡no le quedaba nada!... volcó su lata... me mostró, ¡ni una gota!... ¡se levantaban a las cuatro!... sacó de lo más profundo de su bolsillo un peluco de acero negro... ¡las seis y media!... aun procurando ser aplicados y razonables, ¡siempre somos ociosos de algún modo!... sólo los forzados currelan de verdad... los que se levantan antes del alba... aquéllos estaban dando el callo de lo lindo... se veía... estaban construyendo como una isba, por lo menos treinta metros por treinta, todo con troncos de abeto... ¡y sobre cabrios! seguró que tendrían un aserradero... pregunté al SS... por allí, al otro extremo de la aldea, ¡en el baile!... *Tanzhalle!*... como el SS estaba afable, le pregunté quiénes eran... ¡«trabajadores del Evangelio»!... yo había oído hablar de ellos... ¿ésos eran? carpinteros de grandes panzas y «objetores de conciencia»... si hubieran sido franceses, les habrían dado para el pelo por jugar con la Biblia y la objeción... le dije al SS...

«¡Hitler es bueno!... en Francia, *Kaput!*

–*Ja! ja! hier auch!* ¡Aquí también!»

Y dio una palmada sobre su enorme Mauser... ¡alegremente!... ¡nos reímos!... ¡éramos amigos!

«*Heil! Heil!*»

Propuse...

«Vamos a casa de los Von Leiden, ahí enfrente, quizá tengan café...

–*Sicher!* ¡seguro!»

¡De acuerdo! ¡fuimos!... a través del parque y después por el gran patio... a la izquierda, los establos, la pocilga... y los altos silos de remolachas, que olían tan mal... el sendero de cemento a lo largo del estanque de purín que olía mucho peor... habían puesto todo en aquel patio... además de las ocas, los patos, las gallinas... seguramente para vigilarlo todo, ver todo lo que ocurría, desde arriba, desde la granja... no vi a nuestros trabajadores, los dos franceses, Léonard, Joseph... oí cantos rusos... vi mujeres y niños... descalzos... y hombres con botas... atravesaron el patio... nos hicieron señas... gritaron algo... ¿amistosos tal vez?... ¡no!... al contrario, parecían irritados... pero, ¡animosos!... debían de ir a binar, escardar... allí, en la llanura... sólo se veía eso, colinas de patatas... pequeñas... enormes... largas, hasta Moorsburg... todo el horizonte... debían de ir allí... ¿qué era aquella gente?... Harras me lo había dicho... todos rusos recogidos en Ucrania... estaban allí como «voluntarios»... presuntos... aldeas enteras... Iván también, en el «Zenith», era «voluntario», él de Siberia... ¿y los forzados *bibelforsche?* La Vigue notó, como yo, que eran gruesos... todos con panza... ¡y fuertes! lo que ellos movían a nosotros nos habría aplastado... ¿para quién las isbas?... otra complicación... para médicos finlandeses, «colaboradores» como nosotros... iban a venir a descansar allí... ¿tal vez los de Grünwald?... Harras me lo había dicho, yo no había prestado demasiada atención... la verdad, nuestra guerra se había multiplicado, por todos los rincones de Europa... la prueba, más adelante yo mismo encontré en Copenhague, Dinamarca, las celdas llenas, pisos enteros, amontonados, todas las edades, todos los pelajes, traidores belgas, yugoslavos, lituanos, letones, apátridas, judíos, relapsos, mongoles por parte de madre, de Asnières por parte de padre, el *tutti frutti*, el desecho de las cien banderas a la conquista y trenes de equipaje patas arriba... allí, entonces, me preguntaba yo si aquellos colegas iban a construirse otra sauna... ¿frío caliente?... ¡desde luego! ¡La Vigue estaba seguro! aquella vez ya no tenía yo una granada para deslizársela en la piscina... una cosa de que quería enterarme, ¿quién alimentaba a aquellos forzados?

«¡Ven!... ¡vamos a preguntar al SS»

El SS nos explicó, ¡no les faltaba de nada!... en su cocina, en el *Tanzhalle,* tenían todo lo necesario... él comía con ellos... macarrones, apio, zanahorias, coles... ¡tanto como desearan!... ¡bien distinto a nuestro *mahlzeit*!... de vez en cuando incluso una oca, un pollo, por el sabor, encontraban... me informé...

«¡Se les encuentra en la carretera, atropellados!...»

¡Bien, bien! ¡convenía recordarlo! por las carreteras no pasaba nadie... nosotros de momento seguíamos en busca de un cafecito... le dijimos: ¡vamos a la granja!... ¡hacía fresquito en el parque con sus graciosas alamedas! con una humedad además, que ya no podías ni hablar... de la tiritona... dijimos adiós al SS... me recordó el Passage Choiseul con sus perolas llenas de tallarines... la única cocina tolerada, los tallarines sin salsa, los tallarines que no despiden olor... ¡el terror de las encajeras! ¡el olor a cocina!... puedo decir que me crié, toda mi infancia y la juventud, en el trabajo y los tallarines sin salsa... a los *bibelforscher,* por otras razones, la misma dieta... el SS no nos había invitado, pero podía ser que lo hiciera algún día... no dije nada a La Vigue, pero seguro que él estaba pensando en eso... ah, ya estábamos en la granja... a la puerta de su cocina... ¡llamamos! ¡fuerte!... ¡nadie respondió!... como en la quinta... bien, ¡iríamos a ver al hijo!... subimos la escalerita... si nos echaba, ¡ya veríamos! algo que decir, que veníamos a disculparnos por lo de ayer, que nos habían invitado, que nos habíamos equivocado de día... aplomo... ¡olía a café!... ¡eso sí! ¡café café!... ¿habrían pensado en nosotros?... ¡chirigota!... ¡*toc!* ¡*toc!*... ¡volvimos a llamar!... *herein!* entramos en aquel como saloncito... estaban sentados, el hijo lisiado e Isis, a una mesita cuadrada, echándose las cartas... también estaba allí Nikolas, el gigante ruso que cargaba a Von Leiden hijo, de pie detrás de su sillón... se decían la suerte.

«¿Para qué vienen?»

De entrada, descontento... me lo esperaba.

«¡A ver si hay un *frühstuck!* ¡un desayuno!»

Iba a decir: ¡unos panecillos!... veía un gran canasto lleno de ellos... no me dejó acabar...

«Frau Kretzer es quien se encarga de ustedes... ¡nosotros, no!... ¡aquí, no!»

Su mujer, Isis, estuvo menos brutal... nos hizo comprender...

«¡Discúlpenlo!... ¡está agotado!... ¡ha tenido dolores toda la noche!... he enviado a mi hija ahí enfrente, Cillie... con la leche... para ustedes... la encontrarán abajo...»

Nos echó, naturalmente, pero con menos sequedad... ¡lo que queríamos era el café!... la leche, ¡ya veríamos!...

«Y las cartas, ¿qué?»

La Vigue se excitó...

«¿Cómo que qué?

–¿Qué dicen?

–¡Dicen que se larguen ustedes de aquí!... ¡rápido!...»

No había duda de que el lisiado estaba irritado, ¡cara de vinagre! volvimos a bajar, sin decir «adiós»... volvíamos a estar en el gran patio, no habíamos adelantado mucho...

«Deben de tener un panadero en algún sitio... una pastelería... una taberna...

–¡Podemos ir a ver!»

¿Dónde podía estar?... desde la torre habíamos visto un campanario... en Francia, estaría cerca de la iglesia... avanzamos... nadie por aquella como calle... sólo ocas, en rebaños... se agrupaban, se lanzaban al ataque, con los picos por delante... el cuello horizontal... ¡cuac! ¡cuac! pasamos... ¡se acabó su cólera!... se lanzaron al vuelo... hacia las enormes charcas... profundas, cieno y arena... he dicho calle, carretera más bien... de la anchura de una avenida... en eso se ve un país vasto, las aldeas enormes, las calles avenidas... el pueblo imponente, carretera de la anchura de los Champs-Elysées... en los bordes chozas de paja, pero tres, cuatro veces mayores que las nuestras... verdaderamente, chozas desmesuradas... desde luego, llanuras que no tenían razón para acabar... se veía en las ondulaciones... ¡otra!... ¡y otra!... Harras me lo había indicado en broma, chiste *boche,* pero muy exacto...

«¿Ve usted esta llanura, este cielo, esta carretera, esta gente?... triste todo esto, ¿verdad?... ¡ruso!... ¡triste!... ¡hasta los Urales!... ¡y después también!»

Bastaba con mirar... una aldea... un hoyo... otra aldea... ocas... surcos... nosotros por lo menos teníamos un punto de referencia, el campanario, el reloj... ¡las nueve!... ¡adelante!... ¿habría una tienda de ultramarinos?... debía de estar abierta... dos... tres perros nos ladraron... vi que aquella carretera tan ancha circunvalaba Zornhof, pero en dos... se separaba donde las primeras chozas y volvía a juntarse al final de la aldea... y después se alejaba muy recta... y más lejos todavía... son paisajes que están hechos para las músicas rusas, bandas militares con campanillas... regimientos de cosacos... que se alejan... pero, en fin, nosotros, ¡el campanario!... ¡allá estaba la iglesia!... ¡habíamos llegado! no era en absoluto del estilo de la de Felixruhe, no estaba ruinosa, sino en perfecto estado... y dentro llena de chavales limpiando, todos los bancos... ¡y cómo frotaban!... chicos y chicas... ¡cómo se divertían!... ¡llegamos! ¡no se sorprendieron al vernos! nos hicieron señas de que iban a organizar un juego... ellos se pondrían a un lado del púlpito, nosotros al otro... ¡a ver quién barría más rápido!... ¡adelante, pues, con el zafarrancho!... así aprenderíamos un poco de ruso... escuché, eran rusos y *boches...* polacos también... juntos... hacían la guerra, pero no la nuestra... pero tenían mucho ánimo, ¡qué caramba!... querían que entráramos en la suya... que aprendiésemos también sus gritos de guerra... *lurcha! lurcha!* me pareció que iba por nosotros... entonces yo también les pregunté: ¿dónde está el pastor?... me dirigí a los que hablaban alemán... «¡está con las abejas!» con las abejas, debían de referirse a las colmenas... nos marchamos... en realidad, escapamos... no quedaba más remedio, estaban tirándonos a nosotros... de todo, ¡escobas, cubos, cepillos!... ya no les gustábamos, no queríamos jugar... el presbiterio debía de estar allí, al lado... miramos, una casa muy limpia, recién pintada, las ventanas abiertas de par en par... y chiquillas asomadas... embelesadas... tronchándose de risa... les preguntamos dónde estaba el pastor... nos entendieron...

«¿Dónde está el pastor?

—¡Con las abejas!

—¿Ahí?... ¿ahí?»

Indicamos el huerto...

«¡No!... ¡no!... ¡lejos! ¡lejos!»

Hacían la limpieza del presbiterio como los otros la de los bancos de la iglesia... pero éstas menos brutales... no nos tiraron sus cepillos, escobas, podrían haberlo hecho, estábamos justo debajo... eran por lo menos cuatro por ventana... nos preguntaron si queríamos subir... ¡oh, había que desconfiar de ellas, a pesar de todo! más adelante, en la cárcel, conocí a soldados alemanes que habían combatido con los rusos en los bosques, al este de Trodhjem, que habían hecho prisioneras, chiquillas pero que muy peligrosas, tiradoras de primera... su truco, encaramadas en lo alto de los árboles, sabían reconocer al oficial, a más de dos mil metros, a pesar de ir vestidos como sus hombres, enteramente de blanco... ¡no erraban nunca! *¡pfaf!* con una sola bala, ¡rigodón!... ¡el instinto! las hembras saben... las perras también... ¡el que manda!... por ejemplo, Juana de Arco en Chinon, Carlos VII que se ocultaba...

Nosotros, en cualquier caso, tocante a café, no veíamos ni gota... miramos el huerto, puerros... patatas... manzanos...

«¿Lejos, las abejas?...

—¡Sí!... ¡sí!... *ja! ja!*... ¡lejos!... ¡lejos!...»

Me pareció que no iba a volver enseguida aquel pastor... nosotros lo que deseábamos era alguna cosita caliente... especialmente para llevársela a Lili... dijimos adiós, a aquellas ricuras... todas llevaban la cabeza tapada igual... el pañuelo anudado a la barbilla... ¡chavalas muy risueñas!

Justo después del cobertizo, un gran cartel... *Tanzhalle!*... el baile... ¡estaba cerrado, el *Tanzhalle!*... pero en el interior se oía clavar, ¡fuerte!... ¡y serrar! ¡y un *plom!*... ¡*plom!*... de motor... ¿sería allí su taller? uno de dentro debió de vernos... se abrió una puerta... salió un *bibelforscher*... un forzado con blusa ceñida amarilla, roja, como los nuestros allí, en la isba... no debían hablar con nadie... aquél nos habló, sin reparos... «¿qué queríamos?»

«¡Buscamos una taberna abierta!... *wirtschaft ¡Wirtschaft!*»

Me indicó que esperara... seguramente a su jefe... ¡ahí estaba!... era el mismo de allí, en la isba, ¡acabábamos de hablar con él!... ¡también allí mandaba!... Zornhof no era grande, no había tardado en dar la vuelta... nos recibió bien...

«Pero, *teufel!*... ¡diablo! ¡se acabó el café! ¡vengan a ver!»

Entramos en su *Tanzhalle*... nos enseñó su cuartel... el suelo y los jergones, dormían en el suelo, los treinta y cinco «objetores» y él... bastante espesos de paja... nosotros habíamos dormido en algunos menos espesos y no por un día, durante años... en cuanto a café, demasiado tarde, demasiado tarde, me enseñó la cafetera... hablamos de esto y lo otro... de pulgas... no tenían...

«*Verboten!*...»

Pero, ¿arañas?... ¡por un tubo!... ¡nosotros también! «*Nicht verboten!* ¡las arañas no están prohibidas!»

Al lado, vimos el banco... los bancos de carpintero... ¡una de herramientas!... ¡de allí, el ruido de motor!... allí aserraban los troncos... vi, no eran gandules, llenaban la carretera con ellos... ¡aquellos «objetores» se ganaban el rancho! ¡a ver su cocina!... junto al dormitorio... tres grandes perolas al fuego... tenía que probar... La Vigue también... un cucharón de escuadra... ¡había algo más que rancho!... ¡había dos ocas!... le hicimos confesar al SS... ¿dos ocas de cuánto?... ¡dos... tres kilos! ¡comprendí que los forzados tuvieran panza!... ¿dónde las encontraban?... ¡en los campos!... en cualquier caso, ¡un poquito mejor que la sopa Kretzer!... pensé en Lili y en Bébert... no había estado mal nuestro paseíto, nos habían echado de la granja, pero nos habíamos hartado con el cucharón... ¡egoístas!... para Lili, Bébert, ¿una escudilla? no me atreví... no me atreví, la verdad... oh, pero, ¡lo pensé!... La Vigue también... no éramos todavía ninchis del SS cabo de varas, pero ya llegaría... ¡el rancho más nutritivo que se pueda imaginar!... desde luego, su vida no era suave, trabajaban con ganas como robots, pero jamaban... estaban mejor que en el frente y mejor que nosotros. Regresamos por la carretera, nos habíamos enterado de cosas, ya volveríamos a hablar de ellas... como os he dicho, no había más que chozas a ambos lados... nadie nos miraba... los hombres jóvenes estaban en la guerra y las mujeres en los campos y los chavales con ellas... sólo se veían ocas y patos... charcas hasta el centro de la carretera, chapoteábamos... me dije que en aquella aldea debía de haber una tasca... de todos modos... ¿la habíamos pasado?... ¡no!... en uno de los techos, por el lado de la llanura, un rótulo... *Wirtschaft*... ¡ah!... en verde... ¡qué potra!... entramos... era una sala común de alquería, bancos alrededor... hacía calorcito por la estufa de ladrillos... en el centro, vi que se calentaban con carbón... una mesa al fondo, no la había yo visto, y un mostrador... eran labradores los que estaban allí de pie... los conté... ¡seis!... hablaban francés... de entrada, al instante, cuchichearon, nos miraron... sabían quiénes éramos... y enseguida, ¡venga, hacia nosotros! «¡*collabos!*... ¡canallas!*» Zornhof o la Butte o Meudon, treinta años después, ¡la fama!... podría ser divertido, en cierto sentido, con dinero, pero sin pasta se agrava bastante... en fin allá ellos, a ver si había café… fui hasta el mostrador... se dieron codazos... los miré allí a todos... se parecían, un poco más fresco, creo, más insolente, el que nos había llamado «perros alemanes», debía de ser el jefe de la «Resistencia» en la aldea... en cualquier caso, vi allí pan blanco, mantequilla, rebanadas... se espabilaban... *Fräulein!*... tampoco vacilé... una Frieda con trenzas... ¿la patrona, quizás?... se había escabullido al vernos... volvía a aparecer... *nichts! nichts!*... ¡nada para nosotros! ¡era simpática nuestra aldehuela! ¡tan amable como el distrito XVIII!...* había escogido bien el sitio nuestro *Oberführer*... el rinconcito tranquilo...

Por cierto, ¿dónde andaría ése? ¿Harras? una Lisboa cualquiera, a la caza de las epidemias, ¡atiborrándose hasta aquí! caviar, oporto, fresas con nata... ¡cómo zampaba a costa de los tifus!... ¡y que cayera el telón sobre la guerra y sus furiosos combatientes!... ¡ya la veríamos, la epidemia! ¡no había necesidad de pirárselas hasta tan lejos! ¡no dejaría de pasar por Zornhof! ¡ya veríamos las entrañas de las señoritas reventar de microbios!...

¡Sí! ¡sí!... pero entretanto, ¡volvíamos con las manos vacías! ¡evidente! ¡exacto! ¡e incluso amenazados! ¿se lo contaríamos a Lili?... ¡no! ¡desde luego que no!... volvimos a pasar por delante de las chozas vacías... ¡un toque de corneta, de repente!... ¡dos

---

* Montmartre se encuentra en ese distrito de París.

toques!... más allá... dije a La Vigue: es el guarda jurado, ¡vamos a preguntarle!... ¿dónde podía estar? en un callejón entre dos graneros, no hizo caso de nosotros... soplaba... un cornetín de pistón que debía de tener sólo tres notas, que, aun así, daba la alerta de algún modo... se le oía de lejos, de día... e incluso de noche... debían de avisarlo desde algún lugar... ya no había teléfono... a mí me parecía que soplaba por principio... no tenía aspecto de saber... era su función, hacía lo que debía... una callejuela, otra... iba vestido de «segunda reserva», casco acabado en punta de antes del 14, prusiano reglamentario... un ancho tahalí de cuero charolado, para su tambor... pero sin guerrera, un chaquetón con agujeros en los codos, el pantalón hecho jirones... ¡no lo habían mimado!... en zuecos, en fin eso me pareció, sólo se podía ver un terrón de barro en sus pies, sus piernas, botas... nosotros también, íbamos a tono, podíamos pasearnos por Zornhof... lo miramos... estaba cansado, se recostó, dejó de tocar... el casco acabado en punta le cayó sobre la frente... se lamió el bigote, las puntas, amarillas y blancas...

«¡Oiga, oiga, *Herr Landwehr*! ¿la tienda de ultramarinos? *Kolonialwaren!*»

Él debía de saber... nos miró, ¡con tal que no lo hubiera olvidado!... pero, ¡fue él quien nos preguntó!...

«¿Dónde viven ustedes?

—En casa del *Rittmeister*, ¡allí! ¡allí!

—*Ach! ja!... ja!... franzosen!*»

Estaba al corriente, ¡no hostil! al contrario, iba a mostrarnos... ¿la tienda de ultramarinos?... pues, ¡por ahí!... ¡justo nuestra dirección!... ¡después de la segunda!... ¡tercera choza!... contó con los dedos... dos... tres... cuatro... ¡cinco!... ¡no iba a venir con nosotros!... no tenía pérdida... nos dimos la mano... dije a La Vigue:

«¡Ten cuidado!... Si hay gente, ¡mutis!... ¡lo intentaremos cuando estemos solos!... ¡como sean igual que en la taberna!

—¿Quieres afanarlo?

—¡No!... pero, ¡con encanto!... oye, ¡para eso estás tú!... ¡tus ojos!... ¡anda! ¡seguro que es una mujer!...»

¡En efecto!... había acertado yo, era una rubia gruesa, no estaba mal... la tienda, una gran choza como las demás, pero allí dentro sólo había estanterías... a lo largo de todas las paredes... yo las había visto así en el Canadá, en Saint-Pierre también, Miquelon... también en el Camerún en el 18, tipo factoría... no pretendo tirarme el farol de que soy el viajero intrépido, el «Madon des Sleepings»,[*] ¡ahora que el viaje de ida y vuelta a El Cabo es algo que se improvisa en un fin de semana!... y a Nueva York por la estratosfera más aburrido que Robinson...

Hablando de factorías, yo mismo tuve una así, una choza de paja, hileras de estanterías alrededor, era en el 17, con los mafeas, en Bikomimbo... un edificio de tres pisos, enteramente construido por mí y los carpinteros de la aldea... antropófagos, al parecer... yo no los vi comer... pero piratas, no me cabe duda... tan ladrones como mis *fifís* Rue Girardon y como mañana los chinos, aquí... tenía de todo allí, ¡bien distinto de Zornhof! *cassoulet,* arroz, filetes de bacalao, taparrabos... ¡agua, no! ¡ni pensarlo!... de la marisma no perdona... las tripas hechas papilla, para siempre... al primer tornado todo desaparecía... ¡estanterías, baratijas, brandales de lianas, arroz, cajas de tabaco!... todos los envíos de John Holdt Cía... ¡no quiero ni acordarme de las noches del trópico! sólo te quedan escorpiones, las serpientes y niguas... todo lo demás voló, ¡absolutamente todo!... como mis trastos en Rue Girardon... una vez que te has acostumbrado... por ejemplo, en Copenhague, Dinamarca, igualito... no viviré lo suficiente para conocer la continuación... pero será igualito... «Juventud olvidadiza»... yo de la mía no olvido nada en absoluto, la prueba es que me gano la vida con ella... contándoos esto, lo otro, y que no os servirá para nada... ¡cócteles, parloteos y vacaciones! en nuestro

---

[*] Alusión a la famosa novela de Maurice Dekobra *La Madone des Sleepings,* publicada en 1925.

caso, allí, no era cosa de soñar... vi una estantería con panes...
«¿cupones?» me pidió... estaba seguro de que estaban de acuerdo
los Kretzer, los Von Leiden, el *Landrat,* el SS Kracht y todas las señoritas *Dienstelle* para que no volviéramos a ver nunca nuestras cartillas... veinte amas de casa estaban discutiendo delante de las
provisiones... reclamando su frasco de mostaza, su cuarto de *brie*
falso... exactamente como en Montmartre Rue Girardon y después más arriba en Dinamarca.

El ideal de las personas serias, engañar a la tendera con los
cupones... a la hora de apoquinar, pierden la cabeza... de repente,
advirtieron que estábamos allí, que mirábamos... ¡pánico! *komm!*
komm! recogieron sus capazos y sus chavales... *komm! komm!* ¡y
menudo si se largaron! el Harras buscando pestes y sífilis. y nosotros tres causábamos, me parecía, el terror y el vacío, admira-
blemente... toda aquella choza... «Kolonialwaren», amas de casa,
mocosos, no resistieron tres segundos nuestra visión, todos fuera...
¡el vacío!... ¡con eso os hacéis idea de nuestro poder aniquilador!
si Harras nos hubiera paseado por el frente del este, la guerra habría parado al instante, ¡los ejércitos se habrían desbocado!... ¡para
no vernos!... el desconcierto de las amas de casa, pies en polvorosa, con las faldas sobre la cabeza, para que no fueran a reconocerlas...

Desde luego, Montmartre habría sido mucho peor, lo reconozco, las mismas con «furia Bibici» se habrían abalanzado a hacernos picadillo, a pelear, a combatir sobre nuestros riñones... un
trozo de hígado... llevársenos en sus bolsas de malla... ¡oh, podía
llegar a ocurrir!... ¡con toda seguridad, incluso! cuestión de semanas... Zornhof... Montmartre... alineación de las epilepsias...
todavía hoy recibo cartas de amenazas muy horribles, veinte años
después, de personas que no habían nacido... ¡estoy muy acostumbrado, como es lógico!... por cierto, que las cartas de amenazas más agresivas nunca van firmadas... mientras que las del otro
bando, de admiradores con todas sus fuerzas, llevan, todas, los
nombres y direcciones... ¡simpáticos aficionados a los autógra-

fos!... lo gracioso es que quizá sean los mismos que te avisan de que van a venir a despedazarte y después, la semana siguiente, con otra escritura, te consideran el genio incomparable, y lloran inconsolables noche y día pensando en cómo la tan abyecta Humanidad te ha tratado y te trata... peor que al peor de los parricidas... hace falta de todo para hacer un mundo, y más que nada en el mismo ser... ¡puedes esperar sentado a entender!... en cualquier caso, allí, algo bueno, ¡estábamos solos con la tendera!... dije a La Vigue...

«¡Es el momento!...»

Me pareció... ataqué con un «cien marcos», se lo ofrecí...

«¡Por el pan! *brot!*»

Cien marcos bien plegados... ¡ya estaba!... ¡hecho!... me entregó la hogaza... nos habíamos entendido...

«¿Tiene usted miel?»

Vi los frascos...

«*Kunsthonig!*... ¡miel artificial! pero, ¡cupones!

—¡Moorsburg!»

¡Qué puta!... ¡otros cien marcos!... ¡muy bien, un frasco!... me avisó...

«¡No es buena!... ¡la auténtica la encontrarán en casa del pastor! ¡Rieder!

—¡Ya lo sabemos!... ¡está en las colmenas!... ¡no en su casa!»

También ella lo sabía... las amas de casa de Zornhof no debían de mimarla con frecuencia... mis doscientos marcos habían surtido efecto... pensó que yo era rico y que no miraba el dinero... por eso, el pastor, me informó...

«¡Va detrás de los enjambres!... tiene todas las colmenas de Zornhof... las mujeres tienen miedo a las abejas... él tiene la iglesia y las abejas... pero lo encontrarán por la noche y los domingos... por la noche, ¡después de las ocho!...»

¡Bien!... ¡bueno era saberlo!... le hablé de café... ¡otros cien marcos! ¡listos! ¡en la mano!... pero de eso de veras que no tenía... ¡sólo avena tostada!... ¿quizá por la noche pasadas las ocho?... ¿si no me importaba volver?... pan también... pero que llamara a su persiana... cuatro veces... me mostró... que la avisase... al mismo tiempo: *franzose!*... ella sabría...

No habíamos salido en vano... una hogaza... un frasco de miel... desde luego, habíamos llamado la atención... ¡qué le íbamos a hacer!... La Vigue no había necesitado cortejar a la dama tendera... los cien marcos habían dado buen resultado... ¡y los otros cien!... y eran pecunia de la mía, no del Papa ni de Adolf ni de Juanovici, la mía de mis dolores de cabeza... ¡cuando pienso que todavía estoy aquí intentando distraeros!... que ciertos europeos muy valientes no podrían más, la palmarían bajo tantas afrentas, tales torrentes de ultrajes...

Pero, resumiendo, volvíamos con alguna cosita... ¡no teníamos por qué avergonzamos tanto!... desde luego, ¡habríamos podido traer más!... ¿otra escudilla del *Tanzhalle?* ¿también el SS con cien marcos? ¡perfectamente posible!... quizá deberíamos habernos arriesgado... ¿o un paquete de *Navy Cut?* allí estaba el armario y yo tenía la llave... ¡Harras no iba a volver durante un tiempo! y, además, comprendería enseguida... era un menda de lo más falso, pero razonable... ¡era un caso de fuerza mayor! me había dicho: ¡metan mano! yo le explicaría... ahora estábamos en nuestro parque... la gran alameda... el peristilo... oh, pero, ¡algo nuevo!... un poco al oeste, otra isba... ¡les había cundido!... miré la hora, la iglesia... ¡auténticos carpinteros de choque!... ¡no había nada cuando nos habíamos ido!... ¿para qué aquel otro edificio? iba a ir a preguntarles... pero no debían hablar con nadie, el SS me había avisado, ¡ni aun entre ellos!... no nos miraban siquiera... ¿quién cojones nos mandaba tener curiosidad, con nuestra miel falsa y nuestra hogaza?... ¡rápido, para arriba!... Lili debía de estar preocupada... ¡de cuatro en cuatro los escalones!... ¡exagero!... en fin, ¡ya estábamos!... nuestra gran puerta... nuestra rodaja de torre... Lili no estaba sola... ¡había recepción!... primero vi una vela pequeña, muy pequeña, en una palmatoria alta... estaban echándose las cartas... ¿cuántas eran? ¿mujeres?... tres... cuatro... además de Lili... fui distinguiendo los rostros, poco a poco... uno de los rostros habló... en un francés algo cantarín... a mí...

«¡Doctor, me he tomado la libertad! ¡la señora Céline estaba sola!... soy María Teresa von Leiden... su servidora... ¡y su amiga!... la hermana del de ahí abajo, ¡ya lo conoce! el conde Hermann von Leiden... ¡el original! y la tía del de ahí enfrente... ¡el de la granja! ¡el inválido!... ¡ahora ya estamos presentados!... estaba diciendo a la señora Céline que no soy tan insoportable como mi sobrino ni mi hermano, ¡el de ahí abajo!... ni como mi sobrina, ¡ horrible ésa, Isis! ¡en absoluto tan enferma y maníaca como la gente que no me quiere bien han podido hacerle creer! ¡seguramente también el gordo de Harras!... ¡ese envidioso!... ¡y malvado! ¡envidioso de mi francés!... ¡sí!... ¡imagínese, doctor!... ¡me eduqué en Lausana! ¡bonita historia!...»

Aquella señorita María Teresa debía de tener unos sesenta años... más o menos... la iba viendo mejor, cada vez... el ojo se adapta... la otra mujer era la Kretzer... tampoco había querido dejar sola a Lili... las mujeres para cotillear siempre encuentran pretextos... el de la Kretzer era nuestros cupones, que ya no estaban en Moorsburg, que recibiríamos otros, de Berlín... pero que podían tardar un poco... ¡habíamos hecho bien contando con nuestros propios recursos!... yo tenía la hogaza y la miel falsa... ¡y volvería a tener más!... ah, otras dos mujeres en la sombra... entonces vi las cabezas... dos secretarias de la oficina... habían venido también por las cartas... una, nuestra jorobadita de los peces... me enseñó una botella llena de brecas vivas, vivarachas, pescadas con red en el Spree por su padre... pesca furtiva... en barca... se alojaban en un *bunker,* en forma de torreta, superespeso, cemento armado... para ellos allí dentro una celdilla, privilegio, porque había perdido cinco hermanos y dos tíos... dos en el frente del Oeste, cuatro en Rusia... estaba tan superblindado el *bunker,* a toda prueba, que las bombas sólo podían rebotar, pero no hacían mella en él... yo había visto a la salida de Berlín aquellas ventrudas construcciones de hormigón, nada tranquilizadoras precisamente, pues estaba seguro de que, una vez que hubieras entrado en ellas, no te volverían a ver... ellas habían intentado vivir allí, la jorobadita y su madre, pero no habían podido... hablando de rebotes, todo aquel castillo de hormigón se balanceaba y bamboleaba bajo las minas, peor que un navío en marejada, no habían podido resistir... no habían dicho nada, nadie decía nada, nadie vivía allí, salvo algunos bandidos, salteadores, piratas... o chalados... conocí a más de uno, decenas, más adelante, en la cárcel, alemanes, rusos, franceses, polacos, me contaron sus formas de ayudar a las personas enloquecidas, a las madres sobre todo y a su prole, que se estrujaban en las puertecitas... les llevaban las maletas... y, ¡zas!, vistos y no vistos, ¡agujeros en la noche! naturalmente, «in fraganti», las pasaban canutas, ¡los fusilaban en el sitio!... pero, ¿cuántos hubo que hicieron fortunas, compraron buenos negocios, con aquel robo de maletas a sangre fría? en mi caso, todos los que hicieron la mudanza de mis trastos de la Butte han llegado a ser «Comendadores»... prueba de que la cara dura, bien invertida, vale más que ruleta y bacarrá... allí, en resumidas cuentas, salvo los granujas, todas las familias de los héroes muertos, que lo habían probado un poco, huían de aquellos refugios tremendos... desde medianoche hasta las cinco de la mañana, centenares de «fortalezas» RAF pasaban sobre la ciudad, ya no se ocupaban de los barrios, lanzaban aprisa y corriendo toda la carga sobre los *bunker,* ¡señales apropiadas para el caso!... los de las familias privilegiadas que habían querido resistir a pesar de todo habían salido sin ojos, sin orejas, echando el cerebro por la nariz, después de haber recibido una buena... total, que vivían en cualquier parte, portales, metro, pero, ¡no en el torreón!... ¡vaya si existía el Apocalipsis sobre el que el otro me quería hacer escribir!... ¡con su nombre!... desde medianoche hasta las cinco de la mañana, para las familias más perjudicadas, prioritarias, con tres hijos por lo menos muertos en el frente... en cualquier caso, ¡aquella jorobadita se ocupaba, muy atenta, de Bébert, y también su padre, ¡pescador que se jugaba la vida!... y no sólo brecas, también rutilos, gobios... ¡si la veía llegar Bébert, con su botella!... para quien conociese a los gatos, tan poco sociables, tan desconfiados, era una sorpresa contemplarlo, la quería mucho con su joroba y todo... y no sólo por interés, creo yo, sino también porque pensaba en él, se daba cuenta... vi también otro rostro... un perfil... una niña... muy pálida... un perfil muy fino, bonito... once... doce años... ¿Cillie, la hija de Isis von Leiden?...

«¡Mi sobrina! ¡les trae la leche!...»

Ahora ya sabía yo... ¡ teníamos por lo menos dos amigas!... Cillie von Leiden y la jorobada... ¡no estaba mal en nuestra situación!... en realidad, en cualquier lugar y en cualquier época, paz, calma chicha, guerras, convulsiones, vaginas, estómagos, vergas, jetas, ¡que ya no sabes qué hacer con ellos! ¡a espuertas!... pero, ¿los corazones?... ¡infinitamente raros! desde hace quinientos millones de años, la tira de vergas, tubos gástricos, pero, ¿los corazones?... ¡se pueden contar con los dedos!...

¡Basta de filosofías! lo que había que saber era lo que se preparaba... ¡algo más que lo de las cartillas!

La Frau Kretzer, bien oculta en su sombra, lejos de la vela, la abordé... ¡estaba harto!

«Frau Kretzer, ¿nuestros cupones?»

De entrada, se echó a llorar, sollozaba...

«¡Están en Berlín!»

Y, para que no volviéramos a hablar más del asunto, nos volvió a enseñar otra vez los dos dolmanes de sus dos hijos, los había traído a propósito, nos mostró los agujeros de las balas, y las placas de sangre coagulada, a la luz, muy cerca, más cerca, de la vela... y su rostro también muy pegado a ella... ¡se moría de pena!... si vive todavía, le debe de salir de maravilla esa escena de lágrimas y dolmanes...

Pero, ¿dónde podrá estar ahora?... ¿la Kretzer?... ¿al este de los Urales?... ¿al este de los Balcanes?... gente que me parece informada me dice que toda esa Prusia se ha vuelto tártara ahora, todas esas gentes de las que hablo se habrán vuelto fantasmas ahora, a la fuerza... la verdad es que ya lo eran... hasta la pequeña Cillie, perfil tan delicado, allí a la luz de la vela...

En aquel momento, alrededor de la mesa, fantasmas o no, además de interrogar a las cartas, degustaban un poco de café... nos ofrecieron... ¡oh, café, no!... un sucedáneo pálido, tibio... María Teresa había acabado de adivinar el futuro, estaba barajando...

«¿Y qué?... ¿qué dicen?...»

Pregunté.

«¡Viene un hombre desnudo!... ¡un hombre completamente desnudo!»

¡Y venga reír!... ¡vaya una adivinación!...

«¿Eso es todo?

—¡Sí, eso es todo! ¡y llamas!... ¡muchas llamas!»

¡Qué original!

«Ahora, ¡vengan a ver mis habitaciones!... ¡sean tan amables!»
Nos invitó...

«Necesitan libros, ¿verdad?... libros franceses para la señora Céline... la biblioteca de mi hermano está justo al lado de mi habitación, ya verán, ¡pueden escoger! ¡él ya no lee!»

¡Adelante! levantamos la sesión... me pareció que quería sobre todo hablarnos, sin Kretzer ni la niña... ¡bueno!... ¿algo que decirnos?... Cillie y la señora Kretzer se fueron las primeras... las oímos en la escalera... nos quedamos con la tía y la jorobadita... ¡bien!... ahora no tenía por qué cohibirse...

«¡Están ustedes invitados mañana por la noche a cenar, en la granja! ¡ahí enfrente!... ¡los tres, naturalmente!... ¡les aviso!... en casa de mi sobrino... ¡ya lo han visto!... ¡el inválido!... ¡y también conocen ustedes a su mujer, Isis!...

—¡Sí!... ¡sí!... ¡desde luego!

—¡Ya los conocerán mucho mejor! ¡también invitarán al *Landrat!*... también habrían invitado a Harras, ¡si no se hubiera ido al quinto infierno!

—¡Encantados!»

Entonces observó con sequedad:

«¡A mí no me invitan!»

Suspiros... y continuó...

«Quizás inviten a la madre de ella... ¡ya la verán!... ¡cuidado con la madre!... ¡su madre adoptiva!... ¡la condesa Tulff-Tcheppe!... son de Königsberg... de la más pura nobleza... pero, ¡Isis, no! ¡en absoluto!... ¿bastarda tal vez?... hija adoptiva, pero, ¡nada más! situación delicada, ¿verdad? ¡Tulff-Tcheppe, el padre, era un mujeriego!... Isis está resentida contra todo el mundo, ¡porque su padre se la llevó a su esposa! ¡por su nacimiento dudoso! ¡bonita historia! ¡ya ven ustedes!... ¡ándense con ojo!...»

Conque, ¡Isis, hija adoptiva!... ¿qué teníamos que ver con eso? ¡descarríos de la nobleza! ¿que Isis era peligrosa? ¿y qué?... ¡tenía buenas relaciones, si quería deshacerse de ella!

Si no me equivocaba, nuestra amiga María Teresa, la auténtica heredera, ¡y la próxima condesa Von Leiden!... fuimos a ver su habitación... al otro lado de la quinta... la otra torre, del lado de la llanura... estaba muy obscuro en la escalera, llevamos a Bébert en su bolso... un piso... hacia la otra ala... la otra torre... otro piso... ya estábamos en su casa... dos grandes candelabros Luis XV... nos encendió todas las luces... no le faltaba de nada a aquella señorita... un saloncito muy coquetón, parecía una retrospectiva de retratos de familia y de mueblecitos antiguos... pero no un baratillo, una tienda como en casa de Pretorius... no... con gusto, hasta los bordados, campesinos, locales, eran interesantes... aquella señorita María Teresa era una persona refinada, sus habitaciones eran muy agradables... sus ventanas no eran aspilleras, como en la nuestra, daban a la llanura... se podía admirar un espectáculo grandioso... había por lo menos cien reflectores en acción por encima de Berlín, que enlucían el cielo... la claridad llegaba hasta donde estábamos... era la alarma como de costumbre, todo el cielo cubierto de nubes, toda una bella pantalla, de un horizonte al otro... el Apocalipsis tan anunciado, ¡la batalla chino-ruso-yanqui no va a necesitar reflectores!... seguíamos con aquella Teresa, ¡esperábamos las confidencias!... Lili, La Vigue, yo... para eso habíamos venido...

«Mis queridos amigos, miren, nunca hablen de nada delante de esa mujer, la Kretzer... ni delante de Kracht... ni a los demás... ¡lo cuentan todo!... ustedes han traído un pan... lo he visto... claro está, ¡ellos también lo han visto!... ¡y miel!... ¡tengan cuidado!... ¡yo misma desconfío en gran medida!... esos de enfrente me acechan y mi propio hermano y mi sobrino... tienen espías por todas partes... la pequeña Cillie es deliciosa, ¿verdad? una monada de criatura, la quiero mucho, ella a mí también, creo, pero, aun así, cuenta ahí enfrente todo lo que haya visto... vendrá a su habitación para traerles la leche, conque mirará todo... ¿espero que no tengan ustedes armas?

—¡Oh, no! ¡no, señorita!

—Tengo mucho gusto en enseñarles mi casa... es un honor para mí... pero han de volver a bajar pronto... esa gente de la oficina los ha visto... ¡voy a decirles enseguida todo lo que deben saber!... mi hermano, ahí abajo, en sus habitaciones, se entrega a sus perversidades con sus chiquillas polacas... es muy viejo, ochenta y cuatro años, ¡ya son años! ¿verdad?... ¡una edad en la que ya no se le puede decir nada!... se ha vuelto un niño enteramente con esas chiquillas, las orina encima, ellas lo orinan a él, ¡se divierten!... no tengo inconveniente en reconocérselo, ya lo saben ustedes, ¡le dan latigazos! ¡ha vivido demasiado, sencillamente!... ¡con enfermeras sería peor!... ya hemos tenido enfermeras, ¡le robaban todo!... éstas sólo quieren azúcar y galletas... en fin, les digo todo esto muy brevemente, no queda más remedio... tienen ustedes que bajar... mi hermano, las chiquillas, ¡tonterías!... ¿Harras?... su amigo Harras es algo más grave, ¡no vale gran cosa!... no les ha enseñado todo... ¡ya lo descubrirán!... ¡yo lo conozco bien!... estuve a punto de casarme con él... también con Simmer a punto... pero, ¡no fue así!... ¡1912!... ¡nos conocemos bien!... sin embargo, Isis tiene otra moral, otros principios, ¡cazó a mi sobrino!... esta noche irán ustedes a la granja, ¡bien!... ¡no hablen de mí!... esa mujer me odia, ¡yo no la aprecio!... no es fea, lo reconozco, pero, ¡tiene el alma negra! cómo consiguió que los Tulff-

Tcheppe la adoptasen... ¡es algo que nadie sabe!... ¿Harras tal vez?... en cualquier caso, ¡nunca será condesa Von Leiden!... es baronesa por mi sobrino, ¡y se acabó!... tendría que morir yo, pero, ¡no quiero!...

—¡Vamos, vamos, no diga eso!»

¡Qué idea más ridícula! ¡oh, jajajá!

«La mujer no es filósofo, ¡nunca! ¿verdad, doctor?... los hombres, por degradados que estén, por sensuales y puercos que sean, ¡son ante todo filósofos!... ¡una pérdida de tiempo para las mujeres!

—¡Tiene usted toda la razón, señorita! puede usted estar tranquila, ¡no diremos nada! ¡y hablamos tan mal alemán!... ¡nos será muy fácil no decir nada!

—¡Me comprende usted muy bien, doctor!... Harras sabe todas esas cosas, ¡perfectamente! ¡el *Landrat* también!... ¡se divierten con esa mujer!... ¡y muchos otros! ¡una sola heredera aquí! ¡yo!

—¡Desde luego!»

Estábamos de acuerdo...

«¡Nadie sube nunca aquí! ¡ni ella ni mi sobrino inválido! ¡ni pensarlo! él está muy enfermo, ya lo verán... muy amargado... ¡le da una vida a su mujer! ¡oh, ella se lo merece! ¡un infierno!... ya les contará, ¡déjenla hablar!... aun así, ¡no heredará!... ¡ni el título ni la hacienda! si les habla, no he dicho nada, ¡no existo!

—¡Evidentemente!

—La niña es la heredera... ¡bien! ¡de acuerdo!... ¡después de mí!»

Aquella vieja era feroz, pero, ¡bueno! ¿es que no teníamos nuestras preocupaciones nosotros?... y los cupones, ¿qué? ¡venga, hombre!... ¡ya había hablado bastante de ella! ¡no dejaba meter baza! ¿y nosotros?... ¡hale!... me arriesgué...

«¿Sus cupones?... Simmer los tiene en su poder, ¿no se lo figuraban?... ¡detesta a Harras y a todos los SS!... ¡y a ustedes también! Isis puede conseguirlos, ¡si quiere tomarse la molestia!»

Que Isis, la peligrosísima sobrina, se dejara cepillar por los dos... ¡y otros mil!... bagatelas... pero, ¿nuestros cupones? ¡ah, Mesalina! ¡ah, Zornhof!

«¡Ya verá, doctor!... ¡ya verá!

—¡Mil gracias, señorita! ¡no veremos nada!

—¡Oh, perdóneme, doctor!... los hombres acosados comprenden... comprenden...»

Y vuelta a reírse...

«Los bocadillos sí que los han visto, ¿verdad?»

No iba yo a decir que no, La Vigue tampoco... ¡menuda bandeja!... ¡por lo menos cien *butterbrot* espesos!... bajo una campana de cristal... ¡mejor servidos que en Grünwald!...

«¡Son para ustedes!... ¡háganme el favor de aceptarlos! creo que ustedes no beben cerveza... entonces, ¿no quieren una limonada?... ¿una naranjada?...

—¡Oh, desde luego!»

Las cosas como son, no eran bocadillos con mantequilla... seguro que no recibía nada de la granja...

«Mire, señor La Vigue, ¡son pobres bocadillos de guerra!

—¡No diga eso, señorita! ¡deliciosos!... ¡ya podría aprender la señora Kretzer!...

—¡Con mis cupones! miren, hasta el mes pasado iba a Moorsburg... mi hermano me prestaba su tílburi... siempre he ido a la compra personalmente... al parecer, ya no les quedan caballos... todos en la labranza... Kracht me trae todo lo que necesito... él puede ir a Moorsburg... En el fondo, lo prefiero... el camino es corto, de Moorsburg aquí, siete kilómetros, pero nada seguro, ¡no! las últimas veces no iba tranquila... sola en la carretera...

—¿Ah, sí?

—Oh, hay gente rondando, ¿saben?... ¡de todas clases!... desertores... prisioneros... refugiados del Este... *bibelforscher* que merodean... prostitutas de Berlín... tienen su campamento cerca de aquí, en Katteln... ¡la policía no puede estar en todas partes!... ¡muy desbordada nuestra policía!... ¡el *Landrat* también! Kracht no tiene nada que temer, ¡va armado!... no voy a salir yo armada para ir a buscar mi ración, ¡tres puñados de té falso! Kracht me trae té auténtico, velas también... los SS tienen de todo... desde hace un año no tenemos de nada, ¿han notado? ni quinqués ni corriente ni carbón ni turba siquiera... todo está reservado para Berlín, ¿han visto sus reflectores?... ¡todo para las nubes!... ¡para eso nos dejan a obscuras!... ¡se divierten pintando el cielo de blanco!... ¡y nunca derriban un avión!... ¡se lo he dicho a Simmer! ¡a Kracht!... ¡ellos tampoco sirven para nada! voy a darles un paquete de velas, de las colmenas del pastor... a propósito, ¿lo han visto?

—Hemos ido a verlo, pero no estaba en el presbiterio...

—¡Nunca está allí!... siempre está en sus colmenas, corriendo tras sus enjambres... ¡los enjambres de unos en las colmenas de otros! ¡es cómico!... ¿se lo han dicho?

—*Sí, los bibel del Tanzhalle...*

—No les han dicho todo, ¡qué va! ¡todo, no!... ¡ya les contaré el resto!... ¡hablen un poco con el guarda jurado!... ¿lo conocen?

—¡Sí, el del casco en punta!

—¡Cornetín y tambor!... el tambor es "la alarma general"... pero, ¡pueden ustedes verlo por sí mismos! si hay más proyectores en las nubes es "la alarma general"... ¡ustedes oyen las "fortalezas" tan bien como él!...»

Era verdad, pasaban a ras de la iglesia... si no habían destruido Zornhof hacía años, ¡no había sido por falta de bombas!... ¡por los motores se podía apreciar lo cerca que pasaban!... la quinta no cesaba de temblar... no sólo los cristales, ¡las paredes!... llevaban auténticas fábricas aéreas hasta los cielos de Berlín... ¡ya podía tocar Hjalmar su tambor! ¡y menudas llamaradas, además! ¡las veíamos!... amarillo... naranja... azul... con aquellas lenguas gigantescas de una nube a otra... ¡con eso os hacéis idea de los potentes torpedos que llevaban hasta allí!... ¡el del casco en punta podía esforzarse!... ¡tamborilear bajo las ventanas!... tenía miedo, sencillamente... ¡temblaba con el tambor!... me parecía que le daba gusto... a María Teresa lo mismo... si nos hubiera caído encima toda la quinta, habrían disfrutado... a los *boches* y a las *bochesses* les gustan sin duda alguna las catástrofes... igual que a los franchutes los buenos vinos... señores unos, glotones los otros... todos ellos unos canallas muy peligrosos... por la tunda que me han dado se ve lo que me han mimado tanto unos como otros... ¡igualito! cuando no sea sino un esqueleto, seguiré hablando de ello, que tomaron las de Villadiego en el 40, que volvieron para robarme, condenarme a todo, y ellos erigirse estatuas... ¡visto y no visto!... nunca volverán al lugar del que proceden, ¡guardianes de osarios! lo contaré todo en mis Memorias...

«¿Dónde están sus Memorias?»

¡Esperen!... los que vayan a birlármelas, mil veces más randas que mis granujas de la Butte y de Saint-Malo Ille-et-Vilaine... ¡ya es decir!... ¡os cuento estas cositas de nada!... ¡me atrevo!... ¡sé que me miráis con buenos ojos!... allí arriba, en Zornhof, toda aquella gente, incluida Teresa la heredera, me parecía terriblemente ambigua... pero no había para escoger... ¡o ellos o nada!... ¿el regreso a Francia?... ¿a Villa Saïd?... ¿el Instituto dental?... los amigos, ¿chivatos tan solícitos?... ¡como para cortársela!

«Querida señora Céline, perdone la indiscreción, según creo, es usted bailarina... ¿baila usted todavía?

—¡Cuando encuentro un lugar... donde bailar!... en Baden-Baden lo teníamos, pero en Berlín...»

En aquel preciso instante, el guarda jurado, parecía que a propósito, ¡dale que te pego, al tambor! ¡con todas sus fuerzas!... ¡y al cornetín!... ¡la alarma doble!... bajo la ventana, abajo...

«Cuando encuentro un lugar...

—Me sentiría muy honrada... si viniera usted aquí, querida señora, mi entarimado es muy apropiado, me parece... ¡mandaré enrollar las alfombras!... ¡ya ve, ahí, mi piano! se puede oír... ¡no siempre bombardean!»

¡Qué gracioso!... también nosotros reímos, Le Vigan y yo...

«¡Tendrá usted la bondad de permitirme tocar todo lo que usted desee!

—Pero, ¿y su señor hermano?...

—¡Mi señor hermano puede decir misa! no nos faltan partituras, ¡puede usted escoger!... mi madre tenía tres pianos, yo me quedé con su Steinway... lo afino yo misma, en tiempos tocábamos el arpa... mi padre cantaba... los afinadores ya no vienen... ¡todas las partituras de mi madre y las mías están aquí al lado!... ¡en la habitación de al lado!... ¿me oye?

—¡Sí!... ¡sí!... ¡sí!...»

Al final gritaban muy fuerte... María Teresa tenía ya la cara congestionada de tanto gritar... más fuerte que el tambor y los motores de las «fortalezas»... María Teresa forzó la voz aún más...

«¡Los afinadores de Berlín ya no vienen! ya nos arreglaremos, ¡podrá usted escoger!... ¡creo que tengo todo! ¡todos los ballets!»

¡Quiso que fuésemos a ver en aquel instante! y nos condujo... dos escalones... una puerta... anunció...

«¡A la derecha, alemán e inglés!... ¡los libros!... ¡y el francés ahí, la música!... ¿ve?... ¡tendrá para escoger!

—¡Volveremos mañana, si le parece bien, señorita!...»

¡Un poco de descanso! sobre todo porque gritar ya no servía de nada, el otro, el del casco acabado en punta, debía de haber entrado en la propia casa... en la escalera... hacía un ruido que no dejaba oír nada más... ni nuestras voces ni el eco de las bombas ni las «fortalezas»... ¡no quería quedarse fuera! ¡cornetín y tambor! pensé... ¡había gato encerrado! estaba seguro de que la María Teresa comía algo más que bocadillos con margarina... allí todo el mundo se atracaba en sus habitaciones... todos los pisos llenos de olores... guisados... pollos... piernas de cordero... pavas... lo peor en el sótano, todo el pasillo de Le Vigan, aquellas cocinas que no habíamos podido ver... La virtud era para nosotros y para Yago, su enorme perro danés... éste, además, paseaba al viejo, tiraba de él, el *Rittmeister,* el de los latigazos, en bicicleta, la vuelta al pueblo, todas las mañanas, para que las mujeres y los prisioneros vieran claramente que Yago estaba en los huesos y que, aun así, echaba el resto, la vuelta a Zornhof, dos veces cada mañana... prueba de que en la quinta no se divertían, que observaban las grandes *Ordenanzas* «¡Privaos de todo!» Yago, todo el mundo podía darse cuenta,¡ estaba bien privado! un hueso y un trozo de pan a la semana, ¡nada más!... menudo esfuerzo que hacía, tiraba del viejo por toda la vuelta a la aldea, dos veces, por las zanjas, los hoyos, ¡a latigazos!... ¡yaap!... lo que nos esperaba a nosotros algún día, ¡no permanecer allí como inútiles!... tirar de algo... ¿ayudar con las remolachas?... ¿sacar las vacas?... una cosa que ya sabíamos, comer realmente poquísimo... si hubiese podido escoger, habría optado por ser *bibelforscher*... nadie nos pedía nada de nada... ni siquiera que volviésemos a Francia para acabar en Villa Saïd, con los órganos en la boca, demostrarnos que habíamos estado en un error... ¡no! ¡no teníamos opción en nada!... a partir de determinado momento todo se vuelve raro, no se trata de exagerar, ponerse enfermo, ¡bonita historia! supongamos que yo hubiera estado presente en el momento mismo en Rue Girardon, ¿qué espectáculo se ofrecía a mi vista?... ¡cuatro Comendadores de las Legiones de Honor estaban cargando mis muebles!... ¿te sorprende mirar ese robo con fractura? cuatro camiones de mudanzas... ¡diantre, no te vuelves a escapar!... ¡todo un enorme colt!... ¡inocente el que se sorprenda! ¡que el hombre es idéntico e incluso desde hace quinientos millones de años!... no va a cambiar ni una pizquita, ¡caverna o rascacielos! gibón motorizado, ¿y qué? ¿aerotransportado? ¡más rápido ladrón y asesino! ¡bonita historia! ¡cohete guiado!... Zornhof, Berlín o Montmartre, ¡menuda la que nos esperaba!... ¡carnes condenadas!... todas las guerras totales, revoluciones, inquisiciones, desórdenes, piruetas de regímenes, son ocasiones magníficas, providencias para muchas personas... la prueba, el menda, Rue Girardon, cómo me birlaron la casa y todo lo que contenía... pensaréis quizá que me habrían puesto una plaquita «Aquí vivía y fue saqueado, etcétera...» ¡puedo esperar sentado!... ¡cero!... ¿voy a ponerme furioso? ¡de eso, nada! ¿que De Gaulle nombre ministro a Cousteau? ¡y de la Justicia! ¡nunca habrá visto celo semejante para volver a abrir Villa Saïd y ensartar en ella a todos los partidarios de la Amnistía! ¡se verá obligado incluso a contener a esos fanáticos!

«¡Cousteau! ¡Cousteau! ¡por favor!...»

Todo esto para divertiros, pormenores insignificantes... el simple relato de nuestros avatares puede pareceros monótono... cuando tenéis tantas cosas que hacer o simplemente que sentaros, beber... vedettes, televisiones, pancracios, cirugía del corazón, de los chucháis, de las entrepiernas, de los perros con dos cabezas, el abad y sus espasmos homicidas, whisky y largas vidas, los gozos del volante, la alcoba de la Gran Duquesa, la que derriba tronos... que venga yo, encima, a pediros que os procuréis mi mamotreto de una forma o de otra... ¡lo veo difícil!... ¡que pase lo que pase!... ¡mala suerte! ¡sigamos!

En el jergón... La Vigue en su celda del sótano... yo, Lili, en nuestro cuarto de torre... La Vigue volvió a subir desde su ratonera, teníamos algo que decirnos... la purí y su piano, sus alfombras, sus farfulleos sobre herencias... habría quedado estupenda en su ventana, me parece, colgada de los pies... ¡condesa de los cojones!... ¡yo habría colgado al *Landrat* en pareja con ella!... ¡el Harras, en el otro extremo, cuando volviera!... ¡sin envidias!... y, además, Isis y su lisiado...

«¡Oh, cuánta razón tienes, Ferdine! ¡todos por los pies!... pero, ¿y nosotros? ¿adónde vamos a ir?... ¿cómo?»

¡Exacto! ya os lo decía en el libro anterior, una vez que te han designado, ¡el cuello, la cuerda!... no haces sino agravar tu caso dejando ver que no estás del todo convencido, poniendo mala cara ante el nudo...

Les dije, ¡qué hostia!... ¡otra cosa!...

«Oye, ninchi, ¡nos hemos olvidado! ¿no te has acordado, Lili?»

¡Los sorprendí!

«Pero, bueno, ¡la cena!... ¡estábamos invitados ahí enfrente!... ¡en la granja!... ¡en casa del lisiado!»

¡Estaban en las nubes!

«¡No te preocupes!... ¿atravesar de noche el parque así?... ¡vale más que hayamos olvidado!... ¡sus parques son extraños!»

Comprendí lo que quería decir, Grünwald, la alarma... que habíamos estado a punto, era verdad... pero ahora allí era diferente... nos esperaban... de acuerdo, todo temblaba... las paredes, la escalera... también la impresión a lo lejos desde las habitaciones de María Teresa de que Berlín se había vuelto un volcán... un estruendo perpetuo... Grünwald debía de ser un lago de fuego, con las señoritas en el fondo, ¡y los telegramas!... y el cráter de los baños finlandeses... ¡y mi granada!... ¡no tenía un pelo de tonto, el Harras!... no lo veía yo volver tan pronto a ocuparse de nuestros avatares... él no tenía ya nada en Grünwald, ¡seguro!... con lo que estaba pasando por encima de nosotros, ristras de minas y fósforos, no tardaría mucho en arder nuestra llanura, igual... hablando de seísmos, ¡aquél sí que era uno bueno!... ¿lo harán mejor la próxima vez?... no es seguro, y no dentro de mucho!... se rematarán con cuchillos... en cualquier caso, por una vez La Vigue hablaba con sentido común... ¿arriesgarnos fuera?... lo que veíamos y lo que no veíamos... ¡chalados!... iríamos el día siguiente a la granja, ¡a primera hora!... mientras tanto, ya que estábamos a solas, nadie por allí, podíamos volver a reflexionar... era necesario, desde luego, el lugar era feo, sin duda alguna... no por una razón, ¡por diez!... ¡cien!... Harras se había burlado bien de nosotros... ¡lugar de descanso!... el guarda jurado tamborileaba... una alameda... otra... no paraba... había salido de la escalera... ¡rrr! ¡rrr!... no me impedía reflexionar... tenía yo una ideíta... me la guardaba para mí... las ideas que se cuentan dan mal resultado... nuestras velas daban justo la luz bastante para vernos las caras... en nuestra torre había una obscuridad suave... además del efecto «Le Nain» nosotros tres... bien miserables... la vela es implacable... les dije: ¡el momento de darnos el festín! ¡cena refinada!... teníamos la hogaza, cien marcos había pagado por él, y la miel falsa de la tendera... el momento exacto antes de que viniesen a birlárnoslo todo... ¡un pretexto u otro!... vi por la aspillera los reflejos de Berlín... incendios de fósforo, seguro... amarillo y blanco...

«La Vigue, ¡tu cuchillo!»

Conservaba su gran faca, de muelle... la metió en la hogaza... había que reconocerlo, un pan bien comprimido, húmedo, de los que llenan... podían reducir Berlín a polvo y el *Obergesund* y el Pretorius y sus flores raras y al Adolf y su Cancillería y el «Zenith» y todo lo que habíamos visto, ¡se lo regalaba yo!... ¡y Alsacia y Lorena!... y mi domicilio, Saint-Malo... ¡lo cambiaba!... ¡por una auténtica mermelada «Dundee»!... la que me hizo vivir, puedo asegurarlo, hace medio siglo, y mi juventud, Bedford Square, London, Mile End Road, ¡y en muchas de las dársenas!... ¡la hostia! ahora son los altos SS, los Titanes del Ruhr, Krupp Konzern, y los Kommissars del Kremlin quienes reciben las «Dundee»... ahí tenéis, fijaos, los mismos traseros, los mismos apetitos, Kommissars, arzobispos, magnates... les miras las insignias, cruces, banderolas, brazaletes, galones, ¡pierdes el tiempo!... ¡sueñas despierto! ¡lo que cuentan son sus zurullos! ¡sus zurullos, hombre! los culos más gordos, las panzas más grandes, las cacas más potentes, ¡toda la autoridad!... ¡y la mística! ¡carrillos dobles, triples! nosotros, allí, bromeando, ¡éramos también epicúreos a nuestro modo! ¡una hogaza!... ¡otra hogaza!... ¡el billete de cien marcos a la tendera, más el guisote del *Tanzhalle*!... podíamos verlas venir... ¡hostia! ¡entonces me acordé!... ¡mi cazadora!... ¡debía de tener todavía un pan negro! mi cazadora bajo el jergón... seguro que no la habían visto... la busqué, bajo las mantas... ¡algo se movió!...

«¡Pásame la vela!...»

¡Comprendí!... tres ratas salieron... no escapaban, se iban, simplemente... las habíamos molestado... ratas de media talla, yo había visto algunas mucho más grandes en la época en que era médico de barco, sobre todo en el Báltico... Danzig, Gdynia... ¡allí veías campeonas!... animales temibles... ésas debían de proceder de los silos... la rata te indica claramente si el lugar es rico... allí se trataba de simples silos medianos... en cualquier caso, ¡que Bébert hiciera un reconocimiento!...

«¡Sácalo del bolso!»

¡Una captura! ¡listo! ¡Bébert tenía buen ojo!... ¡bien! calma... podíamos intentar dormir... nunca duermo mucho ni muy profundamente... me contento con echarme bien recto, bien estirado, pienso en lo que ha ocurrido... mucho había ocurrido y mucho por venir...

La Vigue se marchó con su vela, hacia su sótano...

«¡Buenas noches!»

Lo oí en los escalones... vaciló, volvió a subir, volvió a bajar... dejé de oírlo... pensé: ¡ya está en su casa!... un minuto después... pasos... lo llamé...

«¡La Vigue!

—¡Eh!

—¡Abre!

—¿Qué pasa?

—¡Yago!

—¿Qué pasa con Yago?

—¡Está atravesado en el pasillo!

—¿Y qué?

—Ven conmigo...

—¡No!... ¡quédate tú aquí!»

No iba a bajar al sótano, dejar a Lili sola... podía echarse él también, no faltaba paja... pero, ¡su vela!

«¡Apágala!»

Nos sobraban mantas... mantas que reconocí, de caballería, alemana de 1914... las nuestras eran francamente azules, las suyas, pistacho, un color bonito... ¡lo que es tener recuerdos!... Madeleine Jacob[*] aún no había nacido, ni Cousteau, cuando ya conducía yo hasta nuestras líneas caballos enemigos... perdidos de las patrullas...

Todos esos que veo, que arman tanto ruido, derecha, centro o izquierda, estaban todavía en el limbo... ¡han salido del cascarón desatinando!... la razón murió en el 14, noviembre del 14... después se acabó, todo el mundo dice gilipolleces...

La Vigue vaciló, no apagó su vela...

[*] Madeleine Jacob, periodista francesa de extrema izquierda. Su especialidad eran las crónicas sobre los tribunales.

«¿Qué te pasa? ¿has visto fantasmas?

—¡No!... pero, ¡ratas así! ¡haciendo cola!...

«¡Pásame tu vela!...»

La apagué al instante, entre los dedos... él se echó, ya estaba roncando... si yo me hubiera dormido tan deprisa como él, ¡nos quemábamos vivos!... si no haces guardia con atención, día y noche, es fatal que acabes como una tea...

«¿No oyes el cañón, gilipollas?»

¡Una bestia, un saco!

«¿No oyes el tambor?»

En absoluto...

«¿No notas los temblores?»

¡Cero!... roncaba...

Yo pensaba en nuestra purí, la condesa heredera, músico y cartomántica... ¡Lili había hecho una amiga!... nos había predicho infinidad de llamas y un hombre completamente desnudo...

«¿De qué te ríes?»

Mira por dónde, me eché a reír, ¡y me oyó!

«¡De nada!... ¡de lo amables que van a ser!

—¿Quiénes?

—¡El lisiado y señora!...»

Un ruidito... Bébert royendo... debía de estar acabando las brecas de la jorobadita... estaban en el gran tarro... debía de haber derramado todo... ¡a él le importaba un pito que fuese de día o de noche!... en cualquier momento podían escapar, eso era lo que pensaba él... con los mininos lo que cuenta no son nuestras palabras, sino lo que ellos sienten... debía de pensar que aquello no iba a durar... tampoco yo lo creía...

★ ★ ★

Para dormir hace falta optimismo, además de alguna comodidad... ¡hostia! ¡otra vez de mí!... es muy feo hablar de sí mismo, todo yoyoísmo es odioso, exaspera al lector...

«¡No hace usted otra cosa!»

Sí, pero, de todos modos, de vez en cuando, como experimento, cierto yo es necesario... la prueba, por ejemplo, el sueño, para haceros comprender... puedo decir que desde noviembre del 14 sólo duermo a ratos... me las compongo con los zumbidos en los oídos...* los oigo volverse trombones, orquesta completa, estación de maniobras... ¡es un juego!... si te mueves del colchón... das la más pequeña señal de impaciencia, estás perdido, te vuelves loco... si resistes, echado, tieso, al cabo de unas horas llegas a un momentito de somnolencia, para recargar tu acumulador vacío, para ponerte de nuevo manos a la obra la mañana siguiente... ¡no pidas más!... evidentemente, si fueras rico, ¡sería harina de otro costal!... nadie te pediría que hicieses nada, sino ir a cortarte el pelo, pasar por el banco, por el pedicuro, ir a ver a Coccinelle...** pero en las condiciones precarias, digo, gravemente difíciles, se trata de quedarse bien quieto, bien estirado, echado, esperar que todos los trenes se topen, ¡chutt! ¡pum!... ¡se bifurquen!... piten... y, por fin, ¡se larguen!... para que dispongas de un cuarto de hora para recargar tus acumuladores de vida... y poder ganar el día siguiente tu asquerosa, puta, existencia... ya veis que no abuso del yo, puesto que soy yo quien lo soporto, ¡no otro! por un lado de la cabeza he perdido todo el pelo de forzarme el cráneo en el almohadón o en el jergón o en la tabla, según... como os decía, para dormir necesitas cierta comodidad, además de algún optimismo... ¡para mí y los hombres como yo los trenes no cesarán de pitar!

Recibo una carta: «¡el que le escribe es un cura!» siguen seis páginas cargadas de moral...

¡Este modo de escribir!... que si el mío debería darme vergüenza...

---

* Se trata de la herida recibida el 25 de octubre de 1914.

** *Vedette* de un cabaret de Montmartre, que había cambiado de sexo gracias a una operación quirúrgica.

«¡Cacho gilipollas! ¿y tu locomotora?»

No siempre he conseguido mi breve instante de sueño, pero, fuera donde fuese, siempre lo he intentado... en alcoba ordinaria, en celda o en choza africana o bajo iglú, siempre he hecho lo posible... desde noviembre del 14... sin decir nada, muy buenecito... esperando pacientemente a que arranquen mis trenes... divertido incluso en la enfermería, en la celda de los agitados, condenados a muerte, el recinto especial completamente iluminado toda la noche en que el andova que tenía al lado no paró de acribillarse la pierna bajo las sábanas con pedazos de cántaro ni de gritar con todas sus fuerzas... no chisté lo más mínimo... absolutamente inmóvil, muy formalito, esperando a que mis trenes arrancasen y a que el otro condenado se cortara por fin la femoral, desfalleciese, palmara...

«¡Podría usted operarse del oído!»

Me diréis...

«¡Con los progresos actuales!»

Voy a contaros una cosa... ¡progresos!... son como los ministerios, se crean, se los infla, desaparecen... antes de que se pueda observarlos, ya han dejado de existir...

Mi querido y joven amigo, una de mis clientas padece la misma afección que usted, zumbidos intensos y vértigos; tiene un gran parque, todas las noches, el guarda jurado, por orden suya, dispara de doce a quince salvas... eso parecía aliviarla... pero está renunciando a ello... ¡ya no puede soportarlo más!... créame, haga como ella, ¡deje de moverse!

Lermoyez tenía toda la razón... con los años, las décadas y a través de tantos acontecimientos he llegado a ser un afinador de todos los estruendos posibles... ¡y también los vértigos!... de día y de noche... me digo que todo llegará a su fin... mi chochez, mi nervio auditivo, mis carillones, mis modestas habilidades del cerebro... todo eso habrá sido útil, por un momento, como Lermoyez, como Gallimard y sus contratos, como nuestras dificultades de Moorsburg...

El propio *Landrat,* aquel payaso feroz, nos fue muy útil, ya os lo contaré...

Pero, ¡con esto he vuelto a pasearos! precisamente estaba en el jergón, todavía no me había movido... pero había oído a Lili... abrí un ojo... la vi... oh, casi en la obscuridad... estaba mirando por la aspillera... me acerqué... había movimientos... carbonillas muy por encima de los árboles... y también pavesas... el brasero de Berlín... ¡ya habíamos estado allí!... ¿qué podrían estar quemando aún?... ¿las fachadas? se divertían... me parecía que se había marchado a tiempo nuestro Harras... debía de haber tomado el último avión... ¿qué podía traer de Lisboa? ¡otras insignificancias! se había divertido mucho... cuando volviera, ¡podría atizar las cenizas de su *bunker* Grünwald!... buscar a las señoritas entre ellas... de día veíamos muy bien que los aviones habían cambiado de táctica... ya no pasaban a ras de las chozas... bajaban en picado desde muy arriba, como flechas... un largo trazo de espuma... ¡y *brum!*... ¡disparaban! ¡*brum!*... ¡al cráter! ¡de lleno! a Lili le interesaba mucho más un pequeño escándalo de los pájaros... un leño hueco del que salían por un agujerito... había «ellos» y «ellas»... pero me pareció que «ella» era la que mandaba... la que hacía la limpieza... tan furiosa, cresta erizada, como la madre de familia atareada... toda la nidada estaba en la rama, enfrente, abatida, con los picos gachos... al mismo tiempo arrojaba fuera las pajas, cagarrutas, y les decía lo que pensaba, ¡*cuic!* ¡*cuic!* ¿de dónde podían traerle todo aquello?... inmóviles en la ramita, todos con los picos gachos, no respondían... tales algaradas entre los pájaros no se deben sólo a razones sentimentales, domésticas también, de limpieza de los lugares, de los troncos donde moran...

¡La llamarada de los restos de Berlín no es razón para dejar el tronco lleno de pajas! ¡el nido hecho una leonera! nosotros, la limpieza, lo mejor sería dejar que Lili se arreglara... si nos poníamos a limpiar los tres, íbamos a chocar... demasiado estrecho... en primer lugar, nosotros, La Vigue y yo, teníamos que ir a la granja, a disculparnos...

«¿De qué?

—¡De que ayer debíamos ir!... ¿no lo sabía?

—¡Ah, sí! ¡me lo dijo la pequeña Cillie!»

De todas las vejaciones del exilio, quizá la más deprimente sea la de tener que disculparse... ¡y de esto!... ¡y también de lo otro!... llega un momento en que no haces otra cosa que pedir perdón... estás de más, en todo, por todas partes... aun después de terminada la tragedia, después de haber caído el telón, sigues molestando siempre... mirad lo que ocurre en el terreno editorial... ¡que yo esté todavía aquí mirando a los otros!... pontificar, decir gilipolleces...

El caso era que debíamos ir a la granja...

«Oye, La Vigue, ¡arriba!»

Lili iría a visitar a la heredera María Teresa, a la otra ala de la quinta... había ofrecido su piano, aquella purí, y su salón, sus partituras... una amistad muy repentina, me parecía, y muy apasionada... en fin, ¡ya veríamos!... para nosotros la urgencia era el lisiado y su mujer... nos excusaríamos por cumplir, pero habíamos hecho bien en no salir de noche, atravesar el parque... los ejércitos de «fortalezas», Berlín y sus erupciones de minas, ¡minucias!... pero lo que me parecía grave para nosotros, ¡pasar demasiado cerca de las espesuras!... en Grünwald había faltado un pelo para que hiciéramos de blanco... ¡rrrrr!... ¡nadie responsable!... ya en el Centro de Salud, Sartrouville, Lili había escapado por poco... ¡rrrr!... de una patrulla de enlace alemana... desde la orilla de enfrente, Maisons-Laffitte... la víspera del día en que nos marchábamos con los archivos de la ciudad, la bomba contra incendios y la ambulancia... la memorable incursión de la que ya nadie habla, aquel recorrido de la «victoria al revés», Sartrouville - Saint-Jean-d'Angély... ¡no sólo nosotros! todos los franchutes, ejército, ciudades, pueblos, con los pantalones bajados...

Yo veía allí Zornhof, el parque, creación de Mansard, habría sido el lugar más indicado para una pequeña ráfaga... ¡incluso de día!... ya digo, ¡con aquellas espesuras, aquellas bóvedas de árboles!... además de los *bibelforscher*... de las ranuras de aquella como isba... y hacia el final de las alamedas... aquel seto tan tupido... podías esperarte cualquier cosa... precisé a La Vigue... «¡tú dique-las a la derecha! ¡yo a la izquierda!»... en nuestras condiciones, todo aquel ramaje de hayas, robles, abetos azules, no invitaba a internarse... cuando el mundo te es muy hostil, todos los clamores epilépticos que por fin te despedacen, descuarticen, tienes motivo para desconfiar un poco del menor montón de piedras, de la carretilla...

Nada hasta la carretera... sólo cuatro... cinco... seis *bibelforscher* que ni siquiera alzaron la cabeza para vernos pasar... demasiado absortos raspando troncos de hayas para otra isba más... los galeotes eran charlatanes, al parecer... aquéllos, no, muy silenciosos. He visto trabajar a muchos caballos, bueyes, hormigas, americanos en la cadena, negros en el *potopoto,* les oías lanzar algún suspiro, pronunciar algún «gracias» con las mandíbulas, aquéllos: en absoluto... atravesamos aquella como carretera... y después el gran patio de la granja... desde el edificio cercano a los silos, los dos franceses, supuestos trabajadores libres, nos hicieron señas de que nos acercáramos... ellos querían permanecer en el establo... ¡bueno!... ¡fuimos para allá! al otro lado del patio había gente que parecía estar reunida... pregunté a los franceses qué era aquello... ¡ah, ya! habían detenido al pastor en el aeródromo... aquel pastor al que no habíamos podido ver... Hjalmar, el del casco en punta, guardia jurado, Hjalmar se llamaba, lo tenía encadenado, le había puesto una esposa, dos no... ¡sólo tenía una!... el furgón celular iba a llegar aquella tarde para recoger al delincuente, llevárselo a Berlín... no muy seguro... en vista del estado del cielo y las carreteras... ¿cómo habían atrapado al pastor?... sentíamos curiosidad... cazando un enjambre, al parecer... un sargento de aviación lo había interpelado y lo había entregado al guarda jurado, Hjalmar, el del casco en punta... ahora la cuestión era el furgón... el intento de perseguir el enjambre en las propias alas de los aparatos lo colocaba en un brete... y sobre eso era sobre lo que estaban discutiendo todos, allí, al otro lado del patio... estaban Hjalmar y su pastor, encadenado y esposado, estaban, naturalmente, las criadas rusas y las vecinas de la aldea e incluso nuestra *Kolonialwaren* y soldados de uniforme franceses, polacos y *fritz*... que hubieran detenido al pastor y que el furgón tuviese que venir a buscarlo hacía decir a cada cual lo que pensaba... los había «a favor»... los había «en contra»... «¡si yo fuera la Justicia alemana!» la opinión de aquellos dos, Léonard, y el otro... nos informaron... Hjalmar, el del casco en punta, sólo sacaba su sable los domingos... ¡bueno!... miramos allí enfrente, al otro lado, la reunión... ¡ésa seguro que para el café!... ¡y caliente!... a la puerta de la cocina... les pregunté qué les parecía, Léonard, Joseph...

«¡Vosotros podéis ir!... pero, ¡nosotros, no!... ¡nosotros, no!...»

¡Entendido!... ¿qué riesgo corríamos?... conque atravesamos todo aquel patio... ¡pues, bien! ¡una cafetera enorme! y en cuanto a pan, ¡menudo!... ¡montones de *brötchen*!... ¡muy distintos de nuestra hogaza!... ah, pero, ¡no tenían inconveniente en compartirlo!... ¡y que nos calentáramos! Hjalmar dio órdenes a las criadas, que nos sacasen asientos, como a ellos, que nos acomodáramos y diésemos también nuestra opinión, no nos hiciéramos rogar... la verdad es que hacía bastante fresco, octubre... pero con el café, ¡podía pasar!... y después, ¿nuestra opinión sobre el pastor?... que debía haberse quedado en casa, en lugar de dar la lata bajo los aviones, que se había buscado la desgracia, ¡con abejas o sin ellas! la mayoría pensaba igual, que no se le había perdido nada bajo los aparatos...

Pero, ¿y Lili?

Yo esperaba que la Kretzer habría subido... nunca dejaba de aparecer en cuanto nos habíamos ido, La Vigue, yo, iba a cotillear... ella y sus túnicas y sus lágrimas... ¿llevaría algo de comer? ¿panecillos, pastas? ¿al mismo tiempo? ¡era una cocinera excelente, la tía puta!... viciosa en todo, hacía unos pasteles de hojaldre y almendras finísimos... yo no dejaba de pensar en el cianuro... una idea... ¡oh, la peligrosa bruja!... quizá de la pandilla, granja y quinta, la más imprevisible de todas, con los dolmanes de sus dos hijos... y sus sopas color malva, transparentes y tibias...

¡Me dejo llevar!... ¡mi locuacidad! vuelvo enseguida a donde estábamos... al desayuno servido caliente... a Hjalmar y su desafortunado pastor apicultor... ¡por el momento todo iba bien!... café café y pan de hogaza, ¡a pedir de boca!... muchas criadas... ¡a disposición!... y la cocina...

«¿Para cuándo, el furgón?

—No enseguida, viene de Berlín...»

Por la impresión de Berlín, donde todo retumbaba, flameaba, arrojaba chispas a las nubes, ¡no me imaginaba yo que pudiera su furgón!

«¡Sigan sentados! ¡que venga su mujer también!... ¡siempre habrá de comer!... ¡es la orden!»

¡Hjalmar no escatimaba! estaba de anfitrión... quitó la esposa al pastor, para que pudiera comer a gusto y se pasó la cadena por su propio tobillo... así nadie podría escapar... ¡oficio! el pastor aprovechó que estábamos alrededor para hacernos oír el sermón...

«¡Dios lo ve todo!»

Tranquilo en su taburete, pidió otro café... se dirigió a nosotros...

«*Sie verstehen?*... ¿me entienden ustedes?

—*Ja!*... *ja!*»

¡Que continuara!... en alemán... o en francés... ¡a su gusto!

«¡Los hombres no son nada!... ¡las cadenas tampoco!... ¡Dios piensa en nosotros!... ¡nace el día!... ¡oremos!...»

No amanecía de cualquier modo, ¡demasiadas nubes!... Hjalmar, el guardia jurado, no tenía el menor deseo de rezar... estaba cuchicheando con la chacha... era para que trajese, además del café, el «tónico», creo que ginebra... con tal que, pensaba yo en la Kretzer, hubiera ido a ver a Lili... para el cotilleo no había duda... pero también con café, pan y mantequilla... tenían de todo aquellos Kretzer... cuando querían... nosotros, en todo caso, quisiéramos o no, ¡a los Von Leiden!

Os hablo mucho del pastor, pero no os cuento cómo iba vestido, no llevaba levita, sino una larga blusa gris y en la cabeza un chapiri inmenso, gris también, y un velo atado a la barbilla... el apicultor en plena recolección... por lo demás, me explicó... ¡no quería que nos fuéramos! teníamos que enterarnos... su custodia de las colmenas, la caza de los enjambres lo habían conducido hasta las alas de los aviones... encontraba todas aquellas abejas allí en las carlingas... hacía más de dos años que no despegaba avión alguno... el último avión, el último piloto, había hecho un agujero en el terreno... el aparato estaba todavía allí y el piloto enterrado profundamente... todavía había doce aviones, inmovilizados en el suelo, muy tranquilos... conque, por fuerza, ¡atraían a los enjambres!... sobre todo, el interior de las alas...

«¡Se lo diré a los de Berlín!... no lo saben, ¡no vienen nunca!... ¡el Cielo pertenece a Dios! ¡Dios creó las abejas! ¡hágase su voluntad!

—*Sicher!* ¡desde luego!»

¡Éramos de la misma opinión!... Hjalmar, el del casco en punta, estaba de acuerdo... me habría gustado hablar de la miel...

Alguien venía por allí, al fondo... calzado con botas... Kracht, ¡nuestro *Sturmapotheke!*... ¿para qué cojones venía?... Hjalmar me lo dijo, venía a observar... debía informar sobre nosotros, sobre todo, a su *Standartführer*, Berlín... ¡bueno!... ¡ahí lo teníamos!... había atravesado el patio... rápido... no hizo preguntas al pastor, pero nos hizo señas: ¡todos en pie! ¡formación!

«*Komm! Komm!*»

¡Que lo siguiéramos!... ¿adónde quería ir?... Hjalmar, encadenado al pastor, no podía moverse... ¡rápido! ¡rápido!... ¡la llave! ¡se levantó!... ¡le quitaron la esposa! ya estaba... íbamos a ir todos juntos en fila india... por fin habló Kracht, íbamos al aeródromo, para la investigación... ¿no podía dejarnos allí?... ¡bueno!... ya estábamos en la senda... primero a través de la alfalfa y después por un bosque... avanzamos... avanzamos... era lejos, me parecía... desde Berlín me parecía que todo era lejos... yo iba cojeando mucho... los seguía a distancia... ¡ah, ya estábamos!... un gran claro... ¡habíamos llegado!... Hjalmar se había llevado su cornetín y su tambor... todo aquello a la espalda, bamboleando... también cojeaba, más que yo incluso... también él debía de ser herido de guerra... debíamos de tener los mismos tacos... ¡menudo estrépito armaban sus instrumentos!... había cogido de nuevo al pastor por la cadena, por el extremo, por la esposa... yo no comprendía bien qué quería Kracht, por qué nos había llevado hasta allí... yo que tenía cosas que hacer en la quinta y en la tienda de ultramarinos... ¿para qué íbamos a perder el tiempo allí?... es muy sencillo, en cuanto puede, todo el mundo te hace perder horas, meses... les sirves de frontón en el que hacen rebotar sus gilipolleces... ¡y bla! ¡y bla! ¡y requeteblablá!... tienes esa amabilidad durante una hora y tardas quince días en recuperarte... ¡bla! ¡bla!... tomad un purasangre, ponedlo a arar, tardará un mes, dos meses, en recuperar su zancada... tal vez nunca... igual tú quizá, por haber querido ser amable, prestar oído...

Kracht, pese a no ser un andova charlatán ni efusivo, debía de tener una razón poderosa para llevarnos allí, a aquel terreno militar... sobre todo a nosotros, franceses muy especiales... ¡donde verdaderamente no teníamos nada que hacer, la verdad!... de una trinchera... una gorra... una cabeza... vi surgir algo de la tierra... y después el busto... era un aviador... sargento de aviación... con la orlita amarilla en el gorro... *heil! heil!*... ¡nosotros firmes todos! *heil! heil!*... salió del todo de su hoyo... sólo le quedaba un brazo... si no entendí mal, guardaba el campo, y los aviones... ¿qué aviones?... ¿dónde?... ¡lejos!... nos mostró en el extremo del claro... con sus gemelos, los vi... tenía unos gemelos... seis aviones en el suelo, en efecto... él era el sargento que había detenido al pastor... bajo una carlinga... flagrante delito... aquello pasaba de castaño oscuro... ¡ya lo había cogido tres veces!... ¡ahora ya no se ocupaba de él!...

¡entregado a Hjalmar!... comprendí que aquel sargento de aviación mandaba interinamente... el comandante titular había marchado a Berlín... o Potsdam, a recibir órdenes... el sargento intentaba ponerse en contacto con él... todas las líneas estaban cortadas... con lo que estaba cayendo no era de extrañar... aun así a Zornhof llegaba como un boletín oficial, al amanecer, el «Comunicado de la *Wehrmacht*» más dos, tres «aclaraciones» serias... «Retrocedemos en todos los frentes, pero muy pronto nuestra arma secreta habrá aniquilado Londres, Nueva York, Moscú».

Ya nadie prestaba atención a aquellas «aclaraciones»... ni los chorchis ni las vecinas ni los prisioneros... lo único que interesaba era el periódico, aquel periódico escaso nos llegaba mediante ciclistas... ya habían desaparecido cuatro, ¡sin dejar rastro!...

Por cierto, que el furgón celular no tenía tampoco muchas posibilidades de llegar nunca... el pastor se conformaba, Hjalmar igual... mientras tanto, allí arriba, en las nubes, había surcos de espuma que se cruzaban, divertidos... largos... muy largos... y después, ¡de repente! ¡cortados! «abstractos» diríamos... ¡y *brum*! ¡cráter sobre cráter!... que nosotros allí, en aquel terreno a cien kilómetros, sentíamos las ráfagas de minas... ¡no era un sueño!... había hecho bien en comprarme los bastones... aquel almacén debía de haber quedado reducido a polvo... ¡aquel almacén que ya estaba abierto por el techo!... hablando de su boletín, ¿dónde lo imprimían?... pregunté a Kracht...

«¡En un búnker, diez metros bajo tierra, al sur de Potsdam!...»

¡La verdad es que eran tozudos!... pero yo seguía preguntándome: ¿por qué nos había llevado allí?... desde el momento en que te invitan a dar una vueltecita, es que tienen una intención..., ¿como Harras en Felixruhe? ¿qué cojones habíamos ido a hacer allí?... todavía me lo pregunto... estábamos admirando el cielo allí, los revoltillos espuma y nubes... de repente me dijo:

«Doctor, ¿sería tan amable de venir conmigo hasta los aviones? ¿Los ve? en el extremo del campo... quisiera preguntarle su opinión, para mi informe...

–¡Desde luego!... ¡desde luego!...»

Pero, ¿con qué objeto?... ¿aquel SS tan familiar de repente? ¿paseo por el bosque?... ¿alejarme de los otros?... el terreno estaba cubierto de cenizas... pero, aun así, muy blando... él con sus botas se hundía todavía más que yo... le costaba más avanzar...

Ah, ya estábamos en los aviones... seis aparatos... ¡uno allí! le levantó la cubierta, ¡vi su triste estado!... ¡menudos agujeros en el ala!... ¡las alas!... agujeros agrandados... oxidados... ¡y las carlingas y las hélices!... ¡la chatarra!... se lo dije a Kracht, no había nadie por allí... me respondió con mucha franqueza...

«Doctor, ¡voy a decirle lo peor!... ¡mucho peor!... ¡ya no les quedan pilotos!... ¡ni aceite!... ¡ni gasolina!... ¡el último piloto está ahí!...»

Entonces me mostró un poco más adelante, un agujero... una grieta en la propia pista... y una cola de avión que sobresalía...

«El piloto está en el fondo del agujero... el último piloto... enterrado... los peritos debían venir de Berlín, nunca vinieron... mandé echar cal viva... era lo único que se podía hacer, ¿verdad?... el agujero está lleno de cal viva... mando que echen cada semana...»

Pero, ¿y los enjambres?... me mostró... ¡en el interior! en cada ala... ¡los vi! tres... cuatro enjambres... el pastor tenía razón de buscar... la prueba era que había dejado todas sus cajas y su red de cazar mariposas en el mismo lugar donde el sargento lo había sorprendido... pero no había podido detenerlo en su minúsculo refugio... ¡no había sitio! no tenía ni cadenas ni esposas, se lo había entregado a Hjalmar, que hacía de carcelero, en espera del «celular»... lo importante era adaptarse a condiciones muy difíciles...

«Mire, doctor, mire usted... le he hecho venir para pedirle un pequeño favor...

–Encantado, Kracht... ¡pero que muy encantado!...»

¡Ah, me dije, por fin!

«Un pequeño favor muy delicado... bastante delicado... ¿tiene usted cigarrillos?...

—¡Yo, no, Kracht!... no fumo... mi mujer tampoco.... pero tengo la llave del gran armario... ya lo sabe usted...»

No hacía falta que me dijese más, lo que quería era que echara mano del *stock*... no podía decirle que no... ¡no podía decirle francamente que sí! me había llevado al extremo del campo para ponerme a prueba la moral... cuando has vivido un poco, conoces todos los modales de los agentes provocadores... siempre comienzan su trabajo con unas palabritas amables «con el corazón en la mano»... después del «corazón en la mano», ¡agua!... ¡el tipo se destapa! yo no habría vuelto nunca del extremo del campo, si hubiese dicho lo que pensaba...

«Pero, ¡claro que sí, mi querido Kracht!... ¿"Craven"? ¿«Lucky»? ¿«Navy»?

Le hacía propaganda de la mercancía...

«¡Mejor «Lucky»! veinte cigarrillos... ¡nada más!... ¡más, no!...

—Pero, ¿dónde?

—¡Ahí!... ¡en la funda de mi revólver!»

Me la enseñó...

«La dejaré a propósito en la entrada... ¡en el perchero!... ¡colgada!... cuando bajemos... ¿sabe?... ¡al *mahlzeit*!»

¡Menudo si nos reíamos del *mahlzeit*!

«¡Cierre bien la funda!...»

Añadió.

«¡Oh, no se preocupe!... ¡Harras no volverá nunca!...»

¡Eso para tranquilizarme! ¿Seguro que no iba a volver nunca Harras?... al contrario, me parecía que estábamos aviados... que él podía permitirse lo peor... proponernos cien negocios dudosos... ¡que todo sería tres cuartos de lo mismo!... esa forma de pasarle cigarrillos a la funda del revólver en el perchero, ¡era para que todo el mundo lo advirtiese! ¡para eso era!... figuraos toda la *Dienstelle*, todas las señoritas y los Kretzer... ¡si estaban vigilando! Kracht estaba pasándose de rosca, me parecía, o, lo que es lo mismo, hacía lo necesario para que nos largasen, con cadenas y esposas... mismo furgón que el pastor Rieder... no sólo yo, La Vigue, Lili y el minino... debíamos de molestarlos en la quinta, debían de estar en connivencia... debían de traficar con algo, no sabía yo con qué, pero, ¡con algo!... ¿las ocas? ¿la miel?... ¡un trapicheo!... en cualquier caso, les estorbábamos... llega un momento en que la gente no vacila ya ante nada, ya veréis en la próxima... cuando llegue la hora de que todas las ciudades flameen, cuando todos no tengan sino una idea, ¡la de que ardas con ellos!

«¡Muy bien, Kracht!... ¡totalmente de acuerdo!... ¡su funda en el perchero!»

Lo más importante, ¡que volviéramos sobre nuestros pasos!... que volviésemos a ver a La Vigue... aquel paseíto había durado bastante, habíamos visto los aviones, los enjambres, las cajas del pastor... y habíamos quedado de acuerdo para lo de los cigarrillos...

Yo volvía a mirar aquel campo... como dos veces la plaza de la Concordia de grande, podríamos decir... se veía muy lejos, por encima de los abetos, el campanario de Zornhof, el reloj... respecto de aquel campo y del refugio, las «fortalezas» que no dejaban de pasar sabían, seguro, lo que ocurría, que el último piloto estaba en el fondo, desde hacía tres meses, en la cal viva, ¡y que podía esperar! que nadie había venido a investigar... por eso nos dejaban tranquilos... ¡el único que tocaba la alerta era Hjalmar!... fingía creérselo... volvimos por el mismo sendero, barro y cenizas... ¡y volvimos a encontrarnos!... La Vigue... ¡uf!... se había preguntado qué podía querer Kracht de mí...

«¡Oh, nada!... una pequeña información... ya sabes, a propósito de mi solicitud...

—¿Qué solicitud?

—El permiso para ejercer...

—¡Ah, sí!... ¡ah, sí!...»

No iba yo a hablarle del armario... ya llegaría a saberlo... se lo diría más adelante... ahora, ¡a ver!... el sargento del campo tenía sus «raciones» en la granja, iba allí a buscar su rancho... el teniente también antes de desaparecer... las cocineras rusas de los

Von Leiden hacían el papeo... para toda aquella gente, civiles, militares... volvimos a ir en fila india, el sargento manco con Kracht, aquel sargento cojeaba también... por lo menos tanto como yo... no le habría venido mal un bastón... yo no habría podido darle la dirección del almacén donde lo compré... aquel almacén debía de estar ya en las nubes, ¡seguro!... tampoco iba yo a preguntar la dirección del «Zenith Hotel»... al parecer, según me dijo la jorobada, la Cancillería había quedado destrozada, el Adolf debía de estar de viaje...

Detrás de Kracht y del sargento manco, también en fila india, a dos metros quizá, cojeando también penosamente, iba Hjalmar, equipado como cuando partimos, con su tambor y su cornetín y su pastor encadenado... ¡vuelta a poner la cadena! ¡vuelta a quitarla! ¡vuelta a ponerla otra vez!... ¡cojeaba más que ninguno de nosotros, Hjalmar, el del casco en punta!... el pastor le dio el brazo, lo ayudó... ¡ya estábamos de vuelta! enseguida Hjalmar impaciente... habría querido que las mujeres se despabilaran... él miraba el cielo... se había ido hacía un buen rato... ¿qué ocurría? ¿una alerta especial tal vez?... ¿teléfono?... le pregunté...

«Nein! ach!... nein! Kaput!... Kaput! telefon!»

¡Hacía muchísimo tiempo que no funcionaba! telefon! así, pues, debía de guiarse por la intuición... ¡tocar cuando le parecía! en primer lugar, él mismo los veía, ¿aquellos cabritos de aviones! ¡ir, venir!... y el horizonte... allí, ¡el enloquecido ejército de las llamas!... amarillas... verdes... se lo enseñé...

«Achtung! ¡Hjalmar!... ¡atención! ¡rrrrrr!»

¡Para reírnos un poco!... no, no se rió, se lo tomaba demasiado en serio... iba a hacerse daño, los acontecimientos son como el amor, primero son lo más graves, emocionantes, y después completamente grotescos... el reloj interior de Hjalmar estaba atrasado, se creía todavía en el 14... ¿su Berlín? una papilla de ruinas y nada más, Moscú, Hiroshima, Nueva York, ya no podrán horrorizar nunca más ni se los podrá tomar en serio... el mundo del 60 es demasiado mamarracho, está demasiado nicotinizado, alcohólico, aerotransportado, charlatán, como para que no parezca lo más natural del mundo que haya dejado de existir... allí, el pastor era quien tenía razones para estar preocupado, nos daba, al contrario, el ejemplo de la calma más perfecta... incluso canturreaba fragmentos de los salmos... yo no comprendía todo, pero casi... un canto que oí con frecuencia, en Inglaterra, en Dinamarca... «Mi fuerza es la sabiduría»... sin embargo, su historia de caza de enjambres en un terreno militar podía costarle un disgusto... tal, que no volvería a tener ganas de cantar, nunca... los tribunales de la Luftwaffe nunca habían sido benignos... pero entonces, después del fracaso total, desde que la RAF hacía lo que quería, pulverizaba una ciudad al día, veían espías por todas partes y a todos los sospechosos, pastores o no, te los fusilaban en serie... no me parecía que el pastor fuera a librarse cantando...

Ya estábamos acercándonos a la otra puerta... vi que su cocina estaba abierta de par en par... las tres criadas salieron, iban descalzas, con el pelo suelto... eran robustas, no flacas, me dije: no pasan privaciones... llevaban los delantales atados, al estilo ruso, por encima de los senos... no es que sea bonito, pero sí práctico... ¡a nosotros era a quienes encontraban graciosos!... con nuestro pastor encadenado, que iba dando el brazo al guarda jurado y el suboficial manco y Kracht... y sobre todo La Vigue, su expresión, como de caer de la Luna... ¿por qué les parecíamos tan cómicos?... les preguntó Kracht, hablaba un poco de ruso... no sabían... Berlín ardiendo, se aburrían, las «fortalezas» pasando una y otra vez, ya ni siquiera las miraban... pero nosotros, Hjalmar y su pastor encadenado, valíamos la pena... bueno, pues, ¡que trajeran la olla! el suboficial no tenía por qué andarse con chiquitas, tenía sus «raciones», ¡y volando!... la trajeron... ¡menuda sopa de pan! mucho más rica, más substanciosa, que la de los *bibelforscher*... el suboficial pidió para nosotros tres escudillas que sumergieron en la olla... les ordenó que trajeran tres sillas... ¡nada de taburetes!... éramos cinco relamiéndonos... podríamos decir que hacía bastante fresco, la sopa sentaba bien, el café y la hogaza... pensé en

Lili... debía subirle algo... pero quizá María Teresa o la pérfida Kretzer le hubiesen subido lo necesario... ¡oh, no era seguro! no me fiaba un pelo yo de aquellas mujeres, lo único que esperaba era otra mala pasada... pensé en nuestra vieja heredera con su piano de cola... y en la otra con sus dolmanes... miré la hora en el reloj de la iglesia... el café, la hogaza, la sopa de pan, hicieron efecto en el pastor... cambió de cara, cambió de tono... dejó de cantar salmos, ahora, *Heder!*, y tenía voz, ¡lo sabía! ¡un órgano!... un cuervo artista, ya sólo se lo oía a él, berreaba más fuerte que los establos... las cocineras rusas que se aburrían con los salmos se lo pasaban bomba con los *Heder*... salieron todas de la cocina, de tres en tres, ¡las seis que eran!... ¡y aplaudieron para que repitiese!

ô Vater! ô Vater!

Hay que reconocer que cantaba bien, la voz auténtica de *Heder,* grave, apasionada, cálida... ¿apasionada por llegar adonde?... «¡oh, padre, oh, padre!» ¡El Rey de los Alisos!... ¡precipitación! son así, ¡ellos lo han querido!... ¡Berlín, el V-2 y lo demás! yo los veía galopar, ¡y de qué modo! *Vater! ô Vater!*

«¡En los *bibel* es mejor!»

Reflexioné... ¡no tan sencillo! yo sabía lo que quería su *feldwebel,* también quería cigarrillos... ¡ya lo creo!... todos estaban al corriente de lo del armario, ¡y de que yo tenía la llave! pero, ¡si lo sabían todo!... no sólo lo de los cigarrillos... el número de las ocas y las pavas, de los propios huevos, cuántos había en incubación bajo cada gallina... ¿cigarrillos?... ¡podrían haberme dado una relación al respecto!... entretanto, miré, habíamos vuelto junto a la entrada de la escalera... el momento de subir para excusarnos... después iríamos al baile... y después a la *Kolonialwaren*... a por el frasco de miel «sintética»... ya no podíamos contar con el pastor ni con las vecinas... pero, ¡no dejarse ver por el bar! dejarse fichar... ¡nos cortaban la cabeza, a la primera oportunidad! de hecho, ¿la primera ocasión? ¿los rusos allí?... ¿invasión de Zornhof?... ¿«comando» de las nubes? ya no había quien entendiese los comunicados de la Wehrmacht, salvo que por la forma, por el tono, eran más gloriosos, resueltos, que nunca, respecto de las «posiciones preparadas de antemano»...

Por bobos y tontos que fuéramos, podíamos estar casi seguros de ver surgir a nuestros ejecutores de un momento a otro, por el aire o la llanura, con todo lo necesario de verdad, cestos, guillotinas, gaitas y mil tamboriles, ¡para hacer bailar los rigodones a nuestras cabezas de monigotes liberados!... cosa de la que nos avisaban seguramente mediante aquellos encajes de espuma por encima, aquellos grandes signos de un horizonte al otro... cierto es, todo temblaba... el agua de los estanques y las charcas, los árboles hasta las hojas más pequeñas, las paredes de la quinta y la puerta de la cocina... y nosotros mismos en nuestras fuertes sillas... ¿y seguramente desde más lejos que Berlín?... Le Vigan estaba seguro de ello... de más al norte, según él... al norte estaba el ejército inglés... al oeste Eisenhower... ¿la tenían tomada todos con Zornhof?... Harras había escogido el lugar para que recuperáramos la moral... también había escogido las personas buenas y acogedoras... el *Rittmeister,* su hijo lisiado, Kracht el SS, la Kretzer y sus túnicas... y aquella suave vieja en su torre... los lacónicos *bibelforscher*... todos espiándonos, sin duda alguna, preparándonos alguna gracia...

Allí, en mi silla, a la puerta de la cocina miraba yo al sargento manco... él me miraba, también...

«Aus París? Aus París?»

¿De dónde veníamos?

«Ja! ja!

—*Schöne frauen da!*... ¡mujeres bonitas!»

Te encuentres donde te encuentres... bajo los *confetti,* bajo las bombas, en las bodegas o en la estratosfera, en prisión o en una embajada, bajo el Ecuador o en Trondhjem, puedes estar seguro de no equivocarte, de despertar el interés directo, lo único que te preguntan: ¡la famosa vagina de parisina! el tipo se ve ya entre los muslos, en plena epilepsia de goce, en pleno vuelo nupcial, inundando a la *barisina* con su entusiasmo... me lo decía, el sargento manco... muy triste...

«*Niemehr wieder!... niemehr!* ¡nunca más!...»

¡Se acabó París!... ¡eso era lo que veía en la catástrofe!... su brazo, ¡ahí lo teníais! ¡hecho papilla! más o menos se había acostumbrado... pero el golpe de «nunca jamás París»... *niemehr! niemehr!*... cuando los alemanes se ponen tristes, exactamente como cuando beben... se aniquilan...

«Pero, hombre, ¡ya volverá a París!... Berlín, París, una hora, ¡apenas!... ¡no hace falta que se lo diga yo!... ¡los progresos de mañana! ¡después de la guerra! ¡una sola moneda y el avión! ¡una hora!... ¡ya sin pasaportes!»

Entonces me escuchó.

«¿Usted cree?... ¿usted cree, de verdad?...

—Pues, ¡claro! ¡para eso están las guerras!... ¡el progreso! ¡se acabaron las distancias! ¡y los pasaportes también!»

Yo estaba seguro de mí mismo... convincente...

«*Na!... na!... na!*»

Dudaba un poco, cabeceaba... sus rasgos se distendieron... un poquito más y sería de mi opinión... se volvería a ver en la plaza de Saint-Michel...

Hablando de París, estábamos poniendo nervioso a nuestro Kracht, a él, que nunca había estado en Francia... le habría gustado hablarme... me levanté, di unos pasos por el patio, hacia nuestro parque, como para ir a buscar a Lili... él también se levantó... me alcanzó...

«¡Doctor!... esta noche, ¿de acuerdo? ¿en la funda de mi revólver?

—*Ja! ja!... sicher!...* ¡desde luego!»

Todo aquello era más que indiscreto, pero yo no sabía qué se ocultaba detrás... ¡ni qué pasaba!... ¡allí! ¡joder!

Volví a buscar a Le Vigan... ¡había espectáculo!... Hjalmar había aprovechado las ollas, había dado cuenta de tres escudillas, él solo... pero no podía más, el sueño lo había vencido, poco a poco, se le había ladeado el casco en punta... el tambor se le cayó y rodó entre las piernas, no lo recogió... los brazos le cayeron sin fuerza... se acurrucó en su silla, como un pelele... lo miramos, La Vigue, yo, acurrucarse... el pastor lo sujetaba por la cadena; si no, habría caído también entre las piedras... ¡con su tambor!... pero, ¡mejor que cayera rodando! dormiría mejor... ¡una idea!... La Vigue tuvo la misma... ¡la llave de la esposa!... la tenía junto a él, atada a una cuerda alrededor del cuello... se la sacamos, despacito... ¡la esposa!... ¡y tac! ¡ya estaba!... ¡el pastor estaba libre! oh, pero, ¡no salió corriendo!... estaba dormitando también él, con la cabeza en la pared... Hjalmar, el del casco, roncaba estirado cuan largo era, ¡estábamos guapos con la esposa, la cadena, la llave! ¡no podíamos dejar aquellos objetos a la puerta de la cocina! si se presentara Kracht o bajase Isis... me los metí en el bolsillo... cuando despertaran, se lo figurarían...

Después, al lisiado, entre pitos y flautas lo habíamos ido retrasando... ¡basta de dar largas! ¡subimos!... ¡ya veíamos!... aquella escalerita de madera era muy empinada y estaba muy mugrienta, llena de pinceladas de cacas... la escalera de la quinta, enfrente, la nuestra, ¡tenía otro aspecto!... sin embargo, debo reconocerlo, en el primer piso estaba mejor... muy señorial incluso... estilo baldaquines, bandejas de cobre, garrafas de Bohemia, pufs y estatuas florentinas... recuerdos de viajes... ¡oh! no valdría mucho en La Salle, ¡ni en el Mercado de las Pulgas siquiera!... pero, en fin, allí bastante agradable, rococó *boche*... como en Berlín, en casa de Pretorius, su baratillo... hay que pasar por alto muchas cosas a los alemanes, en vista de su clima y del paisaje, cualquier cursilería, abalorio, siempre alegra un poco... pero lo que redimía el conjunto era su vidriera, a lo largo de toda la casa, todo el panorama por el lado del Norte... tenían una vista magnífica, como en casa de la purí, desde su torre, pero la de ellos daba a los grandes estanques, más allá de los surcos... miré la vista, intenté orientarme... nada que sobresaliera, salvo copas de árboles, muy... muy lejos... no veía al lisiado ni a su mujer; sin embargo, estaban allí, muy cerca, en el centro del salón, en una mesa de juego, estaban echándose las cartas... habíamos llamado, no nos habían respondido, demasiado absortos en las cartas... si lo hubiera pensado un poco, no habría subido a sorprenderlos, en aquel momento podría haber pensado que estaban todos averiguando el futuro... oh, no sólo los Von Leiden... ¡ni sólo los alemanes!... Moscú... Londres... Montmartre... ¿cuál iba a ser el desenlace? ¡de rodillas! ¡un voto!... ¡gran juego!... ¡signo de la Cruz!... ¡Madame de Thébes* o San Eustaquio!... ¿qué futuro? ¡el Diluvio o las rosas?...

Ninguno de los dos, Isis, su lisiado, se alegró de vernos... sobre todo creo que se molestaron por verse sorprendidos con los naipes...

«¿Qué quieren?»

Me preguntó él, secamente... con el gran Nikolas a su lado...

Venimos a excusarnos por lo de ayer...

—¿Excusarse de qué?

—Nos entretuvo ahí enfrente la señorita María Teresa...

—¡No los esperábamos!... ¡váyanse!... ¡salgan de aquí!...»

A Isis, su mujer, debió de parecerle que estaba mostrándose un poco brusco.

«Doctor, ¡no haga caso! no ha dormido... no ha podido pegar ojo... ha sufrido mucho, la verdad... ya se lo explicaré...

—¡Oh, señora, lo comprendo perfectamente!»

Pero, ¡ésa no era ni mucho menos la opinión del lisiado!

«¡No, Isis!... *nein!... nein!... los! los! raus!...* ¡que se vayan todos!»

Ella no lo escuchó...

«¿Han visto ustedes a mi hija Cillie?... ha ido ahí enfrente a llevarles la leche para su gato... y el desayuno para su esposa y su amigo y para usted...

---

* Madame de Thébes fue una vidente famosa de finales del siglo XIX. Proust la retrata en *Jean Santeuil*.

—¿Por qué sigues hablándoles, perra?... ¡di! son saboteadores, ¿es que no lo ves?... ¡los dos!... ¡los tres!... ¿me oyes, puta?... ¿vas a ponerlos de patas en la calle?... ¡Nikolas! ¡Nikolas!... ¡échalos!... ¡no!... ¡llévame!»

Nikolas se acercó... el lisiado lo cogió del cuello, con los dos brazos... Nikolas lo alzó con mucha suavidad... lo llevó hacia el fondo, con los muñones colgando... junto a una gran colgadura... debía de ser su dormitorio...

No teníamos por qué sorprendernos... no quería vernos, ¿y qué?... ¡los otros tampoco!... Montmartre, Bezons, Sartrouville, Londres, Tegucigalpa, ¡los mismos sentimientos! ¡malditos en todas partes! como máximo, ¡rehenes! ¡y seguimos siéndolo! ¡qué caramba!... ¿que mañana vuelven a depurar?... ¡han cogido la costumbre! no será a otros, ¡sino a nosotros! ya estén riñendo un conflicto bárbaro o arrancándose las tripas para ver quién tiene razón o comiéndose crudo el telón de acero, rabias, razas, religiones, sectas, colores, total y absolutamente de acuerdo, en que somos nosotros los culpables, ¡y no otros! ¡que nosotros somos los culpables de todos los crímenes!

Los sistemas nerviosos, las revistas, las Academias, los salones, las Cámaras, necesitan ciertas certidumbres... con lo que podían ver allí, el lisiado y su mujer, todo el horizonte del Norte, ya os lo he dicho, podían saber un poco a qué atenerse, ¡no necesitaban preguntar a los naipes!... en primer lugar, las nubes, tan negras como las nuestras, en el Sur... todavía más alquitranadas tal vez... más cargadas... desde detrás de la colgadura el lisiado se quejaba... bastante alto... ¿de qué? ¿de dolores?... si volvía a quejarse, yo preguntaría si podía ser útil... ¡no!... no volvió a quejarse... estábamos hartos de ir y venir... seguimos sentados...

Pensé en Harras, que me veía realizar su gran idea «La Historia de la Ciencia y la Medicina»... «Los médicos francoalemanes a través de los tiempos»... ¡el granuja! ¡cómo se había dado el piro!... ¡y que no íbamos a verlo nunca más! respecto del tifus y viruela bastaba con que se quedara allí, calamidades, ¡habría tenido todas las que hubiera querido!... ¡no necesitaba ficheros!... estaba escrito, en todos los colores, allí arriba, por debajo y encima de las nubes, muy claro lo que había que pensar de las ciencias, fulminantes, fósforos y azufres... por el Oeste... por el Norte... ¿qué ejército? ¿qué hordas?... lejos todavía... cierto era... pero de todos modos desde hacía cuatro días las humaredas eran más espesas... debían de estar quemando bosques...

En cualquier caso, una cosa, para aquellos *fritz,* los Von Leiden, el *Landrat* e incluso los Kretzer, no iba a ser una buena nota habernos dado alojamiento, habernos alimentado, muy mal, pero aun así... habría ajuste de cuentas... oh, lo sabían... se lo esperaban... lo único que querían era deshacerse de nosotros... pero, ¿dónde? ¿y cómo? yo pensaba decirle algo a Isis, me parecía más dispuesta a comprender... no muy favorable, pero menos boba... al marido, el hostil absoluto, no había ni que pensar en hablarle, majareta celoso... ¿ataques? ¿ataques de qué?... ¿drogas?... ya veríamos...

«Señora, estamos molestando... pero, ¡crea que...!

—¡Ya sé! ¡ya sé!... ya comprendo, vamos, doctor... es usted muy desgraciado... me hago cargo... también yo soy muy desgraciada... quizás...»

No se atrevió a decirlo: ¡más que usted!... la primera vez que miraba yo a aquella mujer... a decir verdad, ya no miraba yo mujeres desde hacía años... la edad, seguro, y también los acontecimientos... cuando el bosque arde, los animales más graciosos y los más feroces dejan de pensar en nimiedades y en devorarse... en nuestro caso, desde el 39 estaba ardiendo nuestro bosque... de acuerdo, hay excepciones, gente a la que le apetece con mayor razón, que sólo disfrutan en los suplicios, a quienes los ojos, las lenguas arrancadas, incitan a las galanterías... igual que comer caca y abrevarse en los meaderos... no tengo esa capacidad... ¡en aquel momento tenía que mirar a aquella mujer por fuerza!... de unos cuarenta años... un rostro bonito de algún modo... de rasgos muy nítidos, bien formados... con el que podríamos decir que la Naturaleza se había tomado trabajo... había bordado el retrato... la Naturaleza no se toma demasiado trabajo con nuestros «semblantes agraciados»... nuestras encantadoras, de la escena y de las revistas, cretinas y orgullosas de serlo... «maniquíes» que el mundo nos envidia, caras apañadas de cualquier modo a base de afeites y pestañas falsas... por no hablar del resto, cuerpos que son sólo esqueleto, manteca, celulitis, pelos y sostén... dependientas o clientas, ¡han conquistado el mundo!... ¡ahí tenéis!... Ambassades o Passage des Princes, basta que salgáis un poco, veréis a la multitud en sus talones... suplicándoles que cedan... bellezas esculturales, ¡venga, hombre! hechas a patadas «más o menos», patizambas y de piernas atrofiadas, culos temblequeantes, los chucháis igual, ¡menuda taquilla tienen!

Pero, allí, ¿la Isis? ¡alto ahí! ¡prudencia! había que parecer emocionado, sensible... ella se lo esperaba... bellos ojos almendrados... las mujeres se miran a los espejos desde su más tierna infancia, figuraos si saben lo que es fascinar a los cuarenta... ¡bien!... quería fascinarme... yo respecto de «espejos del alma»... si no queda más remedio, también puedo estar muy atento... sus ojos valían la pena... de ordinario, los ojos de las damas son simplemente «putina suave»... ella, algo más, ¡dispuesta a todo!... ¡oh, simple impresión!... la primera vez que la miraba... ahora, ¡el cuerpo!... se puede decir, vuelvo a lo mismo, se puede decir que la gente no hace caso de los cuerpos, basta con mirar las revistas de bellezas famosas, ¡vaya!... ¡me repito!... ¡qué museos de horrores!... ¡innegables! ¡ahí, delante de ti! ¡no «imaginarios»! ¡qué rodillas, traseros, tobillos, varices y pezones!... ¡qué atrofias! ¡kilos de manteca, michelines y papadas, de las más premiadas divas de las pantallas! ¡estrellas multimillonarias, egerias de papas!... ¡no hacen falta proyectiles ni átomos para destruir nuestra linda especie!... ya no hay quien mire a las mujeres... quiero decir desde el punto de vista veterinario, de la forma sana y honesta como se miran las potrancas, los galgos, los *cockers*, los faisanes... si hubiera que premiar a las mujeres, ¡dejarían de celebrarse certámenes agrícolas!

Pero, ¡las mujeres no son sólo cuerpos!... ¡patán! ¡son «compañeras»! ¿y sus cháchuras, encantos y atavíos? ¡que os aprovechen! si te atrae el suicidio, encantos y cháchuras, tres horas al día, ¡colgarte te sentará pero que muy bien!... ¡alto! ¡corto!... ¡dicho sea sin mala intención! o pasarte toda la vejez reprochando a tu pilila que te haya hecho perder tantos años pirueteando, pavoneándote... poniéndote sobre las patas traseras, sobre un pie, sobre el otro, para que te dieran la limosna de una sonrisa...

Allí, tocante a Isis, en vista de dónde estábamos y del momento, no era oportuno que la desdeñara... ni que me mostrase escéptico ni cansado... al contrario, ¡muy interesado!... podía adivinar un poco su cuerpo... ¡debía!... en bata, una gran bata con volantes... raso, muselinas... rosa y verde... yo debía ver debajo un cuerpo adorable, deseable, debía sentirme turbado... tartamudear, enrojecer, quedarme turulato... ¡todo eso!...

Se había tumbado... en fin, casi... suficiente para que le viera las piernas, incluso un poco de los muslos... por el escote los senos también, sin sostén... éste es el momento, pensé, en que todas las literaturas, de la mercera o de los Goncourt, de las sacristías o de los fumaderos, se lanzan a desvariar... «la exquisita piel satinada, la curva de los riñones...» yo también debería, lo noto, lanzarme a la cantinela... sólo, ¡que ya no tengo sentido ni ánimo para eso!... desde luego, ¡en otro tiempo habría podido!...

Respecto de formar parte de una secta, de una academia, o incluso de una terraza, la literatura siempre espera, como los salones, a que las carnes estén un poco blandas para pasmarse... tienen algo del chacal en sus juicios... sobre lo verdadero, lo nuevo, no se atreven... cierto pudor... necesitan ver un poco de varices, muchas estrías, tobillos con edemas, para sentir auténtico entusiasmo... todo un saco de huesos o de grasa, *foie gras*... pero allí, ni hablar, no era el momento de parecer esto... ¡lo otro!... La Vigue tampoco: ¡entusiastas! al verla tan de cerca, debo confesar que se conservaba todavía... muslos, senos, el rostro... indudablemente nacida de padres sólidos, ni alcohólicos ni sifilíticos... criada en los bosques... en Prusia oriental, bien alimentada... vergüenza y miseria, ¡desventaja terrible de las juventudes pobres! sé lo que me digo...

De hecho, en nuestra condición, Isis, mujer bella, bien conservada o no, aunque hubiera sido la purí de allí arriba, o la Kretzer, aunque hubiese tenido quince años, cien años, por el honor que nos hacía, muy halagados... ¡empalmados incluso!... admitirnos a su semidesnudo entre bordados, rasos, muselinas... ¡no íbamos a faltarle al respeto!... ¡oh, Dios mío, no!... ¡antes el cianuro!

¿Qué nos contaba?... en francés... trivialidades... ¡que si Berlín estaba ardiendo!... ¡diablos, ya lo sabíamos!... que si los ingleses eran unos auténticos monstruos... bueno, ¿y qué?...

Oh, pero, ¡una lágrima! sí, estaba llorando... ¡dos lágrimas!... y el pañuelito...

Miren: cada martes yo iba a Berlín, ¡ya no volveré!»

Otras lágrimas... no nos mostrábamos indiferentes...

«El *Landrat* me llevaba... él todavía tiene su coche... aquí, verdad, nosotros no tenemos nada... ¡ya no nos queda nada!...»

Y más lágrimas... me explicó, su manicura estaba en Berlín... su peluquero, su modista, su masajista, ¡todo en Berlín!... por cierto, ¿dónde estaba el *Landrat*?.... tenía que haber venido a comer... ¡ni palabra!... ¡debían de estar todos en los sótanos!... sonrió... sonreímos... masajista, *Landrat,* modista, ¡todos en los agujeros!... nosotros allí no sabíamos nada... lo único que sabíamos era que caían bombas... y que todo temblequeaba...

Hablando de temblores, justo allí, al fondo, ¡el pesado tapiz se vino abajo!... ¡con la barra! ¡rrrrac! ¡completamente arrancado!... ¡y alguien! ¡el lisiado a la espalda de Nikolas! ¡el gigante! ¡el lisiado furioso!... ¡una aparición!... ¡haciéndonos guiños con unos acáis!...

«*Schweine!* ¡cerdos!... *raus! raus!*... ¡fuera!»

Os lo traduzco... el lisiado no hablaba francés... sólo alemán...

«*Spione! Spione!... lauter Spione!*»

No éramos sólo cerdos, ¡éramos espías!...

«¿Es que no vas a echarlos fuera?... *Spione! Spione!* ¡ah, no quieres! *Nikolas!*»

El gigante le entregó su escopeta de caza... y desde allí arriba, a horcajadas, nos apuntó, por decirlo así, a bocajarro... en fin, cuatro, cinco metros... no tuvimos tiempo de pensar; Isis, que estaba en pose lánguida, encantándonos, muslos y sollozos... ¡saltó!... ¡tigresa! ¡le agarró el arma! ¡la lanzó al otro extremo de la habitación! ¡y a él con ella!... ¡que fue a rebotar de cabeza!... él le gritó: ¡puta!... ¡puta!... ¡dos veces!... entonces lo vi sobre la alfombra... de repente, dejó de moverse... babeaba, se agitaba, lanzaba estertores... por fin, algo claro, que yo reconocía... se mordía la lengua... se debatía, gritaba... no era siringomielia en absoluto... ¡otra gracia! aquel Von Leiden hijo era epiléptico... allí, en la alfombra... ¡innegable!... todas las características... Isis me sorprendió, ¡aquella calma!... ¡la forma como lo había desarmado! ¡en menos que canta un gallo! ¡verdaderamente admirable, limpia, precisa!... con toda seguridad Harras debía de saber que aquel lisiado era peligroso...

«¿Ve usted, doctor?... ¡ya lo ve usted!»

¡Ya lo creo que lo veía!... iba a seguir retorciéndose y babeando todavía durante una hora por lo menos.

«¡Son los celos!... ¡y también las alarmas!... desde hace dos años no duerme... ¡le pido perdón, doctor!... ¡y a usted, señor Le Vigan!... ¡ya no sabe lo que hace! pensaba que Harras podría lograr que lo trataran en Berlín... la verdad... la verdad es que... ¡ya no puedo más!... ¡sobre todo por la pequeña!... es peligroso, ¡incluso para ella!... ¡ya no sabe lo que hace! ¡y sufre!... ¡sufre más de lo que puede soportar un hombre! de la espalda... del corazón... y de los nervios... ¿verdad? ¡tiene ataques que le duran noches enteras! ¿no puede usted hacer nada por él, doctor?

—¡Ya veremos, señora! Ya veremos...»

Entretanto, tenía una fuerte convulsión ahí, boca arriba... a nuestros pies... sus muñoncitos de las piernas daban tirones... los brazos como luchando con la alfombra... la cabeza tan crispada, como cerrada en las arrugas, y una espesa espuma de baba y de sangre en la barbilla...

«¡Ya lo ve usted, doctor!... está así por lo menos dos veces a la semana... cada vez más fuerte...

—Evidentemente, sería necesario que lo ingresaran en otro lugar... que lo tratasen en otro sitio... que no esté como aquí con alarmas constantes... en Suiza, por ejemplo...

—¡No querrá ir nunca! ¡es demasiado celoso!

—Ya hablaremos de eso con Harras...

—¡Oh, eso sí vuelve, ése!

—¿Cuánto le duran los ataques?

—¡Varían mucho! *verschieden!*... ¡diez minutos!... ¡dos horas!... todos los médicos han recomendado que esperemos mucho... que le dejemos dormir... tres horas... cuatro horas... ¿está bien?

—¡Perfecto!... pero, ¿qué medicinas le da?

—¡Mire!»

Me llevó hasta el armario de las medicinas... ¡había todo lo necesario! vi... de todo... polvos... ampollas... frascos... Luminal... Dolosal... morfina... heroína... ¡podía darle un festín!... pregunté cuántos sellos le daba... cuántas ampollas...

«¡Todas las que quiera, cuantas quiera!... según me dijo Harras... ciertos días dos veces... tres veces... pero sobre todo por la noche... los ataques le dan hacia las once...»

Los ataques no eran consecuencia sólo de las alarmas... con frecuencia de una contrariedad... ahora eran los celos... de eso estaba segura... celoso, enfermizo... celoso de Harras o del *Landrat*... de Harras lo comprendía yo, pero, ¿de nosotros? ¡no estábamos como para provocarlos! pordioseros y miserables... completamente pendientes del rancho y los temblores de las paredes y con el artículo 75 en el bul... si aun así a aquella dama le apetecía, ¡a su salud! en realidad, por fea que sea la situación, imposible hacer comprender a las damas ardientes que ya no pide uno nada... ¡entremeses, platos fuertes ni postres!... ¡que se queden con todo! ¡que nos dejen en paz, hostias!

ô rage! ô gâteux! mort de vous!
Quatre cents règles la vie des dames...
A vos ardeurs, et vite! et feu!...

Para nosotros no había ni que pensarlo, La Vigue, yo... honestos...
¡honestos para siempre!... ¡terrible la manía de las bellezas! cuanto más arden las ciudades, cuantas más matanzas se cometen, se
ahorca, se descuartiza, más se pirran ellas por las intimidades... el
artículo n.º 1 del mundo: ¡follar!... yo, que olvido muy poco (no
es una virtud, precisamente) recuerdo muy bien que en octubre
del 14, con el regimiento pie a tierra, a la orilla derecha del Lys,
esperando el alba bajo el fuego continuo de las baterías de enfrente, montones de señoritas y señoras, burguesas, obreras, aprovechaban la oscuridad para venir a probarnos, se levantaban las
faldas, no decían ni palabra, no se les escapaba ni palabra, no se
veía ningún rostro, de un caballero pie a tierra a otro... las buenas costumbres obligan a alargar los noviazgos diez meses, diez
años, de un deporte de invierno a otro, de una inauguración a
otra, guateques, roturas de autos, pequeñas y grandes comilonas,
licores de aúpa, eructos, amonestaciones, Alcaldía, pero si es necesario, las circunstancias hacen copular a regimientos en batiburrillo de amantes locas, bajo bóvedas de obuses, ¡mil damas a
la vez!... ¡al minuto!... ¡nada de cuentos!... ¿agujeros en la naturaleza?... ¿muertos por doquier?... ¡yigui! ¡yigui! ¡amores como
moscas!

Os comunico mis reflexiones, siento que no me queda mucho de vida; si no aprovecho la ocasión, todos mis enemigos lo
tendrán muy fácil, me contarán todo al revés, ya no hacen otra
cosa... me diréis... ¡a nadie le importa un bledo!... ¡a mí sí! os hablaba del lisiado Von Leiden... boca arriba... en pleno ataque...
¡vuelvo a hablaros de aquel cabronazo!... vi que no llevaba ni
cuello ni corbata... ¡bien!... se debatía, se cortaba ligeramente la
lengua... pero no corría peligro de asfixiarse... el ataque de epilepsia claro, clásico... ¿su escopeta de caza?... fui a recogerla... es-

taba perfectamente cargada... dos cartuchos... me los guardé en el bolsillo...

«¡A nosotras también nos amenaza con frecuencia!... ¡a mí y a mi hija!...»

¡Me lo imaginaba perfectamente!... ¡qué leche!... ¡allá ellos!... nosotros, en cuanto a preocupaciones, ¡estábamos un poquito dotados!... pero pensé en Lili... debía de preguntarse qué sería de nosotros... pensé en el rancho... ¡demasiado lejos el *Tanzhalle*!... ¡demasiado lejos la tienda!... no nos veía volviendo a pasar por delante de la taberna... ni por delante de las chozas... todas las mujeres y las viudas al acecho... ¡con qué constancia se dedicaban a vigilar aquellas damas!... ¡no, no nos veía!... lo mejor, que cogiera de la olla, allí abajo, sin más ni más... sin pedir permiso... si se lo pedía a Isis von Leiden, otra vez las mismas historias, que si desconfiaba de sus criadas rusas, que si tenían orden de no tocar la comida sin que el lisiado se lo autorizara... y nosotros, nuestros cupones, ¿dónde estaba la autorización?... ¿en casa del *Landrat*?... ¿en casa de Belcebú?... un único medio, se comprende el robo en determinado momento, cuando resulta que no hay la menor duda, ¡no!... ¡y no!... ¡no por todos lados!... no queda otro remedio que servirse y darse el bote... ¡adiós!... conque nos despedimos de Isis, lo más discretamente del mundo, de puntillas... su maromo seguía boca arriba, seguía agitándose, pero babeaba menos... iba a recuperar la conciencia al cabo de una hora, más o menos... no nos iba a habernos visto subir... quizá no fuera a recordar su ataque... bajamos la escalerita en repecho, allí abajo enseguida volvimos a encontrar a Hjalmar y al pastor, roncando de lo lindo... no se habían movido, ni el uno ni el otro... el pastor en su silla, con la espalda contra la pared, Hjalmar tendido cuan largo era en el arroyo, su tambor, su cornetín, tirados... sin embargo, ¡aquél sí que era el momento de que batiera y trompetease!... el cielo estaba surcado de RAF ida y vuelta Berlín-Londres, por lo que se diseminaban las nubes... negras... blancas... copos de nieve, trozos de hollín, y espuma... Hjalmar roncaba y el pastor también... ¿y las chicas de la cocina?... ¡fui a ver!... ollas llenas y que humeaban y olían bien... ¡vi que no había nadie! ¡todo el papeo esperando! ¡ni una ni dos!... montones de escudillas en montones de mesas... las llené, ¡manos a la obra!... ¡una!... ¡dos... tres... cuatro!... sólo teníamos que atravesar el patio... la quinta estaba a dos minutos... primero costear la gran charca y después los establos... otra vez el paseíto... nuestra avenida de hayas... y las isbas... ¿habrían acabado de cepillar los objetores?... concienzudos silenciosos... silencio, ¡por fortuna!... si se hubieran puesto a hablar, ¡menudo lo que habrían echado por la boca! bastaba con mirarles las jetas... más odio aún que nosotros... conque fuimos a lo largo de los establos...

«¡Eh!... ¡eh!... ¡por aquí!»

Los franceses... lógico... nos habían visto... y nuestras escudillas... también querían... dije: «¡bueno! ¡ahí va! ¡tened! ¡una cada uno!»... nos guardamos dos para la noche... y les conté que nos habían birlado los cupones la Kretzer, Kracht y los otros... ¡hatajo de bandidos!

«No os preocupéis, ¡son todos igual de piratas!... ¡y las rusas venga guisar!... ¡venden de extranjis la olla a las mujeres *boches*! ¡por eso no están nunca ahí!»

Muy arriba, encima de nosotros, a través de las nubes parecía un banco de brecas... miramos...

«¡Cada vez hay más!»

Joseph fue el que habló... el otro, Léonard, que tenía aspecto todavía más hipócrita y parecía tragarnos todavía menos, observó:

«¡Menuda tunda les están dando!»

A mí no me faltaban respuestas... ¡con la misma moneda!...

«Tal como vimos Berlín, ¡ya deberían haber terminado!... ¿eh, La Vigue?»

La Vigue asintió:

«¡Ah, es para preguntárselo!... ¿qué pueden bombardear todavía?... ¿los agujeros?

—¡Todavía hay *boches* en los agujeros!... ¡nunca quemarán bastantes!... ¡y patas arriba!»

La opinión de Joseph...

Para Joseph, también nosotros deberíamos haber estado allí abajo, en la gran hoguera, era nuestro sitio, ¡asquerosos vendidos!... nada especial... la opinión de todos y todas... no sólo de Joseph, porquero, y Léonard, prisionero mierdica, de Cocteau también de la Academia y de tantos y tantos, amigos de la Butte, y de Cousteau, condenado a muerte, y el Goncourt Vaillant... es la magia de mi pobre persona, tan gratuita, que todos y todas me hayan acusado, por escrito, y me sigan acusando y me acusarán, con pelos y señales, de haber cobrado en todas las ventanillas... ocultas, oficiales... haber cruzado todos los telones de acero... haber pasado por todos los agujeros de ratones, ¡de un mendrugo a otro!... ¡ahí tenéis lo que es ser el espejo de las almas!... putas que sólo ven putas por doquier... como podéis imaginar, ¡aquellos dos prisioneros voluntarios no estaban dispuestos a discutir! ¡tenían sus ideas sobre nosotros!... y puesto que estábamos en el establo y no había ningún *fritz* a la vista, Léonard se destapó...

«A vosotros no os interesa, ¡eh!... nosotros, ¡eso es lo que queremos! ¡todos los nazis al fósforo!... ¡y los otros!... ¡todos los *boches*!..... ¡las chorbas y los chinorris!... ¡todo!... ¡a vosotros os gustan!...

—No... no precisamente... ¡y ellos no nos tragan! ¡eso seguro!

—Entonces, ¿por qué estáis aquí?

—¡Porque París es todavía peor!

—¿Peor que qué?

—¡Nuestras cabezas a precio muy alto!

—¡Ah, lo veis!»

¡Ahí estaba la prueba!... ¡la confesión!... Léonard, Joseph cargaron sus pipas... con algo que parecía tabaco...

«¡Heno!... ¡a eso es a lo único a lo que tenemos derecho!... y gracias, ¡eh!... ¡con nuestros cupones!...»

Nos hacíamos cargo... aspiramos lo que fumaban... no era heno del todo... con un poquito de tabaco... ¿tabaco?... ¿tabaco?... pensé... ¡la misma idea!... ¡caramba, debían de saberlo también!... ¡el armario!... y que yo tenía la llave... no creo que hubieran ido a ver... todavía no... pero seguro que alguien se lo había dicho... que Harras traía latas y latas de Lisboa... ¡en Zornhof no eran posibles los secretos!... ¡sólo se ocupaban de eso, ¡todos!... prisioneros, amas de casa, la tendera, ¡conocer todo lo que estaba bajo llave!... no paraban de intentar ver, merodear... y susurrarse... conque, ¡inevitable!... nosotros estábamos lelos, acabábamos de llegar... pero ellos, adaptados a las mil maravillas, enconados, rencorosos, fisgones mierderos... y había escondites en Zornhof, no sólo mi armario... ¡mis Lucky, Navy y embutidos!... ellos, aquellos dos, Léonard, Joseph, desde su establo, sin dejarse ver... ¡veían todo!... diquelaban lo que ocurría allí arriba, en casa del lisiado, al otro lado del patio... y los cachondeos en casa del tarra, cómo lo castigaban, cuántas veces había recorrido su gran salón y su habitación a cuatro patas, con las chavalas a la espalda, ¡arre, caballito!... con el culo al aire, al rojo vivo... veían todo aquello desde su establo, sin dejarse ver... sabían todo lo que pasaba en la *Dienstelle,* qué secretaria estaba encinta, los acontecimientos de la aldea, qué prisionero había quebrantado las ordenanzas y había ido con una oca a casa del panadero y se la habían zampado entre los tres... y con castañas... y que el *Landrat* se había enterado, el Simmer cargado de joyas, ¡cómo iba a fusilarlos! a qué hora y dónde sería, contra qué muro de la carretera Moorsburg-Berlín... el *Landrat* asistía siempre en persona a las ejecuciones... sobre todo desde hacía seis meses... hacía seis meses que se había hecho cargo de la Justicia, las dos jurisdicciones, militar, civil, y las policías... las instrucciones... ¡podía estar orgulloso de su popularidad!... Léonard, Joseph lo conocían bien... acudía con frecuencia a la granja, iba a almorzar y llevaba a Isis a Berlín para la manicura y los demás recados... todas las señoras de las quintas de las cercanías iban a Berlín cada semana... que el *Landrat se* tiraba a Isis, ¡era cosa sabida!... primero las comilonas, vinos, licores, dos, tres clases de carnes, una pava, y después, ¡tracatrá con la señora! y café, pero, ¡café café!... ¡ah, las «Ordenanzas» del Reich!... ¡para nosotros las privaciones totales! para ellos todo y más, ¡hasta reventar!... a Léonard le parecía vergonzoso, lo suyo era jalar... por su parte, Joseph se habría cepillado a Isis, era muy aficionado a eso... a propósito, a mí me hacían volver a pensar en aquella mujer, estaba ganando puntos en mi estima desde que la había visto saltar... ¡ah, una tigresa!... yo la había calificado al instante... ¡4! ¡5!... ¡no!... ¡valía más!... ¡8 sobre 20!... ellos no estaban para notas de estética, Léonard, Joseph... sino para los cupones... que no recibían lo que les correspondía ni de margarina ni de tabaco falso...

«¡La solución sería que los quemaran a todos!... ¡y al *Landrat!*»

Propuse... ¡en broma!

«¡Ya lo creo! ¡Ya lo creo!»

Ya vi, estábamos de acuerdo...

Con el tiempo, veinte años después, las cabezas atómicas están listas, setenta y cinco mil, al parecer, fantásticamente deseadas, ¡merecidas! ¡que las tiren, y que salte todo, por Dios, rápido! ¡que se desatomicen, todos! ¡partículas cósmicas!...

Ya entonces, veinte años atrás, el *Landrat* Simmer, Isis, su lisiado, el viejo azotado *Rittmeister,* la María Teresa en su torre, el porteador hercúleo Nikolas y nuestro Harras, siempre ausente, lejos, eran de la misma calaña, todos muy abominables, bribones, y la Kretzer, la llorona, y sus dos hijos muertos en la guerra, y el Kracht, *Apotheke* con botas, ¡asno como el que más!... y las señoritas secretarias, e incluso nuestra jorobada con su padre encantador de brecas, campeón del Spree, ¡en el mismo saco!... ¡plof! ¡la misma morralla! ¡acuerdo total!

Entonces, puedo asegurarlo, Léonard, Joseph, ni siquiera pestañeaban, yo les encontraba una de adjetivos, que se habían quedado sentados... que ellos no habrían encontrado nunca... para eso te sirve la cultura amplia: pullas de todas clases, epítetos mortales... el cocido político, comisarios del pueblo, censura... los intelectuales de los partidos no son superfluos en absoluto, sin ellos Próspero no daría pie con bola, todas sus cóleras acabarían en berridos groseros, ruidos de diarrea... el cable que echa el intelectual del lugar remedia esos horrores, suaviza los desacordes y los gallos...

Nosotros, allí, en cuanto a saber algo, era nuestras escudillas... se habían quedado frías de tanto charlar... las pondríamos a calentar, pero ¿dónde?

«¡Adiós, Joseph! ¡adiós, Léonard! ¡volveremos pronto!... ¡tenemos todo lo necesario!»

Lo importante, que nos hiciéramos un poco amigos... en fin, que nos detestasen menos... desde el momento en que todo son odios, en que ya no ves otra cosa que tu matadero por todos lados, encuentras dos, tres verdugos, un poco menos apresurados que los otros, te los has conciliado con tus buenos modales, dos gramos de tabaco, media escudilla, ¡has hecho pero que muy bien! ¡llamadlo milagro u otra cosa! Lisieux nunca supo conseguir aceptación, en tanto que Bernadette en Lourdes, ¡triunfa todo lo que quiere!... ¡gruta de dos mil millones y dos mil trenes especiales!

Bernadotte, de Pau, el mariscal, otra clase, cambió la chaqueta cuando hacía falta, llegó a rey ¡y adelante!... ¡sigue siéndolo!... conozco a cuarenta millones de franceses que han hecho otro tanto, alares, pistolas, ¡y demás!... ¡no por ello han llegado a reyes!... participantes modestos en el encarne, simplemente... ¡disputarse los cien mil cadáveres!... ¡se dice esto! ¡se dice lo otro!... ¡la verdad será para más adelante!... cuando se abran los archivos y a nadie le interese ya... ¡y puede que ni siquiera! ¡tres vejestorios escleróticos y lagrimosos que confunden el 30 con el 70...! a De Gaulle con Dreyfus... a Laval con la abadesa de Montmartre...* a Pétain con un diputado del Palais...

---

* La última abadesa de Montmartre, señora de Montmorency-Laval, juzgada por el tribunal revolucionario el 21 de julio de 1794, fue acusada por Fouquier-Tinville en su requisitorio de ser «una de las más crueles enemigas del pueblo», así como de haber mantenido contactos de inteligencia con los conspiradores del otro lado del Rhin.

¡Ya estoy bromeando!... ¡iba a olvidar nuestras escudillas!... ¡no iban a recalentarse con las pullas!... ¡salir de nuestras reflexiones!...

Al pasar ante los *bibelforscher,* vi otra isba más... ¡joder con aquéllos! ¡la Virgen! ¡se atareaban rápido y bien!... ¡no eran parados holgazanes! y no se trataba de pequeños cobertizos, pabellones enormes para por lo menos quince, veinte familias... eso es lo que le falta a Francia, no vahos de perdigones tónicos ni curas fotogénicas... ¡sino «objetores»! la calidad, rapidez, te reedificarían Francia en menos de treinta y cinco días, el lapso del cólico demencial, Breda-Pirineos... ¡lo digo!... ¡lo afirmo!... ¡muy pretencioso!... «todos sabemos todo con detalle, una vez ocurrido el acontecimiento», el de allí era nuestra manduca... bastaba con que atravesáramos el parque... nuestro peristilo... y nuestra torre... oí voces... el matrimonio Kretzer... empujamos la puerta... ¡oh, todo iba bien!... charlatanes y charlatanas... nada de dramas... los Kretzer y al menos diez secretarias, señoritas, congregados alrededor de una gitana... gitana, eso no me lo esperaba... ¿de dónde venía aquella gitana?... ¿no había que suprimir a los gitanos según los decretos de Nuremberg?... ¡gravemente contaminadores!... ¡criptoasiáticos!... ¿una gitana libre y cotorra? ¡como decir la guerra inútil!... el orden de Hitler era, no lo olvidemos, tan racista como el de los negros del Malí o los amarillos de Hankow... ¡íbamos a ver lo que íbamos a ver!... felizmente, ¡no vimos otra cosa... que Monnerville* rey de Francia!... ¡y los galos expulsados de su supuesto Imperio a patadas en el culo!... ¡no todo el mundo puede ser racista, aunque quiera!...

Allí, aquella en cuclillas sobre nuestro jergón, ¿de dónde venía?... pregunté a Lili, al oído... pregunté a María Teresa... y a los

---

* Gaston Monnerville, político francés nacido en Cayena en 1897. Fue presidente del Senado de 1958 a 1968. Céline lo llama «Rey de Francia», porque, en caso de fallecimiento del presidente de la República, el presidente del Senado es el que ocupa el cargo interinamente.

Kretzer... nada menos que de Hungría... me susurraron... no estaba sola... eran cinco familias juntas en un carromato allí, en el parque al otro lado de las isbas... adivinos de la «buena ventura», cesteros muy hábiles, reparadores de asientos, violinistas y ladrones, naturalmente, casi seguro, espías... lo más cojonudo, pasaportes perfectamente en regla, ¡más que nosotros!... con sellos lacrados, fotos, huellas dactilares y permiso para todo Berlín, *ausweis* y aprovisionamiento para su gasógeno... bastaba con que fuéramos a darnos cuenta, allí al lado, junto a los *bibelforscher*... iban a acampar allí tres semanas, el tiempo de darnos cinco o seis representaciones, cine, cantos, bailes, y arreglar los asientos de todas las sillas, remendar los cestos, reconstruir las colmenas... aquellos artesanos venían de perilla... y no faltaba el mimbre... con las cunetas y los estanques llenos... ¡tres semanas era poco para todo lo que habían de hacer!... lo agradable del IV Reich, si lo juzgas y la Historia ya lo está haciendo, una vez extinguidas las vociferaciones, es que pensaba en los menores detalles... por ejemplo, en lo de los judacas, ¿cuántos trabajaban en la Cancillería?... ¿y muy próximos a Adolf?... ¡la tira de ambos sexos!... un día se escribirá un libro sobre ellos... como los fusilados de los tribunales de Justicia, tan depuradores, ¿cuántos judacas nazis, colaboradores de choque?... Sachs[*] no era una excepción... ¡en absoluto!... ¡en Sig-

---

[*] Maurice Sachs (1906-1945), personalidad de los medios literarios y artísticos parisinos del período de entreguerras. Él mismo cuenta en una autobiografía escrita a los treinta y dos años, *Le Sabbat,* cómo había ido convirtiéndose poco a poco, en virtud de una mezcla de inmoralismo y sentimiento de culpabilidad, en el «Maurice Sachs que ha dejado recuerdos enojosos en muchas memorias (y algunas impresiones buenas en otras y una mezcla de bien y de mal en algunas), el Maurice Sachs equívoco, huidizo, amigo de tejemanejes, borracho, pródigo, desordenado, curioso, afectuoso, generoso y apasionado». Había escrito *Le Sabbat* de enero a julio de 1939 y, según su propia confesión, para acabar con aquella vida y aquel personaje, pero, en el París de la Ocupación, Sachs cayó en una decadencia agravada, que cuenta en *La Chasse à courre*. Pasó los dos primeros años de la guerra traficando con oro y haciendo mercado negro y después, a pesar de ser judío por parte de madre, cuyo nombre llevaba, colaboró con la Gestapo y, tras inspirar sospechas a sus jefes, acabó en una prisión de Hamburgo. Al parecer, murió en abril de 1945 a consecuencia de un bombardeo durante el traslado de una cárcel a otra.

maringen conocí ejemplos mucho más magníficos!... la terrible catástrofe de los *gois* es que están tan atontados, son corderitos tan cartesianos, que lo que no esté bien entendido, admitido, del todo conforme... ¡pura y simplemente no existe!... ¡sólo lo que está bien entendido cuenta!... «¡por aquí, las pequeñas Loyola!... ¡por aquí, los asalariados verdugos de Himmler!...» ¿que pides más? ¿los detalles?... los ves volverse completamente majaretas, ¡antropopitecos delirantes, todos locos con alcohol, titubeantes, azorados por la publicidad! ¡y mierda!... asesinos como cincuenta películas, cochinos como los «Correos del corazón», Mayol,* Grand Guignol,** ¡mezclados! peor para vosotros, ¡por haberlo provocado!...

Nosotros dos allí, con nuestras escudillas, homínidos o no, llegábamos en el momento oportuno... ¡menudos platos enormes de *butterbrot* veía yo en pleno jergón!... pilas de rebanadas de pan untadas y pastas... nosotros con nuestras dos escudillas y que había que volver a calentar, ¡estábamos guapos!... lo mejor, llevárselas a Yago... debía de haber regresado de su vuelta virtuosa, tirando del viejo, mostrando su delgadez... se lo dije a La Vigue, al oído... ¡nada!... la gitana me oyó...

«Allez-y... allez-y!»

Gritó... nos echó... sabía quiénes éramos... esa clase de gente se informa rápidamente... ¡su carromato había llegado aquella mañana! ¡en francés nos echó!... *«allez-y!»*... ¡a ver qué jeta tenía, aquella agresiva!... no había demasiada luz, dos velas... lo importante es acostumbrar el ojo como en los rayos X, adaptarse... entonces la vi, estaba sentada, en cuclillas, estaba barajando... la enfermedad del momento, chorchis, civiles, prisioneros, todos, todas, ¡los naipes!... la gran enfermedad, dondequiera que fueses,

---

* Concert Mayol: sala de variedades de París famosa por sus espectáculos desnudistas. Debía su nombre a un famoso cantante de cabaret de comienzos de siglo.
** Teatro de Montmartre especializado en obras de terror. Se mostraban torturas en detalle y corría la sangre.

¡adivinándose el futuro!... ¡ah, el Harras que buscaba un «Apocalipsis»! ¡epidemia terrible!

La gitana estaba ocupándose de Lili... pero primero, que nosotros dos nos largáramos, yo, La Vigue... delante de nosotros, ¡nada!

«*Gehen sie, doch!*»

Tan serio lo de sus cartas ¡que daba la impresión de que fuera para la policía!...

Harras estaba en Portugal, para ponerse en contacto con los otros barrigudos, de enfrente, si se limitaban a echarse las cartas, no me habría sorprendido... pero, ¡qué impaciente estaba aquella gitana!...

«*Los!... los!...*»

Y con voz ronca... casi de hombre... disfrazada estaba, justo el tiempo de verla, pestañas y cejas pintadas de azul... con toda seguridad una peluca, no era su pelo... ¡y peluca rubia!... no le gustaba, creo, que la miráramos con aquella insistencia... yo no quería crear complicaciones… nos fuimos en silencio, con nuestras escudillas... ¡que se ocuparan del futuro aquellas damas!... en realidad, menudo si pasaban «fortalezas»... no en el futuro, en aquel instante, ¡allí! ¡por encima!... escuadras tras escuadras, ¡y no de juguete, no en las cartas!... y tan campantes, en formaciones más bajas que las nubes... a trescientos metros quizás... ¡apenas!... y con todas «luces» intermitentes… ¡que nos enteráramos bien de que estaban como en su casa, de que todo el espacio aéreo alemán les pertenecía, no sólo la capital y sus alrededores, ¡y que iban a dejar todo hecho pavesas!... ¡cráteres y fósforo! a dejar todo patas arriba, las ruinas y el Spree, el Adolf y su Cancillería, y sus *Obersturm* y *bunker*... ¡los cementerios también!

¿Y nuestros cupones?... ¡pensé en ellos! nuestro *Landrat* debía de estar ocupándose de ellos, ¡haciéndose confetti con ellos!... ¡muy bien!

«¡No sueltes la barandilla!»

Entonces hacia el sótano, el pasillo... Yago debía de estar allí... el viejo había vuelto, yo había visto su bici abajo, con el manillar

apoyado en una columna... la cuestión era que Yago no mordie-
se... La Vigue me propuso: «A ti te conoce, ¡ve tú!»... dejé una escudilla sobre la baldosa... y lo llamé «¡Yago!»... no tenía inconveniente... ¡tres lengüetazos!... ¡ya estaba!... ¡tragado!... le presenté
la otra... ¡otros tres lengüetazos!... ¡buen Yago!... ¡éramos amigos!
¡fácil!... volveríamos a los *bibel*... ¡tenían demasiado! si no haces
de Dios tú mismo, un justo reparto de los bienes, seguro que mo-
rirás rabioso, de indignación, de la represión de demasiadas cóleras... sé lo que me digo... estoy en vísperas... estaba hablándoos
de la edición, ¡de la estafa que es!... ¡y del abominable gusto del
público!... a mí, a pesar de estar acostumbrado a las disecciones y
a los temas muy avanzados, el corazón me flaquea cuando pienso en los libros y comentarios... en el fondo de los Sargazos no
hay escolopendras peludas peores que los lectores muy enterados... devoradores de excrementos dialécticos, enredados entre
las algas... y frases con formas de pólipos, «mensajes» formidables...
burbujas de cieno... sólo con vislumbrar esos fondos de nada,
puedes perfectamente quedarte sin vista, sin gusto, sin olfato para
siempre...

Yago no era exigente, pero si lo hubiésemos asustado, habría
podido comernos perfectamente... no habíamos metido la pata,
habíamos ido en silencio... despacio... nos había comprendido
muy bien... no es que fuese un animal ávido, ¡no! pero ya no podía más, la verdad... la cuestión era que nos conociese... puesto
que yo echaba mano del armario, ¡los cigarrillos a cambio de las
escudillas! si Harras volvía... ¡ya lo vería perfectamente!... ¡él había jalado todos los días en Portugal!... ¿por qué las «Ordenanzas»
estrictas a nosotros?... ¡todas las privaciones del Gran Reich!...
¡Yago, nosotros!... ¡si aquel Harras volvía alguna vez!

Puesto que podíamos ir a la queli de La Vigue, que Yago nos
dejaba pasar, había llegado el momento de hablarnos un poco, de
nuestros proyectos... en primer lugar, ¡nuestras impresiones!... no
habíamos podido decirnos nada, ni un momento solos, siempre
personas alrededor, charlatanas, soplones y soplonas, más o me-

nos... desde el momento en que eres sospechoso, buscado por un lado o por otro, esa especie te crece alrededor... como setas después de la lluvia... el ser humano es denunciador, guripa de nacimiento, nace así, es inevitable... se va, te deja, no es necesario que te preguntes adónde va, va a telefonear a la comisaría, que te ha visto así... asá...

Ya os lo he dicho, La Vigue, su celda, estaba al final de un pasillo, tierra batida y ladrillos... entre la cocina del Comandante von Leiden y el sótano... el viejo enviaba allí a sus chavalitas a buscar sus leños... los necesitaba para su estufa, algo así como un monumento enteramente de loza que ocupaba la mitad del salón... una calefacción en verdad voluminosa, pero muy útil, hay que reconocerlo, en aquel majestuoso entresuelo, teniendo en cuenta el clima de Brandeburgo y todas las ventanas que daban a la llanura... la celda de La Vigue daba también a aquella misma llanura, pero desde más abajo, ¡y tras unos barrotes!... oh, he conocido lugares mucho peores... de todos modos, la habitación de La Vigue no era alegre... debía de haber sido en otro tiempo dormitorio de las chicas de la cocina en otro tiempo, ahora las chicas se alojaban en otro lugar... aquella ventana hundida daba primero a un gran charco, después a una charca de lodo amarillo, toda surcada de hilillos de agua... os doy estos detalles porque algo después, unas semanas, tuvimos que ocuparnos mucho de aquellos hilillos de agua y de aquellas algas, ya os lo contaré... en aquel momento, allí, en su sótano, hablamos de todo lo que habíamos visto desde hacía dos días... en realidad, no habíamos entendido bien todo lo ocurrido... llega un momento en que las complicaciones se embrollan... ¡tantas torpezas! ¿es posible que estés tan lelo?... ¡por Dios, no es posible!... ¡que sí!... ¡que sí!... ya no intentas preguntarte nada, ¡nadie intenta comprenderle! lectores, espectadores, la verdad de la verdad, sólo exigen una cosa, ¡que te cuelguen! ¡y rápido! ¡alto, corto! ¿con qué estilo te balancearás? ¡no compliquéis tanto las Escrituras! el genio de esta civilización es haber encontrado razones para las peores carnicerías paranoicas... ¡el sentido de la Historia!... *new look,* asegurados sociales sanguinolentos, hígados de mermelada, meninges en jirones, ¡sádicos holgazanes, motorizados, televisados, encantados!... satisfechos... y más... ¡y más!... ¡un chato! ¡dos!... ¡eructar!

> *Ah, comme je regrette!*
> *Ma jambe bien faite!*
> *Mon bras si dodu!*
> *Et le temps perdu!*

el estribillo, desde luego... ¿y nosotros entonces? en cuarentena, en el fondo de Prusia... ¡con la sentencia en suspenso!... pero, ¿qué sentencia?... la gente que nos rodeaba allí muy hostiles, ¡los SS y los anti!... pero no más de lo que lo habrían sido en la Butte, en Sartrouville o Courbevoie... sentencia, ¿para dónde? ¿el Instituto Dental?... ¿la Villa Saïd?... había que adoptar las disposiciones... desde luego, más que equívocos eran todos, no sólo los «trabajadores voluntarios»... Kretzer... Kracht... y la heredera María Teresa tan bien dispuesta y sus pastelillos... y los otros de la granja con su supuesta cólera... el lisiado y su fusil cargado, ¿en broma o para meternos miedo?... al pasar aquella escena, los pequeños detalles, llegamos a la conclusión de que era fingida... ensayada... que el habernos apuntado, el salto de la tigresa, eran un «suspense»... que ella había desviado el cañón, pero que lo habían preparado entre ellos... entonces, ¿por qué?... no comprendíamos...

«Te digo, te lo dije en Grünwald, que no deberíamos haber venido aquí... ¡deberían habernos dejado en Berlín! ¡a verlas venir!»

¡Absurdo!...

«Tampoco deberíamos haber ido a Baden-Baden, ¿acaso te parecían honrados a ti aquellos del "Brenner"? ¿la tan antihitleriana Von Seckt?... ¿y el falso y manco Schutze? ¡los magnates del Ruhr tan gaullistas!... ¡venga, hombre!... ¿y todos los jefes de comedor *fifis*?»

En cuanto a razonar, La Vigue, «hombre de ninguna parte», era la locura, no valía la pena, pero yo también podía afirmar no haberme pringado tanto... sin embargo, total, no había que darle vueltas, estábamos en una aldea, con tantas intrigas, ¡que mejor habría sido estar en otro sitio!... ¡en cualquier otro sitio!

«Oye, y encima, ¿qué pasa con esa gitana?...¿has visto su peluca?... ¿rubia?... ¿de dónde sale?... ¿has oído su voz?... ¿una mujer eso? ¿tú crees?... ¿un hombre?... ¡y cómo nos ha hecho dar media vuelta!... ¡y va a hacer girar las mesas!... ¡se las ha llevado a todas ahí arriba!

--¿Cómo a todas?

--¡A todas las mujeres!... ¡a Lili con ellas! entretanto, escucha un momento... ¡lo que están lanzando sobre Berlín!»

Era verdad, más que de costumbre... ¡menudos torrentes de bombas!

«¿Te gustaría estar allí, a ti?... oye, ¡el "Zenith"!... ¡y el Pretorius!... ¡colgado, el tío!... ¡te digo, chico, que van a dejar todo patas arriba!... ¡los agujeros también!... ¡como los dedos de un guante!... ¡los cráteres!...»

No era exagerado, bastaba con ver las paredes, cómo temblaban, a cien kilómetros, ¡lo estaban convirtiendo en un Vesubio de bombas!... Berlín, la gente y las ruinas... de acuerdo, lo perfeccionaron mucho más adelante... ya veremos, ya juzgaremos... allí era ya un espectáculo, muy variado... no sólo «fortalezas» escuadras... también los pequeños hostigadores... uno a uno, *marauders... mosquitos...* respecto de la «pasiva» *boche*: ¡nasti! ¡ni una salida, ni una batería!... ¡habíamos visto al último aviador! ¡se habría hecho su agujero él mismo!... digo el único, quizá exagere, pero los otros que no veíamos debían de haberlo hecho mejor... más profundo... ¿qué cojones iríamos a hacer en Berlín, suponiendo que nos dejaran marchar?... ya no era sino escombros, con la forma como lo estaban castigando ya no sería sino cenizas sobre cenizas... ¡estaba atontado el hombre de ninguna parte!... bas-

taba con que sintiera un poco las paredes y las losas... a pesar de
que su celda estaba bastante bajo tierra...

«¿Vendrán aquí también? ¿crees tú?

—¡Ya no estaremos!

—¿Dónde, entonces?

—¡Déjame pensar!»

Pensar, estaba jactándome un poco... de todos modos, una
idéita... desde hacía mucho la idéita... mínima, práctica... «sólo se
ve lo que se mira y sólo se mira lo que se tiene ya en la mente...»

«¿No has oído al sargento?

—Al sargento, ¿dónde?

—El del terreno... el del petirrojo...

—¿Y qué?

—¿No ha hablado de Heinkel?

—¿Qué es eso de Heinkel?

—La fábrica de Rostock...

—¿Y qué?

—Pues, ya te lo diré más adelante... de momento, vamos a
volver a subir allí arriba, deben de haber acabado de echar las
cartas...

—¿Tú crees?»

Salimos a tientas de su celda... la luz estaba prohibida... y,
además, no teníamos velas... llamamos a Yago, vino hacia nosotros, nos olió... le toqué la cabeza... no tenía inconveniente, lo
acaricié, nos dejó pasar... La Vigue recogió las dos escudillas... ya
volveríamos a pasar por los *bibelforscher*... Iago nos comprendía...
me recordaba una cancioncilla...

On ne passe pas ainsi chez le monde!

¡No es que fuera un perro glotón! ¡no!... pero el asqueroso de su
amo le hacía tirar de él durante horas, hasta que el pobre animal
no podía más, ¡sin jalar!... tocante a escudillas, ¡no había problema! ¡simplemente por cigarrillos!... ¡no iba a andarme con mira-

mientos!... ¡allí estaba el armario de Harras!... puesto que metía mano para Kracht, los otros, ¿qué?... ¡que rodara la bola!... ¿las cocineras de la granja?... ¡también querían fumar!... ¿y nuestros pillos de los establos?... ¡ya lo creo!... ¡y la tendera!... ¿y el guarda jurado?... ¡todos!... ¡todas!... ¡Kretzer y señora!... ¡qué de gente iba yo a hacer feliz!... con delicadeza, claro, pero en fin Harras lo vería, si volvía, el maldito farsante, ¡de paseo en busca del tifus! no tardaría en comprender... si se hubiera visto con aquellas ristras de bombas por encima de la azotea, ¡habría actuado exactamente igual!... ¡el muy chulo!... ¡que fuera a buscar su Grünwald y sus señoritas *telefunken*[*] y sus zumos de frutas! ¡en llamas todo aquello! llamas... ¡todo el horizonte! verdes... naranjadas... amarillas... y allá arriba, en las nubes, las oleadas de hollín... hacia nosotros... sobre nosotros... oleadas furiosas... sin duda Harras sabía... ¡desde luego!... ¡no podía quedar nada de su *Obergesundt*! ¡no encontrarían una *fräulein* ni con pinzas! ni un finlandés, ni un parapeto, todo aquello había subido allí arriba... ¡no le iba a faltar de qué reír!... ¡jajajá! nosotros, entonces, la cuestión era encontrar nuestra puerta, volver a subir a nuestra queli... absolutamente a tientas... la única «pasiva» que tenían, ¡prohibición absoluta de alumbrar!... ¡ni siquiera una cerilla!... sin embargo, ellos tenían en sus habitaciones, yo veía resplandores bajo las puertas... también se hacían guisos... olía a estofado... debían de hacerse natillas también, ¡un olor a caramelo!... naturalmente, ¡en la mesa no comían!... por todas partes, en todos los países en guerra, es el vicio general, que no se vea lo que se jala ni lo que se bebe... el saqueo de las raciones de los chavales, sobre todo de leche, para el café de papá... yo lo veía en Bezons,[**] daba leche «suplementaria» para los «menores de cuatro años», nunca probaban una gota... las ma-

---

[*] La consonancia hace aparecer, a propósito de las señoritas telefonistas o telegrafistas de Grünwald, el nombre de una célebre marca de aparatos electrónicos.
[**] Céline había sido médico del dispensario de Bezons de octubre de 1940 a junio de 1944.

dres se defendían de otros modos, con los cupones... birlaban los más chachis, enviaban a los chinorris afuera, abajo, y completamente a solas, litro a la mesa, queso, pan, nadie que las viera, y sin olor, ¡se atracaban! ¡como limas!... por doquier, en todos los países en guerra, hay que ser como un sioux enteramente, una paciencia de gato, para ver a la gente ponerse como el Quico... nunca los veíamos alimentarse... ¡una magia! sólo Yago y nosotros en los huesos... con eso debía bastar para la aldea... ejemplares perfectos de austeridad... perfectos hipócritas todos aquellos espectadores, quinta, granja, chozas... las hipocresías son como las lenguas, cada cual tiene su estilo, sus giros... la hipocresía *boche* no bromea con las manifestaciones gigantescas, desfiles de masas, ladridos de jefes, entusiasmos excesivos, *über alles!* pero en familia *mahlzeit* de hambre, hacer ver ostensiblemente que se alimentaban apenas con una apariencia de sopa, ¡sin dejar de vociferar muy fuerte! ¡más fuerte!... *heil! heil!*... el retrato de Hitler, en lo alto de la pared, ídolo, bigotes finos, labios finos, no reía ni por equivocación... tan sólo después del *mahlzeit...* subían cada cual a su habitación, a prepararse sus cositas... la prueba es que yo no veía a ninguno delgado... cosa segura, nuestra María Teresa no pasaba privaciones, ¡no vivía sólo de golosinas!... confiaba en que Lili hubiera podido pedirle «restos» para La Vigue, para mí... en todas partes donde las he visto, esas reuniones de damas, levantadoras de mesas, lectoras de manos, adivinadoras del porvenir o locas sensuales, dondequiera que sea, Londres, Neuilly, Nueva York, Dakar, son locas glotonas n.° 1... meneos de trasero, sí, pero todavía más bocadillos, montañas de pastas... más la tira de oportos, ginebra, *scotch*, que esas damas salen de las sesiones de mesas giratorias en un estado de hinchazones y eructos... muy indecentes... por los dos extremos.

Seguro que Lili no estaba borracha, yo la conocía... y que había pensado en nosotros... subimos... encontramos nuestra puerta... Lili estaba allí... sola... esperándonos...

«¿Y qué?... ¿y qué?... ¿qué ha dicho?

—¿Quién?

—La gitana...

—Ha hecho hablar a la mesa...

—¿Y qué?

—Que os veía a ti y a La Vigue en una gran casa muy sombría... muy grande...

—¿Nada más?

—Una casa con barrotes...

—¿Por qué nos ha hecho salir?

—No quería hablar delante de vosotros...

—¿Crees tú que es una mujer?

—No estoy segura... ya la volveremos a ver mañana... su carromato está en el parque... tiene que venir a buscar las sillas, todas las de María Teresa y del viejo necesitan reparación... y también las de la granja, ahí enfrente...»

Podíamos contar con Lili... bien que había pensado en nosotros...¡un cestito entero de bocadillos!... y no «sucedáneos» como en Berlín, ¡de los auténticos con mantequilla! Y, además, rebanadas de pan con *foie-gras*... ¡la prueba de que tenían lo que querían!... ¿cómo?... aún no lo sabía... pero sospechaba... un tinglado tras otro... ya la miel falsa, los cigarrillos, la olla de *Tanzhalle* y las hogazas en la tienda de ultramarinos, comenzábamos a defendernos... metiendo mano en el armario de Harras, sin miramientos, no nos faltaría de nada... lo importante, en las condiciones difíciles, muy difíciles incluso, pegarse a los apasionados, dando, dando, para que cuenten contigo... «para levantar la Tierra, ¡dadme una palanca!» gritaba Arquímedes... si proporcionas al fumador privado de tabaco con qué llenar su pipa, te entregará los Halles... el fumador privado de tabaco es capaz de todo, te encuentra todo, te lo roba todo...

En el armario de Harras había por lo menos tres años de tabaco... diez años de «Navy Cut» y «Craven»... seis meses de «Lucky»... yo nos veía a todos engordando... ¡podían esperar los pérfidos, el lisiado, Kracht, Isis y los demás!... su plan consistía en agotarnos, que no pudiéramos más... ¿y la diplomacia, entonces? encuentras un pequeño compromiso, puedes esperar... nosotros el *stock* de Harras... los hombres se cansan de todo, incluso de los *cocktails* más agresivos... mientras que el fumeque, ¡menudo!... ¡está casi más solicitado que la vida!... en la ejecución capital, se puede elegir, ¿ron?... ¿tabaco?... el cigarrillo gana... yo veía que, con nuestra ayudita, íbamos a conseguir prescindir perfectamente de nuestros cupones... sólo, que, desde luego, se volverían abyectos en cuanto viesen que los chinchábamos... se podía prever incluso que se volvieran feroces... así, pues, ya era hora de sobra de pensar en el medio de darse el piro... antes de que nos jugaran una... no sabía cuál, desde luego tenía una idea... dos... tres... cuatro... no soy astuto, pero sospecho... no soy optimista... sopesaba el pro... el contra... desde hacía meses... sin contárselo a nadie... ni a Lili... ni a La Vigue... ¡ya veríamos! allí, en aquel instante, me preguntaba lo que habían podido decirse... primero, en nuestro cuchitril de la torre... y después arriba, en casa de la heredera... ¡no se habían limitado a interrogar a las mesas!... habían merendado y muy bien, la prueba los hojaldres con fresa, carne de oca en manteca, sardinas, pan blanco, todo lo que Lili había guardado para nosotros... al parecer, ¡había habido diez veces más!...

«¿Y la gitana?»

No había sido la mesa, sino un velador... lo que había movido, con un pie, y luego con el otro...

«¿Qué ha respondido el velador?

—¡Las mismas cosas!»

Que nosotros dos, La Vigue y yo, pasábamos a través de las llamas y después, ¡más llamas! entonces estábamos encerrados en una enorme casa enteramente negra... enteramente negra y con muchos barrotes.

En cuanto a las llamas, ¡bastaba con mirar!... ¡todos los horizontes!... y todo lo que pasaba desde el Este y desde el Norte, escuadra tras escuadra, ¡no iba a tirar pasteles sobre el paisaje!... sólo por la forma como temblaba todo, las paredes, los establos, el suelo, ¡también nosotros habríamos podido pronosticar! ¡los secretos!... que las peladillas de las «fortalezas» dejarían patas arriba las remolachas y los surcos, ¡y a los nazis con ellos! a los aristócratas y a las solteronas, al *Landrat* y sus brazaletes, a los trabajadores antivoluntarios y a los *bibel,* ¡que todos irían a hablar a las nubes!... bastaba con ver lo que venía, se desplazaba por borrascas, como a propósito sobre nosotros, en ocre... negro... ¿humaredas de qué?... ¿de los bosques?... ¿de la hulla?... ¿de las fábricas?... los aviones no se andaban con chiquitas precisamente, atravesaban, como de rutina... ahora de noche, con todas las luces encendidas, intermitentes, seguro que castigarían Moorsburg cuando ya no quedaran ruinas en Berlín... ¡y dejarían todas las fachadas patas arriba!... reducirían todo aquello, quinta y el resto, a un simple cráter pequeñito... ¡cuando ya no quedara nada en el Gran Reich, en la puta Prusia de los cojones ni Brandeburgo!... ¡mayor razón para no esperar!... ¡no necesitábamos para nada a la gitana ni sus veladores! ¡la supuesta mujer!... ¡claro que había que desaparecer!... no había habido sólo espiritismo y pastas... María Teresa había ofrecido a Lili toda la biblioteca del viejo, ¡todo lo que quisiera!... la puerta contigua a su salón... yo veía lo que Lili había cogido... todo Paul de Kock... todo Murger... para nosotros dos, La Vigue y yo, ¡cosas serias!... la *Revue des Deux Mondes* de los setenta y cinco últimos años... la *Vida de los astros* de Flammarion... habían ayudado todas las mujeres, la gitana con ellas, a bajárnoslos, a colocárnoslos bien ordenados, por números, fechas, que nuestro gajo de torre pareciese un poco amueblado, decente... ¡lo gracioso es que tuvimos tiempo de leérnoslo todo!... novelas, ensayos, críticas, discursos... conque tengo derecho a afirmar, con pruebas al canto, que los reyes, diputados, ministros, prefieren siempre, decenio tras decenio, las mismas tonterías... apenas algo imprevisto aquí y allá... más idiota, menos idiota... que los novelistas escriben siempre las mismas novelas con más o menos cornudos, más o menos impostores, maricas, revoltillo, veneno, Browning... aderezado todo con una maraña de pensamientos importantes... Tallemant* basta, compacto, te mete todo, la pasta, los crímenes, el amor... en menos de tres páginas... podéis advertir perfectamente que los críticos, de una revista a otra, siempre se tiran las mismas planchas, no dejan de colarse absolutamente, de un siglo a otro... lo único por lo que se pirran es la mierda, cuanto más nulo es más se masturban... ¡locos! ¡eyaculan, fervientes, jadean! ¡de rodillas!... las revistas de los fondos de las bibliotecas son siempre de lo más actuales... siempre el canal de Suez... ¡siempre las veinte guerras inminentes!... siempre la Humanidad que aumenta... llega un momento en que dejas de leer, de querer, de saber, de tan seguro que estás del resto...

Os he hablado mucho de manduca, ¡no me vayáis a tomar por un glotón!... ¡ni por asomo!... pero, a fuerza de comer tan poco, tenía miedo de que nos quedáramos tan débiles, que no pudiésemos movernos... ¡muy bellos los sueños de tomar las de Villadiego!... pero, ¿y cuando se flaquea?... ocurrió, algo después, en Dinamarca... después de la cárcel... allí me acabaron, en dos años envejecí cien... allí sí que ves gente que sabe, guardias, técnicos, te hacen envejecer cien años en menos de dos...

Pero allí en Zornhof, con mis bastones, todavía andaba mal que bien... después de la cárcel ya no he vuelto a poder... no es por quejarme... veo cancerosos del recto, todavía perfectamente agresivos, agentes del Interior, asnos ardorosos... ¡para que veáis!... yo podría tomar ejemplo... exasperar a mi público... «Ese tipo blasfema, ¡palabra!... ¿todavía no la ha diñado?... ¡el peor monstruo horroroso!...»

El nerviosismo, la impaciencia de esas personas se debe a que no han leído la *Revue des Deux Mondes* de cien años... entonces les parecería evidente que se está preparando otro mil veces peor,

---

* Gédéon Tallemant des Réaux (1619-1690), memorialista francés, autor de las *Historiettes,* larga colección de anécdotas en la que ofrece un retrato fiel y vivaz de la sociedad de su tiempo.

¡en el sentido de la Historia!... mil veces más huraño, ¡bicharraco atroz!...

Allí de donde os hablo, Zornhof, Brandeburgo, teníamos algún motivo para pensar que nos habían sacudido bastante, ¡nanay! ¡eran sólo banderillas!... lo serio iba a venir después... sin embargo, ya la impresión de haber pagado el pato un poco... Montmartre, Sartrouville, La Rochelle, Bezons, Baden-Baden, Berlín...

¿Contaría a Lili lo que había ocurrido en la granja?... ¡el salto de Isis!... ¡su lisiado celoso! ¿aquel ataque?... ¿y el fusil?... ¡no!... ¿tal vez?... más adelante... ella nos había traído de allí arriba, también de la casa de la heredera, un bello candelabro de cinco brazos... pero una sola vela... no nos alumbraba mucho, la única vela, pero, aun así, desde fuera, desde el parque, debían de ver un resplandor...

«¿No crees, La Vigue?...»

Justo en aquel momento, parecía convenido, un toque de cornetín, desde abajo... ¡Hjalmar seguro!... ¡sólo él tenía cornetín!...

«¡La vela, La Vigue!»

Saltamos... soplamos... La Vigue la aplastó... ¡llamaban!... era a nosotros... desde el parque...

«*Franzosen!... franzosen!*»

No había duda, era a nosotros a quienes buscaban... ¡eh, estaban subiendo!... ¿no sería Hjalmar?... ¡ahora con el tambor! *¡drrrrr!*... ¡debía de ser él!... ¿es que no quería subir?... ¿tendría miedo?... iríamos nosotros, qué leche, La Vigue y yo... pero, ¡en la obscuridad, no!... con la vela, por la escalera... si refunfuñaban, ¡mala suerte!...

«¡Vuelve a encenderla!...»

Una bajada bastante traidora, ¡la verdad!... aun escalón a escalón... aun con la vela...

«Vamos a decirle que suba, a ese gilipollas, ¡apaga!»

Abrí la puerta de par en par... en efecto, ¡era Hjalmar!... con el pastor... ¿qué querían?...

«*Schlüssel! Schlüssel!...*»

Quería la llave... ¿qué llave?... me enseñó la muñeca del pastor, su esposa... ¿dónde cojones la había echado yo?... recordé,

exacto, se la había cogido del bolsillo mientras roncaban los dos...
pero, ¿dónde la había metido?... me tanteé con fuerza... me saqué
los bolsillos... ¡ah, ahí estaba!... ¡qué potra!... se la di... creía que
iba a volver a encadenarlo... ¡no!... ¡una cerilla!... para verles la
jeta... ¡sí que eran ellos!... el pastor llevaba todavía su panamá y
su velo de apicultor, Hjalmar, tahalí, tambor, cornetín, casco en
punta...

«*Nun gut!* Bueno, ¡muy bien!»

Se guardó la llave en el bolsillo... la esposa, la cadena... ¡iba
a perderlo todo!... con aquellos andrajos que llevaba... andrajos
agujereados...

Me tranquilizó...

«*Er braucht nicht!*... ¡no lo necesita!»

Me explicó...

«*Er kommt mit!*... ¡viene conmigo!»

¡Mejor!... ¡mejor!...

En efecto, se fueron... ¡fácil!... ¡dos, tres pasos!... desaparecie-
ron... era como para pensar que nuestro bosque era tinta... sólo
las nubes allí arriba estaban iluminadas, brillantes... por los pinceles de los cien reflectores y por los reflejos de otras explosiones... Norte... Este... pero en nuestro parque, nada... la tinta... dos
pasos... tres pasos... te sentías convirtiéndote en pura guata, en
noche, tú mismo... por un momento te sentías sorprendido de
seguir buscando, ¿qué?... ya no sabías... oí las últimas palabras...

«¡No lo necesita!... ¡viene conmigo!...»

Hjalmar... debía de saber adónde iba con su birlador de enjambres... el pastor con velo... en fin, quizá...

«*Komm mit!*»

Esperamos a que se alejaran... miramos la noche... ¡ah, el cornetín!... ¡un toque!... dos toques... era Hjalmar... ya bastante lejos... más allá de la iglesia...

No volví a verlos a los dos hasta mucho después... en cierta
ocasión... ya os lo contaré... yo verdad, ¡la verdad, ante todo!... la
verdad es reflexionar... esperaréis un poquito...

★ ★ ★

Veo a esa pequeña Esther Loyola, con el mundo entero a sus rodillas, implorándole, suplicándole, que se digne ir a echarse en una capilla santa... que Hollywood hará el resto a fuerza de miles de millones, treinta y cinco «superproducciones»...

El asunto de las buhardillas, persecuciones por los tejados, guripas por doquier, también nosotros lo conocimos... ¡desde luego! pero, ¡nada nos proporcionó! ¡no, hostias! ¡no!... ni capilla santa, ni contratos de oro...

Mis hermanos de raza son criados... Esther es uno de los que dan las órdenes... lo que deberían haberme dicho en la cuna: «chaval, tú eres de la raza de los machacas, mantente modesto y muy servil, y sobre todo, ¡no vayas a ocuparte de lo que ocurre en la mesa de los amos!» me habría enchufado en el 14, no habría abierto el pico... más que para decir ¡sí! ¡sí! ¡sí!...

En el 40, me habría escapado con los otros y me habría «reenganchado» con los «héroes»...

Una vez lograda la voltereta y bien colocados los historiadores... no olvidaría cada quince días enviar mi precioso artículo... «¡Ah, pequeña Esther Loyola!», me daban el Nobel, me hacía rico, todo el mundo me adoraba, Mauriac, Cousteau, Rivarol y Vichy-Brisson...[*] «¡ah, qué orgullosos estamos de tener en Francia a semejante adorador de Esther!»... mis pobres padres no me previnieron cuando todavía estaba a tiempo, en la cuna, en Courbevoie, Rampe du Pont...

«¡Renacuajo! ni una palabra sobre ciertas cosas, ¡nunca!»

Me habría largado con todo el mundo, los otros criados, y habría gritado con ellos, veinte años después, ¡que todo había sa-

---

[*] Pierre Brisson (1896-1964) fue director del periódico *Le Figaro* de 1934 a 1942 y de 1944 hasta su muerte. La asociación de su nombre con Vichy parece aludir a que *Le Figaro* se publicó en Lyon, en la zona no ocupada de Francia desde el momento del armisticio hasta la invasión de esa zona por los alemanes.

lido a las mil maravillas!... en ese caso, con pleno derecho, un ministerio, el Nobel y la Academia...

¡No insisto!... muchas personas, incluso muy pacientes, han dicho que me repetía... conque, ¡ya hemos llorado bastante!... rápido, ¡nuestro *Figaro*¡ las noticias de Ginebra, de esa conferencia preatómica...[*] las noticias tan alentadoras, vigorizantes... ¡que nos dan la clara certidumbre de que vamos a pasar unas vacaciones perfectas!

«Cuéntame lo que han comido y bebido.»

El Figaro-Vichy, literario e inmobiliario, sociedad arrendataria reunida, nos informa...

> *Por fin se va a poder continuar la conversación que han mantenido hoy el señor Gromyko y el señor Couve de Murville durante una comida ofrecida por el delegado soviético. El ágape se ha prolongado durante hora y media. La carne era buena, en el menú había: caviar,* vol-au-vent, *trucha con champán, costilla de ternera, fruta escarchada, todo ello acompañado de vodka, vino de Georgia y champán de Crimea. Según fuentes oficiales, la conversación ha sido «trivial». La atmósfera ha sido, al parecer, cordial y relajada...*

Como podéis imaginar, esos señores, semejantes *gourmets,* menús memorables, se dejan televisar degustando, y que sus pueblos sigan su ejemplo, salgan para el mar, la montaña, muy sosegados... ¡la fe!... ¡lo esencial! Confianza, ¡confianza y olvido!... lo que han comido tan bien en Ginebra, ¡ya digerido, evacuado!...

Apuesto a que en menos de diez años los jóvenes tomarán a Pétain por una tienda de ultramarinos... «Colombey-les-Deux» por un juego de palabras verde...[**] Verdún por una clase de *pas-*

---

[*] Se trata de una conferencia cuatripartita entre ministros de Asuntos Exteriores que se celebró en Ginebra a partir del 12 de mayo de 1959. Trató la cuestión alemana, pero no se llegó a ningún acuerdo. La cita está tomada textualmente de *Le Figaro* (número del 21 de mayo).

[**] Combinación de Colombey-les-Deux-Églises, pueblo donde tuvo su residencia particular el general De Gaulle, y la expresión grosera *mes-deux* («mis cojones»).

tis... «confianza, vacaciones, olvido...» id a decir en Billancourt que hubo algunos bombardeos... ¡os tomarán por un enfermo!... ¡id a buscar la más pequeña lápida, el más disimulado ramillete!... «¿Fulano de Tal?... ¿Mengana de Cual?...

—¡Que se hubieran metido en el refugio! usted, ¡no insista con sus preguntas!... pero, ¡si era un *"collabo"* de cuidado, esa supuesta víctima de la RAF! ¡andaba vagabundeando por las calles a propósito!...»

¡Seguro que ese gracioso cobraba de alguien!... ¡esa supuesta víctima!... ¿de qué ventanilla?... hay quienes saben... ya volveremos a hablar de eso...

★ ★ ★

No todo ha sido siempre turístico, helicóptero y salas de baño, azafatas *pin-up* como en nuestros días... ¡ni mucho menos! todos los que conocieron el Vardar, e incluso todos los Balcanes, diría yo, mucho antes de Tito, en tiempos de los Karageorgevitch, incluso en tiempos de Stampar, ¡tuvieron que vérselas con una de mosquitos!... ¡y una de tifus! ¡y pestes de todas clases!... y en los *felchers...* quiero decir provincias, valles y zocos, no de turismo, carnes con equipajes, motorizadas, nunca satisfechas, nunca bastante atiborradas, hinchadas de alcoholes folklóricos bastante fuertes, de pistos bastante sazonados, que nunca encuentran vaginas suficientes, mejillones lo bastante sabrosos ni chavales bastante llenitos... los autobuses no lo bastante grandes, no los suficientes culos gordos y charlatanes dentro, encima y alrededor...

En aquella época, Karageorgevitch, toda la Salud Pública de Europa dependía de los *felchers...* de igual forma que el tiempo que hará este verano viene de Groenlandia... las grandes epidemias, las auténticas, mucho más potentes que los conflictos, aun atómicos, procedían de las ratas... los *felchers* eran quienes daban la alerta, según el sentido de las migraciones de los cadáveres de ratas con el vientre al aire, su número... los *felchers* investigaban todos los zocos, bazares, templos, con su «aguja prospectora», alarmaban, tranquilizaban a Europa...

Miraditas atrás... Karageorgevitch, Stampar... las epidemias...

Aquí, ahora, Roger[*] viene a verme... ese buen amigo... no me hago ilusiones... viene a verme un poco como un *felcher*... ¿estaré con el vientre del todo al aire?... ¿perderé pelos?... ¿estaré con la lengua fuera?... ¿jadearé más?... ¿menos que la semana pasada?... a propósito, ¡debo decir que nuestro invierno ha sido duro!... no para Achille, ¡no!... mirad a Achille a los ochenta años, bajar del coche, con clavel en el ojal y mayordomo, ¡un chaval!... ¿qué parezco yo a su lado? carcamal, lloriqueante, gotoso... claro, que Achille no trabaja nunca, desde la cuna, ¡nada! un inútil, de un chuchái a otro, da órdenes, cobra... ¡y nada más!... el método de verdad para llegar a viejo... ¡no dar golpe, gozar a base de bien y despreciar!... todas las estadísticas lo demuestran...

¡Media vuelta! ¡cállese!... resulta que soy un estudioso de nacimiento, que he vivido lo mío, y sé cuántos amigos tengo, incluido Achille, no me doy prisa para fallecer... ahí está el quid, si no me acabo de decidir, es porque siento acabar trabajando, en lugar de no dar ni golpe como Achille, no es que le envidie los abrazos... ¡ah, no, no! ni los millones... pero aun así, ¡qué puta, maldita vergüenza la de acabar laborioso!...

> *ah qu'il est doux de nẹ rien faire!*
> *quand tout s'agite autour de vous!*
> *trrrrrrou! trrrrrrou!*

---

[*] Se trata del novelista Roger Nimier (1925-1962). Fue uno de los que más se esforzaron por romper el silencio reprobador que pesaba sobre Céline, mediante recensiones de sus obras y artículos. A partir de 1957 tuvo, dentro de la propia editorial Gallimard, la posibilidad de apoyar a Céline de forma aún más directa. El propio Céline elogió en varias ocasiones las recensiones que Nimier publicaba de sus obras. Por ejemplo, a propósito de su recensión de *Conversaciones con el profesor Y,* le escribió: «Es un artículo admirable... por fin, ¡un entendido!... la verdad es que hay que tener un don tremendo, una intuición muy singular para evaluar tan correctamente esos pequeños detalles que constituyen una trama... ¡oh! ¡es divino!».

No sólo es agradable, ¡es un pasaporte para una vida larga, con gafas o sin ellas!... Jrujrú... el coronel Yoyo, Eisenhower, pongamos por caso, de mineros picadores, ¡ya habrían muerto los tres hace la tira de años!... ya no hablarían, ni arbitrarían, ni decidirían... mientras que así, entre blablás y comidas excelentes, irán derechos al Larousse, ¡con comentarios y todo!... tres... ¡cuatro páginas!... ¡y menudas exequias! ¡ya veréis lo que es bueno! ¡fanfarrias, niñas y exposiciones de flores!

Se lo digo a Roger, no me contradice, él sabe lo suyo, por su parte, que hasta el mínimo estricto, cuando no se está en el bando triunfante, macarra, vicioso, vago, es de un arduo, ¡que espanta! sobre todo con los años... llegado a cierta edad, tienes todas las penas del mundo, sobre todo yo, ¡con mi reputación, mundial podríamos decir, de «monstruo nunca visto»!... ése es el precio de la humanidad, existe sólo si se siente virtuosa, pura, amable, culpable como máximo de demasiado buen corazón, de no haberte mandado colgar de un árbol, desollar, en el momento propicio... ¡culpable de que existas! ¡todavía!... ¡oh, desde luego, todo puede rehacerse!... ¡que los severos justos vuelvan a abrir los sumarios! ¡y los tribunales!... me quitaron todo, ¡sólo me queda el pescuezo!... ¡mucho, pero que mucho más de la cuenta!... vaya si me lo gritan, ¡de cerca, de lejos!... desde todos los extremos y desde el centro, desde *Rivarol* hasta la *Huma...* provoco la unión sagrada de las náuseas... como clínico terco que soy, ese odio tan meticuloso, unas veces sordo, otras estruendoso, que encuentro a mi alrededor, me parece un poco imperialista... ¡cábalas!... impresiones...

Roger es un hombre todo finura, amistad, elegancia de corazón y de inteligencia... sutil, sensible, ¡el ámbar!... en su condición de *felcher*, lejos de desear la muerte de la rata, lo que hace es toda clase de esfuerzos para sacarla del apuro... como podéis imaginar, semejante bondad no gusta precisamente en las alturas y en redacciones, logias, radios, sacristías, librerías de choque no paran de cotillear con ganas sobre ella... ¡y lo que le falta por oír, al *felcher* sin conciencia!... ¡bámbula y tam-tam de los odios soy!

¡basta con golpearme para que resuene! ¡me excite, brinque, me empalme como un loco! ¡eyacule! ¡me extasíe!

Roger viene a hablarme y a tenerme un poco al corriente de mis últimos fracasos... *De un castillo a otro* ya no se vende nada... ¡no han tirado ni 30 000!... en tanto que fulanos y menganas... y cía... van por los 500 000... 700 000... ¡y se reimprimen! ¡y se venden como rosquillas! en las estaciones y en los prados, en los *cocktails*, en los salones... conque, ¿qué cojones puedo hacer yo y mis cábalas? *La Revue Compacte d'Emmerderie*... a pesar de ser el órgano de la Casa, se niega a publicarme una línea, ni siquiera gratuita... ¡con eso os hacéis una idea de mi situación!... de la degradación que represento como tan espléndidamente han contado, demostrado, los más grandes escritores de la época, derecha, izquierda, centro, antorchas de la conciencia universal, Cousteau, Rivarol, Jacob, Sartre, Mme. Lafente et Larengon... ¡cien más!... otros cien más en América, Italia, Japón...

Roger, punto por punto, me lo asegura y me da pruebas de que es extraordinariamente delicado, más delicado que el asesinato de las tres pastoras, de los dos rentistas y del cartero, presentar el más insignificante de mis mamotretos en el *Figaro immobilier o* en la televisión o incluso en la taberna... ¡y hasta cogido con pinzas muy fuertes y largas!

Roger no exagera, he visto a reporteros venir aquí, escapar dando gritos, ¡dejándome todo! ¡bolsos, aparatos, sombreros!... ¡fuera de sí! ¡pánico!

Desde luego, ya sé todo eso... desde la Rue Lepic lo sé muy bien, ¡y que no acaba ahí la cosa! mi mala pata consiste en que todos los «fuertes» están contra mí... desde luego, tengo «a favor» algunos débiles, pero prefiero que se callen, lo único que pueden hacer es crearme otros problemas... conque ya veis, ¡lo que estaría bien sería que alguien se encaprichase con uno de mis ballets!...*

---

* Céline es autor de cuatro ballets: *La Naissance d'une Fée; Voyou Paul, Brave Virginie; Van Bagaden* (incluidos los tres en *Bagatelles pour un massacre*) y *Foudres et flèches* (escri-

¡menudo si puedo esperar sentado!... o, mejor aún, que me filmaran el *Viaje...* ¡bien sentadito!... la cuestión es tener en el bote a algún potentado... ¡ni pensarlo!... todos «anti», ¡y de qué modo! Roger lo nota, lo reconoce, lo deplora... lo mismo con la *Encyclopédie,* ¡a pesar de que la publica Achille!...

«¡Nunca! ¡jamás!... quizá... ¿quizá?... ¡cuando haya muerto!»

Juzgad vosotros mismos, por ahora, con el aumento de los gastos, el franco nuevo, el verano que sólo dura tres meses, ¡el carbón!... ¡ya veremos! ¡las toneladas!... no me importaría dejarlo todo, ¡las novelas y lo demás!... ¿pensar en la jubilación?... joder, ¡me parece que tengo derecho! después de haber trabajado para patronos, luego para los enfermos y después para la gloria de Francia, desde la época más lejana que recuerdo, desde el final de los estudios primarios y todo... ya debería ser hora de que descansara... ¡digo yo!... hijo del pueblo veinticinco veces más que el otro,[*] mutilado en un 75 por cien, lo mejor sería que me tumbase a la bartola...

«¡Te estás desanimando, Ferdine! desde luego, ¡tienes algo de razón! ¡cierto es! ¡ráfagas, huracanes! pero, ¡quejándote aburres al lector! mira, todos los gigantes de la pluma se preguntan todos los días, al despertarse, al mirarse en el espejo: "¿lo soy o no, más coñazo? ¿menos que ayer?"... ¡periodistas de sí mismos! estás en la lista negra del cine... ¡de acuerdo!... ¡proscrito en la televisión!... te ponen verde los Cousteau, Juanovici, Thorez... y los pobres «de Emmaus»... y en Neuilly y en la Avenue des Ternes... en todos los lugares donde sopla el espíritu... Butte, bodegas, urinarios, salones... ¡tugurios!... Aragon, Roquette, Bois de Boulogne... ¿vas por eso a renunciar?... ¿vas a pedir perdón?

—¡Yo nunca, Roger!

---

to en Copenhague en 1945-1947 y publicado en 1948). Figuran reunidos, con el guión para dibujos animados *Scandale aux abysses,* en el volumen *Ballets sans musique, sans personne, sans rien* (1959).

[*] Alusión a la autobiografía *Fils du peuple,* publicada en 1937 por Maurice Thorez, secretario del Partido Comunista francés.

—¿Has pensado en los cómics?»

Confieso no estar al corriente...

«¡Sí, hombre! ¡los cómics!... ¡más importantes que la bomba atómica!... ¡la supersensación del momento!... el Renacimiento, ¡bah!... ¡el Quattrocento ya está pasado! ¡pufff!... ¡los cómics! ¡los cómics *! ¡en menos de diez años todo estará en los cómics!... ¡sentido único!... ¡Sorbona, municipales, normales!... ¿has pensado en eso?

—No... no, Roger... pero podría aprender...»

No me ve demasiado convencido...

Insiste...

«Mira, Achille, ya lo conoces, ya sabes lo joven que está... quiero decir, ¡lo joven que se ha vuelto!... lo abierto que está al futuro... pues, bien, ¡ya no mira la televisión!... ¡se pasa las horas muertas en el retrete hipnotizado por los cómics!... cuando lo ponen a hacer sus necesidades, tienen que arrancarlo de la taza, se pega a ella como una lapa, no se levanta... ¡ya sabes lo ahorrativo que es!...

—¡Un prodigio!...

—Pues bien, hasta el punto de desvalijar a los recaderos... ¡todos los periódicos que puede birlarles!... ¡por los cómics!

—¡Vaya! ¡vaya!»

Roger no se contenta con hablar, actúa...

«¿Cuánto tienes ahí listo?

—Unas mil páginas...»

Se refería a este manuscrito mismo de *Norte*...

«¿Ilustrables?

—Yo creo que sí... un poco...

—¿Cuántas crees que faltan?

—Otras tantas, más o menos...

—Te voy a buscar un artista... un artista que esté dispuesto... ¡tu oportunidad! tres... cuatro imágenes por capítulo... capítulos "contractos"... tres líneas por cada cincuenta de las tuyas, habituales... ¿comprendes?

—¡Huy, huy, huy!... ¡si no entiendo mal, el ¡"estilo etiqueta"!... ¡vas a ver tú!... ¡Roger!... ¡si pertenezco al futuro y a la juventud! que Achille no volverá a salir nunca más ni de su despacho ni de su cama ni de la casa...»

★ ★ ★

¿Cómics?... ¿Cómics?... ¿dibujante?... no lo creo demasiado... no lo encontrará... «aparecidos complacientes», los que yo conozco, ¡son de un hostil!... me han denunciado desde todos los bandos, ¡que ya es que dan miedo! En cuanto a cómics, los conocí en mi juventud y en siete colores... *Les Belles Images,*[*] 10 céntimos... en la actualidad, ni siquiera contrayendo mi historia, no veo cómo podría venderse en el estado actual de quioscos, estaciones y librerías, cuando todos ellos rebosan de devoluciones... cuando el público, tan apresurado, hastiado, tan alcohólico, tan cansado, ya no quiere leer nada, ni entender, ¿quizá un cuentecillo de maricas?... ¿de locuras en la guardería? ¿confidencias de niñeras cachondas?... en ese caso, mal momento para presentarse con nuestros avatares de llamas, fósforos, seísmos...

Estaba hablándoos de Isis, del lisiado, de los *bibelforscher,* de los Kretzer, de nuestros *mahlzeit* de sopa de agua tibia en el alto y sombrío comedor bajo el inmenso retrato del que iba a prenderse fuego a sí mismo unos meses después... *heil! heil!* toda aquella gente en torno a la mesa fingían gustar de la sopa, como nosotros, y repetir, como nosotros, era necesario, señoritas mecanógrafas y contables... prueba de confianza, de moral alta... Kracht farmacéutico SS, *herr* Kretzer, jefe del Anexo y los Archivos, su mujer, la llorona tan nerviosa, y nosotros tres, ¡menudo si repetíamos! ¡de aquella sopa suculenta, excelente!... ¡no íbamos a ser nosotros quienes hicieran ascos!... la jorobadita tam-

---

[*] *Les Belles images et la jeunesse illustrée* es el título de un semanario para niños que empezó a publicarse en 1904.

bién se ponía las botas... ya no iba a Berlín, ya no iba por los peces, hacía meses que no había visto a sus padres... el famoso *bunker* invulnerable había recibido un golpe final...partido, agrietado, desparramado... ¡sus padres debajo!... mejor era no hablar de ello... la sopa tibia en los platos reía, temblaba, olas minúsculas... con el martilleo, el despachurramiento... como os decía, Berlín, ¡cien kilómetros! no sólo la sopa, los vasos también y el retrato de Adolf... en su marco de oro... ya no se recibían «comunicados», pero por la sopa y la cristalería podíamos damos cuenta un poco de que de día en día se iban acercando... que debían de ser los ejércitos rusos... llegaban sobre todo del Este… debían de tener Berlín atenazado... y sería muy raro que tardaran en pasar a ver allí... que no nos enviasen un «reconocimiento», un tanque... a fuerza de oír caer bombas acabas creyéndote importante y Zornhof, aldea, casas y chozas, cita de ejércitos... no se tarda demasiado en empezar a delirar... en realidad, para nosotros lo esencial era el tabaco rubio y el armario... más la libertad que yo me tomaba... audaz, ¡«Lucky»! ¡«Navy»! ¡«Craven»!... no para mí, desde luego, para los otros, todos los días dos cajetillas, tres... te acostumbras... yo repartía... seis cigarrillos para Kracht en su funda de revólver, donde me había indicado, en el abrigo... ¡todos y todas estaban al corriente!... ¡claro está!... ¡menudo si se habían olido el tabaco!... lo que él quería precisamente, a mí no me engañaba, el Kracht guripa, que yo metiera la mano en el armario, y que se supiese... si Harras volvía, ¡íbamos a ver!... puesto que cogía para Kracht, también podía hacerlo para las escudillas... su SS también lo comprendía, el del *Dancing* en las cocinas... él prefería los «Navy»... ah, también para nuestra tendera, nuestras hogazas, y su miel artificial... todas las noches cinco o seis *Camels*... desde luego, podía permitírmelo: tenía para tres años antes de que se agotara el *stock*… y no hablo de lo demás, coñac, caviar, pernod, chianti... no sabía cuánto exactamente, pero, ¡vaya si había!... nadie parecía haber estado allí, no iba a ser yo quien levantase la liebre... ¡lo tomarían por asalto!... al ritmo que sacaba, tres, cuatro cajetillas y los puros, cuando se agotara, ya habría acabado la guerra...

Así, pues, os estaba diciendo que, en la mesa, en el ceremonial *mahlzeit*, todas las secretarias y Kracht repetían de la sopa, como nosotros... nosotros sin poner la menor mala cara, ellos un poquito... Kracht para mayor celo empezó a recortarse el bigote, más fino que el del Führer... tres pelos... toda la mesa lo comentaba, no en voz alta, pero peor, cuchicheando...

Y no sólo tragar la sopa tibia, había que conversar también... dar pruebas claras y todos los días de una excelente moral... comentar las últimas noticias... Frau Kretzer era nuestra gaceta... ¿cómo se enteraría?... nunca lo dijo... la noticia más reciente: su *Revizor,* el inspector jurado para Brandeburgo, había salido de Berlín hacía más de tres semanas, debía de haberse perdido... y no se podía hacer nada sin él, todas las cuentas de la *Dienstelle* tenían que esperar... ¡ni rastro!... tenía que venir por Moorsburg... ¿lo habrían retenido en algún lugar?... pero, ¿dónde?... ¿quién?...

Enseguida, ¡otro tema!... cuando Frau Kretzer dejaba de llorar, bromeaba, jugueteaba de forma bastante molesta, para los hombres, quiero decir... en aquella ocasión a propósito de un carromato, en nuestro parque... ¿habían estado aquellos señores? ¿qué les parecía?... gitanas jóvenes, ¡bonitas! ¡unas miradas! ¡ascuas! ¿qué les parecía a ellos, a los contables?... ¿y al SS Kracht? no aquel marimacho que había venido allí arriba, a nuestra torre, aquel marimacho mal hablado, que nos había hecho salir, a mí, a La Vigue... ¡no! ¡otras! chavalas preciosas... ¡precoces!... ¡ondulantes!... ¡lascivas! ¡orientales de verdad! ¡y unos senos!...

No había ido a ver...

«¡Que sí!... ¡que sí!...»

Todas las señoritas reían con ganas, ¡lo habían visto!... él se defendía...

«*Nein! nein!*

—*Ja!... ja!... ja!...*»

¡Que lo demostrasen! la tía puta de la Kretzer no pensaba en otra cosa... ¡chínchate! ¡chínchate!...

¡Se ponían verdes!... ¡iban a tirarse los platos!

Intervine yo... ¡Kretzer era peligrosa!

«¡Vamos a ir nosotros tres!»

Me refería a La Viguea Lili. y a mí.

«¡Les diremos si son bellas!»

¡Sabríamos a qué atenernos!... en primer lugar, quería saber si aquella que había venido a nuestra habitación, la insolente, era hombre o mujer... la haría salir de su carromato... que volviera a hablarnos de la «casa negra»... ¡y de nuestro porvenir!... no debían de tener «Lucky», ¡con todo y con ser calorrós!... el tabaco, sobre todo rubio, más que la priva, más que el parné, más que el oro, como he dicho, te ayuda a enterarte de lo que quieras saber... hace hablar a los más hostiles... puesto que tienes la cajetilla, ¡ahí va! ¡ofrecida!... ¡sin necesidad de palabras!... y las cerillas... si te pones a tentar, has de saber dónde quieres ir a parar... nosotros, en primer lugar, Bébert en su bolso, no quería dejárselo a los Kretzer... ni a las polaquitas traviesas... ni a los contables... ¡me daba en la nariz que acabarían con él!... no amaban a ningún animal, ningún perro ni gato en la granja... salvo Yago abajo, el útil para tirar del viejo, y mostrar sus costillas, que en la quinta se pasaba hambre.

Nos levantamos de la mesa... ¡adiós a todos! *heil! heil!* nos respondieron...

¡Al carromato!... no estaba lejos, cien metros a la izquierda... ¡los «objetores de conciencia» estaban construyendo otra isba más!... ¡pandilla infatigable!... ah, el carromato, ¡lo vi allí, al lado!... muy estrafalario, reparado, y de todos los colores... abigarrado amarillo... violeta... rosa... como camuflado... ¿sería a propósito?... ¿cómo sería de cerca?... nos acercamos... en una ventanita, un viejo nos miraba... abrió...

«¿Qué desean?»

Hablaba francés... debía de saber quiénes éramos, un viejo del todo blanco, de pelo rizado... nada amable... hablaba alemán, pero extraño, no con acento gitano... con sonidos sibilantes... alemán... francés...

«¿*Qué tesean!*... ¿*son ustetes francheses?*

—¡Sí!... ¡sí!... ¡eso es!

—¡*Puenos tías!*...»

Al instante, ¡los «Lucky»!... y el tabaco inglés... ya lo tenía previsto...

«¡Ah, cerillas! ¿*franchesas* también?»

...Acento del Macizo Central...

Le pasé la caja... que la mirara... llamó a alguien del carromato.

«¡Zenoné!... ¡Laika! ¡Sinül!.»

Aquellas señoritas vinieron a vernos... y muchas otras... todas a las ventanas... debían de estar trabajando... al fondo... de costumbre, los calorrós suelen trabajar al aire libre, ¡ellos no!... vi, estaban reparando sillas... a juzgar por las voces, mujeres, hombres, debían de ser numerosos... ¿hablarían húngaro?... ¿checo?... ah, vi las cabezas... sobre todo mujeres... jóvenes, me pareció... ah, pero no bellas... ¡la Kretzer no las había visto bien! lo que yo vi, en efecto aspecto oriental, pero todas muy arrugadas, agotadas... el pelo desgreñado... grasiento... ¡nada irresistible!... estaban peor que las chachas rusas, a pesar de que éstas tampoco paraban... las rusas se salvan siempre por su piel en todas las estaciones, hasta las más atareadas, las que no paran de binar, fuera, hielo, ráfagas, sol... oh, pero aquellas gitanas, ¡en absoluto!... parecían untadas de aceite y azufre... y no sólo las mujeres, los hombres también, cobrizos además... el viejo llevaba pendientes... las mujeres llevaban joyas... me pareció que no hablaban todos la misma lengua... en cualquier caso, ¡estaban amontonados!... yo no veía a nuestra «echadora de la buena ventura»... ¿repararían todos cestos, sillas?... pregunté... no hablaban alemán, sólo el viejo... *sprechen nicht!*... sólo sabían eso junto con gestos... *nein! nein!* el alemán debía de estarles prohibido... ¿es que no bajaban nunca de su carromato? ¿para sus necesidades?... ¿y para guisar? yo no veía marmitas...

¿dormirían unos encima de los otros?... ¿estarían peor, mejor alojados que nosotros? tampoco tenían demasiada luz, desde luego... junto a la isba, y bajo aquellos árboles inmensos, aquellas bóvedas... en primer lugar, ¿la entrada de aquel carromato?... ¿por el otro lado?... no tan seguro lo de las sillas, los cestos... ¿fabricarían otra cosa? eso no era asunto nuestro, ¡nos echarían y santas pascuas!... habíamos ido a informarnos... cuando hablaran desde sus persianas, ¿las entornarían quizá?... volví a mirar aquel carromato... qué largo era... por lo menos treinta ventanas... ¡un monumento!... y estrafalario... en tres... cuatro partes... cantidad de ruedas... con neumáticos... ¡y todo aquel tinglado de motores! ¡dos! un enorme gasógeno detrás... ¡y Roger que quería cómics!... ¡allí lo tendría, dibujado! además, cuatro chimeneas pequeñas... ¿serían sus cocinas? y no había yo visto aún todo... por el otro lado también lleno de ventanillas... y ganchos enormes... unos veinte... apareció una de las gitanas jóvenes... a ver qué queríamos... ¡oh, muy amable!... sonrisa ancha... le faltaban dientes... nos mostró un tamboril... lo tocó... ¡pam! ¡pam!... ¡seguro que bailaba!... ¡ja! ¡ja!... ¡iríamos a verla!... dimos la vuelta... un trasto heteróclito, la verdad, reparado por todas partes... trozos de cinc, alambres, cuerdas... y pintado rosa, amarillo, verde... y, además, dibujos... signos... arabescos... fui a preguntar al viejo... en caso de que siguiera allí... ¡sí! ¡sí! en la misma ventana... no me oyó, no me escuchó... estaba tocando el violín... y bastante bien... Zíngaro, pero bastante bien... debían de estar ensayando... ya los veíamos en la función... «Fuerza mediante la alegría»... iba a celebrarse en el *Tanzhalle*... nos hicimos amigos por la ventana... los otros, los jóvenes, estaban ceñudos... salvo la bailarina del tamboril... el viejo miró, de más cerca, la mano de Lili, le palpó los dedos... «¡sortija *ponita*! ¡sortija *ponita*! ¡rubíes! ¡rubíes!... ¡yo también rubíes!»... no nos la había enseñado, la había vuelto en el dedo... hacia la palma... ¡un rubí! y una esmeralda... el otro dedo, nos enseñó, un zafiro... y en el meñique, ¡un *tiamante* azul!... ¡nos lo enseñó todo!... ¿cuánto su rubí, *pella tama*? ¿quiere *pender*?» y más bajo, cuchicheando, «¡les *roparán* todo!» vi que aquel viejo no se limitaba a tocar el violín, joyero, también...

El caso es que yo seguía sin saber quién era aquella mujer, un hombre con peluca, que había subido a nuestra habitación, tan mal educada... ¿la conocería él?... ¿qué hacía, además de las cartas y girar las mesas? ¡de la bofia seguro!... le pregunté...

«Oh, *¡pona apentura, sape ustet!*»

Eso le dio risa... nada más... no dijo nada más... y menudo cotorreo dentro... en ruso... en alemán... y creo que también en español... ¡oh, no nos habían invitado a subir!... ¿serían varias tribus?... ¿cuántas?... aquella tartana era larga y ancha, pero, aun así, ¿es que no salían nunca?... hice esa pregunta...

«¿No salen nunca?
—¡Sí!... ¡sí, señor!... ¡todos juntos!»
¡Me gustaría verlos, todos juntos!
¿Cuándo salen?
—¡Oh, no sé!»

¡Cuentos!... preguntaría a la Kretzer, arpía asquerosa, seguro que ella sabía distinguir lo que era camelo y lo que era verdad... lo que estaba claro era que no se trataba de unos cualesquiera, mugrientos y mugrientas y grasientos, pero eran zíngaros, por tanto, enemigos del Reich, traidores natos, ¿por qué los dejaban?... «autorizados a circular», sellos, firmas, Kracht me los había enseñado... ¡que nosotros no teníamos!... y cuando salieran del carromato, ¿qué cojones harían?... calorrós o no, húngaros, valacos, ¿para qué servían, en definitiva?... ¿reparar las colmenas?... no habíamos visto en sus ganchos... ni una colmena, sólo sillas y algunos cestos... un camelo todo aquello, era lo que yo creía...

«¡Adiós, abuelo! ¡iremos a la función!
—¡Oh, sí!... ¡será *ponita!*
—¡De acuerdo, abuelo!»

Nos dimos la mano... de las mujeres la única que vino a decirnos adiós, la del tamboril... ¡incluso nos envió besos!... seguro que era ella la bailarina... no tenía sólo un tamboril... también castañuelas... nos ofreció unos sones, por la ventana... ¡trrr! ¡trrr! ¡trrr! ¡un trino!... dije a Lili: «pídele que te las preste...» Lili no quería... insistí... ¡ya lo creo!... la Esmeralda llamó a las otras para que se rieran, creía, presuntuosa, que Lili no sabría tocarlas... que se burlaran de nosotros... ¡un momento!... Lili se pasó los cordones por los dedos y ¡trrr! ¡mucho mejor que ella!... ¡que se enterasen de lo que es una artista!... ¡menudo vuelo de trinos!... ¡ráfagas!... *pizzicati!* ¡ligeros!... ¡ligeros!... ahora les tocaba a ellas quedarse con la boca abierta... en todas las ventanas... aplaudieron... ¡no les quedaba más remedio!... «¡otra vez!... ¡otra vez!» querían más... el viejo también, gritaba incluso... apreciaba... ¡que Lili volviera a tocar para él!... ¡más fino!... ¡más fino!... ¡más fuerte!... ¡más fuerte! *¡furioso!...* él que debía de ser el director de orquesta, era, se veía, el más entendido... todo el sotobosque resonaba... *¡trrr!* verdaderamente un eco magnífico para unas castañuelas minúsculas... los *bibelforscher* carpinteros, pese a que no debían distraerse y no paraban nunca de hacer rodar los troncos ni de volver a subir otros, se interrumpieron, vinieron a ver... ellos, forzados de choque, como podríamos decir, soltaron el pico, la garlopa, los clavos, escucharon a Lili... *¡trrr! ¡ter!* ¡tac!... aquello era una aglomeración, me parecía... podríamos irnos... ¡qué razón tenía yo!... justo en aquel momento Kracht cruzaba la carreterita... y más lejos, allí, mucho más lejos, vi a Cillie von Leide y a dos mujeres rusas de la granja, creo, sus criadas... ¡huy, la Virgen!... ¡un gentío!... y también, más lejos aún, Isis... salían todos del bosque, se iban... otros más lejos aún... a ésos no los conocía yo... pero la pequeña Cillie, las dos criadas e Isis, ¡estaba seguro!... ¿dónde podrían haber estado?... ¡una idea! ¡quizá dentro del vehículo mientras nosotros charlábamos fuera!... ¿estarían divirtiéndose en el carromato, los cuatro? no habían venido a la quinta... no dije nada a Lili... Kracht venía por nosotros... en primer lugar para vigilarnos... y, además, para que volviéramos a la mesa... no le gustaba que vagáramos por ahí... ¡mañana! ¡mañana!... iríamos con ellos a buscar mimbre... ¡en expedición! a buscar las cañas y ramitas... las necesitaban urgentemente para reparar los sillones... no sólo nosotros, toda la *Diens-tehe,* taquimecas, contables, señoritas, cajeros y los Kretzer... todo el personal de las oficinas... ¡y, además, Kracht! a los mimbrerales a lo largo de los arroyos, lejos de la llanura... iban a traer carretas verdaderas... Kracht me explicó, no había que dejarlos solos nunca, se escapaban, merodeadores empedernidos, volvían con ocas, pavos, patos, ¡e incluso vacas!... se escapaban, ¡y no volvías a encontrar nada! conque el día siguiente estaríamos de servicio con los catorce contables, mirándoles cortar... nunca sobraba nadie a su alrededor, siempre encontraban algún medio de guindar algo... había que registrarlos cuando regresaban... las mujeres volvían con docenas de huevos, en los enormes volantes de sus faldas y entre las piernas, en sacos, ¡e incluso libras británicas falsas!... ¿dónde las encontrarían?... ¿caídas del cielo?...

Aun así, ¡todos tenían los «permisos» de residencia y circulación! *Ausweis...* ¡no había quien lo entendiese!... pregunté a Kracht cómo era posible... puesto que, según Nuremberg, eran los peores contaminadores de razas, peores que los judíos... por qué no los encerraban, por qué los dejaban vagar, Este, Sur, Norte... no tenía idea, lo confesó, todos sus permisos estaban en regla, tenía los duplicados, me los enseñó... sellos, tampones, ¡no había duda!... me indicó con un gesto que no le cabía en la cabeza... ¡que sus «permisos» procedían de muy arriba!... en Baden-Baden ya teníamos esos «favores»... abracadabrantes... pensándolo... pero, ¡que sobre todo no había que divulgar! aquéllos también, aquellos pillastres de pelo ensorijado, grasientos y de pelo rizado, ¿formarían parte de alguna red?... quince años después sigo preguntándome, ¡podéis imaginaros lo que he llegado a saber! no todo está en *Le Fígaro* ni en *L'Huma* ni en *L'Express,* pestiños que te dan la paliza a base de blablablás, carnavales tan aburridos como el de Niza, estucos tan de cartón piedra y ventosidades...

¿Quién mandaba a aquellos calorrós? ¿quién tiraba de sus hilos? ¿quién había tras aquel tinglado de circo? más adelante, mucho después, en la cárcel, en Copenhague, todos los encarcelados *boches,* civiles y chorchis, procedentes de la retirada del Este y del Oeste, lo explicaban todo con una palabra, «*Verrat! verrat! ¡traición!*» ¡por los cojones!... cuando las cosas van mal, siempre se debe a la traición del momento... ¡a un lado y al otro! por ejemplo, ahora en el Kremlin y en el bando opuesto «Pentágono» pululan los traidores... los pasillos llenos, que sólo esperan que suene su hora... en cuanto un régimen dice: ¡soy yo!... ¡proclama! ¡gallea! ¡berrea, gruñe!... ¡te llena las cárceles de enemigos!... ¡ves proliferar los complots! ¡emboscadas! ¡traidores por todos lados! ¡la bámbula de los renegados! los héroes, los convencidos y los felones, los que esperan para ver qué pasa, los que juegan con dos barajas, se intercambian diez mil juramentos por hora, ¡besos ávidos y guillotinas! ¡traidores por doquier!... César, Alejandro, Poleón, Pétain, Malagaule, Cleopatra, Cromwell, ¡vieron ídem the ídem! ¡verán! ¡colgados, descuartizados, hechos picadillo! ¡acabarán!

Si se trata del amor, ¡esperad y veréis!... besos a hurtadillas, consentidos, culos serpenteantes, braguetas distendidas, pupilas vueltas e implorantes... ¡para acabar con unas marranadas!... después, ¡alcaldía, sacristía!... ¡un pancracio espasmódico desmadrado!

Os estoy distrayendo, me divierto, pero estábamos en Zornhof, ¡llegábamos tarde a la sopa!... ¡voy a contároslo!... ¡no habíamos acabado ni mucho menos!... Kracht había venido a sorprendernos... conque regresamos con él... no hablé de Isis... ni de su hija ni de las criadas... de que las había divisado a lo lejos... ¡nada!...

Todos instalados otra vez... querían saber lo que habíamos visto... ¡nada! ¡nada!... *heil! heil!* lo que sí que había visto yo era la funda del revólver en la entrada... a la salida cumpliría con mi deber... pero tenía la impresión clarísima de que todo aquello estaba tramado, preparado, y de que yo era el payaso... ahora comprendo, si tuviese que volver a hacerlo, no lo haría, ¡todas aquellas penalidades!... ¡a hacer puñetas todo!... la impresión que me darían, nazis, resistentes, amas de casa, apicultor, guarda jurado, aristócratas y lisiado, ¡a tomar por culo!... sonrisas y muecas, vencedores y vencidos, ¡la misma marmita!... lo único que necesitas al final de la vida, no volverlos a ver, no hablar ya de nada, ya lo sabes todo... derecho, revés, cabeza, ano... todo el trabajo, más de la cuenta, que te has tomado...

Pero entonces tenía yo veinticinco años menos, a la mesa, en guardia, y *Mahlzeit!*... aún tenía energía... ¡el cotorreo arreciaba! ¡no quedaba más remedio! la conversación tónica... ¡todo eran noticias alentadoras!... ¡los ejércitos avanzaban en todos los frentes! ¡Creta! ¡Stalingrado!... ¡Bielorusia! tantos millones de prisioneros, que ya no había quien los contara... ¡no tenían informaciones ni nada! ¿de dónde? ¿de quién?... yo no quería parecer escéptico, La Vigue tampoco... *heil! heil!* hay que ser escéptico a propósito, ¡no de través! ve a gritar ahora, incluso en Moscú, que Eisenhower va de capa caída... ¡no te dejarán repetirlo! allí era el enorme retrato de Adolf entre dos enormes candelabros lo que había que mirar con todo respeto... ¡nada de «hacerse el listillo»! *heil!... heil!...* ¡y se acabó!... que la guerra estaba casi ganada, como Argelia en la actualidad, como Hérault y Poitou mañana, como el Camerún no es racista, ni esos saqueadores de los asiáticos finos descuartizadores de misioneros... allí se trataba del retrato de Hitler, su bella mirada azul, sus bigotitos, ¡y no otra cosa!... ¡su marco en la pared estaba recibiendo una buena! temblequeaba, como nuestros platos y la sopa tibia, la repercusión de las bombas, pese a que, como ya he dicho, caían a más de cien kilómetros... figuraos que se dedicaban a eso día y noche, ¡revolver las ruinas y los cráteres!... todas nuestras sopas vibraban, arruguitas y olitas, como el *Führer* en su marco, las paredes, los cristales, los enormes árboles... me pregunto dónde lo habrían metido, dónde podría estar ahora aquel tremendo retrato de Adolf, seguro que los rusos que llegaron a Zornhof lo quemaron, ¿se lo pasarían a Stalin? ¡idolatrado, quemado también!... ¿habrían colocado a Jrujrú en su lugar? cuando quemen a éste, ¡otro!... ¿el mariscal Yuyú? ¿Sidi Petzereff?... ¿Francisco I?... quien viva, sobreviva, ¡lo verá!... ¡esos tremendos marcos totalmente de oro siempre esperan a otro Titán! ¡marcos devotos! Profeta, Atila, Washington, Lyautey, Robespierre, Bernadotte, Papa, ¡rayos! ¡sí! ¡ríos de sangre! ¡se pasa el plumero!... ¡y se vuelve a colgar! ¡el ídolo está servido! ¡oh, no por mucho tiempo! otro patalea ya bajo el marco, ¡lo quiere!... ¡que le dejen subir! Belcebú, Pompeyo, Payaso, Magaule, se exasperan, ¡echan pestes!

Nosotros, allí, yo esperaba que acabasen con sus muecas... *mahlzeit!... heil!...* que hubieran comentado las noticias... ya me conocía el rito... no habíamos tardado mucho en darnos cuenta... en iniciarnos... ya que estábamos en plan de decir tonterías... iba a hacer una pregunta... la Kretzer me cortó: «¿qué me parecían las calorrís?» ¿y a usted, señor Le Vigan? ¿no lo han seducido? ¿y a usted, Kracht?

¡Vi que la Kretzer estaba acalorada! ¿excitada? ¿celosa? no me dejó responder, atacó...

«¡Ya las verán en el baile! ¡y cantar también!... ¡entonces podrá usted juzgar, Kracht!... ¡usted también, señor Le Vigan!...»

Agresiva aquel bicho, con sus dos túnicas de los hijos siempre sobre las rodillas...

«Todos esos gitanos son acróbatas, los hombres, ¡ya verán! ¡y violinistas!... ¡y también encantadores de serpientes!... ¡tienen el carromato lleno!... ¡también caldereros!...»

¡Ah, pero qué gracioso era!... ¿qué había bebido? ¡no había nada de beber!... una risa que en una casa de fieras daría miedo a todos los animales y a los perros... ¡no la habíamos provocado en absoluto! ¡le salía de dentro!... con sus dos túnicas bajo los brazos... ¡jajajá! y repetía... ¡jajá! yo no le veía la gracia... ¡sí!... ¡sí!... iba a decírnoslo...

«*Sie wissen nicht?* ¿no lo saben?... ¿el gitano?... el viejo toca el harpa, ¡no sólo el violín! ¡jajá!»

Volvía a darle la risa.

¡Fue a mostrarnos afuera!... ¡que lo miráramos!... ¡el parque! ¡el carromato!...

«*Alle Kabbala!*... todos conjurados, *wunderbar!*... ¿no lo han visto ustedes? ¡no lo han visto!... ¡maravilloso!...»

¡Qué idiotas éramos! ¡de pena!... ¡jajá!... ¡todos!... yo no había visto nada... La Vigue un poco... Kracht, ¡sí!... ¿qué?... los signos, los dibujos... ¿y nada más?... cabalísticos, pintarrajeados, rosa... verde... bueno, ¿y qué?... yo quería enterarme de todo... por el lado del carromato... Kracht me explicó... yo no me había dado cuenta... debería haberlo advertido... un poco de memoria... al llegar a cierta edad, para ganarte la vida lo has probado todo... ¡oh! muy lastimosamente, es verdad, pero aun así... en la época en que yo estaba empleado, recadero, secretario con Paul Laffitte,[*] cabalgaba al gran galope... entonces más económico, ágil, que el metro n.º 1, entre Gance,[**] Mardrus,[***] Mme. Fraya,[****] Bénédictus y la imprenta de la Rue du Temple... y Vaschid,[*****] el de las «líneas de la mano», y Van Dongen,[******] Villa Saïd... los espíritus podían avanzar deprisa, pero yo no me achantaba... sobre todo a escape a través de los Boulevards, los Champs-Elysées y la Avenue des Ternes... buscar pruebas, nunca perderlas, reunirlo todo, más aún, redactar un comentario, de estilo tan sobrecogedor, hechizador, que el lector no pudiera dormir, no pudiese vivir, hasta tener el próximo «número»... puedo decir que el género Scheherezade, intriga y magia, lo dominaba mi pluma... hace medio siglo... más las entregas, pruebas, grabados y compaginaciones... todo a pie,

---

[*] Paul Laffitte: posiblemente el editor Pierre Laffite (1872-1938), que introdujo la revista ilustrada moderna en Francia. Publicó el semanario ilustrado *Femina* y fundó el diario *Excelsior*.

[**] Abel Gance, nacido en 1899, uno de los primeros directores de cine franceses. Dirigió su primera película en 1911. La más conocida es *Napoléon* (1926).

[***] Joseph-Charles Mardrus (1868-1949), médico y orientalista nacido en El Cairo. Hizo una traducción al francés de *Las mil y una noches*.

[****] Madame Fraya: famosa vidente de principios de siglo.

[*****] Tal vez Rachilde, nombre de pluma de Marguerite Eymery (1860-1953), novelista, esposa de Alexandre Vallette, fundador del *Mercure de France*.

[******] Kees Van Dongen (1877-1968), pintor francés de origen holandés. Vivía en la calle llamada Villa Saïd.

deportivamente, de sprint en sprint... sin gastos de autobús ni de metro... y, sin embargo, allí, el carromato, lo confieso, no había visto nada... ¿fatiga?... ¿la edad? no había visto los abigarramientos esotéricos... pero sí que había visto a Isis von Leiden... y a su hija y a las criadas... no dije nada... no me preguntaron nada... bastaba con que reflexionara y se acabó... llega un momento en que es tan peligroso parecer que uno se pregunta si...

El caso es que habíamos excitado a la Kretzer... ¡nos hacía guiños!... también estaba lista para saltar como Isis... conozco la histeria, como podéis imaginar... pero en Francia no son frecuentes esas formas... esas formas guerreras, podríamos decir... en nuestras mujeres y jóvenes se dan más que nada pequeñas sacudidas, palideces, lágrimas, grandes gritos... Isis von Leiden, al agarrar el fusil del lisiado, al vuelo, de un salto, nos había mostrado esa forma de histeria agresiva, sin palidez, sin gritos, la forma del asalto, por decirlo así... yo veía a la Kretzer bastante dispuesta a hacer otro tanto, amenazándonos con algún Mauser... respondiéndole *ja! ja! ja!* a todo... podía calmarse... pero, ¡no!... va y se pone de pie contra la mesa, con las dos túnicas de sus hijos, apretadas contra el corazón... ¿qué quería? no *ja! ja! ja!*... sino ¡jajá! ¿entonces?... ¿que bramásemos?... ¡no! ¡iba a decirnos todo lo que pensaba! se subió a su silla y se dirigió a la mesa...

«¡Sí!... ¡sí!... *noch!* ¡todavía! ¿no lo saben? ¡no saben nada!... ¡ha llegado la condesa Von Tcheppe!... ¡sí!... ¡sí!... ¡estará aquí mañana!»

Bueno, ¿y qué?... yo no comprendía... en primer lugar, ¿quién era aquella Tcheppe? Kracht sí lo sabía... dejó vociferar a la Kretzer... ¿de qué?... ¿por qué?... cosas de ellos, no le gustaba aquella Tulff-Tcheppe... Kracht me informó, podía hablar, los gritos de la Kretzer no dejaban oír nada... he oído muchos gritos, de oradores, de presos, de carniceros, de ministros, de generales, de partos, muchos otros, pero a aquella Kretzer no había quién la hiciera callar... una comedia pero peligrosa, no creo que tuviese el corazón sólido... que gritara, ni la menor importancia, pero, si desfallecía, mal asunto... le hice repetir lo que me decía... aquella señora Tulff estaba en Moorsburg, pasando una semana en casa del *Landrat*... condesa Tulff von Tcheppe... lo sabía todo... ¿qué parentesco?... madre de Isis von Leiden... madre adoptiva... llegaba de Königsberg... se aburría como una ostra en Königsberg... detalle importante: hablaba francés, ¡y muy bien!... ¡y adoraba a los franceses!... ¡iba a alegrarse mucho de vernos! ¡mejor!... ¡mejor!... ¡venía al pelo!... era un poco exuberante, me previno Kracht... seguro que nos invitaría, a los cuatro... ¿y al gato?... ¡al gato también!... poseía una hacienda inmensa, allí... ¡diez veces mayor que la de los Von Leiden!... y, además, ¡un castillo de aúpa!... ¡y bosques! ¡y lagos! ¡ya veríamos!... la verdad es que todo aquello me parecía lejano... pero, en fin, si aquella condesa Tulff-Tcheppe quería recibirnos y era amable... llega un momento en que todo te tienta... ¿qué podíamos perder?... Kracht insistió para que yo comprendiese bien... ¡Isis sólo era hija adoptiva!... yo no veía la importancia... ¡huy, la leche!... pero, ¡si me daba igual!... la importancia estribaba en que los Tulff-Tcheppe eran condes de la Orden Teutónica... ¡adelante con la Orden Teutónica!... y que los títulos de la Orden Teutónica sólo podían transmitirse de varón a varón... y no a los hijos adoptivos... ésa era la razón por la que la bella Isis no se sentía atraída por Königsberg... pero aquella Kretzer, que seguía vociferando, trepidante, no era adoptiva de nada, histérica, ¡nada más!... celosa, creo, ¡celosa de todo! de Kracht que no la miraba... y de su marido y de Le Vigan... por lo que yo veía, Kracht estaba chalado más que nada por Isis... no es que se hubiera atrevido, pero aun así... lo sabía todo sobre los Von Leiden, mientras que los Tulff-Tcheppen eran casi príncipes... Isis estaba loca por los títulos, ¡se había casado con el lisiado para ser condesa! ¡a pesar de todo! pero, ¡también había otra dificultad al respecto!... ese título se transmitía, ley de Brandeburgo, por voluntad del último conde, ¡a quien él quisiera!... ¡Kracht se lo sabía al dedillo!... de risa en aquel estado de cosas, el cielo negro como boca de lobo, la tierra que temblaba y las paredes, la mesa, la sopa y el enorme retrato del Adolf... aquel lío tan cómico, ¡línea directa o no! la Kretzer de pie en su silla, gritando a pleno pulmón, se ocupaba, a pesar de todo, de nosotros dos, ¿estaríamos hablando de ella?... nos atacó...

«¡Ustedes no saben nada! ¡no saben nada!»

Los contables protestaron...

«¡Sí! ¡sí!... ¡saben!

—¡Ah, conque saben! entonces, ¿dónde esta el guarda jurado?»

Todo el mundo guardó silencio.

«¿Y el pastor? ¿lo saben también?»

Nadie lo sabía tampoco...

«¡Idiotas!... ¡cabezas de chorlito! ¡han desaparecido!... ¡desaparecido! ¡y vosotros desapareceréis también! ¡todos! ¡todos!... ¿me oís?»

¡Ya lo creo que la oíamos!... Kracht hizo la señal de que la dejaran gritar... que no le respondiesen, que estaba loca... ya lo creo, que la dejaran... ¡que estaba loca! pero eso no la calmaba... precisamente… ¡en pleno trance! ¡la excitaba que no la mirara!... ¡se agitaba!... ¡se agitaba! se apretaba sus dos túnicas contra la boca... ¡las besaba!... ¡besaba!...y lloraba sobre la sangre… los coágulos… se embadurnaba toda la cara con ellos...

«¿*No oyen las bombas? ¡bum! ¡bum! heil! heil!*»

Bajó de la silla, se puso a imitar...

«¡*Bum! ¡bum! heil! heil!*»

Pasó por detrás de las señoritas... les imitó las explosiones en los oídos... ¡a Kracht también!... ¡brum! ¡brum!

«¡Vais a estallar todos! y esos *franzosen,* ¡todos! ¡Simmer también!... ¡y la sopa! *heil! heil!*»

Primero con un pie y luego con el otro... ¡bum! ¡bum!… y contra los cristales de la ventana con las dos manos... las dos palmas... ¡bum! nadie decía ni pío...

«¡Os estallará en el vientre! ¡a todos!... ¡a él también! heil! heil!»

Él era Adolf en su marco... nos lo mostró... estaba justo debajo... pateaba... un pie, ¡el otro!... ¡bailaba!... ¡pam! ¡pam!… y reía... no nos hacía gracia... era su risa de casa de fieras... casi de hiena... fue a recoger sus túnicas y se maquilló con los coágulos, se pintó unos bigotitos como los de él, el del marco... no era el momento de mirar... todo el mundo fingió no verla, ni oírla... aun así, había armado mucho escándalo y provocado... Kracht susurró a su marido, a mí también y a La Vigue que lo ayudáramos, que la llevásemos a la otra habitación... por la puerta del fondo... ella no tuvo inconveniente, hasta estaba contenta, de repente, en aquel momento, había perdido toda la furia... calmada se dejó coger, alzar, llevar, con sus túnicas... íbamos a tumbarla boca arriba... había dejado de llorar... de amenazar a Adolf... entonces todo el mundo se levantó de la mesa... *heil! heil!*... ¡adiós!... todos subieron de nuevo a sus habitaciones... todos juntos y sin decir palabra, como si no hubiera ocurrido nada... nosotros, Kracht, La Vigue y yo charlamos un poco... que el cielo estaba más obscuro que ayer y quizá más amarillo, de azufre... el viento venía del Este... ya no se veían los aviones, pero se los oía... no era el mismo ruido que la Luftwaffe, que se parecía mucho al de un molinillo de café, los de la RAF eran suaves y continuos... Kracht me hizo la observación, quería que le diera mi opinión... ¡yo ya no tenía opinión!... ¡tampoco el día siguiente iba a tener opinión!... *musik!* me dijo...

¡Muy bien! *musik!*

★ ★ ★

Nos retiramos, puedo decirlo, con toda discreción... Lili, La Vigue, Bébert y yo,... al pasar, dejé en la percha lo convenido... todo aquello era una farsa, lo comprendía perfectamente... no era un secreto para nadie que yo metía mano en el armario de Harras... aquello iba a tener consecuencias... ¡bien!... ¡ya veríamos!... una vez en nuestro rincón de la torre, sacudimos bien nuestros jergones, trapos y pedazos de alfombra... también nuestras ratas... ya no escapaban... con el frío se volvían atrevidas, familiares... Bébert no era un gato precisamente amable, ya no les hacía caso... yo veía que, si les hubiésemos dejado dos, tres escudillas llenas, habríamos tenido toda la especie en nuestra queli, toda la bodega y el bosque... pero la limpieza doméstica y las ratas no eran nuestras únicas preocupaciones... teníamos que pensar un poco en aquel ataque histérico de la Kretzer... desde luego, era todo comedia... pero lo de insultar a Hitler, embadurnarse con los coágulos, imitar su bigotito... y los *heil! heil!* además, podía hacer que nos juzgaran muy mal... todo Zornhof debía de estar al corriente e incluso Moorsburg... ¿qué iría a decidir Kracht?... nosotros tres, por nuestra parte, no habíamos dicho nada... ¡testigos sólo!... pero, ¡con ser testigo basta! si lo sabré yo, ¡con lo que tuve que oír por mis *Les Beaux Draps*,* que sólo era una crónica de la época! ¡y lo que sigo oyendo! en aquella ocasión, era igualmente grave, éramos tan «traidores merecedores de la horca» como en Rue Girardon... ¡íbamos a ser culpables de todo, sin lugar a dudas!... pensándolo bien, más adelante, esa maldición general no deja de aportarte ciertas ventajas... entre otras la de dispensarte de una vez por todas de ser amable con cualquiera... nada más emoliente, estupidizante, emasculante que la manía de agradar... nada de amabilidades, de amable nada, y ya está, ¡se acabó! ¡bravo!... pero, por culpa de aquella bicho de la Kretzer, ¡pronto iba a correr de boca en boca que habíamos atacado al *Führer*! ¿qué íbamos a poder contestar?... es lo que les pregunté entonces, a Lili, a La Vigue... en voz muy baja... todas las precauciones son pocas... ¡La Vigue se echó a reír!...

«¡Estamos en la conspiración! ¿Qué te parece?

—¡Conspira tú! ¡Hombre de ninguna parte!

—Espera, ¡te lo voy a hacer!»

---

* *Les Beaux Draps,* título de un panfleto publicado por Céline en mayo de 1941. En él ataca a los judíos y habla de multitud de temas: el alcohol, la espuria cultura de la izquierda francesa, su técnica de escritura literaria, su viaje a la U.R.S.S Fue retirado de la circulación por el gobierno de Vichy.

Me miró, ¡fijamente!... ¡y después bizqueando! ¡bizqueando!... peor que en sus películas...

«¡Eres alucinante! ¡barrera del sonido! ¡barrera del sonido!

–¿Cómo has dicho?»

Si seguíamos así, íbamos a acabar pegándonos...

«¡Eres el mayor comediante del siglo!... ¡a tu lado Adolf es un maleta aullador! ¡y el *Landrat* también!»

Lili me dio la razón...

«¡Sí! ¡Sí! ¡La Vigue!

–¿Estás seguro, Ferdine?

–¡Sí y te lo juro!

–¡Ah, bueno!... ¡ah, bueno!...»

Entonces nos pusimos a hablar amigablemente de esto y lo otro...

★ ★ ★

El caso es que la vida sigue, aunque no tenga ni pizca de gracia... ¡oh, hacer como que se cree en el porvenir!... desde luego, el momento es delicado, pero sabes que con confianza, gracia y buen humor, llegará un día en que acaben desapareciendo tus dificultades... si has tomado un partido, peligroso desde luego, pero dentro de la cuerda floja de la Historia, evidentemente te mimarán... ¿la cuerda de la Historia? ahí estás en equilibrio sobre ella, y todo es obscuridad a tu alrededor... estás comprometido... si la cuerda se rompe, si te encuentran en el suelo hecho papilla... si los espectadores, furiosos, ebrios, acuden a manosear tus entrañas, se hacen albóndigas de venganza con ellas, las apilan, las esconden en sus Katyns* particulares, ¡no tendrás motivo para quejarte! te has com-

---

* Katyn: pueblo de Rusia, al oeste de Smolensk. En 1943 los alemanes descubrieron en él ocho fosas que contenían los cadáveres de 4500 oficiales polacos. Acusaron a los rusos, quienes hicieron lo propio con los alemanes. Una investigación realizada por una comisión americana en 1953 atribuyó las matanzas a la policía soviética.

prometido, ¡y se acabó!... yo, por ejemplo, a quien reprochan haber cobrado de los alemanes... ¡qué fortunas!... no un solo acusador, centenares, y de todos los bandos e informados!... Cousteau, empleado de Lesca,* Sartre el resistente del Châtelet,** Aragon, mi traductor,*** ¡y mil más! y Vailland Goncourt, que tanto siente, que no se consuela... ¡que me tenía en la mira de su fusil!... yo puedo jactarme de estar en la cuerda recta buena, tan odiado por la gente de un extremo como por la del otro... puedo decir, sin jactancia, que la cuerda de la Historia me pasa de parte a parte, de arriba abajo, desde las nubes a la cabeza, al culo... Cromwell arrojado al vertedero, comido por los gusanos, ¡no tenía la cuerda!... ¡aprendió a su costa! ¡lo desenterraron y volvieron a estrangularlo y a ahorcarlo!...**** muerto o vivo, mientras no tengas la cuerda al cuello, eres una carroña inconveniente... cuando veo a todos los que no tienen cuerda y reconocen el terreno, echan las campanas al vuelo, peroran, *Kommissars*, superpatatines, ministros, cardenales de la ventosidad... ¡pobres, pobres de ellos!

¡Eh! ¡que se me va el santo al Cielo! ¡ya os hablaré de Cromwell en otra ocasión! de momento, había que hacer la ronda de nuestras relaciones... el *dancing*... la tienda... y quizás encontramos con Hjalmar... ya no oíamos su tambor... ¿desaparecidos? ¿él y el pastor?... ¡eran astutos los dos!... dije a Lili...

«¡Tú te vas a ver a la heredera! tú vas a subir ahí arriba... te vas a llevar el minino en su bolso... nosotros dos vamos a hacer la ronda, si bombardean mucho, volvemos... ¡escucha!»

Escuchamos los tres... las paredes temblaban... temblequeaban... como el día anterior, no más... ¡y brum! y desde la

---

* Charles Lesca, periodista, director de *Je suis partout,* donde colaboraba Cousteau.
** *Las moscas* se representó en 1943 en el teatro del Châtelet.
*** Aragon colaboró en la traducción al ruso por parte de su esposa, Elsa Triolet, de *Viaje al fin de la noche.*
**** Cromwell, que había muerto en Londres el 3 de septiembre de 1658, fue enterrado en la abadía de Westminster con funerales nacionales. Cuando la Restauración, su esqueleto fue exhumado y ahorcado y su cráneo clavado a un poste en Westminster Hall.

misma distancia... el cielo estaba igual de cubierto... negro y amarillo...

¡Hala!... dejamos a Lili, Bébert... bajamos... el peristilo... dije a La Vigue, muy aficionado a la naturaleza...

«¡Mira qué miseria de tierra!... ¡fíjate!... papilla de hollín amarillo, ¡hasta las patatas se niegan a germinar!... ¡se la pueden meter en el bul su pesadilla de Prusia! de acuerdo, el parque no es feo... pero, ¡no es de ellos!... lo único suyo son sus fúnebres modales...

—Aun así, reconoce que esos árboles tan altos e imponentes altos... esas copas de encaje, hojas y ramas...»

Sensible, La Vigue, a las armonías verdes y a los calados... era pagano panteísta, La Vigue... debe de serlo todavía allí...* llega un momento en que... vale más no mirar sino las hojas y bogas de las copas... pero entonces había que llevar nuestras escudillas e intentar birlar una o dos hogazas en la *Kolonialwaren*... quizás uno de aquellos tarros de «miel falsa»... yo ya no quería ir de noche... lo que nos había dicho de dar golpecitos en el cristal podía ser perfectamente una señal para los «resistentes» de la taberna... que estábamos allí, que nos echaran el guante... todo era posible... pero, desde luego, ¡llegar de día tampoco era lo más indicado!... todo es farsa e hipocresía en cuanto te encuentras como nosotros nos encontrábamos, bien fichados, bandidos, sospechosos para todos los bandos, traidores a Francia y a Alemania... por su parte, a las clientas de la tendera no les cabía duda, no murmuraban, se lo gritaban de un extremo al otro de la choza, que éramos la vergüenza de la aldea, que deberíamos estar en un campo de concentración o en la cárcel, que íbamos a robar sus alimentos... lo que era injurioso y falso, ya que el *Landrat* de Moorsburg, por su parte, nos había robado todos nuestros cupones, mendigábamos, exacto, pero pagando con nuestros propios cuartos... que ellas no rechazaban, las muy putas... ni los cigarrillos de Harras... ¡quitarnos todo y tratarnos como a los peores abyectos!... llega un mo-

---

* Allí: en la Argentina. En la pág. 214 aparece otra alusión: «el otro allí, en la Argentina».

mento en que lo único que te preguntas es por qué no te han colgado, por decirlo así, ¡oficialmente!... ya habían liquidado todos mis muebles y manuscritos y a mi editor... la tendera no tenía nada que decir... ¡adelante!... ¡y a tomar por culo!... pero, ¡no demasiado deprisa!... yo veía moverse el suelo un poquito... no sólo delante de mí, allí... ¡toda la llanura!... subir los surcos de remolachas... volver a bajar... a lo lejos... muy lejos... no suelo tener visiones... ¿sería una pequeña indisposición?... ¡qué hostia!... ¡media vuelta!... ¡y los cigarrillos!... nos detestaban y nos despreciaban, pero peor sería, si llegábamos sin tabaco... volvimos sobre nuestros pasos... ¡al armario, rápido!... ¡tres cajetillas, cuatro!... volví a cerrar... nos apresuramos... no habíamos avanzado veinte metros... «¡eh!... ¡eh!» ¡teníamos delante a Kracht!... pensé: ¡qué mala cara tiene... ¿no habría dormido?... se había emborrachado?... ¿estaría enfermo?... «¿Ocurre algo, Kracht?...» la tez terrosa, bistre incluso... en menos de dos días había quedado cubierto de arrugas... y su bigotito «a lo Adolf», cada pelo por su lado... ¿descontento?... ¿qué le pasaba?... ¿las noticias?... bastaba con mirar el cielo y oír lo que caía... ¡no hacían falta noticias!... no tenía por qué preocuparse... nos llevó un poco más lejos... no me gustaba esa manía de ir siempre más lejos, ya me lo había hecho en el aeródromo...

«Bueno, Kracht, ¿qué hay? *was? was?...*»

Si quería quitarnos del medio, ¡que se decidiera!... ¡en caso de que se tratase de eso!... ¿por qué hacernos ir de excursión?... La Vigue, quien verdaderamente había dejado de hablar desde que nos marchamos de Grünwald, nos indicó, con el dedo en la sien, que ya estaba bien, ¡que se decidiese!...

«Ach! nein! nein! verrückt!»

Y se echó a reír... le parecíamos chiflados... ¡ni mucho menos!... ¡éramos sinceros!... estábamos hartos de que nos pasearan de acá para allá... de repente sacó su enorme *pistol...* ya conocía yo el artefacto... ¡y la funda!... y me mostró la sien, la suya, ¡el lugar donde debía disparar yo!

«Nun! nun!... ¡vamos! ¡vamos!»

Insistió...

«Los!»

¡Quería!... ¡¡justo lo que nosotros no queríamos! ¡ no era bastante fea nuestra existencia para matar a nuestro SS! ¡encima! ¡venga, hombre!... cerdo era, desde luego, sin duda alguna, pero, ¡no era asunto nuestro! ¡él y su bigotito!... ¡no nos había mirado!... ¡que iba a satisfacer su vicio, su deseo de suicidio!... ¡un momento, chaval!

«Nein, Kracht! nein! braver mann, Kracht! freund! freund! ¡amigo!»

¡Que siguiéramos siendo amigos y nada más! ¡que abandonase esos feos pensamientos!... le metimos el revólver en la funda... le testimoniamos nuestro afecto... ¡con grandes palmadas en la espalda!... y lo besamos, ¡nos besamos!... nos había asustado... todo aquello había durado dos minutos, tres suicidios y resurrecciones... a los hombres las crisis emotivas no les duran mucho, las damas, las señoritas, se encuentran a sus anchas en la tragedia, piden más, ¡más y más!... al rezar, mientras hacen calceta, en la plaza de toros, en la cama, ¡nunca bastante! nosotros en aquella ocasión, emoción por emoción, sólo habíamos tenido aquel temorcillo de que nos llevara de paseo para liquidarnos... yo seguía sospechando un poco...

«Escuche, doctor, ¿quiere? *hören sie?»*

¿Qué quería preguntarnos? con aspecto muy turbado, casi arrepentido... debía de ser algo delicado... Le Vigan quería dejarnos solos...

«¡No! ¡no!... ¡usted también, señor Le Vigan!»

Nos miró... a ver si estábamos burlándonos de él...

«¿Vieron ustedes a Frau Kretzer? ¡estaban ustedes allí!»

¡Ya lo creo que estábamos! ¿y qué?

«Skandal!... skandal!»

Al parecer, todo el mundo hablaba de eso... ¡nos lo figurábamos!... ¡hasta en Berlín!... un poco fuerte, ¡los cotilleos tan

pronto en Berlín!... ¡todo estaba cortado!... radio, cables, cartas...
¡las oficinas destruidas!... aun así, todo parecía llegar, alcanzar a las
mentes y a las lenguas... peor que en tiempos normales... nada
detiene los cotilleos... hasta el final fue igual, hasta que dejó de
existir el Reich... entre las peores carnicerías, bajo las tormentas
de fulminatos, ¡qué forma de cotorrear!... ¡ah, señora!... ¡de exagerar, de inventar!... por eso no me sorprende que César en España, pese a estar pasándolas canutas, en plena rebelión, estuviera
perfectamente al corriente de todo lo que ocurría en Roma, hora
tras hora, circo, lupanares, Senado, arrabales...

Los hilos eléctricos no sirven para nada, ni el correo neu-
mático las cartas continentales, ni los cafés cantantes, una vez que
las personas están temblando, vibrátiles, perfectamente trastorna-
das por el canguelo... deja de ser necesario aparato alguno, emi-
ten, transmiten por sí solas, cuerpos y almas, farfulleos, hipos, las
noticias... ¿las rozas?... ¡pftt!... ¡te empapan!... ¡desborda, salpica!...
¡no deberías haberlo hecho! te encuentras anonadado por lo que
te cuentan... sólo con la atmósfera del momento, la verdadera, la
falsa... con el SS Kracht, no veía yo la gravedad... el escándalo...
¿aquel ataque de nervios?... quería que se lo comentásemos... que
le aseguráramos que no estaba deshonrado... ya había tomado
medidas... ¿podría yo atestiguar que aquella mujer estaba loca?

«¡Desde luego, Kracht! ¡desde luego!»

Aun así, propuse, quizá fuera preferible llamar a un médico
de Moorsburg, ¡ninguno quería venir!... yo debía actuar «de oficio», ya que estaba allí, aun no estando «autorizado» en absoluto...
Harras me había avisado con razón, todos sus ministerios muy
hostiles, muy antinazis, ¡sobre todo el del Interior!... ¡ah, podía
esperar mi «permiso»!... no había que preocuparse, lo conseguiría
y bastante rápido, por mediación de las SS... un engorro, debo
confesarlo, no tenía el menor interés por obtenerlo, aquel permiso infamante... ¡estaba bien así! ¡no íbamos a estar siempre en
Alemania!... pero, ¡Kracht quería que lo obtuviera!... le importa-
ban tres cojones a él el «Interior» y todos los ministerios... ¡ pan-

dilla maldita de traidores, vendidos, anglófilos!... ¡y monárquicos!...
¡merecían la horca!... ¡no iba yo a contradecirlo!... calmarlo era
lo que yo quería... ¿subir primero a ver a la Kretzer?... ¡de acuerdo! ¿dónde la habría encerrado?... ¿en su casa?... ¿acostada?... así,
que volvimos sobre nuestros pasos... pasamos otra vez por delante del carromato... y de la isba de los *bibelforscher*... ya estábamos
en el peristilo... Kracht me acompañó, pero La Vigue me esperaría arriba con Lili y Bébert... yo conocía la vivienda de los Kretzer, en el segundo piso... un auténtico piso, que daba al parque...
¡*toc! ¡toc!*... la puerta, el marido me abrió... estaba llorando... ba-
ñado en lágrimas, con las gafas empapadas... enseguida, ¡suplicó
a Kracht que no se llevara a su mujer!... ¡llevársela? ¿adonde?... le
hizo reír a Kracht...

«¿Ha visto usted un coche?»

No, no había visto... entonces, ¿nos burlábamos de él?... de
repente se echó a los pies de Kracht... seguía implorando...

«*Bitte!... bitte!*»

Kracht lo apartó, quería que yo mirara a su mujer allí tum-
bada... lo primero que vi, los comparé a ellos con nosotros, fue
que no tenían el menor motivo para quejarse... ¡no estaban en la
miseria!... ¡todo de lo más fetén!... grandes alfombras, camas, divanes... ¡cortinas recamadas con plata y oro!... ¡el lujo, en una palabra!... los muebles, un poco batiburrillo, todos los estilos, como
en casa de Pretorius, pero no de «madera blanca», muy presentables... por dondequiera que paso siento curiosidad, miro los
muebles... Kracht me preguntó...

«¿Qué le parece?»

Se refería a la señora Kretzer, ¡no a las colgaduras!... claro
que quería quedarse, ¡que no quería moverse! estaba dispuesta a
arrepentirse de todo, a gemir, vociferar, pedirnos perdón, echarse
a nuestros pies... cualquier cosa, pero no marcharse... habían cerrado todas las ventanas... ¡orden de Kracht!...

«¿No es verdad, doctor? ¡está enferma! ¡la luz podría hacerle daño!...»

Me incliné sobre aquella nerviosa equívoca... les hice levantar la cortina, un poco... ah, vi a la enferma... la examiné... con el ataque que le había dado bajo el retrato de Adolf había de estar no poco agotada... estaba pálida, muy pálida... su marido lloraba a su lado, todavía de rodillas... y seguía implorando a Kracht... «*bitte! bitte!*»... se había quitado las gafas, lloraba demasiado... vi que en aquella gran habitación no tenían camas, sólo sofás... mis ojos se habían acostumbrado... volví a examinar a Frau Kretzer... no había soltado sus túnicas, las apretaba contra sí, todavía crispada, igual... la ausculté... su corazón no latía deprisa... 64... 66... los párpados bajados... cerrados... pregunté si comía... un poquito... su marido la obligaba... gachas... ¿cómo hacía sus necesidades?... un poquito, en un orinal, allí... exacto... entonces, ¿mi opinión? ¿grave? ¿leve?... Kracht quería saber... ¡estado nervioso!... un poquito de disimulo, ¡cierto! ¡sí!... pero, ¡no tanto!... al oírnos hablar y de ella, mira por dónde se puso a suspirar... y a sollozar... pero no como abajo ni mucho menos... ¡sin escándolo!... con pequeños ecos de los *bum* de fuera, de la llanura... casi sin despegar los labios... ¡bum! ¡braúm! como en el *mahlzeit*, pero muy en sordina... en resumen, muy discreta, estirada, rígida...

«No molesta...»

Aconsejé que la dejaran con su marido... ya teníamos bastantes complicaciones...

¡Oh, claro que sí!... Kracht no deseaba otra cosa... pero, ¿el *skandal?* ¡no se había arreglado nada!... reflexionamos, nos sentamos, escuchamos... había mucho que escuchar... seguían pasando escuadras y más escuadras... ¡bzzz!... hacían más ruido que nuestra histérica... Kracht me preguntó a propósito...

«¿Hjalmar?»

No habíamos vuelto a ver a aquel Hjalmar... ni al pastor... ¡no habíamos sabido nada!

«*Verschwunden?*... ¿desaparecidos?»

Oh, podía ser, pero yo me preguntaba dónde... comprendí que Kracht no las tenía todas consigo... un buen *brum* desde el aire, desde arriba... era de esperar...

Si breves son los placeres, inacabables son las dificultades... y sólo existes por ellos, ¡triste astucia!... desde tus primeras pesadillas de niño de pecho hasta tus últimos sudores... ¡y telón!... entonces lo vi verdaderamente desolado a nuestro SS con botas, Apotheke, ya no miraba nada, ni a mí ni a *Frau* Kretzer, ni las «fortalezas», ni las nubes... acurrucado allí, con su enorme Mauser, y su brazalete así de ancho, con cruz gamada... poco le faltaba para pedirnos que le echáramos las cartas... ¡oh, recordó algo!... ¡había olvidado decírnoslo!... reaccionó...

«¡El *Revizor*!... ¿no lo han visto ustedes?»

¡Desde luego que no!... ¡él tampoco! ¡también el *Revizor* desaparecido!

«*Verschwunden!*»

Salir de Berlín había salido... lo habían visto por Kyritz, nada más... cincuenta kilómetros al oeste, Kyritz... ¿qué cojones andaba haciendo por allí?... ¿comprobando las cuentas de quién?... ¿la Caja de Ahorros?... ¡ya se sabría!... tenía que haberse equivocado de tren... haber tomado la línea de Hamburgo... podía ser... ¡todo podía ser! ¿qué creíamos nosotros?... los rengues eran entonces tan escasos, que no era fácil equivocarse... ¡y no era un *Revizor* distraído! ¡lo más serio que se pueda imaginar!... ¿secuestrado? no llevaba grandes sumas encima... ¡sí! la mensualidad de la *Dienstelle,* todos los sueldos... entonces, ¿sería eso?... ¡la que nos esperaba!... ¡no sólo en la Avenue Junot detenían, atropellaban, asesinaban!... ¡por todas partes! ¡allí también!... Brandeburgo... Zornhof... ¡era la moda!... ¡la época!... los gitanos, las amas de casa, los prisioneros, los desertores de todos los ejércitos, rusos, valacos, *franzose* y muchos otros que yo no veía... ya en el metro de Berlín habíamos tenido la impresión... ¡puñetazos y golfos!... por cierto, Picpus, ¡un famoso! no habíamos vuelto a verlo... pensándolo bien, la llanura delante de nosotros, donde nada se movía, debía de estar llena de guaridas... ¿habrían escondido, enterrado, en algún sitio al *Revizor*? ¡había que alegrar a Kracht, divertirlo!... nos miraba, ¿estaríamos cachondeándonos de él?...

también nosotros lo mirábamos, su cara toda arrugada, había envejecido por lo menos diez castañas desde el *skandal* del *mahlzeit*... su bigotito, cortado a lo Adolf, le subía hasta las ventanas de la nariz, erizado... las napias amarillas y de través... las cejas, por ejemplo, ¡le habían crecido que no veas! parecían enormes pinceles grises... desde luego, había envejecido diez años, no exagero... no había duda de que lo iban a hacer responsable de aquella sesión bajo el retrato y de toda la histeria Kretzer...

«¿Qué cree usted?

—Ha actuado usted perfectamente, Kracht, ¡perfectamente!»

Estaba sorprendido de que lo aprobara...

«¡Que sí!... ¡que sí!... esta mujer está acostada... ¡enferma! ¡de acuerdo! ¡muy enferma!... ¡nada más, Kracht!... delira... siempre ha delirado... ¡nada más, Kracht!... rapto emotivo: ¡silencio absoluto!...

—¿Tendría la bondad de escribirlo para mí, doctor?

—¿Cómo no, Kracht? ¡es un caso claro!... ¡escuche ahí arriba! ¡escuche!»

En efecto, se oían los *bum* de Berlín... lejos... y después, más débiles, los de *Frau* Kretzer, haciendo eco... los *bum* de las paredes también... de los vidrios...

«¡Tiente la pared, Kracht!»

Tentó... le sentaba bien... le resultaba más fácil creerme...

«¡Toda la llanura desde hace meses! ¡nuestra nerviosa ha caído enferma por esas vibraciones! ¡además de la pena de sus túnicas!... ¡rapto, Kracht!... ¡rapto emotivo!... ¡usted no tiene nada que ver!...»

¿Y el humo en el aire, entonces? ¿no lo había notado? entorné la persiana, ¡no estaba yo inventando!... ¡que se diera cuenta!... ¡que advirtiese aquellas marejadas de allí arriba!... amarillas... negras... ¡y que todo venía hacia nosotros! la prueba, ¡las hojas! como pintarrajeadas... y todos los bosquecillos, amarillos, negros... ¿qué?... ¡era exacto! ¡era cierto!

«Ahora, Kracht, ¡cuidado! ¡que nadie suba a verla! su marido, ¡nadie más!»

El informe, con mucho gusto, pero, ¿cómo lo deseaba? «que yo había observado a esa dama, antes, durante y después de su ataque... que, según me parecía, había actuado en "estado de trance"... por haber ingerido fuertes dosis de diversos tóxicos... que había caído de nuevo en estado de postración... clara disminución del pulso... 62... 66... dificultades para hablar... reflejos debilitados...»

Al instante, me puse a redactar... en una receta con membrete... «Ciudad de Bezons»... el... el...

«Servirá, ¿verdad, Kracht?

—*Ja!... ja!... ja!*»

Le pregunté si había desaparecido también el *Landrat*... ¡no!... Kracht había tenido noticias suyas... ¡estaba en Berlín!... ¿bajo las bombas, entonces?... ¡sí!... pero pronto iba a venir a vernos... ¡y acompañado!... con la condesa Tulff-Tcheppe... ¡ya nos la habían anunciado bastante, a aquella condesa de Pomerania! ¡que si estaba en Moorsburg!... ¡y que si ya no estaba!... conque, ¿enconces estaba en Berlín? ¿existiría, por lo menos?... ¡sí!... ¡Kracht estaba seguro!... y de que incluso era muy charlatana y adoraba a los franceses, ¡otra más! de que hablaba nuestra lengua mejor que su hija Isis y mejor que Harras, mejor que María Teresa la heredera y mejor que el viejo... se iba a alegrar mucho de encontrarnos allí... nosotros igualmente, pensaba yo... debía de saber la tira sobre todos y cada uno... quizá pudiéramos interrogarla... oh, pero, ¡lo primero es lo primero!... ¿qué íbamos a contar? ¿a todos los burócratas de abajo? ya que todo Zornhof cotorreaba... hacerles comprender bien que *Frau* Kretzer había tenido un momento de locura... ¡lo que había dicho carecía sentido!... ¡que en absoluto había querido insultar al Führer! ¡que eran desde siempre, ella, él, nazis fervientes!... que habían sentido gran pesadumbre, pero, ¡que habrían dado diez hijos por el triunfo de las ideas!... ¡la verdad misma!... no obstante, puesto que estábamos aclarando el asunto, propuse que no los sermoneáramos... que los obsequiásemos con un pequeño ágape... ¡con sentido común!... con el mayor sentido común... todos pasaban hambre, aunque se desquitaran en sus quelis, se rehogasen trozos de *wurst,* aun así, no era comer... un poco de aguardiente primero, ¡aperitivo!... yo tenía un poco en el armario, me parecía... para acompañar el *mahlzeit...* pero, ¿qué vino?... él sabía, seguro, dónde había... ¡en casa del lisiado!... iría a pedirles, explicaría que la moral de la *Dienstelle* estaba en su punto más bajo, que con tres, cuatro, botellas de espumoso se arreglaría... él mismo daría cuerpo a aquel vino del Rhin... tenía con qué hacerlo, una pequeña provisión de nuez de cola... eso iba a entonarlos bien, iban a piafar...

Salió, a eso fue... «les dije: ¡por lo menos seis botellas!... que podía haber una sublevación, que la granja está en peligro...» me preguntó qué tal estaría un poco de cafeína... además de la cola...

«¡Pues claro! ja! ja! prima! prima!»

Aprobé... yo aprobaba todo con tal que aquella aldea, amas de casa, prisioneros, gitanos, no vinieran a tomar la quinta al asalto... a despedazar todo y a nosotros también... siempre razones, ¡innumerables!... la especie nunca está averiada, zampa, procrea, corta, descuartiza, nunca se detiene desde hace quinientos millones de años... que hay hombres y que piensan... a diestro y siniestro, ya veréis, pero, ¡con ganas! copulan, pueblan, ¡y *braúm!* ¡todo explota! ¡y todo vuelve a empezar!

Al *mahlzeit...* ¡llegamos!... estaban esperándonos... se miraban con complicidad... ¡oh, no hubo que esperar!... Kracht comenzó... le interrumpí... ¡no valía la pena! ¡yo me encargaría! yo hablaba bastante alemán para hacerles comprender las cuatro verdades... «¿habían creído ver?... ¿habían creído oír? ¡no era cierto!... ¡en modo alguno!» ¡sólo el delirio de aquella mujer Kretzer, enferma, muy grave, en cama, que no debía ver a nadie! *«ja! ja! ja!»* habían comprendido, estaban de acuerdo... la jorobadita sirvió la sopa, cada uno de ellos dos cucharones, más una pizca de puré de remolacha... y media hogaza de pan gris... ¡podían repetir, si querían!... repitieron... ja! ja! ¡y la sorpresa!... ¡vino del Rhin!... ¡espumoso! no tres botellas, ¡doce! ¡una cada uno! ¡de debajo de la mesa!... ¡el vino del Rhin «reforzado»!... *prosit! prosit!* ¡Kracht en pie! ¡alzó su vaso a la salud del Führer! todos los demás hicieron lo propio, toda la mesa... *prosit! prosit! heil!... heil!* ¡y en pie!... ¡habían recuperado el ánimo! ¡excelente, confiado! ¡y que si la Kretzer era una loca! y que si había que encerrarla, *sicher! sicher!* ¡cierto! ¡habían comprendido perfectamente lo que había dicho yo!... *prosit! prosit!* ¡otro vaso! *heil! heil!* Kracht tenía frascos de reserva... ¡los de la granja no habían escatimado!... el canguelo que habían sentido de que hubiera agitación, de que la *Dienstelle* se desbocase, de que los contables perdieran los estribos, se amotinasen, ¡subieran a degollarlos! ¡huy, huy, huy! ¡de que hubiese conspiraciones en los establos!... ¡su granja asolada!... ¡menudo si habían soltado los frascos!

¡Estaba surtiendo efecto!... yo veía a toda la mesa cambiar de semblante, ¡los contables, las chavalas y las purís!... ¡de pálidos que estaban todos a escarlatas súbito! y *prosit!* ¡a la salud del *Führe!* *heil!* ¡en pie! Kracht ya no podía mantenerse «firmes» ni alzar el brazo... ¡tenía que agarrarse!... oscilaba... aun así, se levantó... la jorobadita tuvo una idea, ella tan amable, tan llena de atenciones, ¡que subiéramos a dar azotes a la Kretzer! *¡ptaf! ¡ptaf!*

«¡Ah, no! ¡de ningún modo!»

¡Kracht no quería!... lo que quería era golpear la pared... con los puños... con la cabeza... ¡al mismo tiempo que las bombas!... ¡los *braúm* sobre Berlín!... ¡oh, qué gracioso estaba! ¡todos los de la mesa lo imitaron!... Kracht abandonó la pared, volvió a sentarse a la mesa y a beber... ¡a gollete!... ¡los demás también!... ¡reinaba el buen humor!... ¡oh! pero, ¡se arrancó su bigotito «Adolf»!... estaba pegado... no era de verdad... *teufel! teufel!*... ¡diablo!... ¡lo único que se le ocurrió!... ¡diablo! ¡diablo!... ¡y volvió a beber!... el efecto de no beber todos otra cosa que agua, aquel pimplar vino del Rhin y espumoso, ¡estaban todos borrachos!... y dándose de cabeza contra las paredes... ¡y al mismo tiempo que Kracht!... tocante a moral, ¡había dado resultado! ¡pero que muy alta! yo no bebí, no bebí nada, me di cuenta... Lili no había probado su *Rhein-*

wein, La Vigue tampoco, éramos de verdad extranjeros... ahora se abrazaban, se amaban... ¡voraces!... los hombres entre sí y las mujeres... todos titubeando de lo lindo, de juerga, los muy cerdos... el SS Kracht quería salir para respirar... quería darme el brazo... ¡de acuerdo!... ¡paso a pasito!... fuimos al peristilo... allí estábamos en un banco de piedra... apestaba a *Rheinwein*... iba a decirme... me dijo...

«¡Destouches! ¡Doctor! *ich habe sie gern!*... ¡lo aprecio a usted!... ¡es usted muy bueno!... ¡es usted honrado!... ¡todos esos! ¡todos!»

Indicó hacia el comedor, las ventanas...

«*Dreck! dreck!* ¡basuras!»

¡Lo que había progresado yo!

Quería decir también... ¡y que lo escuchara bien!... ¡pura confidencia!... ¡adelante!...

«*Braver mann,* Destouches! ¡buen hombre!... *vorsicht!* ¡cuidado! ¡Léonard! ¡Joseph!... *alle mörderer! vorsicht!* ¡todos asesinos!»

¡Qué dos patas para un banco!... ¡asentí!...

«¡Kracht! *alle!* ¡todos! *mörder! donnerwetter!...* ¡rayos y truenos!»

¡De risa! pero, puesto que me había avisado y me besaba y lloraba, había hecho todo lo que podía... ahora, ¡a otra cosa! me dejó, ¡iba a atravesar el bosque por allí! me indicó, hacia la granja... ¡iba seguro a chivarse de nosotros otra vez!... ¡iba a decirles que yo había dicho esto!... ¡y lo otro!... no andaba muy recto, lo vi, pero aun así... zigzag... no fui con él... ¡que les contara lo que quisiese!... ¿qué importaba?... bien, volví, subí de nuevo... el peristilo... la escalera... Lili, La Vigue, Bébert me esperaban... los otros estaban todos trompas bajo la mesa... me pareció... roncaban... La Vigue me preguntó qué me había dicho Kracht...

«¡Oh, nada del otro mundo!»

Bueno, ¿y qué pensaba yo?... que aquel Zornhof era un maldito agujero... Harras un perfecto cerdo... ¡un maldito bandido gordinflón!... etcétera... etcétera... estuvimos comentándolo machaconamente... más de una hora...

★ ★ ★

Al final habíamos dicho todo, los pros y los contras, no habíamos avanzado nada... estábamos allí y nada más... pero, ¿las escudillas?... nuestra rutina... había que ir, hacer que las llenaran antes de la noche... no demasiado complicado ni arriesgado, el cocinero de los *bibel* había cogido gusto a los cigarrillos, a las marcas inglesas, el sargento también...

Nos estaban esperando, todo salió bien, volvimos por la tienda de comestibles... vi que no había nadie dentro... no llamé, entré... coloqué seis «Lucky» sobre el mostrador... ¡perfecto!... ¡y me serví una hogaza... dos hogazas... además, en su lugar dejé veinte marcos... el doble de su precio... seguro que la tendera nos veía... no apareció... en cualquier caso, no le habíamos robado, el día siguiente haríamos lo mismo, volveríamos... tres chozas más adelante estaba la *Wirtschaft,* la taberna, ya lo he dicho, allí no valía la pena probar, allí estaban todos los antinazis, y *anticollabo* feroces... naturalmente, no dijeron nada cuando pasamos, pero entornaron un poco la puerta ¡y *ptaf*! ¡*ptaf*!... ¡escupieron! ¡lejos!... si se hubieran atrevido, habrían disparado... aún no se atrevían... bueno era saberlo, más valía evitar aquel camino... pero, ¡no había otros!... ¿quizás un sendero?... ya buscaríamos... allí íbamos con nuestras escudillas, una para Yago, otra para Bébert... en la quinta bajamos enseguida a ver al perro, a ver si le gustaba la escudilla, para que La Vigue pudiera volver a su queli, en el extremo, en la bodega... Yago no tenía inconveniente, le presentamos la rica escudilla, no tardó mucho, tres lengüetazos... ¡*guaf*! ¡*guaf*!... me parecía que éramos ninchis... La Vigue aprovechó, corrió a su cuarto y enseguida se durmió... yo volví a subir a nuestra habitación, Lili me esperaba... había noticias, la pequeña Cillie había acudido,... estábamos invitados el día siguiente en la granja... Lili no comprendía muy bien... habían subido, Cillie, ella, a ver a María Teresa, para que le tradujera... María Teresa iba a asistir también a la comida... ¡era muy raro que la invitaran! comida de familia y amigos, más el viejo Von Leiden... ¿por qué toda aquella gente?... ¿para decirnos a Lili, a La Vigue y a mí, que necesitaban nuestra torre, nuestro rincón?... ¿para otros refugiados?... ¿que nos echaban?... y entonces, ¿qué? ¿que nos enviaban a Grünwald?... ¿o a Felixruhe?... te acostumbras, pero tardas mucho, a pensar que sobras, dondequiera que sea, desprendes un olor insoportable, que hay que liquidarte verdaderamente... pero ahora veo, observo, en modo alguno es imaginario, la misma náusea en las gente que se me acerca un poco o simplemente oye hablar de mí... que resistí a todo esto, a todo lo otro... nótese bien que yo, por mi parte, me digo que, ya sean izquierda, derecha o centro, ¡son un hatajo de asquerosos pero que muy superfluos! ¡cada cual con su modesta opinión! evidentemente me diréis: ¿quién te mandaba juntarte con ellos? ¡cierto! ¡dejar! ¡dejar hundirse a toda aquella gente!... ¡espejismos!... ¡otro!... ¡sumergirse!... ¡precipicio! ¡bajo miriatoneladas de cal viva!... ¡amén!

Allí, en Zornhof, todavía no estábamos dispuestos a tanto... cierto valor y cobardía nos hacían pensar que pese a todo... resistiendo... tres... cuatro meses más...

¡Venga, hombre! ¡y una leche, tres, cuatro meses! ¡siglos, diría yo, que nos tragamos! el crimen, hablando humanamente, la pifia irremisible: ¡pensar en los demás!... sensatez, egoísmo forman una pareja excelente, odiosa, mierdera, pero tan compacta... ¡adorable, sólida!

Yo no hablaba a Lili de todo aquello, de mis agudas reflexiones... sobre todo, respecto de las «fortalezas» y los huracanes sobre Berlín no había ni que preguntarse– ¡tierra, paredes, suelo!... ¡cada vez peor!... sobre todo por la noche... en Jericó habían necesitado trompetas... en nuestro caso, ¡nuestro Hjalmar, tambor y clarinete, había hecho todo lo necesario!... desde luego, en Berlín ya no quedaban paredes... a propósito, ¿y el pastor Rieder? ¿y el sargento del campo de aviación? con su petirrojo... en los momentos muy difíciles en los que ya no hay forma de dormir, lo mejor es pensar atentamente en los pequeños seres de verdad amables...

Aquel petirrojo... ¡las ratas no lo atraparon!... el sargento volvió con él... ¡hizo bien!... ¡bravo!... ¡bravo!... estás en duermevela... ¡bravo!... ¡bravo!...

★ ★ ★

En absoluto lo que nos esperábamos... pensábamos que nos avisarían de esto... lo otro... y sobre todo que nos pondrían de patitas en la calle... pero, ¡al contrario absolutamente! un recibimiento muy caluroso... desde la escalera de la entrada, una gran banderola «¡Viva Francia!»... ¿sería por nosotros? y todos los escalones pintados, azul, blanco, rojo... ¿también por nosotros? ¿prueba de amistad?... allí arriba todo el mundo estaba a la mesa... ¡y qué mesa!... ¡no se parecía en nada a nuestro *mahlzeit*!... sobrecargada de fuentes y ensaladas de frutas... tres, cuatro jamones... pavos y capones... ¡un auténtico festín!... ¿nos festejaban?... había que verlo... ya estaban instalados... nos presentaron... yo ya conocía al conde Von Leiden *Rittmeister*... conocía a Simmer también, Harras nos había llevado a verlo, un carcamal muy antipático, pintado, maquillado, herido en Verdún... de lo más malvado, al parecer, nos habían avisado... según decían, mandaba pasar por las armas, con el menor pretexto, con placer, a los prisioneros de los depósitos, rusos, polacos, franceses, también mandaba prender a las mujeres... no faltaban ocasiones, sobre todo el mercado negro, mantequilla y huevos... yo no lo había visto desde Moorsburg... no venía nunca... sin embargo, se entendía a las mil maravillas, al parecer, con Isis von Leiden... ¡«habladurías»!.. lo veía allí, engalanado, empolvado, con su gran collar de oro y sortijas de cabujones en todos los dedos, verdaderamente maquillado, puta vieja, carmín, uñas esmaltadas... nada más verlo había dicho yo... «Colega, haría buen papel en el Châtelet, ¡y con música!»... pensaba en los ballets... Harras me había avisado... se mosqueaba por nada, horrible, y castigaba implacable... «plenos poderes»... ¡nada de bromas!... en primer lugar, no nos apreciaba, ¡coronel de los ulanos de la Emperatriz!... imaginaos, botas con borlas, chascás, alamares violetas, sable con correa de oro... inolvidable... y quizá no fuese peor que los demás, al fin y al cabo... ¡había que desconfiar de todos!... yo lo veía allí, muy amable, sorprendente... ¿cuánto iría a durar? nos presentó a su vecina... hablaba francés, bien, con el inevitable acento, pero nada áspero ni ladrador, más que nada cantarín... debía de ser de buena familia, en su época las buenas familias tenían ayas francesas... Rusia, Alemania, Dinamarca, Inglaterra... veréis que todos los viejos chochos, así, de buenas familias, tienen acentos muy soportables y los términos elegantes y justos, la armonía de la gran época... las otras lenguas sólo aproximadamente, no muy recomendables, recomendadas...

Nos presentó a la condesa Tulff-Tcheppe... ¡ella, por fin! ¡se había hecho esperar, la verdad!... ¡hacía tres meses que hablaban de ella!... ¡huy, la Virgen! ¡era un pastel! ¡más maquillada que el *Landrat*!... y muchas más joyas, ¡tres collares enormes!... un impertinente engastado con brillantes... un bastón alto «Regencia» con puño cincelado... peluca rubia, sí, debía de ser peluca... con un gran moño... la tragedia de todas las mujeres, del pueblo o de mundo, si intentan conservarse, parecen regentes de burdel... ¿que se abandonan?... damas de la caridad, que sólo sirven para llorar, vestir a los muertos... ¡oh, qué severa es la Naturaleza!...

Aquella dama, condesa Tulff von Tcheppe, no era nada despreciativa, al contrario... ¡qué contenta estaba de vernos! ¡encantada!... ¡exclamó!...

«¡Ustedes aquí!... ¡franceses! ¡qué gusto!... ¡y los tres!... ¿los trata mi hija como corresponde?... ¡quiero saberlo! mi yerno es un pobre impedido, ¡ya lo conocen!

—¡Desde luego: desde luego, señora!

—¡Todo en su honor, queridos amigos franceses!... ¡sean tan amables!... ¡nuestra modestísima comida!»

¡Y cloqueaba de risa!

Hablando de comida modesta, yo veía unas bandejas de entremeses y salmón ahumado... pollos en gelatina... caviar... y compotas de frutas... platillos de mantequilla... como no había visto desde el Brenner... ¿qué irían a hacernos después? muy bonitas aquellas comidas copiosas, pero, ¿y después? en el Camerún yo conocía muy bien, era su mística, emborrachar de lo lindo a aquellos a quienes iban a cocer... ¿sería eso lo que nos preparaba aquella gente tan amable de repente? había motivos para desconfiar... sobre todo bastante hostiles todos... y no sólo contra nosotros, entre ellos también... mucho incluso... el viejo *Rittmeister* al lado de Isis... no se decían nada... pero allí estaban... ¿qué ocultaba todo aquello?... miré a ver qué comían... unos poquitos entremeses... ¿habría algo extraño en los otros platos?... ¿y el marido, lisiado? Simmer preguntó dónde estaba... en alemán...

«¡Con Nikolas!

—¡Su escopeta! ¡rápido! ¡por favor, Isis!... ¡enseguida!... ¡con Nikolas!»

Mira por dónde, Isis se mostró despreocupada...

«¡Su escopeta, Isis! ¡enseguida! ¡haga el favor!»

Se decidió, fue... oímos un poco de discusión, y volvió... con el arma... Simmer la cogió... ¡sacó dos cartuchos!... ¡y no volvió a soltar aquel objeto!... sobre las rodillas... no reinaba la confianza... pero la condesa Tulff-Tcheppe estaba tan contenta de vernos, toda mímica y sonrisas, que dejó de ocuparse del *Landrat*... ¡a nuestra entera disposición!... «así, ¿que llegábamos de París?... ¿los tres?... ¿y con nuestro gato, Bébert?»

«¡Oh, sí! ¡sí! ¡señora!»

Como tenía aspecto tan afable, yo tenía muchas preguntas que hacer, me arriesgué... le pregunté, muy respetuoso, si allí, en su tierra, se parecía el paisaje al de aquí... ¿llanuras?... ¿llanuras?...

«Oh, llanuras, mucho más extensas, querido doctor, inmensas, ¡ya verá! demasiado inmensas, ¡se lo aseguro! ¡me aburro en mi tierra, amigos míos!... los llamo: ¡amigos míos!... ¿me lo permiten?

—¡Desde luego, señora! ¡gran honor!

—Imagínese, simplemente mi castillo, ¡cuarenta y dos grandes salas!... ¡nunca he contado las habitaciones! ¡mi marido sabía!... ¡y el bosque!...»

Suspiró al pensar en aquel bosque...

«¡No sé cuántas hectáreas, doctor!... ¡mi marido sabía!... ¡y lobos!... ¡y osos!... ¡ya verá!»

De repente, se echó a reír...

«¡Vendrán a verlo conmigo!... ¡se divertirán!... ¡los tres!... ¡con Isis!... ¡con Cillie!... ¡también vendrá María Teresa!... ¿verdad?

—¡Desde luego! ¡desde luego, señora!»

¡Oh, no era el momento de decir que no!... ¡puesto que le daba tanto placer!... ¡nos veía a los tres en Pomerania! ¡bien!... ¡bien!... ¡el tiempo diría!

«¡Oh!, pero, ¡no nos conocemos!»

¡Era cierto, exacto!...

¡Adelante, pues, todos los recuerdos!... ¡teníamos derecho!... ¡todos! ¡todos!... ¡los más exaltantes! ¡Francia!... ¡París! ¡el hechizo del Bois de Boulogne! ¡la avenida de las Acacias! el Gran Premio... la batalla de las flores... yo respondía bien, conocía, compartía su entusiasmo... pero sobre el Elíseo estaba pez, ¡no lo había visitado!... el Presidente de la República... el gran baile de la Ópera... la fiesta en Neuilly... ¡ah! con eso volví a orientarme... ¡cómo se había divertido en todas partes, la señora condesa!... ¡el *Moulin Rouge!*... ¡el *Ciel!* ¡el *Enfer!*... ¡la *Abbaye de Thélême!*...* ¿cómo?... ¿por qué? su marido, el difunto conde Tulff von Tcheppe era presidente del Comité Léon-Bourgeois para Alemania del Norte... ¡todo se explica!... ¡ah, el señor Léon Bourgeois!... ¡qué distinción!... ¡delicadeza! ¡elocuencia!... ¡lloraba al recordarlo!... ¡qué momentos había vivido allí!... ¡ah, aquel París!... ¡el paraíso!... ¡por doquier!... ¡en todas partes habían estado!... ¡hasta en

---

* Abbaye de Thélème, famoso club nocturno de la Place Pigalle de comienzos de siglo. Tomó su nombre de la abadía que figura en *Pantagruel* de Rabelais, cuyo lema era: «Haz lo que te plazca».

el *Marché aux Puces*! las cositas que habían comprado tan simpáticas, ¡ya veríamos allí, en su casa, en Pomerania! ¡chucherías!... ¡retratos! ¡al conde lo chiflaba el *Marché aux Puces*!... ya veríamos sus recuerdos... allí un piso entero en el castillo estaba amueblado «a lo parisino»... desde luego, ¡la condesa conocía Europa! ¡todas las grandes ciudades!... ¡y los balnearios!... ciudades aceptables, residencias posibles... pero para vivir de verdad, la alegría de vivir, ¡una sola ciudad!... ¡estábamos completamente de acuerdo!... dispuestos a llorar con ella... no por las mismas razones exactamente... en fin, casi...

«¿No conocen ustedes Königsberg?»

Confesé...

«¡Lo lamentamos!

–¡Ya verán!... esta ciudad es tan triste... ¡el mar helado seis meses al año!... ¡y qué bosques!... ¡los míos, doctor!... ¡los ciervos!... ¡los osos!... ¡todo mío!...»

Yo veía que la condesa tenía miedo de su castillo... y de sus bosques... y de Königsberg...

«¡Peor, doctor!... ¡peor!... ¡les ha dado por combatir allí!... ¡sí!... creo que más arriba... hacia Memel... ¡oigo los cañones!... mis criados me dicen: ¡son los nuestros! ¿qué cree usted?... los oigo... sobre todo de noche... ¡los nuestros!... ¿los suyos?... ¡mis guardas son capaces de contarme cualquier cosa!

–Señora condesa, ¡aquí mismo!...»

¡No iba yo a decirle que prestara oídos!... mejor hablar del mercado «de flores»... del Cours-la-Reine... y de Versalles... otra vez a vueltas con el señor Bourgeois... ¡las grandes fuentes!... ¡la condesa soñaba con ellas!... ¡y pensar que habíamos venido los tres de París, allí, a Zornhof, aquel lugar miserable!... ¡milagro! no iba yo a contarle la clase de franceses que éramos... nos veía en el Elíseo con ella, en la Ópera, ¡treinta años antes!... el encanto de París, enloquecedor, no radica tanto en las canciones... efectos de sombras proyectadas por faroles de gas, cantinela de borracho, como en el corazón de los viejos exiliados, desesperados, a lo le-

jos... la fuerza de las cosas... Königsberg... Oklahoma... Caribe...
así, pues, ¡estábamos totalmente de acuerdo!... desde luego, ¡iríamos a su casa!... ¡entendido! ¡jurado!... Kracht me había avisado
de sobra: sobre todo, ¡no la contraríen!... desde luego, era extravagante, pero su castillo existía sin duda alguna, allí... ¡en absoluto imaginario!... tampoco los profundos bosques... ni los lobos,
etcétera... ¡todo exacto!... los combates también, hacia Memel...
los rusos debían de estar acercándose... en aquella mesa, mejor
dicho, en aquel festín, ella era la única que hacía uso de la palabra... ¡ni siquiera el *Landrat!*... ella presidía, ¡y se acabó!... sin embargo, el *Landrat* tenía algo que decir... ella no le dejaba... *bitte!*
bitte!... ¡perdón!... un gestito seco con la mano, ¡que se callara!
¡que escuchase!... él, el precioso coronel empolvado, con la escopeta de caza sobre las rodillas... de nada le servía servirse más pollo y pavo... y con mucha salsa... ni beber al mismo tiempo de
tres vasos... vino del Rhin, burdeos, kirsch... no podía decir lo
que quería, ella no le dejaba... *bitte! bitte!* y le babeaba la boca, y
se agitaba... removía la silla... ¡y pedía la palabra!... ¡ahora yo! ¡ahora yo! ¡quería hablarme! y me señalaba con el dedo... *sie! sie!*

«¡Usted! ¡usted! *ruhe! ruhe!* ¡silencio!...»

¡Que se callara la vieja!... ¡maldita cotorra!

¡Eh! ¡eh!... ¡mire! *sie!*... ¡usted!»

Me sacó un papel del bolsillo... del dolmán... ¡que leyera, yo!
sie! sie!... ¡enseguida!

¡Ajá! leí... lo sospechaba... «permiso para ejercer»... *Erlaubnis*... ¿era eso lo que celebrábamos? ¿aquella comilona, toda aquella gente reunida? ¿por mí?... ¿y las banderitas tricolores? el *Landrat*
que casi se había vuelto amable... la vieja majareta de Königsberg
con sus bosques patrimoniales y su amistad apasionada... ¿todo
aquello?... desde luego, Harras me había avisado de que acabaría
teniéndolo, al cabo de meses, de años quizá... que las oficinas de
Berlín eran absolutamente hostiles... antinazis, antifrancesas, anti-*collabos,* antitodo... «¡con el tiempo todo llega!» me diréis... «¡gente diferente, costumbres distintas!»... ¡en absoluto!... ¡por mis co-

jones!... aquí, ¡igualito!... ¡y veinte años después! sin ir más lejos ayer, la Televisión, la francesa, ¡me ha jugado una de las suyas!* ¡con toda su perfecta y cobarde chabacanería!... ¡mucho peor que los peores teutones!... hay que reconocerlo, algunas personas son excepcionales al piano, con la guitarra, a la petanca... otras en las matemáticas, en la pintura, en los crucigramas... yo me distingo porque consigo que me excomulguen desde cualquier bando, excéntrico subhumano, insoportable... sin ir más lejos, ¡antes de ayer la Televisión!... vinieron, querían, me miraron, ¡escaparon espantados!... ¡todo su material desvencijado, todas sus películas veladas!... ni siquiera se excusaron... ¡nada!... ¡para que veáis!... ¡adónde hemos ido a parar! «¡la chusma acabará con todo!»... Nietzsche lo había previsto perfectamente... ¡y en eso estamos!... ¡ministros, sátrapas, Dien-Bien-Phu por todas partes! ¡filtraciones de noticias y bragas rosas!...**

    ¿Suspiros?... ¡lo único que hago es agravar mi caso!... allí arriba, en Zornhof, Brandeburgo, ¿suspiraba yo contra los ministros?... ¿sus despachos de la Wilhelmstrasse? ¿protestaba? ¿insultaba a alguien? ¡me depuraban!... ¡de un plumazo!... *La Croix* se habría alegrado... Malraux también... ¡y tantos otros!... ¡no me habrían vuelto a ver!... ¡predepurado por los nazis!... ¡mi carnaza a las remolachas!... ¡tan frágil el que tiene razón!

    «Lesen sie lesen sie doch! ¡lea, lea!»

* En la primavera de 1959, Lous Pawells y André Brissand celebraron una entrevista televisada con Céline en Meudon. Estaba destinada a la emisión «En français dans le texte» del 19 de junio. A última hora fue prohibida, según Céline, por intervención del personaje al que llama Petzareff.

El texto de la entrevista se publicó en 1962 en una colección de entrevistas titulada *En français dans le texte* de Louis Pawels, Jacques Mousseau y Jean Feiler.

La entrevista se difundió después de la muerte de Céline.

** Alusión al «caso de las filtraciones», escándalo político que agitó a Francia de 1954 a 1956. En 1954 se descubrió que se había filtrado hasta el Partido Comunista información sobre las reuniones del Comité de Defensa Nacional. Tras una larga investigación, varias personas fueron juzgadas y sentenciadas a largas condenas de cárcel. En los círculos de izquierda, está muy extendida la opinión de que fue una estratagema destinada a desacreditar a ciertas figuras políticas.

Insistía... *Erlaubnis...* «Permiso válido hasta el 30 de diciembre»... ¡tienen gracia esos cheques sobre el porvenir! ¡qué descaro! ¡imposturas!... ¿quién estará vivo? ¿dónde el 30 de diciembre?... ¡muy bien! ¡muy bien!... ¡perfecto!... toda aquella gente en torno a la mesa no tenían sólo aspecto de familia, jetas para degüello, debían de tener una idea, una ideíta además del *Erlaubnis...* me parecía... el festín estaba en su apogeo... nos ofrecían de todo... naturalmente, no nos negábamos, pero casi... ¡eso irrita!... el *Landrat* estaba muy irritado... preguntó a Lili qué llevaba en el bolso... una mochila, de turista...

«¡Nuestro gato Bébert, señor!

—¿Tendría usted la amabilidad de enseñarme ese gato?»

Lili abrió la mochila... Bébert asomó la cabeza...

«¿Es de raza?... ¿puede reproducirse?»

Le expliqué que estaba castrado...

«Entonces, ¡animal que hay que eliminar!... ya conocen nuestras "ordenanzas"... ¡animal incapaz de reproducirse!...»

E hizo el gesto de atrapar a Bébert por la cola, ¡y *blac*! ¡contra el muro!...

Lili no dijo nada, volvió a encerrar a Bébert en el bolso... «¡adiós, señor!»... se levantó y se fue... abandonó la mesa... se marchó... nadie dijo ni pío... al único que hizo gracia fue al *Landrat...* ¡para troncharse!... *¡jojojó!* La Vigue y yo nos callamos, nada orgullosos... teníamos que marcharnos también nosotros, pero con toda educación... ¡primero las excusas!... por nosotros... por Lili... que si estaba muy cansada... nerviosa... yo era al *Landrat* a quien miraba sobre todo... ¿qué iría a hacer?... chalados estaban todos... pero él además tenía la escopeta... podía perfectamente acabar con nosotros... ¿qué riesgo corría?... Harras me había avisado, ¡tan impulsivo como el lisiado!... nos fuimos reculando, La Vigue y yo... quizás estuvieran de acuerdo, todos, en que había que cepillársenos... allí, ¡*bum*!... ¿sería para eso el festín?... pero hace tanto tiempo que tanta gente está de acuerdo en que hay que ejecutarnos, que quizá no fueran ellos... tal vez serían otros!... ¡partida

aplazada!... ¿razones?... ¿motivos?... ¡a tomar por culo! ¿qué puede importar? te designan amablemente... otro día reclamarás, ¡en
otra vida!... ¿acaso van a atreverse el conejillo en la caza y el bravo toro a afirmar que hay un error?... ¿que se los sacrifica por
error?... ¡venga, hombre! ¡un poco de seriedad!...

Entonces, por las buenas, despacito... un paso... dos pasos...
hacia la puerta de la escalera... Simmer vio...

«¡Vamos, doctor!... vamos, ¡no se vayan!... ¡a su salud!»

María Teresa nos rogó también...

«¡A la salud de su gato Bébert!»

Volvimos a la mesa... pero apenas habíamos reanudado el
hilo de la conversación... dos, tres palabras amables... oí a Lili que
nos llamaba... desde el patio afuera... y al mismo tiempo, ¡cuac!
¡cuac!... no dos, tres... ¡centenares de *cuac*... ¡y otros más! ¡muchos
otros! ¡por todos lados!... ¡todas las ocas de la granja! ¡la sublevación de las ocas!... ¡de risa!... miramos... ¡ah, miles de ocas!... no
sólo las de la granja... ¡de todas partes! ¡y furiosas!... ¡y ni un gran-
jero!... ¡ni un trabajador! ¡sólo ocas!... sin embargo, ¡no habían
venido solas!... todas juntas... ¡concentración organizada! ¡alguien
debía de haberlas guiado!... ¡alguien había colocado ortigas! todo
el gran patio lleno de ortigas... enormes pilas, ¡por todas partes!...
¡montones de ortigas! ¡mientras nosotros departíamos allí arriba!... las ortigas no crecían allí mismo... alguien las había traído...
para que las ocas se atiborraran, invadiesen el patio... para que no
pudiéramos salir... ¡estaba tramado!... ¡ah, al *Landrat* le iba a dar
una apoplejía!... ¡vio!... ¡pataleó!... ¡que si era un golpe montado
contra él! ¡que si era intencionado!... ¡el colmo!... era aún más
odiado que nosotros, al parecer... se llevaba la palma... nosotros
no mandábamos fusilar a nadie, ¡él, sí! y no sólo a prisioneros
cualesquiera, por un sí, un no, a *boches* también, e incluso a militares de permiso... en aquel intermedio, mientras las ocas se daban un atracón de ortigas, el patio lleno, ¡los comensales se cachondeaban con ganas!... ¡también del *Landrat,* encolerizado!
¡rojo a punto de estallar!... ¡aquello tenía que cesar!... ¡cuac! ¡cuac!...

¡también ellas estaban encolerizadas!... Lili quería atravesar sus ortigas, con Bébert en su bolso... le grité «¡espera! ¡que ya vamos!...» pero, ¡el *Landrat* quería ser el primero!... no estaban sólo las ocas de los Von Leiden, estaban las de todas las granjas, ¡y de los alrededores!... ¿quién las había conducido así, como un ejército? una cosa era segura, no querían que se las atravesara mientras se daban su festín de ortigas, con una mala leche como la de una familia francesa comiendo... ¡feroces susceptibles!... ahí nos teníais con una buena avería... todos, condesas, *Rittmeister*, *Landrat*, y Kracht el SS, sin poder ir a ninguna parte... *¡cuac! ¡cuac!*... ¡ir a algún sitio!... ¡ganas! ¡ganas!... ¡al excusado!... ¡e Isis y su lisiado!... él iba con Nikolas a horcajadas... desde arriba habían visto el tumulto, ¡la avalancha de las ocas hacia las ortigas!... ¡no había que arriesgarse!... ¡menos mal que no había sólo un retrete!... otros dos en el jardín... no por el lado del patio, hacia la llanura del Norte... Isis llevó a todo el mundo por allí, ya se estaban haciendo pipí todos de pie, ya no podían aguantarse más... Isis conocía bien el camino... el huerto... allí ya no había ocas... ¡entraron todos!... las damas primero... y después el *Landrat*... juraba... juraba... *«donner! donner!* ¡rayos y truenos!»* se había mojado el pantalón... ya habréis notado, desde luego, pasado el medio siglo, todas las personas, más o menos, empiezan a tener escapes, no lo pueden evitar... a eso se debe la crueldad de las comidas prolongadas y de los «alternes alcohólicos»... lo mismo les ocurre a los barcos, igualito, y a los inmuebles... por menos de nada todo se escapa... esfínteres, vejigas, canalones, tripas... el medio siglo es implacable con los señores y las damas... ¡peor es el caso de los perros, los gatos!... ¡ellos todavía antes!... cinco... seis años...

★ ★ ★

Dispusimos de un poco de tiempo... La Vigue, Lili y yo... aquellos montones de ortigas, todos aquellos *¡cuac!*... las ocas no habían venido solas, alguien las había incitado... desde todas las charcas... ¿quién? ¿por qué?... ¿contra Simmer?... ¿contra los Von Leiden?... lo extraordinario era que no fuésemos nosotros, en principio siempre éramos nosotros... todavía ahora, veinte años después, no hace falta buscar... veo aquí los perros que ladran, que no dejan dormir a la gente, los gatos que maúllan como locos, mi loro que cotorrea... la fábrica de abajo, el horrible jaleo y los olores, los autos que suben a la acera, aplastan a las madres y a los niños... ¡no hay que buscar al criminal!... ahora, veinte años, ya estoy acostumbrado... allí, en Brandeburgo, Zornhof, no lo estaba todavía... ahora, que hace veinte años y no ha acabado, todo me parece normal, estoy habituado a que me acusen de todo, a la buena de Dios... allí aún me sorprendía un poco... él, La Vigue, se acostumbró enseguida, casi sin esfuerzo... pero, ¡hay que tener en cuenta! ¡prodigiosamente dotado!... actor nato... le decías: «La Vigue, ¡has matado a tu mamá!» ¡Vale, ninchi!... ¡ya está!... ¡lo veías transformarse delante de ti!... en monstruo ante el tribunal... el semblante, la facha... «¡ahora eres Javert!... ¡ahora eres Valjean!»[*] ¡cambiaba de ser! lo que no le podían perdonar, todos los que no están «hechos para eso»... le habrían hecho morirse en chirona, hizo bien en marcharse allí abajo... tan lejos... ¿que quería ser culpable?... lo era enormemente, al instante... te traía el escenario allí, el Consejo de Guerra, el patíbulo, el Teatro de los Campos Elíseos... ¡sentías pena de el!... como os digo, ¡lo que él quería!... allí arriba me costaba trabajo sentirme culpable... no tengo talento para eso... ni siquiera ahora, ¡después de veinte años de adversidades tremendas desde Zornhof!... ¡aún no estoy dispuesto a confesar!... ¡no tengo ese don!

¿Adonde se encamina usted?... ¡yo qué sé!... ¡a lo peor!... ¿qué voy a decir a semejantes hordas tercas, aulladoras?

Así, pues, pensábamos, en resumen, que todo iba de mal en peor... gitanos, los Von Leiden, Berlín cada vez más bombardeado, el pastor desaparecido, el cielo cada vez más negro... ¡escapar,

---

[*] Javert, Jean Valjean: personajes de la novela de Víctor Hugo *Los miserables*.

desde luego!... pero, ¿adonde?... ¿y cómo?... yo tenía una ideíta, ya os lo he dicho... pero no hablaba de ella... Lili sospechaba... de todos modos tenía que proponérselo a La Vigue y Lili tenía que bajarme los mapas... estábamos en el extremo del pasillo, en la celda con barrotes, después de las cocinas...

«¡*Toc*! ¡*toc*!

—*Herein! herein!* ¡entre!

—¡Kracht!»

Se anunció...

«¡Dígame, Kracht!»

¡Una sorpresa!... la señora Isis von Leiden iba a venir a buscarnos, si nos parecía bien, el día siguiente por la mañana, ¡a las diez! a Lili, a mí, a La Vigue, a Bébert, para llevarnos... ¡de excursión!

«¡Encantado! ¡desde luego, Kracht!»

En charabán... íbamos a ir hasta los lagos... íbamos a ver las secuoyas... el célebre bosque... el único bosque de esos árboles tan altos en Europa... Kracht lo sabía todo y me dio detalles... no un bosque tan grande como el de la señora Tulff-Tcheppe pero de todos modos, ¡ya veríamos! ¡inmenso!... ¡y las secuoyas no crecen en Pomerania!... ¡bosque único en Europa!... el otro bosque en América... árboles llamados a desaparecer, demasiado gigantescos para los tiempos actuales, de ciento ochenta metros de altura... yo veía que quería tirarse faroles para fastidiar a la condesa... y a nosotros con ella, que no tenía secuoyas en su tremendo dominio... ¡que sólo aquí había árboles de ésos! ¡sólo aquí! ¡menudo rollo íbamos a tener que soportar!... y naturalmente, la Tulff-Tcheppe no nos iba a perdonar, por milésima vez, el relato de todas las mundanidades, batalla de las flores, Gran Premio... las noches de la Ópera... en resumen, los mismos sentimientos, los mismos recuerdos, que la señora Von Seckt, más o menos...

«¡De acuerdo, Kracht!... ¡estaremos preparados!

—¡Oh, no los va a llevar por todas partes!»

En el momento en que os escribo, ¿qué habrá sido de todos ellos?... nadie sabe... oh, ya se lo esperaban un poco... no se deja-

ban engañar totalmente por el *taratabum* oficial, *heil!...* pero aun
así... ¡nosotros, en absoluto!... si bien he de decir que nunca había
imaginado que nos acosarían durante tanto tiempo... ¡dos generaciones han pasado!... unos cuarenta millones de niños, jóvenes
gilipollas... ¡todo ha cambiado endemoniadamente desde César!
«Prometen, ríen, ¡y se acabó!» ¡sí, sí! ¡no olvidan nada!...
  Mala fe, impostura, mala leche...

★ ★ ★

Al parecer, está totalmente pasado de moda escribir que «a las
diez el charabán de las condesas se puso en marcha...» ¡joder! ¿qué
le voy a hacer, si pasó de moda?... ¡lo que fue fue!... y nosotros
mismos, Lili, La Vigue, yo, Bébert, absolutamente anticuados, ¡listos puntualmente!... ¡en lo alto del peristilo!... la heredera María
Teresa, su hermano el *Rittmeister,* tan tembloroso como de costumbre, sus muchachas polacas descalzas y Kracht de uniforme
estaban también allí, pero ellos para vernos marchar... que todo
iba bien... y decirnos adiós... ¡y que volviéramos pronto!... ¡llevábamos tres grandes cestos, abarrotados, llenos!... panecillos, jamón, embutidos, miel... ¡de todo!... agua mineral, cerveza, vino...
¿iríamos a recoger a alguien por el camino?... tal vez... yo sabía
que estaba previsto que debíamos hacer un alto en determinado
momento... pero, ¿recoger a gente? no lo creía yo... habría hecho
bueno al partir, si no hubiera estado el cielo como pintado de un
horizonte al otro... alquitrán y hulla... y sobre todo al sur y al
norte... la misma impresión más o menos de Berlín a Rostock...
debo decir que la tierra seguía retumbando, toda la llanura, no
peor, pero tampoco menos... desde luego, te acostumbras a que
te hagan vibrar, temblequear, y a que te cubran nubes de hollín,
pero, aun así, aquella pintura en el aire daba a todo, llanura, arroyos, árboles, quinta, al charabán y a los caballos, a las condesas, la
joven, la vieja, un aspecto que me hacía preguntarme adónde
iríamos... ¿a merendar bajo las secuoyas?... ¡ya era bastante obs-

curo!... la verdad es que no veía yo en aquel momento qué cojones íbamos a hacer... ¡ya sabíamos bastante!... su campo de aviación, su sargento manco con el petirrojo, las ratas, el aparato enterrado... ahora, ¿a qué venía la excursión? ¿para darnos placer?... ¡ni la menor confianza!... todas aquellas provisiones, aquella cantidad de bocadillos, aquel pollo, aquel bosque profundo... ¿qué intenciones?... ¡el tiempo diría!... ¿un polvillo en los embutidos?... muy... pero que muy posible... susurré a Lili... ¡había que esperar!... ¡no todo estaba listo! las sirvientes corrieron a la granja... iban a volver... iban a buscar abrigos... mantas... ¡íbamos a tener frío!... ¡al parecer!... aproveché para preguntar a Kracht... sin miramientos... no nos oían... el otro extremo de la escalinata...

«¿No habrá veneno en los bocadillos?... ¿qué cree usted, Kracht?... en algunos bocadillos, ¿a propósito para nosotros?»

¡Él había de saber, aquel hipócrita con botas! Le di el soplo, ¡para que se lo dijera a las purís!

«Entonces, no lo tocaremos... ¡Bébert tampoco!... ¿entonces?... ¿todo este paseo?... ¿toda esta fatiga?... Kracht, ¡no es serio!... imagínese, la madre, la hija, el cochero, dos caballos!... ¡para nada!...»

Nos reímos... ¡no lo sorprendía yo!...

«¡No! ¡no, doctor! ¡de ningún modo! ¡no tiene nada que temer!»

¡Bonito consuelo!... él tenía una pregunta que hacerme...

«¡Doctor, usted!... ¡usted puede ayudarme! ¿quiere hacerlo?

—¡Desde luego, Kracht!»

Me susurró...

«Si ve usted allí hacia el lago, señales... huellas... si le dicen...

—Sí... sí, Kracht, ¡entendido! el guarda jurado, ¿verdad?

—¡Ah!, ¿lo sabía usted?

—Sólo pienso en él... ¡y también en el pastor Rieder!... ¡y en el *Revizor*!

—Si ve usted algo...

—¡Saltaré encima! ¡se los ataré! ¡se los traigo!»

¡Bien!... ¡ya estaban listas!

«¡Aquí estamos!... ¡ya estamos!»

Dejé a Kracht... ¡oh, pero quería presenciar nuestra salida!... me siguió... montamos... no me quedaba más remedio que sentarme entre la condesa Tulff-Tcheppe y su hija... Kracht nos estrechó la mano a todos y nos deseó buen tiempo, buen paseo, ¡todo bueno! ¡listos! bajó... ¡en marcha!

Aquel charabán me recordó la plaza Clichy antes del 14, el hombre que gritaba en el estribo, las carreras... «¡el primero para Auteuil! ¡el primero!...» la recogida de los indecisos... en nuestro caso no se trataba de Auteuil... de yo qué sé qué, se trataba... desde luego, de un paseo encantador... las damas con nosotros... los cestos... conque allí íbamos al trote... no por carretera precisamente... ¡no!... una avenida entre las remolachas... muy ancha, arenosa... una de esas alamedas que no parecen tener razón para acabar... te metes en ella y ya está... sufríamos sacudidas muy fuertes... un charabán con resortes muy rígidos... quizá ni siquiera tuviese resortes... ¿rotos?... ¡muy posible!... cuando ponía los caballos al paso nos bamboleábamos un poquito menos... una cosa buena, la condesa Tulff von Tcheppe no podía obligarme a escucharla... «sus maravillosos días de París, la batalla de las flores, el Pré-Catelan, Bagatelle... las carreras de Étampes...» aquel charabán, aun al paso, hacía un ruido tan terrible de cadenas, cubos de rueda, que no había modo de hablar... la veía abrir la boca de vez en cuando, intentar... atravesábamos otros campos más... campos... patatas... y otros más... y después arena... simplemente arena... y guijarros... y, de todos modos, al cabo de dos horas... algunos árboles... abetos... un bosquecillo... un lindero... ¿era allí donde cazaban?... cada tres, cuatro árboles, arriba entre las ramas, una pequeña plataforma... para que los cazadores encaramados esperaran, al acecho del zorro... a propósito, estando en la cárcel, Copenhague, Dinamarca, conocí a militares que habían servido por la parte de Trodhjem, me contaban la estrategia de los «comandos» rusos... también plataformas, en lo alto de los árboles... tiro de precisión y de lejos, a los «cuadros» oficiales, suboficiales... lo he contado en otro libro, me diréis...* te haces viejo, te repites... ¡no lo puedo evitar!... mirad Duhamel, por ejemplo, no encontraréis diez líneas en que no saque su «no mediocre»... tic de la edad... como las pantorrillas fuertes, cierto arqueo del pie, el culto a los chucháis grandes o pequeños... ¡para toda la vida!... para toda la vida también Duhamel Basile «no mediocre»... se lo grabarán en la tumba... tomad el próximo *Figaro,* divertíos con las columnas, rollos de hipócritas, será raro que no encontréis el «no mediocre»... ¡es él!... ¡es él!...

«¡Titubea usted, amigo!...»

¡La edad! naturalmente, ¡como Duhamel! pero él, ¡todos los días y por mucho dinero! yo, ¡por casi nada!... y no todos los días, cada cuatro... ¡cinco años!... él ha sabido hacer las cosas bien Duhamel Basile... cinco... ¡seis academias en el culo!... qué le vamos a hacer, si chocheo y me repito, mi musa flaquea... pero, ¡es fácil achacar a la memoria que te traiciona y te juega malas pasadas!... «¡demuéstrelo! ¡demuéstrelo!» ¡ya lo veréis!... como prueba empiezo a contaros de nuevo aquellos combates en Laponia... en que la astucia de los comandos rusos consistía sobre todo en esconder entre las ramas a algunas «tiradoras de precisión»... tenían que localizar a los oficiales... ¡y *ptaf*!... ¡sólo tenían derecho a una única bala!... si las descubrían, ¡rigodón!... ¡batacazo, señoritas!

Ya veo, os paseo, ¡os hago viajar!... ¡qué le vamos a hacer!... ¡es la edad! os hablo de esas mujeres soldados y de sus plataformas en lo alto de los árboles... las mismas plataformas veíamos en el lindero de aquellos abetos... respecto de las secuoyas gigantes, sólo veía yo árboles muy ordinarios, alerces, abedules, cerezos silvestres... al final pregunté...

«¿Secuoyas, señora condesa?

—¡No!... ¡no!... ¡más adelante!...»

---

* En realidad en este mismo libro, pág. 196.

Podía ser, pero no íbamos a llegar nunca... sobre todo aquella carretera cada vez peor, de bache en bache, que nuestro vehículo se inclinaba... ¡se inclinaba!... ¡y las damas con él!... ¡que íbamos a volcar todos!... yo no podía mostrarme menos digno que aquellas damas... íbamos despacito... de charca en charca... aun así, ¡ah!... ¡vi árboles más altos! y a ambos lados... ¡debíamos de haber llegado!... ¡el famoso bosque! no hablé, esperé... quizás un kilómetro todavía... dos... la carretera de arena iba mejorando... ¡íbamos a llegar a su puñetera cita de caza!... vi troncos de árboles, serrados... no habían mentido... vi grandes árboles en África, debo decir que aquéllos eran tremendos ¡y debajo de aquellas extensiones de ramas!... ¡profundidades de sombra!... nos detuvimos...

«¿Están cansados?

—¡Oh, no, señora!... ¡en absoluto!... ¡encantados! ¡maravillados! ¡estamos!

—Entonces, vamos a bajar... ¿les parece?... ¡no llueve!... vamos a merendar...

—¡Desde luego!... ¡desde luego, señora!»

¡Siempre de acuerdo!... ¡nunca que no!... a la sombra de los enormes árboles... Isis y su madre querían ir un poco más lejos... se hablaron... pensé: «¡ya está!»... ¡ya lo sabía! ¡estaban de acuerdo!... desde el principio había yo sospechado, sobre todo por aquella cantidad de bocadillos... y la empanada, ¡y con champiñón!... ¡no, gracias, marquesas!...

«¡Señora!... ¡señora!»

Llamaron... a Lili... a los otros árboles de enfrente... volvió... no era nada malo... de pipí se trataba... lo de hablar de pipí no lo hago a propósito, os lo aseguro... al parecer, Isis nos pedía que volviéramos a subir al coche... ¡de acuerdo!... ¡perfecto!... entonces, esperamos... ¡ah, aquellas señoras! ¡la merienda!... ¡los cestos!... y desde el primer bocadillo la condesa Tulff-Tcheppe, ¡ya estaba lanzada!... nos pidió que la escucháramos y le rectificásemos su francés... ¡ah, eso sí que no! ¡guardaos mucho! lo que el extranjero quiere es hablar su francés, lleno de errores... ¡guardaos muy mucho de encontrar esto, lo otro!... ¡ni siquiera con toda educación!... estábamos allí para no decir nada, escuchar... todos los bailes en el *Hôtel de Ville...* otra vez el señor Bourgeois... otra vez... Sarah Bernhardt en su camerino... la duquesa de Camastra*... Boni de Castellane...** Sem.***

Isis se ocupó de los cestos... puso los cubiertos... ¡todo dispuesto!... embutidos, salchichas, *delikatessen,* berros, mermeladas... la miré, todos sus gestos... una fatiga que no lo parece, mirar, observar todos los gestos durante años... el sentido, las intenciones... a tu alrededor y no durante una hora... ¡veinte años!... ¡en la celda, fuera de la celda!... ¡un siglo!... los humanos, con sus gestos e intenciones, podríais mandarlos al Infierno, ¡y volverían aún peores!... aun pulverizados, subátomos, se convertirían en gusanos... lombrices superactivadas, una maldad ultramundana, como para volverte imposible la muerte... dejémoslo!... estábamos hablando de aquella merienda bajo las secuoyas... de acuerdo completamente, Lili, La Vigue y yo, en que no tocaríamos nada... de todos modos por educación, ¡disimular!... Lili me pasó una rebanada... dos... La Vigue también... yo tenía bolsillos enormes... sólo me quedaba una mano, pero muy hábil... creo... el caso era que si veían hincharse mis bolsillos... inflarse... les sentaría mal... arrojé una rebanada detrás de mí... y venga masticar... ¡disimulo!... ¡y responder a la purí que era de verdad extraordinario todo lo que había visto en París!... la Exposición... la Noria... y la Tómbola de Beneficencia... ¡que un año después fue presa de las llamas.

---

* Duquesa de Camastra, descendiente del mariscal Ney. Se casó con un noble napolitano. Durante la Primera Guerra Mundial fundó un hospital francoitaliano. Fue amiga de Gabriele d'Annunzio.
** Boniface de Castellane (1867-1932), noble francés. Se casó con Anna Gould, hija de Jay Gould, el magnate americano del ferrocarril. Llevaba un tren de vida majestuoso y llegó a ser diputado. Construyó el «Palais Rose» en la Avenue Foch, imitación del Grand Trianon de Versalles.
*** Sem: Pseudónimo de Georges Coursât (1863-1934). En 1900 publicó un álbum, *Les Sportsmen.* Destacó como caricaturista de figuras sociales y literarias.

—Yo estaba invitada, ¡fíjese!

—¡Claro, señora!

—¿Usted cree?... ¿de verdad?...

—¡Desde luego, señora!»

Evoqué... evoqué... la Tómbola de Beneficencia... los nombres más importantes de Francia... una hoguera... ¡la catástrofe que fue!... aproveché la emoción para llenarme los bolsillos... ¡menudo lo que me metí!... ¡diez!... doce a cada lado... *Leberwurst!...* *foie-gras*... se extendían, se derretían, chorreaban... hasta los fondillos... no iba a poder moverme... ¡iba a ser terrible, cuando hubiera que hacerlo!... pero Isis interrumpió a su madre... ¡teníamos que levantarnos!... ¡acabada la merienda!... aún nos quedaban tres horas de paseo... los caballos habían descansado...

«Y, además, mamá, ¡tengo que hablar con el doctor!»

¡Vaya! ¡vaya! ¿hablar de qué? podía hablarme en Zornhof, ¿por qué allí?... ¿otro tejemaneje? desde luego, algo convenido entre ella y su madre... la prueba, la señora Tulff-Tcheppe condujo a Lili y a La Vigue... los llevó… ¡al otro lado!... bajo las secuoyas de enfrente... ya me había quedado solo con Isis...

«¡Venga!...»

Quería que la siguiera... ¡bueno!... obedecí... primero de rodillas y después de pie... gracias a mis dos bastones... debo decir que en aquel momento los pantalones me chorreaban... por las dos piernas... toda la grasa y la mayonesa... y los embutidos... ¡cómo la hice reír!...

«¡Perdón! ¡perdón!

—Pero, ¡si no ha comido usted nada! ¡ni su amigo! ¡ni su mujer!...»

Yo y mi habilidad, ¡ella lo había visto todo!... ¡qué gracioso estaba yo!... cuando se reía, era muy alemana, dura, resultaba violento mirarla... los germanos no están hechos para reír...

«¡Vacíese los bolsillos!... ¿quiere que le ayude?»

¡No necesitaba ayuda!... ¡si así era!... ¡*bloaf*! ¡*bloaf*!... a puñados toda la papilla... ¡zas!... ¡la tiré lejos!...

«Ahora venga por aquí... tenga la bondad... tengo que hablar con usted...»

¡Ella también!... ¡su manía de llevarte aquí!... ¡allá!... ¡todos!... ¡no sólo Kracht! de paseíto... ¿adonde aquella Isis?... por cierto, ¿Hjalmar, el guarda jurado?... ¿y el *Revizor*?... ¿y el pastor?... Kracht me había recomendado encarecidamente... podía preguntar a Isis... pero ella no estaba de humor para escucharme, ¡me llevaba más lejos!... muy blando aquel suelo, alfombras de agujas de abeto... ¡adelante, cacho puta!... ni la menor confianza en aquella mujer, caminaba mejor que yo, no tenía bastones que la molestaran, ella avanzaba a grandes zancadas... un momento: ¡zas!... ¡se alzó las faldas!... ¡hasta las caderas! ¡se divertía!... bien hechas, bastante musculosas, largas… pero, ¡por Dios que no era el momento precisamente!... nunca volvería a serlo, ¡ya había visto bastantes piernas para toda la vida!... ¡no pienso en eso precisamente, Isis!... la obra había acabado, ¡bajó el telón!... las mujeres, cuyo sexo nunca renuncia, no se dan cuenta de que en los hombres, horriblemente priápicos, una gota de lluvia, ¡todo se encoge!... no hay quien se lo quite de la cabeza... el golpe monstruoso para las damas, ¡que los hombres dejen de empalmarse!... así, veo la vida que dan las gatas a los gatos castrados, la muerte, ¡si no escapan!... pero yo, ¿dónde podía escapar?... lo mejor sería aparentar un poco de interés de todos modos... llegamos ante un tronco de árbol... no uno de los más gruesos... uno en el que podíamos sentarnos... me invitó a ocupar un lugar junto a ella... ¡bien!... estábamos en lo más profundo del bosque, me parecía... nadie podía vernos... me parecía... nada era seguro... ¿estarían fotografiándonos? o, mejor, ¿habría tiradores en lo alto?... ¿tiradoras?... ¡no me habría sorprendido!... me cogió una mano... las dos manos... ¿el momento de besarla tal vez?... ¿sería quizá de buena educación?... no sé... aquella forma de llevarme tan lejos... y en la sombra... ramas tan tupidas... tan espesas...

«Doctor, ¡tengo que decirle!...»

Me besó...

«¡Seguro que se habrá dado usted cuenta!»

No respondí...

«Mi marido, ¿verdad?»

¡Venga la emoción!...

«¡Sí!... ¡sí, señora!

—¡Oh, no ha visto usted todo!»

El resto, lo sospechaba...

«Pues, sí, quería pedirle...

—¡Encantado, señora!

—¡Oh, va a ser muy difícil!»

Al menos me avisó...

«Kracht lo sabe también... pero no quiere... es farmacéutico, verdad, pero también es SS... ya sabe usted...»

Yo no acababa de entender a qué venía aquello...

«Entonces, ¿de qué se trata, señora?

—Usted sabe que mi marido me pega... no es malo... de natural... pero en sus ataques... ¡ya lo ha visto usted!...»

Desde luego, soy sutil y rápido... para algo paso noches, tantas noches, reflexionando, para prever casi todo...

«¿Sabe lo que voy a pedirle?

—Lo sospecho, señora...

—¿Usted cree?»

Se entreabrió la blusa... blusa de seda azul... de modo que le viera los senos... y entre ellos un papel... bien doblado... me lo pasó, para que lo leyese... estaba en francés y escrito a máquina... cosa rara una máquina por allí, yo no había visto ninguna...

«¿Tiene usted su permiso para ejercer?»

Me hice el tonto...

«*Erlaubnis?*

»—¡Ah, sí, señora! ¡sí! ¡sí!»

El tiempo justo para reflexionar... le parecí estúpido... volvió a cogerme la mano...

«¡Toque, mire cómo late mi corazón!»

Me llevó la mano sobre su corazón... y después, ¡hostias! ¡entre los muslos! ¡la otra mano!... ¡que me aprovechara!... ¡que me divirtiese!... ¡en absoluto!... ¡ni lo más mínimo!... ¡aún tenía esperanzas, la señora Isis!... todavía no había comprendido, ¡nosotros, sí!... creía que con pequeñas picardías, un asesinato o dos, podía salir del apuro... ¡que le aprovechara!... pero desde la Gare de l'Est, desde la entrada al andén... de los billetes... sabíamos lo que nos esperaba... que valíamos para los peores manejos... pies, puños atados... la señora Isis creía en los trucos... ¡venga, hombre!... ¿de qué se trataba?... ¡picardías de las grandes! ¡a ver!...

«¿De qué se trata, señora?»

Se preguntaba si de verdad podía...

«¡Que sí!... ¡que sí, señora!»

¡Era lo siguiente!... con mi «permiso para ejercer» tenía que ir a Moorsburg, ponerme en contacto con Wohlmuth... hablarle, pedirle algunos productos... Athias Wohlmuth, farmacéutico... ¡muy bien! era sencillo... a ver esos productos... bien escrito en francés y a máquina... *dolosal... curare... morfina... cianuro...*

«¡La mayor cantidad que pueda suministrarle!»

¡Una pequeña recomendación!... ¡dos farmacéuticos en Moorsburg! pero el suyo, el que debía yo ir a ver, estaba justo en la carretera, no tenía pérdida, vería una estatua... *Fontane! Fontane!*[*] ¡con levita!... no podía equivocarme... justo delante de la farmacia... ¡estatua!... ¡ah, debía ir solo!... Lili, La Vigue me esperarían... vi que todo estaba previsto... ¿de dónde había sacado aquel papelito mecanografiado en francés?... yo no hacía preguntas, ya me enteraría más adelante... por el momento lo que temía era que en lugar de estar solos estuviéramos en plena fotografía... los matorrales llenos de aparatos... que todo aquello estuviese amañado... ¡la tía Tulff perfectamente al corriente!... ¿y entonces?... ¡la que nos esperaba! me diréis: ¡inverosímil!...

---

[*] Moorsburg es efectivamente la ciudad natal de Fontane (1819-1898), escritor alemán de la escuela naturalista. Todos los detalles referentes a Fontane que aparecen más adelante, son auténticos.

¡en absoluto!... puesto que estaba casi desnuda... ¡arremangada!... ¡faldas levantadas!... ¡desmelenada! ¿entonces? ¡huy, huy, huy! ¡a pesar de que yo no tenía nada que ver! la verdad, ahora que lo pienso, quince años después... no se merecía más de un 5... la califico... muy raro encontrar una que se merezca un 5 ni siquiera entre las bellas muy alabadas... ¡la Virgen! ¡qué remiendo de imperfecciones! tocinos, celulitis, mantecas... mujeres que sólo están vistosas sentadas, en el salón, o en auto... o acostadas, después del masaje... resumo: ¡lo que a nosotros nos interesaba era largarnos!... ¡no tonterías ni bagatelas! Isis estaba atrasada, ¡simplemente!... todavía no se daba cuenta... ¿Athias Wohlmuth y sus drogas? ¿envenenar a su lisiado?... ¿qué cojones teníamos que ver nosotros con eso?... ¡pamplinas!... íbamos a ver muchas otras cosas parecidas, ¡estaba seguro!... la gente que vive entre comodidades puede pensar que todo es rosa y muelle, ¡que todo se arreglará! y su propia mala leche, podredumbre... ¿qué? ¡calumnias!

Isis von Leiden, bajo las gigantescas secuoyas, ¡no me había sorprendido demasiado!...

«¡Desde luego, señora, desde luego!... ¡mañana mismo!

—Yo no puedo ir con usted... irá usted solo a casa de Athias... no llevará ni a su mujer ni a su amigo...

—¡Oh, desde luego que no!

—Me entregará a mí personalmente esos medicamentos... pero, ¡enseguida!... ¡enseguida!... pregunte por mí en la granja...»

No podía equivocarme... órdenes precisas... mientras se arreglaba el vestido... y se atusaba la cabeza... con el pelo alborotado... de haberse tratado de una violación, no habríamos ofrecido un aspecto más gracioso... pero, ¿habría fotógrafos?... no veía yo nada... ni entre la maleza... ni en las alturas... la creía capaz de todo, a la señora Isis... a los otros también, ¡qué leche!... la purí, el *Rittmeister,* el lisiado, ¡y su coloso, por supuesto!... ¡todos, del primero al último! ¡todos!... la quinta, la granja, la aldea y los prisioneros... y hasta las ocas...

¡Entendido! el día siguiente iríamos a Moorsburg... pero, ¿en aquel momento, allí?... ¿adonde íbamos?... ¿regresábamos al coche?... habría podido pensar que también ella quería hacerme visitar un refugio bajo tierra... igual que el otro había querido mostrarme lo que quedaba del campo de aviación... Isis no me parecía armada... naturalmente, podías esperarte de debajo de un árbol, de detrás de un terraplén... en Grünwald había visto cosas mucho peores... el truco de la maleza es fácil, ¿quién ha disparado?... ¡nunca lo sabes!... allí en resumen no había ocurrido nada, lo único que quedaba era regresar a los primeros oquedales... reunirnos con Lili y la condesa... y La Vigue... habían esperado lo suyo, pero no se habían aburrido... la condesa había querido que merendaran con las pastas... habían vuelto a escupir todo despacio... con ella era fácil, no miraba... Bébert, por su parte, había tenido derecho a una auténtica fritura, de peces del lago, al lado... habían escuchado a la purí, la misma conversación, la misma, con algunas variantes, la plataforma móvil, un baile en Bullier, las orillas del Marne... oh, la habían escuchado atentamente y le habían respondido sin falta... pero, ¡encantadísimos de volver a verme!... ¿qué habíamos hecho allí, en lo profundo del bosque?... pues, hombre, ¡nada en absoluto! ¡chsss!... ¡chsss!... nunca decir nada, nada nunca, a nadie... debíamos avanzar un poco... y, ¡aúpa! ¡arre, caballito! señoras y señores, ¡al coche! montamos, nos instalamos... entonces, ¡una avenida de lo más grandioso! la anchura de los Campos Elíseos... secuoyas cada vez más enormes...

«¿Es todo de usted?»

Podía permitirme, ¡qué leche!...

«¡Oh, sí! ¡y todavía mucho más allá!»

Ya vi, eran gente rica de verdad... la divirtió verme tan curioso... iba a divertirla todavía más...

«Señora, le voy a decir una cosa, me he metido en este asunto tan condenable, y no sólo yo, mi mujer, y mi amigo también, ¡por curiosidad infinita!... ¡no por ambición ni por interés!... por eso nos ve usted aquí, reclamados por todas las policías, paredones, jaurías... ¡por haberme ocupado de lo que no me incumbía!...»

No era una idiota Isis... yo no la sorprendía...

«Pues, bien, doctor... ¡sea curioso! ¡pregúnteme todo lo que quiera!... ¡se lo diré!... ¡no tenga miedo!... no sabemos cómo complacerlo, por lo menos una cosa, ¡decirle todo lo que no le incumbe!...

—¡Exactamente, señora! ¡lo confieso!

—Entonces, en primer lugar, ¡al aserradero!... voy a enseñarles a la orilla del lago... ocupa a sesenta obreros... todos delincuentes condenados... entre ellos hay tres asesinos... rechazados por el ejército... indignos... los *Bibel* tienen la Biblia... éstos son auténticos forzados... bastante más que los "objetores"... ya los verán... ese lago también es nuestro... es bastante grande, diez kilómetros hasta Moorsburg... ya verán los barquitos... esos barcos son de mi suegro... son viejos, como él... harían falta otros... tenemos otro aserradero, un poco más arriba... no vamos a ir hoy... ¿le parece bastante?... ¿bastante preciso?

—Sí, señora...»

Pero quizá la condesa Tulff-Tcheppe pudiera decir unas palabras... ¡no! ¡estaba de morros!... su hija lo notó.

«Pero, mamá, ¡tú también tienes! ¡lagos más grandes!

—¡Ya lo creo!...

—¡Diez veces más bosques!

—¡Desde luego, Isis! ¡desde luego!»

Nada más... el charabán se detuvo, ¡habíamos llegado!... creí que no íbamos a llegar nunca... conozco los bosques tropicales, todo el mundo los conoce en la actualidad, todo el mundo viaja, ya no asombras a nadie... antiguamente, con un casco bastaba... dejabas a Brazza a la altura del betún... ahora las cataratas del Congo dan como máximo para un fin de semana... entonces tenías la impresión de estar encerrado para siempre, en la sombra húmeda, en una confusión de lianas, raíces, charcas con serpientes... allí arriba, al contrario, la sombra completamente seca... y amarilla... la alfombra de agujas... en resumen, un bosque demasiado bello, demasiado suntuoso... el lago también, demasiado límpido, demasiado azul... todo aquello tan poético, diría yo, sinfónico, profundo, terrible, muy alemán... ¡que tampoco escaparás nunca, jamás!... ¡no pretendo que vayáis!... ¡ni al Congo ni a Prusia!... la ventaja era la de que aquella enorme alfombra de agujas amortiguaba el ruido, ya no se oía la bacanal de las bombas sobre Berlín... el agua del lago temblequeaba un poco... las orillas... incluso las cañas, vibraban... vibraban...

«Doctor, todo esto es nuestro... ¡esos leñadores de ahí también!... ¿los ve?»

¡Menudo si los veía!... aquellos forzados no aserraban... empujaban troncos de árboles gigantescos, los hacían rodar hasta el agua... otros abajo ataban troncos... comprendía... en mi infancia, puedo decirlo, fui el chaval apasionado por las «almadías»... desde Ablon, desde la esclusa hasta el Pont-au-Change... los barqueros estaban constantemente a punto de caerse de cabeza... fuerza y ojo, al parecer procedían de Morvan... ¿adónde iban? nunca lo supe... aquellos de allí no parecían muy barqueros por el aspecto... yo he frecuentado los arenales, conozco el trabajo... Isis comprendió lo que yo estaba pensando...

«¿Cree usted que llegarán?

—¿Adonde?

—¡A Moorsburg!...

—Es posible... pero no seguro...

—¿Y si se ahogaran? ¿qué cree usted?

—Vendrán otros...»

Con eso las hice reír... a la hija y a la madre... que estaba de morros... ¡con lo bien que respondí!... ¿y el *Revizor*? ¿y el guarda jurado?... ¿el pastor? ¡era el momento de informarse!... Isis preguntó a uno entrecano, allí muy cerca... ¡no!... ¡no sabía! ¡no habían visto nada!... no se podía sacar nada a aquella gente... no les dijimos «adiós» ni «buena suerte»... yo mismo más adelante, en la celda, no pedí nunca sino una cosa: que me dejaran en paz... comprendía bien ese sentimiento... Léon Bloy agonizante reclamaba: ¡el Espíritu Santo o los cosacos!* yo, que conozco mucho más que él, clamo, exijo «¡la bomba más potente y los chinos!» ¡estoy bromeando!... no se trataba de bromear, sino de reanudar la marcha por aquella avenida forestal, hacernos saltar una hora o dos, dar tumbos, machacarnos de bache en bache... el charabán chirriaba por los cuatro cubos de rueda... la pesadilla de aquella guerra, ¡los cuerpos grasos!... ¡ejes, pistones, bielas!... ¡quemados, agrietados, deshechos!... en el aire, por tierra o en los mares... en nuestro caso, allí, nuestro coche, los resortes, los ejes se negaban... casi aullaban... pero en fin, aun así... muy despacio...

Al avanzar, vi árboles menos altos... y más secuoyas, abetos... de repente, no me lo esperaba, Isis ordenó: *Halt!*... el cochero se detuvo... «¡venga!»... tenía que hablarme... «¡usted solo!»

«¡Tengo que enseñarle nuestro chalet!...»

¿A qué cojones venía eso?

«¡Va usted a ver! ¡venga conmigo!... ¡ustedes quédense ahí!... ¡usted, señora, y usted, señor Le Vigan!...»

¡Otro capricho!... bajé del coche... me llevó por un sendero... ¡otro!... su pasión, ¡los senderos!... aquél pasaba entre los abetos... ¿qué iba a ser?... ¡oh, no estaba mal!... un gran pabellón enteramente de madera, muy limpio, muy lustroso, más limpio que su granja... me precedió...

«¡Venga!»

---

* Céline parece fascinado por Léon Bloy, al que cita con frecuencia en su correspondencia y en varias ocasiones en *De un castillo a otro, Norte* y *Rigodón,* y es cierto que hay tantas cosas que los unen como cosas que los separan: hasta la coincidencia de la estancia de Bloy en Dinamarca.

La fórmula citada, inexactamente por cierto, por Céline, acaba la conclusión del último tomo del *Journal* de Bloy aparecido en vida de éste (*Au seuil de l'apocalypse,* 1916). Así, pues, era un Bloy «agonizante», físicamente agotado y moralmente desanimado, quien escribió estas líneas: «Toda la grandeza está exiliada en el fondo de la historia y, si Dios quiere actuar de forma manifiesta, tendrá que hacerlo por *Sí mismo,* victoriosamente, como hace dos mil años, cuando resucitó a los muertos. Espero a los Cosacos y al Santo Espíritu».

Entramos... lujoso de verdad, mucho mejor que donde vivían... moquetas, cojines de cuero, divanes enormes, ¡y una de estanterías de botellas!...

«*Raus!* ¡fuera!»

¡Una orden brutal!... a alguien... ¿quién?... yo no veía a nadie... pero oí que huían... ¿criadas en otra habitación?

«¡No quiero verlas!... ¡volverán, cuando me haya ido! ¡siempre vuelven!»

Creo que se trataba de polacas... ¡ahora a mí!...

«¡Doctor! ¡Doctor, perdone!... quiere pedir a Athias...

—¿Athias?»

Ya no me acordaba...

«¡Ya sabe, en Moorsburg!... ¿el farmacéutico?... ¿recuerda?

—¡Ah, sí! ¡ah, sí! ¡a sus órdenes, señora! ¡el *Apotheke*!»

¿Otra droga?

«¡He olvidado!... toallitas de papel... para señoras... ¡ya sabe! ¡mensuales!

—¡Sí, sí, señora!

—Se llaman "kamelia" aquí, con una k... en Francia las hay iguales, pero, ¡en Francia con c!... tres paquetes, ¡si tiene!... si dice que no tiene, usted le dirá: «¡sí! ¡sí!» ¡tiene! ¡las guarda para otras!... y también mi carmín para los labios... y mis polvos... él ya sabe lo que llevo... si dice que no... en serio: ¡no!... entonces avísele de que enviaré a Kracht... ¡se lo dará!... ¿ha comprendido?... Wohlmuth Athias... delante de la estatua...

—¡Desde luego, señora! ¡mañana mismo!

—Entonces, ¡salgamos!... volvamos al coche... ¿no quiere usted besarme?

—¡Sí, sí, señora!»

La besé... me besó... y salimos... buenos amigos... no habíamos tardado mucho... ellos no se habían movido del coche... no habían hecho nada, no habían visto nada... les pregunté... ni al *Revizor* ni a Hjalmar ni al pastor... Lili había visto un animal allí... casi en la linde de los abetos... nos mostró... ¡sí!... tenía razón...

todos miramos... un zorro que nos miraba... sobre tres patas sólo, como podía... un zorro que se había soltado, cogido en la trampa... Isis me explicó... como la caza estaba prohibida, pues, «¡trampas por todos lados!»... no les quedaría un pato, una oca, un pollo, ¡una devastación sin las trampas!... no sólo aquí, ¡en toda Alemania!...

    «¡Ahora ya sabe!

    —¡Desde luego, señora!»

    El zorro se fue hacia el bosque... lo miramos alejarse... nosotros íbamos en la otra dirección... la carretera tenía menos baches... las ruedas hacían menos ruidos... ¡ya estaba! la condesa Tulff aprovechó que los cubos de rueda chirriaban menos... para tomar la palabra... me dije: ¡adelante con el Elíseo!... ¡no! ¡en absoluto!... ¡ahora Brandeburgo! ¡nos asediaba!... pero no el de entonces, el de otro tiempo, el de su juventud... los usos, las recepciones, los matrimonios de las familias nobles... los empleos, los grados de cada cual... y también los lugares, las guarniciones, la artillería de la Guardia, la escuela de tiro, el polígono... no conocía ni nada Brandeburgo la señora condesa, ¡no sólo su Pomerania natal!... yo la escuchaba... la escuchaba... pero no demasiado... colocada a mi izquierda, la oía mal... pensaba sobre todo en Moorsburg... en el *Apotheke,* delante de la estatua... ¿iría?... ¿no iría?... ¿Wohlmuth Athias?... había que pensarlo aún... traqueteando, estábamos llegando poco a poco... el parque... la isba de los *bibelforscher...* nuestro peristilo... Kracht no andaba lejos, ¡ahí lo teníamos!... «¡hola! *heil!* ¿les ha gustado el paseo?» sobre todo muy contentos de haber vuelto... podía haber acabado peor... veinte años después sigo pensándolo, podía haber acabado peor... entonces no dije nada... pasé la noche pensando... pero no dije nada... ni a Lili... ni a La Vigue...

★ ★ ★

No es que aquel paseo hasta Moorsburg, siete kilómetros, a patita, nos pareciera muy divertido... pero, ¡ya que lo había prometido!... ¡iría a ver a aquel *Apotheke*!... ahora bien, para la cuestión de las drogas, seguro que no sería la primera vez... curare... cianuro... dolosal... ya volveríamos a hablar... para su carmín de labios, sus polvos y sus «kamelia», desde luego, ¡enseguida! por lo demás, conocerlo un poco a aquel Wohlmuth Athias... junto a la estatua... tocante a la carretera de Moorsburg, derecho a través de la llanura, ¡no tenía pérdida!... seguir los mojones... primero veríamos de lejos, ya lo conocíamos... lo mejor salir al amanecer, digamos a las cinco, nadie para despedirnos... ¡muy discretos!... ¡de acuerdo!... nos preparamos por la noche, en nuestros antros... Yago dejó pasar a La Vigue... nos encontramos en el peristilo y, ¡adelante!... ¡uno!... ¡dos! uno!... ¡dos!... ¡despacito! por mí sobre todo, que cojeaba... debo decir que estaba todo muy tranquilo por doquier... en el carromato... en las isbas... nada se movía... ¡ni siquiera las ocas!... ¡perfecto!... avanzamos... no deprisa, sino tranquilos... Bébert hecho un ovillo en su bolso, estaba acostumbrado... a los gatos no les gustan nuestras astucias, nuestras fugas, pero, cuando saben que es necesario de verdad, se inmovilizan, se hacen un ovillo... en camino, pues... ¡uno! ¡dos!... ¡uno! ¡dos!... el amanecer... el cielo ya estaba negro... amarillo... ¡antes incluso de que llegara la luz!... niebla espesa... diréis: ¡la Virgen, qué pesado es!... ¡como un disco rayado!... ¡aquellos del cielo tampoco cesaban!... escuadra tras escuadra... ¡de ir a dejar caer sus horrores sobre el horrible Berlín!... ¡todas sus porquerías!... ¡no sólo las «fortalezas»!... *mosquitos... marauders...* ¡de todo!

«Si no fuera por sus tres puntos, su estilo, como él dice, ¡quizá lo leerían un poco más!... desde el *Viaje, ¡es ilegible!... el *Viaje, ¡y aún! ahora está tan embrutecido, y tiene el aspecto, que ni siquiera en la Televisión se lo puede mirar, la prueba: el señor Petzareff acaba de cancelar, justo a tiempo, "una hora de conversación"... ¡se acabó!... ¡Francia volvía a estar perdida!... Juanovici está en la cárcel, pero Petzareff, ojo avizor, ¡no se pierde un solo gesto de los antitodo!... ¡y sin certificado de estudios!... red "Honores, Beneficios"...»

Se trata de palabras amables... pero en nuestra carretera de Moorsburg no teníamos que andar naquerando... estábamos todavía bastante lejos... la llanura... algunas personas... allí... todos aquellos surcos amarillos, grises, hasta los Urales... alguna gente no demasiado alejada... no había que preguntarles lo que hacían, trabajaban... me pareció, en una especie de obra... ladrillos y tejas... debo tener cuidado, no divagar demasiado, no vaya a perderos, lectores, en la carretera de Moorsburg... allí, de repente, a un lado, de una zanja, surgieron dos hombres... dos hombres andrajosos un poco como nosotros, de cualquier manera, sacos, trapos, cuerdas... nos hablaron y en francés...

«¿Adónde vais?

—¡A Moorsburg!

—¿Ah, vosotros sois los *collabos*?»

Vi que éramos conocidos... y bastante lejos de la quinta...

«¡Nosotros somos prisioneros!»

¡No confundiéramos! ¡oh, de ningún modo! les pregunté qué tal les iba... vaya, ¡no demasiado mal!... su patrón de allí era un ganadero... de corderos y de aves de corral, se había marchado al frente del Este... ellos llevaban la granja... la granjera se pasaba el día durmiendo... ya no había nada para jalar, en la granja, casi todo el ganado había muerto... dos epizootias, seguidas...

«No quedaría ya nada de comer, pero, ¡nos defendemos!»

Para ellos y la mujer, merodeaban...

«No nos falta de nada, pero, ¡como nos cojan!...»

Lo único que sabían...

«Si te cogen, ¡te liquidan a tiros!... a vosotros os fusilarán también, pero, ¡no por las mismas razones!»

¡Ah, qué gracioso!... ¡nos tronchábamos!

«¿Vais a jalar a casa del *Landrat*?

—¡No! ¡no nos ha invitado!

—¿Lo conocéis?

—Sí, un poquito...

—¡Podéis darle recuerdos nuestros!»

¡De acuerdo!... ¡reanudamos la marcha! unos metros apenas, alguien nos dio el *halt! halt!* ¡alguien en la cuneta! al otro lado de la carretera... un guardia alemán... nos hizo señas de que nos acercáramos... *papier!*... ahí tenía... le saqué mi *Erlaubnis...gut!... gut!*... ¡comprendió qué clase de personas éramos!... ¡no vagabundos!... me preguntó adónde íbamos así los tres tan de mañana... muy amablemente... ¡a la farmacia de Athias Wohlmuth! *gut!... gut!...* ¡de lo más natural!... aproveché para preguntarle si había visto al pastor... o al guarda jurado... y al *Revizor...* ¡no! pero, ¡claro! ¡él también los buscaba!... si por casualidad nos dijeran algo... por aquí... por allá... ¡seríamos tan amables de avisarlo!... por la estafeta de correos... ¡a su nombre!... ¡Guardia Hans! ¡evidentemente! ¡que contara con nosotros! ¡desde luego!... ¡entendido!... nos separamos buenos colegillas... ¿cuántos kilómetros?... ¡tres todavía!... no se podía decir que fuéramos deprisa, pero aun así... un buen trecho recorrido... vimos Moorsburg... la iglesia... nos sentamos en la hierba... Bébert fue a hacer sus necesidades... sabía comportarse, no era momento de travesuras, había que portarse bien... volvió enseguida a su bolso... reanudamos la marcha... las primeras casas... todavía no eran las ocho... la gente ya estaba levantada... nos miraba pasar... no diría yo: hostiles... sino sorprendidos... ¡ah, lo reconocí!... un pueblucho aquel Moorsburg con cinco... seis plazas Vendôme... ¡por lo menos tan importantes!... donde Federico hacía maniobrar a sus soldadotes... el *Apotheke,* ¿a ver?... ¿la plaza que no era?... yo no veía la estatua... *Fontane...* ¡ah, allí estaba! ¡ésa era la plaza que buscábamos!... y la farmacia... el nombre, el nuestro: Wohlmuth Athias... ¡bien!... empujé la puerta... los chavales ya nos habían echado el ojo... se agrupaban en la acera de enfrente... iba a ser como en Berlín... los *Hitlerjugend* del metro... estábamos en casa del boticario, ¡allí lo teníamos!... se excusó, no hablaba francés... blusa blanca, perilla... mil atenciones... presenté a Lili, a LaVigue, a Bébert... nos invitó a tomar un tónico... ¡huy, huy, huy!... «¡no!, ¡muchísimas gracias!» ¡ni un vaso de agua siquiera!... nos preguntó qué tal nos iba por Zornhof... si estábamos contentos con los Von Leiden...

«¡Encantados, mi querido *Apotheke!* ¡unos anfitriones encantadores!...»

¿No nos parecían un poco brutos los habitantes del pueblo?

«¡Oh, en absoluto! ¡encantadores! ¡delicados! ¡con unas atenciones tan conmovedoras!...»

Vi que se lanzaba a ver si pescaba algo, Wohlmuth Athias... le habría gustado que yo hubiera criticado a alguien... estaba fresco...

En cuanto a la edad, lo miré, mis castañas más o menos, no era un chaval... ya habíamos charlado bastante, iba a enseñarle mi «permiso»... ¡no!... ¡no!... ¡se ofendió! ¡estaba perfectamente al corriente!... ¡nos esperaba!... a cada frase le venía como un tic... así: *mgü! mgü!* bastante doloroso... y después enseguida una sonrisa...

«¿Puedo servirle en algo, doctor?... ¡dígame, por favor!... ¡pídame todo lo que quiera!...»

¡Yo no iba a pedirle nada!... ¡ah, sí! lápiz de labios, polvos para el cutis, y tres paquetes de «kamelia»...

«¿Para la condesa Von Leiden?

–¡Exacto!

–¿No quiere usted nada más, doctor?

–*Danke!... danke!...* ¡gracias!»

Muy complaciente, el perilla, ¡gracias!... desde luego, ¡nada más!... *kamelia,* lápiz de labios, polvos...

«Señor *Apotheke,* ya volveremos, vamos a dar una vuelta por el pueblo, pero enseguida estaremos de vuelta... dígame, por favor...»

¿Cuánto le debo?

¡Luego!... luego, ¡ya que han de volver! ¡tenemos tiempo! ¡vayan a visitar el pueblo!... no pueden perderse, todas las avenidas acaban aquí... ¡en la estatua!... ¡ya le habrán explicado!... estatua de *Fontane... Fontane,* ¿conoce usted ese nombre?... ¡francés y alemán, Fontane!... ¡hugonote!... ¿conoce usted su historia?»

Vi que quería contárnosla... en ese caso había que sentarse, no parecer que nos importaba tres cojones... en realidad, yo nací con tanta curiosidad, que por enterarme de cualquier cosita, una futilidad, aunque me hicieran escalar la torre Eiffel con los dos bastones... sabía un rato sobre *Fontane,* el gran escritor de Moorsburg... valía la pena retrasarnos, en primer lugar, ¿habrían caducado nuestros cupones?... ¡nosotros tan escasos de *leberwurst!* ¿o serían para otro mes?... puedes contar con que, en un momento dado, hagas lo que hagas, te granjeas las peores complicaciones... más vale permanecer sentado... ¡adelante con Fontane!... era de allí, justo al lado, una de las casas... debíamos leer *Paseos de Brandeburgo,* su obra maestra... ¡bien! Wohlmuth conocía su vida, los menores detalles... un gracioso... aquel Fontane había estado en Francia en la guerra de 1870... ¡qué idea!... ¡y más aún!... ¡lo habían detenido en una visita a la casa de Juana de Arco los *fifis* de Domrémy!... «francotiradores» de entonces... ¡turista durante el «año terrible»!... ¡y no acababa ahí la cosa!... acusado, naturalmente, de ser renegado, traidor, se salvó por los pelos de que lo liquidaran... pero la Providencia sabe lo que hace, fue indultado por el propio Gambetta, en persona, y liberado... volvió allí a pasar sus últimos días, muy furioso... ahora allí, con levita, sobre su pedestal, nadie lo diría... pero gracias a Wohlmuth sabíamos...

«¡Gracias, señor *Apotheke!* ¡quizá vayamos a canjear nuestros cupones! ¡ya sabe! *leberwurst!*... ¡volvemos dentro de un instante!»

Y lo dejamos... pasamos dos calles... y una gran plaza... La Vigue me preguntó «¿crees que me ha reconocido?»... «¡no! ¡no!» ¡ah, encontramos una salchichería! aquel salchichero examinó nuestros cupones con mucha seriedad... *«franzosen? franzosen?»* sabía, ¡enseguida!... ¡no quiso aceptar los cupones en modo alguno!... en cuanto a servirnos, ¡con mucho gusto!... ¿salami?... ¿salchichas?...¿*leberwurst?*... ¡que cogiéramos!... ¡que cogiéramos!... ¡no nos aceptó los marcos!... ¡de ningún modo!... ¿todo de balde, entonces?... ¡bien!... no íbamos a incomodarnos...

«Yo creo que éste me ha reconocido.

—¡Oh, sí!... ¡desde luego!»

Y va Le Vigan y se inclina... ¡profunda reverencia!... ¡saludo desde el escenario!... ¡a toda la tienda!... ¡al salchichero, a su mujer, a los dependientes!... lo miraron, ¿de verdad era para ellos?... ¡sí!... ¿entonces? esperó... doblado en dos... con el sombrero rozando el suelo... lo aplaudieron...

«¿Lo ves?... ¿lo ves?...»

Se retiró con grandes reverencias... ¡emocionado! ¡halagado!... nosotros hicimos lo mismo, nos retiramos con grandes saludos... sin olvidar nuestro paquete, las salchichas... en la acera, ¡basta de cumplidos!... ¡rápido a la panadería! aquel comerciante tampoco quiso aceptar nuestros cupones... oh, de ningún modo... «pero, ¿qué deseábamos?» ¡tres grandes panes negros, largos!... *«gut! gut!»* no quiso aceptar ni cupones ni marcos... no respondió a nuestros *«guten tag!»* servidos, ¡que nos largáramos!... ¡perfecto! íbamos acostumbrándonos... pero, ¡ahí no acaba la cosa! los chavales que nos seguían de lejos se habían acercado y más numerosos, y con una cuadrilla de mujeres además, por lo menos un centenar y aulladoras... nos vieron, nos pusieron verdes... ¡canallas! ¡carroñas! *fallschirmjäger!*... ¡paracaidistas!

Todo lo bueno que pensaban...

¿Qué podían hacer aquellas furiosas harpías con escobas, palas y horcas?... ¡servicio de limpieza!... ¡las alcantarillas!... Kracht me había avisado sin falta, no responderles nada... a los chavales tampoco... ¡desde luego! ¡desde luego! pero teníamos que pasar y ocupaban toda la acera... los chavales, chicos, chicas, seguro que eran *Hitlerjugend,* no nos soltarían, habían encontrado lo que necesitaban, ¡lo que buscaban desde hacía meses!... ¡tres! ¡tres paracaidistas saboteadores! era como para no tenerlas todas consigo, la misma situación que en el metro de Berlín... ¡había sido gracias a Picpus exclusivamente como nos habíamos librado del linchamiento!... ¡allí no veía yo Picpus alguno!... una cuarta plaza Vendôme... ¡chavales horribles! ¡aulladores agresivos! cada vez más... dije: ¡refugiémonos!... allí había un café, *wirtschaft,* ¡entremos!... me hacía una falta tremenda... ah, apenas habíamos tocado el picaporte, ¡cuando ya teníamos a los chavales encima!

«*Fallschirmjäger!* ¡paracaidistas!»

¡A vueltas con lo mismo!... ¡nuestras cazadoras! la misma situación que en Berlín, ¡sin lugar a dudas el trío de saboteadores puñeteros, buscados por todas las policías!... la verdad es que en Berlín sin Picpus, ¡habríamos caído con todo el equipo! ¡bajo el metro! ¿dónde podría estar entonces, Picpus?... ¡él había reconocido a La Vigue!... ¡ni uno solo de aquellos mocosos podía reconocer al gran actor!... pero, la Virgen, ¡cómo se nos agarraban!... ¡y nos obligaban a avanzar!... ¡diez!... ¡veinte a la vez! chicos, chicas pisoteándonos... ¿hacia dónde? ¡de nada servía que les gritara que éramos de Zornhof!... ¡de casa de los Von Leiden! ¿adónde querían llevarnos?... ¿al puesto?...

Allí, en la otra gran plaza, ¡un SS! ¡no me equivocaba! ¡Kracht! «¡eh! ¡eh!» ¡que nos viera!... ¡gritamos los tres!... ¡vino! ¡ahí lo teníamos!... se rió al vernos casi sumergidos, asfixiándonos bajo los *Hitlerjugend*... iba con uniforme de SS, botas, ¡todo! ¡ah, en un instante lo arregló!... *weg!*... ¡basta!... despejaron, ¡se largaron!... ¡ni uno!... nos arreglamos las cazadoras... propuse que fuéramos a un café... allí, al lado... pero con él... ¡oh! sin él, ¡no!... no tuvo inconveniente... nos instalamos y pedimos... ¡tres cafés «sucedáneo»!... aproveché para preguntarle quiénes eran aquellas mujeres de la limpieza que nos habían puesto de vuelta y media... eran las prostitutas de Berlín en tratamiento en Moorsburg, las más contagiosas, que no querían cuidarse allí... naturalmente allí las trataban, pero también debían trabajar... ¡por lo menos ayudar!... evidentemente se comportaban mal, insultaban a los transeúntes, ¡no sólo a nosotros!... ¡a todos!... pronto iba a ser imposible mantenerlas en el pueblo, ¡ni siquiera en las alcantarillas!... ¡no les quedaban bastantes policías!... ¡ya habían destrozado tres almacenes!... ¡el interior y la fachada!... ¡todo!... se hablaba de llevarlas al campo, a los cultivos, a las remolachas donde no podrían romper nada... me preguntó si habíamos visto al *Revizor*... ¿y al guarda jurado?... ¡no!... habíamos preguntado en todas partes... ¡nada!... luego, qué pensaba del *Apotheke*... Wohlmuth...

«¡Oh, muy amable! ¡y qué erudito!... ¡Fontane! ¡lo sabe todo!»
No hablé de los medicamentos...

Él tenía que hacer aún algunos recados... ¡no!... ¡no iba a hacerlos!... ¡sí!... nosotros saldríamos antes, paso a pasito... él nos alcanzaría, llevaba su bicicleta... pensaba en todo, me dio su silbato, si los chavales volvían a la carga, bastaba con que pitara... *vrrrt!* él no andaría lejos... ¡perfecto!... y ya estábamos otra vez de nuevo en la acera... nos separamos... en la segunda puerta cochera, dos prisioneros con chaquetones sacaron un gran cubo de basura, muy pesado, eran prisioneros franceses... los saludé, nos respondieron pero con bastante sequedad... comprendí lo que pasaba, estaban al corriente de quiénes éramos... las informaciones se transmiten con una rapidez que da gusto, todo Brandeburgo debía de estar enterado de que los tres monstruos habían salido a dar un paseo... cuanto más gilipollescos y odiosos son los chismes, con mayor rapidez corren y se difunden, de amas de casa a remolachas, y prisioneros y tabernas... bueno, ¡saqué dos cajetillas, tres!... se las pasé... ¡gracias!... ¿y qué?... pregunté... ¿las noticias?... las noticias eran lo siguiente: que Simmer el *Landrat,* ese sarasa cubierto de joyas, había mandado fusilar el día anterior a tres prisioneros, basureros como ellos, motivo: habían llamado «*boches* asquerosos» a unos polis de la *Kommandantur* que habían venido a pasar lista y a cogerles los chaquetones para pintarrajearlos de rojo y negro...

Nos afligimos... ¡esos *boches* eran asquerosos!

«Oh, ¡ya no les queda mucho!... ¡va a haber hostias aquí! ¡y para vosotros también!...»

Estábamos clasificados, ya vi... no valía la pena entretenernos... les dábamos asco... les pasé otras dos cajetillas...

«*Heil! heil!*»

Así me dieron las gracias... volvieron a enjaezarse con sus gruesas correas de cuero... en los hombros, engancharon su enorme cubo de basura... *¡aaaúpa!*... no valía la pena insistir... nos fuimos... ya estábamos en la otra plaza y aún los oímos... *heil! heil!*... eran hostiles de verdad aquellos dos basureros... y los chavales, ¡no digamos!... ¡y las fulanas!... ¡además del *Landrat!* ¡una auténtica unanimidad!... ¡más las ocas y los *Bibel!*... debía de haber todavía la tira, en Moorsburg, de aquellos dispuestos a todo, ¡y antes que nada a descuartizarnos!... me dije: seguro que vamos a encontrarnos con otros, de aquí a Zornhof... ¡no!... ¡nadie!... ¡ni uno! debían de haberse pasado la información...

«¿Tú crees que sabían quién era yo?»

Yo no comprendía... su inquietud...

¿Los basureros?»

¡Ah, que si lo habían reconocido, a La Vigue!

«Pues, ¡claro! pues, ¡claro!

—¡Por eso nos han injuriado!

—¡Evidentemente!»

Creo, la verdad, que fuimos a buen paso... los regresos siempre son más fáciles... pero no traía yo nada para Isis... salvo sus polvos, su lápiz de labios y las *kamelia*... ya comprendería... pensaba yo en ella al ver el reloj... la iglesia... ¡ya en casa!... las chozas... todo se vuelve «tu casa»... el lugar menos atractivo... te acostumbras, le coges cariño... hasta la reclusión, cuando te cambian de calabozo, te habías acostumbrado... la crueldad de llevarte a otro sitio... otra fosa...

★ ★ ★

Kracht debía de haber tomado un sendero, el caso es que allí estaba, nos esperaba...

«Bueno... ¿qué tal el camino de vuelta?

—¡Oh, perfecto!... ¡perfecto!»

Y nos dejó... subimos a nuestra queli... La Vigue quería hablarme... «¡ven! ¡ven!» su celda abajo no era alegre, ya os lo he dicho, peor que nuestra torre... comprendía que prefiriese nuestros jergones... nuestro cuchitril no era agradable precisamente, pero su subsuelo, la tumba... y, además, Yago... no era tan seguro que nos dejara pasar... ¡oh! pero, ¡por cierto!... el salchichón, el pan negro, las salchichas... ¿y si nos los comiéramos?... ¡no habíamos andado por nada!... ¡y sin cupones!... de acuerdo, nos habíamos chupado quince kilómetros, y nos habíamos ganado insultos de lo lindo, pero en fin una cosa, estábamos exentos, por lo menos aquel día, de ir a lloriquear adonde las marmitas... las amas de casa se iban a perder la distracción de vernos pasar, de cachondearse de nosotros... conque nos preparamos para la orgía, pan negro, salchichón... el pan negro estaba muy correoso... justo en aquel momento: ¡toe! ¡toe!... ¡alguien!... ¡Kracht!... ¡otra vez él!...

«¿Viene usted a ver lo que comemos, Kracht?

—¡No!... ¡no! ¡querido amigo! me permito molestarlos... ¡mil perdones, señora!... ¡sólo dos palabras!... una urgencia...

—¿Una cabronada?

—No... ¡no, doctor! una tristeza...

—¡Adelante con la tristeza!

—¡Yago ha muerto!

—¿Abajo?

—¡No!... por la carretera con el *Rittmeister*...

—¿No lo habrán envenenado?

—¡No!... no creo, ya verá usted, no ha vomitado... ya verá, creo que se trata del corazón... ya sabe cómo tiraba...

—¡Porque son capaces de todo!

—¡Oh, sí!... ¡oh, ya lo sé!... pero en este caso creo que se trata del corazón...

—Entonces, ¿qué?

—Ya no tenemos veterinario... la aldea pide que vaya usted... todos temen por su ganado... ¡que Yago haya muerto de enfermedad contagiosa!... sobre todo temen por ellos mismos... ¡tienen miedo!...

—¡Entendido, Kracht! ¡a sus órdenes! ¡perfectamente comprendido!... ¡sólo dos minutos!... ¡si no le importa! ¡nuestras golosinas!... ¡absolutamente sin cupones!

—¡Desde luego, amigos!

—Kracht, usted que lo sabe todo, ¿puedo hacerle una pregunta?

—¿Cómo no?

—¿Acabará pronto la guerra?

—¡Harras debe de saberlo!»

¡Harras! ¡ah, Harras!... ¿dónde podría estar el gordo granuja?... nos reímos... ¡nos guaseamos!... vi que ya no llevaba su bigotito, Kracht... se lo había afeitado... ya se lo había afeitado varias veces, aquel bigote a lo Adolf... y se lo había dejado crecer...

Listo, habíamos acabado... todavía quedaba salchichón... si lo dejábamos allí, seguro que las ratas, en cuanto nos hubiéramos ido, se echarían encima... puede que devoraran a Bébert, si lo dejábamos allí... como a mí mis depuradores, Rue Girardon, ¡no dejaron absolutamente nada! me quemaron hasta la piltra, furiosos de no poder bajarla, demasiado pesada... conque nos acabamos tres sardinas, y el resto: ¡oh! ¡al morral!... ¡con el pan negro, dos hogazas y Bébert!

Ahora, Kracht, ¡a levantar "acta"»!

¿Muy cerca?... bastante lejos, en realidad... pasadas las últimas chozas, donde se bifurcaba la carretera... oh, pero ya había gente... amas de casa, prisioneros, trabajadores rusos, polacos... y, naturalmente, nuestros acólitos, Léonard, Joseph... y muchos otros curiosos, seguramente venidos de las granjas de allá... hacia el lago... ¡Kracht hizo retroceder a todos! ¡retroceder!... que yo pudiera examinar a Yago... de costado, estaba... sin baba... ni vómitos... las cuatro patas tiesas... el cuerpo todavía tibio... pregunté, había muerto hacía dos horas aproximadamente... tirando del viejo... ¡súbito!... había gente allí, lo habían visto... estaban dando la vuelta de la tar-

de... no había tenido convulsiones, ¡nada de eso! ¡nada!... ¡bien!...
pude concluir: el corazón... el corazón había cedido, la edad y el
agotamiento... ¡nada contagioso!... ¡ningún peligro! y, además, de
no comer suficiente carne... un perro como yago, de su peso, tenía
que comer por lo menos quinientos gramos de carne cruda por
día... así, pues, ni enfermedad ni envenenamiento... hablé con autoridad... ¡privaciones! Kracht les repitió mis palabras... pero, ¡con
mayor autoridad todavía! ¡mucha! gruñendo, ¡como un *führer*!...
una sirvienta tradujo todo al ruso, para que todo el mundo comprendiera... ya se podía enterrar al perro, Kracht había previsto...
allí teníamos a ocho *Bibelforscher* con palas, picos y tres grandes
piedras... en un momento estuvo hecho el agujero... el pobre perro al fondo, la tierra apisonada... se acabó, me volví... ¡hombre,
Isis!... ella que no salía mucho de su casa... la saludé... me incliné...
ya le había dado su lápiz de labios, sus *kamelia*... nada que decirle...
me miró... nos miró... nada más... ¡bien!... dije a Lili, La Vigue que
listo, que nos volvíamos... una voz: *halt!*... la voz del viejo... llegaba... ¡y a caballo!... con retraso... Kracht me explicó... había recuperado su caballo de la granja el hijo lo había puesto a la labranza,
un caballo blanco media sangre... ¡oh, no lo había conseguido tan
fácilmente!... ¡una cólera de miedo para que se lo devolviesen!...
¡que él era el amo de la granja y no otros!... ¡él, *Rittmeister* conde
Von Leiden! ¡que no toleraba!... ¡que quería su corcel!... ¡que era
una vergüenza! ¡que él no iría nunca a pie!... ¡que no se iba a dejar
llevar a lomos de un ruso, como su propio hijo! ¡jamás!... ¡que él
no estaba lisiado!... y ya que Yago había muerto, volvería a montar
a caballo, ¡y enseguida!

Habían temido una apoplejía, que cayera como Yago... le habían devuelto su caballo, completamente ensillado, y con brida,
barbada... ¡no con bridón!... no encontraban por ningún lado sus
espuelas... ¡las habían encontrado! ahí lo teníamos, el andova colérico e imbécil Von Leiden, sobre su media sangre blanco... y
armado, ¡había que verlo!... sable, revólver... no se sostenía mal
aún, mejor que en bici, se veía que había montado... pero, ¿el sa-

ble a la derecha?... había servido en los ulanos ¡innovaba! se dirigió hacia nosotros... o, mejor dicho, hacia el túmulo de Iago... sacó el sable, saludó largo rato por extenso...

Entonces, me pareció, podíamos regresar... él delante, el *Rittmeister...* que se adelantara un buen trecho...

¡Eso, así!... ya iba a la altura de los álamos... se lo veía bastante lejos sobre su caballo blanco... sobre todo frente al cielo, tan gris, tan amarillo... nosotros regresamos despacio con los seis *bibelforscher,* dos gitanos y Léonard y Joseph... y Kracht, tres pasos detrás de nosotros... no íbamos deprisa... ¿dónde estaría Isis?... ya no la veía yo... no debía de haber cogido la carretera... ¿otra tal vez?... o un camino encajonado... cree uno verlo todo en esas llanuras... y todo se borra... en cualquier caso, no se nos había acercado... ¡no era nada extraordinario!... ¿tal vez nada?... ya vería yo...

★ ★ ★

Debo decir que yo me sentía inquieto... más concretamente por La Vigue... estaba raro... siempre raro... pero entonces, al volver de aquel paseo, me había parecido todavía más barroco que al salir... yo no dormía mucho, por eclipses... en cuanto se hizo un poco de claridad por la tronera, ¡no lo dudé!...

«Oye, Lili, ¡bajo a ver a La Vigue!

–¿Qué crees?

–¡Que está enfermo!»

Muy fácil, salté del jergón y en pie... no nos quitábamos la ropa, siempre estábamos listos... bajé la escalera... allí en el rincón donde estaba Yago, ya sólo la cadena y su ancho collar... el corredor de ladrillo... avancé... en el extremo la puerta de Le Vigan, su celda... no llamé, entré... ¡ah, ya empezábamos!...

«¡Tú!... ¡tú!... ¡una rata!... ¡una rata!...

–¡No digas gilipolleces, La Vigue!... no soy una rata, ¡soy yo! ¡te digo que te sientes!... ¡ya me estás cansando!»

Estaba de pie sobre su jergón, hacía gestos con los brazos como que yo era terrible, ¡que lo espantaba! ¡que lo iba a comer!

«¡Que no, La Vigue! ¡ya estoy harto! ¡siéntate!

—¡Sí! ¡sí!

—¡No! ¡no! ¡calla, joder!... ¡estás gritando demasiado fuerte!

—Entonces, ¡mírame la mano! ¿no me han mordido?»

Le miré el pulgar... ¡exacto!... una mordedura de rata...

«¿Y los alares?... ¿es que me lo invento?»

Era verdad también... le habían arrancado todo el bajo de una pernera...

«Bueno, pues, no vas a quedarte aquí, vas a dormir allí arriba con nosotros... también tenemos ratas allí arriba, pero no tantas, ¡y nos defendemos! ¿por qué habrán acudido de repente?

—¡Porque ya no hay perro y porque querían comerse mi hogaza... ¡mira!...»

También era verdad, habían empezado a comérsela, por lo menos la mitad...

«¿No has encendido la vela?

—¿Con la paja? ¡menudo fuego habría provocado! ¡he pasado la noche luchando a obscuras!»

¡Exacto también!... tenía un aspecto deplorable, el pelo sobre la nariz, la cara mugrienta, pringosa, chorreante...

«¡Cuando pienso que he representado *Le Misanthrope*!

—No hace mucho, La Vigue...

—¡Siglos, Ferdine! ¡siglos!

—¡Exacto, chaval! ¡siglos!

—¡Que ya no podría tirarme ni a una!

—¡Tú que eras el ardor en persona!...

—¡Se acabó, para siempre! ¡me dan asco! ¿y a ti?

—¡Yo las ahogaría para que no hicieran más melindres!

—Oye, ¿y la Isis von Leiden?...

—¡No me hables!

—Está rosa el cielo... ¿has visto?... ¡un nuevo color!

—Seguramente tienes razón, La Vigue... ¡ni la menor importancia!... son cosas éstas que sólo incumben a las nubes...

—¡Las paredes temblequean más que ayer!...

—¡La tierra también!»

¡Y *brum*!... ¡y *braúm*!... eran explosiones escalonadas... a través de Berlín... sur... este...

«¿Será el ejército ruso?

—¡Puede ser!»

No quería tranquilizarlo del todo...

«*C'est à vous, s'il vous plaît, que ce discours s'adresse!*»

Versos, lo dejé...

Se sentía mejor, cuando representaba un papel...

«¡Bravo, La Vigue!... ¡subamos de nuevo a nuestra queli!...»

Todavía tenía que preguntarme otra cosa...

«¿El boticario?»

¿Qué pensaba yo?

«No sé todavía...

—¿Y Isis?

—¡Ambigua!... ¡ambigua!

—¡Anda, ven!»

¡Todos eran ambiguos!... por fin, se decidió, subimos... Lili nos preparó un café, sucedáneo...

«¡Éste no os hará daño!»

Amable Lili, toda corazón y atenciones... La Vigue le contó que había estado a punto de ser devorado...

«¡Como lo oyes, Lili!... ¡asimismo! ¡piensa, La Vigue, que aún no ha acabado!

—¡Ya lo creo que no ha acabado!»

Y le dio un ataque de risa... ¿chalado? ¿no chalado? ¿hacía teatro? en su caso no se podía decir...

«¡Piensa, Ferdine, en lo que hemos visto!... ¡Von Seckt! ¡la Von Seckt!... ¡vieja ridícula! ¡Pretorius!... ¡el "Zenith Hotel"!...

¡la Cancillería! ¡el fantasma de Adolf! ¡y los *fifís* en mi casa, avenue Junot!... ¿quieres que recapitule?

—¡No, La Vigue!... te cansas en vano... ¡no recapitules nada!...

—¡Todos me entregaron! ¡denunciaron! ¡todos los federados!
¡y todos los generales de la Butte!... ¡y Lecomte y Clément
Thomas!*

—Te vas a hacer daño, déjalos, ¡están fusilados!

—¿Tú crees? ¿tú crees?

—¡Estoy seguro!

—¡Ah, mejor! ¡voy a descansar!»

Se echó en el jergón, cuan largo era...

«Ahí, ya ves, no hay nada que temer... ¡ni una rata!...

—Pero, oye, a veces, ¿Simmer?

—A veces, ¿qué?

—¡Trucos!

—Y Harras, ¿qué? ¿no te parece?»

No hacía falta responder... se iba a calmar...

«¿Y las ocas?... ¿y las ortigas?... ¡alguien tuvo que poner las
ortigas! ¿viste esa rebelión?

—¡Sí! ¡sí! ¡alguien tuvo que haberlo hecho!...

—¡Ah, lo ves!... ¡eres de mi opinión!

—¡Desde luego, La Vigue!...»

Oh, estaba mucho mejor que abajo... con nosotros... lo dejé
dormitar... dormitaba...

«Oye, La Vigue, ¡ahora el cielo está rosado!... ¡todo rosado!
¡excelente señal!...

—¿Tú crees? ¿tú crees?...»

Ya no podía dudar... no le quedaban fuerzas... se durmió...

---

* Lecomte y Thomas son dos generales ejecutados en Montmartre el primer día de la
Comuna, el 18 de marzo de 1871, por los insurrectos. Thiers había encargado al general
Lecomte que recuperara los cañones que los parisinos habían agrupado en Montmartre
para no entregarlos a los prusianos. Clément Thomas era un jefe de la Guardia Nacional
que había destacado en 1848 por haber cometido matanzas.

★ ★ ★

Esperábamos con La Vigue, tras aquella noche angustiosa... no por las ratas, que se habían mantenido bastante tranquilas... dos, tres trotecillos bajo el jergón... nada más... Bébert ni siquiera se había movido... La Vigue había dormido un poco, no mucho, Lili también, creo, un poco... yo, me preguntaba... había bastante en qué pensar... podía uno prescindir del sueño... lo que íbamos a hacer, la primera cosa... al amanecer dije a Lili...

«¿Subes ahí arriba?»

No sabía...

¿A ver a María Teresa?

—Pero, hombre, ¡antes de las diez, no!

—¡Antes!... ¡ahora mismo!

—Temo molestarla...

—¡No!... ¡no!... ¡ve!... ¡te lo pido!»

Por ella sabríamos si los rusos estaban en Berlín... ella recibía noticias, no sé cómo... pero casi seguro... así, que subió Lili... debían de ser las ocho... tenía el pretexto de la danza... aun así, las ocho era temprano...

La Vigue y yo nos preguntábamos qué le diría María Teresa... seguro que todo no... mientras tanto, por la escalera se oía subir, carreras ruidosas desde antes del amanecer... y parloteos... niños seguro... voces de chicas... las polaquitas del viejo... del peristilo a la galería del «primero»... se reían con ganas... ¿de qué?... imposible saberlo... la juventud se ríe de todo... si hubiesen estado allí los tártaros cortando cabezas, no habrían encontrado nada más divertido... con ellas estaban los del carromato, chicos y chicas... morenos, cobrizos, pasados por aceite... con los vestidos de las hermanas mayores... acortados, la cintura por los hombros... y para cachondearse de nosotros, ¡una de castañuelas!... ¡todo el piso! ¡y venga crepitar menudo cómo crepitaban!... ¡María Teresa tenía que estar despierta por fuerza!... dije a La Vigue... «¡algo pasa!»... toda aquella invasión de los del carromato y de las chicas de la casa, aquella farándula del peristilo a las buhardillas, si se atrevían a tanto y discutían, en todas las jerigonzas, ¡era que algo había ocurrido!... Kracht lo habría sabido, no estaba... Lili tardaba... ¿estaría bailando?... ¿la habría entretenido María Teresa?... ¿desayunando tal vez?... el tiempo pasaba...

Hacía por lo menos una hora que esperábamos... y que los chavales caracoleaban, sin parar y todos descalzos, ¡a más no poder! más las castañuelas... y gritos, como digo, ¡todas las jergas!... ¡para arriba y para abajo!...

¡Ah, alguien, por fin!... el balcón de más arriba, mejor dicho, la pasarela hacia la otra torre... también nosotros podríamos haber ido... pensé, ¿será Lili?... sí, era ella... a ver, ¿qué pasaba?... pues, bien, ¡valía la pena!... toda aquella zarabanda de chavales eran los niños del carromato y las polaquitas flageladoras que preparaban la partida del viejo... ¡sí, se marchaba!... de repente, ¡se había decidido!... puesto que Yago ya no existía, había recuperado su caballo de guerra, ¡y se marchaba al combate!... ¡a por los rusos!... ¡a la batalla por Berlín!... que iba a hacerles morder el polvo a centenares de ellos, ¡antes de que lo tocaran a él!... lo más extraño, su hermana, la de allí arriba, María Teresa, ¡completamente de acuerdo!... no se lo podía contradecir... ¿una palabra?... hermana o no, el viejo estaba fuera de sí... ya de niño, cuando se irritaba, sus ayas huían, quería sacarles los ojos... al final, llevaban máscaras como para la esgrima, que acabase la sopa... entonces, a los ochenta años, era el ejército ruso... se comprometía a colocarse en primera fila, a provocar a su general, ¡y cortarle las orejas!... ¡y a todos los demás!... ¡orejas y cabezas!... ¡no había quien resistiera su molinete!... zzzt!... había afilado su sable personalmente, ¡el filo con pequeñas muescas! ¡ah, las cabezas rusas!... ¡su navaja de muescas!... ¡imparable!... María Teresa iba a ver pasar sus cabezas, ¡por allí arriba! ¡por encima de nosotros! ¡por encima de la iglesia!... ¡iba a enviárnoslas desde Berlín! ¡ah, el ejército ruso!... ¡todas las cabezas!...

«Sí... ¡sí, hermano!»

¡Cómo iba a tratar a los rusos!... ¡provocarlos a cuerpo a cuerpo!... lo que eran: ¡boas asquerosas y caguetas de alcantarilla!... ¡ellos, sus generales y su zar!

«¡Desde luego, Hermann!

—¡Los rusos me conocen! ¡y no de ayer! ¡la horda Rennenkampf,* agosto del 14!... ¡Tannenberg!...**»

¿Cómo? ¿que venían a desafiarlo ahora?... ¡ésos! ¡ah, conque querían venir a Zornhof!... ¡iban a venir en ataúdes!... ¡sí!

«Desde luego, Hermann, pero, ¡no vas a estar solo!

—¡Sí! ¡sí!... ¡voy a estar solo!... ¡puesto que Hindenburg ya no existe!*** ¡yo solo contra todos!

—¡Oh, tienes razón, hermano! ¡dame un abrazo!... ¡no vaciles ni un instante!...

—¡Tú me comprendes, hermana! ¡un abrazo!... ¡y a la silla!... esta noche, ¡cadáveres! ¡y más cadáveres! ¡mirad el reloj!... ¡la iglesia!... ¡cabezas!... ¡cabezas!... ¡las veréis pasar! tártaros, ¡vosotros lo habréis querido!... ¡mira, hermana!... ¡esta llanura va a estar roja!... ¡enteramente roja!... ¡hasta el Oder!

—Desde luego, hermano, ¡lo miraré todo!...»

Por lo menos ella estaba totalmente de acuerdo, lo comprendía, ¡no le había llevado la contraria! ahora: ¡a caballo! ¡al peristilo!... había que ponerlo en la silla... bajamos los tres y la hermana... y las polaquitas descalzas... toda la aldea debía saber que se iba... pero nadie se había tomado la molestia de acudir... ¡salvo tres *bibel* de la cuadra!... os he dicho su caballo, ¡perdón! ¡su ye-

---

* Pavel Karlovitch Rennenkampf (1854-1918), general ruso. Luchó en la guerra ruso-japonesa. Sofocó motines en Siberia. Tras ser derrotado por Hindenburg, fue relevado del mando. Trotsky le ofreció el mando en el ejército bolchevique y fue fusilado por rechazarlo.

** La batalla de Tannenberg de agosto de 1914, entre los ejércitos alemán y ruso, es una de las más célebres de comienzos de la guerra. Hindenburg derrotó a los dos ejércitos rusos, uno de los cuales estaba a las órdenes del general Rennenkampf. Aquella derrota, que neutralizó a los rusos y les impidió invadir Prusia, fue un golpe muy duro para la opinión francesa.

*** Hindenburg murió en 1934.

gua!... ¡Bleuette! ¿por qué ese nombre francés?... estaba allí delante del peristilo ensillada... un *bibelforscher* la sujetaba... la sujetaba bien... un hombre que conocía los caballos... en la granja no la habían desriñonado demasiado, aquella Bleuette... a pesar de que en el trabajo eran muy exigentes... ¡un trabajo nada indicado para una media sangre!... ahí teníamos al *Rittmeister,* completamente pertrechado, espuelas, charreteras, alamares, y cruz de hierro... ¡y chascás!... se palpó para ver si llevaba todo... ¡sí, lo llevaba!... ¿y los estribos?... eran de los cortos... ¿llevaba bastante avena?... ¡sí, dos morrales!... ¿y la cebadera?... ¡bien!... uno de los *bibel* le alargó el estribo... *nein!* se negó... ¡sin ayuda!... una mano a la empuñadura, ¡y aúpa!... ya estaba en la silla... se mantenía «derecho, suelto, sin rigidez»... del todo conforme al «Reglamento»... yo sé apreciar... sabía montar, no como los jinetes que he visto en adelante, que veo todos los días pasar por el puente de Saint-Cloud... o el Bois de Boulogne, perdidos, aferrados al cuello... nunca van montados correctamente, siempre chocando con el culo, con los cojones, contra el lomo, abominables, horrendos... habrías muerto en el calabozo, antes del 14, si te hubieras atrevido a presentarte así... con las rodillas levantadas y los codos por el aire...

Ahora no importa, ¡todo vale!... «¡se rueda!»...

Pero os estoy paseando de acá para allá, ¡se me va el santo al Cielo a mí también!... ¿me estaré volviendo un pelanas?... presente, pasado, ¡me tomo toda clase de libertades!... tan viejo, me digo: ¡qué hostia! ¡qué le vamos a hacer! no voy a poder escribir siempre, ¿y si omitiera?... Nimier me prometía el otro día: cuando te pongan en cómics, ¡te cortarán esto!... ¡lo otro! .. «la chusma acabará con todo» Nietzsche... ¡claro, ya lo estamos viendo!... ¿conocéis algo más granuja que la Televisión Francesa? ¡imposible!... no hay miércoles que no surja algún incapaz horrible plagiándome desvergonzado y gritando, ¡el caradura!, que no existo...

Como podéis figuraros, no tengo televisor, pero, ¡Lili tiene!

¡Bien!... volvamos a Brandeburgo, donde estábamos, ante la llanura... aquella infinitud de remolachas... patatas... surcos... surcos...

y el *Rittmeister* en su silla... lo extraño, ¡que hubiera venido tan poca gente a verlo partir!... ni de la granja, ni de las oficinas... seguro que sabían, pero no aparecieron... seguro que los Kretzer estaban en su casa... ¿y la Isis von Leiden? ¿y Kracht?... seguro que querían ver al viejo del látigo partir para la guerra... ¿desde dónde diquelarían? me preguntaba yo... nosotros no nos escondíamos... el *Rittmeister,* derecho en la silla, se alejaba, al paso... las polaquitas le hacían señas de «adiós»... «¡adiós!»... muecas también... al mismo tiempo... le sacaban la lengua... ¡se lo pasaban bomba!... ¡y le tiraban puñados de piedras!... él, allí, casi en el límite del parque, estudiaba atento su mapa... no miraba a las chicas, se orientaba... ¡y con la brújula!... le colgaba del pecho, una grande... se puso al trote... trote corto... ya estaba bastante lejos, cuando se puso a trotar sesgado... y entonces: ¡volteó! y se volvió hacia nosotros, ¡con el sable en alto!... ¡nos saludó!... La Vigue y yo le respondimos... saludo militar, ¡firmes!... las chavalas alrededor se tronchaban de risa... ¡dieron gritos y salieron corriendo!... ¡y arrojándonos piedras también!... ¡la tira!... ¡tan graciosos como el viejo imbécil les parecíamos!... al final, sólo quedábamos nosotros tres mirando la llanura, Lili, La Vigue, yo... y el Bébert en su bolso... el viejo había reanudado el trote hacia el Sur... destacaba sobre el horizonte... no tanto él, su yegua Bleuette, toda blanca, sobre las nubes, ya os lo he dicho, dirección Berlín, negras y amarillas, azufre... nosotros no partíamos, nosotros esperábamos... creía que los otros iban a bajar a preguntarnos qué hacíamos allí... a propósito, ¿y la Tulff-Tcheppe? ¡tan charlatana!... ¡tampoco la habíamos visto!... ¡nadie! nadie nos preguntó... esto... lo otro... si era verdad que se había marchado el viejo!... ¡ni una palabra!... ni en el *mahlzeit,* por la noche... ni después... nada...

★ ★ ★

«¿Eh? ¡fíjate!... ¿eh? ¡fíjate!...»

Lo único que se le ocurría a nuestro misántropo... y de nuevo... con los ojos fijos... recto delante de él...

«¿Eh? ¡fíjate!... ¿eh? ¡fíjate!»

La fuerte impresión que le había dejado la marcha del *Ritt-meister hacia* el enemigo...

«¿Eh?... ¡fíjate!»

No adelantábamos gran cosa con eso de que siguiera tan emocionado de haber visto a nuestro viejo imbécil con el sable desenvainado... oh, pero de repente, ¡una idea!... salió del embotamiento...

«¡Ferdine!... ¡Ferdine!... ¡ve a ver a Isis!

—¿Por qué yo?

—¡Tú te llevas bien con ella!

—¡Te equivocas!»

No iba yo a quitarle la idea de que algo había ocurrido en lo profundo del bosque, de que no me había llevado allí en balde... y de que eso me daba derecho un poquito a preguntarle qué era de Harras...

«¿Por qué?»

¿No era él el que nos había llevado allí?... ¡y no otro! ¿dónde estaba aquel estúpido de los cojones?... ¡ella lo sabía!... ¡granuja gamado!... ¿cuándo iba a volver?

«Entonces, ¡vamos los tres!»

Decidí... de sobra sabía que nos echarían... él no sabía nada, no se imaginaba... rápido, ¡metimos a Bébert en su bolso!... ¡sin dudarlo!... y bajamos... hacía frío fuera, sobre todo por la avenida de los arces... casi tan sombría como nuestra habitación, lo altos que eran aquellos árboles, espesos y en bóveda... ya no cuidaban aquellas avenidas, las hojas seguían allí, caídas desde hacía dos, tres inviernos en alfombras enormes, te hundías hasta las rodillas... el parque Mansard abandonado... desde el momento en que ya no se cuidan los parques Mansard, sobre todo en Brandeburgo, se puede decir que se acabó, que el Gran Siglo ha muerto, que ya sólo queda esperar a los chinos... los relojes de péndulo no se dan cuerda solos... recoger las hojas, podar los árboles exige años de trabajo... ¡tradición!... ¡ya no queda!...

Me guardaba esos profundos pensamientos para mí... pasamos por los *bibel,* entre sus isbas... ¡las habían acabado!... vastas, altas... enormes, la verdad... monumentos de troncos... los constructores permanecían dentro... estaban mejor que en el *Tanzhalle...* los médicos finlandeses de Berlín, los que se bañaban en el agua helada, ¡no volverían nunca! ¡claro! ¿qué quedará de todo aquello?... ¡no más que del «Zenith Hotel»!... ni que del Pretorius y de su piso con flores raras... ¡ah, ni que del *Rittmeister* conde Von Leiden!... hacia allá que se había ido, oeste Berlín, ¡sable desenvainado!... ¡lo habíamos visto!... estaba chachi... ¡ya debía de haber llegado! ¡en la granja no íbamos a hablar de él! ni de nada, por cierto... ¡salvo de Harras! ¡la idea de La Vigue!... nos acercábamos al carromato, era diminuto al lado de la isba... de las isbas... los calorrós nos hicieron señas, que nos acercáramos... pasamos de largo... ¡nada que hablar con ellos!... ¿querrían echarnos las cartas otra vez?... ¡ya sabíamos demasiado!... ¡del porvenir y sus encantos!... ah, ya estábamos en la granja... en el patio empedrado... algunas ocas, nada más... yo desconfiaba de los dos franceses de la pocilga... sobre todo de Léonard... también ellos nos hicieron señas...

«¡Sí!... ¡sí!... ¡luego!...»

Había llovido... noté que la charca de estiércol líquido se había desbordado hasta la mitad del patio, una auténtica piscina... no sólo el purín y la lluvia, debía de ser también por el jugo de las remolachas, me pareció... de los altos silos... porque, ¡menudo olor!... desde luego, te acostumbras... ya estábamos en la escalerita... llamé... no tuvimos que esperar mucho, los otros de allí arriba nos habían visto venir, el lisiado, su mujer... una criada rusa bajó, abrió... «¡La señora! ¡el señor! *krank!*» y, ¡blang!... ¡volvió a cerrar la puerta!... ¿enfermos?... no me lo creía... pero, al menos, ¡ya estábamos enterados!

«¿Comprendes, La Vigue?

—¡Sí!... ¡sí!... ¡de acuerdo!»

No había otra solución que volver a nuestra habitación... oh, pero Léonard y Joseph lo habían visto todo desde el fondo de su establo... ¡y se cachondeaban de nosotros!... nos hicieron señas de que tenían algo... ¡ellos!... ¿qué?... rodeamos el estanque... el estiércol... ya estábamos donde ellos... nos habían llamado ¡a ver! ¿qué?... empecé yo...

«¿Qué hay?...»

¡Nos hicieron entrar!

«¿No se lo contaréis a nadie?

—¡No somos chivatos!

—¡No!... ¡no!... pero en fin...

¿De qué se trata?»

¡Sencillamente, de dos Mauser que no podían guardar!... ¡una fruslería!... fueron a revolver la paja al fondo de su establo... ¡ahí teníamos los objetos!... nos los enseñaron... dos *pistol* muy grandes...

«Para ponerlas, ¿dónde?»

Pregunté...

«Hemos pensado en vuestro armario... no lo registrarán...

—¿Nuestro armario?

—El de Harras, ¡vamos!»

Vi que no había secretos...

Comprendí que estaban tramando algo muy sucio, pero no sabía qué, por la forma como los vi, conspiradores cazurros, si se lo denegaba, ¿qué no descubrirían además?... había que poner cara de estar de acuerdo...

«Sí... sí... ¡tenéis razón!»

Como se trataba de esconder el juguete... pensé... desde luego, ¡en el armario de Harras, no!... ¡en cualquier otro sitio!... como todo el mundo sabía que yo metía mano al tabaco, con eso bastaba... las larguezas de que estaba yo dando muestras, que si Harras seguía todavía mucho tiempo fuera, ¡no iba a encontrar nada, Harras!... desde luego que las tiraría en cualquier zanja, pero, ¡en el armario, no!

Durante el *mahlzeit* yo sólo pensaba en el coñazo de las *pistol*... sólo pensaba en eso... *heil!*... *heil!*... me forcé a escuchar lo

que se decía, ¡nunca se sabe!... cháchachas... palabras socarronas...
¿de qué?... ¿sobre quién?... mira por dónde, valía la pena... Kracht
no decía ni pío... la Kretzer era la que llevaba la voz cantante...
bromas... ¿a propósito de nosotros?... se echaba a reír... risa de casa
de fieras, tipo ataque de hiena... ¡no! ¡no era sobre nosotros!...
comentaba, comentaban una orden del *Landrat,* del día anterior...
«Todas las armas, revólveres, fusiles, granadas, deben entregarse en
el *Tanzhalle*»... un camión de la *Kommandantur* iba a venir a
buscarlas... al amanecer... ¡incluso las escopetas de caza!... sin excepción... todos los infractores serían sometidos a «vigilancia»...
yo no le veía la gracia... ¡ah, sí! pues, ¡claro!... el lisiado ya había
entregado su arma... ¡él!... ¡y a Kracht!... ¡se había acabado lo de
aterrorizar a su mujer y a los invitados!... ¡quería conservar la piel,
el lisiado!... sabía lo que era la «vigilancia»... ¡menudo si desconfiaba del *Landrat,* el amigo íntimo!... ¡que toda la aldea supiera
sin falta que él estaba en regla!... la opinión también de Isis, su
mujer, que, con celos o sin ellos, si le dejaba el fusil, acabaría ma-
tándola seguro... ¡y a Cillie también!... todo eso los hacía dester-
nillarse, ¡a todos los de la mesa!... y hasta a nuestra jorobadita...
¿el motivo de su risa?... ¿tal vez de nosotros también?... ¿nuestros
revólveres?... seguro que sabían... no era difícil, sólo con vernos
ir y venir... sentados, ¡aún!... pero de pie, ¡nuestros bolsillos enormes!... La Vigue se volvió hacia mí, ¿que si comprendía?... pues,
¡claro! pues, ¡claro!... ¡todo!... la Kretzer debía de estar metiéndo-
se debajo del asiento por la forma como sacudía la silla, la mesa...
¡la batahola de los platos!... ¡y ella venga ladrar!... ¡los sobreenten-
didos les hacían chillar a todos!... ¡mecanógrafas, secretarios e incluso Kracht!... no hablaba alemán jergal, pero con medias palabras y caídas de verbos... todo aquello contra nosotros, seguro...
la prueba es que yo había oído la palabra *Mauser...* en dos, tres
ocasiones... entre ladridos... que hasta a las chicas esas que se morían de risa se les había escapado la palabra... Mauser... ¡bastaba
con eso!... ¡habíamos comprendido de sobra!... ¡entre los hipos!...
¡ni pensar en subir a nuestro cuarto aquellas Mauserfruslería! lo

que nos habían recomendado: ¡en nuestros jergones o en el armario! ¡y una leche! ¡todo hiel, aquellos asquerosos!... ¡vaya si estaba convenida, entendida, una «inspección» en nuestro cuarto! ¡primero! y después, abajo, ¡en el del viejo!... ¡incautación! pero yo no dormía, aparentaba, reflexioné, ¡actué!... me levanté de la mesa...

«Me encuentro mal, La Vigue, ¡tengo que salir!... tú, Lili, ¡ven!»
Antes de que quisiesen darse cuenta, ya estábamos fuera... el peristilo, el parque... la primera avenida a la izquierda...

«¿Qué?... ¿qué pasa?...

—¿Qué?... ¡los revólveres!»

No podíamos negar que los llevábamos, ¡ni que pesaban! A Lili se le ocurrió que podíamos devolvérselas a Léonard... ¡excelente astucia!... ¡seguro que se negarían!... dirían que no habían sido ellos, que nos lo habíamos inventado, que estábamos provocándolos... desde luego, lo habían previsto, para que nos atrapasen, ¡nada más! ¡no era otra la razón por la que nos habían endilgado sus pistolas!... astutos paletos, falsos e hipócritas, ¡con avaricia!... entonces, ¿qué?... ¿la charca del purín?... era enorme, profunda, muy negra... pero nos verían hacerlo, sin lugar a dudas, siempre al acecho, desde su pocilga... había otros hoyos de barro en el pueblo... pero, ¿cuál?... en Grünwald fue en un cráter muy profundo repleto de agua donde arrojé mis granadas... ¡las habían encontrado el día siguiente!... en cuanto buscan, encuentran... me refiero a los objetos, no a las personas... allí viéndonos ir y venir encontrarían con toda seguridad nuestros Mauser, ¡en cualquier hoyo!... podíamos hacer el recorrido de las charcas, buscar una, darnos cuenta, muy sencillo, ¡delante de cada choza! ¡una!... ¡dos!... ¡tres!... todas casi secas... las ocas se habían ido... allí una por fin llena casi de barro... ¡salieron las ocas, todas!... ¡y cuac! ¡cuac! ¡cien picos al asalto! ¡y alas furiosas!... ¡cargaron contra nosotros!... al instante vinieron las amas de casa a ver... ¡aquel motín de las ocas!... ¡vuelta a empezar!... pero no era exactamente que estuviesen enfadadas con nosotros... lo que exigían era la gran juerga de las ortigas, las carretillas de hojas, ¡como el otro día! nos reconocieron de la granja... pero no teníamos nada que ofrecer... le habían cogido gusto... ¡recordaban nuestras caras y que las habíamos obsequiado!... figuraos, ¡el patio lleno de ortigas! ¡montones! ¡que era el momento de volver a empezar! arremetían, ¡que no nos largáramos sin reconocerlas!... ¡que no nos dejarían pasar nunca! Tragonas, ansiosas, marranas... como los burgueses en las comidas de familia... ¡no habían venido para que las dejáramos con un palmo de narices!... ¡a pesar de que no habíamos dado media vuelta! cargaban contra nosotros, ¡y de qué modo! ¡diez!... ¡veinte a la vez!... ¡y *cuac!* ¡y *cuac!* no es que guardaran las chozas ni el Capitolio ni las huertas, les importaba todo tres cojones, ¡a nosotros era a quienes querían! ¡nuestras ortigas!... ¡glotonas! ¡querían arrancarnos todo!... el vientre... las mangas... las costillas, *¡cuac! ¡cuac!*... ¡el vicio que les habíamos hecho coger!... ¡las cazadoras!... abrirnos todo... ¡sacarnos todo lo que llevábamos dentro! ¡sacarnos los ojos!... ¡junto con las ortigas!... comprendo lo de Roma, ¡que los bárbaros escaparan corriendo! ¡ya lo creo! yo veía a todas las ocas de Zornhof cómo se habían amotinado, por manojos de hierba de su gusto, que nadie había podido pasar... igual que el pueblo parisino había tomado Versalles al asalto para llevarse lo que necesitaban, la pareja real y las cabezas... allí, del patio de la granja, sólo habíamos podido escapar por una puertecita y la carbonera... allí, para no dejarnos despedazar, la única solución era avanzar a pasos cortos, bien apretados, y cogidos del brazo, y con las manos abiertas delante de los ojos... con mucho valor... ¡para que aquellas puñeteras ocas no nos arrancaran todo!... ¡hasta pasada la iglesia!... por fortuna, yo conocía un sendero de ladrillos entre dos chozas, muy muy estrecho... imposible para las ocas... yo sabía colarme entre chozas, chabolas, sin que me vieran demasiado... siempre me fijaba en los contornos, recodos... empezaba a conocerla un poco aquella maldita aldea... ahora, ¡uf! ¡ya estábamos! ¡la cocina de los *bibelforsche!* el sargento de cocina nos conocía bien... *heil! heil!* ¡dos cajetillas de «Lucky» al día!... venga, su rancho, sopa de col, rábanos, salchichas...

iba a ser para Bébert... no se iba a comer todo... nosotros un poquito, el resto para las ratas... ¡oh, pero vi un invitado! ¡no desconocido!... era el sargento manco del campo de aviación... no lo había visto... con un bastón... ¿qué cojones hacía allí?... *heil! heil!*... nos reconocimos... ¡el sargento del petirrojo!... ¿qué tal estaba su pajarito?... ¡muy bien!... el sargento me contó, su refugio estaba imposible, cada vez más ratas, enormes, y lo peor, ¡la lluvia!... ¡un diluvio!... ¡su *bunker* de refugio estaba que desbordaba!... ¡convertido en depósito!... su teniente comandante del campo no había vuelto, lo habían cogido, lo habían enviado al Este... ¿cuándo volvería?... nadie sabía... a él, el sargento manco, nadie le había preguntado nada, no había recibido ninguna orden... se había replegado hasta Zornhof con su petirrojo... se había quedado en la cocina del *Tanzhalle*... allí dormía también... ¡no faltaba sitio!... todos los demás vivían en las isbas... además otra cosa, en el *Tanzhalle* tenían electricidad, el único sitio de Zornhof... la corriente para la carpintería, el taller... ¡y con un motor muy ruidoso!... buen asunto también el escándalo, podías lanzarte, decir cualquier cosa, ¡el Diésel lo cubría todo!... ¡y *brum!* hasta los gritos... con que, ¡menudo cómo se desahogaba el manco!... no le gustaba la gente de la granja... ¡y lo decía a voces!... todos los de la granja, ¡los rusos y los propietarios!... ¡en el mismo saco! ¡la misma ralea!... ¡a la mierda!... ¡ah, conque se cachondeaban de él y de su uniforme! ¡ya verían!... ¡*brum! ¡ptaf! Diesel! donner!* el cocinero intentaba calmarlo... ¡no podía evitarlo! ¡su indignación!... ¡que le tomaban el pelo!... no sólo los Von Leiden... ¡sus machacas también!... ¡polacos!... rusos,...*franzosen*... todos le preguntaban por qué no subía allí arriba a detener las «fortalezas»... ¿era aviador o no?... ¡aun con un brazo!... que lo que debía hacer era construirse un avión con lo que quedaba allí, los montones de chatarra, ¡que ellos le ayudarían! ¿qué esperaba?... ¡qué cojones! ¡no pensaba él así!... ¡ellos eran los que deberían cavarse una fosa enseguida y enterrarse todos!... ¡no hacían más que despotricar! ! ¡aquella llanura de los cojones! ¡todos al hoyo, y en la cal viva!... ¡las criadas, los señores y los mocosos!... ¡todos al hoyo!... lo decía a gritos... al sargento de cocina le parecía que tenía toda la razón del mundo, pero que, aun así, gritaba demasiado fuerte... el Diésel, ¡a todo trapo! *¡braúm!*... que los cobertizos temblaban... gritaba más alto que la sierra... ya podían pasar vecinas... para cubrirle la voz, mejor que el Diésel, las «fortalezas» y las bombas, para que no se pudiera oírlo a penas, había el recurso del gramófono... el instrumento permanecía en su sitio en un rincón de la pista de baile... ¡ése hacía un buen servicio!... ¡por tres bocinas! yo lo había oído bramar cuando los *bibel,* una compañía, habían venido a pelar patatas... ellos que no debían decirse ni palabra nunca, aprovechaban el estar en el *Tanzhalle* para pasarse informaciones... no tenían muchos discos... aparte de los salmos para el oficio del domingo... *«nun freut euch liebe christengemein…»* y después «nuestro Dios es un escudo»... ¡el sargento de cocina se desternillaba oyéndolo berrear contra los discos, la sierra, el Diésel y las bombas!... ¡furioso total!... «¡todos a la cal viva!... ¡yo les haré subir al cielo!... ¡a ti también! ¡cocinero *bibel* de los cojones!» *¡braúm! ¡brrang!...* ¡y que no le hacían callarse en absoluto!... ¡al contrario!... «¡Von Leiden! ¡hala, hala! ¡al hoyo con él!... ¡la mujer y el lisiado!» no lo sospechaban... ¡el Harras también!... ¡el que se había ido de exploración!... «¡al hoyo! ¡al hoyo!» Harras... ¡el astuto!... ¡ya lo creo! ¡el no va más!

Aquel manco tenía mala leche, desde luego, pero nos hacía reír, ¡y no decía gilipolleces!... los otros eran los que tenían telarañas en los ojos, los de la granja y la quinta, ¡se creían todavía en tiempos de Guillermo II!... el Diésel, la sierra y el fonógrafo, ¡debían de oírlo todo en la quinta! tenían dos discos más los *bibel,* pero no religiosos, el *Wacht am Rhein,* regalo del ejército... y el *Horst Wessel,* regalo del Partido... el sargento de cocina estaba encantado de que el otro le anunciara la tira de catástrofes, ¡a él, «objetor» desde hacía siglos!... de antes de la llegada de Hitler... ¡cualquier diluvio lo chiflaba!... pero, ¡con mucha prudencia! había ido a la escuela, sabía que en Dachau había secciones especiales llamadas «de silencio»... para los que se iban de la lengua... ¡de todos los pelajes! ¡filósofos, políticos, militares, evangelistas!... ¡héroes incluso! ¡y de todos los frentes!... ¡y de aire, tierra, mar!... ¡lo que el manco no sabía del todo, ¡y su petirrojo!... ¡se creía a salvo, con su amputación! ¡estaba listo! yo habría podido informarlo un poco... ¡todos los países igual!... ¿acabada la carnicería?... ¡trompetas, oriflamas y telón!... ¡los supervivientes en fila de cuatro! ¡y silencio!... ¡y a la perrera! en nuestras condiciones yo sólo veía una cosa, ¡que escuchar a aquel sargento tan ardiente podía costarnos muy caro! bien fichados ya «pájaros horribles», enviarnos «al silencio»... antiVonLeiden, antiquinta, antiZornhof, antiReich... ¡bolcheviques ya, en una palabra! pensé: ¡larguémonos!... La Vigue una escudilla y otra... ¡dos cajetillas de «Lucky» a aquellos valientes!... nos fuimos con los sones del *Wacht am Rhein*... en la quinta nos necesitaban... no encontramos a nadie... cada vez conocía yo más callejones, ya lo he dicho, a base de vueltas y recodos... aquellas callejuelas que parecían dirigirse a la carretera y se perdían en el campo... astucias de sioux de una a otra hasta los árboles... sin que nadie te viese, ni las ocas ni las vecinas ni la tendera ni los «resistentes» de la *Wirtschaft*... más valía así... nuestros Mauser en los bolsillos resultaban de lo más raro... entre las chozas todavía, pero, ¡al descubierto!... sobre todo con las manos ocupadas, llevando las escudillas... por fin, ¡habíamos llegado!... el peristilo, la escalera... Lili estaba allí, se preguntaba qué había sido de nosotros... no tardamos mucho en contarle todo, el *Tanzhalle,* el manco, el cocinero, los salmos... que nos habíamos marchado para no oír más, ¡que seguro que había otros escuchando!... ¡a pesar del Diésel! ¡y de la sierra! ¡*bum! ¡brum!* ¡y los cañones!... ¡el Simmer tenía oídos en todas partes!... ¡menudo donde los *bibel*! el peor de todos Simmer, que quería suprimir a Bébert...

«¡Vuestro *Landrat!*»

Lo llamaba Lili... ¡de nuestro, nada! ¡qué hostia!... luego, ¡los detalles!... que el sargento manco había tenido que abandonar su *hunker,* que no podía resistir más, ¡inundado!...

«¿Y su petirrojo?»

Lo único que quería saber Lili...

«¿La misma jaula?

—¡Sí... sí... la misma!»

¡Eso era lo que le interesaba! ¡esa barbaridad!... ¡una jaula tan pequeña!... creo que Lili veía tantas tragedias de hombres alrededor, que estaba convenido, todo deseado, no había que meterse... mientras que de las desgracias de los animales nadie se ocupaba, conque para ella sólo existían los animales... el tiempo ha pasado y muchas cosas... pensándolo bien, creo que tenía bastante razón...

En cualquier caso, luego, ¡los bolsillos!... esconder los trastos... yo era partidario de ir a tirarlos al agua, pero, ¿dónde?... como había hecho en Berlín, con las granadas... en el estanque de los baños finlandeses... desde luego, las habían recuperado, ¡y sin tardar!... pero aquí había menos posibilidades, no miraban a menudo en el purín... a La Vigue le parecía que tenía razón... como fuera, donde fuese, pero que nos deshiciéramos de ellos... Lili no lo veía así... ¡en absoluto!... desconfiaba, segura incluso de que nuestros dos antipáticos, Léonard, Joseph, iban a acechar todos nuestros gestos... ¡y que hurgarían en la charca!... ¡ésos, sí!... ¡que todo estaba previsto, convenido!... ¡de acuerdo!... ¡La Vigue y yo, iríamos al amanecer! urgente, lo que se dice urgente, lo era... ¡exacto!... aun así, había que esperar al amanecer... varias horas todavía... podíamos echarnos un poco, no faltaba jergón... Bébert en su bolso, Lili, yo, La Vigue , uno al lado del otro... no puedo decir que estuviera tranquilo... ¡no!... no había motivo... empezaba a sentirme en un callejón sin salida... ¡algún derecho tenía a estar cansado!... cavilar... y volver a cavilar... ya no os hablo de los ruidos de Berlín, las explosiones, las ráfagas... las nubes llenas de «idas y venidas»... ya lo sabéis, ya os lo he contado bastante... ¡llega a cansar!... de todos modos, Hjalmar, pensaba en él, sus llamamientos con el cornetín... ¿dónde podía estar ése?... ¿y el pastor? Muchas preguntas que hacerse... una hora larga que me preguntaba... yo no dormía... oí un ruido en la escalera... ¡sí!... un paso... alguien en nuestra puerta... y, ¡*toc*! ¡*toc*! en absoluto... era imaginario... ¡habían llamado!... ¿a aquellas horas?... salté del jergón, me levanté, fui... abrí... tres escalones más abajo, ¡una voz!... ¡era Kracht!... me susurró, no quería hablarme en nuestra habitación... me pidió que bajara con él hasta el peristilo... ¡bien!... ¡así mismo!... lo seguí... no me llevó lejos, me dijo enseguida de qué se trataba... me lo dijo en un alemán muy sencillo... lo comprendí... ¡oh, ya lo sospechaba! que Léonard y Joseph nos habían denunciado aquella misma mañana como «saboteadores y detentadores de armas»... ¡sí! ¡sí!... que el *Landrat* había dado orden de registrar nuestra torre, nuestras ropas y nuestros jergones e incautarlo todo... Kracht me susurró aquella buena noticia... ¡hicimos teatro! ¡para morirse de risa!... con el fondo de resplandores de incendio, hasta las nubes, Berlín ardiendo... ¡fondo muy sonoro!... ¡bum! *¡brang!* ¡las bombas pequeñas y las grandes! no tienen de eso en el *Ambigu** ni en ningún cine... y entonces, ¿qué? ¿qué más?... ¡al grano!... ¡el resto!... ahí sí que me mató... que le diera los dos Mauser, el mío y el de La Vigue... ¡que no fuese a tirarlos!... ¡que se los guardaría para él!... al *Landrat,* ¡nada!... *nichts! nichts!* ¡nada!... ¿comprendía?... ¡perfectamente!... ¡muy bien! era un poco fuerte, pero, ¡bien!... ¡bien!... ¿para qué quería los Mauser... ¡era asunto suyo!... ¡nunca lo supe!... en cualquier caso, ¡yo era de su opinión!... ¿se estaría organizando una defensa?... ¿privada?... ¿contra la *Wehrmacht*? ¿contra los ingleses? ¿contra los prisioneros?... más adelante, en la cárcel en Dinamarca oí muchos relatos de motines SS... SA... *kriegsmarine...* yo estaba con ellos... tantas conjuras con bombas, venenos, cuchillos, que resulta en verdad extraordinario que aquel régimen resistiera diez años... me diréis: Poleón, César, Alejandro, Pétain resistieron también uno... ¡dos decenios!... en cuanto te han ungido, coronado, llevado, instalado en el trono, dueño y señor de todo...

---

* Théâtre de l'Ambigu-Comique de París, fundado en 1769 por el actor Audinot en el Boulevard du Temple. Destruido por el fuego en 1827 y reconstruido en el Boulevard Saint-Martin.

comienza la bacanal... ¡ya no te escapas!... besos, nudos corredizos, ramilletes, *dinamiteros...** tu pueblo querido no esperaba sino ese momento solemne para mostrarte lo que espera de ti, tus tripas fuera y por toda la arena... tus homínidos...

¡Ahí veo a Roger y sus cómics!... Achille, ¡que ya va por su segundo millar de millones!... ¡dejémoslo estar!... con Kracht yo no reía, no iba yo a hacerle preguntas... me quitaba un peso de encima, ¡y se acabó!... ¿conspiraría él?... ¡asunto suyo!... ¿resistiría?... ¡que subiera rápido a buscar los objetos!... subí a tientas... no quería equivocarme de puerta... era conspirador contra mi voluntad... ¡más tarde reiría! lo primero, ¡no romperme la crisma! vacilaba... titubeaba sin mis bastones... La Vigue estaba extrañado...

«¿Tú crees?... ¿tú crees?...»

No le respondí... volví a bajar...

«¡Escuche, doctor!... ¡escuche!...»

Me susurró aún más bajo...

«Si alguien le pregunta...

—Preguntarme, ¿qué?

—Lo que ha ocurrido...

—¿Qué?

—Usted responda: ¡nada!... ¿se acordará?... *nichts!* ¡pronuncie *nix!*

—¡Sí! ¡entendido! *Nix!*

—Ahí arriba también: *nix!* ¿eh?

—En realidad, ¡no le preguntarán nada!»

¡Y se echó a reír! a mí me parecía todo aquello muy embrollado, enigmas sobre enigmas... una cosa sí: ¡nos habíamos librado de nuestros Mauser! ¡que hicieran mermelada con ellos! ¡a su salud! ¿todos aquellos manejos por nosotros?... ¡llega un momento en que todo puede ser!... veinte años después todavía me pregunto... ¡y el lugar ni siquiera existe ya! en fin, con ese nombre... ni las personas... los Von Leiden... su quinta, su

---

* En español en el original.

granja... he preguntado a muchas personas... alemanes del Este...
a otros del Oeste... ¿Zornhof?... no saben... *nix!*... ¿si está ocupado?... me ha parecido, ciertos indicios, por polacos... ¡en absoluto seguro!... en todo caso, una cosa, precisa, ya es hora de
que retoquen los mapas, honradamente... como los que teníamos en la escuela... no tanto del polo norte al polo sur, que ya
no encierran secreto alguno, «cartografiados» hasta los menores
detalles, más frecuentados que los «Pas-Perdus»... sino de Europa, tan cercana, de la que ya no sabemos nada... con todo lo que
ocurre en ella... *nix!*

★ ★ ★

Pasó un día... y luego otro... me dije: más vale ir a ver a los conocidos... ¡seguro que se está cociendo algo! los seres humanos
no se quedan así con una emoción... tienen que pasar como por
una enfermedad... evolución, ataque, etcétera... ¿que no vas a
ver?... te cuelgan en efigie... y después te cogen y te empalan de
verdad, la Ley está de su parte... mas vale ir a saludarlos, para hacerte una idea... conque, ¡nuestro paseo habitual!... el *Tanzhalle*,
la tienda de comestibles, las ocas... las mismas charcas, naturalmente, las mismas chozas, los mismos movimientos de visillos, los
mismos «cuac»... allí, en el aserradero, el sargento manco volvió
a decirnos todo lo que sabía de la granja, de los criados, de los
prisioneros y lo demás... ¡y los Leiden! ¡los peores canallas de todos! ¡que todavía se creían aristócratas! ¡aquellos desechos!... ¡aquel
lisiado chocho! ¡como para morirse de risa!... ¡*bum! ¡prum!*... ¡el
Diésel!... ¡se lo tenían creído!... y se permitían insultarlo, ¡a él!...
lo tachaban de cobarde y vago, que debería subir otra vez allí
arriba, no mañana, ¡enseguida! ¡a detener las «fortalezas»!

«¡Asquerosos!... ¡yo los llevaré! ¡sí!... ¡los haré valsar sobre
Berlín!... ¡a todos!»

El sargento de cocina ya no se molestaba en aprobar... cien
veces había oído al amigo furioso contra aquellos marranos de

Leiden... a él sólo le interesaba su Diésel, que no disminuyera el ritmo, que la sierra funcionase, que hiciera bien su *ezzz atroz*... el fono también al mismo tiempo... *Horst Wessel Lied*... y en los intervalos «Dios es mi escudo»... me parecía que fuera ni aun aguzando el oído podrían oír gran cosa, quiero decir las palabras, sólo el fonógrafo, la sierra y el *¡pum! ¡pum!*... aun así, grité, era importante, me habría gustado saber...

«¿Habéis visto a la Tulff-Tcheppe?»

¡No!... hacía ocho días que se había marchado... creían... no estaban seguros... ella, que nos acosaba tanto, que la escucháramos, que le respondiésemos y le rectificáramos su francés... ¡las palizas que nos había dado!... ¡y el bazar de la Caridad y la Revista en Longchamp! y sus viajes a Montecarlo... de repente, ¡evaporada!... ¡se acabaron el Presidente, el Elíseo, las plataformas móviles! ¡lo que había habido que jurar que hablaba el francés a la perfección!... ¡mejor, mucho mejor que nosotros!... no se separaba de nosotros... ni en la granja... en el paseo a pie, en coche... ¡de repente! *¡blof!*... ¡esfumada!... ¡desaparecida la condesa!... no había dicho: ¡adiós!... Lili la había divisado, le parecía, hacia los álamos... ellos debían de saber, aquellos dos descreídos... el *bibel*-cocinero y sobre todo el otro... volví a hacer mi pregunta a gritos... ¡oh, naturalmente!... ¡naturalmente!... ¡no habían podido oírme! ¡el Diésel!... ¡Diésel!... *¡prum!*

«¡Pues, ¡claro!... pues, ¡claro!... ¡está aquí! *¡prum!*... pero, ¡no puede hablar con vosotros!... ¡prohibido!... ¡las personas procedentes del Este ya no pueden hablar con nadie!

—¿Entonces?... ¿qué?...

—¡Debe permanecer en la granja!... jalar, beber, roncar, ¡nada más!... ¡prohibidas las relaciones!»

¡Joder!... ¡como quisieran! ¡podíamos resignarnos! ¡ya habría quienes hablaran!... la otra en su torre, María Teresa, la heredera, la propia hermana del viejo del látigo que se había marchado a caballo a la guerra, ¿recordáis?... ¡ésa todavía muy parlanchina!... por lo menos con Lili, incluso amiga de verdad...

había trasladado todo, mandado que lo cambiaran de sitio, sus muebles, su cama, para que su piso de la torre, la otra ala, no fuera sino un inmenso estudio... tocaba horas seguidas para Lili, para que ésta le creara danzas... la biblioteca del hermano, la puerta contigua, era tan rica en partituras, sinfonías, fugas, adagios, ballets, casi inéditos, representados sólo una vez en Berlín, La Haya, de autores casi desconocidos, de las pequeñas cortes alemanas, que podrían pasar meses, años, trabajando en ellos... cosa que encantaba a las dos... habrían tenido tiempo de sobra de ver pasar las hordas del Este... Oeste... Sur... a través de las llanuras... el horizonte... ir... volver... eslovenos... tártaros... kurdos... saquear... con tanques... con caballitos de cartón... en carretas... carretillas... ¡y hala!... ¡a otras!... ¡razas y legiones!... habrían podido mirarlo todo desde allí arriba, ¡desde su casa! en fin, ¡desde la casa de María Teresa!... por sus ventanales... se divisaba hasta mucho más lejos... más lejos que los surcos, el horizonte... el cielo y más... debo decir, para vergüenza mía, y después de mil complicaciones, tenía cierto hechizo mirar aquellas extensiones, aquellas tierras ocres, un encanto... como para pasar horas... hay que ser rico y estar tranquilo para ocuparse del horizonte... acosado, ¡seis metros cuadrados delante de ti es de lo que te piden que te ocupes! ¡como máximo!

¡No volveríamos a hablar con la condesa! ¡bien!... ¡desde luego!... pero, ¿de dónde procedía esa prohibición?... habría sido divertido saberlo... ¿orden de quién?... ¿Berlín?... ¿Moorsburg?... ¿el *Landrat*?... ¿Isis tal vez?... ¿la rabia porque yo no había traído nada?... Wohlmuth el *Apotheke* me había parecido esperar que yo le pidiera esto... lo otro... pero, ¿tal vez otra razón?... ¿que la cosa iba de mal en peor desde que él ya no tenía la escopeta? Léonard, Joseph, debían de estar al corriente... ellos, desde la pocilga, sabían todo, lo que iba bien, lo que no, por las criadas... llegaban a hablar ruso con las chachas... el mejor aspecto de las lenguas extranjeras: los chismes de la mala leche... el «muro de las lenguas» deja de existir... la farfulla cargada de odio se hace entender...

cuenta lo que quiere, nos entrega todos los secretos y demás... declinaciones, tiempos, patatín...

¿Habría venido el *Landrat* en persona? ¡ésa era la cuestión!... que la tía nos informara, pero que no nos agobiase... ¡una vez más! con el Baile de la Ópera, las calesas y Sarah Bernhardt...

En primer lugar, ¿cómo llegar hasta ella?... ¿la purí prohibida?... podíamos preguntar en la cocina... fuimos... el Diésel seguía tronando... tan fuerte, que, qué más daba, no dijimos nada... demasiado cansados, ¡de vuelta!... por la carretera... las vecinas iban a vernos... ¡qué más daba!... de todas formas, ¡más corto que por los senderos!... efectivamente, el establo... el gran patio... daba la impresión de que nos esperaban... al instante hice la pregunta...

«¿Ha venido el *Landrat*?

—¡Seguro! ¡seguro! y ¡volverá!... ¡os jode!

«»¡La mentalidad de aquellos señores!... ellos también tenían que hacer una pregunta...

«Bueno, ¿qué?... ¿los revólveres?...

¡Sí!... ¡sí!... ¡ya está!...»

¡Que creyeran lo qué quisiesen!

«¿En el armario?

—Pues, ¡claro!... pues, ¡claro!

—¡Hay otras cosas en el armario! ¿eh?... ¡lo sabemos!

—¡Qué potra tenéis!... ¡a ver! ¿qué hay?

—¡Buscad!... ¡ya lo encontraréis!

—¡Hay hilo de coser!

—¡Hilo!... ¡hilo!... ¡y morapio!

—¡Nosotros no bebemos!

—¡Hombre, mayor razón entonces!... ¡para acá!... ¡tenemos sed!

—¿De verdad?

—¡Tiene de todo, Harras! ¡no sólo cigarrillos!... ¡piña! ¡latas así!»

Me mostró...

«¡Para acá!... ¡ya lo encontraréis! ¡anís también!... ¡y coñac!... ¡cestas enteras!... no arriesgáis nada, ¡no va a volver!»

Estaban seguros...

¡Que sí!... ¡que sí!...

—¡No es fácil!

—¡Que sí!... ¡que sí!... ¡muy fácil!... vamos a deciros algo que
sí es delicado... ¡y mucho!»

¡Conque me iban a informar!... y querían recompensa... oh,
de Léonard recelaba yo... a Joseph todavía podías verlo, mirarlo
de través, pero aun así... mientras que Léonard, ése te daba siempre la espalda... clavaba la vista en el fondo del establo... la obscuridad... podéis figuraros, en su condición de prisioneros-traba-
jadores, y con toda seguridad «resistentes» del lugar, ¡no eran
dados a las confidencias!... ¡sobre todo con nosotros!... bueno, a
ver, ¿qué querían decirnos?

«Traed el morapio, ¡y lo sabréis!... lo importante, ¡que no es-
téis ahí!»

¡Qué lío otra vez!

«¡Volved mañana!... ¡con lo que necesitamos!...

¿Qué?

—¡De todo!... ¡lo encontraréis!... ¡al fondo a la izquierda!... el
doble fondo... ¡empujad fuerte!»

¡Pues no estaban informados ni nada!... ¡y qué prisas nos
metían!... ¿señal de que volvía Harras? ¿u otra cosa?

Veo aquí nuestros perros, Dios sabe si los tratamos con cariño,
aun así siempre están inquietos, siempre están preguntándose lo
que vamos a hacer... también nosotros allí arriba, lo mismo... aquí
también nuestros viejos perros... y el otro allí, en Argentina...*

★ ★ ★

La Vigue hablaba solo «¿eh? ¡fíjate!... ¿eh? ¡fíjate!...» la impresión...
ya no dormía nunca abajo, al final del pasillo, ya sólo quería dormir allí, en nuestro jergón... su pasillo era bastante peligroso...
desde que Yago ya no estaba allí, las ratas hacían lo que querían,

* El otro: Le Vigan.

347

fundaban familias, se peleaban, llevaban patos, los devoraban vivos... hasta su cuchitril estaba imposible... aquellos audaces roedores se le habían llevado dos toallas y un pantalón... en cuanto a a lavarse, todos los cubos estaban en la granja... Lili todavía podía allí arriba, donde María Teresa...

Allí, somnoliento en el jergón, no se podía decir que supiera lo que decía... La Vigue... encendí una cerilla para verle los ojos... abiertos estaban, fijos... ningún movimiento de los párpados... repetía, nada más, «¿eh? ¡fíjate!» no salía de ahí... dormía sin cerrar los ojos... ¡muy bien!... a mí también me habría gustado dormir como él, como un sonámbulo... yo cerraba bien los ojos, pero daba vueltas a las cosas, volvía a verlas, me hacían reír... mucho... clasificaba... no dormía... aquí os cuento un poquito... me guardo el conjunto para mí... ellos, los mundanos, la diferencia, no paran de hablar, no se guardan nada para sí, sólo algunos crímenes, envenenamientos, que, no pueden, la verdad, confesar... salvo bien protegidos por la prescripción... pero es que, ¿a quién le interesa?... mundanos a la mesa, en el salón, no paran de hablar, están en escena... ¡hasta en la cama!... la verdad es que sólo se muestran sencillos en los WC... y un poco en el momento del estertor...

Hablo solo, lo confieso, como La Vigue... sé que murmuro, estoy acostumbrado... desde luego, soy aficionado a las bromas... ahora, estoy farfullando, «cómic, cómic» dirá Roger... ¡que no! ¡que no! ¡la edad!... ahora, como podéis imaginar, no dejan de acusarle a uno... ¡vendido por aquí!... ¡vendido por allá!... ¡traidor!... ¡sátiro!... ¡falsario!... pensándolo bien, con calma, todos los demás me parecen más locos que yo... ¡mil pruebas!... eso sí, dormir, ¡duermen!... ¡mi tormento, mi parrilla!... la felicidad, la desgracia de los seres, es dormir, más, menos... él allí, los ojos del todo abiertos, dormía... encendí otra cerilla... ni siquiera pestañeó... se la traía floja... «¿eh? ¡fíjate!... ¿eh? ¡fíjate!...» lo único que mascullaba... a mí me parecía que era el fin, la verdad... ¿escapar?... pero, ¿por dónde?... ¿hacia dónde?... ya os he hablado de Dina-

marca, allí arriba... ¡no a un paso! ¡no precisamente cerca, Dinamarca! ¿cuántos kilómetros? y embarcar, ¿dónde? ¿Warnemünde?... ¿Rostock?... en época de paz... pero, ¿entonces? ¡no iba a
ir a preguntar los horarios!... Rostock... ¿Rostock de entonces?...
naturalmente, ni una palabra a La Vigue... ni a Lili... ya lo verían...

★ ★ ★

¿El horario de los trenes?... ¡ridículo!... en primer lugar, ¿qué estación? ¿y los barcos?... ¿de dónde los barcos?... no nos veía yendo a preguntar... ¿a quién?... ¿volver expresamente a Moorsburg?...
la carretera plácida... tal vez ya no existieran los trenes... con las
bombas que oíamos, ¡no debían de salir con frecuencia!... Rostock, recordaba yo, la ciudad... pero ahora, ¿en qué estado?... quizá no fuese sino un cráter... podría preguntar al manco, él debía
de saber, creo que era de por allí... siempre estaba hablando de
Heinkel... los motores... a ver, reuní mis recuerdos... había viajado lo mío para la SDN... había ido a menudo a Dinamarca... Berlín... era por Rostock... pero, ¿Rostock?... La Vigue roncaba... con
los ojos entornados... susurré a Lili...
«¿No hemos traído un mapa?
—No... no... creo que no... un mapa, ¿de dónde?
—Nada...»
No iba a ponerme a hablar...
«¡Duerme!»
Yo pensaba sólo en todos aquellos detalles... Rostock, las fá-
bricas... el manco no siempre decía gilipolleces, podías hacerle
hablar un poco de otros temas que no fueran el de los infames
Von Leiden... me parecía... tenía momentos de lucidez... si el
Diesel no tronaba demasiado, y no demasiados «objetores» alre-
dedor, puede que le sacara una... dos palabritas... sobre el enigma
Rostock-Warnemünde... hacía ya mucho que yo había cogido
aquel *ferry,* mitad madera, mitad hierro... mitad diligencia, mitad
submarino... el sargento manco debía de saber... yo dormía un

poco, pero, aun así, estaba al acecho... tenía motivo... por la tronera ahí, un amanecer...

«¡Arriba, La Vigue!»

¡Menos cuentos!... lo sacudí en su jergón, se sobresaltó, se levantó, me siguió... era temprano, ¡muy bien! ¡era necesario! hale, abajo, ¡rápido! al peristilo, ¡y a la carretera!... las vecinas nos vieron pasar... no dormían, aquellas bichos... movían los visillos... las ocas, dos bandadas de ocas vinieron a vernos... ¡*cuac!* ¡*cuac!*... la iglesia enseguida... y a dos pasos, el *Tanzhalle*... su Diésel seguía funcionando... el manco estaba afeitándose, lo sorprendimos... «¡chsss! ¡chsss!» le dije... me hizo señas: ¡el cocinero había salido!... ¡bien!... entonces, ¡rápido!

«¿Sigue funcionando el tren? ¿el de Rostock?

—¡Tres días a la semana!»

Por fin, ¡uno que sabía!

«¿De dónde?

—¡Moorsburg, Rostock!»

Bien, ¡estupendo!... le expliqué...

«Quería saberlo por mi mujer... quiere ver el mar... no conoce el Báltico... aquí, La Vigue, ¡tampoco!...

—¡Oh, *perfekt!* ¡perfectamente! ¡buena idea!»

¡Le pareció!... ¡gracias! ¡gracias!... nos dimos la mano y nos fuimos... La Vigue se preguntaba...

«¿Qué te interesa de Rostock?...

—¡Ya lo verás, ninchi!... pero, ¡cállate!...

—¿Tu idea es el Báltico?

—¡Oh, es una de mis ideas!

—¡La de ideas que tienes!

—¡Y que lo digas!»

Y volvimos a tomar la carretera... las vecinas estaban en las puertas... las ocas estaban ocupadas con el fondo de las charcas, habían dejado de lanzar sus «cuacs»... ¡la quinta!... ¡ya estábamos!... ¡no habíamos tardado!... Lili me preguntó qué habíamos traído...

«¡Nada! pero, ¡tú puedes buscarme una cosa!...»

Estaba dispuesta, pero tenía que decirle qué... yo no quería hablar delante de La Vigue, ¡que farfullaba en sueños! la jorobadita llamó a la puerta...

«*Mahlzeit frühe!*»

¡Venía a decirnos que nuestro *mahlzeit* iba a estar enseguida!...

«¡Bien! ¡bien! ¡ya vamos!»

¿Qué hora podía ser?... ¿su reunión tan temprano?... la sopa de agua tibia... desde luego algo... ¿un aviso?... ¿que nos veían demasiado en Zornhof?... ¿La Vigue, Lili, yo?... ¿una queja de los *bibel*?.... ¿de las vecinas?... ¿que debíamos quedarnos en la quinta? ¿no salir más? pero, ¿no serían noticias de Harras?... podíamos imaginar cualquier cosa... el perro es así, lo que le van a hacer, está inquieto, puede imaginar cualquier cosa... ¡vaya, me olvidaba los cigarrillos!... ¡no había tiempo de ir al armario!... nuestra escalera, la bajada, ¡y ya estábamos!... el comedor... todo el mundo estaba ya a la mesa... ¿entonces?... heil! heil!... el *Führer* seguía en la pared, su enorme cuadro... una cosa, a ambos lados, los dolmanes de los hijos Kretzer, colgados del cuadro... despedazados, agujereados... una idea de la madre... nada que objetar... no... pero extraño... Kracht estaba allí, a la mesa... ya no se parecía tanto al *Führer*... se estaba dejando crecer el bigote... ya no los tres pelos, justo una mosca, ¡no!... una espesa mata... se agitaba en la silla... impaciente, ¿por qué?... ¿porque acabáramos la sopa?... ¡a servir el bodrio!... un cucharón... otro... el festín... dos bolitas de miga con agua tibia... y tal vez una cucharada de arroz... Frau Kretzer bromeaba y se desternillaba de risa, yo no comprendía todo, hablaba demasiado deprisa... ¡se trataba de nosotros! ¡otra vez de nosotros!... ¿lo que nos estaban preparando?... presté mucha atención... ¡no!... no era de nosotros... a las secretarias se dirigía... contables, mecanógrafas... oh, qué gracioso era lo que contaba... como para troncharse... ¡unas carcajadas!... ¡la hiena lo pasaba pipa!... ¡un zoo!... ¿de qué se reiría?... toda la mesa... estenógrafos, contables, con los ojos clavados en el plato... Kracht daba golpe-

citos en su plato... podría haberle dicho que se callara... ¡no!...
estábamos acostumbrados a aquella risa... a sus ataques... pero
aquella vez era muy fuerte, crispaba más de lo habitual... más potente que los estallidos de bombas que sacudían los ecos y los
cristales... debía de oírse a nuestra Kretzer a través del parque...
¡oh, eso le importaba un pimiento!... su marido le hacía señas...
le daba codazos... a ella le importaba tres cojones... ¡tenía un ataque y se acabó!... ¡y valía la pena! ¡una noticia! ¡excelente! «¡Orden de la *Kommandantur*!»... ¡los gitanos iban a ofrecernos un
espectáculo!... ¡e íbamos a ir todos!... ¡función de canto y de danzas, en el *Tanzhalle*!... organización oficial... «la Fuerza por la
Alegría»... para elevar la moral... habían descubierto que la nuestra bajaba... ¡se ocupaban de todo en la Cancillería!... en fin, ¡era
lo que nuestra Kretzer afirmaba!... ¡y ella conocía los detalles!...
todos los gitanos con faralaes, ¿y las mujeres con vestidos de volantes!... ¡danzas de su tierra! ¡todo para distraernos!... ¡elevarnos
la moral!... ¡panderetas, castañuelas, guitarras!... Frau Kretzer los
imitó para nosotros, nos mostró... ya nadie se atrevía a mirarla...
me parecía que al final iba a perder el conocimiento... ya le había
ocurrido dos veces, epileptoide... todos aquellos, secretarios, contables, eran veteranos heridos, no tenían nada que temer, sabían
a qué atenerse, pero, aun así, desconfiaban de Kracht... que se pu-
siera a insultar al *Führer* bajo su propio retrato... que volviese a
las andadas... que pareciera que ellos se reían, aquello podía acabar muy mal... ¡oh! pero, ¡ella no tenía en cuenta nada! ¡quería
contárnoslo todo!... ¡de nada servía que su marido le diera codazos!... en el *Tanzhalle* iba a celebrarse, yo había visto el escenario,
bastante pequeño y muy atestado, lo despejarían... los gitanos iban
a cantar a seis voces, sus mujeres, las que arreglaban las sillas de
mimbre, iban a bailar... programa fandango... también iba a haber
acrobacia, chicos y chicas... y después, en sesión especial, al final,
la «buena ventura»... por las cartas, los posos del café y la bola de
cristal... ¡y tal vez un búho!... ya nos lo habían dicho arriba, en
nuestro cuarto, el porvenir... y bien siniestro, cárcel... la verdad es

que a nadie, de los de la mesa, le parecía demasiado divertido aquel programa «fuerza por la alegría»... con todo lo oficial que era... ¡la Kretzer era la única que se desternillaba!... ¡cada vez más fuerte!... que su silla hacía temblar la mesa... que todos los vasos se chocaban, sonaban... ¡y fue y dio un salto! ¡un brinco!... ¡hasta debajo del retrato! ¡bajo Adolf!... arrancó los dos dolmanes de sus hijos, los descolgó al tiempo que gritaba «*festspiel! festspiel!*»... os lo traduzco: ¡la fiesta!... ¡la fiesta!... y se desplomó... ya lo sospechaba yo... ya la había yo visto así... rígida... tras el ataque... con los dos dolmanes en los brazos... la habían subido a su habitación... había permanecido semanas en ella presa como de una letargia... ¿es que iba a volver a empezar?... pero aquella vez nadie se movió, se quedaron como estaban... ni siquiera la miraban, ahí tendida bajo el retrato de Adolf... pero bien lo vio ella, ¡que les importaba tres cojones!... ¡huy, madre!... ¡entonces! ¡fue y se puso a dar fuertes taconazos en el entarimado! ¡con los dos tacones!... ¡y *ptam*!... ¡y *ptaf*! ¡ah! ¿conque nos la traía floja?... ¡ah! ¿conque nos burlábamos de ella? ya habíamos vibrado lo nuestro con el entarimado y las paredes, la repercusión de las bombas... ¡y encima ella! ¡*ptam*! ¡*ptaf*! fue y se alzó las faldas para golpear mejor, ¡más fuerte! ¡poder levantar las piernas más arriba!... ¡*brang*! ¡*brang*!... ¡hundir el entarimado!... la falda se le desgarró, ¡se abrió de arriba abajo! ¡*rzzz*!... ¡del todo al desnudo las piernas!... ¡la cólera entonces!... se largó con las dos túnicas bajo los brazos... por la puerta del fondo... nadie se movió... ¡oh! pero, ¡regresó al instante!... ¡no había acabado!... ¡a nosotros sobre todo tenía algo que decir!... «*sie! sie! franzosen!*» ¡asesinos de sus hijos!... ¡no se me había ocurrido!... a fin de cuentas, ¿a quién no he matado yo?... ¡sus hijos queridos!... ¡Hans!... ¡Kurt!... ¡sí, nosotros tres! ¡y nuestro gato!... ¡nosotros ladrones, traidores, saboteadores! ¡todo eso éramos! ¡absolutamente!... ¡y asesinos! ¡y de sus dos hijos! de todas formas, ¡anda que no he asesinado yo ni nada!... en Francia, en Alemania, ¡en todas partes!... Bougrat es un simple aprendiz, Petiot un manta, Landrú un aprendiz en el arte de cargarse purís... mientras que nosotros tres, ¡menudo! no sólo asesinos de los dos hijos, ¡responsables de todos los crímenes! ciudades despachurradas... y ferrocarriles... ¡de todas las desgracias de Alemania!... como los que subieron a mi casa, Rue Girardon, a robármelo todo, hacerse pipí y lo demás, treparon con la intención de colgarme de mi balcón, mostrarme a todo París, el más horrible de los «antiFrancia», el más abyecto de los que reciben sobres, vendedores de la línea Maginot... de aquí, de allá, llega un momento en que todos te ven igual: el culpable de todo... hay un *quid pro quo...* te extrañas un poco, te preguntas quién es el que dice gilipolleces... y después te acostumbras... ¡qué remedio! ¿culpable de todo?... ¡de acuerdo!... ¡entendido! estarán en Courbevoie los kirguises y todavía habrá quien brame bajo cien miriatoneladas de escombros, bajo veinticinco metros de aguas residuales, siguiendo la batuta de Petzareff: ¡él es! ¡él es sin duda alguna! es necesario alguien, ¡eres tú!... allí arriba, en Zornhof, en la Prusia en guerra, que aquella loca me acusara de todo no era de extrañar... más el dolor de sus dos hijos... pero ahora, veinticinco años después, y en mi propia familia es un poco más gracioso... ¡y no de crímenes pequeños me acusan!... «¡asesino de mi madre!»... si dijera: ¡no! ¡la que se armaría!... yo sé lo que hay detrás... robaron todo en casa de mi madre... ¡muy seguros de sí mismos! «¡nunca volverá!»... igual con mis muebles en Montmartre, ¡ nunca que vaya a reclamarlos! ¡menudos cates me darán! ¡la ley del hampa!... ¡y de parte de los cuatro Comendadores!... ¡ladrones y encargados de mudanzas! «¡adelante, con el encarne!... vamos, malditos fracasados, ¡poneos las botas!... ¡que nunca volverá!... ¡robadle todo, inútiles! ¡al asalto!... ¡ánimo! ¡capullos! ¡no se notará!... ¡no se sabrá! ¡no va a volver nunca!» allí arriba, en Zornhof, sospechaba un poco, pero ahora ya lo tengo claro... Frau Kretzer, sus ataques de hiena, ¡la que estaba en lo cierto!... todo el porvenir, y aún no ha acabado, ¡el encarne!... al mismo tiempo, ¡nos sacaba la lengua!... ¡así de larga!... ¡y un palmo de narices!... ¡ah, estaba demasiado graciosa...

ante eso ninguno de la mesa pudo aguantarse, ¡se echaron a reír! ¡como hienas!... ¡como ella! ¡y el marido!... ¡ya nadie la tomaba en serio!... ¡Kracht, sí!... ¡no quería saber nada con ella! ¡quería que saliera! *raus!... raus!* en la puerta volvió a hacernos su ruido de vaca al cagar... bien pastoso, bien pesado... *raus! raus!* ¡basta ya!... Kracht fue hasta allí... el marido también... volvieron a cerrar con llave... ella volvió a hacer el ruido tras la puerta, vaca cagando... ¡braúm!... ¡bloaaf!... ¡no! ¡no!... ¡no era ella!... ¡no!... ¡no era eso! ¡venía de fuera!... ¡del aire!... y sobre todo de las paredes... tenían hipo, me parecía... carretadas de bombas explotaban allá... desde luego, estaban haciendo progresos en el género «que no quede nada»... ¡pecadillos lo nuestro!... ¡nuestras historias! debo reconocerlo, no lo he dicho, en nuestra torre, y bajo el montón de paja, cada noche que pasaba, se oía, vibraba cada vez más...

Entonces la Kretzer había acabado, había salido, esperamos... nuestro Kracht iba a comentar... ¿no?... se quedó sentado, tan campante... ¡sí, tosiqueó!... ¡ah! a ver, ¿qué?

«*Hysterisch!... hysterisch!*»

Lo único que le parecía... que estaba *hysterisch*... bueno, ¿y qué?... ¡ya lo sabíamos!... ¡ah, tenía que decir algo más!

«¡Quiero comunicarles, señoras y señores, que no se va a celebrar la fiesta!... ¡Orden del *Landrat!* lo que va a celebrarse, y mañana por la mañana, gran excursión, salida de aquí delante del peristilo... a las siete... ¡conmigo y toda la *Dienstelle!* ¡Orden del *Landrat!* ¿está de acuerdo todo el mundo?»

Preguntó...

«*Ja!... ja!... ja!*»

Secretarios, contables, mecanógrafas y nosotros también, nosotros tres...

«¡No habrá fiesta de los gitanos!... ¿tal vez más adelante?... pero mañana, ¡la gran excursión! y con los *bibelforscher* y los gitanos manos a la obra: ¡recogida de mimbres!... ¡Orden del *Landrat!*

—*Ja!... ja!... ja!*»

¡Íbamos a ir a llanura traviesa!... ¡qué placer!... ¡a buscar los mimbres!... a las siete ya era bastante de día...

Nos mostró su Orden... exacto... firmado: *Simmer... Landrat... Moorsburg...* tampón...

«¿Qué vamos a hacer en la llanura?»

Pregunté bajito a la jorobada a mi lado... tanta gente, toda la *Dienstelle* a llanura traviesa para podar tres... ¡cuatro hoyos con agua!... ¿los mimbres alrededor?...

«¡Vamos, doctor! ¡ya lo verá!»

¿Se trataría de buscar... tal vez... al *Rittmeister?*... lo habían visto por allí... iba a ir con nosotros un guardia...

«¿Hacia dónde?»

Preguntó La Vigue.

«¡Hacia Kyritz!»

Kracht se acercó... ya que queríamos saberlo todo, se sacó un mapa del bolsillo... lo desplegó... ¡qué superficie! ¡para viajar de lo lindo!... todo el norte de Brandeburgo, toda nuestra llanura... descubrí Kyritz al Este... un mapa de lo más interesante... nunca habría imaginado que aquella llanura fuera tan rica en estanques... lagunas... arroyos... y no en la superficie... en el fondo de toda clase de cavidades... grietas... no te figurabas, ni siquiera desde muy alto, desde la torre de María Teresa, todo lo que escondía aquella llanura ocre... arroyos... lagos... ¿cavidades naturales u obras de ingeniería?... ¿estaría dentro el *Rittmeister?*... ¿caído en un hoyo con su Bleuette?... ¿o en una trampa?... estaba el mimbre, la recogida, de acuerdo, pero, ¡otros motivos!... debían de haber colocado las trampas en determinados lugares... seguro que habían pensado en eso... pensaban en casi todo...

Por cierto, Flandes es así... todo lleno de caminos hundidos...

Pero, bueno, ¡adonde voy a perderos otra vez! ¡basta!... ¡basta!... ¡no voy a hablaros de la guerra del 14!

★ ★ ★

¿El *Rittmeister* hacia Kyritz?... ¡poco a poco!... ¡lejos, Kyritz!... ¡sería como para perdernos nosotros también!... sobre todo en una llanura como la del mapa llena de grietas y senderos, con los extremos en pistas y revueltas... hacia el Norte y luego el Oeste... retorciéndose, volviendo hacia otras llanuras... en aquel mapa, dos... tres aldeas como la nuestra, por aquí... por allá... ¿tres?... ¡diez!... ¿serían aldeas de cartón para burlar a las «fortalezas»?... yo sabía que habían construido de ésas... hacia el Este sobre todo... de lona... e incluso iglesias... pero quizá ya no existiera nada de todo aquello... nosotros allí, en Zornhof, ¡desde luego que existíamos! ¡no había que gritarlo demasiado fuerte!... media bomba, ¡y se acabó!... ¡evaporados!... ¡quinta, retrato del Führer, la granja, los Kretzer y nosotros! ¡nos iríamos a tomar por culo! respecto de aquella excursión, el riesgo que yo veía era que al volver de buscar a campo traviesa todo hubiese desaparecido, que no encontráramos nada... os digo: ¡no una bomba!... ¡una granada!... ¡con las chozas todo ardería!... la granja, la quinta, los silos, la sopa y el gran retrato... no nos preguntaban nuestra opinión... íbamos a salir con un guardia... ¡nada que objetar!... paseo vigilado... algo para reflexionar un poco... toda la noche reflexionamos...

La llanura hasta las nubes... había partido hacia el Oeste, decían... ¡en absoluto!... nosotros lo habíamos visto... ¡Sudeste!... ¡hacia Kyritz, no!... ¡en absoluto!... montado en su Bleuette... ¿se habría perdido?... a pesar de sus mapas y su brújula... ¿habría confundido Kyritz con Berlín?... iba a repeler a los rusos, lo había jurado, ¿estarían los rusos en Kyritz?... ésa era otra hipótesis... íbamos a ver, con el guardia... a lo mejor nos hacían prisioneros a todos... eso de explorar la llanura en busca del *Rittmeister*, que a lo mejor no nos reconocería, que podía tomarnos por tártaros, si nos veía... ¡cargaría contra nosotros! él, que estaba bastante trastornado!... sobre todo desde que Yago había muerto... ¿cosa de un día, de un solo ataque, repeler a los eslavos, volver a tomar Berlín?... ¡ya veríamos!... Kracht parecía saber... si sabía, ¡no nos

necesitaba!... que fuera solo... pero no se podía discutir, ¡no estábamos sólo nosotros tres!... estaban también los *bibelforscher* y los
gitanos del carromato, todos los paletos de la aldea y los prisioneros, íbamos a ser por lo menos trescientos... a fuerza de imaginar
un poco y dar vueltas en el jergón y susurrarnos lo que pensábamos, acababa amaneciendo... en fin, casi... decidí: ¡es el momento!... Bébert en su bolso y una hogaza cada uno en el morral,
listos, no nos lavamos, bajamos... no me había equivocado yo demasiado, ya había veinte familias esperando a Kracht y al guardia... más todos los del carromato... ¡nos dimos los buenos días!
guten tag! y *heil!... heil!...* ¡a más no poder!... era un paseo como
otro cualquiera con cháchares y rebanadas de pan... ¡no!... no se
presenta con frecuencia la ocasión de ir tan lejos y en coro...
¿quién sería el guardia?... de Stettin, al parecer... por allí ya no les
quedaban guardias, tenían que mandar venir a uno de Stettin...
¡a más de doscientos kilómetros de distancia!... ¡debían de tener
muy poca confianza!... ¡no fuéramos a empezar a desaparecer
también, una vez en la llanura, hacia Sterlitz o el Infierno!... ¿todos poniendo pies en polvorosa? el guardia no iba a impedírnos-
lo, si queríamos... ¡oh, ahí lo teníamos!... ¡el guardia, *feldgendarme,*
y Kracht!... no sólo ellos, toda la aldea, todo el mundo, las chicas
de la granja, los trabajadores voluntarios, polacos y checos, y el
resto de los *bibel,* de punta en blanco, con sus monos más boni-
tos, a rayas, malva y rojo... eran por lo menos un centenar... fijaos
bien, aquel guardia de Stettin era apenas menos viejo que nuestro *Rittmeister,* tenía el mismo tembleque que él, en las dos manos, ¿sería también un «buscado»? ¿escapado de Stettin?... la manía de los viejos, ¡huir!... ¡fijaos en Tolstoi!... acabar en una estación,
¡en una cualquiera!... ¡fijaos ahora mismo en Jrutchov!... ¡acabar
en el *subway,* en una estación cualquiera!...* Eisenhower, que baja
de un avión y sube a otro!... ¡el propio Dulles!... los hay que se

---

* Fue en septiembre de 1959 cuando Jruschov, que estaba de visita oficial en los Estados Unidos, tomó el metro neoyorkino.

escapan de Nanterre y no saben ni por qué ni cómo, hacia dónde... ¡te los encuentras tirados en cualquier parte!...

Por cierto, que a mí mismo se me va el santo al Cielo... ¡la edad, claro!... De Gaulle va con motoristas armados hasta los dientes... no quieren que vaya a perderse en la estación de Toul o Lunéville... yo, tocante a inclinación a la fuga, yo diría: ¡estación d'Orsay!... ¡no Saint-Lago ni Austerlitz!... ¡ya volveremos a hablar de eso!... en aquel momento era justo cuando estaban llamando, nos agrupábamos delante del *feldgendarme*... ¡a sus órdenes!... ¡en formación de dos!... ¡un *bibelforscher* y un ama de casa!... ¡tantas parejas!... el guardia tenía su táctica... íbamos a avanzar cogidos de la mano, ¡y todos en fila! y después, nos avisaba... nos desplegaríamos... ¡a cinco metros unos de otros! perfecto, yo estaba de acuerdo, no tenía inconveniente, pero con mis bastones, iba a hacerles retrasarse a todos, ¡por fuerza!... ¡imaginaos, los surcos de tierra gredosa!... se lo indiqué... «*sicher! sicher!* ¡desde luego!»... estaba de acuerdo... era un guardia razonable... yo iba a ocupar la retaguardia con Lili y La Vigue... miraríamos por si se habían dejado algo... ¡convenido!... el desaparecido podía estar en un surco, tendido, roncando... de lo que se trataba era de mirar bien... ¡nosotros podíamos!... el guardia estaba de acuerdo... pero, surco a surco, ¡no nos veía yo llegar a Kyritz!... volvimos a mirar el mapa, ¡por lo menos sesenta kilómetros! no llegaríamos aquella misma noche, ni el día siguiente, ¡surco a surco!... no iba a ponerme a hacer reproches... ¡ejecución! aquel gendarme no tenía aspecto de mala persona, pero, ¡podía impacientarse!... ¡yo, con mis bastones!... ¡la llanura surco a surco!... ¡peinar la tierra labrada!... vi que a los otros no les apetecía nada eso de ir remolacha en remolacha... habrían preferido seguir por la carretera, ¡incluso por el macadam!... ¡nada de eso! ¡el gendarme se puso a dar gritos! ¡mal asunto! ¡discutieron!... ¡que nos íbamos a empantanar, que no íbamos a avanzar! «¡intentadlo!» decía él... los calorrós tenían que aprovechar el paseo para reabastecerse de su mercancía, mimbre... para reparar los cestos... ¿sí o no? cortar manojos de brotes en torno a los estanques... ¡tampoco seguro! ¡sólo «rumores»!... así, que se decidió lo siguiente: ¡se acabó lo de avanzar cogidos de la mano! ¡formación desplegada enseguida!... a unos cinco metros de distancia unos de otros... podíamos decir que teníamos un plan... nada iba a escapársenos, debíamos verlo todo de allí a Kyritz, ¡los menores pliegues!... la marcha convenida: ¡paso a paso!... ¡toda una hazaña ya el simple paso a paso en semejante cieno!... conque, ¡adelante!... hicimos por lo menos un kilómetro, así desplegados, en abanico... ¡ellos creían que era para allá Kyritz!... pedí a Kracht que volviese a mirar el mapa... ¡era desesperante, aquel mapa!... nosotros allí, aun siendo trescientos, y desplegados, no hacíamos nada, lo que se dice nada, en aquella extensión... como puntos perdidos... ¡aquel guardia era gilipollas!... en realidad, ganaba la greda, se te pegaba en terrones a cada pie, tan pesada que no podías más... era una hazaña, cada remolacha... cada agujero de barro... eso nos dejaba tiempo para mirar... vi que los «desplegados» eran sólo los truhanes de la finca, prisioneros rusos, criadas, gitanos, los *bibelforscher, y* nosotros tres... pero allí, ¡ni la Isis ni María Teresa ni la condesa Tulff–Tcheppc!... ¡ellas en casita!... ¡ni el Léonard, ni Joseph!... y, sin embargo, parecía la ocasión adecuada para la gente de la granja y del castillo, ¡todos eran hijos, hijas, sobrinos del *Rittmeister*!... todos tenían algo que ver con el viejo... ¡más que nosotros!... no acabaría uno de indignarse de todas las injusticias y favores y uno dando el callo siempre... ellos estaban exentos, ¡y se acabó!... el más indigno, el más apestoso, tiene que haber uno, eres tú, ¡ahí tienes!... ¡tú eres ése!...

En cuanto al despliegue, yo lo conocía bien... con el ala en punta y el centro... pero, ¡a caballo!... yo veía en la «escuela de tiro» Mourmelon, y algo después en Flandes, seriamente, las «baterías volantes» hasta los cubos de las ruedas... ni para avanzar ni para retroceder... ¡pese a que tiraban seis caballos nerviosos!... tenían que intervenir los de ingenieros, con palancas, tornos de mano, arrancarlos, servidores de arma, pencos, poleas... ¡esfuerzos

con los riñones de los caballos, de los hierros a más no poder!...
estaba todo hueco bajo los cañones, el suelo convertido en un
agujero... ¡y el ala en punta allá corriendo a todo meter!... ¡ta!
¡ga! ¡dam! ¡los cuatro escuadrones y la banda!... ¡taratá!... ¡ti! ¡tata!
¡ti!... ¡los caballos conocen bien la trompeta!... ¡tatá! ¡ti!
    Nosotros allí, no éramos el ala en punta, la cuestión era en-
contrar al pureta carcamal... ¡no lo imaginaba yo en un agujero!... había salido derecho hacia adelante, dirección Berlín, no
hacia el Oeste, a no ser un rodeo, ¿qué cojones iba a ir a hacer
a Kyritz?... quería repeler a los rusos no a los ingleses ni a los franceses... los rusos, ¡su manía!... ¡que lo comprara quien lo entendiese!... él también llevaba un gran mapa y una brújula, podía
orientarse perfectamente... pero aquellos dos, Kracht y nuestro
estratega guardia, parecían absolutamente seguros de que se había escondido en Kyritz... ¿informados por quién?... en fin, allá
íbamos... no deprisa, con mucho cuidado... primero de no en-
cenagamos... arrancarnos una pierna... otra... y de no dejar al
viejo entre dos remolachas... ¡podía ser!... ocho días que lo habíamos visto salir... hacía zigzags, melindres... vueltas y ejercicios
de equitación... ¿para nosotros tal vez? ¿para burlarnos?... pero
hacia Berlín, ¡eso seguro!...
    El guardia ordenó: *halt!* ¡todo el mundo!... ¿habrían divisado
algo?... ¡no!... ¡era una de las mujeres empantanada!... se pusieron
tres... cuatro... la sacaron, ¡y adelante!... *halt!* ¡otra vez!... ¿algo?...
un pequeño estanque. al parecer, en el extremo de nuestra fila...
a la derecha... un pequeño estanque rico, con grandes mimbreras
en los bordes... ¡hale, venga, los gitanos!... ¡que se movieran! ¡la
recogida!... nosotros esperaríamos... me parecía que íbamos a tardar por lo menos tres días en darnos cuenta de que habíamos
rastrillado la llanura para nada, ¡ni viejo imbécil ni Cristo que lo
fundó!... ¡ah, una idea del guripa!... ¡otra!... mientras los gitanos
cortaban sus ramas, enviar a cuatro *bibelforscher* muy adelante, ¡de
reconocimiento!... decía que veía humaredas, él, el estratega, allí,
hacia un bosquecillo, muy a la izquierda... ¡que se debía ir a ver!...

¡bien!... él era el único que veía humaredas... éramos trescientos
que no las veíamos... nos agrupamos para mirar mejor... ¡no!...
¡no!... ¡nada!... ¡aquel guardia había bebido!... por cierto, ¿y nuestros cuatro *bibelforscher*?.... esperamos que estuvieran bastante lejos... ¡sí!... ¡sí!... ¡ veían algo también!... hicieron señas... ¡veían
humaredas!... por consiguiente, ¡nosotros, los payasos! ¡el gendarme, no!... ¡nosotros, los cegatos!... y no lejos de Zornhof, cinco...
¡seis kilómetros!... nos pidió que hiciéramos un esfuerzo... ¡que
fuésemos!... ¡por entre las remolachas!... de eso, *nasti*... aun con
los bastones, yo no podía más... los otros, toda la fila, se desplo-
maron, *bibelforscher*, prisioneros, la tendera, en redondo... ¡no me
los imaginaba corriendo!... ni siquiera los de los chaquetones allá,
los del trasero a rayas malva y rojo... no es que se negaran, no tenían inconveniente, pero, ¿cómo?... entonces, ¡va el guardia y se
enfada! «¡golfos! ¡alcohólicos! bribones! ¡paracaidistas!» nos llamaba... «¡vagos! ¡asquerosos!»... ¡vaya si se levantaron!... ¡yo también!...
¡con mis bastones!... ¡una pata!... ¡aaaúpa! ¡otra!... ¡ya estaba!...
después de todo, ¡a lo mejor no había nada!... ¿la humareda de
una bomba vieja?... ¿o de una cabaña de cazadores furtivos?... en
fin, listos, salimos nos pusimos en marcha en hilera, cogidos de la
mano, su primera idea... seis calorrós delante... ¡táctica no faltaba!... no avanzábamos al azar... los veíamos allí trepar... también
nosotros treparíamos sin falta... sus traseros rojo malva, y los seis
gitanos... de repente, ¡se detuvieron! se asomaron... debía de ser
un hoyo... ¿hoyo de qué?... ¿agujero de bomba?... ¿carretera?...
¿túnel?... Kracht no creía que hubiera alguien... y, sin embargo,
permanecían por encima del hoyo, todos inclinados... miraban...
¡y nos hacían señas de que nos acercáramos!... ¡rápido! ¡gritaban!
«¡eh, Kracht!»... ahora no vacilaban, ¡veían algo!... Kracht no estaba seguro... ¡sí!... ¡sí!... me parecía a mí que, cuando estuviéramos al borde... no nos quedarían rodillas ¿un barranco?... oh, pero
no había sólo humo... ¡había berridos!... ¡y fuertes!... el fondo del
agujero estaba lleno de gente... me parecía un barranco... ya veríamos desde más cerca... ¡ya estaba!... ¡habíamos llegado!... no

sólo las rodillas, deshechas... todo el pantalón, lleno de rasgones...
¡y los codos!... habíamos hecho como «Garbancito», habíamos
sembrado nuestros jirones por la greda, lejos detrás de nosotros...
podrían encontrarnos fácilmente, por el rastro... el caso es que
allí estábamos, miramos también... eran muchos... era una grieta... ¿cuántos había allí, en el fondo?... nada de hombres, ¡todas
mujeres!... en torno a una fogata... ¡debían de haber traído la leña
de lejos!... no era una fogatita, ¡una auténtica hoguera!... habían
puesto algo a cocer, a pleno fuego... no era de extrañar que no
hubiésemos visto nada de lejos, aquella grieta era muy profunda,
con una charquita en el extremo... se habían establecido un campamento... estaban cocinando... más que nada estaban quemando
carne... ¡cómo olía!... ¡trozos enormes!... oh, pero yo conocía a
aquellas cocineras, me parecía... también ellas debían de cono-
cernos, nuestras jetas... nos miraron desde abajo... ¡enseguida los
insultos! «¡traidores! ¡espías! ¡maricones! ¡ladrones!»... os traduzco
aproximadamente, pero ése era el sentido... y al instante, les dio
un ataque, ¿tal vez porque las mirábamos?... ¡se pusieron a pegarse!... ¡no un poquito!... ¡a bastonazos!... cayeron todas sobre dos
de ellas... ¡y cómo gritaban esas dos! ¡motivo tenían!... ¡menudo
lo que estaban recibiendo! ¡menuda la que les estaban dando!
¡una salvajada!... ¡iban a matarlas!... ¡y *blang*!... ¡y *brang*!.. no sólo
con el bastón, ¡pies, puños, todo!... ¡por nosotros!... ¡las pobreci-
llas!... me pareció, ¡por nosotros!... en el fango del fondo... las dos
berreaban... ¡bestias a las que remataban!... ¡y chillaban dirigiéndo-
se hacia nosotros!... ¡desde el fango!... ¡del fondo!... ¡aquellas dos
a las que estaban vapuleando nos conocían!... ¡por nuestros nombres!... *hilfe! hilfe! Kracht! Kracht!*... oh, me pareció caer en la
cuenta... ¡comprendí!... ¡aquellas dos a las que estaban dando la paliza no eran mujeres!... ¡hombres eran!... ¡había que acercarse!...
¡pitando!... ¡el guardia no quería!... ¡era demasiado profundo!...
objetó... ¡sobre todo debía de creer que era una trampa!... era una
pendiente de greda muy resbaladiza... abajo las arpías y nada más...
Kracht iba armado, ¡podía arriesgarse!... *hilfe! hilfe!*... ¡yo no sa-

bía lo que estaban haciendo a las dos víctimas!... Kracht se lanzó, resbaló, rodó cuesta abajo... nosotros también... nos dejamos deslizar unos buenos veinte metros... como bultos de barro... volteretas... yo llegué antes que todos los demás, abajo, con mis bastones... Lili justo después de mí con su morral y Bébert... y después La Vigue y el *feldgendarme*... ¡nadie se había roto nada!... una pendiente agradable y blanda, como antiguamente el cerro de Saint-Vincent, ideal para los chavales... pero una cosa, miramos enseguida, la charca, la higuera y, encima, las piltrafas... ¡trozos enormes de piltrafa!... ¡cómo se quemaba y humeaba! allí, casi debajo, dos formas, dos jirones, en el barro... ¡las formas a las que estaban pegando la paliza!... yo no veía las cabezas... palpé... ¡ah, reconocí a uno!... todo el mundo lo reconoció... ¡vinieron todos a ver!... era el *Rittmeister*, ¡nuestro *Rittmeister*! ¡en persona!... ¿cómo había ido a parar allí? ¡no había salido en esa dirección ni mucho menos! ¡lo habíamos visto sobre su Bleuette! dirección Berlín... ¡Sur!... ¡no Este! ¡y no había duda de que era él!... ¡imposible equivocarse! ya no podía moverse, pero, ¡era él!... el otro tampoco podía moverse... le volvimos la cabeza... ¡para mirarlo!... nadie lo conocía... era un hombre... muy entrecano... le quitamos terrones de barro... también había recibido lo suyo... ¡menos mal que habíamos llegado!... estaba cubierto de llagas y fracturas, me pareció... chichones, cardenales... se puso a farfullar un poco... no podía articular, con la baba le salía mucha sangre, por la nariz, la boca, a grandes bocanadas... el *Rittmeister* hipaba... quería hablarnos... nos hacía señas...

«*Was? was?*... ¿qué hay?»

Entre dos eructos lo consiguió...

«*Revizor!... Revizor!*»

¡Lo que quería decirnos!... ¡quién era!... ¡comprendimos!... ¡el que había de venir!... ¡él!... entonces, ¿se habían encontrado?... así, a llanura traviesa... ¿o en Kyritz? mientras nos preguntábamos esto... lo otro... ¡las mujeres se escapaban!... estaban escalando la otra falda de enfrente... ¿quiénes eran? no las habíamos reconocido... ¡Kracht, sí!... ¡sí!... ¡sí! ¡en efecto!... ¡las prostitutas! ¡las que nos habían puesto verdes!... ¡las de Moorsburg!... ¡también ellas se habían escapado!... ¡hasta el moño de alcantarillas y cubos de basura!... ¡hasta las narices de las aceras! ¡no querían obedecer más!... habían dado una paliza a un cartero, el único que quedaba en Moorsburg, habían tirado todas las cartas a la alcantarilla... ya no querían en modo alguno cuidarse, ya no iban a las inyecciones... ¡motín total!

¡Brum!... ¡brang!... fijaos, en el fondo de aquella grieta retumbaba tanto como allí arriba, en la quinta o en la celda de La Vigue... para que os hagáis idea de lo sacudida que estaba aquella llanura... Norte, Sur y Oeste... ¡y de lo que recibía Berlín! no me imaginaba qué podía quedar... ¡ah, Pretorius!... ¡ah, nuestro «Zenith»!... hasta la Cancillería, el bunker del Führer debían de estar más planos que una torta, ¡día y noche así! ¡braúm!... hablamos de ésos, La Vigue, Lili... mientras hablábamos, todas aquellas del fondo, habían escapado, todas las feroces y cocineras... no nos habían esperado... yo las veía correr allá... ¡ahora les tocaba a ellas! ¡las modistillas!... ¡las sifilíticas rebeldes!... ¡lejos ya!... una que se había quedado rezagada... la única... «¡brutos! ¡brutos!»... gritaba... ¡a nosotros!... a propósito... «¡caracapullos!» el viento nos transmitía sus tonterías, a nosotros que, si no hubiéramos llegado, los remataban a los dos, ¡al Revizor y al otro!... ¡los habrían pasado por el brasero con las otras carnes!... por cierto, que aquellos dos tumbados en el barro estaban hechos una pena... yo veía que no iban a poder levantarse más... todavía hipaban... con retazos de frase hacían lo posible... comprendí que las prostitutas habían creído que las habían denunciado y que habían sido ellos, el conde y el Revizor, los que habían hecho venir al feldgendarme!... todavía con retazos de frases el comandante contó que se había extraviado a caballo... que en lugar de lanzarse hacia el Sur le había parecido mejor, mediante rodeos, sorprender al ejército ruso hacia Potsdam... ¡se había tropezado con las chavalas que acababan de escaparse!... habían plantado todo, lazareto, cubos de basura, cartero... el objetivo de las putas era el Oeste, ¡como fuera!... Hamburgo, Bélgica, el Rhin... el Oeste, donde se comía, según les habían dicho... no sabían demasiado, pero eso sí, ¡al cuerno el servicio de limpieza!... ¡y el lazareto y las inyecciones!... al vernos venir se habían imaginado de nuevo encerradas en barracas, entonces, ¡la cólera!... ¡y estando en plena comida! ¡aquellos enormes asados! ¡sobre la propia hoguera! ¡aquel humo que el guripa había visto! ¡que no había parado hasta que fuimos a ver!... ahora quería enterarse de todo, ¡para algo era *feldgendarme*!... ¿cómo los habían cogido?... ¿a los dos?... ¿al conde Von Leiden primero?... le costaba trabajo... hasta balbucear... lo sentamos... tampoco estaba cómodo, sentado... tenía frío, tiritaba, el otro también... pero menos... bueno, ¡a ver!... ¡la investigación! les habían pegado mucho, con mangos de pico... y mangos de pala, y marmitas... lo habían robado todo allí, en su campamento, todo lo necesario para acampar... pero era demasiado para llevarlo a cuestas por los surcos... demasiado material... allí no lo necesitaban... habían encontrado una grieta y una charca en el extremo... ¡un campamento ya hecho!... sólo faltaba encontrar ramas para el fuego... yo no había visto muchos árboles... debían de haberlos traído de lejos... ¿cuánto tiempo haría que estaban allí?... el interrogatorio... el *Rittmeister* no sabía exactamente, lo único que sabía era que le habían pegado mucho, ¡bastaba con mirarlo! ¡exacto!... su cuerpo era todo heridas y chichones... por el costado derecho sobre todo, de la cabeza a los talones... ¿cómo lo hacían?... lo agarraban, lo mantenían debajo de ellas y le daban de palos... ¡patadas! ¡golpes con el pico!... ¡blang! ¡prang!... ¡ánimo!... así dos... tres veces al día... al *Revizor* igual, pero menos... a él, el Von Leiden, era por el uniforme, lo habían desnudado del todo y lo habían vuelto a vestir de prisionera, como ellas, blusa, pañoleta, mandil de cuero... una se había puesto su uniforme, sus espuelas, y su chascás... ésa era la que los acribillaba con un tizón... ¡no me extrañaba que hubieran escapado!... ¿y su yegua?... ¡la habían matado con los picos!... no deprisa... lentamente... con grandes heridas, en tres días... y después la habían descuartizado... ¡con eso quedó lista la investigación!... entretanto aquellas mujeres se alejaban... sólo una se había quedado atrás... al alcance del oído, para colmarnos de insultos... «¡brutos!... ¡espías! ¡guripas!»... no se iba... sus compañeras en el horizonte, simples puntitos... el viejo Von Leiden, al que le gustaba que lo azotaran sus chavalitas traviesas, ¡había recibido una buena tunda!... curado, ¿tal vez?... desde luego tenía fracturas... y las fracturas a su edad no se arreglaban fácilmente... sobre todo que nosotros allí, sin hospital ni radio ni ambulancia... el guardia quería enterarse de todo... ¿cómo había muerto la yegua?... ¿cómo la habían asado?... ¿la habían sacrificado primero?... ¡a golpes de pico en el vientre y en el cráneo!... y después la habían descuartizado... miembro a miembro... y luego la habían puesto a cocer... ¡podíamos verlo! ya habían comido una parte... ¡mucho!... él también había comido... ¡el *Revizor* también!... entre dos sesiones de patadas... golpes de laya... ¡algo tenían que comer los dos!... ¡tragar!... ¡tanto uno como el otro! ¿y beber? preguntaba el guardia... ¡esa agua de ahí! ¡poco apetitosa!... un agua de lodo, negra, verde... todas las tripas de Bleuette dentro, en remojo... ¡carniceras de primera!... completamente destripado el animal y los buenos trozos al fuego, a asarse... ¡todavía quedaban algunos por asar!... no paraban de hacerse filetes... ¿cuántas eran las evadidas?... por lo menos un centenar, según el viejo... «¡oh, más!» opinión del *Revizor...* «¡por lo menos doscientas!»... eso se sabría en Moorsburg, su registro, su número exacto, el guardia iría... después... allí no quedaba ni una, salvo la que nos injuriaba, desde allí arriba, enfrente... tal vez allí, ya digo, muy lejos, se podían ver todavía algunas... ¡y cómo corrían las tiparracas!... ¡no como nosotros!... y, sin embargo, había algunas viejas entre ellas, yo las había visto en Moorsburg, archiabuelas públicas... muy lejos, ni una rezagada, salvo la de allí enfrente... miré su agua, aquella a especie de charca... auténtica agua corrompida y llena de tripas... bueno, ¿y los filetes al fuego?... más los enormes trozos sanguinolentos... por cierto, ¿tendría alguien hambre? ¿tal vez?...

¡los heridos primero!... pregunté al *Rittmeister*... «¡ja! ja!» ¡tenía hambre!... ¡en su estado!... ¡me dejó asombrado!... también el *Revizor* tenía hambre... si no lo veía no lo creía... le habían tomado gusto... las furcias locas les daban para el pelo dos veces al día, pero entre medias los atiborraban de carne... y les hacían beber de aquella agua tan rica... nuestros calorrós, nuestros recolectores, hombres, mujeres, chavales, se sentían muy atraídos por la carne... preguntaron a Kracht... si podían probar... los filetes que se estaban tostando... y los enormes jamones de Bleuette... no se atrevían a servirse, pero les habría gustado... llevaban cuchillos muy afilados, facas más bien, curvadas... Kracht preguntó al guardia... «¡ja! ja!»... entonces, ¡todo el mundo! no sólo el viejo ulano, ¡cada cual su filete!... un calorró cortaba... ¿lonchas pequeñas? ¿finas?... ¿o espesas?... nos preguntaba qué nos gustaba... se veía que conocía el oficio... en tiempo de paz debía de servir, tenía estilo... debía de trabajar en un hotel o restaurante... ¿qué preferíamos?... ¿anca?... ¿cuello?... íbamos a tener que llevárnoslo, no íbamos a poder acabarlo todo... todavía estaría bueno... hicimos los honores, ¡y listo!... aquellas damas ya no podían vernos, ¡lástima!... ¿qué iban a jalar ellas allí?... ¡se morirían de hambre! putas sanguinarias, ¡ya encontrarían otro caballito! ¿y tal vez un guardia?... ¡en el asador!... yo quería hacer reír a Kracht... no se reía... estaba resentido...

«¡Son ellas las que cocerás!»

¡Ya podía correr!... ¡estaban en el quinto infierno!... en cualquier caso, nosotros teníamos que regresar... habíamos encontrado al *Rittmeister* y al *Revizor,* no en buen estado, ni uno ni otro, un poco magullados, apaleados, pero, ¡con vida!... con algunas fracturas, me parecía... si no hubiéramos llegado a encontrarlos, o tan sólo dos días después, habrían estado muertos... ocho días que habían estado dándoles, en el fondo de aquella grieta, divirtiéndose... si el guardia no hubiera visto el humo, habríamos pasado de largo, habríamos seguido derechos... en fin, a trancas y barrancas... nos habrían secuestrado también otras putas, otros prisioneros... debía de haber... ¿por qué no?... una cosa allí, nuestros dos andovas no podían salir de la greda... hacían esfuerzos, se pegaban... estaban un poquito mejor, pero de espaldas, y sobre el barro... tiritaban... les habían puesto sus faldas, sus delantales, sus blusas... ¡los habían vuelto a vestir como ellas!... se les habían llevado todo, la levita del *Revizor* y su cartera y sus documentos... y todo el uniforme del viejo, ya os lo he dicho, y su sable, sus botas y su revólver... el guardia tomaba nota, cuando fueran a intentar revenderlo iba a ser cuando las cogerían, ¡inevitable! yo pensaba: ¿tal vez?... entretanto nosotros allí, aquellos dos enligados, sacudidos, machacados, ¡menudo!... jirones... ni pensar en que anduviesen... menos mal que éramos muchos, los llevaríamos en brazos hasta la quinta... diez por lo menos sosteniendo al *Revizor* y otros tantos al conde Von Leiden... ¡bastante cómodos!... seguían gimiendo... pero sobre todo de frío... otoño, el viento bastante fuerte, del Este... los cuervos iban por encima de nosotros, y en la grieta... había por todos lados... lógicamente, la carne... ¡y gaviotas!... las gaviotas de Rostock... Warnemünde... del litoral... ¡para allá era Rostock!... yo pensaba en el litoral... en las habitaciones de María Teresa debía de haber mapas y en relieve... en la biblioteca del viejo... tenía de todo, no sólo mapas, partituras de todas las óperas y ballets... y novelas, todos los clásicos... y George Sand, Paul de Kock, Jules Verne, ilustrados... Lili tenía que subir allí arriba a ver a María Teresa... aquella excursión súbita, como majaretas, que lo había trastornado todo... aquella carrera por las remolachas... yo iba pensando en eso de surco en surco, muy rezagado de los porteadores... ya se veía la iglesia, el reloj, las chozas... ¿qué íbamos a hacer con aquellos dos delicados?... seguro que completamente cubiertos de heridas y fracturas... ¿una vez allí?... era asunto mío decidir... ¡primero quería que se detuvieran!...

«¡La Vigue!... ¡Lili! ¡eh! ¡me cago en la hostia!»

Se volvieron, todos...

«¡Esperadme!»

No tenían inconveniente... descargaron a sus dos heridos... debo decir que entonces el suelo estaba menos blando, ya no era cieno, casi gravilla... podía sostenerme mejor... ¡llegué!... bueno, ¿qué?...

«Doctor, ¿dónde quiere usted colocarlos?»

Ya lo había pensado... era cómodo llegar rezagado... la ocurrencia... la reflexión...

«Los dos abajo, ¡al salón!

—¿Juntos?»

No comprendían... les expliqué, el enorme salón, el del armario, ¡allí estarían bien!... no iban a estar solos, nosotros dormiríamos en los sillones, Lili, yo, La Vigue... tendría a mi alcance todo lo que necesitaba... algodón, ampollas, gasa... las fracturas, ya vería... no podía ocuparme de ellas allí... en primer lugar, ¡que dejaran de tiritar!... ¿hacer que los llevase una ambulancia?... ¡absurdo!... «¡ayúdate y que el Cielo te ayude!»... aceite de alcanfor, tenía... aún un frasco... dos... con eso bastaría... tomé el pulso al conde Von Leiden... y al otro... bien... ¡bien débiles!... pedí a Kracht... «¡ron!» yo sabía que tenía de todo cuando quería... ¡ése era el momento! «¡y dos mantas!»... ¡no quería taparlos como nosotros, con un metro de paja!... se asfixiarían... el ron era importante, un ponche... pero, a propósito, pensé, había una cama en el salón, ¡el diván del viejo!... fuimos... ¿y sus mantas? ¿y sus almohadas?... revolvimos, no encontramos nada... lo que primero birlan, ¡almohadas, sábanas, mantas!... lo vi en mi casa, Rue Girardon (4), en Saint-Malo, en Sartrouville... apenas has salido, ¡pssst! ¡ya no están! ¡desaparecen como cohetes!... ¡lo primero a que meten mano!... todos los grandes resurgimientos nacionales comienzan por el robo de ropas de cama... ¡al instante mismo!... ¡nunca volverás a encontrar una sábana!... ni después de la Convención ni después del Terror Blanco ni tras el 44... un régimen, otro, ¡tampones! pero, ¡las sábanas!... ¡alguien!... dije a Lili...

«No pierdas el tiempo, sube a casa de la vieja y le dices que hemos traído a su hermano, que estaba lejos en la llanura, que está enfermo, mucho, ¡que baje a verlo!... pero, ¡antes que nada!... que te dé dos mantas, ¡que no son para nosotros! que son para su hermano, que no voy a taparlo con nuestra paja, que tengo miedo de que se la trague, de que se asfixie!...»

Lili comprendió, salió corriendo... Kracht se marchó también, a buscar el ron... el *feldgendarme* no quiso quedarse... *nein!...* *nein!...* ¿de ningún modo? ni siquiera para probar nuestro café sucedáneo, allí caliente... ni siquiera para echar un trago del ron que iban a traer... *nein!...* *dienst! dienst!* ¡servicio! debía traer al *Revizor,* ¡misión cumplida!... no radiante, pero, ¡era él sin lugar a dudas!... ¡tenía muchas otras urgencias!... en primer lugar, Moorsburg, ¡dar cuenta! y después otras investigaciones... ¡muchas otras!... le pregunté si eran muchos... quería decir en su grupo, en su legión...

«*Nein!... nein! allein!* ¡solo!»

Era verdad, yo no había visto otros *feldgendarmes...* ¡ya podía galopar un poquito!... *allein! allein!* ¡el itinerante! *allein!* yo lo veía, no era un chaval... debía de ser de la quinta del 10, más o menos... más canas que yo...

«*Guten tag!... lebe wohl!* ¡buena vida!»

Partió... nos estrechamos las manos con fuerza...

El caso es que habíamos comido un poco, allí, en aquella grieta... recapitulé... por cierto, ¿qué habían hecho de lo que habían cogido, los otros? yo les había visto llevarse, cada cual un trozo... nunca lo supe... en aquel momento, yo también una urgencia... poner a hervir mi jeringa... ¿adonde iría?... ¿enfrente, a la granja?... ¿o donde Léonard, en el establo?... Léonard tenía un infiernillo, como un *Primus...* ¿o a casa de la Kretzer?... iría donde hubiera menos que hablar, contar, explicar... terribles, ¡las explicaciones!... pero, mirad, aquí también os estoy explicando... ¡tengo que hacerlo!... ¡y aún faltan mil páginas! si fuera rico, ¡no os explicaría nada de nada!... no tendría un contrato ni a un Achille... me iría al mar, me tomaría vacaciones... cansado, jadeante... todo el mundo me compadecería...

¿Entonces?... ¿para hablar menos?... me pareció que en la granja, donde los *mujiks*, no nos entendíamos...

¡Hombre, volvía el gendarme!... volvió a estrecharnos las manos, ¡con fuerza!... se arrepentía del «adiós» demasiado seco... y *heil! heil!* ¡también lo había olvidado!...

Luego se largó... me quedé a solas con La Vigue... y aquellos dos allí, de espaldas...

«Bueno, ¿qué?... ¿tú crees? ¿tú crees?»

Me preguntó La Vigue... bizqueaba un poco... también a él le habría gustado que le explicara... yo prefería que bizquease y se callara... mis dos clientes respiraban mal... estaba claro... irregular... luego los auscultaría... no me sentía con fuerzas... La Vigue me preguntó si tenía frío...

«¡Mira la llanura!
—¿Eh? ¡fíjate!
—¿Ves algo?
—¡No!... ¡nada!
—Entonces, ¡bien!... pero, ¡cuidado!»

Yo quería que estuviese ocupado... yo, que os cuento la historia aquí, podría callarme también... desde aquí, debajo de mi ventana, ya no veo la llanura... ni Zornhof... ni Moorsburg... ni a los dos puretas... ¿dónde puede estar todo aquello?... ¿y el *Apotheke*?... ¿y el Fontane, en bronce con su levita? ¿y Kracht?... ¿y la purí en su torre? ¿y la pequeña Cillie?... nadie sabe... sólo con que hables de eso, ya te miran de forma extraña... fuiste a ver cosas, gentes, fincas, ocas, que no deberían haber existido... si tuvieras un poco de tacto, no dirías nada de esto... de lo otro...

Los cuervos son raros por aquí... las gaviotas, ¡en gran número! ¡planeando! ¡en lo alto del Cielo!... ¡a las primeras tormentas!... allí venían de Warnemünde... aquí deben de venir de Dieppe... hay quien lo dice... ya lo decían tiempo atrás... y mucho antes...

★ ★ ★

Evidentemente, aun abreviando todo lo posible, os he exigido mucho... lectores pacientes, desde luego, casi atentos, amigos o enemigos, os estáis acercando a la página mil, ya no podéis más... tropezando, ¡culpa mía!... de aquí para allá, de una palabra... a otra... en el transcurso de este castigo demasiado largo... un «mierda» os ha hecho deteneros... ¡oh! ¡oh! pero, ¡qué satisfechos os habéis quedado!... ¡caracoles!... Théodule Ribot afirma «el hombre sólo ve lo que mira y sólo mira lo que ya lleva en la cabeza»... de eso de Ribot a sacar la conclusión de que la chola del lector no es sino un enorme zurullo, ¡qué pendiente más fácil!... ¡venganza repugnante!... sobre todo viniendo de un autor como yo, despreciado como ninguno, por tantos plagiarios, envidiosos de todas las calañas, de todas las procedencias, derecha, izquierda o centro... denunciado monstruo enemigo del hombre, traidor a todo, de Cousteau condenado a mí, a Madeleine Jacob, musa de los osarios, de la *Huma* al *Echo du Pape*... rarísimo que los hombres se entiendan... sobre todo los franceses... fijémonos, fijaos, nunca los veréis de acuerdo, sobre los méritos, virtudes o crímenes, ¡de nadie!... de quienquiera que sea... ni siquiera archiborrachos, vomitando, tambaleándose... ya se trate de Landrú, Petiot, Clemenceau, Poincaré, Pétain, Guillermo II, Mistinguett, De Gaulle, Dreyfus, Déroulède, Bougrat... controversias dialécticas, babeos, ¡interminables!... el humilde logro de mi existencia es haber conseguido, a pesar de todo, la hazaña de que estén de acuerdo, por un instante, derecha, izquierda, centro, sacristías, logias, células, osarios, el conde de París, Joséphine, mi tía Odile, Jrujrubezeff, el Padre Barriga,* ¡en que soy el mayor canalla vivo! de Dunkerque a Tamanrasset,**de la U.R.S.S a U.S.A... ¡todas esas po-

---

* Probablemente el Abbé Pierre, pseudónimo de Henri Groues, nacido en 1912. Entró en la iglesia y adoptó el nombre de Abbé Pierre. En 1942, fundó la Asociación de Emmaüs (1951) dedicada a construir casas de beneficencia para los desamparados.
** El general De Gaulle empleó la fórmula «de Dunkerque a Tamanrasset» en su discurso pronunciado en Argel en el 29 de agosto de 1958.

bres películas, supuestamente de horror, que me dan risa!...
¡vamos!... ¡vamos! nada me resulta imposible, ¡está visto! ¡he bebido humillación hasta los posos! bueno, voy a llevaros de nuevo allí arriba, a Prusia, donde os he dejado plantados... ¡a mi
historia, tan poco agradable!... a la crónica de aquellos espacios
de barro y chozas... a los pequeños sucesos, gestos y espantos de
todos aquellos desaparecidos hace tanto... ¿cómo?... ¿dónde?...
de aquellos pueblos...

Ahora, ¡en serio!... mi jeringa, allí arriba... ¡mis jeringas! ¿conseguiría ponerlas a hervir?...

«¡Ven... La Vigue!»

Teníamos que atravesar el parque... ya estaba obscuro... el
patio de la granja... llamé a la cocina... y a la puerta de la escalera... di golpes... ¡nada!... silencio... ¡muy bien!... no querían responder... ¡qué le íbamos a hacer!... ¡al establo!... ¡seguro que estaban allí!... ¡los dos!... ¡sí!... sus voces... «¡hola!»... no se les veía la
cabeza... no tenían vela... en fin, no la habían encendido... nos
hablaron, no se les podía entender bien, a causa de los cerdos...
¡menudo concierto tenían montado éstos!... ¿de hambre?... ¿de
miedo?... anda que no gruñían... parecía que fueran mil... Léonard tenía algo que decirme al oído, más que nada me susurraba,
pero muy fuerte...

«¿Habéis pensado en nosotros?

—¡Sí!... ¡sí!... ¡sí!

—¿Entonces?

—¿Qué?

—¡No basta con pensar!»

Brutal, me pareció... ¡tenía que llevarles esto... lo otro!... ¡no
había tenido tiempo!...

Además, vamos a contaros algo…

¿Qué podía pasar?... los cerdos gruñían cada vez más... pregunté, me interesé...

«¡Qué cerdos ni qué niño muerto! ¡lo que debéis hacer es
acordaros de nosotros antes que esto se ponga feo!»

Casi amenazador...

«¿No tenéis una vela?... ¿ni un *Primus*?....»

Yo sabía que tenían...

«¡No!

—Necesito poner a hervir mi jeringa.

—¿Para qué?

—Para cuidar al viejo Von Leiden... y al *Revizor*... ¡los hemos encontrado en la llanura!...

—¡Sí, ya sabemos!... ¡con el guardia!... ¡anda y que la diñen!... pero, ¿y nosotros?... ¿es que no existimos, nosotros?...

—¡Sí! ¡La prueba es que os voy a traer lo que necesitáis!

—¿Cuándo?

—¡Enseguida! ¡vamos y volvemos! pero primero, ¡a hervir mis jeringas!... ¡antes que nada!... ¡y diez minutos!»

¡Ya que se empeñaban!... yo no los veía... seguían hablándose al oído... de nosotros, ¡seguro!... ¿accederían o no?... ¡sí!... estaban de acuerdo... Joseph fue a buscar su *Primus*... todo en el fondo... ahí teníamos el instrumento... bombeó... bombeó... y encendió... listo... un poco de agua...

«¡Diez minutos!»

Ordené...

«¡No dos! ¡esperad a que volvamos!...»

El *Primus* daba un poco de claridad... entonces pude verlos un poco a los dos... los miré, hombre, había algo más que susurrar... Joseph me preguntó...

«¿No se encuentran bien?

—¡No, nada bien!

—Traed el ron, la ginebra y el *pernod*... ¡todo lo que encontréis! ¡y todos los puros!

—¿Por qué?

—¡Harras va a volver!»

¡Sabían la tira de cosas!

«¡Bien!

—¡Pensaremos en vosotros!»

¿Cómo iban a pensar en nosotros aquellos dos tunantes mierderos? ¡debía de ser algo estupendo!... el caso es que a fuerza de *quid pro quos* las jeringas habían hervido... no diez minutos, pero por lo menos cinco, ¡bastaría!... prefería llevármelas conmigo...

«¡Esperadnos!... ¡volvemos enseguida!... ¡os devolveré la cacerola!...»

Volvimos a pasar por el patio... y después la avenida, el bosque... La Vigue me preguntó...

«¿Qué crees tú?

—¡Nada!»

Estaba menos obscuro que en el establo, las nubes enviaban un poco de claridad... rosa... y verde pálido... sería bonito en una fiesta... ya estábamos en el peristilo... y en el gran salón... enseguida, ¡el aceite de alcanfor!... dos ampollas cada uno...

«¡Lili, la vela!»

Estaba esperándonos... todo lo que necesitábamos... en fin, casi todo... mi caja de ampollas... pero nada de alcohol ni de algodón... rápido, dos centímetros cúbicos, cada uno... no estaban mejor que antes... pero, ¡el caso es que respiraban!... me pareció que tenían algo de fiebre... debería haber comprado un termómetro en Moorsburg... ¡debería haber hecho muchas cosas en Moorsburg!... «¿tienen hambre?» pregunté a Lili... ¡no, nada!... habían vomitado... ¿ah?... ¿la carne?... ¿el agua? ¡no era de extrañar! aún podrían vomitar más... ya veríamos más adelante, teníamos toda la noche por delante... por el momento había que registrar el mueble, sacar el morapio y los puros... en resumen, obedecer a aquellos mierdas, los dos del establo, ¡para que se hartaran!... ¿qué sería lo que tenían que decirnos?

«La Vigue, ¡busca un saco abajo!...

—¿Qué saco?

—¡Un saco de remolachas! ¡uno grande, vacío!

—¿Qué vas a meter dentro?

—¡Todo!... ¡corre!»

Se decidió...

«Tú, Lili, sube a casa de la heredera, ve a su biblioteca... ¡baja una Geografía!... ¡una grande, con mapas!... ¡el mapa de Dinamarca sobre todo! ¡date prisa!»

Lili nunca tardaba a la hora de hacer algo... lo único, que me iba a preguntar qué quería de Dinamarca... yo le diría que se callara y se callaría... La Vigue subió con dos sacos, dos enormes... ¡bien hecho!... iba a obsequiarlos de una vez a nuestros dos brutos falsos, que reventaran: *¡ptof!*... ¡que vomitasen todo, como los viejos!... tenía la sensación de que sabían algo... y en aquel momento sólo podía ser alguna faenita... ¡ya veríamos! aquellos dos «más que equívocos» sabían mejor que yo lo que había en el fondo... yo no había registrado nunca del todo, me había limitado a coger las cajetillas de «Lucky», día tras día... ¡y no para nosotros!... oh, en conjunto había sacado cinco... seis cartones...

«¡La Vigue!... ¡levanta!»

Le indiqué el lienzo de la pared del fondo... forzó... lo deslizó... ¡vimos!... ¡menudo si había!... ¡para años!... ¡cartones y cajas!... el Harras no se había espabilado en balde, ¡corriendo por el aire!... ¿debajo?... ¿qué había dejado?... ¡nuestros dos fanfarrones sí que sabían! ¡una cesta de champán!... ¡no íbamos a llevarles todo!... una caja de *pernod*... ¡sí!... ¡puros!... ¡todo un estante de cajas de «habanos»!... más adentro, ¡cajas de latas de sardinas!... ¡la tira!... y latas de caviar... ¡y jamones! ¡nosotros no habíamos visto nada!... ¡ellos sí que sabían! ¡un auténtico armario de Alí Babá! nosotros nos habíamos limitado a pasar la mano por la superficie... ¡y no para nosotros!... ¿para nosotros?... *nichts! nix!* ¡no está de más decirlo!... ¡todo para Kracht y a la fuerza!... si nos preguntaban... un poco de «Navy Cut» para la cocina de los *bibel*... ¡de acuerdo!... ¡si había que confesarlo todo!

A La Vigue le parecía que yo estaba chiflado...

«¿No irás a llevarles todo esto?...»

Me veía llenar el saco...

«¡Todavía queda!... ¡todavía queda!»

Dejé las tres cuartas partes del armario... ¡por lo menos!...
¡había existencias!... pero, ¡la urgencia lo primero!... ¡servir a nuestros tragones!... tenía yo la sensación de que eran peligrosos... a
primera vista no lo había creído, ahora los veía tramando algo...

«¡Hale! ¡rápido! ¡en marcha!»

Un saco lleno cada uno... cogí sólo un bastón... yendo despacio, no habría problema... conocíamos bien el parque... aun a
obscuras... a tientas... el sendero de las hojas caídas... advertí una
luz de vela... donde los gitanos, su carromato, a la derecha... ¿nada
en las isbas?... allí arriba en el cielo seguía el *vrrrr* de las «fortalezas»... y las largas líneas de las nubes enjalbegadas... los reflectores... y lejos, muy lejos, los incendios... rosas... ya no era Berlín, la
ciudad ya no debía de existir... aun así, ¡lo que lanzaban contra
los cráteres!... omito los *¡braúm!* y *¡brang!* ¡ya os los he descrito
bastante!... ¡rayos fastidiosos!... ¡y los temblequeos de las hojas, de
los oquedales, todo!... ya sabéis... no cesó de tronar y temblar durante seis... ocho meses... de día... de noche... digo las hojas, los
adoquines también... el patio... la charca del estiércol... el establo...

«¡Ah! ¿ya estáis aquí?

—¡Sí!... ¡con todo!»

Anuncié... ¡para no perder el tiempo!

«¡Trae la vela!»

Una diminuta... las cerillas...

Vieron que se lo habíamos traído... ¡en cantidad!...

«¡Vaya!... ¡vaya!»

Sabían que había mucho... pero, ¡no tanto!... ¡champán!...
¡oporto!... ¡foie-gras!... ¡ajenjo!...

«¡No se ha acabado! ¡todavía queda!

—¡Caramba! ¡caramba!»

¡Vaciaron los sacos, todo!... todo el surtido... miraron las botellas, las etiquetas...

¡No se ha acabado!... ¡todavía queda la tira!... ¿eh, La Vigue?

—¡Sí!... ¡sí!... ¡otro armario!»

Exageraba...

«¡Ah, vaya!... ¡vaya!»

Superaba lo que habían imaginado... se sentaron... Léonard pasó el brazo por el hombro del otro... oscilaron así, se balancearon... encantados...

«¡Madre mía!»

¡No daban crédito a sus ojos!...

«¿Qué os parece?»

¡Se pusieron a preguntar!

«¿Es ajenjo auténtico?»

Léonard no quería que lo engañaran...

«¡Sesenta grados! ¿es que no sabéis leer?... ¡joder!

–¡Desde luego!... ¡desde luego!... ¡sabemos leer! ¿y decís que hay más?»

Léonard no quería molestarme.

«¿Queréis que os lo traigamos?»

Nos hablábamos a obscuras, con la vela apagada...

«¡Sí! ¡sí!... pero no nos llaméis... sabremos que sois vosotros... ¡tirad todo por ahí!...»

El montón de paja a la izquierda...

Todavía desconfiaban... yo también, ¡qué leche!... ¡ojalá la diñaran!...

«¿Vais a traer más?

–¡Sí!»

Oí al otro revolverse en el bolsillo, Joseph... buscaba un sacacorchos...

«¡Voy a abrirlo!»

¡Plof! ¡ya lo tenía!... *¡ñam!* ¡lo probó!

«¿Es del bueno?

–¡Sí!... ¡auténtico!»

¡Ya era hora, iba a marcharme!... entonces probó el otro, Léonard... *¡ñam!*

«Bueno, Léonard, ahora, ¡di!... ¡hay un secreto!... ¡estamos esperando!... ¡basta de artimañas!»

Me pareció que era el momento de atacar...

«¡A ver!

—Bueno, es que esto no es todo... nos vamos a marchar, nosotros también.»

¡Ah, por fin desembuchaban!

«¿Tú y Joseph?

—¡Sí!»

¿Qué dirección?... en fin, ¡era asunto suyo! ¿querrían beberlo y fumarlo todo... antes de partir?... ¿sería ésa su idea?... ¡no, no era eso!... ¡querían llevarse las botellas!... ¿cómo y adonde?... ¿con una carretilla?... ¡era asunto suyo! pero nosotros, ¿qué andábamos haciendo allí?... ¿llevarles sacos de pernod?

«¡Escuchad, vosotros dos!... ¡vosotros tres!... no dejéis a vuestra mujer en la quinta... mañana por la noche los del carromato van a dar una función para el *Landrat* y los Von Leiden...

—Creía que la habían anulado...

—¡Un camelo!... ¡asistirá toda la aldea!... ¡Kracht también!... ¡contraorden de Berlín!... ¡estarán todos!...

—¿Berlín?

—¡Sí!... ¡sí!... ¡no os separéis de Kracht!... va a ser donde los *bibelforscher,* en su aserradero... ¡ya lo conocéis!... en el *Tanzhalle...* que os vean allí a los tres... pero los tres, ¡eh! ¡y no os vayáis antes de acabar!... ¡en modo alguno! ¡eso es lo que teníamos que deciros!

—Creía que lo habían aplazado...

—¡No! la prueba, ¡es mañana por la tarde!... no os separéis de Kracht... y ahora, mirad, ¡volved a casa!... no vais a tener tiempo de regresar... os han visto desde el carromato, ¡seguro!... ¡ven todo!... ¡no volváis!... mañana, al pasar, cuando volváis con las escudillas, en el pantalón esconded una caja...

—¿De qué?

—¡Primero puros!... ¡la tiráis lejos!... no hace ruido... ¡a la izquierda!

—¿Sólo puros?

—Sí, eso primero... después ya veremos... ¿no os iréis de la lengua?

—¡No!... ¡jamás!»

La prueba es que no doy sus nombres... podría... los auténticos... a pesar de que han pasado muchos años...

Eso es mi fuerte: memoria, discreción...

★ ★ ★

Pensaba que irían a hablar de nuestra expedición, etcétera... que
habíamos encontrado al viejo... y al *Revizor*... que comentarían
hasta tal punto, que me vería obligado a hacerlos callar... ¡basta!...
¡ni una palabra!... ni en la mesa ni en el *mahlzeit* ni en el aserradero ni el sargento manco ni ninguno de los *bibelforscher*... ¡mutis!... ni la Kretzer en su habitación... como si no hubiera pasado
nada... a pesar de la cacho puta de la Kretzer, una furia con los
chismorreos... ¡cero!... seguro, no había duda, lo hacían a propósito, ninguna alusión... nadie me preguntó si se encontraban mejor los dos, cómo habían pasado la noche... ni siquiera la heredera
en su torre, a pesar de ser bastante afectuosa, que parecía apreciar
a su hermano, había dado mantas, pero no había bajado a ver...
¡no!... al *Revizor* tampoco, nadie había preguntado si había espe-
ranza de que se repusiera... los Kretzer, aun siendo los primeros
interesados, ya que venía a verificar sus cuentas, todos los registros de la *Dienstelle,* habrían podido demostrar un poco de curiosidad... ¡no! ¡ni una palabra!... ella tan histérica, tan al acecho...
nos dejaban a nosotros tres, Lili, La Vigue y yo con nuestros ya-
centes, ¡debían arreglárnoslas como pudiésemos!... Kracht, hay
que reconocerlo, se mostraba un poco más preocupado... sabía
que tocante a «aceite de alcanfor» pronto me iba a faltar... ya no
tenían más en Alemania, ni en casa de Athias en Moorsburg, ni
en Berlín, pero él tenía «cardiazol» en su reserva personal... el
«cardiazol» es bastante peligroso, tónico cardíaco, desde luego,
pero brutal... en fin, a falta de aceite, más valía el «cardiazol» que
nada... ¿proporcionado por Kracht?... aún podía preguntarme...
pero, ¡qué leche!... dudas por todos lados, ¿entonces?... preparé la

solución, mi jeringa, inyecté a los dos... tan molido uno como el otro... estaban hechos unos zorros, no se podía negar... las furcias locas habrían acabado con ellos, si no hubiéramos aparecido de improviso, con el guardia... en fin, no por ello se habían librado de una buena... ya lo creo, tenían fracturas por aquí... por allá... cráneos, piernas, tórax... yo veía perfectamente hilillos de sangre... pero no iba a ponerme a palparlos demasiado, a hacerles sufrir, ¿para qué?... mantenerles el corazón latiendo más o menos, nada más, no era poco... «cardiazol»... el de Kracht... en dosis mínimas... primera inyección... los ausculté... ningún incidente... podíamos irnos a por las escudillas, a ver qué nos decían esos de allí... si era cierto que habían restablecido la función gitana... si estaban preparando su sala...

«¡Adelante, La Vigue!... tú, Lili, quédate, ¡no vamos a tardar! no vayas a ningún sitio, no te muevas de aquí... mira, escucha si respiran bien, los dos... si oyes que hipan o que llaman... ¡corre a buscarme!... ya sabes dónde, ¡en el *Tanzhalle*!»

¡De acuerdo, entonces!... ¡en el parque, nadie!... en la carretera, algunas vecinas... no estaban de palique... nos conocían... no nos miraron... también las ocas nos conocían... hurgaban por el fondo de sus charcas, removían todo el cieno, ya ni siquiera subían a la carretera a insultarnos, ya no batían las alas, era la indiferencia, pasamos... ya estábamos en el *Tanzhalle*... ¡rápido, nuestras escudillas!... pregunté al sargento manco: «¿estáis preparando para lo de mañana?»... ¡podía figurármelo!... estaba lleno de *bibelforscher* allí dentro, ¡y nada de juergas!... en plena limpieza... sacando cajas, ¡y menuda murga de herramientas, fresadoras, todos!... ¡y rastrillando, barriendo, y dale que te pego! ¡menudos detritus había! años hacía que se amontonaban las basuras, años también que ya no se bailaba... aquel *Tanzhalle* había servido para todo, cuartel, Intendencia, barraca de tiro, aserradero, pista de bolos... iban a necesitar por lo menos dos días sólo para ver claro...

«¿Acabaréis para mañana?

—¿Mañana?... ¡qué dices! ¡esta noche!»

De acuerdo... ¡a su gusto!... noté que no habían dicho ni palabra ni del *Revizor,* ni del ulano Von Leiden... a pesar de que sabían, ¡seguro!... ¡no iba a ser yo quien hablara de eso! nos fuimos... *«guten tag!* ¡adiós!»... volvimos a pasar delante de las vecinas... las mismas jetas, miradas desviadas ... no nos vieron...

A la quinta, a nuestros dos machacados, ¡enseguida! no estaban peor... sin embargo, deberían haber recuperado el conocimiento, pero no era así... habían recibido una buena tunda, desde luego, pero con el «cardiazol» deberían haber abierto los ojos... e incluso haber cambiado de costado... pregunté a Lili... ¡no!... se habían hecho de vientre en los pantalones, nada más... habían bebido una cucharada de agua... pero de comer, se habían negado... lo intenté, les presenté un poco de sopa... ¡no! se negaron... no podía decir: ¡mala voluntad!... sino asco... entonces, ¡que esperaran!... justamente teníamos que hacer, nosotros, ¡no eran sólo ellos!... ¡pingajos caprichosos!... nuestro *mahlzeit, heil!*... y primero, el establo, nuestros andovas tan inquietantes, nuestros paletos piratas... ¡cuánta actividad, caramba!... cuando pienso en lo que me he convertido, casi tan calamitoso como el viejo Von Leiden, ulano descarriado, me digo: ¡ha pasado rápido!... ¡con qué dureza me ha tratado la existencia!... podría haber sido mucho peor, desde luego, en Buchenwald o en Montrouge...* a continuación, ¡ya veremos!...

Allí en aquel momento, ¡los puros!... cada uno dos cajas, de las largas, de los de Cuba... no nos costó trabajo escondérnoslos tras los cinturones, no habíamos engordado... La Vigue llevaba pantalones tubo *à la gauloise,* ahora iría a la moda... yo unos muy anchos, de pana acanalada, de antes del 14, «pocero-artista»... pero ya no tenían bajos, se habían quedado entre las remolachas, al trepar... podía meterme tres cajas en la cintura... La Vigue también, pero con dos bastaba... ya estábamos delante del establo... lancé todas nuestras cajas hacia donde me habían dicho, al fondo, por encima de los cerdos... los cerdos no gruñeron, estaban durmiendo... tam-

* Suburbio habitado por obreros en el extremo sur de París.

bién las ocas estaban durmiendo, a lo largo de la charca del estiércol... nunca había habido tanta calma... habíamos lanzado nuestros
habanos, a continuación, ¡al *mahlzeit*!... ¡allí íbamos a oír algo!... o
bien no dirían ni pío, ¡a propósito!... a pesar de que habíamos traído al ulano... ¡y al *Revizor*! no faltaba tema de comentarios... habíamos puesto en fuga a las cien locas... que estaban dispuestas a
jalárselos a los dos... ¡a los tres!... contando a Bleuette... y todo eso
era abominable, agotador, peligroso... no hablo de reconocimiento,
de efusiones, ¡no!... sino de una palabra: ¡bravo!...

¡Nasti!...

En el perchero como de costumbre llené la funda del revólver, «Lucky», «Navy», y tres habanos... ¡quería mimar a Kracht!
también daría a las comadres al pasar camino del rancho, ¡para
alegrarlas!... a todos los *mujiks* también... ¡y a los cerdos!... ¡que
no quedara nada en el armario!... puesto que al *Reichsgesundt* le
importaba tres cojones, y también nuestras mil preocupaciones,
¡en Portugal o en el quinto infierno!... ¡ánimo!... ¡ánimo!... ¡los
«Lucky»!... ¡nos vaciamos los bolsillos! luego, ¡a la sopa!... esperé
a que me preguntaran las noticias... ¿cómo iban nuestros dos heridos?... ¿y nuestras aventuras en la llanura?... ¿cómo habíamos
salido del apuro?... no me preguntaban nada... hablaban de todo,
menos de eso... de tonterías de su trabajo, que si habían perdido
un recibo... que si les faltaba un tampón... que si la sopa estaba
mejor con comino... y, sin embargo, el *Revizor* debería haberles
interesado, él, que supervisaba los registros... ¡en absoluto!... me
arriesgué... «¡está mejor!» nadie respondió, bajaron la cabeza... no
querían oír nada, y se acabó... del *Reittmeister* lo entendería, su
fuga de mascarada... su galope por la llanura, sable desenvainado...
pero el *Revizor,* delegado del Reich, se había mantenido impecable, ¡nada que reprocharle! víctima de las estaciones pequeñas
y de las sifilíticas enloquecidas... yo esperaba a la Frau Kretzer,
bien recuperada de su ataque, que había bajado para el *mahlzeit,*
ésa sí que sí, campeona del chismorreo, ¿qué gilipolleces iría a
decir?... la incité... la provoqué incluso...

«¡Están mucho mejor!... ¡los dos!»

¡Ella tampoco! ¡no me oyó! fue ella la que me hizo una pregunta... nada que ver con mis dos puretas...

«¿Va a asistir usted también, doctor?

—¿A qué?

—Pues, ¡a la función de los gitanos!

—¡Oh, ya lo creo!... ¡yo, mi mujer y mi amigo! ¡y mi gato!»

Había tejemanejes... quise cortar por lo sano, que supieran a qué atenerse... primero ella, la furiosa cotorra... ¡y que se repitiese!... ¡que estaríamos todos en el *Tanzhalle*!... ¡ni uno se quedaría en la quinta!... ¡todos a lo de los gitanos!... ¡los tres!... ¡añadí!

«¡Nos adivinarán el porvenir! ¡yo creo en eso!... ¿usted también, Frau Kretzer?

—¡Desde luego! ¡desde luego, doctor!»

¡Ah, qué gracioso era!... ¡no tanto! ¡no tanto!... ¿adonde quería yo ir a parar? abordé a Kracht...

«Con usted, ¿verdad, amigo?

—¡Desde luego!... ¡desde luego, doctor!»

No podía decir que no... había puesto incómoda a toda la mesa con mis historias de la llanura y de los dos chorras, mis informaciones sobre su salud... no debería haber hablado de ellos... todos aquéllos sabían algo, con la nariz en el plato, primero que no había nada que decir de lo que fuera más o menos militar... yo sabía lo principal, que no me separaría de Kracht ni un instante, ¿de qué estaría al corriente Léonard?... ¿de quién?... ¿del regreso de Harras?... dudoso, pensé, mentirosos como eran aquellos dos bandidos con velas... ya veíamos... en todo caso, en el *Tanzhalle* no decían nada... y seguro que estaban en el ajo... y no sólo sobre la recreación gitana, la fiesta de la «Moral por la Alegría», programa Göbbels... en la granja también se callaban... y Maria Teresa tampoco había bajado a vernos... yo se lo había pedido, por su hermano... ¡nada!... a propósito, ¿su Geografía?... Lili había encontrado una, espléndida, la había bajado al salón, podía yo mirar lo que quisiera... así lo hice, una obra importante, la verdad, todo Brandeburgo, Schleswig... las costas, los puertos, los fondos... justo lo que buscaba... pero, ¡otra vez la sopa!... ¡a la sopa! Kretzer nos sirvió dos cucharones a cada uno... ¡la «Fuerza por la Alegría»!... me sentía más contento que unas castañuelas... se lo repetí... ¡reincidí!... la hice reír... su risa... de hiena vieja, profunda, gutural... zoo... pero no hizo de nuevo su número de ir a insultar al cuadro, el imponente retrato... ya no teníamos derecho al ataque agudo... como os digo: se estaba preparando algo nuevo... no debíamos quedarnos allí, ¡resultaría que éramos responsables! *heil! heil!* en pie y a nuestros queridos enfermos... ¡a ver en el salón!... las dos camillas... el *Revizor* estaba un poco mejor y hasta podía decirme algo... me acerqué... «mire, ¡ha dejado de respirar!» el *Rittmeister,* su vecino... lo ausculté... sí, respiraba pero con intermitencias... el corazón débil e irregular... no me atrevía a ponerle una inyección... esperaría...

«Debe de tener el cráneo cascado, ¿no cree? ¡le pegaron fuerte en la cabeza!... ¡dos veces al día!... ¡diez!... ¡veinte a la vez!...»

Él, el *Revizor,* estaba mucho mejor, la prueba el interés que mostraba por lo que ocurría...

«¿Por qué se ríe esa mujer?»

Oía a la *Frau* Kretzer... ¡reír!... ¡reír! a través de una... dos... tres paredes...

«Es la mujer del contable en jefe, ¡ríe de la "Fuerza por la Alegría"!...

–Ah, el contable en jefe...»

Reflexionó... a él no iba a darle más «cardiazol»... me dijo que le dolía la pierna... miré... el peroné... una fractura... yo no podía hacer nada...

«*Herr Revizor,* esté tranquilo, no se mueva... dentro de unos días veremos...»

Buenas palabras...

Él me parecía un hombre serio... no era un carcamal loco como el otro, ulano dispuesto a recuperar Berlín y a comerse a los cosacos... él entrecano, funcionario puntual, ¡y se acabó! venía a ver las cuentas... y se había tropezado con la horda de las furias

putas... lo habían hecho picadillo, pero ésa era ua intención... ¡oh,
se daba cuenta!...

«¿Es usted francés?

–¡Sí! ¡sí! ¡sí!

–¿Es usted refugiado?

–¡Desde luego!

–Me han hablado de usted en Berlín...»

No quería cansarlo... quería que durmiera...

«¡Mañana hablaremos!»

Fuera es todo igual siempre, el ir y venir de las «fortalezas»...
ensañamiento... ¡y *braúm!*... la otra, la hiena Kretzer, no paraba...
quería que la oyéramos, sabía que estábamos escuchando... ¡*ja, ja!*
¡*braúm!* ¡las bombas le daban una risa!... ya os digo: a través de
dos, tres paredes... a nosotros por lo menos, con nuestros desollados jadeantes nos dejaban en paz... ¡no tanto! ¡no tanto! ¡de repente estallaron en carcajadas! ¡todos! ¡en serio! ¡un cachondeo
repentino! ¡abajo!

Pero, ¡a nuestros asuntos!

«Lili, ¡la Geografía!»

¡Qué tocho!... ¡qué peso!... le costaba trabajo traérmelo...

«¡Y la vela!... ¡y un lápiz!

–¿Qué vas a hacer?

–¡Ya verás!!»

¡Bastante sencillo! iba a copiar como en la escuela... en la
escuela es aún más sencillo, se calca... yo iba a hacerlo con mucho cuidado... podría haber arrancado la gran página... ¡desde
luego!... ¡dos páginas incluso!.. todo Brandeburgo Sur... Norte...
el litoral... las ciudades... las vías férreas... todo Mecklemburgo y
Schleswig... ¡sobre todo Rostock!... Warnemünde, el puerto... y
Dinamarca, ¡enfrente!... podría haberlo recortado... ¡no debía de
mirar con frecuencia su Geografía!... o quizá sí... nunca se sabe...
preferí copiar... estaría mejor en el otro salón del fondo, una mesa
más grande... al lado... nos llevamos todo... lo desplegamos... ¡listo!... me puse manos a la obra...

Los del *mahlzeit* seguían riendo a carcajadas... se los oía... ¿a propósito de nosotros?... ¡seguro!... bueno, ¿y qué?... lo importante eran los nombres, deletrearlos bien... Nordenborg no es Nordborg... el puerto de llegada a Dinamarca... el barco de Rostock... yo conocía esa línea, la había tomado en tiempo de paz... Copenhague-Berlin... pero, ¿en aquel momento?... ¿podrían no pasar ya por allí?... Lili me miraba trabajar... no hacía preguntas... La Vigue, en el diván de enfrente, sentado, tampoco me hacía preguntas, pero no cesaba de hacer comentarios a cada ¡*braúm*! sobre Berlín... su reflexión, haciendo eco, así: «¡al lado!... ¡al lado!...» ¡qué sabía él! ¡si era al lado! ¡podían dar en el blanco!... el caso es que a cada bombazo bizqueaba... allí, sentado, con la cabeza gacha... ¡la levantaba!... ¡*brum*! «¡al lado!»... no había ni que pensar en dormir... tenía que ir a ver a mis dos atolondrados de la pampa... y dar el último toque a mis mapas... sobre todo las islitas del sur del Báltico... La Vigue no cesaba de hacer su comentario «¡al lado!... ¡al lado!...» ¡y me pedía la vela!... ¡qué descaro!... ¡sólo teníamos una!...

«¡Robert! ¡Robert! ¡cállate!...

—Y los otros, ¿es que no los oyes?»

Se refería al comedor... las carcajadas...

«¡De nosotros están cachondeándose! ¡idiota!

—¿Y los viejos? ¿lloran ésos?»

Era mejor que me callara... no habríamos acabado nunca...

★ ★ ★

«Oye, Ferdine, ¡mírame la frente!»

Me preguntó La Vigue... debían de ser las cinco... no se podía decir que hubiéramos dormido... ¿y ellos?... debí de apagar la vela hacia las dos... las tres... tuve tiempo de copiar los mapas... ¿qué tenía en la frente?... volví a encender... le miré la frente... ¡nada!... quizás un poco rojo hacia una sien... ¡una marca de dedo!

«¿Dónde te has hecho eso?

—¡Yo, no!... ¡la gente!

—¿Qué gente! ¡la habría visto yo! ¡no ha venido nadie!...

—¡Yo la he visto!... ¡tú no ves nada!»

Le entraba la manía, las apariciones...

«¡Eres Bernadette, amigo!»

Yo nunca sabía si era mentira o si se lo creía de verdad... su manía de farolear... ¿o sería víctima?... en todo caso, no estaría bien que lo contradijera... destrozaría todo... le dejé asombrarme... dije: ¿ah?... ¿ah?... me contó, mientras dormíamos, Léonard y el otro habían entrado allí, en el salón, y el gigante ruso, Nikolas... habían registrado todo, las cómodas, el armario y habían robado la tira de botellas... y se habían largado... pero, ¡él se había interpuesto!... ¡ah, sí! había habido una lucha tremenda, como podía yo ver por sus marcas rojas en la frente...

«¡Sí, sí, La Vigue! ¡ya las veo!»

Lo miré bien, estaba enfermo... quiero decir muy nervioso...

«Oye, Ferdine, ¡estoy en un sueño!... ¡no me turbes!... ¡tú también lo estarás, como yo!... ¡Lili también! ¡Bébert también!... ¡los cuatro en el sueño!... ¿no es bonito?

»—¡Sí!... ¡sí!... ¡espléndido! ¡voy a ver el armario!»

¡Sí!... en efecto... vi... habían revuelto... pero ¿quién?... Léonard y Joseph no me parecía... otros visitantes... pero, ¿cuáles?... Léonard y Joseph no se habrían arriesgado... no me parecía... preferían enviarnos a nosotros... él, La Vigue, de contarme aquella lucha de noche, temblaba... en «estado teatral»... bizqueaba como en su última película... más incluso, me parecía... por lo general, al amanecer era cuando le daban los ataques...

«¡El sueño, Ferdinand!... ¡el sueño! ¡os llevo a todos!... ¡vas a ver con otros ojos!... todo, ¡vas a ver!...

—¡De acuerdo, La Vigue!... ¡va a ser bonito!»

¡Lo necesitábamos! Respecto a divagar, ¡ya lo creo!... su naturaleza... ¡no había que discutir!... habían pasado cosas... pero, ¿cuáles?... ¡nunca lo sabría yo!... se calmaría fuera, al aire... debía de hacer bastante frío fuera...

«Mira, Ferdinand, los *braúm*... ¡los he contado!... ¿sabes cuántos ha habido?

—¡No!... ¡dímelo!

—¡Dos mil doscientos ochenta y siete!... ¡no me digas que han sido menos!

—¡No! ¡desde luego!

—Pues bien... ¡me he equivocado! ¡tres mil cuatrocientos noventa y dos!

—¡Una señora cifra!»

Estábamos fuera... sí, hacía frío... yo veía que no se le pasaba... bizqueaba peor...

«Oye, ¿vamos a la granja?»

Quería que se moviese...

«¿Para qué?

—A ver si hay algo nuevo... ¡podría ser!...

—Entonces, dame el brazo, ¡no me sueltes!»

Yo tampoco tenía mucho aplomo...

«¿Por qué?

—Porque, compréndelo, ¡me siento feliz!... ¡sé cuántas han caído!...»

Me habría tenido horas y horas allí contándome la cifra, las cifras, yo prefería avanzar... pero no habíamos mirado a los viejos... ¡antes de salir!... volvimos sobre nuestros pasos... estaban tranquilos... en fin, me pareció... dormían... con intermitencias, diría yo... respiraban con intermitencias también... las fracturas debían de despertarlos... y volvían a quedarse dormidos...

«Lili, tú vas a subir los atlas... y preguntas a la vieja si va a bajar y si va a asistir a la función...

—¿Vais a tardar mucho vosotros?

—¡Oh, ir!... ¡volver!...

—¿Para qué?

—¡Para ver si se han marchado!...

—Sí... tienes razón...»

No solté a La Vigue... debo decir que estaba extraño... más que de costumbre... mascullaba... contaba los ecos... era ya un manojo de tics... ahora estaba como un autómata... «en un sueño» había dicho... ¡un estado!... si vamos al caso, ¡yo también!... ¡Lili también!... ¡ya veríamos!... pero él, La Vigue, en un sueño o no, había que andar con ojo... en fin, iríamos a ver a Léonard... que hubieran venido, él, Joseph y el *mujik*, no me parecía... lo repito... que habían revuelto, sin duda alguna... pero, ¿quién?... ¿las marcas de La Vigue, su frente?... ¿se habría golpeado con algo?... no era nada de importancia... había querido impedírselo, decía... a los dos soldadotes no podía hacerles nada... gemían un poco... al volver les pondría una inyección, dormirían... por fin, nos fuimos... el parque... La Vigue no cesaba de mascullar... «¡qué feliz estoy!» ni de preguntarme... «¿tú no eres feliz?...» lo tranquilicé... «¡sí!... ¡sí!...» por fin la cocina... ¡llamé y volví a llamar con fuerza!... ¡nadie! ¡en la escalera de Isis tampoco! costeamos la charca del purín... en los establos, llamé... ¡nada!... sólo los ciento y pico cerdos... gruñían de lo lindo... ¿estarían al fondo nuestros chulos? ¿no querrían responder?... ¡media vuelta!... otra vez el parque, ya estábamos de nuevo en el salón... Lili ya había vuelto... María Teresa nos enviaba el recado de que no nos alejáramos, que iba a bajarnos pasteles, que al mismo tiempo vería a su hermano... La Vigue seguía bizqueando...

«¡Deja de bizquear! ¡puedes, si quieres!

—¡No!... ¡no puedo!

—¿Sigues feliz?

—¡Sí!... ¿tú también?

—¡Sí!... ¡comediante!»

No lo ataqué más, lo despertaría... decía que soñaba, lo afirmaba... ¡bueno!... lo dejé... no íbamos a ir al *mahlzeit*... decidí... esperaríamos a la noche... no quería volver a ver a la Kretzer, volver a oír sus risas... no es que sea muy delicado, pero en ciertos momentos la histeria produce dramas... ¡lo que quería aquella Frau!... acabaríamos nuestro rancho allí, en el salón... la función era a las ocho, tenía yo que coger por banda a Kracht a las siete y media... y no debíamos separarnos de él ni un instante... no sabría por qué... no estoy, ¡ni lejos!... tan dotado como ciertas personas que saben como por ondas lo que maquina el porvernir... malo o bueno... más seguro que los posos de café o las cartas... nacimientos, niña, niño, el gordo de la lotería, atentado, cáncer, paso a nivel... yo sería un poquito intuitivo, tal vez, pero nada más... soy demasiado escéptico... pero en aquel caso, ya no dudaba, ya no era de risa... los dos paletos de la vela nos habían avisado lo que había que hacer... ¡a pesar de ser más falsos que Judas!... ¡bien avisados estábamos!... «no moverse mientras tanto» ¡bien! ¡bueno! mientras tanto, ¡quedaba un chusco!... La Vigue cortó... todavía soñando... miramos a la llanura...

«Oye, Ferdine, ¡es increíble lo feliz que me siento!... tú también, ¿verdad, Lili?... ¿eh? ¿me crees, amigo?

–¡En la gloria, querido La Vigue! ¡en la gloria!»

Había un poco menos de estruendo allí, Berlín... pero seguía iluminado, en las nubes... rosa de incendios y amarillo de azufre...

«¡Qué feliz me siento!...»

Repitió...

«Ya te he dicho, ¡en la gloria!... ¡somos bienaventurados!...»

Gaviotas, ¡había de lo lindo!... en grandes bandadas... ¡y otras más!... planeaban... bajaban en picado... los cuervos escapaban...

«La Vigue, mira una llanura así... ¡es infinita!

–¡Infinita!

–¡No!... ¡infinita, no!... ¡del Somme al Ural!...»

Quería hacerle pensar...

«¡Sí! ¡sí!... ¡tienes razón!... pero, Ferdine, ¿eres feliz o no?»

Sólo eso le preocupaba... pasaba el tiempo... habíamos acabado nuestras escudillas, a fondo... allí en la granja, pensé, el lisiado y su mujer estaban adivinándose «el porvenir»... pues, ¡claro!... podríamos ir... ¡podríamos ir!... ¡derribar el batiente!... en primer lugar, no eran sólo ellos, todos estaban interrogando a las cartas... ¡las vecinas! ¡visillos echados!... los gitanos, ¡virtuosos!... ella, la

Isis, y su lisiado, ¡tan enfrascados en las cartas, que no se les veía el pelo!... la tendera, ¡una asidua!... dos, tres juegos detrás de su «miel falsa»... no era de extrañar que no estuvieran tranquilos, pero, ¡si hubiesen estado en nuestro pellejo! la prueba La Vigue, que bajo su chaladura se daba cuenta, ya no se atrevía a ver las cosas como eran...

«Oye, Lili, nuestra vieja de ahí arriba, ¿no se echa las cartas?

—¡Y que lo digas!... no para...»

Yo estaba seguro...

«Por eso no ha bajado... ¡no tiene tiempo!...

—¡No hay que llegar tarde!»

En el *mahlzeit* habían dicho que iba a haber un refrigerio en la función recreativa... ¡yo no estaba muy seguro!... en cualquier caso, ¡echaríamos mano al Kracht y no lo soltaríamos!... soy gilipollas, pero, ¡decidido!... ¡no siempre, por desgracia! las veces que me ha vencido la vacilación todavía me arrepiento...

Oí pasos en el vestíbulo... hacia el *mahlzeit...*

«¡Hale! ¡vamos para allá!»

En realidad, llegamos a la hora exacta... antes que nadie incluso... la mesa estaba puesta... la tira de *butterbrot*... ¡nos mimaban!... cuatro pilas de bocadillos «chicharrones con margarina»... ¡no estaba mal!... ¡ah, ahí llegaban los otros!... nuestra purí la heredera, la Kretzer y su marido y todo el personal *diensteile*... ¡no faltaba ni uno!... yo estaba un poco extrañado... ¡todos!... ¡y Kracht!... ¡bien! *guten tag! heil!* ¿un poquito de bigote?... ¿se lo habría vuelto a dejar?... ¿su bigotito a lo Adolf?... no, vi, es que no se había afeitado... ¿prudencia?... ¿enojo?... sin comentarios, no me incumbía... pero lo que me importaba: los dos fatis... si la palmaban en mi ausencia, un follón, seguro, que si debería haber hecho y patatín... hablé claro... en voz alta... que me oyeran todos...

«Kracht, querido amigo... ¿va usted a esa función?... ¡asistirá todo el mundo!... ¡nosotros también!... pero quiero pedirle...

—¡Cómo no, querido doctor!...

–¡En el entreacto!... habrá entreactos... yo le rogaría que diéramos un salto hasta aquí para ver a nuestros enfermos... no quiero dejarlos solos mucho tiempo... ¿ha entendido bien?

–Pues, ¡claro, querido doctor!...»

¡La cosa había quedado clara!... nadie dijo ni pío... enfrascados como estaban con sus bocadillos... estaban disfrutando... ¡muy bien!... Kracht miró su reloj... casi las ocho... ¡ya hacía bastante tiempo que nos preparábamos!... había cogido sus linternas... sus *torch,* una muy grande... tenía derecho a las *torch,* él, SS... conque, ¡adelante!... el *Landrat* tenía que venir, presidir... tal vez ya estuviese allí... la «Fuerza por la Alegría» no era una simple diversión, era una función «por la Victoria» con el alto patrocinio de Göbbels... ¡ya veríamos!... me habría sorprendido que nos divirtieran... pero, ¡nada de hacer ascos!... ¡aplaudir con ganas!... ¡al mismo tiempo que Kracht!... yo no estaba tranquilo... una cosa, dejar a los viejos allí, sin nadie... ¡no podía llevarlos conmigo!... no tardaría en llegar el entreacto, me parecía, volvería a ver con Kracht, habíamos quedado... conque, ¡adelante! otra vez el parque, luego la aldea, las callejuelas, todos juntos... pasamos delante de la tendera, la *Wirtschaft,* la iglesia... tropezábamos, chocábamos no poco, más que en pleno día... por fuerza... Kracht podría habernos iluminado... no quería, tenía miedo de utilizar sus *torch...* al parecer, se veían desde muy arriba, desde las nubes... oí la voz de las mecanógrafas, delante de nosotros... no oí a Isis ni al lisiado ni a la condesa Tulff-Tcheppe... debían de estar ya en el espectáculo... el *Tanzhalle* no podía estar ya lejos... Kracht podría habernos iluminado, lo habríamos encontrado enseguida... se negaba... era como para caer en una charca... también había los cerros de las remolachas... en tierra blanda... ¡Kracht no quería!... ¡por las «fortalezas» decía!... ¡venga, hombre! hacía mucho tiempo que sabían dónde estábamos, putas «fortalezas», si no quemaban aquella aldea era porque no querían... ¡Kracht decía gilipolleces!... su *Tanzhalle...* después de donde se juntaban las carreteras... ¡sí!... ¡la guitarra!... ¡sí!... ¡sí!... ya estaban tocando... *«Hier! hier! ¡*por

aquí!» y nos llamaban... ¡su puerta!... ¡mortecino! ¡una lámpara
de soldar delante de la puerta!... entramos... ¡resplandeciente, aquel
cobertizo! ¡por los cuatro ángulos! ¡con acetileno!... «¡la puerta!
¡la puerta!»... está visto, ¡nos ganamos las injurias! ¿y su lámpara?
¿fuera? ¡eso no lo tenían en cuenta! ¡allá películas, fuera! pero,
¡que volviésemos a cerrar la puerta! ¡como gustaran, hatajo de
berzas! ahora allí, la sala, vi todo el escenario... sólo veía eso... todo
blanco... tocante a público, no podía distinguir nada, sólo nucas
de hombres y moños... ¡aquellos faros de acetileno eran de una
violencia! el efecto negro blanco... te cegaban... pero se veía a los
calorrós... hombres... mujeres... chavales... el viejo de pelo blanco
que se interesaba tanto por Lili... por sus castañuelas sobre todo,
y por su sortija... me pareció que estaba allí toda la tribu, apretu-
jada, las viejas al fondo, los jóvenes delante... pero me pareció que
iban a bailar enseguida... ¡un fandango!... una gran hurí cantó...
una gitana o húngara mayor, gruesa, ¡unos michelines!... y brazos
de hombre, un vientre para tres fibromas por lo menos... ¡unos
chucháis como boyas!... cantaba una romanza brandeburguesa...
eso me dijo Kracht... nada fea la voz, incluso clara y cierto encanto... se alzó la falda... ¡bien arriba!... iba a bailarnos algo... el
viejo anunció: ¡una seguidilla!... ¡animada! ¡mucho!... ¡con los tacones!... ¡con el tetamen!... ¡*tacatá!*... todo el escenario tembló...
una mujer de unos cincuenta años... nada fea, incluso bastante
bonita... y un temperamento ardiente... mucho más fuego que
las chiquitas que la rodeaban... las chiquitas, por mucho que sa-
liesen de un carromato, se veía que estaban pensando en otra
cosa... ¡no eran en absoluto temperamentos fogosos!... casarse
como Dios manda, me parecía, las atenciones, los grandes almacenes, la peluquería, teñirse de rubio, oxigenado... establecerse,
hacerse respetar, funcionario de cualquier cosa, de correos, vender sellos... ¡no gesticular allí para nosotros, patanes! en un escenario ves todo, todos los futuros, todos los descos... el teatro no
engaña... quizá robar un poco todavía en los escaparates, para no
desentonar... si no es demasiado, ¡no hay escándalo!... los chicos

igual, ya no eran eso, ¡gitanos trágicos!... bailaban entre ellos, roza que te roza, la *jota*** sarasa... «la chusma acabará con todo»... ¡claro!... no hacía falta Nietzsche, en Zornhof no le cabía a uno duda... la de los chucháis enormes, la cincuentenaria creía todavía en el fuego sagrado, la juventud ya no... la sala estaba enardecida... que la gorda del tetamen se alzara más la falda, ¡más arriba! ¡más arriba! ¡reclamaban! ¡que cogiese a uno de los sarasas y lo besara en la boca!... *küss! küss!* ¡eso era lo que querían! ¡exigían!... cogió a uno... puso mala cara... ¡lo abofeteó! ¡espectáculo de buten! ¡toma, castaña! ¡amigo!... ¡toda la sala vociferaba! ¡hurra! ¡hurra!... ¡parejas de chicos!... ¡y de chicas! ¡magreándose! ¡que siguiera la danza! ¡con fogosidad! ¡de la buena!... ¡estábamos muy adelantados en Zornhof.... ¡éxtasis de éxtasis!... ¡quién lo hubiera dicho!... ah, la moral, ¡una buena inyección! ¡menudo si se había levantado!... ¡cantidad!... ¡no podía quejarse, la Propaganda! ¡y en un dos por tres!... ¡no sólo sabían arreglar sillas de mimbre, nuestros calorrós!...

Sí, pero, ¡vaya!, yo ya veía mejor... los ojos se acostumbran a los proyectores... distinguía a gente en toda aquella muchedumbre... antes veía todo muy macilento... reconocí a unos... a otros... busqué a Isis, a ver si la veía... ¿y el *Landrat*?... debían de estar en las primeras filas... me pareció... no los encontraba... la sala estaba bien acondicionada, banquetas y banquetas... aquellos *bibelforscher* trabajaban bien, no con lujo, pero sólido, práctico... además, por lo menos treinta filas de sillas, conté... todo aquello como listo para una homilía, protestante digamos... había como para sentar a toda la aldea... ¡y menudo pataleo!... ¡vaya si bisaban a la tía gorda y a su chulo! ¡si volvían a pedirles que repitiesen!... ¡la verdad es que habría sido bueno en cualquier parte!... yo veía casi entusiasmo... ¡me divertía en grande con ellos!... no era el momento de hacer remilgos... jaleé...

«¡Olé! ¡muy bien!... ¡y tú, Lili!... ¡y usted, Kracht!... ¿no está usted a gusto?»

---

* En español en el original.

Yo creía en la «Fuerza por la Alegría»... La Vigue ponía bastante mala cara... ¡podría haber recitado algo!... el enfurruñamiento cae mal... ¡seguro que nos miraban!...

«¡Sí! ¡sí! ¡tienes razón!»

Se dio cuenta... así, que se nos unió... ¡aplaudimos! ¡Kracht también, con ganas!... lo que me tenía inquieto, localizar al *Landrat*... seguro que estaba allí, en la sombra... o en los puestos de honor... sólo veía a Isis, a su hijita... escruté... y otra vez... ¡sí! ¡sí!... ¡los Von Leiden! entre dos mujeres que no conocía... la condesa Tulff-Tcheppe un poco más adelante, hacia nosotros, sola... la pequeña Cillie en otro banco... como hecho a propósito, se alejaban unos de otros... toda la familia en el auditorio... repartida... pero ni uno cerca de nosotros... no había duda, ¡de acuerdo en que no nos conocían!... ¡los indeseables, en el índice!... medida moral y saludable, allí, en la tierra de los *boches* tanto como en Francia... en Moorsburg tanto como en Meudon...

«¡No frecuentar a esa gente! reprobados apestosos y pustulosos...»

Visto desde la otra orilla, no está nada mal... ya no tienes que charlar, perder el tiempo para mostrarte amable, el estatuto de paria tiene su lado bueno... cuando veo a De Gaulle en casa de Adenau... a Adolf y Philippe en Montoire...* Carlos V visitando a Isabel... ¡todo zalemas, carmín, polvos, para nada!... el «intocable» ya no tiene que maquillarse, un poco más de mierda y se acabó, de arriba abajo, ¡lo único que le piden!

Pero, ¡volvamos a mi asunto! ¡os llevo a esa fiesta! ¡y me pierdo en filosofías!... vais a decir: ¡se burla del lector!... ¡en modo alguno! estaba enseñándoos la sala... la Kretzer y su marido... y todo el personal de la *Dienstelle*... empezaba a orientarme, a localizar a éste... a aquél... los Kretzer estaban en otra fila... un poco más atrás que nosotros... parecían divertirse mucho... la primera

---

* Montoire-sur-le-Loir, lugar en que se encontraron el 24 de octubre de 1940 Hitler y Pétain, para intentar definir los términos de la colaboración francoalemana.

vez que los veía yo reír... en el escenario, ¡la cosa pitaba!... las viejas gitanas avanzaron desde el fondo... pasaron por entre las parejas, se acercaron a las candilejas, iban a cantar... el jefe calorró de los pendientes anunció...

«¡*El Coro del Danubio con guitarra y castañuelas!*»

¡Bravo! ¡bravo!... ya hacía más de una hora que duraba aquella sesión intensa para levantarnos la moral y aún no acababa... pregunté a Kracht...

«¿El entreacto?

–¡No, aún no!

–Entonces, ¡tendríamos que ir!

–¡Como guste!»

Pensaba yo en los dos viejos... a La Vigue no le gustó que nos levantáramos, refunfuñó... a Lili tampoco le hacía gracia, esperaba a las castañuelas... así, que nos fuimos con toda discreción, fila a fila... no creo que hicieran caso, estaban repitiendo el «Coro del Danubio», toda la sala, dando palmas y pateando... ¡la «Fuerza por la Alegría»! ya estábamos fuera, hacía frío... no habría estado mal que Kracht nos hubiese iluminado... llevaba dos *torch... no* habría estado mal, pero, ¡justo un segundo!... en realidad, no importaba, el cielo bastaba... seguía el resplandor rosa... amarillo... en las nubes... mirando bien, se veía la carretera... se veían las paredes... las chozas... la quinta no quedaba lejos... pero justo entonces de pronto: *halt!* un poco después de la tienda... ¡y delante de nosotros alguien!... ¡una cabeza!... Kracht apuntó con la linterna... la cabeza habló, susurró... yo no conocía a aquel alguien... no comprendía lo que decían... era en alemán... en dialecto... una cabeza lívida, más que lívida, como pasada por escayola... y de labios gruesos y pestañas largas... ¡no había proyectores fuera! ¿sería cosa mía? ¿que me había deslumbrado el acetileno? no lo creía... ¿un payaso?... ¿payasos? también Kracht parecía sorprendido... hablaba con aquel lívido... ¡salió otra cabeza de la sombra!... ¡y luego otra!... ¡una ristra!... y que le susurraban en dialecto... yo no había visto nunca cabezas tan blancas, tan empolvadas... ¿refugiados?... ¿de dónde?...

«¿Qué están diciendo?»

Yo no podía responder, La Vigue me preguntó, yo no había comprendido nada... debía de ser grave...

En menos que canta un gallo... ¡va Kracht y dispara!... ¡al aire!... ¡pistol!... ¡dos disparos!... ¿de dónde podían venir aquellos hombres empolvados?... nunca lo supe... se marcharon sin decir adiós... nunca más volví a encontrármelos... Kracht iba delante de nosotros con las dos linternas... ya no se andaba con precauciones... la prisa que tenía de no sé qué... llegaba gente de todas partes, sin aliento... aquellos de la aldea yo los conocía de vista... los disparos al aire los habían atraído... «¡Kracht! ¡Kracht! ¡Kracht!...» lo llamaban desde el fondo de las tinieblas... debían de venir también de la función... debía de haberse interrumpido en seco... yo veía a gente de la asistencia, a nuestro alrededor, andando por allí, farfullando... «¿qué pasa?»... los disparos de revólver de Kracht... pero, ¡nosotros tampoco sabíamos nada!... ¡íbamos a ver!... joder, ¡nada!... ¡los bosquecillos, primero!... el parque... ¡la quinta, allí!... la gente quería seguirnos, ¡naturalmente! entrar con nosotros... Kracht los echó... ¡en un instante!... ¡un disparo al aire! ¡otro! ¡pang!... escaparon todos... entonces decidido el Kracht... ¡el escándalo y las linternas!... él, Lucette, La Vigue y yo fuimos enseguida a donde los heridos... ¡ya era hora!... el *Revizor* primero... estaba mejor... *guten abend!* ¡buenas noches!... el pulso estaba débil, pero en fin... lo ausculté... respiraba bien... y sin fiebre... ¿habían tenido frío?... ¡no!... en la pierna, seguro, una fractura... que no se moviera, ¡ya veríamos más adelante!... el otro, el conde ulano, no decía nada... cogí la linterna... a la cabeza, bueno, se acabó... Kracht me preguntó *«glauben sie?»* ¿usted cree? *«oh ja! ja!...»* había muerto hacía más de una hora... yo estaba acostumbrado a «levantar actas de defunción»... el *Revizor* a su lado estaba sorprendido, ¡no había oído nada!... ni una queja... el conde Von Leiden había muerto deprisa... nosotros habíamos estado fuera dos horas más o menos... no estaba bien... pero yo no había imaginado... tan deprisa... ¿un síncope? en fin, ya no tenía remedio, ha-

bía que anunciarlo, ¡que nos dejaran en paz!... «el *Rittmeister* conde
Von Leiden ha muerto»... propuse: ha muerto en combate... ¡no!
¡no!... ¡Kracht no quería!... primero, ¡avisar en Moorsburg!... pero,
¿cómo?... ¡iba a ir él en bici!... ¿al instante?... ¡sí!... ¿de noche?...
¿por la carretera?... protesté...

«Kracht, ¡vamos con usted! ¡no vamos a quedarnos aquí,
solos!...» reunidos como estaban allí, todos, vecinas, *mujiks*,
prisioneros, sólo esperaban la ocasión de encontrarnos sin nuestro
SS ¡menudo si nos ajustarían las cuentas!... ¡si vaciarían el armario!...

«Ja! ja! ja! sicher!»

Me daba la razón... los alemanes están podridos de defectos,
pero tienen una cualidad... les dices algo verdadero, razonable, lo
admiten... los franceses, ¡jamás!... Kracht estaba de acuerdo en
que, si se nos marchaba, a la vuelta nos encontraría hechos trizas... ¡saqueo y picadillo!... la embestida de la aldea... reflexionamos... al cabo de un instante, llamaron... *«herein! ¡entre!»*... ¡nadie!... ¡sí, una cabeza!... no empolvada, de escayola, una cabeza
corriente, pero no de la aldea... me conozco las cabezas yo...

«¿Qué hay?»

Kracht enfocó sus linternas, las dos... el desconocido habló...
dialecto también... yo comprendía una palabra... dos... ¡oh, la cosa
se complicaba!... se trataba de un hombre fuera... ¿dónde?... ¿en
la granja?... ¿en el patio?... ¡y de otro más!... ¡muy cerca!... ¡habían
aprovechado nuestra ausencia, me pareció!... ¡Kracht tenía que ir
a ver!... ¡un momento! ¡un momento!... ¡sin nosotros, no!... podíamos desconfiar de Léonard, el paleto dispuesto a todo, sin lugar a dudas... pero aquel Léonard sabía lo que ocurriría, si nos
ajustaban las cuentas, que sería el saqueo total... ¡hasta el fondo!
que no quedaría nada... ni para el porquero... ni para él... «¡no os
separéis de él en ningún momento!» ¡tenía sentido!... cuando las
personas se ocupan de ti, están pensando en sí mismas, tienen su
idea... «¡no os separéis de él en ningún momento!»... ¡ya lo creo
que no íbamos a separarnos de él!... ¡a ver qué había ocurrido!

¿de qué se trataba? ya estábamos fuera con Kracht... ¡bien!... nos escoltaron... nos guiaron... sabían dónde era, ésos... por el lado de la llanura, en la charca, bajo la ventana de Le Vigan, ya no dormía allí, ya os lo he contado... una habitación, ladrillos y tierra batida, ventana con barrotes... una celda más bien... la charca estaba allí, muy poca agua, pero, ¡una de algas!... herbosa, tupida, abarrotada de hierba... hierbas y arena... con la linterna se veía el fondo, los arrayuelos de agua... y los reflejos de arriba, de las nubes... el incendio de lejos... los resplandores proyectados rosas, amarillos... habría sido bonito... digo: habría sido... y después fuimos a ver otra cosa... vimos... por el lado de la llanura, profundo, hundido bajo las algas, la gente nos mostró: unas botas... pregunté a Kracht: «ja! ja!... ¡eso es!» nos comprendimos... había que sacarlo del agua... seguramente era eso lo que le habían dicho los «empolvados»... yo no había comprendido... a la salida del *Tanzhalle*... Kracht ordenó: ¡cuatro *bibelforscher*!... vinieron, ellos chanelaron al instante, vieron las botas... bajaron al agua... se enfangaron... agarraron de las botas, tiraron del cuerpo, lo sacaron de debajo de las algas... ¡ahí lo teníamos! era él, sobre las algas, ahora boca arriba, tendido cuan largo era... oh, no fue sorpresa, ¡me lo figuraba!... el *Landrat* Simmer... ya no vivía, había tragado la tira de agua, ¡y algo más!... ¡lo habían estrangulado, encima!... le soltaron la cuerda del cuello... un grueso cordón de seda... ¿dónde habrían encontrado aquella seda?... eso era un enigma, yo no veía seda en Zornhof, ¡sobre todo en cordón!... ¡ni en Berlín! en fin, no había duda, era seda... primero le habían dado un buen golpe... tenía una herida... profunda, todavía sangraba en abundancia... en pleno cráneo... me parecía un golpe con pico... por encima de la sien derecha... lo habían amordazado y después estrangulado... pero el golpe con el pico primero, lo más seguro... ya se investigaría... después lo habían echado al agua, bajo las algas... ¿de dónde vendría?... ¿de dónde saldría?... tenía que presidir la velada... ¿habría cenado en la granja? seguramente... no sabíamos, pero casi seguro... en cualquier caso habíamos hecho bien de no estar en la quinta... ni en el patio... ordené lo que se debía hacer... que le apretaran en el vientre, en el estómago... ¡fuerte!... le dieron vueltas en todos los sentidos, ¡bien!... ¡que vomitase!... ¡nada!... estaba muy frío... mojado, lógicamente... rígido como si llevara horas muerto... lo que yo no comprendía bien... el agua que chorreaba por todos lados... de sus vestidos, de sus botas... el rostro estaba tranquilo, no crispado, amarillento... no había habido lucha... a nuestro alrededor no paraban de susurrar todos... dale que dale... ¡lo sabían todo!... no sabían nada, ¡mentirosos!... yo no podía decir que hubiésemos estado avisados... ni siquiera el *Landrat* ahí, en la charca, debía de figurárselo... a pesar de que tenía su policía y las informaciones... ¡no! a poco que se hubiera olido algo, ¡no habría salido!... ¿entonces?... ¿entonces?... La Vigue bizqueaba de una manera...

Justo en aquel momento: ¡*vzzz!* un avión pequeño bajó en picado... desde muy arriba... nos pasó por encima, en un abrir y cerrar de ojos, ¡y volvió a pasar!... ¡y otra vez!... ¡en acrobacias!... ¡me recobré!... lo vi... era un *Marauder,* un escolta de las «fortalezas»... ya había ocurrido dos veces... hacía un mes... que bajaran así en picado a ver qué pasaba... en aquella ocasión comprendí, eran las *torch* de Kracht... aun así, ¡tenían otras cosas que hacer! pensé... ¡nosotros no interesábamos a las fortalezas»!... ¡y ya volvían otra vez!... ya lo creo, ¡insistían!... ¡a cada descenso en picado encendían veinte... treinta bengalas de fósforo!... y se balanceaban, surcaban... de una nube a otra... querían verlo todo... las bengalas crepitaban, resplandecían... ¡ya no podíamos esconderles nada!... más claridad que a pleno día... los árboles, las isbas, el carromato, la charca, ¡todo!... ¡como al sol!... y las vecinas y el *Landrat,* que esperaba en la hierba, boca arriba... más bien, debo decir, sobre un lecho de hojas remojadas... los *bibel* lo habían sacado de la charca, lo habían dejado al borde de las algas, con las manos juntas, allí... yo me pregunté si aquellos aviones con bengalas irían a decidirse a soltarnos su carga, ¡que acabáramos de una vez!... ¡un buen *braúm!* ¡la aldea, la iglesia y nosotros!... ¡y el *Landrat!* ¡maremágnum! ¡*vzzz!* ¡*brum!*

«Oye, ninchi, ¿crees que lo contaremos esta vez?»

La Vigue ya no se sentía arrobado, ya no me preguntaba si era feliz... ¡no!... estaba seguro incluso de que la cosa estaba fea... recuperaba la conciencia... yo no me atrevía a tanto, pero la verdad es que habíamos hecho todos los méritos para... que los acróbatas de la RAF nos rociaran, ¡y *brum*¡ nos lo tendríamos bien merecido... sobre todo Kracht con sus *torch*... ya no quería apagarlas... todo el público de la función estaba allí y los gitanos, ¡y lo sabían todo! ¡comentaban!... no sabían nada, no habían estado presentes, habían estado allí con nosotros, ¡conque inventaban!... ¡y con detalles! ¡qué detalles! cómo había muerto el *Landrat,* ¡el modo como lo habían cogido y estrangulado!... para hacerse la interesante, la gente inventa cualquier cosa... me diréis: ¿y tú, pajarraco asqueroso?... ¡lo mío es cierto, exacto! ¡no hay nada gratuito!... ¡las cosas como son!... más que nada minimizo... cronista amable... no habían estado en la granja ni en el patio... ¿entonces? ¿qué iban a haber podido ver?... sabían, y se acabó... la prueba, nos guiaron... ¿adonde?... no bastaba con el *Landrat,* ¡había otro ahogado!... ¡eso decían!... ¿quién era el otro?... vi a la condesa Tulff-Tcheppe... hacía ocho días que nos esquivaba... entonces estaba allí, aproveché para preguntarle... ¿dónde había estado el *Landra*?... ¿en la granja? sí, ella había cenado con él... o sea, que lo habían atacado, se lo habían cargado y lo habían ahogado cuando salía... ¿adónde iría?... a reunirse con nosotros, ¡claro! ¡claro!... ¡ya que iba a presidir la función!... al atravesar el patio lo habían derribado primero y después lo habían atado... la condesa no vacilaba, acusaba, pero, ¿a quién?... los asesinos lo habían arrastrado hasta la charca y lo habían tirado dentro... yo lo sabía tan bien como ella, estaba sobre un lecho de algas... ¡que fuera a ver!... la RAF nos mimaba, estaba iluminado, ¡una fiesta!... entonces centenares de bengalas, ¡el cielo lleno!... ¡ya lo he dicho!... ¡más iluminado que en pleno día!... ¿qué había que mirar ahora? nos zarandeaban todos para que nos apresuráramos, ¡que aprovechásemos la claridad!... toda la aldea estaba allí, el señor y la señora Kretzer, los *bibel* y los prisioneros... me costaba mucho

trabajo, pero, ¡hala!... noté que no veía ni a Léonard ni al otro...
Nikolas, el coloso, estaba en el centro del patio, de rodillas, vomitando... ¿habría jalado demasiado? ¿bebido demasiado? al parecer,
había dado cuenta de todas las botellas de la cocina... había reserva... él sabía... ¡bueno!... sin embargo, yo no lo había visto nunca
borracho... una locura, ¿porque estábamos en la función?... ¿estaría
disimulando simplemente?... ¿y su lisiado?... ¿dónde lo había dejado?... lo llevaba por todas partes... ¡no se separaba de él nunca!...
todo el mundo le preguntaba...

«¡Nikolas!... ¡Nikolas! ¡di dónde!»

Nikolas vomitaba de verdad, lo vi... ¡y menudas sacudidas
recibía!... ¡todo el mundo lo sacudía! ¡que respondiera algo!... ¡no
bastaba con vomitar!

«Sagt Nikolas!... ¡di! ¡di!»

No respondió, se tumbó...

«Sagt!»

De costado vomitó aún más... pegado al barro e incluso flemas... ¿un veneno?... me pregunté... la RAF se superaba, una iluminación grandiosa... se veía todo el parque, la iglesia, las chozas...
nunca tan bien, tan claro...

«Sagt Nikolas! ¡di!»

Se crispaba, hacía esfuerzos... ahora muchísimas llamitas... y
que subían hacia el cielo... surcaban... ¡podrían incendiarlo todo!...
unas comas... ¿habrían empezado ya? ¿en algún sitio?... una cosa
que contaba, el resto ya veríamos, era la de qué había sido de
aquel lisiado... en el momento justo, tan crítico, una vecina atrajo hacia sí a Kracht, por el cinturón, quería hablarle, con toda urgencia... se alejaron... allí los vi, ella hacía gestos, le indicaba hacia
nosotros, algo... ¡ah, sí!... ¡la fosa! la fosa del purín era lo que le
mostraba con el dedo, allí... para eso quería hablarle... enseguida,
mi inteligencia... me dije: ésa, ¡ésa sabe!... ¡no muy difícil!... había
visto al gran Nikolas balancear al lisiado... ¡no me equivocaba!...
¡Kracht dio dos pitidos, con el silbato!... tenía por lo menos cuatro pitos... ¡menudo cómo acudieron corriendo!... ¡la tira de *bi*-

belforscher! les dio una orden... ¡órdenes!... que fueran a buscar al lisiado, me pareció... ¡enseguida! ¡en el fondo del purín! me pareció... aquel agujero era más peligroso que el otro... el otro sólo tenía hierbas y barro... aquél era de cemento armado... oí lo que hablaban... profundo, al parecer, la altura de un hombre, ¡y sin vaciar desde hacía tres años!... esperaban a que acabara la guerra... el lisiado, si estaba en el fondo, ¡podía esperar hasta el final de la guerra!... La Vigue y yo nos habríamos cachondeado, si no hubieran estado allí Isis y la niña... hablaban en torno al depósito... construido a propósito para las remolachas, el jugo de los silos, y después para el purín, las cuatrocientas vacas... aprendía uno cosas... no se podía entrar en aquel depósito así como así, primero había que vaciarlo... ¿cómo? abrir la válvula... ¡y aparecería el lisiado en el fondo!... Nikolas no había dicho nada, seguía de costado allí, intentando vomitar... hipaba...

«*Sagt Nikolas!*»

Todo el mundo intentaba hacerle hablar... ¡la vecina lo había visto!... ¡ella sí! ¡bamboleando al lisiado!... explicaba con gestos cómo... estaba solo en el patio, con el inválido a la espalda, a horcajadas, como de costumbre, estaba redondeando el purín, ¡y *blof*! ¡me lo había lanzado! ¡lejos!... ella lo había visto... ¡*pluf*! ¡había hecho!... iba al *Tanzhalle,* con su lisiado... el *Landrat* debía reunirse con nosotros también... él había acabado en la otra charca... también él venía de la granja Von Leiden... pero lo de él no lo había visto nadie... el cordón... la estrangulación... pese a que había sido casi en el mismo instante... en fin ya se sabría... más adelante... ¡si teníamos tiempo!... la urgencia, ¡sacar al lisiado!... ¡eso sabían! al parecer, era una pérdida importante, aquel espeso purín era muy valioso... pusieron manos a la obra... seis... ocho... ¡que chorreara, se vertiese! ¡y a raudales!... ¡menudo si había!... de arriba ya no descendían bengalas ni llamitas... ya no los divertíamos, ya sabían... habían dejado de iluminar, estaba obscuro... sólo las dos *torch* de Kracht... ¡la RAF no nos había soltado nada!... con una sola bombita habrían podido acabar con todo en Zornhof,

¡con nuestros misterios, las charcas, nuestros porvenires tan comprometidos, la tienda y el *Tanzhalle*!... se habían divertido y se acabó, no habíamos valido la pena de una bomba... los *bibel* habían hecho ceder la válvula a golpes de laya... el jugo salía en cascada, un jugo precioso, con el que abonar muchas hectáreas... Kracht de rodillas sobre el borde intentaba localizar al lisiado... en el lodo del fondo... la espesura... ¡ya estaba!... ¡enseguida!... ¡ya lo tenía!... me mostró... ¡una profundidad de por lo menos dos metros!... ¿lo habría hecho a propósito Nikolas?... ¡era posible!... ¿se habría enfermado a sí mismo?... ¿para no poder responder?... ¡era capaz!... ¿con qué?... ¿la priva?... ¿un veneno?... ¿raticida?... no sería yo quien fuera a decir esto... lo otro...

Ahora veíamos al lisiado... en el cieno, sí, era él, Von Leiden hijo... doblado sobre sí mismo, un gran tronco, las piernas atrofiadas... ¡inconfundible!... cubierto de estiércol, negro y amarillo, pintarrajeado, untado... no tenía cordón al cuello como el otro, a él no lo habían estrangulado... menos mal que Kracht alumbró, los *bibelforscher* pudieron ver, registrar... ¡cuatro cachas lo sacaron!... lo izaron hasta el brocal... entonces, ¡yo! ¡mis funciones!... palpé, ausculté... la verdad es que era un purín muy acre... el antebrazo estaba rígido... había muerto súbito... ¿tal vez un síncope primero?... ¡no iba yo a hablar de eso!... ¡se habían dado una prisa que daba gusto, mientras estábamos en el espectáculo!... ¡antes del entreacto!... ¡de primera!... desde luego, podíamos habérnoslo figurado... pero, ¡no tanto y en menos de una hora!... el *Rittmeister,* su hijo, el *Landrat*... ¡todo eso incumbía a Kracht, el SS! ¡no a nosotros! ¡oh, a nosotros, no!... nosotros estábamos en plena «velada»... todo el mundo nos había visto en ella... ¡Lili, La Vigue, Bébert y yo!... debíamos algo a Joseph... desde luego, ¡no lo niego!... ¿por qué nos habría avisado aquel paleto rencoroso!... ¿«reclutado obligatorio», del otro bando, seguro, que nunca había podido tragarnos? ¿que tenía todas las razones más poderosas para hacernos desaparecer, traidores, etcétera?... ¿por qué nos habrían avisado Léonard y el otro?... ¿por los licores?... ¿por los puros?...

tal vez un poco, pero no sólo... veinte años después sigo preguntándomelo...

En fin ahora la cuestión era qué íbamos a hacer con el lisiado, nuestro tercer difunto... Kracht decidió que lo lleváramos junto al otro, que no podíamos dejarlo en el patio... había que colocarlo decentemente... tendido también sobre las hojas... dio la orden... los *bibel* pusieron manos a la obra, otra vez, seis de ellos... levantaron el bulto... mucho más negro y viscoso que el *Landrat*... Isis, su hija y la condesa siguieron el cuerpo... y María Teresa, todo el personal *Dienstelle*, los Kretzer y nosotros tres... más todos los gitanos... a través del parque... ¡allí estaba el lugar!... el mismo lecho que el *Landrat*... el aseo, un poco... le limpiaron el pringue... ¡y con agua, allí!... le juntaron las manos... ¿y después? ¡avisar urgentemente a Moorsburg!... al parecer... ¡al menos, a la *Kommandantur*!... ¡Kracht iba a ir en bici!... ¡ah, eso sí que no! ¡me opuse!... ¡ni hablar!... ¡o se quedaba o partíamos con él en cuanto se hubiera marchado, sería la matanza, ¡nos desollarían! ¡no volvería a encontrarnos!... ¡era sencillo!... ¡era lo único que esperaban! ¡toda la aldea!... ¡se morían de impaciencia por que nos quedáramos solos!... lo reconoció...

«¡Tiene usted razón!»

¡Sería mejor que nos matara allí mismo! se lo ofrecí, lo prefería, ¡en serio! no quería... se quedó con nosotros... envió a cuatro *bibelforscher* con un recado... *dringend*... «urgente»... esperaríamos la respuesta... ¡perfecto!... La Vigue ya no comprendía nada, nada de nada... pregunté...

«¿Qué tal?

—¡Mal!... ¡muy mal!»

Volvía a estar sonámbulo, yo diría... igual estaba en Rue Lepic cuando forcejeaba con un papel, sin haberlo dominado... todavía... ausente... entre lo real y la escena... lo sacudí...

«¡Subamos!»

Estaba de acuerdo... me siguió..., ¡eh! ¡eh!... nos llamaban... era Kracht... ¡ya había recibido la respuesta!... no de Moorsburg, ¡de la carretera misma!... habían encontrado al capitán que sabía lo que había ocurrido... ¡sí!... ¡todo!... el capitán comandante de armas... que incluso llevaba la orden allí, escrita... «de no moverse, con ningún pretexto, permanecer todos en sus habitaciones y no tocar a los muertos»... ¡estaban frescos! ¡vaya si los habíamos movido! como hubiera investigación, ¡estábamos guapos!... la ley europea de verdad: ¡no tocar a los muertos!... vivos, ¡les rompes la cabeza! ¡perfecto!... aun agonizando: ¡qué le vamos a hacer! pero, ¡como estén fríos! ¡no te libras! ¡loco criminal!... ya nos veía en un apuro muy feo... mayor razón para pirárnoslas... pero, ¿adónde? ¿hacia dónde?... ¿y cómo?... yo tenía ideas, ya os lo he dicho, pero, ¿es que no tenían ideas los otros? ¿la tira de ideas? ¡y bonitas!...

«¡Esto se pone feo, Ferdine!»

Tenía por fuerza que responder igual...

«¡Muy feo!...»

Lili también... «¡muy feo!»... ¡ya veríamos el día siguiente!... nos quedamos dormidos en los escalones, allí, sentados... los bombardeos seguían en el Sur... Sudeste... no demasiado fuertes... bastante regulares... como debe ser... ¡brum!... no demasiado fuerte... regular...

★ ★ ★

Mientras estás en el trabajo, la gente piensa: ¡adelante, es el momento!... ¡saltan, te saquean, sabotean todo!... ellos, que no dan golpe jamás, sólo sus mil tonterías y remilgos... sabotearte tus instrumentos, destrozarte veinte años de trabajo, ¡qué ocasión maravillosa, qué estupro! mañana, noche, observadlos, atracarse, eructar, empinar el codo, consultar a los echadores de cartas, volverse a mirar la bragueta, enviarse flores, ¡y hala! ¡en coche! ¡otra tasca! ¡otro caviar!... te ausentas y encuentras la queli patas arriba, vigas, ladrillos, balcones, arcadas, derecho, revés, ¡revoltillo! ¡un túmulo horrible!... ¡han pasado por tu trabajo, salvajes discusiones, gibones rabiosos! ¡rencorosos!... ¡no hay quien se oriente!... no te queda más remedio que recomponer todo, rehacerlo, con muchísimo más trabajo, darte un palizón, ¡ánimo, con fervor!

Entonces veía dónde me encontraba, casi en la página 2500... con tres muertos, tres asesinatos, debo decir... ¿a quién puede interesar?

Justo entonces la señorita Marie, mi secretaria, vino a verme... le pregunté qué le parecía...

«Oh, mire... sus libros... desde el *Viaje*...

—¿Qué?

—Ya no puede usted esperar gran cosa...

—Pero, si no esperaría nada, se lo juro, señorita Marie, ¡si no me hubieran robado todo!... yo que vivo con tan poco, que ocupo tan poco espacio y no quiero ver a nadie...

¿Entonces?

—Iré a acabar mis días con otro nombre... en un lugar al que nadie vaya... en las dunas, por ejemplo... en cualquier sitio...»

La señorita Marie no soñaba... ¡le había contado mis desgracias mil veces!

«Sí, pero, ¿y su "cuenta"?... ¿la ha visto?»

¡Ya lo creo que la había visto!... ¡nueve millones de deudas!... ¡una bicoca! ¡para un hombre que vive con nada!...

«¡Me sabotean, señorita Marie!»

Ella también lo sabía... todos los detalles...

«¡Me acusan de todo!... ¡todos!... de Cousteau, el condenado a muerte, a Petzareff,* el Buchenwald de honor... ¿cómo quiere usted que salga adelante?

—¡Evidentemente!»

Oh, naturalmente estaba avisado... cuántas veces no me habían repetido: ¡sus libros ya no se venden!... por lo demás, no sólo sus libros, ¡todos los libros! ¡ningún libro! ¡la gente ya no compra! ¡tienen, verdad, los impuestos! ¡la televisión, las vacaciones, el ape-

* Pierre Lazareff, periodista francés nacido en 1907. Dirigió *Paris-Soir* de 1937 a 1940. Durante la guerra dirigió la sección francesa del Departamento de Información de Guerra, primero en Nueva York y después en Londres. Posteriormente, fue director de *France Soir* y otras publicaciones. La transformación de su nombre se basa en que *pet* significa «pedo».

ritivo, más el coche, los seguros!... ¡ni siquiera tienen tiempo!...
además, a decir verdad, nunca se han comprado libros, se pedían
prestados y se quedaba uno con ellos... se robaban en casa de amigos o en las estanterías... ¡un deporte! pero ahora, ¡el golf, el *striptease,* los gamberros! ¡piensan en otras cosas!

«¡Me importa un comino!» dije... «¡me voy a ver al monstruo!»... ¡ya no recibía!... mi secretaria estaba informada... desde
que le había ocurrido, lo de los oídos, se había metido en una
caja... ¡protegido!... vivía, dormía en su caja fuerte... contaba sus
sacos y sus francos nuevos... «¡lo veremos!»... dije... «¡lo veremos!»...

«Señorita Marie, hágame un favor, acompáñeme, ¡será usted
testigo!»

Llamé a un taxi, ¡ahí lo teníamos! ¡listo!... el lugar lo conocíamos... siniestro... grandes losas de mármol, negras y blancas...
un anfiteatro inmenso... muy frío... como un depósito de cadáveres... esperamos... ah, un sofá... uno solo... instalado, con las
piernas cruzadas, el hermano del «monstruo»... no nos habló... yo
pensaba en la página que acababa de dejar, que estaba esperán-
dome, la 2.500... aquel hermano del «monstruo» me fastidiaba,
¡el tiempo que estaba perdiendo!... y los tres cadáveres allí... sobre
las algas mojadas... abordé a aquel taciturno...

«¿Dónde está Brottin?»

Se encogió de hombros, no sabía...

«¿Y los demás?»

¡Ah, respondió!

¡En la clase !

—¿Lección de qué?

—¡Trompeta!»

No había adelantado nada...

«¿Y el señor Nimier?

—En los "ocho días" de Trebisonda...»

Nada más, comprendí que no respondería nada más... había
abusado de su paciencia... bostezó en dirección del busto de su

hermano, en el otro extremo del anfiteatro... y volvió a bostezar y después se fue... estaba muy cansado... nos quedamos solos la señorita Marie y yo... junto al busto... divisé una banqueta... un mueble indigente, la verdad, por el que no darían cien francos (viejos) en el *Marché aux Puces...* todos los muelles, sacacorchos, fuera...

Del pasillo llegaron voces... me puse a escuchar... discutían con ganas... fui... ¡nadie!... era en los despachos...

«¿Por quién votáis?»

Había opiniones... dos veces... ¡tres veces!... «¿por quién?» y luego, de repente, una canción... acompasada con aplausos...

> *Vous allez l'avoir dans le baba!*
> *Ollé! Ollé!*

Hombres, mujeres...

> *Ils vont l'avoir dans le baba!*
> *Olla! olla!*

¡Ah, salió una!... congestionada, como un tomate... me vio... se dirigió a mí...

«Bueno, ¿y usted?... ¿por quién vota usted?...»

¡Parecía urgente! yo no tenía nada que decir... yo no votaba por nadie...

«Oh, pero, ¿no es usted Céline?»

Se le ocurrió...

«¡Sí! ¡sí! ¡en persona!

—¿Viene por la lección?»

¡Debí de parecer «caído de un cohete»!... irresponsable...

«¿No está usted enterado?... ¡después de los baños de pies! ¡la reunión de los flagelantes!

—¡No! ¡no! se lo aseguro... veníamos para ver a Achille... a pedirle...

—¡Ah, qué gracioso es!»

Se tronchaba de risa... ¿tan cómico era yo?

«Desde lo que le ocurrió en los oídos, desde hace tres meses, ¡Achille está en la caja!... ¿no lo sabía?»

Se largó... fue a decírselo a los demás... al fondo... y les hizo reír, a todos los otros al fondo... ¿quiénes serían?... ahora salía uno, uno con jersey y gafas... y pipa en la boca...

«Soy Rastignan,* me presento, ¡usted no me conoce, Céline!... ¡Director de la *Revue Compacte*!

—¡Felicidades, mi querido amigo! pero, ¿quiénes son esos que gritan?

—Pues, ¡nuestro comité, Céline!

—¿Gritan y votan?

—¡Exacto! ¡la idea es genial! ¡es mía!

—¡No lo dudo! pero, ¿quiénes son?

—¡Personas de mundo y afortunadas, ociosos absolutos!... pederastas... alcohólicos, ¡tiene que ser así!... ¡yo me encargo!... algunos asesinos, algunos gamberros...

—Le entiendo, Rastignan...

—La "nueva ola", ¿comprende? ¡Comité de lectura! todos estrictamente incapaces, ¡me interesa que sea así! ¡esa gente calibra! saben "juzgar"... ¡toda su vida!... y hablan inglés... ¡y kirguís!...

—¡Sí!»

¿Qué otra cosa podía yo responder?

«¿Ha traído su manuscrito, Céline? ¡el Comité está preparado! ¿está usted listo?

—Ya me rechazó el *Viaje*...**

---

* El nombre está inspirado en Rastignac, personaje ambicioso y sin escrúpulos que figura en varias novelas de Balzac. En este caso, Céline parece referirse a Jean Paulhan, director de la *Nouvelle Revue Française*.

** El comité de lectura de la NRF, por recomendación de Benjamin Crémieux, había pedido en su respuesta que se hicieran cortes en el *Viaje*. Esa respuesta le llegó a Céline al mismo tiempo que la de Denoël, que aceptaba el libro en su integridad y a quien el autor dio preferencia.

—Mire usted, en aquella época... ¡todos eran de letras!... ¡hombres de letras!...

—¡Lo he "disturbado", Rastignan!

—¡Oh, "disturbado"! ¡repita! ¡Céline!... ¡repita! ¡qué verbo tan encantador!»

Lo había emocionado...

«*Disturb!* ¡Rastignan!»

Pero, ¡menudos berridos! ¡y desde el fondo!... ¡querían votar! el «Comité de lectura»... así lo llamaban...

«¡Basura!... ¡charlatán!... ¡asqueroso! ¡date prisa!...

—¿Los oye usted?

—¡Oh, sí!... ¡oh, sí! ¡lo dejamos!... ¡quiere votar!...

—Querido Céline, ¡repítamelo!

—*Disturb! disturb!* ¡Rastignan!»

¡Muy bien!... la señorita Marie me hizo señas de que ya estaba bien, que podíamos marcharnos...

¡Desde luego!... ¡para lo que podíamos decir o hacer!... es una metedura de pata volver a un lugar en que la gente baila a este son... al otro... ya no tienen nada que ver contigo... ¡tú ya no sabes!... te miran como a algo extraño... reflexiono... poco a poco el tiempo se ha llevado a muchas personas... éste... aquél...

«¡Mi propia hija, por ejemplo, señorita Marie!

—¿De verdad?

—No he vuelto a verla...

—¿Y después?

—No sé...»

Habíamos ido a parar adonde yo estaba acostumbrado... de una calle a otra, plaza Boucicaut... en torno a la plaza giraban los autos... tres... cuatro personas venían de la calle, entraban... no más... de las cuatro, tres curas... su casa central queda muy cerca, de Babylone... de niño viví allí al lado... Rue de Babylone... su Misión... todavía recuerdo ¡ding! ¡ding! sus maitines... ahora vi, podíamos cruzar... el Boulevard Raspail... pero, qué ruido, un lugar nada apropiado, la verdad, para recordar precisamente esto...

lo otro... ¡venga, hombre!... ¡aquella visita me había exasperado! ¡a tomar por culo el Brottin! ¡y su comité de lectura y su caja!

«¡Desde luego! ¡desde luego! ¡taxi!»

La señorita Marie estaba de acuerdo...

¡Allí había uno!

«¡Taxi!... ¡Meudon!... ¡a mis historias!

—¡Desde luego! ¡adelante!»

¡Vaya, por lo menos un hombre educado!

«Señorita Marie, dígame, ¿no nos han insultado esa gente de las ediciones Brottin?

—¡Oh, apenas!... ¡apenas!...

—¿Qué leche he ido a hacer allí?

—¡A saludarlos!

—¡Exacto! ¡exacto! no han sido muy correctos...

—¡Oh, sí!... ¡oh, sí! ¡su estilo!... estaban en pleno trabajo...

—¿Les hemos molestado?

—Tal vez... tal vez...»

★ ★ ★

¡Podéis imaginarlo!... ¡no iba yo a regresar enseguida! ¡que trafiquen, se burlen, estafen! ¡bribones y bribonas! ¡hasta dislocarse el pedículo! ¡bobo el que haga caso de esa gente!... ¡retorcidos mal pensados, cogitadores de través!... ¡que bailan sin llevar el paso!... y se pierden entre pasillos... los llaman... ya no saben quién... qué... ¡nada!... su teléfono responde por ellos... «¡el señor Péliotrope ha salido!... ¡espérelo!... ¡vuelve enseguida!...» ¡toc!... ¡cuelgan!... ¡no esperes!... ¡el señor Péliotrope no vuelve nunca! ¡menudo pájaro!... ¡tú tampoco!... ¡hostias! con un poco más de paciencia, tal vez habría podido hablar con Nimier... de su proyecto de cómics, me pregunto si seguirá pensando en eso... en serio... la próxima vez me permitiré... la próxima vez, dentro de unos años... decirle unas palabras... pero en aquel caso nuestro... ¿qué estaba diciendo? ¿dónde estábamos?... me falla la cabeza... ¡vuelvo a perderos!... desde luego, algunas excusas, pero en fin... ¡perderos es grave!... tal vez mi último lector... ¡vamos! ¡vamos! ¿dónde estábamos? ¡no perdamos más tiempo!... ¡otras preocupaciones!... yo, que tengo un sueño tan ligero, que me despierto con el menor ruidito, que ya no pego ojo... ¿qué pasaba?... ¿allí, en el parque?... apenas el amanecer... ni los estallidos ni los *Marauders* me despertaban... eso formaba parte del decorado, del estruendo, unas veces más y otras menos, en las nubes... y en el suelo... los tembleques de las paredes igual... no, era otra cosa... ¡era gente!... y en automóvil... hacía meses que no veíamos un automóvil... ni siquiera de los de gasógeno... una voz que reconocía: ¡Kracht!... y otras voces... la sensación de que seguro que era por nosotros... ¡había que ir a ver!... ¿vendrían a colgarnos?... tenían derecho, tenían todos los derechos... al instante estábamos en pie... no era difícil, dormíamos con la ropa puesta... metimos a Bébert en su bolso, ¡y allí nos tenían!... en efecto, tenía razón: un gran Mercedes de gasolina y cinco hombres alrededor... pero, ¡no para colgarnos!... ¡para la investigación!... Kracht nos presentó... ¡el juez de instrucción!... ¡el *Untersuchungsrichter*! hinchado, barbudo, muy entrecano... ¡se había levantado temprano!... cuatro reservistas con él, *landwehr...* ¿de dónde vendrían? ¿de Berlín?... ¡no! ¡de otro lugar!... ¡chsss! ¡no lo dijeron!... vi, aún tenían autos... ¡debían de estar aparcados en un lugar profundo!... el caso es que aquel juez nos miró... Kracht lo informó, quiénes éramos, de dónde salíamos... él no hablaba francés... sólo llevaba la gorra militar... el resto, civil... el brazalete con la cruz gamada, un traje viejo y un gabán de caza... no tenía pinta de rico... oh, pero seguro que comía bien, podría haber estado de buen humor, no lo estaba... se mostraba brutal... incluso.

«¡Todo el mundo abajo! ¡rápido!... *schnell! schnell!*»

¡Que bajara todo el mundo!... ¡toda la quinta!... tenía prisa por marcharse... ¡si le hubiésemos contado la nuestra! ... ¡oh, Kracht no tenía inconveniente! ¡a las isbas!... ¡dos de servicio al instante! ¡y dos de la granja!... ¡más la gran concentración!... ¡todo el per-

sonal! ¡mecanógrafas, contables!... ¡y los Kretzer!... ¡e Isis von Leiden y su hija!... y las criadas y los jardineros... ¡aquel juez no se
andaba con bromas!... también quería ver a María Teresa... esperó, no nos dijo nada... ¡sí!... se dirigió a mí... *«wo sind die? ¿dónde están?...»* en alemán comprensible... ¡seguro que se refería a
los cadáveres!... *«einer ist da!...* ¡uno está ahí! *tzwei sind da!»* le
indiqué con señas, uno en el salón, en el interior... los otros dos
donde los habíamos puesto, sobre el montón de hojas, el lisiado
y el *Landrat*... al borde del agua, en fin, de la charca... por cierto,
¿el cordón del *Landrat*?.... ¿el cordón de seda que lo estrangula-
ba?... ¿adónde había ido a parar? quiso ver primero los que estaban en la quinta... ¡en el salón!... ¡bien!

    «Sie wohnen da?... ¿viven ustedes ahí?

    —*Ja! ja! ja!*

    —Entonces, ¡vengan!»

    Que lo guiara... llegamos... se inclinó sobre los dos...

    «Sie sind Arzt!... ¿es usted médico?»

    Kracht debía de haberlo informado...

    «Ja! ja!

    —*Tot?...* ¿muerto?...»

    Me preguntó... y volvió a inclinarse, alzó un párpado... ¡se
había equivocado!... no era el muerto, ¡el otro!... ¡el párpado del
Revizor!... ¡que roncaba!...

    «¡Ooh!... ¡ooh!...»

    ¡Gritó!... ¡reaccionó!...

    «Die Frauen! ¡las mujeres!»

    ¡Pavor!... ¡creía que habían vuelto!

    «Nein!... nein!»

    Lo tranquilicé... mostré al juez el que era cadáver... el *Ritt-
meister*... ¡a ése podía hacerle lo que quisiese!... ¡zarandearlo!...
probó con el brazo... ¡nada!... ¡rígido!... ¡un bastón!...

    «Tot?... tot?... ... ...»

    Tomó su libreta, anotó... sacó el reloj... acero negro... la hora...
volvió a anotar...

¿El otro?...

—*Revizor!*

—*Ach!... ach!*»

Anotó... listo...

«*Die andern?* ¿los otros?»

Al otro lado... fuera, ya se lo había dicho...

«*Nun!... nun!*»

Tenía prisa... fuimos... allí teníamos a los otros dos... «Ésos también están muertos... ¡y bien muertos!... ¡ahogados! *ertrunken!*»

Una palabra que yo sabía... ¡a ésos también podía zarandearlos!... no los tocó, creyó en mi palabra... anotó en su libreta, la hora, la fecha...

«*Da der Landrat? da der sohn Leiden?...*»

No quería equivocarse...

«¡Ahí el *Landrat!*... ¡ahí Leiden hijo!»

No me preguntó dónde estaba el cordón... ¡no iba a ser yo quien hablara!

«*Gut! gut! nun Kracht!*»

Llegó Kracht... traía gente, una pequeña muchedumbre... todos los que había encontrado en la granja... y en la quinta, en los pisos y en el jardín... y las damas... ¡todas!... Isis von Leiden y la pequeña Cillie y María Teresa, la heredera... y los Kretzer... y todo el personal de la *Dienstelle*, no vi a Léonard ni a Joseph... nadie hablaba... estaban graciosos allí, todos callados, mudos... ellos que siempre estaban tan charlatanes, parloteando en todos los rincones, en el despacho, en la mesa, fuera... la primera vez que yo los veía absolutamente discretos, paralizados... ahí teníamos a Nikolas, el gigante ruso... ya no vomitaba, le habían hecho levantarse, lo sostenían entre cuatro y a duras penas... un auténtico buey... le hicieron sentarse sobre las hojas... ¡sonado, aturdido, ausente!... el barbudo le hizo una pregunta... en ruso... ¡dura! ¡seca!... no respondió nada... yo no sabía lo que habría bebido... o jalado... o si disimulaba... ¿por qué no le vaciaban el estómago?... ¡no iba a ponerme a proponerlo!... ¡ah, llegó el sargento manco!... también él, ¡y el jefe de cocina del *Tanzhalle* y otros más!... prisioneros rusos y alemanes... el barbudo quería que se presentara todo el mundo... debía de querer hacer más preguntas... encendió un purito, colilla mordisqueada... vi que sacó muchos otros más del bolsillo, tres puñados de colillas mordisqueadas, y volvió a meterlos... yo habría podido ofrecerle otros, chachis, nuevos... ya veríamos más adelante... brutal, ¡seguro!... malo, no sabía yo todavía... ¿nazi tal vez?... llevaba el brazalete... pero la cruz gamada no probaba nada... ya me daría cuenta... quería a todo el mundo en torno a la charca... en círculo... los que no se sostenían de pie, sentados o tumbados... pero, ¡todos allí!... Nikolas se había estirado, no había resistido... se había quedado dormido, me parecía... respiraba bien... los otros estaban casi todos de pie pegados unos a otros, como aglomerados en torno a la charca... tenían mal aspecto, nasti naqueraban... Isis von Leiden no decía nada tampoco, ni María Teresa casi a su lado... el barbudo iba a hablar... escupió la colilla, gargajeó, ¡listo!... anunció, muy lentamente, despacio, y fuerte... que se pudiera ir traduciendo... se dirigía a nosotros... «¿me comprenden?... *ja! ja!*»... eran las ocho de la mañana, yo veía el reloj, por encima de las chozas... todavía no había demasiada claridad...

«Todos los que estaban aquí, ¿saben algo?... ¿han visto, oído algo?»

Nadie respondió... apuntó con el dedo a Isis von Leiden.

«*Nein!*»

Estaba en el *Tanzhalle*... «¿y ustedes?»... a nosotros se dirigía...

«*Nein!*»

Nosotros también estábamos en la función...

«*Und der?*»

Der era Nikolas, estaba dormido sobre el montón de hojas, no podía responder...

«*Später!* ¡más tarde!...»

¡Ah, Kracht!... ¡que se acercara!... le dio una orden... comprendí que se trataba de los féretros... *särge*... Kracht ya había pensado en eso... los féretros estaban preparados... el barbudo quería verlos... una palabra, ¡allí los teníamos!... tres ataúdes espesos... abeto rojo... lo único que quedaba era meter a los tres en sus cajas... ¡el barbudo quería que se hiciera enseguida!... ¡otra vez los *bibelforscher*!... estaban allí... el cuerpo del lisiado no entraba bien... tenía la cabeza casi a la espalda, vuelta... ¿consecuencia de los esfuerzos que había hecho en el depósito o bien de los de los otros para sacarlo?... ¡ya estaba!... ¡las tapas!... ¿Léonard?... ¿Joseph?... Kracht me preguntó... ¿no los había vuelto a ver?... ¡en absoluto!... ni a uno ni a otro...

«¡Mañana por la mañana, a las seis!»

Anunció el barbudo... ¿todavía la investigación?... ¡no!... ¡el entierro de los tres!... ¡«provisional»!... el definitivo dos meses después, ¡tras la autopsia! tenían todo lo necesario en Berlín pero en aquel momento todo estaba en otro lugar, habían mudado... sus Institutos y su Depósito de Cadáveres... al parecer en Bremen... en fin, aquellos tres nuestros tendrían un entierro provisional... conocíamos el pequeño cementerio... un poco después de la escuela *«volkschule»*... un recinto todo de arena, en pendiente... no lejos... doscientos... trescientos metros... antes del bosque de abedules...

«¡Entendido!... ¡al peristilo!»

Y yo dije, añadí...

«¡A las cinco y media!»

Para ser una investigación, había acabado rápido... despachada, diría yo... aquel barbudo debía de tener un motivo... tal vez nos enteráramos más adelante... por el momento: ¡a las cinco y media! vi que no íbamos a dormir mucho... ¡oh, el sueño no era importante! La Vigue dormía un poco... somnoliento más que nada, ausente... y entonces lo miré... ¡volvió a bizquear!... en el momento en que lo miré, ¡se puso a gritar!... ¡y en alemán!...

«Leute! leute!... ich bin der mörderer!... ich! ich!»

¡Se golpeaba el pecho! ¡se acusaba!...

«¡Yo! ¡yo! ¡el asesino!

—Pero, ¡cállate! ¡gilipollas! ¡tú estabas con nosotros!»

¡Todo el mundo lo había visto con nosotros! ¡menos mal! ¡y entre Kracht e Isis!... pero, ¡menudo lío! el barbudo quiso enterarse... iba yo a explicarle... Kracht le explicó...

«*Nichts!... nichts!... Schauspieler! nervös!* ¡comediante! ¡histérico!

—¿Es comediante?

—*Die bühne! die bühne gesehen!*»

¡Yo quería que comprendiera que había sido el escenario!... ¡por haber visto el escenario y no estar en él!... ¡que eso era todo!... ¡un acceso de celos! el juez respondió...

«*Ach!... ach!*»

Toda la gente, que iba a irse, volvió... lo escuchaban vociferar: *ich! ich!* yo... *mörderer!* pero no se lo creían, se burlaban... sabían... ¡todos!... hasta los rusos y las vecinas... ¡todos estaban en el *Tanzhalle!*... ¡que ese *franzose* estaba completamente chiflado! «*Schauspieler, verrückt!*» ¡eso era!... «*überspannt!*... ¡sobreexcitado!»... ¡lo conocían, lo sabían! vi un movimiento de simpatía no muy agradable, pero algo es algo... el único que conocimos en Zornhof... el *untersuchungsrichter* barbudo se hizo a un lado, en el barro... se quedó así, mirándonos... La Vigue había dejado de vociferar, había recuperado su expresión «hombre de ninguna parte»... y su estrabismo...

«*Sie nehmen ihn mit?*»

Me gritó...

«*Ja! ja! ja!*»

Me mostré categórico, ¡claro que me hacía cargo de él!

«*Sie sind verantwortlich?*»

¡Naturalmente que yo era responsable!

«*Sicher! sicher!*»

Maria Teresa vino en mi ayuda, temía que no hubiese comprendido...

«Le ha preguntado si se hace cargo de él.

—¡Sí! ¡sí, señorita!... ¡perfectamente de acuerdo!... ¡mil gracias! ¡y la responsabilidad! ¡de todo me hago cargo!»

Se fue a reunirse con él por el barro... le habló... noté, se hablaban... ¡hablaban! estaban encenagados, los dos... se dieron el brazo, se salieron... volvieron... pasaron muy cerca de nosotros... ¡ni palabra!... como si no existiéramos... ¡muy bien!... ¡bueno! sólo nos quedaba volver a subir, pero entonces: ¡eh! ¡eh!... Kracht me detuvo... para nosotros: ¡una orden!... ¡teníamos que mudarnos enseguida!... el juez de instrucción iba a ocupar el salón... él y sus cuatro soldados *Wehrmacht*... yo debía pasar sólo por la mañana y por la noche, para cuidar al *Revizor*... y llevarle su rancho... ¡nada más!... y quedarnos allí arriba, en nuestra torre... ¡esperar!... no estábamos mal en el salón... María Teresa, la amable, nos había denigrado, de eso estaba hablando con el barbudo, ¡claro!... un minuto, tenía que reflexionar yo... dije a Lili y a La Vigue:

«¡Vosotros os vais a ver ahí arriba! ¡arregladlo un poco!... ¡luego me reúno con vosotros!... ¡voy a poner una inyección!... ¡lo primero!»

Una idea... el *Revizor* debía de saber quién era aquel barbudo, juez de instrucción... llamé al salón, entré, no había nadie... salvo el *Revizor*, derrengado en la camilla... todo estaba en su sitio... el *Revizor* me habló... me vio... me preguntó...

«*Untersuchung?*... ¿la instrucción?

—*Ja! ja!*»

¡A mi vez!

«¿*Ese gordo?*... *dieser dicke?*...

—*Ja! ja!*

—¿Quién es?

—Lo conocí de peluquero... peluquero de señoras... *Gegmerstrasse*... antes de Hitler... ¡hizo agitación!... ¿comprende?... *politik!*

—*Nein! nein!*»

No quería que me contara más, ¡tenía bastante!...

«¿El brazo?»

Lo examiné... y la pierna... seguro, una fractura de peroné, tercio inferior... le haría un aparatito con dos tablillas... caminaría... dos bastones... iba a estar guapo, pero mejor que nada... se lo anuncié...

«¡El paseo! *spazieren!*

—Oh, *danke!*... *danke!*»

¡Encantado de pronto!... ¡y su antojo!...

«*Die Frauen! die Frauen!* ¡las mujeres!»

¡Volvía a darle! ¡que volvían las furias!

«*Nein! nein! kaput! kaput! alle kaput!*»

Lo tranquilicé... ¡brum! ¡brum!... ¡para que riéramos!... ¡imité las bombas yo también!... ¡conozco la moral, conozco sus leyes! ¡lo peor es mejor!

«¡Volveré a verlo antes de esta noche, *Herr Revizor!* ¡brum!... ¿no tiene hambre? *hunger?*

—*Ja! ja!*... ¡mucho!... *sehr!*»

Le llevaría su escudilla... si el otro estaba allí, el juez de instrucción peluquero de damas y sus *Wehrmacht*... ya veríamos...

* * *

Nada más levantarme del jergón, me dije: ¡el *Revizor!*... ¡primero él!... no me había costado despertarme, estaba esperando la luz del día... a decir verdad, todavía era de noche... «las cuatro» en mi cronómetro... ¡con antelación, pues!... bajé, empujé la puerta, entré en el salón... ¡nada!... ni barbudo ni centinelas... él, allí de costado, el *Revizor,* me habló... se había caído la camilla al intentar hacer pipí... estaba en el entarimado... enseguida me informó...

«No han venido... se han marchado, ¡han tenido miedo!...

—¿En auto?

—*Nein! nein!,.., zu fuss!* ¡a pie! *sofort!*... ¡inmediatamente! *ein!*... *zwei!*»

Se reía, los imitaba, y eso le hacía daño... *ein! zwei!* ¡el paso acompasado!... volví a subirlo, a reequilibrarlo sobre su camilla... le pregunté...

«¿Miedo de qué?

—*Die Frauen!*... ¡las mujeres!»

¡Su manía!... no había mujer alguna... estaban lejos... ¡obsesionado que estaba!... ¡el recuerdo de la zurra!...

«¡Ahora están en Hamburgo!»

¡Que se tranquilizara!... Hamburgo estaba a trescientos kilómetros por lo menos...

«Pero, aparte de eso, ¿ha pasado bien la noche?»

¿La pierna?... ¿las costillas?... ¿el cerebro?... ¡sí, muy bien!... sólo un poco de dolor... pero, ¿levantarse? ¿cómo?... no quería volver a romperse algo... ¡no! ¡no! ¡yo le ayudaría!... volvería con lo necesario... ¡traería mi jeringa y le arreglaría la fractura! pero, ¡que no se moviera!

«¿Me hará daño?

—¡Oh, no! ¡en absoluto!... pero ahora, ¡me voy! ¡le dejo!... ¡tengo que irme!...

—¿Va al entierro?

—Creo que sí... creo que sí...»

Acto seguido, lo abracé y salí... ¡ya estaban reunidos!... por lo menos cincuenta... los *bibelforscher* con picos, palas... de sobra, ¡por lo menos una hora de antelación!... nosotros también, nosotros tres y Kracht... ¡con sus *torch*!... comprendí que todo estaba listo en el cementerio, que habían cavado toda la noche, que no se trataba de forzados holgazanes... ya fuera para talar árboles, montar un teatro, preparar el cementerio, allí estaban, entregados, capaces, ¡y sin decir palabra!... ¿cuántos eran?... no podía yo saberlo... vi los féretros, los tres... cepillados, clavados... listos para la marcha, por decirlo así... uno junto al otro... cada uno con su nombre... ¡el nombre, no! las iniciales... en rojo... dos grandes LS... seguramente el *Landrat,* Simmer... otra L... ¿Von Leiden?... el lisiado... por último, una gran R... el tercer ataúd... el *Rittmeister*... que se los reconociera... entonces listos. ¡concentración! en fila de tres como en el ejército alemán... pero ellos palas, picos, al hombro... otras cuadrillas para los féretros... cuatro *bibel* para cada uno... poco a poco, con la luz que iba llegando, vi que se habían mudado, sus mejores chaquetones, a rayas violetas, amarillas y rojas... zuecos limpios, cepillados, ¿de dónde habían sacado tiempo para tantas tareas?... nos miré a nosotros tres... ¡e incluso a Kracht!... en cuanto a vestimenta: ¡horrible!... ¡y, sin embargo, no habían estado de juerga!... ¡después de pasar la noche excavando!... en cuanto a trabajo, es duro tener que decirlo, hay que optar, ¡o *bibelforscher* o viva la Virgen!... bueno, ¡atentos! ¡en marcha!... los tres féretros uno tras otro... y después los *bibel* y sus picos... y luego La Vigue, Lili, yo... y detrás Kracht con sus *torch* y su revólver en la mano... desconfiaba, tenía razón... todos aquellos forzados con picos y palas podían perfectamente escapar... eran religiosos, de acuerdo, pero, ¿el espanto? podían ser presas de él... pánico... ¡sobre todo sobrevolados como estábamos!... que un *Marauder* se destacara, se lanzase en picado, regara la ceremonia, ¡todo cristo se dispersaría!... ¡a ver quién sería el listo que cazaría a uno!... por la carretera se nos unió gente... prisioneros, trabajadores... y aun otros que yo no conocía... ¡íbamos a ser una muchedumbre en el cementerio!... pasamos por delante de la iglesia... en aquel momento oí un tambor, de detrás de un matorral... todo el mundo volvió la cabeza... hacía meses que no lo oíamos... ¿habría vuelto Hjalmar?... y después un canto, un cántico... en fin, algo así... ¿habría vuelto también el pastor?... lógicamente la gente fue a ver... era increíble, pero, ¡sí! Hjalmar y el pastor Rieder... no había duda, ¡eran ellos!... uno con el tambor, el otro cantando... ¿dónde habrían podido estar tanto tiempo?... la gente les preguntaba, Kracht también... no respondían... ¡aunque eran ellos sin lugar a dudas!... el pastor ya no afinaba... no... Hjalmar había puesto crespones en su tambor... ¡de tres grosores!... ¿dónde habría podido encontrar los crespones?... su redoble sonaba sordo... muy sordo... lógico... ¡drrr!... ¡drrr!... el duelo... ya los veíamos con claridad... el pastor llevaba la gorguera... el gran cuello con gorguera... la túnica negra estaba casi verde, le había llovido mucho encima... por su parte, Hjalmar estaba andrajoso, pero no más que antes... tal vez un poco más... el pantalón por encima de las rodillas, viejo *boy-scout*... los zapatos descabalados, una bota-zapato, el otro escarpín... oh, pero, ¡el tahalí compensaba todo lo demás!... bruñido, brillante... ¡iban bien afeitados, mucho mejor que nosotros!... ¿dónde podrían vivir?... hacía por lo menos dos meses que habían tomado las de Villadiego... no habían engordado, no, pero tampoco estaban demasiado delgados, habían vivido... lo que todo el mundo quería saber: ¿cómo? ¡no lo decían!... ¡ni pío!... el pastor cantaba, el otro su *drrr... drrr...* ¡y se acabó!... se habían colocado en el cortejo justo detrás de los *bibel* con picos... el pastor, además de cantar, llevaba un libro enorme bajo el brazo... la Biblia, seguro... las vecinas hacían sus comentarios... que estaban tan chalados el uno como el otro, pero que el pastor era además responsable de las colmenas... y que había desertado todo, ¡sí! ¡abandonado! ¡que las abejas se habían marchado!... ¡un cagueta y saboteador de aúpa, aquel pastor Rieder!... ¡ya podía cantar, ya!... ¡ellas también hacían saber lo que pensaban!... «*honig!... honig!... ¡miel!*»... ¡y que deberían haberlo detenido!... ¡a él y a su cómplice!... ¡haberlos arrestado al instante!... ¡a los dos!... *honig! honig!*. ¡no hacían falta ataúdes!... «¡al hoyo!... ¡al hoyo!» ¡enseguida, ya que era el momento apropiado!... *honig! honig!* pero no se inmutaban lo más mínimo, el pastor y el otro... muy tranquilos... uno con el tambor, el otro con los salmos, seguían a los féretros... parecían personas de otro sitio, un poco como La Vigue... ¡ah, vaya, ya estábamos!... ¡habíamos llegado!... el cementerio... un seto... y al otro lado una ladera de arena... y lápidas... pequeñas... altas... nombres... alemanes... ¡sólo alemanes!... no franceses como en Felixruhe... vi la fosa... ¡no veas!... profundidad, anchura... como para meter a veinte... ¡y más!... ¡los *bibel* no se habían dormido!... ¡aaaúpa! ¡bajaron los ataúdes!... ¡en menos de cinco minutos todo estaba cubierto!... ¡para que os hagáis idea de la clase de excavadores que eran!... había que verlo... el pastor había dejado de cantar, había abierto su enorme libro, Ijalmar lo sostenía, le hacía de pupitre... el pastor leyó... recitó... los *bibel* no se quedaron con los brazos cruzados, siempre activos, aplanaron el tú-

mulo, la arena, dieron el último toque... pusieron las lápidas... todo
el mundo estaba en derredor... las vecinas repetían... repetían... y
repetían… ¡y fuerte!... «¡cerdos! *honig!* ¡saboteadores!... ¡cobardes!...» eso iba por Rieder... por el otro también, el atril... ¡y ellos
tan campantes!... la ceremonia había concluido... los *bibel* volvieron a aplanar los montículos... acudieron bandadas de gorriones
y pájaros carboneros... después de remover la tierra... los gusanillos... hay que ser pájaro para ver esos gusanillos diminutos... ¡todo
el cielo parecía cubierto de revoloteos!... ¡la fiesta!... ¡petirrojos
también!... ¡y cuervos y gaviotas!... Lili y el sargento manco hicieron *¡ptaff!*... ¡que se fueran los cuervos! ¡el pastor había acabado de recitar!... volvió a cerrar su enorme libro... las vecinas
seguían insultándolo: «¡cerdo! ¡ladrón!... ¡cagueta!...» drr... *¡drr!*...
¡derr! Hjalmar se puso a tocar el tambor otra vez, y se fueron...
subieron hacia el bosque de abedules en lo alto del cementerio,
¡nadie iba a correr tras ellos! nosotros pensábamos que quizás... a
Kracht le pareció que no valía la pena... *«kein sinn!* ¡no tiene sentido!» yo no quería ser más curioso que él... las otras seguían gritando *«honig! honig!»* las aldeanas... que si las colmenas estaban
vacías... ¡que si el pastor y el otro payaso se habían llevado todo!
¡caguetas que éramos también nosotros!... ¡y que éramos cómplices!... ¡toda la miel de Zornhof!

«¡Allí!... ¡allí!»

Dije... ¡los veían al pastor y al otro!... ¡tan bien como nosotros!... ¡bajo los abedules! ¡que fueran ellas!... ¡que corriesen!...

Los *bibel* no querían saber nada más, querían volver a sus isbas, ¡rápido!... ¡nosotros también!... ¡y los gitanos a su carromato!... nosotros tres, debo decir, los últimos... Bébert en su bolso,
Lili, La Vigue y yo... Lili me mostró a lo lejos, más allá del bosque
de abedules, la otra llanura... el pastor y Hjalmar... ya en la otra
greda, al Norte… debían de tener una idea...

«¿Tú crees?... ¿tú crees?

—¡No es difícil ser más sagaz que nosotros!...»

A propósito de ideas... La Vigue... ¡La hostia!...

«Oye, La Vigue, no volverás a decirlo, ¿eh?

—¿Qué?

—Que tú mataste al *Landrat*...

—¿He dicho yo eso?

—¡Ya lo creo! ¡y lo has gritado! ¡y al juez!

—¡Ferdine! Ferdine, ¡estás enfermo!»

¡Vaya, hombre!... ¿qué me pasaba? ¡me mostró! ¡me tocó la frente! ¡debía de ser ahí! ¡ahí era!... me miró... ¡consternado!

«La Vigue, mientras tanto, ¡a casa, ninchi!... ¡quiero mirar los mapas!

—¿El porvenir?

—¡No! ¡me la trae floja el porvenir! ¡no, hombre, no! ¡la costa!...

—¡Va a ser bonito!»

Antes del parque nos detuvimos... un instante... escuchamos... se oía un poco, me parecía... el tambor... al Norte... muy débil... ¿tal vez?... el vaho era muy denso... también podían estar en alguna grieta... no dije nada a La Vigue... ni a Lili...

★ ★ ★

Aquella ceremonia había de dejarnos pensativos... de nosotros tres La Vigue me parecía el más afectado... no más extraviado que de costumbre, pero bizqueante... unas veces hacia una pared... otras hacia otra...

«La Vigue, ¡no te preocupes!... ¡se acabó!... ¡no va a pasar nada!

—¡Oh, sí, Ferdine! ¡volverán!»

¿Quiénes?... lo mejor, ¡seguirle la corriente!... y que no se moviera, que se quedase en el jergón...

«¿No te parece, ninchi, que se pueden quedar con su *mahlzei*?... ¿y con su rancho?... ¿los otros?»

Nosotros teníamos algo para quedarnos allí tranquilos... el culo de un frasco de miel falsa y media hogaza... iríamos por la noche o el día siguiente por la mañana al *Tanzhalle*...

«¿No?

—Sí, pero, ¿y Bébert?»

¡Era verdad! a él no le quedaba nada... la jorobada ya no me traía peces y ya no nos quedaban cupones falsos... ni *leberwurst*... ¡bastante ayunaba ya el pobre minino!... un consuelo, ¡el *Landrat* ya no podía cargárselo!... él era el que debía defenderse entonces, ¡su podredumbre a los gusanos!... ¡el payaso! ¡y sus arrogancias!... lo habíamos visto deslizarse hasta el fondo con su gran L pintada en rojo... para la cita de la verdad...

«¡Vamos, La Vigue!... ¡a buscar el rancho!»

La vida son cargas de principio a fin, las sueltas, ¡toc! vuelven a presentarse... todo nos olvida, todo se borra, el Tiempo hace su obra, pero las cargas, ¡menudo! ahí las tienes, una y otra vez!... ¡ya lo creo! ¡y lo que pesan!... estás harto, te requieren, llaman, exigen, te acosan, te matan...

«Entonces, Lili, ¡tú sube!»

No creía yo en las quintas embrujadas... pero, aun así, nuestro rincón de la torre, lleno de ratas, ¡no me gustaba que se quedara sola!

«¿Quieres?

—¡Sí!... ¡sí!

—¿Y vosotros?»

La tranquilicé... volveríamos enseguida... ¡no nos entretendríamos por Zornhof!... las escudillas, ¡y hala! ¡y, además, fuera había los ruidos!... desde luego, ya nos aburrían, pero... aun así... ¿más o menos aviones?...

Dejamos a Lili... palpé las paredes, ¿más o menos tembleque?... ¡igual!... tal vez un poco más hacia el norte... en fin, me parecía... las nubes igual de negras... La Vigue, lo miré, seguía bizqueando igual... el rostro tal vez un poco más paralizado, más asombrado... no se encontraba peor... ya estábamos en el parque... Lili estaba en casa de María Teresa, yo esperaba que pudiera bailar, que el piano no estuviese prohibido por el duelo... a propósito, ¿era ella la heredera?... nuestra vieja o Isis... ¿por ser la mujer del hijo?... Kracht me diría... nunca había yo comprendido demasiado sus enredos de títulos... patrimonios... por línea directa, indirecta... ¡qué cojones podía importarnos! leyes muy suyas... entre órdenes nobiliarias... en todo caso, una cosa: los dos habían muerto al mismo tiempo o casi... desde luego, era todo un duelo de familia... que tal vez no permitiera otra cosa que salmos... ꞌ y no danzas, otra cosa que también le comentaría yo a la vieja, heredera o no, que no había venido a verlo mucho, no había bajado ni una sola vez, que la había palmado bien sólito, el *Rittmeister* conde... ¡prudente purí! ¡mientras él la diñaba!... si no la veía, ¡subiría a decírselo a su torre!... eso es lo único cierto en el mundo, ¡esperar! ¡esperar y recordar bien, preciso, y lanzarse!... estoque a fondo, ¡hasta la empuñadura! ¡clavar contra la pared!... ¡hala! ¡estocada!... ¡en plena panza!... ¡desinflar las tripas!... ¡que soltara! ¡jugo por todos lados!... ¡que suenen oboes, que resuenen gaitas!

¡Eh! ¡Eh!... vais a creerme trastornado... ¡acusarme como al otro!... ¡tururú!... ¡a nuestras escudillas!...

«Hermano, ¡reflexionemos!... ¿no olvidaremos algo?...»

Me doy cuenta, pese a lo viejo que soy, de que siempre he sido serio... ¡mucho! y de que los demás son enormemente fútiles... pero, ¡tan arrogantes, sentenciosos!... un aperitivo, ¡y despegan!...

«¡Piensa, La Vigue!... ¡hemos olvidado a alguien!

—¡Ya sé!... ¡ya sé!... ¡al *Revizor*!

—La Vigue, ¡tenemos que volver!

—Oh, a estas alturas, ¡no tiene demasiada importancia!»

No habría dicho yo que estuviese equivocado... aun así era como para reflexionar... me senté... él se quedó de pie... no hacía calor... la nieve no se decidía a caer... al parecer, era a causa de las bombas, que íbamos a tener frío y muy intenso, pero no nieve... desde luego, por mí encantado, La Vigue también... el caso es que, aun así, acurrucado, me sentía extraordinariamente cansado... ¡eso no curaba al *Revizor*!... decidí: ¡un salto a buscar las escudillas!... ¿un salto?... en fin, a los *bibel* y renqueando... esperaba que estuvieran... me refiero al cocinero y al otro... ya estábamos en la asfaltada, la carretera de coches... nadie a la vista... salvo los patos... y el rebaño de ocas... nos conocían, las aburríamos, ya no batían las alas, atravesaban lentamente la calzada... incluso para las ocas cada cosa en su momento, el Capitolio, pongamos por caso, si los bárbaros hubieran vuelto veinte veces, las ocas ni siquiera los habrían mirado... Príapo, tan pavoroso para las jovencitas... hace bostezar a las madres de familia... allí me parece que toda la aldea estaba harta de nosotros... ¡nadie en las ventanas!... por lo general había una agitación de visillos... como para pensar que después de las exequias habían convenido en no vernos... me levanté, ¡en marcha!... *Tanzhalle!* tal vez doscientos metros... nadie por ningún lado... la impresión de que se habían largado... en la taberna tampoco, su *Wirtschaft,* a pesar de ser una barra frecuentada... auténtica permanencia... hombres que nos escupían desde muy lejos... y hasta la cantinera, su Madelon, una pelirroja, viuda de guerra, creo... lo que yo había comprendido, una furia, antinazi, anti-los-Von Leiden, *antifranzose* y, sobre todo, ¡antinosotros, al parecer!... «scheissbande» nos llamaba... no os lo traduzco, no vale la pena... pues bien, entonces, ¡nadie!... nos quedamos a propósito delante de aquella *Wirtschaft*... ¡nada! ¡ni un gargajo!... ¡perfecta soledad!... me preguntaba si la cocina *bibel* iba a estar cerrada... ¡no!... llegamos...

«¿Qué?... ¿qué pasa?

—¡Nada en absoluto!...»

Lacónico... sin embargo, no faltaba de qué hablar... guardaron silencio... pasé nuestras escudillas... el cocinero las llenó... y *tag! tag!* ¡que ahuecáramos!... ¡bien!... ¡hasta luego!... por la carretera, nadie tampoco... ni aquí... ni allá... ni una vecina... ocas, nada más... y muy tranquilas, agrupadas por familias... durmiendo con las cabezas sobre las alas... indiferentes...

«¡Date prisa, La Vigue!»

Yo pensaba en nuestro *Revizor...* nuestro superviviente... ¡no tan seguro!

«¡Vamos!... ¡vamos deprisa!»

¡Quién fue a hablar! siempre equivocándome de camino, tropezando por todas partes... ya estábamos donde los árboles... el parque... ¡hostias! ¿y el aparato?... se me olvidaba... ¡dos trozos de leña!... iba a estar guapo, pero en fin... se lo había prometido... a los otros *bibel,* a la isba, allí encontraría... ¡bien, estaban! les pedí... cogieron una estaca... ¡cortaron! lo que necesitaba... con el cuchillo... ¡bien!... ¡justo!... noté que habían cambiado de ropa, ya no los chaquetones, hopalandas verdes... ¿su vestimenta de invierno?... otros zuecos también, enormes, para la paja seguramente tan grandes, una caja cada pie... ¡nos fuimos!... *danke! danke!* enseguida, ¡al salón!... podría perfectamente haber fallecido esperándonos... ¡no!... ¡no!... allí estaba y amable... ¡perfectamente!... ¿había tenido miedo de las «furiosas»?... pregunté... ¡oh, no! ¡nada de eso!... ¡estaban en Hamburgo, las «furiosas»!... ¿no se lo había dicho yo?... ¿es que ya no me acordaba? ¿me preocupaba?... me preguntó... ¡el colmo! ¡obsesionado estaba yo! chiflado, ¡mira por dónde!... ¡también a él le parecía yo majareta! ¿dónde había visto «furiosas»?... ¡no insistí!... ¡perfecto!... ¡muy bien!... ¡el *Revizor* tenía alta la moral! bueno, a ver, ¡su aparato!... le miré la pierna: roja e hinchada, un edema muy grande... iba a estar guapo, pero en fin...

«¡Lili! ¡Lili!»

Que viniera...

«¡Kracht!»

¡Él también!

«¡Dos paquetes de algodón!... y tres vendas grandes...» Kracht fue... volvió... ¡listo!... después lo que se debía hacer era levantarlo y sentarlo... lo llevamos hasta el sillón, lo instalamos, pero no se sostenía... le hacía demasiado daño... nos lo dijo, ¡no iba a resistir!... pese a no ser un herido quejica, ¡al contrario!... lo mejor no insistir, volver a acostarlo, esperaría... en la camilla ya no se quejaba... le ofrecí una escudilla... tenía apetito, la aceptó con gusto... ¡el aparato para caminar! me lo figuraba... habría que haberlo dormido... tal como estaba, imposible... más adelante, ¡ya veríamos!... otros médicos...

«¿Usted cree?

—¡Oh, sí, desde luego!

—Médicos... ¿de dónde?

—¡Ya verá!... ¡ya verá!»

No podía yo decir más... ¡otra inquietud!

«*Und die Kretzer?* ¿y los Kretzer? ¿sabe usted?»

Preguntó...

¡Yo soy el *Revizor*!

—¡Ya sé!... ¡ya sé!

—¡Tengo que ver sus cuentas! *konto! konto!... kassa!...* ¡la caja!»

No es que estuviera preocupado, pero, aun así, le habría gustado ver las cuentas...

«¡Ha venido!... ¡sí! ¡sí! ¡Kretzer!... pero, ¡estaba usted durmiendo!»

¡Que no se preocupara!...

«*Schön! Schön!* ¡bien!...»

Con eso se calmó un poco... justo en aquel momento, estallidos... ¡y *brum!* ¡y *crrrac!*... bastante cerca, me pareció, hacia el campo de aviación... ¡volvió a inquietarse!

«¿Bombardean a menudo?

—¡Muy raras veces!... ¡cada vez menos!... ¡los derriban a todos!... ¡la "pasiva"!... ¡la *flach*!... ¿sabe?»

Para levantar la moral no tengo rival, aquí, allí o en otro sitio... ¡siempre la palabra adecuada!... ya podíamos llegar al Infierno, que yo lo llamaría «calentador total»!... les haría disfrutar a todos, ¡pedirían más! ¿acaso no vuelven a pedir la guerra? ¡retorciendo el culo!... «¡la paz! ¡la paz!» ¡hipócritas balantes!... ¡el crematorio es lo que quieren! ¡uno cojonudo! ¡final!

Aquél me fastidiaba lo suyo, ¡con sus cuentas y su *kassa*!... primero, ¡que se acabara la escudilla!... oh, pero, ¡sus 2 cc. para que durmiese!... no la puse a hervir... ¿con qué?... lo inyecté... casi al instante ya estaba dormitando, listo, yo había hecho todo

lo que podía... no obstante, un problema... ¿Léonard?... ¿Joseph?...
¡no podía ocuparme de todo el mundo!... ¿y Bébert?... me parecía oírlo... lanzaba suspiros... ya no era joven... ¡vivió siete años
más, Bébert! lo volví a traer aquí, a Meudon... murió aquí, después de muchos incidentes, calabozos, vivaques, cenizas, toda Europa... murió ágil y gracioso, impecable, todavía por la mañana
saltaba por la ventana... somos de risa, unos y otros, ¡nacidos vejestorios!... decidí... «¡dejémoslo!... ¡subamos a casa!...» ¡a nuestro
cuchitril de la torre!... ¡el día siguiente ya veríamos!... el día siguiente... el alba...

Aquel día siguiente tardó en llegar... no es que estuviera yo
nervioso en absoluto... ¡desde luego que no!... pero una cosa, ¡recordé!... precisamente, a las dos de la mañana... había pedido a
Kracht que me prestara una *torch*... miré el reloj... Bébert gruñó... él que nunca gruñía... ¡sí!... ¡había alguien fuera!... en la escalera... ¿un empleado de la *Dienstelle*?... no salían de noche... se
quedaban en sus habitaciones, incluso en caso de alerta... ¿sería
el tembleque de las paredes?... ¡no!... era un peldaño que crujía...
otros crujidos pequeños... seguro, ¡de los peldaños!... Bébert volvió a gruñir... iba a ir... no quería despertar a La Vigue... ¡un gri-
to!... ¡dos gritos!... ¡y no sólo gritos, voces!... por toda la escalera...
¡y porrazos!... ¡*blac*!... ¡*clac*!... pugilato... ¡por encima de nosotros!
en el piso de las secretarias... oh, pero, ¡la cosa empeoraba!... la
tira de mujeres... ¡y voces de hombres!... Lili, La Vigue salieron
del jergón... me preguntaron qué pasaba... yo no sabía nada... había golpes y alaridos, nada más... abrí nuestra puerta... ¡comprendí!... era todo el personal enfurecido, luchando... su piso hacía un
saliente por encima del vacío... como un balcón... no era entre
ellos, sino contra dos mujeres... subí, vi todo con mi *torch*... vi a
las dos mujeres a las que estaban dando de palos, ¡ya lo creo! ¡les
sacudían el polvo! ¡las mordían!... y ellas pedían «¡socorro! *hilfe*!
¡socorro!» ¡eran Isis y la Kretzer! ¿qué andarían haciendo allí arriba?... ¡les iban a hacer pasar la rampa!... ¡al vacío!... ¿qué trajina-
rían?... ¡ah, nos lo gritaron!... ¡estaban prendiendo fuego!... ¡ni

433

más ni menos! la prueba, ¡las botellas de alcohol!... bastaba con oler... los peldaños llenos, desde abajo, desde abajo mismo, desde el salón hasta las habitaciones de la purí en el tercero... ¿que ardiéramos todos, entonces? ¡exactamente!... ¡hasta arriba, las habitaciones de María Teresa!... cuatro botellas de alcohol de quemar... lo habían vertido por todos lados... no me había equivocado yo al oír crujir los peldaños... Bébert tampoco... Isis, la Kretzer, ¡que nunca se hablaban!... ¡bien que se habían unido para incendiar el caserón!... el caso es que ahora iban a planear, ¡juntas!... no iba yo a decir palabra, ¡iríamos también! ¡apareció el marido! al verlo, ¡un farfullar!... el contable... amenazó... ¿amenazó con qué?... no comprendí bien... él, que nunca hablaba fuerte, vociferaba... oh, pero, ¡Kracht!... ¡por fin!... ¿dónde estaba?... ¡llegó en bata!... preguntó... «¡estaban prendiendo fuego!...» le contaron y le mostraron las tres botellas... quiso comprobar... olió una botella... subí con él hasta el otro piso, hasta la puerta de la purí... ¡exacto!... todavía estaba húmedo... una cerilla, ¡y habría prendido todo!... nosotros, con nuestra paja, ¡habíamos tenido potra!... el *Revizor* se habría tostado también y todas las señoritas *Dienstelle*... de repente, ¡comenzaron de nuevo las bofetadas! ¡otro guantazo!... ¡las señoritas mecanógrafas querían empezar otra vez! «¡chula! ¡criminal! ¡puta!»... ¡por Isis! ¡lo que pensaban!...

Eran veinte contra Isis... ¡esa vez iba la vencida!... ¡el salto del ángel!... desde arriba nosotros mirábamos... Kracht sabía lo que hacer... ¡su gran Mauser!... ¡de nuevo! al techo, ¡dos tiros!... ¡ptaf! ¡ptaf!... ¡cómo escaparon!... ¡pánico de ratones!... ¡a las habitaciones! ¡se acabó!... ya no quedaba nadie en la escalera, salvo nosotros tres y Kracht... los Kretzer e Isis von Leiden... aquellas damas estaban un poquito despeinadas... sangraban por todo el cuerpo, llenas de mordiscos, se habían quedado sin vestidos, hechos jirones... pero habían salido bien libradas, si no llega a ser por nosotros, habrían dejado de existir, habrían acabado con ellas, habían estado a punto... entonces, no acababa ahí la cosa... había que tomar medidas... cosa de Kracht, las medidas...

«¡Mire, doctor! no puedo dejarlas aquí... toda la aldea vendría a buscarlas...

—¡Oh, seguramente!... ¡seguramente, Kracht!

—Querían prender fuego, ¿no?...

—¡Desde luego! desde luego... ¡cinco litros de alcohol de quemar!»

Exageré un poco...

«No puedo enviarlas a ninguna parte... voy a encerrarlas aquí... en fin, al lado... en las isbas... ¿es usted de mi opinión?

—¡Perfecto!... ¡perfecto!»

¡Una idea excelente!... pero, ¡ no estaba yo seguro de que se quedaran!

«¿Quién las guardará?

—¡Los *bibelforscher*!»

Me dio los detalles... ¡lo que había decidido!... ¡una sola de las isbas! estaban previstas para los médicos finlandeses... su barco debía de haberse averiado... en algún sitio... ¡muy poco probable que llegaran nunca! y los propios *bibelforscher,* ¿iban a querer guardarlas?... una dificultad... estaban dispuestos, pero, ¡no armados! forzados, presidiarios, pero, ¡sin fusiles!... ¡no eran soldados! ¡las Escrituras!... ¡antimilitaristas totales! siempre habían dicho: ¡no!... si Adolf se había inclinado, ¡no iba a ser Kracht quien les hiciera llevar armas! ¡de acuerdo, pues! no sólo Isis, ¡la Kretzer también! en la gran isba, y cuatro *bibel* a cada puerta, armados solamente con sus palas y picos... ¡mi opinión! se la di enseguida...

«¡Excelente! ¡no podía ser mejor!... pero, ¿y la niña?... ¿y el marido Kretzer?»

¡Oh, sí! ¡oh, sí! ¡no hacía falta decirlo!... ¡todos juntos!

«¡Usted irá a verlos todos los días!... ¡dos veces al día!»

¡Yo estaba de acuerdo!... él, Kracht, de noche, él prefería de noche... ¡y cada hora!... ¡conocíamos a nuestras pastoras!... ah, no había que olvidar tampoco a nuestros calorrós... ¡había que ir a verlos cada hora! ¡también! ¡en modo alguno bíblicos, ésos!... ¡bribones temibles! ¡bien! ¡bueno! ¡ése era nuestro programa!... de día y de noche... trabajo para rato... es un decir... si alguna vez volvíamos a ver a Harras, ¡le preguntaríamos también qué le parecía!... si alguna vez... alguna vez, reaparecía... Kracht bajó a descansar... nosotros íbamos a intentarlo también... ¡habíamos tenido demasiadas emociones!... no, Kracht no podía descansar... iba a acompañar a Isis y a la otra... nosotros lo esperaríamos... sí, pero, ¿La Vigue? él no dormía...

«Oye, La Vigue, ¿te acuerdas de Baden-Baden?...»
Intentó hacer memoria...
¡No, Ferdine! ¡no!...
−¿Y de la señora Von Seckt?»
Volvió a hacer memoria...
«No...
−¿Y de Berlín?... ¿y de Pretorius?
−¡Espera! ¡espera! un poquito...»
Le indiqué...
«¡Por ahí Berlín!... ¿oyes? *¡brum!*... ¿oyes Berlín? ¡lo están machacando!
−¡Ah, es verdad, chico!... ¡tienes razón!»
Repitió como yo: *¡braúm!*
«¡No paran!... ¿te acuerdas? ¿la Cancillería?
−¿Tú crees? ¿De verdad?»
No era grave que dudara... de la Cancillería y de las bombas... lo grave era que volviese a armarnos otro escándalo... por una vez había pasado, la gente de allí lo conocía... pero, ¿en otro sitio?...
«¡Basta con que digas, *braúm*. La Vigue! ¡nada más!... ¡Kracht va a volver!
−¿Tú crees?
−¡Sí! ¡sí! ¡sí! ¡lo oigo!»

★★★

Como podéis imaginar, ¡en toda aquella noche no tuvimos un sueño muy profundo!... ¡la costumbre!... ¡la costumbre! la cuestión era no vernos sorprendidos... Isis, la Kretzer en isba... vigiladas por los *bibel*... había motivos para no estar tranquilo... desde luego, ¡iban a volver!... se escaparían... ¡y encolerizadas!... ¿entonces?... Kracht debía ir tres veces entre medianoche y las seis... a las seis mi turno... faltaba un poco... cuando hubiera algo de claridad, me levantaría... hacía frío... por el tragaluz nos llegaba un poco de nieve... quería asegurarme... ¡un enfoque de *torch*!... ¡sí!... copos grandes... Lili y LaVigue tampoco dormían... entonces pregunté... quería sorprenderlos...

«¡Oye, ninchi!

–¿Qué?

–¿Recuerdas?... ¿lo que dijo la gitana?

–¡No!

–Pues, ¡que tú mataste a Simmer!»

Lo afirmé...

«¡No! ¡yo no he matado a nadie!... ¡inventas, Ferdine!... ¡mientes!»

Así, de sopetón... se sobresaltó...

«LaVigue, ¡he dicho eso para despertarte!

–¡Tú eres gilipollas! ¡sí! ¡eso es lo que eres!

–¡Tienes razón, chico! ¡choca esos cinco!»

Nos dimos la mano... ¡sin resentimientos!... quería darme cuenta... había mejorado... quizá me hubiera precipitado un poco... ¡qué le íbamos a hacer!... seguimos diciendo tonterías hasta las seis... salí del jergón...

«¡Vosotros dos quedaos tranquilos!... ¡voy a ver a la isba y vuelvo!»

¡No!... querían venir conmigo... ¡perfecto!... yo lo prefería... pero, ¡rápido!... hay que reconocerlo, desde el momento en que ya no te quitas la ropa nunca, todo va muy rápido... ¡cuánto tiempo ganado!... fijaos en los bomberos, los siniestros... no se paran a pensar, ¡saltan!... ¡un minuto! uncidos, ¡y fuera!... el auténtico ritmo del género humano... sin tiempo para pensar... uncidos, ¡y fuera! bajamos corriendo... el peristilo... ¡ya estábamos!... miré la hora en mi reloj... ¡bien!... Kracht nos vio... volvía de la isba...

«Doctor, ¿va usted allá?... ¡están insoportables! toda la aldea les lleva muebles... ¡ya verá!... ¡los *bibel* les están construyendo una estufa! ¡sí!... ¡ya verá!... ¡de ladrillo!... ¡están insoportables!»

Teníamos que habérnoslas con rebeldes, me lo figuraba... ¡debíamos apresurarnos!... ya una bonita alfombra de nieve... finales de octubre... ¡no estábamos solos!... toda la aldea acarreaba muebles, sillas, cojines... ¡para las prisioneras! ¡nosotros habíamos visto el pueblo vacío!... ¿dónde se escondían?... no querían vernos a nosotros, ¡nada más!... ahora, ¡menudo si corrían hacia la isba!... ¡con qué energía! ¡les cundía! ¡qué mozos de mudanzas! y la tira de niños con ellos, descalzos... que también llevaban chismes, cacerolas, palanganas... aquellas damas estaban instalándose... sobre todo niños rusos, me pareció... que nos conocían... que nos sacaban la lengua y nos llamaban de todo... eran palabrotas, seguro... ¡y menudo cachondeo!... chicas y chicos... entonces cada uno llevaba un ladrillo... y cada una... se caían unos sobre otros... ¡y con ellos los ladrillos!... ¡y se ponían a recogerlos!... ¡aúpa! ¡y se pegaban, se daban puñetazos! ¡*bum*!... ¡*braúm*! hasta los renacuajos decían ¡*brum*!... ¡imitaban! ¡las bombas que caían sobre Berlín! ¡allá! ¡y *zzzz*!... ¡como los aviones!... ¡también sabían! ¡*braum* y *zzzz*! ¡todos derribados! ¡chavales y ladrillos!... ¡*zzz*! ¡y adelante!... la risa más loca, ¿la bomba?... ¿el ladrillo?... ¡la edad en que todo es gracioso!... ni la menor importancia... ¡otro derribado! ¡y *ptaf*! ¡el bofetón!... ¡y zzz allí arriba! ¡el avión que no paraba!... el ladrillo que caía... ¡demasiado pesado!... ¡todos detrás!... lo sacaban... del agujero en la nieve... ¡en su vida se habían reído tanto!... ¡*ptaf*! ¡otro mamporro!... ¡ahí teníamos la isba!... ah, vi a la primera ojeada, toda la aldea estaba allí... todas las vecinas... y las ocas... y los patos... vi el interior, la famosa estufa, de ladrillo... modelo de Ucrania, enorme... con la chimenea a través del techo de paja... eran por lo menos diez *bibel* más los chavales... ¡duro! ¡iba bueno!

¡casi construida! ¡esa misma noche estaría lista! diez *bibel* albañiles, y que no se entretenían, los chavales trepaban, pasaban los ladrillos... caían rodando... ¡gritaban!... ¡se tronchaban de risa!... ¡y vuelta a empezar!... ¡todo cuadraba! ¡todas las diabluras! con el estallido de las bombas de verdad... *¡braúm!* a lo lejos... ¡e imitaciones!... *¡braúm!* ¡allí al lado!... al mismo tiempo llegaba el mobiliario... toda la aldea trasladando baúles... con el frío y la nieve... ¡que no les faltara nada a aquellas señoras! ¡horrible, aquellas señoras en una isba!... ¡víctimas de los brutos!... ¡menudo si estaba emocionado todo el pueblo!... y los rusos, los polacos, las vecinas y los prisioneros... ¡todos!... en cuanto al lisiado y a Simmer y al comandante heroico, ya no se hablaba nada, como para pensar que eran invenciones... ¿que se los habían cargado?... ¿que los habían agarrotado?... ¿de verdad?... ¿hechos trizas?... ¡tururú! pero la señora Von Leiden, expulsada de su casa, tratada como una cualquiera, y nosotros allí, tres desechos de *franzosen,* de lo malo lo peor, ¿nos burlábamos?... Zornhof conocía pruebas duras, terribles, por lo menos una viuda por choza, pero nosotros tres, nuestra arrogancia, ¡superábamos todo!... en resumen, ¡nosotros también al purín! ¡rápido!... estaba en el aire... estaba cocinándose... los chavales tenían los pies helados... ¡brasero, enseguida!... ¡otro cachondeo!... brasero improvisado... ramas amontonadas sobre estacas de minas... ¡y al fuego!... Kracht no quería, gritó... *verboten! verboten!* ¡a los chavales les importaba tres cojones; «¡cierra el pico! *maulzu!»* me parece que habría disparado, pero con el estado de cólera, no nos librábamos, arrasaban la quinta y la granja, me refiero a los chavales, las madres y los prisioneros... ¡y a nosotros con ellos! ¡nosotros, los monstruos!... Kracht había perdido la autoridad, incluso esperaban que disparara... le dije «Kracht, ¡no vale la pena!» era verdad, bastaba con mirar... toda la aldea entraba, salía, traía más cojines, otros muebles pequeños... «para esas pobres señoras...» mejor sería volver más tarde, cuando se hubiese acabado la gran estufa... Kracht era de la misma opinión, volvimos por el mismo sendero... nieve por todas partes... los chavales nos abuchearon...

«heil! heil! mörderer!» heil! heil! ¡asesinos!... ¡ni más ni menos!...
nada que responder, ¡la opinión estaba contra nosotros!... en fin,
¡no nos habían degollado!... ¡habrían podido!... ¡no he repetido
yo ni nada desde el 39, ese «habrían podido»!... ¡mil ocasiones!
¡cantinela!... Herold Paqui,[*] camino del paredón, lloraba, chas-
queado... «¡no han fusilado a Céline!...» habría muerto contento... Cousteau igual, canceroso insatisfecho... ¡el bueno de Cousteau!... quien había hecho todo lo que había podido para que me
descuartizaran... ¡oh, mil más, desde luego!

¡Allí, la cuestión, más seria, era que nuestras damas «vigiladas» no escaparan!... y que nadie nos siguiese... así, pues, avanzábamos con la mayor prudencia, matorral tras matorral... caía la
nieve... ya estábamos en el peristilo... había en él dos mujeres,
muy abrigadas... no eran aldeanas... ¡por nosotros!... por nosotros,
me pareció... nos acercamos... ¡sí! María Teresa, la heredera, y la
condesa Tulff-Tcheppe... de pie en la nieve... ¿qué querían de
nosotros aquellas damas? primero se dirigieron a Kracht... ¿lo que
querían?... saber si las iban a detener, si irían también a la isba...
ya era casi de día... no tenían buen aspecto, les goteaba la nariz...
¿nos esperarían desde hacía mucho?... yo no las había visto nunca juntas, creo incluso que no se veían... una en casa de su hija,
en la granja, la otra en su torre... entonces ya amigas, cogidas del
brazo... tiritaban... el frío y el miedo... la condesa Tulff-Tcheppe
me explicó... no querían volver a la granja... ¿por qué?... ¡Nikolas allí!... ¡el gigante ruso!... ¡y Léonard y Joseph!... y todos los
demás... ¡volverían a prender fuego!...

«¿Fuego? ¿fuego?»

Yo rectifiqué...

---

[*] Jean Hérold, alias Jean Hérold-Paqui (1912-1945), periodista. Participó en la Guerra
Civil española en el bando de Franco. El gobierno de Vichy lo nombró delegado de Propaganda en el departamento de Hautes-Alpes (1940). A partir de 1942 dirigió un programa de noticias para el extranjero en Radio París. Huyó a Baden-Baden y Landau.
Dirigió la emisora Radio-Patrie. En 1945 escapó a Suiza. Fue entregado a las autoridades francesas, sentenciado a muerte y ejecutado.

«Pero, ¡si la que prendía fuego era Isis von Leiden!... ¡y está encerrada, Isis!... ¿quieren verla?

Propuse...

—¡Oh, no!... ¡de ningún modo!»

Tenía aún más miedo de Isis que del gigante Nikolas... «¿entonces? ¿entonces?...» preguntó Kracht... ¿se quedarían allí arriba?... ¿juntas en casa de María Teresa?... ¿y después?... por la noche bajarían al antiguo despacho del hermano... tendrían menos miedo de Isis...

¡Al mismo tiempo harían compañía a nuestro *Revizor*!... a propósito, ¡tenía que presentárselo!

Me siguieron...

«¡La señora condesa Tulff-Tcheppe! ¡la señorita María Teresa von Leiden!»

Él, que yacía allí, se puso muy contento... quería levantarse, saludar... no podía... quería recibir a las señoras damas... hizo un gesto, un brazo... ¡no más! pero, ¡los honores!... se creía en su casa...

«Aquí, ven, señoras, ¡dos divanes! ¡perdonarán este gran desorden! ¡ahí, un sillón!... y allí, creo, ¡un piano!... al fondo, ¡las ventanas! Kracht, el SS, ya lo conocen, ¡nos tiene prohibido abrir las persianas! ¡su idea!... ¡ji! ¡ji!»

Se rió, pero le hacía daño... se crispó...

«¡Oh! ¡oh!

—¡Ya vemos, señor *Revizor*!... ¡no se mueva!... ¡no se mueva!»

Insistió...

«¡Verían la charca! justo bajo el balcón, su hermano murió aquí, ahí, a mi lado... el *Landrat* murió en esa charca... según me han dicho, su sobrino murió en la fosa... conoce usted la fosa, ¿verdad?»

El prurito de precisión... aun tan fastidiado como estaba, con dolores tremendos, no quería errores, ¡que aquellas damas fueran a creer cualquier cosa!... Kracht escuchaba, no decía nada... Le Vigan se retorcía, a él lo que le habría gustado, que hubiéramos vuelto a la isba... su antojo... «¡luego!» yo debía ir otras tres veces... Kracht por la noche... yo, por la salud, de día... ¡seguro que nos iban a dar un recibimiento!... pregunté a aquellas damas si querían dar una vuelta... ¡no! tampoco iban a volver a subir a sus habitaciones... iban a instalarse en el salón, enseguida... el *Revizor* no molestaba, tan pronto como intentaba moverse, gemía... y gemía mucho más cuando teníamos que sostenerlo sobre el bacín... era el momento, antes de que saliésemos... lo levantamos, lo sujetamos, se quejaba, pero no mucho, era un valiente... nos lo agradeció afectuosamente, listo hasta la próxima vez... su fractura no era como para estar orgulloso... quiero decir la consolidación, el edema casi había desaparecido, pero el callo me daba vergüenza... ¡que se quedara tumbado, qué leche!... ¡había que pensar algo para que no molestase a aquellas señoras!... aquellas señoras no se ocupaban de nosotros, estaban a vueltas con las persianas, al fondo, intentaban abrirlas... ¡prohibido!... pero, ¡ellas se burlaban!... ¡ver era lo que querían!... ¡muy bien!... ¡perfecto!... se arreglarían con los divanes... nosotros nos habíamos acostado en ellos... separaríamos el salón en dos... en tres... iban a estar mejor que nosotros en nuestro grueso jergón... el *Revizor* gemía bastante fuerte, pero, después de la inyección, se acabó... ahora necesitaban colchones... no había ni que preguntar de dónde, de donde los Kretzer, el piso de arriba... ¡nos encargaríamos de eso al volver de la isba!... entonces mi turno, ¡la visita! me interesaba que viniera La Vigue... no quería que se quedara con las señoras y el *Revizor*, farfullaría... le dije: «¡en marcha, La Vigue!»... yo daba las órdenes, no tenía demasiadas ganas de ir a ver a Isis, pero en fin, había que hacerlo... ya estábamos fuera... ya conocéis... el sendero... el último bosquecillo antes de la isba... dije a La Vigue: ¡cuidado! muy poca gente alrededor, sólo los *bibel* de guardia, lo que estaba previsto... iban y venían, su guardia, no con fusiles, con palos y picos... les grité...

«¿Sin novedad?... *nichts neues?*

—*Nein! nein! niemand weg!* ¡no ha salido nadie! ¡todo en orden!»

Me conocían bien... no pregunté nada más... quedé tranquilo, pero no del todo... la Isis era capaz de cualquier cosa... volvería, mi otra ronda, al cabo de dos horas... ¡ah, otra cosa!... ¡se me olvidaba!... «*niemand krank? ¿nadie enfermo? nein! nein!...*» entonces, ¡perfecto!... ¡media vuelta!... ¡a la quinta! ¡el peristilo!... el salón... no iba mal la cosa... aquellas señoras se habían instalado... no en zahúrdas, ¡habitaciones de verdad!... ¡despabiladas!... no había yo visto aquellos biombos... los habían encontrado, ¡preciosos! hojas muy bellas, altas, bordadas... aquella quinta Von Leiden había tenido estilo... no sólo el parque... un Versalles en miniatura...

«¡No hemos acabado!... ahora, ¡a las escudillas!»

¡No y no!... ¡que no! ¡Lili no quería!... el pueblo estaba listo para atraparnos, ¡a los dos y nuestras escudillas! ¡era lo que esperaban! tenía algo de razón... además, el cielo estaba cada vez peor... «fortalezas» tras «fortalezas»... ¡exacto!... escuché... y no era necesario tocar las paredes... vibraban, se las veía vibrar... y el entarimado... ¡*braúm!*... no sólo explosiones, zumbido después de cada bomba... *rrrrrr...* ¡el artefacto que reventaba!... se esparcía por todos lados, se extendía... lejos... lejos... allí... y después más cerca... Lili tenía razón... ¿y nuestras escudillas?... no es que tuviésemos mucha hambre, pero, ¿y después?... y, además, éramos seis, siete con Bébert... desde luego, teníamos la reserva, el armario, ¡siempre el armario!... pero, ¿delante de las purís?... seguro que estaban al corriente, pero me molestaba... comparándonos con la isba, me pareció que a ellos los mimaban, estaba seguro de que se lo llevaban... si a nosotros nos enviaran algo, sería Isis, con lo necesario, gasolina... cerillas... ¡y esa vez iría en serio! ¡todo ardería!... ¡seguro! ¡huy, qué gracia!... ¡todavía estamos riéndonos!... ¡también el *Revizor* estaba instalado!... le habían colocado biombos... ¡tres!... y se quejaba... lo oí, fui... la pierna le dolía... no sólo eso, ¡tenía hambre!... me pidió... quería un poco de pan negro... ¡un antojo!... ¡huy, la Virgen! avisé a Lili... avisé a los vejestorios... naturalmente, sabían que yo ya había metido mano al armario, que había obsequiado a todo Zornhof... y a Léonard y a Joseph... y a los gitanos... y en la cocina *Bibelforscher*... conque, entonces para el *Revizor,* herido como estaba, que podía pasar a mejor vida de un momento a otro... habría sido inhumano vacilar...

«*Natürlich!* ¡naturalmente!»

Lo aprobaban... que si Harras volvía alguna vez, lo comprendería...

«Pues, ¡claro!... pues, ¡claro!...»

¡Ánimo!... ¡qué leche! ¡si quedaba!... ¡ya había sacado tanto!... aquellas damas tenían que comer también... y tal vez nosotros tres un poquito... y nuestro Bébert... ¡no sólo el *Revizor*! «La Caridad bien entendida...» seguro, en los *Bibel* nos arreglaríamos... no nos lo negarían, pero, ¿ir y venir? expedición muy peligrosa, vista la efervescencia... ¡no!... nos alimentaríamos con ciertas conservas, había por lo menos diez, doce latas, yo las había palpado, bajo los cigarrillos, al fondo... pero, ¡aquellas señoras no querían! ¡judías, no!... ¡sardinas, sí! ¡muy bien!...

«¡Buscaré!»

Estaba seguro de que en la isba había sardinas... tenían de todo... ¡se lo llevaban! ¿por qué?... ¿cómo?... entonces, ¿un intercambio?... ya veríamos, ¿tal vez?... entonces, ¡el pan!... desde luego, podíamos prescindir del pan... sabía mejor con él... el *Revizor* quería a toda costa su pan negro...

«¡Las gachís, Ferdine!»

¡Lo había olvidado!... ¡seguro que las mecanógrafas tenían!... las chavalas furiosas del «tercero» que si no hubiera disparado Kracht, ¡menudo si habrían tirado de cabeza a Isis!... ¡y no sólo a ella! ¡a la Kretzer con ella!...

Que fuesen a tirarnos también a nosotros... ¡era posible! sin embargo, ¡nosotros no prendíamos fuego!... sólo queríamos un trozo de pan, y para un enfermo... desde luego, había su riesgo... podían estar nerviosas todavía...

«¡Vamos!»

Ya os lo he contado, las puertas de sus habitaciones daban todas al mismo balcón por encima de la gran escalera... ¡les diría que se lo iba a devolver, aquel pan!... conque subimos... cada puerta ¡*toe*! ¡*toe*! *was*? ¿qué?... ¡nada amables!... grité fuerte... ¡más fuerte! «¡un poco de pan para el *Revizor*!»... las puertas se entornaron... ¡ah, media hogaza!... ¡una entera! ¡y otro!... teníamos bastante... «*danke*! *danke*! ¡gracias!»... volvimos a bajar... volvíamos a estar en el salón... el *Revizor* me preguntó...

«¿No le han dicho nada de los registros? ¿de mis cuentas?

—¡Sí!... ¡sí! ¡están listas!

—¡Ah! ¡ah!»

Vi que primero debería mear... aquellas damas podrían ayudarnos un poquito... no tenían inconveniente... pusimos manos a la obra todos... maniobra muy delicada, le hacía daño... le dolía... bueno, ¡ya estaba!... hizo... no tenía fiebre, pero su fractura... sus fracturas... estaban feas... ¡iba a haber que rehacerlo todo!... más adelante... más adelante... ahora la cuestión era que comiese... hacía un rato tenía hambre... ¿pan negro a secas? ¡con algo!... me pareció que le gustarían las salchichas... pero, ¿de dónde las salchichas?... no me atreví a decirlo, ¡yo sabía!

«¡Vamos, La Vigue!»

Él también sabía... otra vez el armario... se lanzó, revolvió... con los dos brazos... el *Reichsoberarzt* Harras no había viajado en balde... tocante a epidemias, ¡cero!... pero, ¡en punto a puros!... ¡cajas y más cajas!... jamones... ¡ah, las salchichas!... ¡tres botes!... ¡y una de botellas!... coñac... anís... chianti... María Teresa sintió curiosidad, quiso ayudarnos... la condesa Tulff-Tcheppe también... aquellas damas sabían dónde estaban los vasos... en uno de los aparadores... y los sacacorchos... oh, pero, ¡champán!... ¡La Vigue sacó seis botellas! del fondo, de debajo de los cigarrillos... aquellas damas no se hacían rogar... saltaron los tapones, ¡era del bueno!... repitieron... y el *Revizor*, al que habíamos olvidado, también quería... ¡ñam! ¡ñam!... ¡era cojonudo!... pidió más... Lili le sirvió... nuestras dos condesas, María Teresa, la otra, vinieron a ver beber al *Revizor*... ¡qué divertido estaba! pero ellas, la Virgen, ¡qué alocadas! ¡no tardó en hacerles efecto el *extra dry*!... la prueba,

¡chocaron contra el biombo! ¡juntas! ¡las dos! aúpa, se agarraron...
se dieron el brazo...

«¡Doctor! Doctor, ¡qué bueno es! Doctor, me promete, ¿verdad?... en cuanto llegue a París...»

La otra interrumpió... gritaba... ¡reclamaba!...

«¡Ping pong!... ¡ping pong!»

María Teresa quería jugar al ping pong... ¡enseguida! mesa
había, allí... pero, ¿las raquetas?... había que saber... las encontrarían allá, me pareció, les indiqué, entre el diván y la caja para la
leña... en el extremo opuesto del salón... ¡en un revoltijo!

«¡Ya buscarán después!... ¡coman primero!...»

¡No! ¡querían jugar enseguida! «¡ping pong! ¡ping pong!»...
¡bribonas!... ¡no podían esperar! fueron... ¡pisotearon! ¡se enredaron
en las telas! ¡menudo si había! ¡la tira!... ¡raudales de terciopelo!...
¡y blusas!... varillas para visillos... las dos condesas cayeron de rodillas... ¡querían a toda costa encontrar aquellas raquetas!... entonces,
¡la de polvo que levantaron!... estornudaban... les propuse una copa...
y otra... se echaron... la Tulff-Tcheppe volvió a insistirme...

«¡Doctor! ¡Doctor! ¡no se olvide!... Doctor, ¿me lo promete?...»

Pues, ¡claro!... pues, ¡claro!... yo prometía todo... María Teresa
se esforzaba más... farfullaba... qué lumbago preveía yo... de rodillas
sacó de debajo de los jirones una plancha, una olla, tres tumbonas...
pero entonces tal cantidad de polvo que todos tosíamos... el *Revizor* también... se asfixiaba... ¡yo no podía levantarlo!...

«¡Doctor!... ¡Doctor!»

¡Ya no se veía nada con tantas nubes!... no quedaba champán... dije a La Vigue...

«¡Ve! ¡trae más! ¡todavía queda!»

Fue... tentó, sacó... trajo un «vulnerario»... probamos... las señoras tragaron tanto de una vez, que se quemaron la boca... ¡puaah!... soplaban... ¡y querían más pan negro! La Vigue sabía cortar
muy fino... se sirvió él mismo y después las señoras y luego el
Revizor, tumbado... casi lo habíamos olvidado... había que reco-

nocerlo: ¡subía la moral!... casi nos divertíamos... el suelo temblequeaba y las paredes... bueno, ¿y qué?... ¿y qué?... si no estábamos
acostumbrados nosotros... ¡y a las «fortalezas»!... ¿quién iba a es-
tarlo?... ¿tal vez sacudidas más fuertes que el día anterior?... me
parecía... ¡en Berlín era peor!... os hago notar: ¡yo no toqué nada!...
¡yo no me emborraché!... que trincaran los otros, ¡yo, no! ¡yo,
no!... ¡el whisky solo! ¡aquellas damas no querían agua!... pero
habían bebido demasiado y demasiado deprisa... lo más sensato
era que descansaran, que dejasen de buscar las raquetas... de revolver los detritus, toda la leonera, para no encontrar nada... ¡sólo
hacernos toser!...

«¡Quédense tumbadas!»

¡No querían!

«¡Que sí! ¡que sí!»

Di órdenes... estaban tan piripis... ¡se cayeron!... creía que
iban a vomitar... ¡no!... roncaron... ¡enseguida!... ¡el *Revizor* también!... ¡el alcohol tiene su lado bueno!... aproveché para poner-
les inyecciones a todos... ¡una ampolla a cada uno!... por lo menos tres horas de sueño... 4 cc...

«Ahora, ninchi, ¡a la isba!»

Estaba de acuerdo... él sólo había bebido el «vulnerario»...

«¡Lili, espéranos!»

Fuera vi un fuego enseguida... entre la quinta y los bosquecillos... un fuego de leña, y bajo una oca, en el asador... ¡ya no
disimulaban! ¡prohibidísimo tocar las ocas!... «¡Orden del Reich!»...
¡sabotaje grave!... pero la policía era Kracht, ¡no yo!... ¡que se dieran el festín!... Hjalmar podría encargarse de eso, pero, ¡estaba lejos!.... mi atribución, estricta, el estado de salud... lo mejor, me
pareció, no acercarse... ¡a distancia!...

«*Nichts neues?*... ¿nada nuevo?

—*Nein! nein!*»

No íbamos a ir a hacer pesquisas... ¡media vuelta! no es que
me creyera demasiado los *nein! nein!* pero, ¡Kracht iría!... precisamente, ¡allí lo teníamos!...

«¡Todo va bien!»

¡Afirmé!... no deseaba él otra cosa... no insistió, volvió con nosotros... la nieve estaba fundiéndose, un barrillo... él llevaba botas... ¡ahí estaba el peristilo!... el salón... las dos condesas dormían en pleno suelo... un sueño muy profundo... cada brazo por su lado, las piernas también, las faldas hechas jirones... ¿qué había pasado?... me preguntó Kracht...

«¿Violencia?

—No, ¡han bebido!... tenían sed... mucha sed...

—¿No han vomitado?

—¡No, todavía no!

—¿No estarán envenenadas?

—No... no creo...»

En realidad, estaban durmiendo la mona... ni más ni menos... pero, ¿por qué se lo habían trincado tan deprisa? ¿y sin haber comido apenas?... aquellas damas tenían los nervios deshechos, entonces el efecto del alcohol, ¡sobre todo el champán! habían cogido una mona... Kracht me hizo la observación de que tal vez estuvieran mejor una en cada diván...

«Tiene usted razón, Kracht, ¡al salón con estas damas!»

No muy ingenioso, pero ya me sentía cansado, tenía derecho, había padecido mucho más, qué hostia, que aquellas dos parís, borrachas arremangadas... conque lo dicho, las llevamos, de los hombros y de los pies... las dispusimos, cada una en un diván... Tulff-Tcheppe entornó un ojo...

«¡Doctor!... ¡Doctor! ¡no se olvidará!... ¡la Orangerie!... ¡la Orangerie!

—¡No! ¡no, señora! ¡se lo juro!»

Volvió a dormirse... ni siquiera tan trompa olvidaba las Tullerías... le había prometido que iría nada más regresar... y también a la Rue Saint-Placide... ¿por qué a esa calle?... en fin, el caso es que se lo había jurado... estaban soñando con los angelitos... ¡bien! ¿tan deprisa borrachas?... drogadas, seguro... Kracht tenía motivos para hacerse la pregunta... un poco anormal...

«La Vigue, ¿qué piensas?»

Estaba sentado a mi lado... olfateando...

«Oye, ¡no sólo las paredes!... ¡el techo también! ¡fíjate en esa grieta!»

No era de extrañar, pero, aun así, el techo no había empezado a ceder hasta el día anterior...

«¡Eres como los galos, La Vigue!»

¡Braúm!... si antes lo digo... una placa... dos placas... ¡estaba desconchándose! la verdad era que las explosiones se acercaban... no sólo de Berlín, del Norte también... al parecer... en cualquier caso, se había acabado para nosotros lo de ir a la isba... ¡que fuera Kracht a ver!... llegó la noche... habíamos comido un poquito, no podíamos quejarnos... ¿otra ampolla al *Revizor*?... ¡oh, ya me despertaría!... ya se quejaría... nuestras dos nobles señoras, cada una en un diván, suspiraban... escuché... roncaban... nosotros, ¡la cuestión no era si nos parecía o no cómodo el suelo!... la cuestión era tumbarnos, ¡y se acabó!... ¡y andar con mucho ojo!... cada uno tenía derecho a una manta... ¡bastaba!... comenté a La Vigue...

«¿Crees tú que los galos dormían?»

Justo cuando iba a contestarme... ¡rrrr!... un sonido de moto... y otro... ¡rrrr!... ¡ahí, en el parque!... y más cerca... en el peristilo... ¡no íbamos a mirar!...

«Oye, ¿qué es eso?»

No había motos en Zornhof... al menos no habíamos visto nunca... ¿entonces?... y otras dos... ¡rrrr!... ¿vendrían a por nosotros?... lo mejor no exhibirles... ¿serían alemanes?... ¿rusos?... ¿ingleses?... no entraron... hablaban fuera... ¡eso era más fácil!... ¡eran alemanes!... Kracht bajó... ¡que les hablara él!... agucé el oído... comprendí un poco... venían de Berlín... ¿qué querrían?... hablaban de forma tan cortada, tan ronca, que casi me daban ganas de salir, que me explicaran... ¡ah, otro rrrr!... ¡mucho más fuerte!... con ruido de chatarra detrás... cadenas... era un auto blindado, me los conocía... y enseguida, Harras, su voz... no había duda, ¡era

él! no se había hecho esperar ni nada... ¡el gandul!... ¿de dónde
saldría? ¡y se reía! ¡encima!... ¡aún se atrevía! su estilo: *¡jajajá!* ¡no
veía yo de qué!... hablaba a los otros, no se daba prisa... ¡podíamos dejarnos ver!

«*Heil* Harras!... *heil!* ¡Dios santo!»

Sí, ¡era él!... ¡y el auto blindado! ¡por fin estaba de vuelta
nuestro granuja... me dirigí a él, ¡y de qué modo!

«¡Harras! ¡tramposo! ¡le concedo una condecoración! ¡palma
y cruz! ¡poco ha faltado para que no lo contáramos! ¡han matado
a todo el mundo aquí, sus canacos!... ¡no nos van a volver a ver
el pelo en vacaciones como éstas! ¡en la cura de nervios!»

Le hice reír... *¡jajajá!* siempre le hacíamos reír... lo miré, había adelgazado... adelgazado, pero, ¡todavía quedaba!... aún era dos
veces más grueso que yo... no estaba triste, ¡no! era un hombre
que no podía estar triste... ¿habría viajado mucho?... se lo dije...
le pregunté...

«¡No!... ¡no, amigo mío!... hemos tenido pequeñas complicaciones... ¡muchas! ¡mil!... ¡peor que aquí, amigo mío!... ¡peor!
¿no me cree?»

No me extrañaba que Grünwald hubiera dejado de existir...
y el telégrafo... y el gran *bunker...* y los colegas finlandeses... y las
señoritas mecanógrafas... que todo eso hubiese volado, ¡triturado,
en pavesas!... ¡hecho añicos!... ¡dos noches!... ¡en dos noches solamente! *¡pfff!...* imitó el gesto... *¡pfff!* debíamos de haberlo visto
desde aquí... ¡desde luego! ¡todas las noches!... ¡incluso todas las
tardes!... *¡pfff! ¡pfff!*

«¿Y Lisboa?»

Pregunté...

«¡Nada de Lisboa!... todos los jefes sanitarios de enfrente se
preguntan también... ¿quién?... ¿qué?... *¡jajajá!* ¡todos ridículos!...
¡yo también!... ¡todos los cóleras abortan!... ¡una viruela dudosa
en Beirut!... ¡siete lepras en Dakar!... ¡y se acabó! ¡en los ejércitos?... ¡nada!... ni en los rusos, ni en los turcos... civiles, militares,
vacunados, Destouches, ¡es el fin!... ¡ni siquiera quedan alcohóli-

cos en Francia!... ¡un solo *delirium* en Toulouse!... mire, colega, ¡en la actualidad la guerra ahuyenta a la peste!... ¡y cura a los locos!... ¡hay que rectificar a Durero! *¡jajajá!...* ¡rehacerlo! ¿sus cuatro caballeros, verdad? ¡vacunados, todos vacunados! ¡sanitarios que son!... ¡sanitarios! ¡no hay razón alguna para que acabe esta guerra! ¡Apocalipsis aséptico! ¡ahora con tirachinas, colega!... ¡con ballesta!... ¿el arma secreta?... *¡pufff! ¡jajajá!...*»

¡Y venga carcajadas! pero, ¡él seguía armado! ¡qué caramba! ¡vi! ¡dos Mauser de aúpa! ¡más tres granadas de mano con mango! ¡entonces me tocaba reír a mí!...

«¿También usted va a rechazarlos?

—¿A quién?

¡Hombre, a los rusos!

—¡Pues mire! ¡no están demasiado lejos!»

Por lo menos él no doraba la píldora...

«¿Dónde cree usted?

—*Ach,* ¿sus guerrilleros?... bastante cerca... creo... ¿tal vez?... no digo que no...»

Científico, Harras: veía las cosas como eran... no se andaba con «propaganda».

«¿Dónde están ahora?

—¡En Frankfurt del Oder, seguro!

—¿Los rusos?

—¡Sí!»

Ya sabía a qué atenerme... nosotros, allí, estábamos en los primeros palcos... bueno es estar informado... no sólo sobre los tifus y los cóleras que abortan... un poco también sobre los tártaros... ¡cerca de Frankfurt!...

«Harras, nuestro libro, verdad...»

Ya no se acordaba...

«El que habíamos preparado...

—¡Ah, sí!... ¡sí!

—¡La medicina francoalemana!»

Recordó...

«¡Ni siquiera he empezado!... no por pereza, pero, ¡ni un minuto! ¡ni de día! ¡ni de noche!

—Ya sé... ya sé...

—La documentación está ahí... ¡mire! junto a la pared... ¡los archivos!...»

Los ficheros temblaban...

Vio los archivos... *¡jajajá!* ¡qué gracioso!... oh, pero, ¡qué gracia tenía también yo a veces!

«¡Harras, ya pueden venir los rusos si quieren!... ¡que tenemos isbas para ellos!... ¡estamos preparados! ¡y damas dentro!»

A propósito, había que ir a verlas... le pregunté, de acuerdo, no tenía inconveniente... ¡no se iba a enterar de nada nuevo!... sabía mejor que yo lo que había ocurrido... entierro... asesinatos... no me había dicho nada, pero no se le escapaba ni un pelo... su aspecto bonachón... tan hastiado... ¿algo que tal vez no sabía? ¿el armario?... ¡ya que estábamos de broma!... ahí iba, saqué el tema...

«Mire, Harras...»

Oh, ¡no valía la pena!... me interrumpió...

«Pues, ¡claro!... pues, ¡claro! ¡pobres amigos míos! ¡caso de fuerza mayor!»

¡Me tranquilizaba! nos defendía incluso... ¡que dábamos lástima y se acabó!... ¡sí! ¡sí! y encima, *¡jajajá!*... ¡enorme! la prueba de lo inocentes que éramos, habíamos creído vaciar el armario... ¡aún estaba lleno!... ¿no lo creía?... ah, ¡con que no lo creía! Harras metió la mano, de rodillas... su enorme trasero abigarrado, gracioso, de rodillas, camaleón... ¡y empujó! ¡un entrepaño! ¡y a la vista!... ¡una de botellas! ¡qué escondite! ¡jamones, salchichas! ¡y además cuatro cestas de champán! como para achispar a muchas hordas... ¡ya podía venir el ejército ruso!... la gente de la aldea estaba un poco al corriente... Harras sabía que sabían, ¡le traía sin cuidado!... tenía a seis SA con él... ocho... ¿entonces?... ¿la guardia de la isba?... teníamos que hablar de eso... primero, ¡Kracht!... lo llamó... ¡yo los escuché!

«¡Kracht!... Kracht, ¡preste atención!... esos *bibelforscher* son unos traidores, unos cobardes, y pederastas... ¡no se fíe nunca de esa gente!... ¡envíe allí a dos SA!... si alguien sale: *¡ptaf!* ¡avíselos!... ¡nada de cuentos! ¿me entiende? esos *bibel* hacen bien los féretros... conque ¡ya sabe!

—*Ja!... ja!* ¡señor *Oberartz!*

—Ahora, ¡encargue que les lleven todo!... ¡todo eso! ¡allí!»

Todo eso era por lo menos veinte botellas de «tinto» más dos cestas de *Mumm*... y tres jamones grandes... más, increíble, ¡docenas de latas de foie-gras! y salchichas... ¡como para establecerse!... ¡una tienda de *delikatessen!*

«¡Sin escatimar! ¡quiero que lo coman todo! ¡mañana se les llevará más!... pero, ¡que no salgan!... *¡ptaff! ¡ptaff!* ¡Kracht!... ¿me ha comprendido?

—¡Desde luego, señor *Oberartz!*»

¡Ahora, a mí!... se mostraba con aplomo, con sus enormes Mausers y sus granadas y sus gemelos... bien plantado lo era, ya os lo he dicho, dos veces más grueso que yo... pese a haber adelgazado mucho... y de ir todo abigarrado, pintarrajeado, casco, gabán, botas, verde, amarillo, rojo... camuflado... los *bibel* también iban abigarrados verde, amarillo, rojo... ¡en su caso era para que los vieran mejor de lejos!... ¡quien lo entienda que lo compre!

«Mi querido Destouches, ¡no acaba ahí la cosa! parece ser que vino el juez... ¡el *Untersuchungrichter!* ¡ah, diga esa palabra! ¡hágame el favor!»

La dije...

«¿*Jajajá!* ¿su nombre? ¡lo sabe usted?

—¡Ah, eso sí que no!

—¡Ramke! ¿sabe lo que hacía en tiempos de Hindenburg?

—¡Sí, lo sé! me lo ha dicho el *Revizor.* peluquero de señoras...

—¡*Exacto! Gegnenstrasse... Meisterfrisör... Salón Danaé...*

«Mi querido Destouches, ¡no acaba ahí la cosa! ¡basta de fruslerías! ¡administremos!... ¡entre nosotros dos! ¡una mesa!... ¡dos sillas! ¡va usted a ver!... ¡la administración nazi! Colega, ¡ voy a compro-

meterlo! ¡van a fusilarlo!... ¡pronto!... ¡o éstos! ¡o los otros!... ¡*jajajá!*
usted es de los partidarios de esperar a ver qué pasa, ¿verdad?... bastante "alarmista", además... *¡jajaja!*... ¡ya estoy harto!... ¡vamos a ser
un poco serios!... ¡la mesa!... ¡la mesa!... ¡ha llegado la hora!»

Yo no veía la mesa... ¿la del ping pong?... escondida... ¡un
pie! ¡ah, un pie!... la agarró... sacó... era fuerte... ¡y hala! ¡plantó la
mesa, allí! le conté que nuestras dos damas Tulff-Tcheppe y María Teresa querían enfrentarse al ping pong... ¡dos auténticas chiquillas!... pero que al buscar las raquetas habían levantado tanto
polvo, que habían tenido que beber... tanto y de cualquier clase,
que habían vomitado... y después se habían desplomado, ¡el sueño profundo!...

«¡No basta, colega! ¡no basta! ¡quiero un sueño de niño!...
¡es necesario! todavía veo convulsiones...»

Desconfiaba... tenía razón... Kracht volvió de la isba...

«¿Ya está hecho?

—¡Perfectamente, señor *Oberartz!*

—¿Comen?... ¿pimplan? ¿Isis también?... ¿y la niña?»

La niña, no se había fijado...

«¡Hace falta leche para la juventud!... ¡mucha leche!... ¡aquí
hay de todo!... ¡todo lo necesario!... vaya al armario, Kracht, he
abierto el fondo, usted mismo farmacéutico, ¿no ha pensado en
la leche?... *Skandal!*... ¡otro *skandal!*... *¡jajajá!*... ya verá las botellas... las latas... leche condensada... ¡y de la mejor!... ¡no *ersatz!*...
¡leche suiza! ¡mande llevar diez latas!... pero, cuidado, ¡que la madre no beba nada!... ¡ni los demás!... ¡los padres presa de profunda pena sienten una avidez tremenda de leche!... ¡sobre todo la
leche "condensada" suiza!... ¡iré a ver yo mismo! conozco a Isis
von Leiden... ¡conozco a los Kretzer!

—¡A la administración, colega! ¡administremos! ¡clasifiquemos
a esos humanos!... ¡la especie! ¿qué especie?... ¡las dos!... ¿su opinión, colega?... nada de vacilaciones: *homo deliquensis!* ¡los dos!
¡los Leiden! ¡los Kretzer! ¡delincuentes natos!... ¡herencia!... ¡dispuestos a todo!... ¿éstas?...»

Se refería a la Tulff-Tcheppe y a María Teresa, piernas al aire contra las cortinas...

«Viejas suaves, borrachas, chochas... no son peligrosas... ¡no! ¡seniles optimistas alcohólicas! ¡las otras, sí!... ¿no le parece, Destouches?

—¡Desde luego, Harras!

—¡Ah, estamos de acuerdo!

¡Usted, Kracht!... ¡otra cosa! ¡mándeme al ruso Nikolas!... cuando pienso, verdad, que fui yo quien lo entregó a la granja... yo soy responsable... herido, en Orel, estaba a mi servicio, en mi ambulancia... lo curé... lo mandé venir aquí... ¡regalo para los Leiden! ¡ah, otra cosa!... ¡otra cosa! ¡sus dos encantadores compatriotas! ¡tengo que avisarlos también!

—¿Léonard?... ¿Joseph?

—¡Exactamente!»

Vi que estaba informado, a pesar de haber estado allí, lejos, no sabía yo dónde...

«¡No va a hacer falta mucho tiempo, colega!... ¿todavía no conoce usted nuestra fórmula *"blitz"*?.... ¡renovadora! ¡a fondo!... ¡administración! ¡oh, muy sencillo!... ¡muy sencillo! ¡va usted a ver!... ¡alemana típica!... ¡filosofía acelerada!... voy a mostrársela... va usted a ver... ¡siéntese!... ¡muy *boche,* pensada! pero, ¡acelerada! antiguamente, verdad, a los vencidos, ¡los degollaban!... ¡ni más ni menos! ¡cosa sabida! ¡ya sabe usted todo eso, colega!... ¡el sistema ruso todavía!... ¡barbarie!... ¡yo!... ¡usted! ¡mañana!... *¡jajajá!*»

¡Para troncharse!

«Después ya no los degollaban, ¡no!... ¡a la esclavitud!... ¡a las Pirámides!... más tarde, ¡a las galeras!... ¿no es así?

—¡Desde luego, Harras!

—Pues bien, ¡nuestra Revolución!... ¡filosófica acelerada!... ¡se acabó la esclavitud de los vencidos! va usted a ver, aquí, admirar, ¡espero! ¡en su presencia!... ¡mística nacional-socialista! ¡el mando a los asesinos!»

Llamó...

«Kracht, ¡traiga a Joseph... a Léonard... y a Nikolas!»

Me preguntó...

«¡Asesinos todos!... ¿verdad, colega?

—¡Ya lo creo!...

—¡Hágalos entrar a todos, Kracht!»

Allí los teníamos...

«¡Ah, Kracht, un traductor!»

Kracht había pensado en eso... un *bibel* a la puerta... que podía traducir...

Joseph, Léonard entraron... ¡no muy orgullosos!... miraban a las paredes... y al suelo... por su parte, Nikolas nos miraba a la cara... de repente, se había despertado... no fue a él a quien se dirigió Harras...

«Usted, Léonard, ¡escúcheme!»

Léonard no se atrevía a mirarnos...

«Léonard, ¡lo necesito!... como lo oye: ¡lo necesito a usted!... pero, ¡atención! usted conoce bien los establos... la granja... los silos... los animales... ¿verdad, Léonard?»

Léonard dijo que sí con la cabeza, pero no respondió...

«¡Vamos! ¡vamos! dígame: ¡sí!

—¡Sí, mi coronel!

—Entonces, ¡perfecto! ¡usted será el patrón!... el patrón de aquí: ¡encargado de los animales y del personal! ¿me entiende?

—¡Sí, mi coronel!

—Si las cosas no funcionan bien, ¡será usted fusilado, Léonard!

—¡Sí, mi coronel!

—¡Ahora usted, Joseph!... ¡encargado de los polacos y los prisioneros! ¡los jardines y las cocinas!... ¿entendido?... si las cosas no funcionan, ¡será usted ahorcado!... ¿entendido, Joseph?

—¡Oh, sí, señor Presidente!

—Será inútil que intenten escapar, el tanque y los SA se van a quedar aquí, ¡los atraparían!... ¡ahora son ustedes patronos los dos!... ahora mismo, una cosa para usted, Léonard: ¡hágame preparar ocho vacas!... ocho vacas uncidas... ya sabe...

—Uncidas, ¿cómo?

—¡Arrégleselas como pueda! pero, ¡rápido!»

Kracht sabía... en la gran carreta de las remolachas... sí, pero antes, ¡una cosa!... había que herrar a las vacas... ¡eso, Léonard sabía!... no me extrañaba... mediante «biseles»... La Vigue me explicó... él era casi del equipo, en tiempos había estado a punto de hacerse agrónomo...

«¡Rápido!... ¡rápido!»

Salieron los tres... se llevaron una *torch*... dos *torch*... ¡a disponerlo todo enseguida!... iban a ser las once...

«Ahora, queridos amigos, ¡a lo nuestro!»

¿Qué íbamos a hacer nosotros?... noté, seguían circulando al mismo ritmo, allí arriba... «fortalezas» tras «fortalezas»... ¡hacia Berlín! ¿por qué? si ya no quedaba nada, según había dicho él... aun así, había explosiones... la prueba, nuestras paredes... ¿la costumbre? ¿la rutina?... yo no quería comentarlo...

«¿Qué les parece? ¿Vamos a verlo?»

Gemía, el *Revizor*... en el otro extremo de la habitación...

«*Gutend abend!* ¡buenas noches! ¿Qué tal está usted?»

Lo presenté... *Reichgesundheits,* etcétera... el *Revizor* se sentía muy honrado... no podía levantarse... ya no lo intentaba... pero, ¡cuánto lo sentía!... ¡oh, cuánto lo sentía!

«*Nein! nein! bleibt!* ¡no se mueva! ¡no se mueva!»

Expliqué su fractura... ¡y que lo habíamos salvado por los pelos!... que las prostitutas iban a acabar con él... de igual modo que se habían cargado al otro...

«¿El otro?

—¡*El Rittmeister!*»

Ya sabía... lo sabía todo y las circunstancias... se divertía con que yo se lo contara... por aquél ya no había podido hacer gran cosa... ¡falta de medios!...

«¡No podía usted!

—Morfina...

—¡Claro! ¡claro!

—Dos centímetros cúbicos...

—Esto no va a ser todo por esta noche... ¡muchas emociones para esta noche!... ¡administración de choque!... ¡voy a nombrarlo director! ¡a su *Revizor* descuartizado!... ¡sí, colega! ¡sí! ¡Director de la *Dienstelle*! ¡amo y señor después de Dios!... ¡no se moverá, podrá comprobar las cuentas, toda la caja!... ¡su obsesión!... ¡aquí!... ¡los otros se irán al Infierno!... ¡estará tranquilo!...

—¿Kretzer?...

—¡Sí!... ¡e Isis von Leiden!

—¿Y la condesa Tulff-Tcheppe?...

—¡Exactamente! ¡toda esa gente en coche!... ¡está dispuesto!... las etapas están preparadas... Rostock... Stettin... Dantzig... ¡la administración nazi!... ¡de choque y meticulosa! ¡filosófica acelerada! ¡va usted a ver, querido colega!... ¡nada dejado al azar! ¡preparado de lejos! ¡minuciosamente! ¡y Nikolas!... ¡mi prisionero Nikolas!... *¡jajajá!*... ya sabe, ya se lo he contado... se lo había dado al lisiado... arrojó al lisiado al estiércol líquido... ¡su buen amo!... *¡jajajá!* ¡normal!... ¡normal!... ¡inhibición, liberación, choque!... ¡ya sabe usted!... ¡choque de rechazo, normal! el general médico Göring, dentro de poco va a verlo usted, ha estudiado a fondo a los prisioneros rusos... ha descrito esos casos... "liberación, choques"...

—¿Göring?

—¡No el gordo, Hermann!... ¡no!... Werner Göring, ¡el alienista!... oh, muy moderado, éste, razonable, ¡nada abracadabrante!... se alegrará de conocerlo, habla francés... ¡mucho mejor que yo!... hizo un trabajo muy importante, en francés, en París, con Dupré...»

Al respecto, otra carcajada... *¡jajajá!*...

«¡Un clínico muy fino, Werner!... ¡ya lo verá!

—Entonces, ¿va usted a enviar para Königsberg?... ¡todo!... ¡a todos! ¡a esas damas y su cortejo!

—¡Exactamente!... por Stettin, a lo largo del Báltico... ¿comprende? ¡vida grandiosa allí!... ¿no conoce usted? ¡bosques!... ¡lobos!... ¡osos!... ¡conejos! *¡jajajá!* ¿no le ha invitado ella?

—¡Oh, sí!... ¡sí!... ¡a todos!

–Irá usted más adelante... ¡si lo desea!... ¡un castillo enorme, la verdad! ella no lo ha recorrido enteramente, ¡imposible! ¡no conoce todo su castillo! ¡y qué bosques! ¡y qué nieves!... ¡zorros!... ¡águilas!... ¡y "guerrilleros" también! ¡rusos!... ¡en cantidad!

–Harras, ¡creo que sabe usted todo!

–No todo, pero bastante...

–Entonces, ¿los que vinieron aquí, aquellos hombres empolvados?

–¡Jajajá!... ¡muy posible!... se infiltran, verdad... ¿qué quiere usted?...

–¿Y las prostitutas de Moorsburg?

–¡Están en Hamburgo!... ¡Hamburgo está ardiendo!... ¡peor que Berlín! querían ir allí, ¿no?... ¡todas las prostitutas de Alemania quieren salir al encuentro de los ingleses!...

–¡Claro!... ¡claro!

–Usted, colega, ¡el norte! su idea fija: Dinamarca... ¡"guerrilleros" también en Dinamarca!... ¿sabe? ¡feroces!... en fin, ¡es su idea!... yo no puedo hacer nada por usted, ¡Göring, sí! ¡él tiene el tampón!... ¡un tampón así!...»

Me enseñó... de la anchura de la palma de su mano... tampón enorme...

«¡Él puede, Göring, general Göring!... ¡y más aún!... ¡ya verá!... ¡bum! ¡así!»

Imitaba al general en el acto de poner tampones...

«¡Administración! ¡baúm!... ¡general médico Göring!... oh, pero, ¡muy amigo!... ¡ya verá!... ¡no charlatán como yo!... ¡no!... ¡alienista muy serio! ¡ponderado! ¡razonable!... ¡Kracht!»

Kracht acudió...

«¿Todo va bien?... es geht?

–¡Sí!... ¡sí!... están trabajando... creo que todo debe de estar preparado...

–Nosotros, ¡a nuestro herido, colega!...»

Me parecía que debía de estar durmiendo...

«Le he inyectado sus cuatro ampollas...

—¿A las dos también?

—¿María Teresa? ¿Tulff-Tcheppe?...

—Estoy seguro de que duermen pero no bastante...»

En efecto, con todo aquel ruido, había que reconocer... estábamos acostumbrados pero, ¡aun así!... entarimado... cristales... ¡todo!... las explosiones caían, parecía que se desparramaran... desde allí arriba hasta la llanura... ¡cascadas!... lejos... Harras tenía razón, el *Revizor* no dormía bien, dormitaba, nada más... no podía entender nada, no hablaba francés... pero, ¿las damas?... de acuerdo, no nos decíamos gran cosa, pero aun así... propuse...

«¿Les pongo otros 2 cc.?... ¡van a vomitar!

—¡No tiene importancia!

—Mañana seguirán durmiendo...

—Mejor... ¡María Teresa se queda aquí!... es su casa, estará tranquila, ¡sin problemas!... la otra, ¡nos la llevaremos!»

Entonces, ¡morfina!... inyecté... primero al *Revizor*... y después a las dos damas... la misma jeringa, los tres... y la misma aguja... Harras comentó...

«Los morfinómanos casi nunca ponen a hervir sus jeringas... y, sin embargo, casi nunca sufren infecciones...»

¡Estábamos totalmente de acuerdo! le conté que yo mismo, médico del *Chella,* una noche tuve que poner más de doscientas inyecciones... ¡del mismo modo!... ¡ninguna infección!... ¡se trataba de un naufragio! hablando de horrores, me contó que, estando prisionero en Krasnodar, había tenido que amputar, en vivo, sin una gota de cloroformo, a todo un pabellón de prisioneros rusos...

«¡Harras!... ¡como Ambroise Paré!

—¡Oh, los rusos, extraordinarios, colega!... los animales se quejan, ¡ellos casi nunca!... y, encima, ¿sabe lo que me pedían? ¿ya que estaba?... ¡que les arrancara una muela!... ¡dos muelas!... además de la pierna... muy escasos dentistas en su tierra...»

Le Vigan nos escuchaba, pero nuestras historias no lo divertían...

«Le Vigan, ¡ayúdame!»

Yo veía que aquellas señoras no dormían... ¡dichosa morfina!

«¡De poca calidad, Harras!»

Monté la jeringa...

¡Al primer diván! la condesa Tulff-Tcheppe... en aquella época, en Zornhof, yo trabajaba todavía con finura, no se sentía mi aguja, ahora tengo un tembleque...

«¡*Al Revizor*!»

Nos vio volver... estaba encantado...

«*Merkwürdig*!... ¡maravilloso!»

Harras me avisó...

«Mire, colega, ¡nosotros no vamos a poder dormir!... para nosotros, ¡nada de tebaína!... nosotros, ¡cafeína!... ¡nosotros, aquí!... ¡a esperar!

—Pero, ¡si yo no tenía deseos de dormir, querido Harras! ¡en absoluto!... ¡ni mucho menos!

—¿Y la señora Destouches?

—¡Oh, tampoco! ¡tampoco!

—¿El señor Le Vigan tal vez?...

—¡Hum! ¡Hum!»

Le Vigan no se había decidido... Harras levantó el dedo... ¡una idea!... ¡claro!...

«Señor Le Vigan, ¡café con leche! mejor todavía, ¿verdad?... ¡se me olvidaba! ¡tengo de todo!... tengo de todo!...

—Pues, ¡claro!... ¿café con leche?... ¿dónde?...

—¡En el coche! ¡qué tonto soy!... ¡van a ver ustedes!... ¡la administración! ¡Kracht! ¡Kracht, ¡hágame el favor!... ¡el cofre de zinc!... tráigalo aquí...»

Esperamos... trajo aquel cofre... más que cofre, observé, era una «cantina»... ¡enteramente!... lo abrió... ¡llena de «termos»!...

«¡Beban!... ¡beban!... ¡café con leche! ¡a la salud!»

Probé... no estaba mal, ¡era café café!... ¡ya no íbamos a poder dormir!... siete... ocho «termos», ¡y bien calientes!...

Le Vigan probó... ¡ah, no era sucedáneo!... ¡moca con leche! ¡ya lo creo!

«¡Ustedes no tienen de esto en el armario! *¡jajajá!*»

¡Humor muy fino!

Le Vigan se puso a cantar... ¡sí!... y bastante fuerte...

«Harras, ¡ya no vamos a poder dormir!

—¡Atención!... ¡que llega nuestro general!»

¿Le Vigan?... ¿el general?... ¡hombre, muy bien! ¡ya había visto otros!... pues, ¡que llegara!

> *«Y avait dix filles dans un pré!*
> *Toutes les dix à marier!*
> *Y avait Dine!... y avait Chine!*

—¡Chsss! ¡Chsss!... ¡La Vigue!

—¡Lo ven!... ¡soñando con los angelitos!

> *Et la duchesse de Montbazon!*

—¡Cállate!... ¡cállate!»

Se molestó...

«Entonces, ¡voy a contarle todo!

—¿Quieres ir a la cárcel? ¡soplón!

—Pues, ¡claro que quiero!

—¡Quieres que te fusilen!

—¿Y por qué no?... dime: ¿por qué no?»

Hice una seña a Harras... ¡su cabeza!... ¡sí!... ¡sí!... ¡sin importancia!... él sabía... ¿había algo que no supiera?...

Pero, ¿estaba enganchada la carreta?

«¡Kracht!... ¡Kracht!»

Otra vez Kracht...

¡Sí!... ¡todo está listo!... Nikolas está listo... y los dos SA de escolta... nosotros debíamos esperar... ¡orden de Harras!... Kracht fue otra vez a la isba y volvió...

«No les haga salir todavía... ¿han comido?... ¿han dormido? ¿todos?

–*Ja! ja! ja!*»

Nosotros, a esperar... ¡un minuto! dos minutos... ¡y *rrr!*... una moto... otra... ¡y todo un escuadrón de motos!... ¡no era un don nadie! ya me había avisado... me repitió...

«¡No lo llame por su nombre!... ¡eso sobre todo!... colega, ¡y listo!... ¡colega!... haga como que no sabe... ¡la señora tampoco!... Le Vigan tampoco... es muy amable, muy sencillo...»

¡*Rrrr!*... más motocicletas... y después un enorme cacharro de chatarra... un resonar de cadenas...

«¡Éste viene en tanque!... ¡*panzer!*... ¡*panzer!*... general, ¿no?... ¡general!... ¡sabe hablar muy bien a los locos!... ¡sí!... ¡amable!... ¡ya verá!... ¡no es el clásico alienista intolerante! ¡no! el clásico maníaco, ¡no!»

Todavía le dio tiempo a decirme...

«¡Muy comprensivo!... pero, ¡no se le ocurra hablarle de su hermano!

–¡No!... ¡no! ¡no!»

Ahí teníamos al general... bajó del tanque... debía de conocer la finca... y la quinta... iba vestido como Harras... camaleón militar de pies a cabeza... pero sin armas... al menos a la vista... ¡vino hacia nosotros! *heil! heil!* y «firmes»... y después apretones de manos... ante Lili se inclinó... se quitó el casco... ¡reverencia!... en absoluto excéntrico como Harras, ¡no!... comedido incluso, diría yo, ¡nada de *jajajás!* La Vigue interrumpió...

> «*Catherinette!... Catherina!*
> *Et la duchesse de Montbazon!*»

No hubo sorpresa por su parte...

«Pues, sí, amigo, pues, ¡claro!»

Sabía...

> «*Mez voeux! prières à Célimè...è...ne!*
> *Toutes mes grâces à la Du...mai...ai...ne!*»

¡Bravo! ¡bravo! aplaudió... La Vigue se sentó... vio a alguien que lo comprendía... y enseguida...

«Bueno, Harras, ¡hablemos francés!»

¿Aquel Göring? de unos cuarenta años, ¡no era un barrigón como el otro!... ¡en absoluto!... ni hablaba fuerte... la voz ronca, grave, el pelo completamente blanco... hombre con preocupaciones... ¡y qué arrugas!... ¡cien años!... los ojos muy claros, azules... al fin y al cabo, también nosotros teníamos preocupaciones... La Vigue se enfurruñó... cogió otra silla... ¡no!... ¡un taburete!... fui a hablarle al oído...

«Mira, La Vigue, no tienes por qué cohibirte... ¡puedes gritar que tú mataste al *Landrat*!... ¡anda!... ¡inténtalo!

—¿Tú crees que le trae sin cuidado?

—¡Oh, no lo sabes tú bien!

—¡No! ¡no voy a decir ni pío!»

Se llevó su taburete, se fue al otro ángulo... se sentó... estaba molesto... bizqueaba... dejaba de bizquear... el general médico iba a hablar... ¡a mí!... iba a explicarme... yo pensaba en otra cosa...

«¡Mire, querido colega!...»

Hablaba muy despacio, tenía miedo de que no lo entendiera... vi, tenía manos finas, muy finas... pero las uñas sucias... el viaje en tanque...

«Mire... la Cancillería ha tenido que ocuparse de Zornhof... me han enviado para que se arregle todo esto... ¡muy rápido!... ya sabe, ¿verdad?... las dificultades en el Este... y en el Oeste también, recientemente... graves... tenemos que reclutar nuevas tropas... los reclutamientos... ya sabe: ¡los reclutamientos!... ¡como Napoleón!... ¡muchos otros problemas!...

—¡Oh, desde luego, mi general!

—¡No! ¡no!... con usted, ¡nada de general!... su humilde colega... ¡nada más!... ¡y psiquiatra!... es decir... ¡loco entre los locos!... ¡ya sabe usted!»

Iba a sonreír... no... esbozó solo...

«¡Sí!... ¡sí!... ¡muy visible! me han cubierto de bordados... ¡que no me falte nada!... ¿no es así, Harras?

—¡*Jajajá!* ¡se deja usted abrumar!

—¡No crea!... ¡no crea, Harras!»

Me explicó...

«Zornhof está muy cerca de Berlín, ¡escándalo! ¡por todas esas historias!... ¿verdad?... ¿me comprende? ¡cien kilómetros! ¡aquí al lado!... lejos, trescientos kilómetros pongamos por caso, ¡sería insignificante!... ¡el partido no se ocuparía!... pero aquí, ¡imposible! el escándalo, verdad, ¡en la habitación contigua!... ¡se oye todo!... ¿no es así, colega?

—¡Totalmente de acuerdo!

—¡Debo arreglar todo! ¡muy deprisa!... ¡que no se vuelva a hablar!

—¡Desde luego! ¡desde luego, colega!

—¡Han dado las órdenes!... ¡órdenes de Berlín!... nosotros aquí, verdad, ¡los detalles!... bueno, a ver, ¿Harras?»

Harras no cesaba de ir y venir... el general le preguntó...

«¿Está todo listo?

—¡Perfectamente!

—Hágalos salir, pero, ¡cuidado!... ¡se van a resistir!...

—¡No!... ¡no!... ¡están dormidos!

—¿Los de la isba?

—Sí...»

Las dos mujeres de ahí, en los divanes, Tulff-Tcheppe y María Teresa no habían podido moverse... no habían vomitado... el *Revizor* tampoco, se quejaba un poco, pero dormido...

Kracht me susurró, lo mejor, Tulff-Tcheppe, llevarla como estaba, entre las mantas, abrigada, hasta la carreta... no tuve inconveniente... nos pondríamos seis... ocho... la extenderíamos... bien tapada no se despertaría... llegaría así como estaba allí, a su castillo, ¡dormida! ¡qué gracioso!... yo estaba muy cansado, pero, aun así, me di cuenta de que nuestro eminente colega no nos había hablado de los dos muertos... ¡tres!... ¡olvidaba yo al *Landrat!*

pero, ¡no! ¡no! ¡no olvidaba nada! el apresuramiento, ¡nada más! Kracht llevaba las tres «atestiguaciones» ahí, en el bolsillo... Harras se las pidió... «¡rápido, Kracht!, ¡rápido!» Göring tenía que certificarlas... se las presentaron... leyó...

«Harras, ¿las horas?... me hablaron de eso en Berlín... ¿Leiden hijo muerto a las "veintidós horas"? ¿el lisiado? ¡absurdo! ¿Isis heredera, entonces?... ¡no! ¡incorrecto! ¡imposible!... ¡María Teresa heredera!... ¡es necesario!... ¡es la que se queda aquí! ¡el *Rittmeister* fue el primero en morir!... ¡Isis se va lejos!... el *Rittmeister* a las "veintidós", ¡pongamos!... ¿verdad?... ¡tiene que ser así!»

¡Oh, estábamos de acuerdo!... ¡sobre todo vi que había que darse prisa!... Harras comentó...

«Las horas son del juez de instrucción, ¿verdad?... ¿su investigación?

—¡Un necio!... ¡un necio!... ¿qué sabía él?... no estaba aquí... ¿testigos?... ¡ninguno!... ¡ustedes estaban todos en el *Tanzhalle*! es un hecho, ¿no? ¡el *Rittmeister* murió primero!... ¡tiene que ser así!... ya sabe, Harras, ¡el tiempo!... ¡el momento!»

¡Agonías muy entremezcladas!... pero la Cancillería de Berlín que tenía tantos problemas en otros lugares, ¡no dejaba de encontrar la forma de ocuparse de semejantes pijaditas! ¡y «atestiguaciones» dudosas!... y de hacer venir a un general expresamente...

El ilustre colega vaciló... podía hacer lo que quisiera, ¡desde luego!... Harras me lo había dicho... anular las horas...

«¡No!... ¡prefiero esto!... ¿a ver qué le parece?... ¡será mejor!...»

Borró las horas con lápiz verde... cada hora de defunción... y escribió en lápiz rojo de su puño y letra, por encima... *unbestimmt!*... ¡incierto!

«Con eso habrán de ir a los tribunales, ¡tendrán algo que hacer!... ¡se divertirán!... ¡después de la guerra! ¡diez años!... ¿no es así, Harras? ¿quiere usted firmar, querido amigo?»

Harras firmó...

«Usted también, ¿quiere hacer el favor, colega?»

Mi turno...

«¡Y después Kracht!»

Firmó...

«Ahora, a ver, ¡mis plenos poderes!»

Sacó un gran tampón del bolsillo... ¡de un tamaño increíble!... le costaba trabajo... como la palma de la mano...

«¡Ahí tiene, colega!... ¡mire! ¡no podría nunca leerlo entero!

—¡Voy a intentarlo!»

¡Importante de verdad, en efecto!

¡Todo el mundo se rió! ¡nuestro Göring se divertía!... descifré...

«Un pez gordo, ¿verdad?»

Leí en alto...

«Der Reichsbevollmächtigter!»

Y traduje... abrevié:

«¡El plenipotenciario del Reich!»

Yo estaba admirado... me interrumpió... se dio golpes en el pecho...

«¡Ése soy yo!... ¡ése soy yo!... paranoico, ¿no?... evidente, ¿no?

—¡Oh, mi general!

—¡Sí! ¡sí!... ¡no tema! pero, ¡voy a devolvérselo!... ¡sólo lo tengo para esto de aquí! para la misión... ¡para este asunto! ¡allí los poderes! ¡todos los poderes!... allí, ¡tiene que ser así! ¡tiene que ser así!... ¿verdad? la Cancillería: ¡todos paranoicos!... ¡es la guerra!... ¡tiene que ser así!

Ahora, colega, ¡voy a poner el tampón!»

¡Del otro bolsillo!... con mayor trabajo todavía... ¡la caja!... la caja con tinta... ¡y *ptaff*! ¡*ptaff*!... ¡dos veces bajo cada firma!...

Harras me habló...

«¡Oiga, colega!... ¿lo de su viaje a Rostock? ¡ahora es el momento!»

Cierto, era lo que estaba yo pensando, pero no me atrevía... ¡él se atrevió! incluso explicó... ¡queríamos ir al mar!... ver la playa... Warnemünde... Lili y yo... ¡tres días!... ¡vacaciones!... ¡cuatro días!... ¡turistas!...

La Vigue se quedaba allí... él iría más adelante...

«Pero, ¡claro que sí!... ¡con mucho gusto!... ¿para qué tengo, si no, plenos poderes? ¡a ver!... ¡a ver!...»

Cogió una gran hoja... blanca... puso el tampón en tres sitios... y firmó...

«¡Llénela usted, Harras!»

No se podía ser más amable...

«Ahora, amigos míos, ¡en marcha!»

¡Siempre con prisas!... era cierto, ¡era el momento!... era de día, en fin casi... salimos todos... ya sólo quedaban en el salón María Teresa y el *Revizor*... ¡embebidos! ¡alcohol y morfina!... seguro que no habían oído nada... atontados... aun así, habían vomitado un poco... no íbamos a llevar nosotros a la condesa... Kracht me hizo una seña: allí estaban los *bibel,* ¡seis!... iban a llevarla en... el diván... ¡tal como estaba!... conque, ¡a la isba!... en fin, ¡a la carreta!... estaba caliente, la carreta, cargada de paja… enganchada... con ocho vacas... no eran animales muy gruesos, pero tampoco muy delgados... ya estaba cargada la carreta, habían metido todo... vi... balas de heno, sacos de pan, sacos de arroz, cajas de conservas, latas, botellas... no les iba a faltar de nada hasta Stettin... si es que era Stettin...

«No van a estar mal...»

Göring miró...

«¿Por dónde?»

Pregunté a Harras...

«Ya se lo he dicho, ¡primero, Stettin!... la *Kommandantur* está avisada... allí les darán un trineo... ¡no queda lejos Stettin!... tres días... cuatro días... muy poco a poco... les darán otra escolta, otros SA... y después Este y Norte... Dantzig... Königsberg... hacia Memel... ¡allí la condesa estará en su casa!... todos sus bosques... su hija con ella y la pequeña Cillie... la *Kommandantur* de Stettin les cogerá las vacas... les dará caballos... caballitos tártaros... a propósito para la nieve... ¡todo ello, verdad, depende del frío!»

¡Ya lo creo!... estábamos a finales de octubre... lo principal, ¡que salieran enseguida!... el general y Harras fueron a ver... no tenían tiempo... ¡allí estaban otra vez!... estaban listos... primero, los Kretzer bañados en lágrimas... no debían de haber dormido demasiado... iban cogidos del brazo... ella apretaba contra sí las dos túnicas... titubeaban al dirigirse hacia la carreta...

«Oye, ¡están trompas!

—¡No! ¡no! ¡es la pena!...»

Sentí que La Vigue estaba a punto de provocarlos... lo calmé...

«¡Bien!... ¡bien!»

De repente se puso a cantar... más que nada tarareaba... los Kretzer se sentaron sobre los sacos... ella seguía sollozando... los *bibel* trajeron a la condesa, sobre su diván, abrigada con las mantas, la depositaron tal como estaba sobre el forraje... muy suavemente...

«¿Sabe una cosa, colega? ¡me vienen recuerdos de juventud!... ¡el embarco para Citera!...»

Aquel embarco lo dejó pensativo... miraba... me refiero a nuestro general médico...

«Mire, colega, ¡vine con frecuencia a bailar aquí!... el viejo conde Von Leiden, no el *Rittmeister*, su padre, Hugo, daba grandes bailes... yo era entonces teniente médico en Moorsburg, en los granaderos... bailaba con frecuencia con la pequeña Tulff-Tcheppe... ¡Dios, cómo hemos cambiado! ¡con lo guapos que éramos!... ¡yo mi tampón, ella sus bosques!... ¡su monumento! mire, ¡tan grande como triste! ¡su castillo!... ¡ya verá! ¡Bastilla teutónica! ¡dos guerras!... ¡casi tres!... ¡de risa! ¡de risa!»

La primera vez que lo veía reír... no un *jajajá* como Harras... pero risa de todos modos...

«¡Oh, aquel castillo, amigos! ¡como para alojar a todo Königsberg!... ¡y todos sus osos, y a sus familias!... ¡y a los rusos!... el conde ya se aburría allí, se pasaba todo el día cazando... ¿ahora ella sola?... ¡comprendo que lleve todo lo que encuentre!... ¿le ha hablado de París?

—Querido colega, ¡sólo piensa en París!

—No es de ahora... ya de niña, su obsesión... y hablar francés... Isis von Leiden también, pero menos...»

Todo lo que nos dijo me hizo pensar que tenía bastante más de cuarenta años... a primera vista parecía joven...

«Mire, ¿la ciudad de Königsberg?... ¡el lugar de las obsesiones!... ¡fíjese, Kant!... mañana, ¡usted!... mañana yo, ¡si vamos allí!... ¡no iremos!... ¡ni a Cítera!»

¡Nos reímos todos!... ¡no iríamos! pero, ¿adonde iríamos?

«¡Fíjese! María Teresa, la que se queda, la conocí de muy pequeña... ¡la heredera!... cuando todavía no estaba en la edad de los bailes... venía a mirar...»

Justo entonces salió Kracht de la isba... no sólo él, Isis toda de negro, un pañuelo negro anudado bajo la barbilla... y delante de los ojos un velo negro... llevaba de la mano a la pequeña Cillie... Kracht las hizo subir... primero Isis... el matrimonio Kretzer estaba casi en medio de la carreta, justo sobre el eje... a la condesa Tulff no le importaba cómo la habían puesto en su diván, sobre las nabas, el heno, la alfalfa, roncaba...

«¿Dónde está Léonard?»

Preguntó Harras... no lo había visto... estaba allí... pero en absoluto como en el establo... ¡empapado de orina, cubierto de boñigas!... ¡no!... absolutamente limpio, lavado... peinado incluso... ¡no me extrañaba que no lo hubiéramos visto enseguida!... ¡irreconocible!... en plena función de propietario...

«¡Todo está en orden, señor *Oberarzt*! ¡todo lo necesario!... las vacas herradas... y forraje para cinco días por lo menos...»

Sabía lo que decía...

«¡Bien! bien, Léonard...»

Para que aprendiera yo...

«¿Ve usted, colega? ¡todo funciona!... ¡irán!... ¡no dejarlos agitarse en libertad!... ¡nunca! enseguida, ¡responsables!... ¡un mando! ¡preciso! ¡tampón!... ¡y hala! ¡una promoción!»

¡Indiscutible! ¡ya veo!...

«En la Cancillería comprenden... ¡un poco! no todos idiotas, pero, ¡demasiado lentos!... ¡la vida continúa!... ¿entonces?... el injerto inmediato... ¡o la infección!... ¡la podredumbre!... fíjese aquí, ¡Isis von Leiden es una criminal!, ¡absoluta! ¡evidentemente!... pero su marido, el inválido, lisiado, ¡tampoco pensaba sino en matarla!... ¿entonces?... ¿qué?... ¡el gigante Nikolas también!... lo importante, ¡que se vayan juntos!... ¿no le parece?

—¡Oh, sí!... ¡oh, perfectamente!

—Las psicosis empeoran en un lugar, se esfuman en otro, en ruta... un asesino se pone en marcha, se detiene en el puente, pesca con caña... ¡en adelante piensa con toda calma!... ¡y de forma distinta!... ¿verdad, Harras? ¡cien casos semejantes! en Francia... en Polonia... en Alemania... pero aquí, ¡tan cerca! ¡cien kilómetros!... ya le he dicho: ¡imposible!»

El ilustre colega no lo sentía...

«¡No habría tenido el placer de conocerlo a usted!... ¡y a la señora! ¡un gran honor! ¡lo principal, que todos se vayan! ¡movimiento! ¡Moorsburg! no van a estar mal en Stettin... ¡y más lejos todavía!... los están esperando...»

A mí me parecía bien... ¿los esperaban?... La Kretzer y sus dos túnicas bien apretadas contra sí... ¡iba a tener tiempo de enseñarlas de allí a Königsberg!

¿Sería ya el momento de su marcha?...

Los dos S.A. se colocaron uno a cada lado... por detrás... iban a ir a pie... Nikolas, el más adelantado, conducía el primer par de vacas... una señal de Kracht y se puso en marcha... muy despacio... saludamos... dijimos adiós... nadie respondió... ni Isis ni los Kretzer ni Nikolas... ni siquiera nos miraron... por fin había arrancado la carreta... no tenía resortes... Harras comentó «¡el tanque tampoco!»... me informó...

«Voy a dejar mi coche aquí, el "blindado"... ¡para ustedes y para Kracht!... y cuatro SA... ¡para el orden! ¡la fuerza de policía! ¡ya no tienen guardia jurado!... ¡jajajá! ¡ni pastor!... y entonces, ¿la moral?... ¿y el orden, colega? ¿ni por asomo? ¿no?... ¡no va a haber más agitación!

—¡Perfectamente!

—¡Mil pesares, señora!... lo siento de veras... pero debo marcharme de nuevo... ¡enseguida!

—¿A pie?

—¡No!... ¡no!... ¡en tanque!... ¡con el colega general! ¡y todas estas motos!... ¡delante!... ¡detrás!...

—¿Hay minas en las carreteras?

—¡Oh, por supuesto!... ¡por supuesto! ¡de los alemanes! ¡de los rusos!... ¡de los prisioneros!... ¡ya no se sabe de quién! ¡jajajá!

—¿Entonces?

—*Ave Cesar!* ¡brum! ¡esas señoras en carreta corren menos riesgos! ¿tal vez después de Stettin?... después de Stettin, ¡los tendrán!... ¿nosotros? ¡enseguida!... ¡tanque! ¡chatarra!... ¡jajajá! brum!»

Vi que le hacía gracia...

El general era más serio, fue... habló a los SA de la carreta... sacó un mapa... les indicó, un pueblo... un nombre... su ruta... les mostró... ¡por ahí! ¡por ahí!... ¡bien!... hacia el Este no había demasiados bombardeos... pero, ¿hacia el Sur? justo hacia donde iban a salir nuestros dos eminentes camaradas... ¡qué pirotecnia!... ¡cielo! ¡nubes!... ¡tierra!... ¿y las carreteras también seguramente? ¡iban a ir bien servidos!... las gaviotas estaban bien acostumbradas... planeaban, viraban... rozaban las yuntas... caía nieve, pero no demasiado espesa... no estábamos en zona de nieve... la nieve era más allá de Rostock...

Ahora, ¡la despedida oficial!... ¡avanzamos todos!... ¡y alzando el brazo!... Léonard, Joseph... las señoritas de la *Dienstelle*... heil! heil!... el general, Harras, Kracht... y nosotros tres La Vigue y Lili... heil! heil! Nikolas nos contestó... heil!... los otros no... ¡ah, sí!... ¡Cillie!... *heil! heil!* alzó los bracitos hacia nosotros... *heil! heil!* estaba contenta, se divertía mucho... ¡de viaje!... ¡viaje!...

No tomaron la carretera, la calzada... no... otra... me parecía más que nada una pista, muy cenagosa... entre los cultivos... Göring debía de haberles indicado... se alejaron... no tenían necesidad de ir deprisa... ¡una claridad!... ¡y hasta el sol!... increíble, pero, ¡sí! la pequeña Cillie no era alegre, yo nunca la había visto alegre en la granja, ¡entonces iba contenta!... ¡viaje! seguía lanzándonos *heil!* ¡sola! sólo nos había respondido ella... la Tulff-Tcheppe sobaba como un tronco, ¡no iba a despertarse hasta después de Stettin!... ¡diván, señora! oh, pero, ¡Göring tuvo una idea!... ¡súbita!...

«¡Kracht! ¡Kracht! ¡tapioca!

—*Wo? wo?* ¿dónde?

—¡En el tanque!»

¡Eso era lo que hacía falta!... *halt!... halt!...* ¡que se detuviera la carreta! ¡nosotros también gritamos!... ¡que esperasen!.., Kracht corrió... y tres *bibel...* ¡ya volvían! ¡ya volvían! ¡habían encontrado!... ¡la traían!

«¡A la carreta, rápido!... *für die kleine!* ¡para la pequeña!»

Un *bibel* se quitó los zuecos y se lanzó descalzo al lodo... chapoteó... le costaba trabajo... era un sacrificado, un atleta... estaba a punto de alcanzarlos, ya estaban lejos... ¡llegó hasta ellos!... pasó los paquetes a Isis, ¡ni las gracias!... y en marcha otra vez... vacas, la carreta, Nikolas, los SA de escolta... Harras comentó...

«¿Ve usted, mi querido Destouches? la retirada de Rusia al revés... ¡regreso! ¡regreso! *¡jajajá!*»

Göring lo interrumpió...

«¡Oh, perdón! ¡perdón, Harras! ¡perdóneme! ¡no tomaron esa ruta nunca! ¡jamás!

—¡Ah, yo creía!

—Pero, ¡qué va! ¡que no! ¡querido Harras! ¡no lo crea!... ¡muy pocos volvieron por Stettin!... ¡un puñado!

—¡Pero!...

—¡Oh, no, Harras! ¡espere!... ¡yo sé!...»

El general médico estaba seguro...

«Déjeme sentarme un momento...»

Y se sentó, ahí, en la nieve...»

«¡Un minuto! ¡un minuto, Harras!»

La primera vez que se animaba…

El desagradable asunto del *Landrat*... el fin del *Rittmeister*, yo no lo había visto interesarse, había hecho todo lo posible, ¡y se acabó!... pero la cuestión de la retirada de Rusia, ¡no se la tomaba a la ligera!...

«Me parecía, Göring...

—¡Que no vuelva a parecerle! ¡espere, Harras!...»

Sentado en la nieve, iba a recordar...

«¡Por Stettin no, Harras! ¡por Stettin, no!»

Apoyó la cabeza en las manos...

«Insterburg... ¡sí! ¡y después Elbing! y Gumbinnen... ¡Thorn!... ¡por ahí pasaron!... ¡y después Plock!... ¡Landsberg!... ¡ésas fueron sus etapas!... ¡Neuenkirschen!... ¡por Stettin apenas!... ¡Neuenkirschen!... muchos enfermos... ¡Neuenkirschen! ¡todavía había recuerdos!... ¡en el hospital, verdad! yo serví allí, oficial médico... nombres en las maderas, en las vigas, nombres… tallados, verdad...»

Esta edición de *Norte*,
de Louis-Ferdinand Céline,
se terminó de imprimir en CPI Black Print,
el 25 de septiembre de 2025